BESTSELLER

Jo Nesbø nació en Oslo en 1959. Graduado en economía, antes de dar el salto a la literatura fue cantante, compositor y agente de bolsa. Desde que en 1997 publicó la primera novela de la serie del policía Harry Hole, ha sido aclamado como el mejor autor de novela policíaca de Noruega, un referente de la última gran hornada de autores del género negro escandinavo. En la actualidad cuenta con más de 25 millones de ejemplares vendidos en todo el mundo. En 2011 se colocó por delante de Stieg Larsson en Inglaterra, donde se calculó que cada 57 segundos se vendía un libro suyo. También en Inglaterra ha llegado a tener de forma simultánea cuatro títulos entre los más vendidos, y en Italia, Noruega, Suecia, Alemania, Polonia y Estados Unidos se ha mantenido durante semanas en las listas de best sellers. Sus novelas se han traducido a cuarenta idiomas y los derechos cinematográficos se han vendido a los mejores productores.

JO NESBØ

Fantasma

Traducción de
Carmen Montes Cano
y **Ada Elisabeth Berntsen**

DEBOLS!LLO

Título original: *Gjenferd*

Primera edición en Debolsillo: marzo de 2017

© 2011, Jo Nesbø
© 2015, Penguin Random House Grupo Editorial, S. A. U.
Travessera de Gràcia, 47-49. 08021 Barcelona
© Carmen Montes Cano y Ada Elisabeth Berntsen, por la traducción

Printed in Spain – Impreso en España

ISBN: 978-84-663-3882-0
Depósito legal: B-441-2017

Impreso en Novoprint
Sant Andreu de la Barca (Barcelona)

P 3 3 8 8 2 0

Penguin
Random House
Grupo Editorial

PRIMERA PARTE

1

Los gritos la llamaban. Penetraban como una lanza sonora todos los demás ruidos nocturnos del centro de Oslo: el rumor incesante de los coches en la calle, la sirena que subía y bajaba a lo lejos, las campanas de la iglesia, que acababan de empezar a repicar. Era ahora, por la noche y a veces antes del alba, cuando salía a cazar para comer. Olisqueó el sucio linóleo que cubría el suelo de la cocina. Registró y clasificó rápidamente los olores en las tres categorías: comestible, amenazador o irrelevante para la supervivencia. El olor agrio de la ceniza gris del tabaco. El dulce sabor azucarado de la sangre en una bolita de algodón. El olor amargo a cerveza de la parte inferior de la chapa de Ringnes. Moléculas de dióxido de azufre, de nitrógeno y de carbono surgían de un cartucho metálico vacío con espacio para una bala de plomo de 9×18 mm, también llamada simplemente Makarov, por la pistola a la que dicho calibre se había ajustado originalmente. Humo de una colilla todavía ardiendo con el filtro dorado y el papel negro con el águila nacional rusa. El tabaco se podía comer. Y allí estaba: un olor a alcohol, cuero, grasa y asfalto. Un zapato. Lo olfateó y decidió que no era tan fácil de consumir como esa chaqueta del armario que olía a gasolina y al animal en proceso de putrefacción del que estaba confeccionada. Así que su cerebro de roedor se concentró ahora en cómo franquear aquello que tenía delante. Lo había intentado por los laterales, había intentado meter el cuerpo, de veinticinco centímetros de longitud y menos de medio kilo de peso, para llegar al otro lado, pero no hubo forma. El obstáculo estaba de costado, con la espalda pegada a la pared, tapando el agujero que conducía hasta su madriguera y hasta sus ocho crías recién nacidas, ciegas y sin pelaje, que reclamaban sus mamas con ansia creciente. La montaña de carne olía a sal, sudor y sangre. Era un ser humano. Un ser humano que todavía estaba vivo. Tenía unos oídos lo bastante sensibles como para captar los débiles latidos del corazón a pesar de los chillidos de hambre de las crías recién nacidas.

Tenía miedo, pero no había elección. Alimentar a su prole estaba por encima de cualquier peligro, de cualquier esfuerzo, de cualquier otro instinto. Así que permaneció con el hocico levantado esperando a que llegara la solución.

Ahora las campanas de la iglesia iban al compás de aquel corazón humano. Un golpe, dos. Tres, cuatro…

Enseñó los dientes de roedor.

Julio. Mierda. Uno no se puede morir en julio. ¿De verdad que lo que estoy oyendo son campanas o es que esas putas bolas tenían alucinógenos? Vale, esto se acaba aquí. ¿Y qué coño importa? Aquí o allí. Ahora o más tarde. Pero ¿de verdad que me merecía morir en julio? Con el canto de los pájaros, el tintineo de las botellas, las risas desde el río Akerselva y toda esa felicidad de mierda propia del verano justo delante de la ventana. ¿Me merecía estar tirado en el suelo infecto de una choza de yonquis, con un agujero de más en el cuerpo? ¿Un agujero por donde se me escapan la vida, los segundos y los recuerdos de todo lo que me ha traído hasta aquí? Todo, lo grande y lo pequeño, el montón de casualidades y las cosas elegidas a medias. ¿Ese soy yo, ya está, esa es mi vida? Yo tenía planes, ¿verdad? Y ahora es una bolsa llena de polvo, un chiste sin gracia, tan corto que me hubiese dado tiempo a contarlo antes de que esa puñetera campana dejara de sonar. ¡Los lanzallamas del infierno! Nadie me contó que morirse iba a doler tanto. ¿Estás ahí, papá? No te vayas, ahora no. Escucha, la historia dice así: Me llamo Gusto. Viví hasta los diecinueve años. Tú eras un tío malo que se acostó con una mujer mala y, nueve meses más tarde, aparecí yo, y me llevaron con una familia de acogida antes de que pudiera aprender a decir «papá». Allí hice todas las trastadas que pude, pero ellos simplemente me arropaban ·todavía más asfixiándome con el edredón de los desvelos y me preguntaban qué podían darme para que me tranquilizara. ¿Un puto helado? No comprendían para nada que a los tíos como tú y como yo tenían que fusilarnos enseguida, exterminarnos como a alimañas, porque transmitimos enfermedad y corrupción y nos reproducimos como ratas a poco que nos den la posibilidad. Ellos tienen la culpa. Pero ellos también quieren cosas. Todo el mundo quiere algo. Tenía trece años la primera vez que lo vi en los ojos de mi madre de acogida; vi lo que ella quería.

—Qué guapo eres, Gusto —me dijo.

Había entrado en el baño; yo no había cerrado la puerta y no había abierto el grifo de la ducha para que el sonido no la pusiera sobre aviso. Se quedó justo un segundo de más antes de irse. Y me reí, porque ahora lo sabía. Ese es mi talento, papá, puedo ver lo que quiere la gente. ¿Lo he heredado de ti? ¿Tú también eras así? Cuando ella se fue me miré en el espejo grande del baño. No era la primera en decírmelo: que era guapo. Me había desarrollado antes que los otros chicos. Era alto, delgado, ancho de hombros y musculoso. Tenía el pelo tan negro que brillaba, como si rechazara toda la luz. Los pómulos marcados. La barbilla ancha y recta. Una boca grande y ávida, pero de labios carnosos como los de una chica. La piel morena y lisa. Los ojos castaños, casi negros. Los chicos de mi clase me llamaban «la rata parda». Didrik, se llamaba así, ¿no? Bueno, el que quería ser pianista. Yo había cumplido quince años y lo dijo alto, en plena clase.

—La rata parda no sabe ni leer bien.

Yo me reí, simplemente, y sabía por qué lo dijo; y lo que quería. Kamilla, la chica de la que él estaba enamorado en secreto, estaba no tan secretamente enamorada de mí. En el baile de la clase le había tocado un poco lo que tenía por debajo del jersey. Que no era mucho. Se lo conté a varios de los chicos, supongo que Didrik lo oyó y decidió dejarme fuera. No es que a mí me importase mucho formar parte del grupo, pero que te excluyeran era otra cosa. Así que me fui al club de moteros a ver a Tutu. Ya había empezado a pasar un poco de hachís para ellos en el colegio, y les expliqué que, si querían que hiciera un buen trabajo, necesitaba respeto. Tutu dijo que se encargaría de Didrik. Después, Didrik se negó a explicarle a nadie cómo se las había apañado para pillarse dos dedos justo debajo de la bisagra superior de la puerta del servicio de los chicos, pero nunca más me llamó rata parda. Y, efectivamente, tampoco llegó a ser pianista. ¡Joder, cómo duele! No, no necesito que me consueles, papá, lo que necesito es un chute. Un último chute nada más y te prometo que dejo este mundo tranquilamente. Ya vuelve a sonar la campana. ¿Papá?

2

Era casi medianoche en Gardermoen, el aeropuerto de Oslo, cuando el vuelo SK-459 de Bangkok a Oslo se situó en el espacio indicado para desembarcar al lado de la puerta 46. El comandante Tord Schultz accionó el freno y el Airbus 340 se detuvo por completo; a continuación, cortó rápidamente el suministro de queroseno. El chirrido metálico de los reactores bajó de frecuencia hasta quedar reducido a un murmullo bonachón que terminó por extinguirse. Tord Schultz tomó nota de la hora mecánicamente, tres minutos y cuarenta segundos desde el aterrizaje, doce minutos antes del horario establecido. Él y el copiloto empezaron a repasar la lista de comprobación de parada y de aparcamiento, ya que el avión debía quedarse estacionado hasta la mañana siguiente. Con todo lo que había dentro. Hojeó en la carpeta del diario de a bordo. 20 de septiembre… En Bangkok seguía la temporada de lluvias y hacía el mismo calor húmedo de siempre, había echado de menos el frescor de las primeras tardes de otoño. Oslo en septiembre. No había un sitio mejor en el mundo. Rellenó la casilla del fuel que había sobrado. La contabilidad del carburante. En alguna ocasión, había tenido que justificarlo. Después de volar desde Amsterdam o Madrid a más velocidad de la económicamente rentable, gastando miles de coronas en carburante para llegar a tiempo. Al final, el jefe de pilotos lo llamó a su despacho.

—¿Llegar a tiempo para qué? —le gritó—. ¡No había ningún pasajero que tuviera que hacer transbordo!

–La compañía aérea más puntual del mundo –murmuró Tord Schultz citando la publicidad.

–¡La compañía aérea económicamente más jodida del mundo! ¿Esa es la única explicación que se te ocurre?

Tord Schultz se encogió de hombros. No podía decir la verdad, que había dejado correr el combustible porque el que tenía que llegar a tiempo era él. Al vuelo que le hubieran asignado, a Bergen, Trondheim o Stavanger. Era muy importante que él y nadie más que él realizara ese vuelo.

Era demasiado viejo y lo único que podían hacer era echarle la bronca. Había logrado evitar fallos graves, en el sindicato cuidaban de él y solo le faltaban unos pocos años para cumplir *the two fives,* cincuenta y cinco, y total, entonces podría jubilarse. Tord Schultz soltó un suspiro. Unos pocos años para enderezar las cosas, para no acabar como el comandante económicamente más jodido del mundo.

Firmó el diario de a bordo, se levantó y salió de la cabina de vuelo para enseñarles a los pasajeros esa hilera de dientes blancos como perlas en su cara bronceada de piloto. Una sonrisa que les diría que él era míster Seguridad en persona. Piloto. El título profesional que, en su momento, lo convirtió en alguien importante a ojos de los demás. Lo veía perfectamente, veía cómo todos, mujeres y hombres, jóvenes y viejos, en cuanto se pronunciaba la palabra mágica «piloto», lo miraban de otra manera y descubrían el carisma, el encanto juvenil y desenfadado, pero detectaban también la fría precisión y la determinación del comandante del avión, la superioridad de su intelecto, y el coraje de quien desafía las leyes de la física y el miedo innato de la gente corriente. Pero de eso hacía mucho tiempo. Ahora lo consideraban el conductor de autobús que de hecho era y preguntaban cuánto costaba el billete más barato a Las Palmas y por qué en Lufthansa había más espacio para las piernas.

A la mierda todos. A la mierda todos y cada uno.

Tord Schultz se quedó en la salida, al lado de la azafata, se irguió y pronunció sonriendo su *Welcome back, Miss,* con ese acento de Texas que habían aprendido en la academia de vuelo de Sheppard.

Le respondieron con una sonrisa de aprobación. Hubo un tiempo en que, con una de esas sonrisas, prácticamente podía conseguir una cita en la sala de llegadas. De hecho, las había conseguido. Desde Ciudad del Cabo hasta Alta. Mujeres. Ese había sido el problema. ¿Y la solución? Mujeres. Más mujeres. Mujeres nuevas. ¿Y ahora? Debajo de la gorra de plato empezaban a asomar las entradas, pero el uniforme hecho a medida destacaba esa figura alta y esos hombros anchos. Cuando, al entrar en la academia de vuelo, no lo admitieron para pilotar cazas y terminó de piloto de carga de los Hércules, la bestia de carga del cielo, lo achacó a la estatura. Le dijo a su familia que tenía la espalda unos centímetros demasiado larga, que las cabinas de los Starfighter F-5 y F-16 obligaban a descartar a todos los que no fuesen enanos. La verdad era que no había conseguido entrar por méritos. Su cuerpo sí dio la talla. Siempre había dado la talla. El cuerpo era lo único que había logrado mantener desde entonces, lo único que no se había derrumbado ni se había pulverizado. Como los matrimonios. La familia. Los amigos. ¿Cómo había ocurrido? ¿Dónde estaba él cuando ocurrió? Probablemente, en una habitación de hotel de Ciudad del Cabo o de Alta, con la nariz llena de cocaína para compensar las copas del bar, que le habían aniquilado la potencia, y metiéndole la polla a una *not-welcome-back-Miss* para compensar todo lo que no era y nunca llegaría a ser.

La mirada de Tord Schultz se fijó en un hombre que se le acercaba entre las filas de asientos. Andaba con la cabeza baja, pero aun así sobresalía entre los demás pasajeros. Era delgado y tenía la espalda ancha como él. Llevaba el pelo rubio corto y tieso como un cepillo. Era más joven que él, tenía pinta de noruego, pero no parecía un turista que volviera a casa, más bien un expatriado con ese bronceado suave, casi gris, tan típico de los blancos que habían pasado tiempo en el sureste asiático. El traje de lino marrón, sin duda hecho a medida, daba la impresión de calidad y seriedad. Tal vez un hombre de negocios. Con una empresa no demasiado boyante: viajaba en turista. Pero no fue ni el traje ni la altura lo que atrajo la mirada de Tord Schultz. Fue la cicatriz. Arrancaba de la comisura izquierda y le llegaba casi hasta la oreja, como una hoz en forma de sonrisa. Grotesco y de un dramatismo espléndido.

—*See you.*

Tord Schultz dio un respingo, pero no le dio tiempo a devolverle el saludo antes de que el hombre saliera del avión. Tenía la voz ronca, y los ojos enrojecidos también indicaban que acababa de despertarse.

El avión se quedó vacío. Aparcada en la pista, la furgoneta del personal de limpieza esperaba mientras la tripulación salía en bloque. Tord Schultz se fijó en que aquel ruso pequeño y fornido era el primero en bajarse de la furgoneta y lo vio apresurarse escaleras arriba con la leyenda del logo de la empresa Solox estampado en el chaleco amarillo reflectante.

See you.

El cerebro de Tord Schultz repetía las palabras mientras cruzaba el pasillo hacia el centro de tripulantes.

—¿No había una bolsa de mano ahí encima? —preguntó una de las azafatas señalando la maleta Samsonite de Tord.

No se acordaba de su nombre. ¿Mia? ¿Maja? Sabía que se había acostado con ella una vez durante una escala en el siglo pasado. ¿O no?

—No —dijo Tord Schultz.

See you. ¿O sea, en el sentido de «Nos vemos»? ¿O en el de «Veo que me estás mirando»?

Dejaron atrás la pared exenta que había delante de la entrada del centro de tripulantes, donde, en teoría, de repente, podía haber sentado un aduanero. El noventa y nueve por ciento del tiempo, la silla que había detrás de la pared estaba vacía, y nunca, ni una sola vez en los treinta años que llevaba trabajando en aquella compañía aérea, lo habían parado para cachearlo.

See you.

Es decir «Te estoy viendo». Y «Veo quién eres».

Tord Schultz entró deprisa en el centro de tripulantes.

Serguéi Ivanov procuró, como siempre, ser el primero en salir de la furgoneta cuando esta se detuvo al lado del Airbus, y subió corriendo la escalera del avión vacío. Entró en la cabina con la aspiradora y cerró la puerta con llave. Se puso los guantes de látex estirándolos hasta donde empezaban los tatuajes, levantó la tapa frontal de la aspiradora y abrió el armario del comandante. Sacó la pequeña bolsa Samsonite, abrió la cremallera, soltó la tapa metálica del fondo y se aseguró de que los cuatro bloques de un kilo con forma de ladrillo estuvieran en su sitio. Metió la bolsa en la aspiradora, la encajó entre la manguera y la bolsa grande de polvo que había vaciado previamente. Cerró la tapa, abrió la puerta de la cabina y puso en marcha la aspiradora. Y todo lo hizo en unos segundos.

Después de recoger y limpiar la cabina de pasaje, salieron del avión, metieron las bolsas de basura azul claro en la parte trasera del Daihatsu y condujeron hasta la sala de descanso. Solo quedaban por aterrizar y despegar unos cuantos aviones, antes de que el aeropuerto cerrara aquella noche. Ivanov miró por encima del hombro de Jenny, la jefa de turno. Pasó la vista por la pantalla del ordenador, que mostraba el horario de llegadas y salidas. Ningún retraso.

—Yo me ocupo del de Bergen en la 28 —dijo Serguéi con ese acento ruso tan duro que tenía.

Claro que por lo menos hablaba el idioma; había compatriotas suyos que, después de diez años en Noruega, todavía tenían que recurrir al inglés. Pero cuando lo trajeron a Noruega hacía cerca de dos años, su tío le dejó claro que tenía que aprender noruego, y lo consoló diciéndole que a lo mejor tenía la misma facilidad que él para aprender idiomas.

—Tengo gente en la 28 —dijo Jenny—. Puedes esperar el de Trondheim en la 22.

—Yo me ocupo del de Bergen —dijo Serguéi—. Nick que se encargue del de Trondheim.

Jenny lo miró.

—Como quieras, pero no te mates a trabajar, Serguéi.

Serguéi se sentó en una de las sillas, delante de la pared. Se apoyó cuidadosamente en el respaldo. Todavía tenía dolorida la piel entre los omoplatos, en la zona donde el tatuador noruego había estado trabajando. Le estaba tatuando los dibujos que le había enviado Imre, el tatuador de la cárcel de Nizhni Tagil, y todavía faltaba bastante para que estuviese completo. Serguéi pensaba en los tatuajes de Andréi y Peter, los tenientes de su tío. Aquellas rayas azules descoloridas en la piel de los dos cosacos de Altái daban cuenta de unas vidas dramáticas llenas de grandes hazañas. Pero Serguéi también podía presumir de un acto importante. Un asesinato. Fue un asesinato de nada, pero ya estaba grabado con aguja y tinta en forma de ángel. Y quién sabía si no podría producirse otro asesinato. Un asesinato de envergadura. Si *lo necesario* llegaba a ser necesario, le dijo su tío; y le pidió que se mantuviera alerta, que se preparase mentalmente, que practicara con el cuchillo. Iba a venir un hombre, dijo. No era seguro que viniera, pero era probable.

Probable.

Serguéi Ivanov se miró las manos. Aún llevaba puestos los guantes de látex. Naturalmente, era una feliz coincidencia que su ropa de trabajo también le permitiera no dejar huellas dactilares en los paquetes, si algo salía mal un día. No había en las manos el menor indicio de temblor. Llevaban tanto tiempo haciendo aquello que, para mantenerse alerta, tenía que recordarse a sí mismo el riesgo que entrañaba. Esperaba tenerlas igual de tranquilas a la hora de ejecutar *lo necesario (to chto nuzhno)*. Cuando se hiciera merecedor del tatuaje cuyo dibujo había encargado. Evocó la imagen otra vez; cómo se desabrocharía la camisa en el salón de su casa de Tagil, con todos sus hermanos *urki* allí presentes, para enseñarles los nuevos tatuajes. Y no necesitaría añadir una sola palabra, así que no diría ninguna. Simplemente, se lo vería en los ojos: que había dejado de ser el pequeño Serguéi. Se pasó semanas rezando para que el hombre viniese pronto. Y que lo necesario fuera necesario.

El mensaje para ir a limpiar el avión de Bergen sonó en el walkie-talkie.

Serguéi se levantó. Bostezó.

El procedimiento en la cabina de vuelo era todavía más sencillo.

Abrir la aspiradora, meter la bolsa en el armario del comandante.

Según salían del avión se cruzaron con la tripulación, que iba llegando. Serguéi Ivanov evitó cruzar la mirada con el comandante, se limitó a mirar al suelo y se dio cuenta de que llevaba el mismo tipo de maleta que Schultz, una Samsonite Aspire GRT. El mismo color rojo. Sin la pequeña bolsa de mano roja que se podía colocar en la parte superior. No sabían nada el uno del otro, nada sobre qué los vinculaba, nada de su vida ni de su familia. Lo único que unía a Serguéi, a Schultz y al joven comandante eran los números de teléfono de unos móviles sin registrar, comprados en Tailandia para enviar un SMS en caso de que se produjesen cambios en el horario. Serguéi creía que ni Schultz ni el comandante sabían el uno del otro. Andréi se esmeraba todo lo que podía en reducir la información al mínimo necesario. De ahí que Serguéi no supiera lo que pasaba con los paquetes. Pero se lo podía imaginar. Porque cuando un comandante de un vuelo entre Oslo y Bergen pasaba desde las pistas hasta el edificio del aeropuerto, no había aduana ni control de seguridad. El comandante llevaba la bolsa de mano hasta el hotel de Bergen donde pasaba la noche la tripulación. Una discreta llamada a la puerta de la habitación a medianoche y cuatro kilos de heroína cambiaban de manos. A pesar de que el violín, la nueva droga, había obligado a reducir un poco el precio de la heroína, en la calle un cuarto costaba doscientas cincuenta coronas por lo menos. A mil el gramo. Dado que la droga –que ya estaba cortada– se cortaba una vez más, serían ocho millones de coronas en total. Sabía contar. Lo bastante bien como para saber que le pagaban mal. Pero también sabía que merecería una parte mayor cuando hiciera lo *necesario*. Y con ese salario ya podría comprarse una casa en Tagil, encontrar una siberiana guapa y, a lo mejor, cuando sus padres fueran mayores, llevarlos a vivir con ellos.

Serguéi Ivanov notaba cómo le picaba el tatuaje entre los omoplatos.

Parecía que hasta la piel esperara con ilusión el capítulo siguiente.

3

El hombre del traje de lino bajó del tren del aeropuerto en la estación central de Oslo. Constató que había sido un día caluroso y soleado en su ciudad natal, el aire aún se notaba suave y agradable. Llevaba una maleta pequeña de lona, casi ridícula, y salió de la estación por la parte sur con pasos rápidos y ágiles. Fuera latía el corazón de Oslo —aunque había quienes pensaban que Oslo no tenía corazón—, con el pulso como un torbellino. Ritmo nocturno. Los pocos coches que circulaban por la rotonda elevada salían despedidos, uno a uno, hacia el este, rumbo a Estocolmo y Trondheim; hacia los barrios del norte de la ciudad, y hacia el oeste, en dirección a Drammen y Kristiansand. Tanto por el tamaño como por la forma, aquella rotonda se parecía a un brontosaurio, un gigante moribundo que pronto desaparecería para dar paso a viviendas y bloques de oficinas en el nuevo barrio de Oslo, un barrio espléndido que albergaría el nuevo edificio de Oslo, el edificio espléndido de la Ópera. El hombre se detuvo y contempló la blanca montaña de hielo que se alzaba entre la rotonda y el fiordo. Ya había ganado varios premios de arquitectura en todo el mundo, la gente venía de lugares remotos para caminar por el tejado de mármol italiano cuyo plano inclinado terminaba directamente en el mar. La iluminación interior que se veía por los ventanales del edificio era tan intensa como la luz de la luna que lo alumbraba.

Desde luego, esto es algo que embellece, pensó el hombre.

No eran las promesas de un barrio nuevo lo que veía, sino el pasado. Porque este había sido el territorio de la *shooting gallery* de

Oslo, el territorio de los yonquis, donde los hijos perdidos de la ciudad iban a pincharse y a disfrutar del subidón detrás de una caseta que apenas daba para esconderse. Un muro entre ellos y unos padres socialdemócratas ignorantes y bienintencionados. Algo que embellece, pensó. Así van al infierno en un entorno más bello.

Habían pasado tres años desde la última vez que estuvo allí. Todo era nuevo. Nada había cambiado.

Se sentaban en una franja de césped entre la estación y la autovía, más bien un arriate de carretera. Tan colocados ahora como entonces. Tumbados boca arriba con los ojos cerrados, como si la luz del sol fuese demasiado fuerte, sentados en cuclillas buscando una vena que no estuviera rota, o de pie, medio doblados, con la flojera del yonqui en las rodillas y la mochila al hombro, sin saber si iban o venían. Las mismas caras. No los mismos muertos vivientes que cuando él estaba por aquí, naturalmente, esos llevaban mucho tiempo muertos de verdad. Pero las mismas caras, en suma.

De camino hacia la calle Tollbugata había más. Dado que aquello tenía que ver con la razón por la que había vuelto, trató de formarse una impresión. Trató de calcular si había más o menos. Se percató de que volvía a haber compraventa en Plata. La cuadrícula de asfalto pintado de blanco que había en el lado oeste de la plaza de Jernbanetorget era el Taiwán de Oslo, un área de libre comercio de estupefacientes, creada para que las autoridades pudiesen mantener cierto control sobre lo que pasaba y tal vez para captar a los jóvenes, a los compradores primerizos. Pero a medida que el negocio aumentaba y que Plata iba revelando el verdadero rostro de Oslo como una de las primeras ciudades de Europa en lo que a consumo de heroína se refería, el lugar se volvió casi una atracción turística. El tráfico de heroína y las estadísticas de sobredosis llevaban mucho tiempo siendo una vergüenza para la capital, pero no una vergüenza tan visible como Plata. Los periódicos y la televisión nutrían al resto del país con fotos de jóvenes drogados, zombis en el centro de la ciudad a plena luz del día. Culpaban a los políticos. Cuando la derecha gobernaba, bramaba la izquierda. «Escasez de programas de rehabilitación.» «De la cárcel salen drogadictos.» «La nueva sociedad de clases genera bandas y tráfico de drogas en entornos de inmigrantes.» Cuando la izquierda gobernaba, bramaba la derecha. «Faltan agentes de policía.» «La entrada de inmigrantes es demasiado fácil.» «Siete de cada diez presos son extranjeros.»

Así que después de un tiempo tirándose la pelota de tejado en tejado, el consejo municipal de Oslo aprobó lo inevitable: protegerse a sí mismo. Esconder la mierda debajo de la alfombra. Cerrar Plata.

El hombre del traje de lino vio a un tipo con la camiseta roja y blanca del Arsenal en lo alto de una escalera y, delante de él, a cuatro personas que daban patadicas en el suelo. El del Arsenal giró la cabeza a la derecha, luego a la izquierda, como una gallina. Los otros cuatro no se movían, se limitaban a mirar fijamente al de la camiseta del Arsenal. Un grupo. El vendedor de la escalera esperó hasta que fueran suficientes, un grupo completo, a lo mejor serían cinco, o seis. Y entonces pediría que le pagaran el encargo y los llevaría hasta donde estaba la droga. A la vuelta de la esquina, o hasta un patio interior donde esperaba el compañero. Era un principio sencillo, el que llevaba la droga nunca tocaba el dinero, y el que recaudaba el dinero nunca tocaba la droga. De esa forma, a la policía le costaba más conseguir pruebas contundentes de tráfico contra ninguno de ellos. Aun así, el hombre del traje de lino se sorprendió porque lo que estaba viendo era el viejo método de los ochenta y los noventa. Cuando la policía desistió de pillar a los vendedores callejeros, estos renunciaron a los procedimientos más complejos, dejaron de recurrir al sistema de grupos y empezaron a entregar la mercancía directamente según iban llegando los clientes, el dinero en una mano, la droga en la otra. ¿Acaso la policía había empezado a perseguir a los camellos por la calle otra vez?

Un ciclista llegó pedaleando con todo el equipo, casco, gafas de color naranja y una camiseta transpirable en colores fluorescentes. Los cuádriceps le abultaban debajo del ajustado pantalón corto, y la bicicleta tenía pinta de ser cara. Seguramente por eso no la soltó cuando, junto con el resto del grupo, siguió al jugador del Arsenal a la vuelta de la esquina y hasta el otro lado del edificio. Todo era nuevo. Nada había cambiado. Pero eran menos, ¿verdad?

Las putas de la esquina de la calle Skippergata se dirigieron a él en mal inglés: *Hey, baby!*, *wait a minute, handsome!*, pero él negó con la cabeza. Y fue como si el rumor de su castidad y su posible escasez de dinero corriera más que sus pasos, porque las chicas de más arriba de la calle no mostraron el menor interés por su persona. En su época, las prostitutas de Oslo llevaban ropa práctica, vaqueros y anorak. Eran pocas, y mandaba quien vendía. Pero ahora había más competencia, y llevaban las faldas cortas; los tacones, altos, y las medias, de rejilla. Las mujeres africanas parecían tener frío ya. Espera a que llegue diciembre, pensó.

Se adentró en el barrio de Kvadraturen, lo que fuera el primer centro de la ciudad de Oslo, ahora un desierto de asfalto y cemento con edificios oficiales y oficinas para unas veinticinco mil hormigas obreras que salían corriendo hacia sus casas a las cuatro o las cinco de la tarde y dejaban el barrio a las ratas que trabajaban de noche. Cuando el rey Cristián IV fundó este barrio con manzanas cuadradas conforme a los ideales renacentistas de orden geométrico, la población se mantenía estable gracias a los incendios. Decían que la noche de propina de todos los años bisiestos se podía ver a gente en llamas corriendo por entre las casas, oír sus gritos mientras se carbonizaban y se evaporaban, aunque después quedaba una pequeña capa de ceniza sobre el asfalto y, si lograbas cogerla y comértela antes de que se la llevara el viento, la casa donde vivías no ardería nunca. Debido al riesgo de incendio, Cristián IV hizo construir unas calles que eran anchas para la media bastante más modesta de Oslo. Además construyeron los edificios de cemento, un material poco utilizado en Noruega. Y en una de esas fachadas de cemento se abría la puerta de un bar. Hasta los fumadores, que estaban fuera, llegaba desde el interior la última versión destrozada de «Welcome to the Jungle» de Guns N'Roses, con un reggae bailable que se cagaba en Marley y en Rose, en Slash y en Stradlin. El hombre se paró delante de un brazo extendido.

—¿Fuego?

Una mujer rolliza con una delantera imponente y en las postrimerías de la treintena lo estaba mirando. El cigarro le colgaba provocativamente de los labios pintados de rojo.

Él enarcó una ceja y miró a la amiga, que se reía detrás con un cigarrillo encendido. La de la delantera imponente se dio cuenta y también se echó a reír, y dio un paso para no perder el equilibrio.

—Venga, no te pongas difícil —dijo con el mismo acento del sur del país que la princesa heredera.

El hombre había oído decir que había una prostituta que se había hecho rica imitándola, hablando como ella, vistiéndose como ella, y que las cinco mil coronas a la hora incluían un cetro de plástico que el cliente podía utilizar más o menos a su antojo.

La mujer le puso la mano en el brazo cuando él se disponía a seguir su camino. Se inclinó hacia él y le echó en la cara el aliento, que olía a vino tinto.

—Pareces un buen tío. ¿Me das fuego?

Él giró la cabeza y le enseñó el otro lado de la cara. El lado malo. El lado de un-tío-no-tan-bueno. Notó que la mujer daba un respingo y lo soltaba al ver la marca del clavo del Congo, que iba como una costura mal hilvanada desde la boca hasta la oreja.

Siguió andando cuando la música cambió a «Come as you are», de Nirvana. La versión original.

—¿Hachís?

La voz venía del vano de una puerta, pero él no se paró ni se volvió a mirar.

—Speed?

Llevaba tres años limpio y no tenía intención de recaer ahora.

—¿Violín?

Ahora menos que nunca.

Delante de él, en la acera, un hombre joven se había parado con dos traficantes, estaba hablando con ellos y les enseñaba algo. El joven levantó la vista cuando se le acercó y clavó en él unos ojos grises llenos de curiosidad. Mirada de policía, pensó. Agachó la cabeza y cruzó la calle. A lo mejor estaba un poco paranoico, después de todo; no era muy probable que un policía tan joven lo reconociese.

Allí estaba el hotel. El albergue. El Leon.

Había poca gente en esta parte de la calle. Al otro lado, debajo de una farola, vio al comprador de droga sentado encima de la bici, en compañía de otro ciclista que también vestía un equipo profesional. Le estaba ayudando a pincharse en el cuello.

El hombre del traje de lino meneó la cabeza y se quedó mirando la fachada del edificio que tenía delante.

Debajo de las ventanas de la cuarta y última planta colgaba el mismo cartel, gris de suciedad. «¡Cuatrocientas coronas la noche!» Todo era nuevo. Nada había cambiado.

El recepcionista del Leon era nuevo. Un chico joven que saludó al hombre del traje de lino con una sonrisa sorprendentemente educada y una falta total de desconfianza, para tratarse del Leon. Le dijo «*Welcome*» sin un ápice de ironía en la voz, y le pidió el pasaporte. El hombre supuso que, debido al bronceado y al traje de lino, el recepcionista lo había tomado por un extranjero, y le entregó el pasaporte noruego, de color rojo. Estaba desgastado y tenía muchos sellos. Demasiados para que se pudiera considerar que había llevado una buena vida.

—Ah, vale —dijo el recepcionista devolviéndole el pasaporte. Dejó un formulario en el mostrador y le dio un bolígrafo—. Con las casillas marcadas basta.

¿Formularios de registro de entrada en el Leon?, se preguntó el hombre. A lo mejor sí había habido cambios, a pesar de todo. Cogió el bolígrafo y vio cómo el recepcionista le miraba fijamente la mano, el dedo corazón. Lo que había sido su dedo corazón antes de que le amputaran una parte en una casa de Holmenkollåsen. Ahora le habían sustituido la primera articulación por una prótesis de titanio de un azul grisáceo apagado. No servía para gran cosa, pero les daba un apoyo de equilibrio a los dedos índice y anular cuando tenía que coger algo, y no molestaba porque era bastante corta. El único inconveniente era la cantidad de explicaciones que le pedían en el control de seguridad de los aeropuertos.

Escribió su nombre detrás de *First Name* y *Last Name*.

Date of Birth.

Rellenó las casillas; sabía que ahora sí tenía el aspecto de un hombre que rondaba los cuarenta, no como el vejestorio malherido que se marchó de allí tres años atrás. Se había impuesto un régimen muy estricto de ejercicio, comida sana, suficientes horas de sueño y, naturalmente, cien por cien de abstinencia. Con el régimen no trataba de rejuvenecer, sino que intentaba no morir. Además, le gustaba. En realidad, siempre le habían gustado las rutinas, la disciplina y el orden. Entonces ¿por qué había llevado una vida de caos, autodestrucción y de relaciones rotas, y, según las épocas, entre negros periodos de embriaguez? Las casillas vacías lo miraban. Pero eran demasiado estrechas para las respuestas que exigían.

Permanent Address.

Bueno. El piso de la calle Sofie lo había vendido poco después de marcharse tres años atrás, igual que la casa de sus padres en Oppsal. Con su actual profesión, una dirección fija y en toda regla conllevaría cierto riesgo. Así que puso lo que solía cuando se registraba en otros hoteles: Chung King Mansion, Hong Kong. Lo cual no estaba más lejos de la verdad que cualquier otra cosa.

Profession.

Homicidios. No lo escribió. La casilla no estaba marcada.

Phone Number.

Puso uno ficticio. Los teléfonos móviles pueden rastrearse, tanto las conversaciones como el lugar donde te encuentras.

Phone Number Next of Kin.

¿Pariente más cercano? ¿Qué marido daba voluntariamente el número de teléfono de su mujer cuando se registraba en el Leon? Después de todo, era lo más parecido que había en Oslo a una casa de citas oficial.

Era obvio que el recepcionista le estaba leyendo el pensamiento:

—Es solo para el caso de que te sintieras indispuesto y tuviéramos que avisar a alguien.

Harry asintió con la cabeza. En caso de un paro cardiaco durante el acto.

—No tienes que facilitarlo si no tienes…

—No —dijo el hombre, y se quedó mirando las palabras.

El pariente más cercano. Tenía a Søs. Una hermana con lo que ella misma llamaba «un toque de síndrome de Down», pero que siempre se había enfrentado a la vida mucho mejor que su hermano mayor. Aparte de Søs, nadie más. Literalmente nadie. En todo caso, el pariente más cercano.

Marcó la casilla de «Al contado» en la forma de pago, firmó y le entregó el formulario al recepcionista. Que lo repasó rápidamente. Y entonces Harry vio cómo aparecía por fin. La desconfianza.

—¿Eres… eres Harry Hole?

Harry asintió con la cabeza.

—¿Pasa algo?

El chico hizo un gesto de negación con la cabeza. Tragó saliva.

—Estupendo —dijo Harry Hole—. ¿Me das la llave?

—¡Ah, perdona! Aquí tienes. La 301.

Harry cogió la llave y se fijó en que al chico se le habían encendido las pupilas y se le había apagado la voz.

—Es… es mi tío —dijo el chico—. Es el dueño del hotel, antes estaba en recepción. Él me ha hablado de ti.

—Solo cosas buenas, supongo —dijo Harry; sonrió, cogió la bolsa y se dirigió a la escalera.

—El ascensor…

—No me gustan los ascensores —dijo Harry sin darse la vuelta.

La habitación era como la recordaba. Destartalada, pequeña y más o menos limpia. Pero no, las cortinas eran nuevas. Verdes. Tiesas. Seguramente no requerían plancha. A propósito de plancha. Colgó el traje en el baño y abrió la ducha para que el vapor le alisara las arrugas. El traje le había costado ochocientos dólares de Hong Kong en la tienda Punjab House de la calle Nalhan Road, pero en su trabajo era una inversión necesaria, nadie respetaba a un hombre andrajoso. Se metió en la ducha. La piel le escocía por el agua caliente. Después cruzó desnudo la habitación y fue a abrir la ventana. Tercera planta. Patio trasero. Desde otra ventana llegaba un jadeo de fingido entusiasmo. Se agarró con las manos a la barra de la cortina y se asomó al exterior. Se encontró directamente con un contenedor abierto y notó el olor dulzón de la basura. Escupió y oyó el impacto en el papel que había en el contenedor. Pero el crujido que siguió no procedía del papel. Entonces resonó el ruido de algo al romperse y las tiesas cortinas verdes cayeron al suelo a uno y otro lado. ¡Mierda! Sacó la barra de las cortinas. Era fina, de las antiguas, hecha de madera con los extremos en forma de cebolla; se había roto anteriormente y la habían unido con cinta adhesiva. Harry se sentó en la cama y abrió el cajón de la mesilla de noche. Una Biblia con una funda de escay azul claro y un juego de costura compuesto por una hebra de hilo negro enrollada en un trozo de cartón atravesado por una aguja de coser. Bien pensado; Harry decidió que, después de todo, no era tan mala idea. Los huéspedes podían coserse los botones que se les cayeran y luego leer algún pasaje sobre el perdón. Se echó en la cama y se quedó mirando al techo. Todo era nuevo y nada... Cerró los ojos. No había dormido en el avión, así que con jet lag o sin él y con cortinas o sin ellas, pensaba dormir. Soñaría el mismo sueño que había soñado cada noche los últimos tres años: que iba corriendo por un pasillo, huyendo de un alud que rugía y le absorbía todo el aire y le impedía respirar.

Solo tenía que seguir adelante y mantener los ojos cerrados un poco más.

Fue perdiendo el hilo de los pensamientos, que terminaron por esfumarse.

El familiar más cercano.

Familiarizarse. Aproximarse.

Un familiar. Eso era él. Por eso había vuelto.

Serguéi conducía por la E6 hacia Oslo. Echaba de menos la cama del piso de Furuset. Mantuvo la velocidad por debajo de ciento veinte a pesar de que, a esas horas de la noche, tenía casi toda la carretera para él solo. Sonó el móvil. Ese móvil. La conversación con Andréi fue breve. Había hablado con su tío, o con el atamán (el jefe), al que Andréi llamaba tío. Después de colgar, Serguéi no pudo más. Pisó el acelerador. Gritó de júbilo. El hombre había llegado. Ya, esa misma noche. ¡Estaba aquí! De momento, Serguéi no iba a hacer nada, Andréi decía que la situación quizá se resolviera por sí sola. Pero ahora debía estar más preparado aún, tanto mental como físicamente. Entrenarse con el cuchillo, dormir, mantenerse alerta. Por si lo necesario llegara a ser necesario.

4

Tord Schultz apenas oyó el avión que pasaba ruidosamente por encima del tejado. Una fina capa de sudor le cubría el torso desnudo y los ecos del choque de hierro contra hierro seguían retumbando entre las paredes desnudas del salón. Tenía detrás el soporte con la barra para las pesas, por encima del banco en el que estaba sentado y cuya tapicería de plástico se veía brillante por el sudor. Desde la pantalla del televisor Donald Draper lo miraba a través del humo de un cigarro y bebía whisky. Otro avión rugió por encima de ellos. *Mad Men*. Años sesenta. Estados Unidos. Mujeres con ropa de verdad. Bebidas de verdad en vasos de verdad. Tabaco de verdad sin filtros ni sabor a mentol. Cuando lo que no te mataba te hacía más fuerte. Solo había comprado la primera temporada. La veía una y otra vez. No estaba seguro de que le fuese a gustar la continuación.

Tord Schultz observó la raya blanca que había encima de la superficie de cristal de la mesa del salón y limpió el canto de la tarjeta. Como siempre, había usado la tarjeta de identificación para hacérsela. La tarjeta que sujetaba al bolsillo de la pechera del uniforme de comandante. La tarjeta que le daba acceso a la pista, a la cabina de mando, al cielo, al salario. Esa tarjeta, que le arrebatarían, junto con todo lo demás, si alguien llegara a enterarse de algo. Por eso le parecía correcto utilizar la tarjeta de identificación. Había en ello algo de sinceridad, en medio de tantas mentiras.

Volverían a Bangkok a la mañana siguiente. Dos días de descanso en el Sukhumvit. Bien. Ahora todo iría bien. Mejor que antes.

No le gustó el plan cuando voló desde Amsterdam. Demasiado riesgo. Desde que se descubrió hasta qué punto estaban involucradas las tripulaciones latinoamericanas en el tráfico de cocaína en Schiphol, todas las tripulaciones, cualquiera que fuera la compañía aérea a la que pertenecieran, se exponían a que les controlaran el equipaje de mano y a que cachearan a sus integrantes. Además, el plan era que él se llevara los paquetes al aterrizar y los tuviera guardados en la maleta hasta que, ese mismo día, realizase un vuelo nacional a Bergen, a Trondheim o a Stavanger. Esos vuelos nacionales a los que tenía que llegar puntual, aunque eso implicara que, de vez en cuando, debiera recuperar los retrasos desde Amsterdam gastando más combustible de lo normal. Naturalmente, en Gardermoen permanecía todo el rato en el «lado aire», así que no tenía que pasar la aduana, pero en alguna ocasión había tenido la droga guardada en el equipaje hasta dieciséis horas, antes de poder entregarla. Las entregas tampoco estaban siempre exentas de riesgo. Coches en aparcamientos. Restaurantes con pocos clientes. Hoteles con recepcionistas muy observadores.

Enrolló un billete de mil que sacó del sobre que le dieron la última vez. Había tubos de plástico fabricados especialmente para este propósito, pero él no era de esos; no tenía una adicción tan fuerte, como ella le había dicho al abogado matrimonialista. La muy puta afirmaba que se divorciaba porque no quería que sus hijos creciesen con un padre drogadicto, que no quería quedarse de brazos cruzados viendo cómo él se esnifaba la casa y el sustento. Y que no tenía nada que ver con las azafatas, que eso no podía importarle menos, que ese asunto había dejado de preocuparle hacía mucho, que ya se encargaría la edad. Su mujer y el abogado le habían dado un ultimátum. O ella se quedaba con la casa, los niños y la parte de la herencia paterna que él no había dilapidado todavía. O lo denunciaban por posesión y consumo de cocaína. Su mujer había reunido pruebas suficientes para que hasta su abogado le dijera que lo condenarían y que la compañía aérea lo dejaría en tierra.

Fue una elección fácil. Ella solo le permitió que se quedara con las deudas.

Se acercó a la ventana y miró a la calle. ¿Por qué tardaban tanto?

Era un plan bastante nuevo. Tenía que llevar un paquete a Bangkok. A saber por qué. Era como llevar pescado a las islas Lofoten. De todas formas, era la sexta vez y hasta ahora todo había ido bien.

Había luz en las casas vecinas, pero estaban alejadas unas de otras. Casas aisladas, pensó. Eran viviendas para oficiales, de cuando Gardermoen era un aeropuerto militar. Cajas idénticas, todas de una planta con amplios jardines desnudos entre casa y casa. Con la mínima altura posible, para que ningún avión que volase demasiado bajo pudiera chocar con ellas. La mayor distancia posible entre las viviendas, para que el fuego originado al estrellarse un avión no se propagase de una a otra.

Vivieron allí durante su servicio militar obligatorio, cuando pilotaba el Hércules. Los niños corrían entre las casas para ir a jugar con los hijos de los colegas. Los sábados, los veranos. Los hombres alrededor de la barbacoa con el delantal puesto y la copa en la mano. Los chismorreos desde las ventanas abiertas de la cocina, donde las mujeres preparaban ensaladas y bebían Campari. Como una escena de *Elegidos para la gloria*, su película favorita, la de los primeros astronautas y el piloto de pruebas Chuck Yeager. Mira que eran guapas, las esposas de los pilotos. A pesar de que solo se trataba de los Hércules. Eran felices entonces, ¿no? ¿Era esa la razón por la que se había vuelto a mudar allí? ¿Un deseo inconsciente de volver a algo? ¿O de averiguar qué fue lo que se estropeó y así poder arreglarlo?

Vio aparecer el coche y, automáticamente, miró el reloj. Tomó nota de que llegaba dieciocho minutos más tarde de lo acordado.

Fue hasta la mesa del salón. Inspiró con fuerza dos veces. Puso el extremo del billete de mil enrollado donde empezaba la raya, se inclinó y aspiró el polvo por la nariz. Sintió un escozor en las mucosas. Se chupó la yema del dedo, la pasó por los restos de polvo y se frotó las encías. Sabía amargo. En ese momento sonó el timbre de la puerta.

Eran los dos tipos de siempre, con pinta de mormones. Uno bajito y otro alto, ambos con traje de catequista de la «escuela dominical». Pero a los dos se les veían los tatuajes en el dorso de la mano. Resultaba casi cómico.

Le dieron el paquete. Medio kilo envuelto como una salchicha y que cabía justo en el interior de los herrajes metálicos que rodeaban el asa extensible de la maleta de ruedas. Debería sacar el paquete después de aterrizar en Suvarnabhumi y dejarlo debajo de la moqueta suelta del fondo del armario de los pilotos, en la cabina de mando. Y esa sería la última vez que viera el paquete; probablemente se haría cargo de él algún empleado de tierra.

Cuando «míster Small» y «míster Big» le pidieron que empezara a llevar paquetes a Bangkok, le pareció una idiotez. Al fin y al cabo, no había ningún sitio en el mundo donde los precios de la droga en la calle fueran más altos que en Oslo. Así que ¿por qué exportarla? No preguntó, sabía que no obtendría respuesta, y tampoco le importaba. Pero aclaró que en Tailandia el contrabando de heroína se castigaba con la pena de muerte, así que quería que le pagaran mejor.

Se echaron a reír. Primero el bajo. Luego el alto. Y Tord pensó que a lo mejor los circuitos nerviosos más cortos reaccionaban con más rapidez. Y que por eso hacían las cabinas de mando de los cazas tan bajas, para poder excluir a los pilotos altos, de espalda larga, por ser más lentos.

El bajo le explicó a Tord en ese inglés suyo con acento ruso que no se trataba de heroína, sino de algo totalmente nuevo, tan nuevo que ni siquiera estaba prohibido por la ley. Pero cuando Tord Schultz preguntó por qué tenían que introducir clandestinamente una droga legal, el bajo se rió todavía con más ganas y le pidió que cerrara la boca y que contestara sí o no.

Tord Schultz dijo que sí. Al mismo tiempo, le surgió otra duda. ¿Qué consecuencias habría tenido contestar que no?

De eso hacía ya seis viajes.

Tord Schultz miró el paquete. En alguna ocasión se le había ocurrido que podía untar con lavavajillas los condones y las bolsas de congelación que usaban, pero alguien le había contado que los perros rastreadores de drogas podían discriminar los olores y no se dejaban confundir por trucos tan simples. Que todo dependía de la impermeabilidad de la bolsa de plástico.

Esperó. No pasaba nada. Carraspeó un poco.

—*Oh, I almost forgot* —dijo Mister Small—. *Yesterday's delivery...*

Se metió la mano en la chaqueta sonriendo maliciosamente. O a lo mejor no era maliciosamente, a lo mejor solo era humor del bloque del Este. A Tord le entraron ganas de atizarle, de echarle el humo del tabaco sin filtro en la cara, de escupirle el whisky de doce años en los ojos. Humor del bloque del Oeste. Pero optó por murmurar *Thank you* y cogió el sobre. Se le antojó delgado entre las yemas de los dedos. Serían billetes grandes.

Después se acercó otra vez a la ventana y vio desaparecer el coche en la oscuridad; un Boeing 737 engulló el ruido. A lo mejor era un 600. En todo caso, un NG. El tono más ronco y la frecuencia más alta que los viejos clásicos. Vio su propia imagen en la ventana.

Sí, había aceptado. Y pensaba seguir aceptando. Aceptando todo lo que la vida le escupiese a la cara. Porque él no era Donald Draper. No era Chuck Yeager y tampoco era Neil Armstrong. Era Tord Schultz. Un chófer de espalda larga con un montón de deudas. Y un problema con la cocaína. Debería...

El estruendo del siguiente avión ahogó sus pensamientos.

¡Putas campanas! ¿Los ves, papá, los supuestos familiares alrededor de mi féretro? Derramando sobre mí lágrimas de cocodrilo, con esa expresión triste como diciendo: pero Gusto, ¿por qué no podías ser como nosotros? ¡No, putos hipócritas engreídos, no podía! No podía ser como mi madre de acogida, tonta, consentida, con la cabeza llena de aire, de flores, y en la que todo está bien si uno lee el libro que toca leer, escucha al gurú que toca escuchar, come las putas verduras que toca comer. Y, si alguien conseguía perforar esa sabiduría endeble que se había agenciado, siempre jugaba la misma carta. «Pero mira qué mundo hemos construido: guerras, injusticia, personas que ya no viven en armonía natural consigo mismas.» Tres cosas, querida. Una: lo natural es que haya guerra, injusticia y caos. Dos: tú eres

la menos armónica de toda esta familia insignificante y desagradable. Tú solo querías el amor que te negaban, y te importó un bledo el que de verdad te dieron. Sorry, Rolf, Stein e Irene, pero ella solo tenía sitio para mí. Lo que hace que el punto tres sea más divertido todavía. Yo nunca te quise, querida, por mucho que a ti te pareciera que te lo merecías. Te llamaba mamá porque a ti te hacía feliz y a mí me hacía la vida más fácil. Cuando hice lo que hice, fue porque tú me lo permitiste, porque no tuve más remedio. Porque así es como soy.

Rolf. Tú al menos no me pediste que te llamara papá. Tú intentaste de verdad llegar a quererme. Pero no pudiste engañar a la naturaleza, te diste cuenta de que querías más a tu propia sangre: a Stein y a Irene. Cuando les decía a los demás que erais mis padres de acogida, podía ver la expresión herida en la cara de mamá. Y el odio en la tuya. No porque lo de «padres de acogida» os redujese a la única función que teníais en mi vida, sino porque hería a la mujer a la que tú, incomprensiblemente, amabas. Porque creo que eras lo bastante sincero para verte a ti mismo como te veía yo: una persona que en un momento de la vida, embriagada de idealismo, se ocupó de criar a un extraño, pero que pronto comprendió que no le salían las cuentas. Que la suma mensual que te pagaban por criarme no cubría el gasto real. Cuando te diste cuenta de que yo era el intruso. Que yo me lo comía todo. Todo aquello que tú apreciabas. Todos aquellos a los que tú querías. Deberías haberlo descubierto mucho antes y haberme echado del nido, Rolf. Ya que fuiste el primero en descubrir que yo os robaba. La primera vez solo fue un billete de cien. Lo negué. Dije que me lo había dado mamá. «¿Verdad, mamá, que me lo has dado tú?» Y «mamá» asintió vacilante, con lágrimas en los ojos, y dijo que se le había olvidado. La siguiente vez fueron mil coronas. Del cajón de tu escritorio. Un dinero que tenías guardado para nuestras vacaciones, dijiste. «Solo quería descansar de vosotros unos días», contesté yo. Y entonces fue cuando me pegaste por primera vez. Y pareció que algo se te soltó por dentro porque seguiste pegándome. Entonces ya era más alto y más corpulento que tú, pero no sabía pelear. No así, con las manos y los músculos. Yo peleaba de otra forma, de la forma en que se gana. Pero tú me pegabas cada vez más, ahora con el puño cerrado. Y comprendí por qué. Querías destrozarme la cara. Arrebatarme el poder. Pero la mujer a la que yo llamaba mamá se interpuso. Y entonces lo dijiste. Dijiste aquella palabra. Ladrón. Pues sí, la verdad. Pero entonces no me quedó más remedio que aplastarte, hombrecillo miserable.

Stein. El hermano mayor, taciturno. El primero que reconoció al cuco por las plumas, pero que era lo bastante listo como para mantenerse a distancia. El hermano solitario, sensato, bueno y también listo que, en cuanto pudo, escapó a la ciudad universitaria más alejada que encontró. Que intentó convencer a Irene, su querida hermana pequeña, de que fuera con él. En su opinión, Irene podía terminar el instituto en Trondheim, aunque fuera una mierda; le vendría bien dejar Oslo. Pero mamá prohibió la evacuación de Irene. Ella no sabía nada. No quería saber nada.

Irene. Guapa, adorable, pecosa y frágil. Eras demasiado buena para este mundo. Eras todo lo que yo no fui. Y aun así, me querías. ¿Me habrías querido si lo hubieras sabido? ¿Me habrías querido si hubieras llegado a saber que me estaba follando a tu madre desde los quince años? Que me había follado a tu madre por detrás mientras lloriqueaba ciega de vino tinto, pegada a la puerta del baño o la del sótano o la de la cocina y que le susurraba al oído «mamá», porque nos ponía cachondos a los dos. Que me daba dinero, que se ponía de mi parte si pasaba algo, que decía que solo me tendría de prestado hasta que fuera vieja y fea y yo encontrara una chica guapa. Y cuando yo le decía, «Pero, mamá, si tú ya eres vieja y fea», se reía y me pedía que le diera más.

Todavía tenía cardenales de los golpes y las patadas que me dio mi padre de acogida el día que lo llamé al trabajo para pedirle que volviese a casa a las tres porque le tenía que contar una cosa importante. Dejé la puerta de la calle entreabierta para que ella no lo oyese cuando llegara. Y yo le hablaba al oído para tapar el sonido de sus pasos, le decía cosas que a ella le gustaba oír.

Vi su reflejo en la ventana cuando entró por la puerta de la cocina.

Él se mudó al día siguiente. A Irene y Stein les dijeron que hacía un tiempo que mamá y papá no se encontraban bien juntos y habían decidido separarse temporalmente. Irene se quedó destrozada. Stein estaba en su ciudad universitaria y pudieron contactar con él por teléfono, pero contestó con un SMS. «Lástima. ¿Dónde queréis que pase las navidades?»

Irene lloraba sin parar. Ella me quería. Naturalmente, intentó dar conmigo. Dar con el Ladrón.

Las campanas de la iglesia doblaron por quinta vez. Llantos y sollozos desde los bancos. Cocaína, grandes beneficios. Alquila un apartamento céntrico en la parte oeste de la ciudad, regístralo a nombre de algún yonqui que te deje utilizar su identidad a cambio de una dosis y vende pequeñas cantidades en el rellano de la escalera o en el portal, sube los precios según se vayan sintiendo más seguros, los aficionados a la coca pagan lo que sea por la seguridad. Levántate, avanza, reduce el consumo, empieza a ser alguien. No te mueras en una madriguera como un puto perdedor. El pastor carraspeó. «Estamos aquí para recordar a Gusto Hanssen.»

Una voz desde el fondo: «El La-la-ladrón».

Tutu, tartamudeando allí sentado, con la chaqueta de motero y un pañuelo en la cabeza. Y algo más atrás, el gimoteo de un perro. Rufus. El bueno y fiel Rufus. ¿Es que habéis vuelto? ¿O soy yo el que ha llegado?

Tord Schultz dejó la Samsonite en la cinta de equipajes, que la llevaba hacia la máquina de rayos X, junto al vigilante de seguridad que le sonreía.

–No comprendo cómo permites que te pongan este horario –dijo la azafata–. Bangkok dos veces en la misma semana.

–Lo he pedido yo –dijo Tord pasando por el arco de rayos X.

Alguien del sindicato había propuesto que los tripulantes fueran a la huelga por tener que pasar varias veces al día por los controles de rayos X, que un estudio estadounidense había demostrado que el porcentaje de pilotos y de personal de cabina que morían de cáncer era superior al del resto de la población. Pero los agitadores de la huelga no habían dicho que la esperanza media de vida también era más alta. Los profesionales de la aviación mueren de cáncer porque no les quedan otras causas por las que morir. Vivían la vida más segura del mundo. La vida más aburrida del mundo.

–¿Y tú quieres volar tanto?

–Soy piloto, me gusta volar –mintió Tord, cogió la maleta, tiró del asa extensible y echó a andar.

Ella se le acercó rápidamente; el ruido de los tacones contra el suelo de mármol gris *antique foncé* del aeropuerto de Oslo casi acallaba el murmullo de voces bajo la bóveda de vigas de madera y acero. Pero, por desgracia, no acalló las preguntas que ella le susurraba:

—¿Es porque ella se ha ido, Tord? ¿Es porque tienes demasiado tiempo y nada más con que llenarlo? ¿Es porque no aguantas estar en tu casa y…?

—Es porque necesito cobrar las horas extra —la interrumpió.

Por lo menos, no era del todo mentira.

—Porque sé exactamente cómo te sientes. Yo me divorcié este invierno, como sabes.

—Sí —dijo Tord, que ni siquiera sabía que hubiera estado casada.

Le echó una mirada rápida. ¿Cincuenta? A saber qué pinta tendría por las mañanas, sin maquillaje ni colorete. Una azafata marchita, con un sueño de azafata marchito. Estaba bastante seguro de que no se la había follado. Por lo menos, no por delante. ¿Quién era el que repetía siempre ese chiste? Uno de los pilotos viejos. Los-pilotos-de-caza-con-la-mirada-azul-celeste-y-whisky-on-the-rocks. Uno de los que llegó a jubilarse antes de que perdieran el estatus. Aceleró cuando giraron para entrar en el pasillo que llevaba al centro de tripulantes. Ella iba jadeando, pero logró seguirle el ritmo. Aunque si mantenía esa velocidad, a lo mejor llegaba a quedarse sin aire para hablar.

—Oye Tord, como pasaremos una noche en Bangkok, a lo mejor podríamos…

Él bostezó ruidosamente. Y, más que verlo, sintió que ella se molestaba. Estaba todavía un poco aturdido de la noche anterior, había habido un poco más de vodka y de polvo después de que se fueran los mormones. No es que hubiese consumido tanto como para no pasar una prueba de alcoholemia, naturalmente, pero sí lo suficiente para que le inquietase la lucha contra el sueño durante las once horas que estaría en el aire.

—¡Mira! —soltó ella con ese tono ridículo y deslizante que utilizan las mujeres cuando quieren expresar que algo es increíblemente bonito.

Y él miró. Venía hacia ellos. Un perro pequeño de pelaje rubio, orejas largas y ojos tristes que movía el rabo insistentemente. Un springer spaniel. Lo llevaba una mujer que tenía el pelo rubio a juego, unos pendientes grandes, media sonrisa como de disculpa y unos ojos castaños de mirada dulce.

—¿No es una preciosidad? —oyó Tord que susurraban a su lado.

—Sí —dijo él.

Al pasar, el perro metió el hocico en la entrepierna del piloto que iba delante. Este se volvió hacia ellos enarcando una ceja y con una sonrisa torcida que probablemente significara algo, como si fuera un chiquillo descarado. Pero Tord no era capaz de seguir ningún otro pensamiento que no fuese el suyo propio.

El perro llevaba un chalequito amarillo. El mismo tipo de chaleco que llevaba la mujer de los pendientes. En él se leía: «ADUANAS. CUSTOMS».

Y se estaban acercando, solo los separaban cinco metros.

No debería pasar nada. No podía pasar nada. La droga estaba envuelta en condones y en una doble capa de bolsas de congelación. No podría escaparse ni una molécula de olor. Así que sonríe. Relájate y sonríe. No demasiado. Ni demasiado poco. Tord se volvió hacia la voz que hablaba a su lado, como si las palabras que le decía exigiesen mucha concentración.

—Perdón.

Dejaron atrás al perro y Tord siguió andando.

—¡Perdón! —La voz sonó más incisiva.

Tord iba mirando hacia delante. La puerta del centro de tripulantes estaba a menos de diez metros de distancia. La seguridad. Diez pasos. *Home free.*

—*Excuse me, sir!*

Siete pasos.

—Creo que se está refiriendo a ti, Tord.

—¿Cómo?

Tord se paró. Tuvo que pararse. Miró hacia atrás con una expresión que esperaba que no pareciera sorpresa fingida. La mujer del chaleco amarillo venía hacia ellos.

—El perro te ha marcado.

—¿De verdad?

Tord miró al perro. ¿Y cómo?, pensó.

El perro le devolvió la mirada y meneó el rabo frenéticamente, como si Tord fuese su nuevo amigo de juegos.

¿Cómo? Bolsas de congelación dobles y condones. ¿Cómo?

—Así que tenemos que registrarte. Puedes acompañarnos.

Seguía habiendo dulzura en aquellos ojos castaños, pero no había pronunciado esas palabras con tono interrogativo. Y en ese mismo momento comprendió cómo. Estuvo a punto de llevarse la mano al pecho, a la tarjeta de identificación.

La cocaína.

Se le había olvidado limpiar la tarjeta después de hacerse la última raya. Tenía que ser eso.

Pero solo eran unos granitos, algo que podría explicar fácilmente diciendo que se la había prestado a alguien en una fiesta. En aquel momento, ese no era su mayor problema. La maleta de ruedas. La registrarían. Como piloto, había entrenado y repetido los procedimientos de emergencia tantas veces que actuaba casi como un autómata. Esa era la idea, que incluso presa del pánico, actuaras así, haciendo lo que el cerebro hacía cuando no recibía otras órdenes: seguir el procedimiento de emergencia. Cuántas veces no se había imaginado aquella situación: que la agente de Aduanas le pedía que la acompañara. Cuántas veces no había pensado lo que debería hacer. Y cuántas no lo había practicado mentalmente. Se volvió hacia la azafata con una sonrisa resignada, tuvo tiempo de ver su nombre en la placa:

—Parece que el perro me ha marcado, Kristin. ¿Te importa llevarte la maleta?

—La maleta se viene con nosotros —dijo la agente de aduanas.

Tord Schultz se dio la vuelta.

—Si no he oído mal, el perro me ha marcado a mí, no a la maleta.

—Exacto, pero…

—Llevo documentos de vuelo que los otros tripulantes necesitan verificar. A no ser que quieras hacerte responsable del retraso de un Airbus 340 lleno de pasajeros con destino a Bangkok. —Se dio cuenta de que, literalmente, se había hinchado. Que había llenado los pulmones y había sacado la musculatura del pecho por debajo de la chaqueta del uniforme—. Si perdemos nuestro turno de despegue, podemos ocasionar varias horas de retraso y cien mil coronas en pérdidas para la compañía.

—Me temo que las normas…

—Trescientos cuarenta y dos pasajeros —la interrumpió Schultz—. Muchos de ellos niños.

Esperaba que se notara la seria preocupación de un comandante de aviación, no el pánico incipiente de un traficante de drogas.

La agente de Aduanas acarició la cabeza del perro y lo miró.

Tiene pinta de ama de casa, pensó. Una mujer con hijos y responsabilidades. Una mujer que debería comprender su situación.

—La maleta se viene con nosotros —dijo.

Otro agente de Aduanas apareció por detrás. Se quedó allí, con las piernas separadas y los brazos cruzados.

—Acabemos de una vez —suspiró Tord.

El jefe de Delitos Violentos del distrito policial de Oslo, Gunnar Hagen, se retrepó en la silla mientras estudiaba al hombre del traje de lino. Tres años atrás tenía el desgarrón suturado de la cara de un color sanguinolento y la pinta de un tipo acabado. Ahora, en cambio, el que fue subordinado suyo parecía estar muy sano, se había echado encima unos kilos, que había estado necesitando, y los hombros rellenaban el traje. Traje. Hagen recordaba a aquel investigador con vaqueros y botas, nunca otra indumentaria. El otro detalle novedoso era una pegatina en la solapa que proclamaba que él no trabajaba allí, sino que estaba de visita: HARRY HOLE.

Pero la postura en la silla era la misma, más tumbado que sentado.

—Tienes mejor cara —dijo Hagen.

—Esta ciudad también —dijo Harry, con un cigarrillo sin encender basculando entre los dientes.

—¿A ti te lo parece?

–Bonita ópera. Menos yonquis en la calle.

Hagen se levantó y se acercó a la ventana. Desde la sexta planta de la Comisaría General podía ver cómo el sol bañaba el nuevo barrio de Bjørvika. La renovación estaba en pleno apogeo. La demolición había terminado.

–Este último año hemos tenido un descenso notable en el número de muertes por sobredosis.

–Han subido los precios y ha bajado el consumo. Y el consejo municipal ha conseguido lo que con tanta vehemencia venía reclamando. Oslo ya no ocupa el primer puesto de Europa en muertes por sobredosis.

–*Happy days are here again.*

Harry se cruzó las manos en la nuca y, por un momento, pareció que iba a resbalarse de la silla.

Hagen suspiró.

–No me has contado qué es lo que te trae a Oslo, Harry.

–¿No?

–No. O más específicamente, a Delitos Violentos.

–¿No es normal que uno visite a los antiguos colegas?

–Sí, lo es en los demás, en las personas que suelen socializar.

–Bueno. –Harry mordió el filtro del Camel–. Mi profesión son los asesinatos.

–Querrás decir que eran los asesinatos, ¿no?

–Deja que vuelva a formularlo, mi oficio, lo mío son los asesinatos. Y sigue siendo lo único de lo que sé algo.

–Ya, y entonces, ¿qué quieres?

–Practicar mi oficio. Investigar asesinatos.

Hagen enarcó las cejas.

–¿Quieres volver a trabajar para mí?

–¿Por qué no? Si no recuerdo mal, yo era uno de los mejores.

–Te equivocas –dijo Hagen volviéndose otra vez hacia la ventana–. Eras el mejor. –Y añadió en voz baja–: El peor. Y el mejor.

–No me importaría quedarme con uno de los homicidios relacionados con las drogas.

Hagen sonrió.

–¿Cuál de ellos? Tenemos cuatro solo de los últimos seis meses. No hemos resuelto ninguno.

–Gusto Hanssen.

Hagen no contestó; seguía observando a la gente que se relajaba fuera, en el césped. Y empezó a pensar automáticamente. Gente que defraudaba a la Seguridad Social. Ladrones. Terroristas. ¿Por qué los veía así, en lugar de como a trabajadores que disponían de unas merecidas horas libres para disfrutar del sol de septiembre? La visión del policía. La ceguera del policía. Solo a medias, oía la voz de Harry a su espalda.

–Gusto Hanssen, diecinueve años. Conocido de la policía, vendedor y consumidor. Lo hallaron muerto el 12 de julio en un apartamento de la calle Hausmann. Murió desangrado después de recibir un tiro en el pecho.

Hagen soltó una risotada.

–¿Por qué quieres el único caso que, en realidad, está resuelto?

–Creo que lo sabes.

–Sí, es verdad –suspiró Hagen–. Pero si te contratara otra vez, te pondría a trabajar en uno de los otros casos. Te pondría a investigar el caso del agente infiltrado.

–Quiero el de Gusto.

–Habrá más o menos cien razones por las cuales no te asignaría ese caso, Harry.

–¿Y cuáles son?

Hagen se volvió hacia Harry.

–Supongo que con nombrar la primera es suficiente. Que el caso ya está resuelto.

–¿Y qué más?

–Que el caso no es nuestro, lo tiene Kripos. Que no tengo ningún puesto vacante, sino todo lo contrario, intento reducir personal. Que estás inhabilitado. ¿Quieres que continúe?

–Ya. ¿Dónde está?

Hagen señaló por la ventana, más allá del césped, al edificio de piedra gris que se veía detrás de las hojas amarillas de los tilos.

–Botsen –dijo Harry–. Prisión preventiva.

—De momento.

—¿Incomunicado?

—¿Quién fue a Hong Kong para hablarte del caso? ¿Fue…?

—No —lo interrumpió Harry.

—¿Sí?

—Sí.

—¿Quién?

—¿Quién dice que no me he enterado por internet?

—Poco probable —dijo Hagen sonriendo sin ganas y con la mirada indiferente—. Ese asunto fue noticia en los periódicos un día, y enseguida cayó en el olvido. Además, no daban nombres. Solo era una nota que decía que un adicto le había pegado un tiro a otro por un asunto de drogas. Nada que le interesara a nadie. Nada que destacara en el caso.

—Aparte de que se trataba de dos adolescentes —dijo Harry—. Diecinueve años. Y dieciocho.

Le había cambiado la voz.

Hagen se encogió de hombros.

—Lo bastante mayores para matar, lo bastante viejos para morir. A principio de año los habrían llamado a filas.

—¿Puedes conseguirme una visita para que hable con él?

—¿Quién te informó, Harry?

Harry se frotó la nuca.

—Un amigo de la Científica.

Hagen sonrió. Y esta vez, la sonrisa se reflejó en su mirada.

—Joder, Harry, si es que resultas hasta tierno. Que yo sepa, solo tienes tres amigos en el Cuerpo. Bjørn Holm, de la Científica. Y Beate Lønn, de la Científica. Así que, ¿quién ha sido?

—Beate. ¿Me consigues una visita?

Hagen se sentó en el borde de la mesa y escrutó a Harry. Miró el teléfono.

—Con una condición, Harry. Prométeme que te mantendrás lo más lejos posible de este asunto. Entre Kripos y nosotros reinan ahora la paz y la tranquilidad, y no tengo ninguna necesidad de volver a tener problemas con ellos.

Harry sonrió con amargura. Se había deslizado tanto en la silla que se le veía la hebilla del cinturón.

—¿Así que tú y el rey de Kripos sois amiguísimos?

—Mikael Bellman dejó Kripos —dijo Hagen—. De ahí la paz y la tranquilidad.

—¿Te has librado de ese psicópata? *Happy days…*

—Todo lo contrario. —Hagen se rió—. Bellman está más presente que nunca. Está aquí, en esta casa.

—Coño. ¿Aquí, en Delitos Violentos?

—Dios me libre. Lleva ya más de un año como jefe de OrgKrim.

—Vaya, también habéis estrenado abreviaturas.

—Crimen Organizado. Han unido varios de los antiguos grupos. Atracos, trata de personas, estupefacientes. Ahora todo es Crimen Organizado. Más de doscientos empleados, la unidad más numerosa de la policía judicial.

—Ya. Más que los que tenía en Kripos.

—Aun así, gana menos. Y tú ya sabes lo que ocurre cuando una persona como él pasa a un puesto peor pagado, ¿verdad?

—Que lo compensa con más poder —dijo Harry.

—Fue él quien puso orden en el mercado de la droga, Harry. Buena vigilancia. Detenciones y redadas. Hay menos bandas, y nada de guerras internas. Como te decía, las cifras de muerte por sobredosis están bajando… —Hagen apuntó al techo—. Y Bellman está subiendo. Ese chico tiene intención de llegar a algún sitio, Harry.

—Yo también —dijo Harry, y se levantó—. A Botsen. Cuento con que, cuando llegue, habrá un permiso de visita esperándome en la recepción.

—Siempre y cuando cerremos el acuerdo.

—Pues claro que sí —dijo Harry; estrechó la mano que le tendía su antiguo jefe, la sacudió dos veces y se dirigió hacia la puerta. Hong Kong había sido una buena escuela para aprender a mentir. Ya en el umbral, oyó que Hagen levantaba el auricular del teléfono, pero se dio la vuelta de todos modos.

—¿Quién es la tercera persona?

—¿Cómo? —Hagen miró al teléfono mientras marcaba con el dedo índice.

—¿El tercer amigo que tengo aquí?

El jefe de grupo Hagen se acercó el auricular a la oreja, miró a Harry con gesto cansino y le dijo con un suspiro:

—¿Quién crees tú? —Y luego—: ¿Hola? Sí, Hagen. Quería un permiso de visita. ¿Sí? —Hagen tapó el auricular con la mano—. Seguro que se arregla. Es la hora del almuerzo, pero preséntate allí a las doce.

Harry sonrió, le dijo «Gracias» solo con los labios y cerró la puerta silenciosamente.

Tord Schultz estaba en el vestuario; se abotonó los pantalones y se puso la chaqueta. No le habían examinado las cavidades corporales. La agente de Aduanas, la misma que le dio el alto, esperaba fuera del vestuario como una examinadora después de una prueba oral.

—Gracias por tu colaboración —dijo ella señalando la puerta de salida con la mano.

Tord se figuraba que, seguramente, mantendrían largas discusiones sobre si deberían decir «Lo sentimos» cada vez que un perro antidroga marcaba algo sin encontrar nada. La persona a la que cachean, retrasan, ponen en entredicho y hacen pasar vergüenza pensaría sin duda que una disculpa sería lo adecuado. Pero ¿debe uno disculparse por hacer su trabajo? El perro marcaba a gente que no llevaba drogas, eso pasaba continuamente, y una disculpa habría sido casi como reconocer un error de procedimiento o un fallo del sistema. Visto desde otro ángulo, deberían haberse dado cuenta de que él era comandante. Y no uno de tres galones; no uno de esos cincuentones fracasados que se quedaron de segundones en el asiento de la derecha porque se habían complicado la vida. Todo lo contrario, él tenía los cuatro galones, la prueba de que era una persona capaz de mantener el orden y conservar el control, y que era un hombre que dominaba la situación y su vida privada. La prueba de que pertenecía a la casta de los brahmanes del aeropuerto. Un comandante de avión debería recibir una disculpa de un agente de Aduanas con dos galones, fuera o no lo adecuado.

—No pasa nada, es bueno saber que hay quien se preocupa —dijo Tord, buscando la maleta con la vista.

En el peor de los casos, le habrían echado un vistazo rápido, pero no era eso lo que había marcado el perro. Y las chapas de metal que rodeaban el hueco donde se encontraba el paquete eran impenetrables para cualquier aparato de rayos X.

—Ya mismo la traen —dijo ella.

Hubo unos segundos de silencio durante los cuales Tord y ella se miraron.

Divorciada, pensó Tord.

En ese momento llegó otro agente de aduanas.

—La maleta… —dijo.

Tord lo miró. Y lo vio en su mirada. Sintió que le crecía el nudo en el estómago, subía, le presionaba el esófago. ¿Cómo? ¿Cómo?

—Hemos sacado todo lo que había dentro y lo hemos pesado —dijo—. Una Samsonite Aspire GRT de veintiséis pulgadas vacía pesa cinco coma ocho kilos. La tuya pesaba seis coma tres. ¿Puedes explicarnos por qué?

Era un agente de aduanas demasiado profesional como para sonreír abiertamente, pero Tord Schultz le vio en los ojos el brillo del triunfo. El agente se inclinó un pelín hacia delante y bajó la voz:

—¿O quieres que lo hagamos nosotros?

Harry salió a la calle después de almorzar en el Olympen. Ese restaurante antiguo ligeramente disoluto que, según recordaba, habían renovado para que pareciera la versión cara, propia de la zona oeste, de un establecimiento de la zona este, con cuadros de gran formato que representaban los antiguos barrios obreros de Oslo. Y sí, claro, había quedado muy bonito, con sus arañas y todo. Y la caballa estaba buenísima. Solo que ya no era… el Olympen.

Encendió un cigarro y cruzó el Botsparken, entre la Comisaría General y los viejos muros de cemento gris de la cárcel de Oslo.

Pasó junto a un hombre que estaba fijando a uno de los árboles un cartel rojo bastante deteriorado. Dio un golpe con la grapadora en la corteza de un tilo sobradamente centenario y, por tanto, protegido. No parecía ser consciente de que estaba cometiendo un delito grave, perfectamente visible desde todas las ventanas que daban a la fachada del edificio que poseía la mayor concentración de policías de Noruega. Harry se paró un momento. No para evitar que se cometiera el delito, sino para ver el cartel. Anunciaba un concierto de Russian Amcar Club, en Sardines. Harry recordaba al grupo, ya disuelto hacía mucho, y el local, que ya no existía. El Olympen. Harry Hole. Era obvio que faltaba poco para la resurrección de los muertos. Se disponía a seguir caminado cuando oyó una voz temblorosa.

—¿Tienes violín?

Harry se dio la vuelta. El hombre llevaba una chaqueta G-Star nueva y limpia. Iba inclinado hacia delante, como si un viento fuerte estuviera doblándole la espalda, y con la debilidad inconfundible de la heroína en las rodillas. Harry iba a contestarle cuando se dio cuenta de que, en realidad, se había dirigido al hombre del cartel. Pero este se marchó sin contestar. Abreviaturas nuevas para nuevas secciones policiales, terminología nueva para la droga. Grupos musicales de antaño, clubes de antaño.

La fachada de la cárcel de Oslo, Botsen, como la llamaba todo el mundo, se construyó a mediados del siglo XIX y consistía en una entrada aprisionada entre dos alas más grandes que a Harry siempre le recordaban a un detenido entre dos agentes de policía. Tocó el timbre, miró a la videocámara, oyó el zumbido y empujó la puerta. Dentro había un oficial de prisiones uniformado que lo acompañó por las escaleras; luego, por una puerta custodiada por otros dos oficiales, pasaron a una sala de visitas alargada y sin ventanas. Harry ya había estado allí. Era donde los presos podían verse con sus familiares más próximos. Habían hecho un intento algo descafeinado para que aquello pareciera acogedor. Harry descartó el sofá y se sentó en una de las sillas, consciente de lo que pasaba durante los escasos minutos que concedían a los reclusos para estar con sus parejas.

Esperó. Se dio cuenta de que todavía llevaba el permiso de entrada a la Comisaría General pegado a la solapa, se lo quitó y se lo guardó en el bolsillo. Esa noche, el sueño en el que aparecían aquel estrecho pasillo y la avalancha había sido peor que nunca: se quedaba enterrado y se le llenaba la boca de nieve. Pero no era esa la razón por la que el corazón le latía ahora de aquel modo. ¿Sería por la expectación? ¿O por el miedo?

No había llegado a una conclusión cuando se abrió la puerta.

—Veinte minutos —dijo el oficial de prisiones; salió y cerró.

El chico, que se había quedado en la puerta, estaba tan cambiado que Harry estuvo a punto de gritar que se habían equivocado de persona, que no era él. Este chico vestía vaqueros Diesel y una sudadera negra con capucha que llevaba escrito «Machine Head», y Harry comprendió que no se trataba del viejo disco de Deep Purple sino, según sus cálculos, de la nueva banda de heavy metal. El metal era por supuesto un indicio, pero la prueba eran los ojos y los pómulos. Mejor dicho: los ojos castaños y los pómulos marcados de Rakel. Era casi chocante lo mucho que se parecían. Es cierto que no había heredado la belleza de su madre; le sobresalía demasiado la frente, lo cual le otorgaba al chico un aspecto sombrío, casi agresivo, reforzado por aquel flequillo liso que Harry siempre supuso que había heredado de su padre moscovita. Un padre alcoholizado que el chico nunca llegó a conocer bien, solo tenía unos pocos años cuando Rakel se lo llevó de vuelta a Oslo. Donde más tarde conoció a Harry.

Rakel.

El gran amor de su vida. Así de sencillo. Y así de complicado.

Oleg. Tan listo, tan serio. Oleg, tan retraído que no se abría a nadie, aparte de a Harry. Él nunca se lo dijo a Rakel, pero sabía más que ella acerca de lo que Oleg pensaba, sentía y quería. Oleg y él jugando al Tetris en la Gameboy, los dos movidos por el mismo deseo de machacar el récord del otro. Oleg y él entrenando con los patines en el estadio de Valle Hovin, cuando Oleg decía que quería ser patinador de larga distancia, y talento tenía, desde luego. Oleg, que sonreía con paciencia e indulgencia cada vez que Harry le prometía que cuando llegara el otoño o la primavera iban a ir a Londres a ver jugar al Tottenham en White Hart Lane. Oleg, que de vez en cuando lo llamaba «papá», cuando se hacía tarde, le entraba sueño y perdía la concentración. Llevaba casi cinco años sin verlo, cinco años desde que Rakel se lo llevó de Oslo para alejarse de los horribles recuerdos del Muñeco de Nieve y del mundo de Harry, un mundo de violencia y asesinatos.

Y allí estaba ahora, delante de la puerta; tenía dieciocho años, era casi adulto y miraba a Harry con una cara sin expresión. Por lo menos, sin una expresión que Harry pudiera interpretar.

—Hola —dijo Harry.

Mierda, no había ensayado la voz, le salió como un susurro ronco. El chico pensaría que estaba a punto de echarse a llorar o algo así. Como para centrar su atención en otra cosa y distraer también la del chico, Harry sacó el paquete de Camel y se puso otro cigarro entre los labios.

Luego volvió a levantar la vista y vio el rubor que le había aflorado a las mejillas. Y la rabia. Aquella rabia explosiva que apareció sin más le ensombrecía los ojos y le hinchaba las venas del cuello y la frente, que vibraban como las cuerdas de una guitarra.

—Tranquilo, no lo voy a encender —dijo Harry señalando con la cabeza el cartel de «Prohibido fumar» que había colgado en la pared.

—¿Ha sido mi madre, verdad? —La voz también era más adulta. Y resonaba empañada de ira.

—¿El qué?

—Ha sido ella la que te ha llamado.

—No, no, ha sido…

—Pues claro que sí.

—No, Oleg, ella ni siquiera sabe que estoy en Noruega.

—¡Mentira! ¡Es mentira, como siempre!

Harry lo miró sorprendido.

—¿Como siempre?

—Sí, igual que mentías cuando decías que siempre estarías dispuesto a ayudarnos y toda esa mierda. ¡Pues ahora es demasiado tarde, así que ya puedes irte por donde has venido!

–¡Oleg! Escúchame…

–¡No! No quiero escucharte. ¡No tienes nada que hacer aquí! No puedes venir ahora y jugar a ser padre, ¿entiendes? –Harry vio cómo el chico tragaba saliva angustiado. Vio cómo le retrocedía la ira en la mirada antes de la siguiente oleada de negrura–. Ya no eres nada para nosotros. Fuiste uno que llegó sin más, que estuvo aquí unos años y luego… –Oleg intentó chasquear los dedos, pero se le resbalaron sin emitir ningún sonido–, desapareció.

–Eso no es verdad, Oleg. Y tú lo sabes.

Harry oyó su propia voz, ahora firme y segura, señal de que estaba tranquilo, y de que era tan fiable como un portaaviones. Pero el nudo que tenía en el estómago indicaba otra cosa. Estaba acostumbrado a que lo insultaran en los interrogatorios; no le importaba, en el mejor de los casos, le infundía más serenidad y capacidad de análisis. Pero con aquel chico, con Oleg… no tenía defensa.

Oleg rió amargamente.

–¿Quieres comprobar si todavía funciona? –Apretó el dedo corazón contra el pulgar–. Desaparece… ¡ahora!

Harry levantó las palmas de las manos.

–Oleg…

Oleg negó con la cabeza mientras golpeaba la puerta sin apartar de Harry aquella mirada negra como la noche.

–¡Guardia! La visita se ha terminado. ¡Sácame de aquí!

Harry siguió sentado en la silla unos segundos después de que Oleg se marchara.

Luego se levantó con mucho esfuerzo y salió al sol que brillaba sobre Botsparken.

Se quedó mirando hacia la Comisaría General. Se lo pensó. Y echó a andar hacia los calabozos. Pero se detuvo a medio camino, apoyó la espalda en uno de los árboles y cerró los ojos tan fuerte que notó cómo salía la humedad. Mierda de luz. Mierda de jet lag.

5

—Solo quiero verlo, no voy a coger nada —dijo Harry.

El agente que estaba de guardia al otro lado del mostrador de los calabozos miraba a Harry vacilante.

—Venga, Tore, tú me conoces, ¿no?

Nilsen carraspeó.

—Sí, pero entonces, ¿vuelves a trabajar aquí, Harry?

Harry se encogió de hombros.

Nilsen ladeó la cabeza y dejó que los párpados le cubriesen los globos oculares hasta que solo se le vio la mitad de las pupilas. Como si quisiera cribar la impresión visual. Cribar lo que no era importante. Y lo que quedó, evidentemente, iba a favor de Harry.

El agente soltó un suspiro, se largó y volvió con un cajón.

Tal y como había supuesto Harry, los efectos que Oleg llevaba encima cuando lo detuvieron se habían quedado allí; nunca los llevaban a la cárcel de Botsen hasta que no se sabía con seguridad que el detenido estaría en prisión preventiva más de un par de días, pero sus efectos no iban a parar necesariamente a la recepción de prisioneros del bloque D.

Harry miró el contenido. Calderilla. Un llavero con dos llaves, una chapa con una calavera y otra de Slayer. Una navaja del Ejército Suizo con una hoja y el resto de destornilladores y llaves Allen. Un mechero no recargable. Y una cosa más.

A Harry le impresionó, a pesar de que ya lo sabía. Los periódicos lo habían llamado «Un ajuste de cuentas en el mundo de la droga».

Era una jeringuilla desechable, todavía en el envoltorio de plástico.

—¿Nada más? —preguntó Harry, y sacó el llavero.

Lo sostuvo debajo del mostrador mientras miraba las llaves. Al parecer, a Nilsen no le gustó que Harry mantuviese el llavero fuera de su vista y se inclinó hacia delante.

—¿No había una cartera? —preguntó Harry—. ¿Ni tarjeta bancaria ni ninguna identificación?

—Se ve que no.

—¿Podrías mirar el acta de incautación?

Nilsen sacó el acta doblada del fondo del cajón, se puso las gafas trabajosamente y miró el papel.

—Había un móvil, pero se lo llevaron. Querían comprobar si había llamado a la víctima.

—Ya —dijo Harry—. ¿Algo más?

—¿Qué más podría haber? —dijo Nilsen ojeando el acta. Y cuando terminó de ver toda la hoja, concluyó—: No.

—Gracias, eso era todo. Gracias de verdad, Nilsen.

Nilsen asintió despacio. Todavía con las gafas puestas.

—El llavero.

—Ah, sí.

Harry lo volvió a dejar en el cajón. Vio que Nilsen comprobaba si las dos llaves seguían allí.

Harry salió, cruzó el aparcamiento y llegó a la calle Åkerberg-veien. Continuó bajando hasta Tøyen y la calle Urtegata. El barrio paquistaní. Pequeños comercios de ultramarinos, *hiyab* y algunos viejos sentados en sillas de plástico delante de sus cafés. Y El Faro. El café que el Ejército de Salvación ponía a disposición de los parias de la ciudad. Harry sabía que en días como ese estaba tranquilo, pero cuando llegara el frío del invierno los clientes se apretujarían alrededor de las mesas. Café y bocadillos. Un equipo de ropa limpia de la temporada anterior, zapatillas de deporte azules de los excedentes de las Fuerzas Armadas. En la enfermería del segundo piso, atención primaria a las heridas más recientes en el campo de batalla de las adicciones o, a los que estén muy mal, una inyección de vitamina B. Harry sopesó un instante si entrar a ver a Martine. A lo mejor seguía trabajando allí. Un poeta escribió que después del gran amor vienen los amores pequeños. Ella fue uno de los pequeños. Pero esa no era la razón. Oslo no era una ciudad grande y los consumidores más adictos se juntaban aquí o en el café de la Misión Urbana de la calle Skippergata. No era improbable que Martine conociera a Gusto Hanssen. Y a Oleg.

Pero Harry decidió hacer las cosas en el orden correcto y siguió andando. Cruzó el río Akerselva. Lo contempló desde el puente. Las aguas parduzcas que Harry recordaba de su niñez corrían hoy limpias como las de un riachuelo de montaña. Decían que ahora se podían pescar truchas allí. Allí estaban, a lo largo de los senderos, en las dos orillas del río: los vendedores de droga. Todo era nuevo, nada había cambiado.

Subió la calle Hausmann. Pasó por la iglesia de Jakobkirke. Iba mirando los números de las casas. Un cartel del teatro Grusomhetens Teater. Una puerta llena de pintadas y una carita sonriente. Un solar vacío y limpio después de un incendio. Y allí estaba. La típica finca urbana de Oslo construida en el siglo XIX, descolorida, sobria, de cuatro plantas. Harry empujó la puerta y esta se abrió. No estaba cerrada con llave. La puerta daba directamente a la escalera. Olía a orines y a basura.

Harry se fue fijando en los mensajes en clave de las paredes según subía. La barandilla suelta. Las puertas con marcas de cerraduras forzadas y sustituidas por otras, nuevas y más fuertes. Harry se detuvo en la tercera planta y supo que había encontrado la escena del crimen. Había cintas policiales de color blanco y naranja fijadas a la puerta formando una cruz.

Se metió la mano en el bolsillo y cogió las dos llaves que había sacado del llavero de Oleg mientras Nilsen leía el formulario. Harry no estaba seguro de cuáles de sus propias llaves las habían sustituido pero, de todos modos, en Hong Kong no era difícil conseguir duplicados.

En una de las llaves ponía Abus, y Harry sabía que era de un candado porque él mismo había comprado uno de esa marca. Pero la otra era una llave Ving. La metió en la cerradura. Llegó hasta la mitad antes de parar. Empujó un poco. Intentó girarla.

—Mierda.

Sacó el móvil. Su número estaba registrado como B en «Contactos». Dado que solo tenía ocho nombres almacenados en el teléfono, era suficiente con una letra.

—Lønn.

Lo que más le gustaba a Harry de Beate Lønn, aparte de que fuera una de las criminalistas más competentes con las que había trabajado, era que siempre reducía la información a lo relevante; que ella, igual que Harry, nunca retrasaba un caso innecesariamente, con palabras superfluas.

—Hola, Beate. Estoy en la calle Hausmann.

—¿En la escena del crimen? ¿Qué haces…?

—No consigo entrar. ¿Tienes la llave?

—¿Que si tengo la llave?

—Tú eres la jefa de todo ese tinglado, ¿no?

—Claro que tengo la llave. Pero no pienso dártela.

—No, claro que no. Pero alguna cosa querrás volver a examinar en la escena del crimen. Recuerdo no sé qué de un gurú que decía que cuando se trata de asesinatos, en un técnico criminalista todo rigor es poco.

—Así que eso sí lo recuerdas.

—Era lo primero que decía a todos sus alumnos. Me dejarás que entre contigo y vea cómo trabajas, ¿no?

—Harry…

—No voy a tocar nada.

Silencio. Harry sabía que se estaba aprovechando de ella. Era más que una colega, era una amiga, y lo más importante, era madre.

Suspiró.

—Dame veinte.

Para ella estaba de más decir «minutos».

Para él, estaba de más decir «gracias». Así que colgó.

El policía Truls Berntsen atravesó el pasillo de Crimen Organizado con pasos lentos. Porque la experiencia le decía que cuanto más lento anduviera, más rápido pasaría el tiempo. Y si algo le sobraba era tiempo. En el despacho le esperaba una silla que había gastado de tanto usarla y una mesa no muy grande con un montón de informes que estaban allí más que nada para que pareciera que tenía trabajo. Un ordenador que usaba principalmente para navegar por la red, pero incluso eso le resultaba aburrido, ya que habían restringido las páginas web a las que podían tener acceso. Y como él era de los estupas y no trabajaba en Delitos Sexuales, podía tener dificultades a la hora de justificar la visita a ciertas páginas. El agente Berntsen cruzó el umbral haciendo equilibrios con la taza llena hasta el borde y la dejó encima de la mesa. Procuró no manchar el folleto sobre el nuevo Audi Q5.211 CV. Un todoterreno, pero aun así, el típico coche de paquis. Un coche de maleantes. Por lo menos, dejaba atrás sin dificultad a los viejos Volvo V-70 de la policía. Un coche que daba a entender que eras alguien. Se lo daba a entender a ella, la que vivía en la casa nueva de Høyenhall, le daba a entender que eras alguien. En lugar de nadie.

Mantener el statu quo. Eso era lo que importaba ahora. «Asegurar los beneficios alcanzados», así lo había llamado Mikael en la reunión del lunes. Lo que significaba impedir que entraran en el juego nuevos actores. «Claro que podemos desear que haya todavía menos drogas en las calles. Pero después de conseguir tanto en tan poco tiempo, siempre existe el peligro de retroceder. Acordaos de Hitler y Moscú. Se trata de no abarcar más de lo que uno puede apretar.»

El agente Berntsen sabía más o menos lo que eso significaba. Largas jornadas con los pies encima de la mesa.

A veces echaba de menos el trabajo que había tenido en Kripos. Los asesinatos no eran como las drogas, no había nada de política, solo había que resolver el caso y punto. Pero fue el mismo Mikael Bellman quien insistió en que Truls se trasladase con él de Bryn a la Comisaría General; dijo que necesitaba aliados allí abajo, en territorio enemigo, alguien en quien pudiera confiar, alguien que pudiera cubrir los flancos si le atacaban. Lo había dicho sin decirlo, igual que Mikael le había cubierto en su día los flancos a Truls. La última vez, en aquel caso del chico que tuvieron en el calabozo y al que Truls trató con mano más dura de la cuenta, con tan mala suerte que le provocó una lesión ocular. Mikael le echó una bronca, por supuesto, le dijo que aborrecía la violencia policial, que eso no podía ocurrir en su unidad, dijo que, por desgracia, era su deber informar a la letrada del departamento estratégico, para que ella valorase si habría que informar a la Unidad Especial. Pero el chico recuperó la vista casi por completo, Mikael llegó a un acuerdo con su abogado, retiraron la acusación de posesión de estupefacientes y no pasó nada.

Igual que allí tampoco pasaba nada.

Largas jornadas con los pies encima de la mesa.

Y precisamente ahí estaba a punto de ponerlos Truls Berntsen, tal y como hacía diez veces al día, como mínimo, cuando miró hacia el Botsparken y vio el viejo tilo del paseo que conducía hasta la cárcel.

Allí estaba.

El cartel rojo.

Notó un cosquilleo en la piel, cómo le subía la tensión. Y el ánimo.

Se levantó rápidamente, se puso la chaqueta y dejó el café encima de la mesa.

La iglesia de Gamlebyen estaba a ocho minutos a buen paso de la Comisaría General. Truls Berntsen bajó por la calle Oslo hasta el Minneparken, giró a la izquierda y, después de cruzar el puente de Dyveke, ya estaba en el corazón de Oslo, donde había empezado a gestarse la ciudad. La iglesia era sobria hasta casi parecer pobre, sin esa ornamentación cursi de la iglesia neorromántica que había al lado de la Comisaría General. Pero la iglesia de Gamlebyen tenía historias más interesantes, por lo menos, si la mitad de lo que le había contado su abuela durante su infancia en Manglerud era verdad. La familia Berntsen se había mudado de un edificio ruinoso del centro a la ciudad dormitorio de Manglerud cuando la construyeron en los años cincuenta. Pero, curiosamente, eran ellos —una auténtica familia de Oslo con tres generaciones de obreros en su haber— los que se sentían forasteros. La mayoría de los que vivían en las ciudades dormitorio en los años cincuenta eran campesinos y gente que venía a la ciudad de muy lejos para labrarse un porvenir. Y en los setenta y los ochenta, cuando el padre de Truls empezó a emborracharse y a pasarse los días en casa insultando a todo y a todos, Truls se iba a casa de Mikael, su mejor amigo, y el único que tenía. O a casa de su abuela, en el barrio de Gamlebyen. Ella le contó que la iglesia de Gamlebyen se había construido sobre un convento del siglo XIII en el que los monjes se encerraron a rezar durante la peste negra, aunque, a decir de la gente, lo hicieron para eludir su deber de cuidar al prójimo y para evitar a los que transmitían la enfermedad. Cuando, después de meses sin noticias, el canciller mandó que forzaran la puerta del convento, comprobaron que las ratas se estaban dando un festín entre los cadáveres podridos de los monjes. El cuento de buenas noches favorito de la abuela era que, cuando en el mismo solar se edificó un sanatorio conocido con el nombre de «casa de los locos», algunos de los lunáticos se quejaban de que unos encapuchados recorrían los pasillos por las noches. Y contaban que, el día que uno de los pacientes logró quitarle la capucha a uno de ellos, se encontró con una cara pálida plagada de mordeduras de rata y con las cuencas de los ojos vacías. Pero el cuento que más le gustaba a Truls era el de Askild el Orejones. Vivió y murió más de cien años atrás, cuando Kristiania, la antigua Oslo, se convirtió en una ciudad de verdad y hacía mucho que se había construido una iglesia en el solar. Se decía que su fantasma se aparecía en el cementerio, en las calles aledañas, en el puerto y en la zona de Kvadraturen. Pero nunca más lejos, porque solo tenía una pierna y el camino debía ser corto para así poder volver a la tumba antes del amanecer, decía la abuela. Askil el Orejones había perdido la pierna cuando, a la edad de tres años, se la aplastó la rueda de un coche de bomberos, pero la abuela decía que el que la gente del lugar prefiriera darle un apodo que aludiera a aquellas orejas tan grandes podía atribuirse al sentido del humor característico de la zona este de la ciudad. Eran tiempos difíciles y, para un adolescente con una sola pierna, la elección de carrera profesional era bastante obvia. Así que Askild el Orejones se dedicó a mendigar y llegó a ser muy conocido en esa ciudad en pleno desarrollo; se movía cojeando, siempre de buen humor y siempre dispuesto a charlar. Sobre todo con los que pasaban el día en los bares y no tenían trabajo; aunque sucedía que, a veces, conseguían dinero de pronto. En esas ocasiones, a Askild el Orejones también le tocaba siempre un pellizco. Pero, de vez en cuando, Askild el Orejones necesitaba un poco más de dinero y entonces podía suceder que informara a la policía de quién había sido especialmente generoso últimamente. Y de quién, ya llegando a la cuarta copa —y sin advertir la presencia del pobre mendigo del rincón—, contaba que le habían propuesto participar en el atraco a la joyería de la calle Carl Johan o a un comerciante de maderas de Drammen. Empezó a circular el rumor de que los oídos de Askild el Orejones eran demasiado buenos, y después de la desarticulación de una banda de atracadores de Kampen, Askild el Orejones desapareció para siempre. Nunca dieron con él, pero una mañana de invierno, en la escalera de la iglesia de Gamlebyen, se encontraron una muleta y dos orejas cortadas. A Askild lo enterraron en algún lugar del cementerio, pero, como ningún cura le dio la bendición, se dedicaba a aparecerse como un fantasma. Y al caer la noche en Kvadraturen o alrededor de la iglesia, uno podía toparse con un hombre que cojeaba y que, con la cabeza bien tapada con una gorra, pedía dos céntimos, ¡dos céntimos! Y no darle limosna a aquel mendigo traía mala suerte.

Eso es lo que contaba la abuela. Aun así, Truls Berntsen hizo caso omiso del mendigo flaco de piel morena y con pinta de extranjero que estaba sentado junto a la puerta del cementerio; siguió adelante contando las lápidas por el camino de gravilla, torció a la izquierda cuando llegó a la séptima, a la derecha cuando llegó a la tercera, y se paró en la cuarta lápida.

El nombre grabado en ella no le decía nada. A.C. Rud. Había muerto en 1905, el año de la independencia de Noruega, a la temprana edad de veintinueve años, pero aparte de la fecha de nacimiento y de fallecimiento, en la lápida no decía nada más. A pesar de que tenía una superficie vacía y rugosa que parecía perfecta para escribir mensajes con tiza; quizá por eso la habían elegido.

LTZHUDSCORRNTBU

Truls descifró el texto mediante el sencillo código al que recurrían para que ningún transeúnte ocasional pudiera entenderlo. Cogió las dos últimas letras, se saltó tres hacia la izquierda, leyó tres, se saltó dos, leyó dos, se salto tres, leyó tres, se saltó dos, leyó dos, se saltó tres, leyó tres.

BURN TORD SCHULTZ

Truls Berntsen no lo anotó. No era necesario. Tenía buena memoria para los nombres que lo acercaban a los asientos de cuero de un Audi Q5 de seis velocidades y cambio manual. Utilizó la manga de la chaqueta para borrar las letras.

El mendigo levantó la vista cuando Truls pasó a su lado al salir. Unos putos ojos castaños, como de perro. Seguro que tenía una banda de mendigos y un buen coche escondido en algún lugar. Mercedes, ¿no era ese el que le gustaba a esa gente? La campana de la iglesia dio la hora. Según la lista de precios, el Q5 costaba «666.000». Quizá hubiera ahí oculto un mensaje secreto, pero a Truls Berntsen se le escapaba.

—Tienes buena pinta —dijo Beate mientras metía la llave en la cerradura—. Y te has agenciado un dedo también.

—Made in Hong Kong —dijo Harry frotándose la prótesis de titanio.

Observó a aquella mujer pequeña y pálida mientras abría la cerradura. Llevaba el pelo fino, corto y rubio recogido con una goma. Tenía la piel tan delicada y transparente que se le veía la red de venillas de la sien. Le recordaba a los ratones sin pelo que utilizaban en los laboratorios para la investigación del cáncer.

—Como, según tu informe, Oleg vivía en la dirección del lugar de los hechos, pensé que podría abrir la puerta con sus llaves.

—La cerradura llevaba rota bastante tiempo —dijo Beate, y empujó la puerta—. Y se podía entrar sin más. Pusimos una nueva para que ninguno de los yonquis pudiera volver y contaminar la escena del crimen.

Harry asintió con la cabeza. Era típico de los pisos de yonquis. Las cerraduras no servían de nada, las destrozaban enseguida. En primer lugar, porque los otros drogadictos entraban por la fuerza en sitios donde sabían que vivía gente que podía tener drogas. Y en segundo lugar, los que vivían en esos antros hacían cualquier cosa para robarse unos a otros.

Beate apartó la cinta policial y Harry pudo entrar. En los ganchos del recibidor había ropa y bolsas de plástico. Harry miró dentro de una de ellas. El cartón de un rollo de papel de cocina, latas de cerveza vacías, una camiseta mojada con manchas de sangre, trozos de papel de aluminio, un paquete de tabaco vacío. Había un montón de cajas vacías de pizza Grandiosa apiladas contra una de las paredes, una torre inclinada de pizza que llegaba a medio camino del techo. También había cuatro percheros blancos iguales. A Harry le pareció raro hasta que cayó en la cuenta de lo que era, naturalmente: mercancía robada que no habían podido vender. Se acordó de que en esos antros siempre se encontraban cosas que alguien, en un momento dado, había pensado que conseguiría vender. Una vez hallaron sesenta teléfonos móviles totalmente pasados de moda metidos en una bolsa; y en otra ocasión, una moto a medio desmontar aparcada en la cocina.

Harry entró en el salón. Olía a una mezcla de sudor, madera salpicada de cerveza, ceniza mojada y algo dulzón que Harry no supo identificar. La sala de estar no tenía muebles en el sentido habitual de la palabra. Había cuatro colchones en el suelo dispuestos como si estuviesen alrededor de la hoguera en una acampada. De uno de ellos salía un alambre torcido en un ángulo de noventa grados con una «y» en el extremo. El suelo de madera que quedaba entre los colchones estaba lleno de marcas negras de quemaduras alrededor de un cenicero sin colillas. Harry supuso que el equipo de técnicos que se había encargado del escenario lo habría vaciado.

—Gusto estaba tumbado ahí, apoyado en la pared de la cocina —dijo Beate.

Se había colocado en la puerta que comunicaba el salón y la cocina, y señalaba con el dedo.

En vez de continuar, Harry se quedó en el umbral. Era una costumbre. No la costumbre de la Científica, que en el lugar del crimen empezaba por un registro minucioso de la periferia y trabajaba tramo a tramo hacia dentro, hasta llegar al cadáver. Y tampoco la del agente de guardia o el primer coche patrulla en llegar al lugar del crimen, que sabía que podía contaminar el escenario con sus huellas y, en el peor de los casos, destruir las que hubiera. Ya hacía tiempo que los hombres de Beate habían hecho lo que había que hacer allí. Así que no era eso. Era la costumbre del investigador operativo. El que sabe que solo tiene una oportunidad para dejar que las primeras sensaciones, los detalles casi imperceptibles, queden impresos antes de que se endurezca el cemento. Esto tenía que pasar ahora, antes de que recuperase el mando la parte analítica del cerebro, esa parte que exige hechos ya formulados verbalmente. Harry solía definir la intuición como conclusiones sencillas y lógicas basadas en información sensorial que el cerebro no puede o no tiene tiempo de traducir en palabras.

Pero aquella escena del crimen no le decía a Harry casi nada del asesinato que allí se había cometido.

Todo lo que veía, oía y olía era un sitio cuyos inquilinos más o menos casuales se juntaban, se drogaban, dormían, comían raras veces y, al cabo de un tiempo, se marchaban. A otro nido, a una habitación de un hostal, un parque, un contendor, un saco de dormir de plumas barato debajo de un puente o a uno de madera pintado de blanco debajo de una lápida.

—Por supuesto, aquí hubo mucho que recoger y que ordenar —dijo Beate como respuesta a la pregunta que no tuvo que hacerle—. Había basura por todas partes.

—¿Drogas? —preguntó Harry.

—Una bolsa de plástico con bolitas de algodón sin hervir —dijo Beate.

Harry asintió. Los yonquis más hechos polvo y más arruinados solían guardar las bolas de algodón que utilizaban para limpiar la droga de impurezas cuando la introducían en la jeringuilla. En caso de necesidad, podían hervir esas bolas de algodón e inyectarse el líquido.

—Y un condón con semen y heroína.

—¿No me digas? —Harry enarcó las cejas—. ¿Y es recomendable?

Harry vio que Beate se ruborizaba, como un eco de la chica tímida recién salida de la Academia de Policía que todavía recordaba.

—Restos de heroína, para ser exactos. Supusimos que utilizaron el condón para guardar la droga y, después de consumida, lo usaron para los fines para los que se fabricó.

—Ya —dijo Harry—. Yonquis que se preocupan por utilizar anticonceptivos. No está mal. ¿Has averiguado quién…?

—El ADN del interior y del exterior del condón coincide con dos conocidos. Una chica sueca e Ivar Torsteinsen, al que los estupas infiltrados llaman Hivar.

—¿Hivar?

—Solía amenazar a los agentes de policía con jeringuillas infectadas, afirmaba que era portador del HIV.

—Ya. Eso explica el condón. ¿Tiene antecedentes de delitos violentos?

—No. Solo un montón de allanamientos, posesión y venta. Y hasta algo de tráfico de estupefacientes.

—Pero ¿y las amenazas con las agujas?

Beate suspiró, se dirigió a la sala de estar y allí se quedó de espaldas a Harry.

—Lo siento, pero no hay ningún cabo suelto en este caso, Harry.

—Oleg nunca ha matado una mosca, Beate. Simplemente, no es él. Sin embargo, ese Hivar…

—Hivar y la chica sueca están… bueno, se puede decir que están fuera del caso.

Harry se dirigió a la espalda de Beate.

—¿Muertos?

—Sobredosis. Una semana antes del asesinato. Heroína de mala calidad mezclada con fetanilo. Se ve que no podían permitirse comprar violín.

Harry recorrió las paredes con la vista. La mayoría de los adictos sin domicilio fijo tenían un escondite habitual, si no dos, un lugar secreto donde esconder o guardar bajo llave una reserva de droga. A veces, incluso dinero. O algunas pertenencias que no querían perder. Ni se planteaban llevar esas cosas encima; un yonqui sin un sitio donde vivir tenía que chutarse en lugares públicos y, en el momento en que la droga surtía efecto, era presa fácil de los buitres. Por eso los escondites eran sagrados. Un yonqui, por embotado que estuviera, era capaz de desplegar tanta imaginación y tanta energía a la hora de ocultar un escondite que incluso los expertos en registros y los perros rastreadores acababan dándose por vencidos. Era un escondite de cuya existencia no le hablaba a nadie, ni siquiera a su mejor amigo. Porque sabía por experiencia propia que ningún amigo de carne y hueso puede ser más amigo que las amigas codeína, morfina y heroína.

—¿Habéis buscado el escondite aquí?

Beate negó con la cabeza.

—¿Por qué no? —preguntó Harry, consciente de que era una pregunta tonta.

—Porque lo más seguro es que hubiéramos tenido que echar abajo todo el apartamento para encontrar algo que, de todos modos, no iba a ser relevante para la investigación —dijo Beate con paciencia—. Porque tenemos que dar prioridad al hecho de que nuestros recursos son limitados. Y porque teníamos las pruebas que necesitábamos.

Harry asintió. La respuesta que se merecía.

—¿Y las pruebas? —dijo con tono suave.

—Creemos que se dispararon desde donde yo me encuentro. —Los de criminalística tenían por costumbre no dar nombres. Extendió el brazo al frente—. A quemarropa. Menos de un metro. Residuos de pólvora en las heridas de entrada y en el interior.

—¿En plural?

—Dos disparos.

Lo miró como disculpándose, dando a entender que sabía lo que estaba pensando: que así se esfumaba la posibilidad de que el abogado defensor pudiera argumentar que fue un disparo accidental.

—Ambos disparos le dieron en el pecho. —Beate separó los dedos índice y corazón de la mano derecha y se los puso en el lado izquierdo de la blusa, como si fuera un gesto en la lengua de signos—. Suponiendo que tanto la víctima como el asesino estuvieran de pie y que este disparase el arma en la postura normal, el orificio de salida del primer disparo indica que el asesino medía entre un metro ochenta y un metro ochenta y cinco. El sospechoso mide un metro ochenta y tres.

Madre mía. Pensó en el chico al que había visto tras la puerta de la sala de visitas. Le parecía que fuera ayer cuando Oleg apenas le llegaba al pecho y jugaban a las peleas.

Beate entró en la cocina. Señaló con el dedo la pared, a la altura de la encimera grasienta.

—Las balas entraron aquí y aquí, como puedes ver. Lo que confirma que el segundo disparo se produjo casi inmediatamente después del primero, cuando la víctima había empezado a caer. La primera bala le atravesó el pulmón, la segunda, la parte superior del pecho, y le rozó el omoplato. La víctima…

—Gusto Hanssen —dijo Harry.

Beate se detuvo. Lo miró. Asintió.

—Gusto Hanssen no murió en el acto. Había huellas en el charco de sangre y manchas de sangre en la ropa que indicaban que se movió después de caer. Pero no creo que tardara mucho…

—Comprendo. ¿Y qué…? —Harry se frotó la cara con la mano. Tenía que intentar dormir unas horas— ¿Qué relaciona a Oleg con el asesinato?

—Dos personas llamaron a la central de operaciones a las nueve menos tres minutos de la noche; dijeron que habían oído algo que podían ser disparos procedentes de este edificio. Una vivía en la calle Møllergata, después del cruce; la otra ahí, en la acera de enfrente.

65

Harry miró la ventana grisácea que daba a la calle Hausmann.

—No está mal poder oír lo que pasa desde otro edificio aquí, en el centro.

—Piensa que fue en julio. Una noche calurosa. Todas las ventanas abiertas, vacaciones, casi nada de tráfico… Además, los vecinos llevaban tiempo intentando que la policía cerrara este antro, así que puede decirse que el umbral de denuncia de ruidos era bajo. El agente de la central de operaciones les pidió que no se movieran y que vigilaran el edificio hasta que llegara un coche patrulla. Pasaron el aviso al grupo de guardia de inmediato. A las nueve y veinte llegaron dos coches patrulla, y se quedaron fuera esperando a la caballería.

—¿Los Delta?

—Siempre se tarda un poco en ponerles el casco y la armadura a esos chicos. Entonces la central de operaciones informó a los coches patrulla de que los vecinos habían visto a un chico salir del portal, dar la vuelta al edificio y bajar hacia el río Akerselva. Así que dos agentes se dirigieron al río y allí encontraron…

Ella dudó un instante, hasta que Harry hizo una inclinación casi imperceptible con la cabeza.

—…a Oleg. No se resistió, estaba lo bastante colocado como para no darse mucha cuenta de lo que pasaba. Le encontramos pólvora en la mano derecha y en el brazo.

—¿Y el arma?

—Como es un calibre poco usual, 9×18 mm Makarov, no hay muchas alternativas.

—Bueno, la Makarov es la pistola favorita de los delincuentes del crimen organizado en los antiguos países soviéticos. Así como la Fort-12, que utiliza la policía de Ucrania. Y un par más.

—Correcto. Encontramos los cartuchos vacíos en el suelo con restos de pólvora. La pólvora de la Makarov tiene una mezcla de nitrato y azufre algo distinta, y también se utiliza un poco de alcohol, como en la pólvora sin azufre. La mezcla química de la pólvora encontrada en el cartucho vacío y alrededor del orificio de entrada coincide con la mezcla de pólvora que hallamos en la mano de Oleg.

—Ya. ¿Y el arma?

—No la han encontrado. Enviamos equipos de búsqueda y buzos a rastrear el río y sus alrededores, sin resultado. Eso no significa que la pistola no esté ahí; el fango, el lodo… ya sabes.

—Ya sé.

—Dos de los inquilinos del piso han declarado que Oleg les había enseñado una pistola, y se jactó de que era igual que las que utilizaba la mafia rusa. Ninguno de los dos entiende de armas, pero después de mostrarles fotos de unas cien pistolas, parece que ambos señalaron la Odessa. Y esas suelen emplear, como ya sabes…

Harry asintió con la cabeza. 9×18 mm Makarov. Y además, era casi imposible no reconocerla. La primera vez que vio una Odessa pensó en la vieja pistola futurista de la portada del disco *Foo Fighters,* uno de sus muchos cedés que habían terminado en casa de Rakel y Oleg.

—Y supongo que se trata de testigos totalmente fiables, que solo tienen un pequeño problema de drogadicción, ¿no?

Beate no contestó. No tenía por qué. Harry sabía que ella sabía lo que estaba haciendo, agarrarse a un clavo ardiendo.

—Y las muestras de sangre y orina de Oleg —dijo Harry tirándose de las mangas de la americana, como si, en aquel momento, fuera crucial que no se le subieran—. ¿Qué dieron?

—Los componentes químicos del violín. Ni que decir tiene que estar colocado puede considerarse un atenuante.

—Ya. Entonces presupones que estaba colocado antes de dispararle a Gusto Hanssen. ¿Y qué me dices del móvil?

Beate le lanzó una mirada inexpresiva.

—¿El móvil?

Él sabía lo que estaba pensando. ¿Cabe imaginar que un yonqui mate a otro por algo que no sea droga?

—Si Oleg ya estaba colocado, ¿por qué iba a matar a nadie? —preguntó—. Los asesinatos como este, relacionados con las drogas, son normalmente actos espontáneos y desesperados, motivados por el mono o por una abstinencia incipiente.

—El móvil es cosa de tu departamento –dijo Beate–. Yo soy técnico criminalista.

Harry suspiró.

—De acuerdo. ¿Algo más?

—He supuesto que querrías ver fotos –dijo Beate, y abrió una carpeta de piel.

Harry cogió el montón de fotos. Lo primero que le llamó la atención fue la belleza de Gusto. No tenía palabras para describirlo. «Guapo», «atractivo», no era suficiente. Incluso muerto, con los ojos cerrados y la pechera de la camisa empapada de sangre, Gusto Hanssen tenía la belleza indefinible pero evidente de un joven Elvis Presley, ese tipo de apariencia que gusta tanto a hombres como a mujeres, como la belleza andrógina de las imágenes de los dioses que uno encuentra en todas las religiones. Miró las fotos. Después de las primeras instantáneas, de cuerpo entero, el fotógrafo se había acercado y había tomado primeros planos de la cara, de las heridas de bala.

—¿Qué es eso? –preguntó señalando una foto de la mano derecha de Gusto.

—Tenía sangre debajo de las uñas. Tomaron muestras, pero por desgracia se contaminaron.

—¿Se contaminaron?

—Son cosas que pasan, Harry.

—No en tu sección.

—La sangre se contaminó camino del laboratorio de ADN, en el Instituto de Medicina Legal. En realidad, no nos preocupó mucho. La sangre era relativamente reciente, pero aun así, estaba tan coagulada que es dudoso que pudiera vincularse con la hora de la muerte. Y como la víctima se inyectaba, la sangre sería suya casi con toda probabilidad. Pero…

—Pero si no, siempre habría sido interesante saber con quién se había peleado ese mismo día. Mira los zapatos… –Le señaló a Beate una foto de cuerpo entero–. ¿No son de Alberto Fasciani?

—No sabía que supieras tanto de zapatos, Harry.

—Los fabricaba uno de mis clientes de Hong Kong.

—Así que un cliente, ¿eh? Por lo que yo sé, los Fasciani originales se fabrican solo en Italia.

Harry se encogió de hombros.

—Imposible notar la diferencia. Pero si son de Alberto Fasciani, no hacen juego con el resto de la ropa. Parece que se la hubieran dado en El Faro.

—Los zapatos pueden ser robados —dijo Beate—. El apodo de Gusto Hanssen era el Ladrón. Era famoso por robar todo lo que pillaba, sobre todo drogas. Cuentan que Gusto robó en Suecia un perro rastreador de estupefacientes ya jubilado y que lo utilizaba para localizar escondites de droga.

—A lo mejor encontró el de Oleg —dijo Harry—. ¿Ha dicho algo en los interrogatorios?

—Sigue más callado que una ostra. Lo único que ha dicho es que todo está negro, que ni siquiera recuerda haber estado en el apartamento.

—A lo mejor no estaba.

—Encontramos su ADN, Harry. Pelos, sudor.

—Ya, pero, al fin y al cabo, dormía y vivía aquí.

—En el cadáver.

Harry se quedó callado mirando fijamente al frente.

Beate levantó una mano, tal vez para ponérsela a Harry en el hombro, pero cambió de opinión y la dejó caer.

—¿Has podido hablar con él?

Harry negó con la cabeza.

—No quiere saber nada de mí.

—Está avergonzado.

—Seguro.

—Lo digo en serio. Tú eres su ideal. Para él es humillante que lo veas así.

—¿Humillante? A ese chico le he secado las lágrimas y le he soplado en las heridas. Le he espantado a los trols y le he dejado la luz encendida por las noches.

—Ese chico ya no existe, Harry. La persona que es Oleg ahora no quiere tu ayuda, sino estar a tu altura.

Harry golpeteaba las tablas del suelo con el pie mientras miraba a la pared.

—Yo no soy quién para ser su modelo, Beate. Eso ya lo ha entendido.

—Harry…

—¿Bajamos al río?

Serguéi se miraba al espejo en el apartamento, con los brazos colgando a ambos lados. Empujó el seguro y apretó el botón. La hoja de la navaja salió disparada y reflejó la luz. Era una navaja hermosa, una navaja automática siberiana, o «el hierro», como la llamaban los *urki*, la casta de los delincuentes de Siberia. Era la mejor arma blanca del mundo. Mango largo y delgado con una hoja larga y fina. Era una tradición que alguien de la familia, un delincuente mayor que tú, te la regalara cuando hicieras méritos para ello. Pero las tradiciones ya no son lo que eran, y hoy en día uno podía comprar, robar o copiar el arma. Pero justo aquella navaja se la había dado el tío. Según Andréi, el atamán la guardaba debajo del colchón antes de dársela. Serguéi pensó en ese mito según el cual si uno dejaba el hierro debajo del colchón de un enfermo, aquel absorbía su dolor y su sufrimiento, que pasaban a la próxima persona que se pinchara con ella. Era como los otros mitos que tanto gustaban a los *urki*, como ese de que si alguien te arrebata el hierro, enseguida le sobrevienen las desgracias y la muerte. Romanticismo y superstición de antaño que se habían quedado obsoletos. Aun así, aceptó el regalo con un respeto enorme y, probablemente, también exagerado. ¿Y por qué no? Al tío se lo debía todo. Fue él quien lo alejó de las dificultades en las que se había metido, quien arregló los papeles para que pudiese ir a Noruega, incluso le buscó el puesto de empleado de limpieza en el aeropuerto de Oslo. El sueldo era bueno pero, de todas formas, fácil de conseguir; por lo visto era el tipo de trabajo que no querían los noruegos, que preferían cobrar el subsidio de desempleo. Y las condenas menores que Serguéi tenía en Rusia no supusieron ningún obstáculo; el tío había conseguido «lavar» sus antecedentes de antemano. Así que Serguéi besó el anillo azul de su benefactor cuando recibió el regalo. Y no podía por menos de admitir que la navaja que tenía en la mano era una preciosidad. Con la empuñadura marrón oscuro, hecha con cuerno de ciervo y con una cruz ortodoxa incrustada en color marfil.

Serguéi adelantó la cadera como había aprendido, notó que guardaba el equilibrio, dirigió la navaja hacia el frente y hacia arriba. Dentro y fuera. Dentro y fuera. Rápido, pero no tanto como para que la larga hoja no pudiera entrar hasta el fondo, hasta el fondo cada vez que la clavara.

La razón por la que había decidido hacerlo con una navaja era que el hombre al que iba a matar era policía. Y cuando se asesinaba a un policía, la búsqueda del culpable era siempre más intensa, así que había que dejar el menor rastro posible. Una bala siempre podía rastrearse hasta un lugar, hasta un arma, hasta una persona. El corte liso y limpio de una navaja era anónimo. El pinchazo no lo era tanto, podía indicar el largo y la forma de la hoja; por eso Andréi le había aconsejado que no pinchara al policía en el corazón, sino que le rajara la carótida. Serguéi nunca había cortado un cuello, ni tampoco le había pinchado a nadie el corazón, solo el muslo a un georgiano cuya única culpa era ser georgiano. Por eso pensó que debía tener algo con que entrenarse, algo vivo. El vecino paquistaní tenía tres gatos y cuando salía al descansillo por las mañanas siempre notaba la bofetada del olor a pis.

Serguéi bajó la navaja, se quedó de pie con la cabeza inclinada y miró de lado y hacia arriba para verse en el espejo. Tenía buen aspecto: en forma, amenazante, peligroso, dispuesto. Como el cartel de una película. Luego se veía por el tatuaje que había matado a un policía.

Estaba detrás del policía. Se adelantaba. Lo agarraba del flequillo con la mano izquierda, tiraba de la cabeza hacia atrás. Le ponía la punta de la navaja en el cuello, en el lado izquierdo, penetraba la piel, pasaba el filo por la garganta describiendo un arco en forma de media luna. Así.

El corazón bombearía una cascada de sangre, tres latidos y el chorro disminuiría. El policía caería en estado de muerte cerebral.

Doblaba la navaja, la deslizaba dentro del bolsillo mientras se iba, rápido, pero no demasiado, sin mirar a nadie a los ojos si había gente por allí. Irse, y ser libre.

Retrocedió un paso. Se volvió a colocar en posición, tomó aire. Recreó otra vez la escena. Soltó el aliento. Avanzó. Vio cómo brillaba la hoja opaca y espléndida, como una preciosa joya.

6

Beate y Harry salieron a la calle Hausmann, giraron a la izquierda, doblaron la esquina y pasaron por un solar donde todavía quedaban fragmentos de cristal tiznados y ladrillos ennegrecidos entre la grava, los restos de algún incendio. Detrás del solar bajaba hacia el río una pendiente cubierta de vegetación. Harry se dio cuenta de que no había ninguna puerta en la parte posterior del edificio y que, a falta de otra vía de escape, una estrecha escalera de incendios descendía desde el último piso por toda la fachada.

—¿Quién vive en el otro piso de la misma planta? —preguntó Harry.

—Nadie —dijo Beate—. Son oficinas vacías. Los locales de *El anarquista*, una revista mediana que…

—Lo sé. No era un mal fanzine. Esa gente está ahora en las redacciones de cultura de los grandes periódicos. ¿Las oficinas estaban cerradas?

—Con la entrada forzada. Probablemente hacía mucho que no las cerraban con llave.

Harry miró a Beate, que, con cierta frustración, confirmó con un gesto aquello que Harry no tuvo que decir: que alguien podía haber estado en el piso de Oleg y haber salido por ese camino sin ser visto. Un clavo ardiendo.

Bajaron al sendero que discurría paralelo al río Akerselva. Harry se percató de que no era tan ancho, un chico podría haber arrojado la pistola hasta la otra orilla.

—Mientras no encontréis el arma homicida… —dijo Harry.

—La fiscalía no necesita la pistola, Harry.

Él asintió con la cabeza. La pólvora en la mano... El ADN en la víctima...

Delante de ellos, apoyados en un banco de hierro verde, dos chicos blancos con sudaderas con capucha gris los vieron, escondieron la cabeza y se alejaron arrastrando los pies sendero abajo.

—Parece que los camellos todavía huelen al policía que llevas dentro, Harry.

—Ya. Creía que aquí solo vendían droga los marroquíes.

—Pues resulta que ya tienen competencia. Albanokosovares, somalíes, europeos del Este. Refugiados que venden toda la gama. Espid, metanfetamina, éxtasis, morfina.

—Heroína.

—Lo dudo. En Oslo es casi imposible comprar heroína normal y corriente. Ahora se lleva el violín, y eso solo se puede conseguir en la zona de Plata. A menos que quieras darte una vuelta por Gotemburgo o por Copenhague, que es donde parece que puede conseguirse últimamente.

—Todo el mundo habla del violín ese. ¿Qué es?

—Es una nueva droga sintética. No es tan inhibidora de la respiración como la heroína corriente; destroza vidas, pero hay menos sobredosis. Extremadamente adictiva, todos los que la han probado quieren más, pero es tan cara que muchos no se la pueden permitir.

—Así que optan por comprar otra droga, ¿no?

—La morfa ha subido como la espuma.

—Lo comido por lo servido.

Beate negó con la cabeza.

—Lo que cuenta es la guerra contra la heroína, y esa la ha ganado.

—¿Bellman?

—Te has enterado, ¿no?

—Hagen dice que ha quitado de en medio a la mayoría de las bandas de traficantes de heroína.

—Las paquistaníes. Las vietnamitas. En un artículo del *Dagbladet* lo llamaban «el general Rommel» después de que desarticulara una importante red de traficantes norteafricanos. La banda de moteros de Alnabru. Están todos en el trullo.

–¿Moteros? En mis tiempos los moteros vendían espid y huían de la heroína como de la peste.

–Los Lobos. Aspirantes a Hells Angels. Creemos que eran una de las dos únicas bandas que vendían violín. Pero los cogieron en un arresto masivo seguido de una redada en Alnabru. Tenías que haber visto la sonrisa de Bellman en los periódicos. Estaba presente cuando la policía entró en acción.

–*Let's do some good?*

Beate soltó una carcajada. Otra cosa que le gustaba de ella: era tan fanática del cine que, si él citaba frases medianamente buenas de películas medianamente malas, ella nunca se perdía. Harry le ofreció un cigarrillo, que ella rechazó. Encendió el suyo.

–¿Cómo coño es posible que Bellman haya conseguido lo que el grupo de estupefacientes no podía ni soñar durante todos los años que yo estuve en la Casa?

–Sé que no te gusta, pero de verdad que es un buen líder. En Kripos sentían devoción por él, y están molestos con el jefe de policía por haberlo traído a la Casa.

–Ya. –Harry inhaló. Notó que se le aplacaba el hambre en las venas. Nicotina. Palabra de cuatro sílabas terminada en «ina»–. Entonces, ¿quién queda?

–Eso es lo malo del exterminio de alimañas. Intervienes en una cadena de alimentación, pero ignoras si no habrás despejado el terreno para otra cosa. Para algo peor que lo que has eliminado…

–¿Hay algún indicio de que eso sea lo que está ocurriendo?

Beate se encogió de hombros.

–De repente no nos llega nada de información de la calle. Los soplones no saben nada. O mantienen el pico cerrado. Solo hablan por lo bajini del hombre de Dubái. Al que nadie ha visto ni sabe cómo se llama, una especie de titiritero invisible. Hemos comprobado que venden violín, pero no somos capaces de rastrear el origen. Los camellos a los que atrapamos dicen que se lo han comprado a otros camellos de su nivel. No es normal esa habilidad extraordinaria para ocultar el rastro, lo que indica que hay una única red muy profesional que se hace cargo de la importación y la distribución.

—El hombre de Dubái. Un tío misterioso, un genio. ¿No hemos oído antes ese cuento? Y luego siempre resulta que se trata de un delincuente de lo más normal.

—Esto es diferente, Harry. A principios de año hubo unos cuantos asesinatos relacionados con la droga. Un tipo de violencia que no habíamos visto hasta ahora. Y nadie dice nada. Encontraron a dos camellos vietnamitas colgados por los pies en una viga en el apartamento donde vendían la mercancía. Ahogados. Les habían atado a la cabeza una bolsa de plástico llena de agua.

—No es un método árabe, es ruso.

—¿Perdona?

—Los cuelgan por los pies, les atan una bolsa de plástico alrededor de la cabeza, pinchan un agujero en la bolsa a la altura del cuello para que puedan respirar y empiezan a echarles agua por las plantas de los pies. El agua va chorreando por el cuerpo hasta llegar a la bolsa, que va llenándose muy despacio. Se llama *Man On The Moon*.

—¿Y tú cómo sabes eso?

Harry se encogió de hombros.

—Hubo un líder kirguiso, un multimillonario, que se llamaba Byráiev y que en los años ochenta se hizo con uno de los trajes espaciales del Apolo 11. Dos millones de dólares en el mercado negro. Todo aquel que intentaba engañar a Byráiev o que no le pagaba las deudas, acababa dentro del traje. Grababan la cara del desgraciado mientras iban virtiendo el agua. Después, enviaban el vídeo a los siguientes deudores cuyos plazos estaban a punto de vencer.

Harry echó el humo hacia el cielo.

Beate lo miró y meneó despacio la cabeza.

—¿A qué te dedicabas realmente en Hong Kong, Harry?

—Me lo preguntaste por teléfono.

—Pero no me respondiste.

—Pues eso. Hagen dijo que, en lugar de este caso, podía darme otro. Y mencionó algo de un agente infiltrado al que habían asesinado.

—Sí —dijo Beate, que parecía aliviada al ver que dejaban el caso de Gusto y de Oleg.

—¿De qué iba?

—Un agente joven que estaba con una misión de espionaje en el ambiente de la droga. El agua arrastró el cadáver a tierra, y lo escupió justo allí donde el tejado de la Ópera toca el fiordo. Turistas, niños y toda la pesca. Un alboroto fenomenal.

—¿Un disparo?

—Ahogado.

—¿Y cómo sabéis que lo asesinaron?

—Ni rastro de lesiones físicas, en realidad, podía pensarse que se había caído al mar por accidente; acostumbraba a andar por las inmediaciones de la Ópera. Pero Bjørn Holm examinó el agua de los pulmones. Resultó ser agua dulce y, como sabemos, el agua del fiordo de Oslo es salada. Se ve que lo tiraron al mar para que pareciera que se había ahogado allí.

—Bueno —dijo Harry—. Si espiaba de infiltrado, seguro que andaba por las orillas del río: agua dulce que, además, desemboca al lado de la Ópera.

Beate sonrió.

—Me alegro de tenerte de vuelta, Harry, pero Bjørn también pensó en ello y cotejó la flora bacteriana, el contenido de microorganismos y esas cosas. El agua de los pulmones estaba demasiado limpia para ser del Akerselva. Había pasado por los filtros propios del agua potable. Yo creo que se ahogó en una bañera o en cualquier charca que haya debajo de la depuradora. O...

Harry tiró la colilla al sendero.

—En una bolsa de plástico.

—Sí.

—El hombre de Dubái. ¿Qué sabéis de él?

—Lo que te acabo de contar, Harry.

—No me has contado nada.

—Pues eso.

Pararon en el puente Ankerbrua. Harry miró el reloj.

—¿Has quedado con alguien? —preguntó Beate.

–Qué va –dijo Harry–. Solo quería darte la oportunidad de decir que tienes que irte sin que sientas que me estás abandonando.

Beate sonrió. La verdad, era guapa cuando sonreía, pensó Harry. Qué raro que todavía no tuviera otra pareja, o a lo mejor sí la tenía. Beate era una de las ocho personas que figuraban en su registro de contactos, y ni siquiera sabía si tenía otra pareja.

B de Beate.

H de Halvorsen, antiguo colega de Harry, padre del hijo de Beate. Asesinado en acto de servicio. Pero todavía no lo había borrado de sus contactos.

–¿Has hablado con Rakel? –preguntó Beate.

R. Harry se preguntaba si se le había venido a la cabeza su nombre por asociación con «me estás abandonando». Negó con un gesto. Beate esperó, pero él no tenía nada que añadir.

Empezaron a hablar a la vez.

–Supongo que tienes…

–En realidad, tengo…

Ella sonrió:

– … que ir a un sitio.

–Por supuesto.

Él la vio subir hacia la calle.

Se sentó en uno de los bancos a contemplar el río, los patos que nadaban en un remanso apacible.

Los chicos de las capuchas volvieron. Se le acercaron.

–¿Eres un cinco-cero?

Policía en jerga estadounidense, copiada de una serie de televisión supuestamente auténtica. Era a Beate a quien habían olfateado, no a él.

Harry negó con la cabeza.

–¿Y buscas…?

–Paz… –dijo Harry–. Paz y tranquilidad.

Sacó del bolsillo unas gafas de sol de la marca Prada. Se las había regalado uno de los comerciantes de Canton Road que llevaba cierto retraso en los plazos, y que consideraba que lo habían tratado bien a pesar de todo. Era un modelo de mujer, pero a Harry no le importaba, le gustaban.

—A propósito —gritó cuando se iban—. ¿Tenéis violín?

Uno de ellos soltó un resoplido por toda respuesta.

—En el centro —dijo el otro, y señaló por encima del hombro.

—¿Dónde?

—Busca a Van Persie o a Fàbregas.

Se alejaron entre risas en dirección al Blå, el club de jazz.

Harry se retrepó y contempló el impulso de los patos, de una eficacia tan extraordinaria que les permitía deslizarse por la superficie del agua como patinadores sobre una superficie de hielo negro.

Oleg callaba. Igual que callan los culpables. Es el privilegio del culpable y la única estrategia sensata. Así que ¿cómo seguir a partir de aquí? ¿Cómo investigar un caso que ya estaba resuelto? ¿Cómo contestar preguntas para las que ya había respuestas adecuadas? ¿Qué creía que iba a conseguir? ¿Domeñar la verdad negándola? Exactamente igual que cuando él, como investigador de asesinatos, había oído a los familiares repetir aquella cantinela patética: «¿Mi hijo? ¡Jamás!». Harry sabía por qué quería investigar. Porque investigar era lo único que sabía hacer. Lo único que podía aportar. Era el ama de casa que insistía en preparar todo el menú para el velatorio de su hijo, el músico que se llevaba el instrumento al entierro del amigo. La necesidad de hacer algo, para distraerse o para consolarse.

Uno de los patos se le acercó con la esperanza de que le arrojara un trozo de pan, quizá. No porque creyera que iba a arrojárselo, sino solo porque cabía la posibilidad de que lo hiciera. Inversión de energía calculada para la probabilidad de obtener una recompensa. Esperanza. Hielo negro.

Harry se incorporó de pronto. Sacó las llaves del bolsillo interior de la chaqueta. Acababa de acordarse de por qué había comprado un candado con llave en aquella ocasión. Es que no era para él. Era para el patinador. Era para Oleg.

7

El agente Truls Berntsen tuvo una breve discusión con el inspector jefe del turno de guardia del aeropuerto de Oslo. Berntsen dijo que sí, que sabía que el aeropuerto estaba en el distrito policial de Romerike, y que él no tenía nada que ver con la detención. Pero que como agente encubierto de operaciones especiales llevaba un tiempo vigilando al interfecto, y sus fuentes acababan de informarlo de que habían detenido a Tord Schultz por posesión de drogas. Enseñó una tarjeta de identificación que confirmaba que era subinspector, Operaciones Especiales, Crimen Organizado, Distrito Policial de Oslo. El inspector se encogió de hombros y, sin mediar palabra, lo llevó a uno de los calabozos de detención preventiva.

Cuando la puerta del calabozo se cerró detrás de Truls, este miró a su alrededor para asegurarse de que el pasillo y los otros dos calabozos estaban vacíos. Se sentó encima de la taza del inodoro y miró al hombre, que estaba sentado en el catre con la cabeza entre las manos.

—¿Tord Schultz?

El hombre levantó la vista. Se había quitado la chaqueta y, de no ser por los distintivos en la camisa, Berntsen no lo habría tomado por piloto de aviación. Los pilotos de aviación no deberían tener esa pinta, aterrorizados, con mala cara y con las pupilas negras, dilatadas de pavor. Por otro lado, esa era la pinta que tenían casi todos la primera vez que los detenían. Berntsen había tardado un poco en localizar a Tord Schultz en el aeropuerto de Oslo. Pero a partir de ahí, el resto fue fácil. Según el registro STRASAK, Tord Schultz carecía de antecedentes ni había tenido relaciones con la policía y, según su registro de información extraoficial, no se le conocía ningún vínculo con el mundo de la droga.

—¿Quién eres?

—Vengo de parte de la gente para la que trabajas, Schultz, y no me refiero a la compañía de aviación. Lo demás no te importa. ¿Vale?

Schultz apuntó con el dedo a la tarjeta de identificación que Berntsen llevaba en un cordón alrededor del cuello.

—Eres policía. Estás intentando engañarme.

—Para ti sería estupendo que lo hiciera, Schultz. Sería un error de procedimiento y tu abogado podría alegarlo para que te declararan inocente. Pero lo vamos a lograr sin abogado. ¿De acuerdo?

El piloto seguía mirando fijamente con unas pupilas dilatadas que absorbían toda la luz que podían, cualquier rayo de esperanza. Truls Berntsen dejó escapar un suspiro. Solo esperaba que se enterara bien de lo que le iba a decir.

—¿Tú sabes lo que es un quemador? —preguntó Berntsen, y continuó sin esperar una respuesta—. Es alguien que le estropea las cosas a la policía. Se encarga de destruir o extraviar pruebas, de que se cometan fallos en la instrucción de una causa para que no pueda llevarse a los tribunales u otras meteduras de pata corrientes que acaban con la puesta en libertad del detenido. ¿Comprendes?

Schultz parpadeó atónito. E inclinó la cabeza lentamente.

—Bien —dijo Berntsen—. La situación es la siguiente: ahora somos dos hombres en caída libre con un solo paracaídas. Yo acabo de saltar del avión para salvarte a ti; de momento no hace falta que me des las gracias, porque ahora tienes que fiarte de mí al cien por cien para que ninguno de los dos termine en el suelo. *Capisce?*

Vuelta a parpadear. Obviamente, no.

—Había una vez un policía alemán, un quemador. Trabajaba para una banda de albanokosovares que importaban heroína por la ruta de los Balcanes. La llevaban en camiones desde los campos de opio de Afganistán hasta Turquía, de allí, a través de la antigua Yugoslavia, llegaban a Amsterdam, de donde los albaneses la transportaban hasta Escandinavia. Muchas fronteras que cruzar, mucha gente a la que pagar. Entre otros, al quemador. Y un día cogieron a un joven albanokosovar con el depósito de gasolina lleno de opio, ni siquiera habían envuelto los bloques, los habían metido directamente en la gasolina. Lo encerraron, prisión preventiva; y, el mismo día, unos albanokosovares se pusieron en contacto con su quemador alemán. Él se fue a ver al joven albanokosovar, le explicó que él era su quemador y que podía estar tranquilo, que todo se arreglaría. El quemador dijo que volvería al día siguiente para informarle de qué era lo que debía declarar cuando lo interrogara la policía. Hasta entonces, lo único que tenía que hacer era mantener la boca cerrada. Pero este tío era un novato, nunca había estado en prisión. Probablemente, había oído demasiadas historias sobre lo de agacharse a recoger el jabón en la ducha de la cárcel, el caso es que, durante el primer interrogatorio, reventó como un huevo en el microondas y confesó toda la estratagema con el quemador, con la esperanza de que el juez lo recompensara. Entonces, para obtener pruebas contra el quemador, la policía instaló un micrófono oculto en la celda. Pero el quemador, el policía corrupto, no se presentó como habían acordado. Lo encontraron seis meses más tarde. Troceado y esparcido por un campo de tulipanes. Yo soy un chico de ciudad, pero tengo entendido que eso es un abono excelente.

Berntsen dejó de hablar y se quedó mirando al comandante, a la espera de la pregunta de siempre.

El comandante se había erguido un poco encima del catre, empezaba a volverle el color a la cara; al final se le aclaró la voz.

—¿Por qué… el quemador? Él no era el informante.

—Porque no hay justicia, Schultz. Solo soluciones necesarias a problemas prácticos. El quemador que debía destruir las pruebas se convirtió en una prueba. Lo habían desenmascarado y, si los agentes lo cogían, podría llevarlos hasta los albanokosovares. Como el quemador no era un hermano albanokosovar, solamente un cabrón cuyos servicios pagaban, lo lógico era que se deshicieran de él. Además, sabían que era el asesinato de un policía al que la propia policía no iba a dar mucha prioridad. ¿Por qué iban a dársela? El quemador ya había recibido su castigo, y la policía no inicia una investigación cuyo único resultado será que la gente se entere de la existencia de otro policía corrupto. ¿Verdad?

Schultz no respondió.

Berntsen se inclinó hacia delante. Bajó el volumen de la voz, y subió la intensidad.

—No tengo ningún interés en que me encuentren en un campo de tulipanes, Schultz. La única forma de salir de esta es la confianza mutua. Un solo paracaídas. ¿Entendido?

El comandante carraspeó.

—¿Qué pasó con el albanokosovar? ¿Le rebajaron la pena?

—Difícil decirlo. Lo encontraron colgado en la pared de la celda antes del juicio. Fíjate, alguien lo había colgado por el cogote en el gancho de la ropa.

El comandante volvió a perder el color de la cara.

—Respira, Schultz —dijo Truls Berntsen.

Eso era lo que más le gustaba de este trabajo. La sensación de que, por una vez, él tenía el control.

Schultz se echó hacia atrás en el camastro y apoyó la cabeza en la pared. Cerró los ojos.

—¿Y si yo ahora dijera que no, gracias, que no quiero ayuda, y hacemos como que nunca has estado aquí?

—No funciona. Tu jefe y el mío no quieren que prestes declaración.

—O sea, me estás diciendo que no tengo elección, ¿no es eso?

Berntsen sonrió. Y pronunció su frase favorita:

—Elegir, Schultz, es un lujo que hace mucho que no te puedes permitir.

El estadio de Valle Hovin. Un pequeño oasis de hormigón en medio de un desierto de césped, abedules, jardines y terrazas con jardineras. En invierno el campo se utilizaba como pista de patinaje, en verano como estadio de conciertos, más que nada para dinosaurios como los Rolling Stones, Prince, Bruce Springsteen... Rakel había conseguido persuadir a Harry para que la acompañara a ver U2, a pesar de que él siempre había sido un hombre de clubes y no soportaba los conciertos en estadios. Después, ella le tomó el pelo diciéndole que, en lo que a gustos musicales se refería, en el fondo era un clásico.

La mayor parte del tiempo, Valle Hovin estaba, como ahora, desierto; y destartalado, como una fábrica cerrada que antaño fabricara un producto que ya nadie necesitaba. Los mejores recuerdos que Harry guardaba de aquel lugar eran de cuando Oleg iba a entrenar con los patines. Solo eso, estar allí sentado viendo cómo lo intentaba. Luchar. Fracasar. Fracasar. Y, finalmente, conseguirlo. No se trataba de grandes logros: una mejora en la puntuación, un segundo puesto en la clasificación por edades en un campeonato de clubes. Pero más que suficiente para que el corazón sensible de Harry se hinchase hasta adquirir un tamaño tan absurdo que tenía que poner cara de indiferencia para que la situación no resultara incómoda para ambos, «No está nada mal, Oleg».

Harry miró a su alrededor. No había ni un alma. Metió la llave Ving en la cerradura de los vestuarios, debajo de la tribuna. Dentro todo estaba como antes, aunque un poco más desgastado. Entró en los vestuarios de caballeros. Había basura en el suelo, era obvio que hacía mucho que nadie se pasaba por allí. Un lugar donde uno podía estar solo. Harry recorrió los pasillos entre las taquillas. La mayoría no estaban cerradas. Encontró lo que buscaba, el candado Abus.

Empujó el extremo de la llave en la abertura dentada de la cerradura. No quería entrar. ¡Mierda!

Harry se dio la vuelta. Paseó la mirada por la fila de taquillas de hierro abolladas. Se detuvo y volvió sobre sus pasos, saltándose una. También tenía un candado Abus. Y le habían rayado un círculo en la pintura verde. Una «O».

Lo primero que Harry vio cuando abrió el candado fueron los patines de carreras de Oleg. Las cuchillas largas y afiladas, salpicadas del rojo del óxido justo encima del filo.

En la parte interior de la puerta de la taquilla, fijadas entre las ranuras de la ventilación, había dos fotos. Dos fotos de familia. En una aparecían cinco caras. Dos de los niños le resultaban desconocidos, al igual que los adultos, que supuso que serían los padres. Pero al tercer niño sí lo reconoció, porque acababa de verlo en otras fotos. Las fotos de la escena del crimen.

Era aquel chico tan guapo. Gusto Hanssen.

Harry se preguntaba si esa sería la razón, si Gusto Hanssen daba la sensación inmediata de no encajar en esa foto o, mejor dicho, de no pertenecer a esa familia, precisamente por lo guapo que era.

Curiosamente, no podía decirse lo mismo del hombre alto y rubio que estaba sentado detrás de la mujer morena y su hijo en la otra foto. Era un día de otoño, unos años atrás. Habían dado un paseo por Holmenkollen, nadando entre hojas de color naranja, y Rakel colocó la cámara encima de una roca y pulsó el disparador automático.

¿De verdad que ese era él? Harry no recordaba haber tenido nunca unas facciones tan suaves como en esa foto.

A Rakel le brillaban los ojos, y a Harry le parecía oír su risa, aquella risa que tanto adoraba, de la que nunca se cansaba y que siempre intentaba provocar. También se reía cuando estaba con otras personas, pero con él y Oleg el tono era diferente, era un tono reservado solo para ellos dos.

Harry terminó de buscar en la taquilla.

Había un jersey blanco con adornos en azul claro. No era el estilo de Oleg, él llevaba cazadoras y camisetas negras de Slayer y de Slipknot. Harry olfateó el jersey. Un olor suave a perfume femenino. Había una bolsa de plástico encima del estante. La abrió. Olfateó rápidamente el interior. Era el instrumental del consumidor: dos jeringas, una cuchara, una goma elástica, un mechero y un rollo de algodón. Solo faltaba la droga. Harry estaba a punto de volver a meter la bolsa en su sitio cuando vio algo. Una camiseta al fondo de la taquilla. Era roja y blanca. La sacó. Una camiseta de fútbol con una exhortación en el pecho: Fly Emirates. Arsenal.

Miró la foto; a Oleg. Hasta él sonreía. Sonreía como si, por lo menos en ese momento, pensara «He aquí tres personas que están de acuerdo en que esto está muy bien, que esto va a funcionar, que esto es lo que quieren». Entonces ¿por qué hundir el barco? ¿Por qué el que lleva el timón tiene que hundir el barco?

«Igual que mentías cuando decías que siempre estarías dispuesto a ayudarnos.»

Harry cogió las fotos y se las guardó en el bolsillo.

Cuando salió, el sol se ponía detrás de la colina de Ullernåsen.

8

¿No ves cómo sangro, papá? Estoy sangrando tu mala sangre. Y tu sangre, Oleg. Es por ti por quien deberían doblar las campanas de la iglesia. Te maldigo, maldigo el día que te conocí. Habías estado en un concierto en Spektrum, de los Judas Priest. Yo estaba esperando fuera y me mezclé con la gente que salía.

—Joder, qué camiseta más chula —dije—. ¿De dónde la has sacado?

Me miraste extrañado.

—Amsterdam.

—¿Has visto a los Judas Priest en Amsterdam?

—Sí, ¿qué pasa?

Yo no sabía nada de los Judas Priest, pero al menos me había enterado de que se trataba de un grupo y no de un tío, y que el vocalista se llamaba Rob Nosequé.

—¡Tremendo! Los Priest molan.

Te pusiste un poco tenso un momento y me miraste. Concentrado, como un animal que estuviera olfateando algo. Un peligro, una presa, un adversario. O, en tu caso, a alguien que se parecía a ti. Porque llevabas la soledad puesta como un abrigo pesado y húmedo, Oleg, con esa forma de caminar encogido y arrastrando los pies. Te elegí precisamente por la soledad. Te dije que te invitaba a un refresco si me hablabas del concierto de Amsterdam.

Así que me hablaste de los Judas Priest, del concierto en el Heineken Music Hall dos años atrás, de los dos amigos de dieciocho y diecinueve años que se habían pegado un tiro con una escopeta después de haber escuchado el disco de los Priest con aquel mensaje oculto que decía Hazlo. Aunque uno de ellos sobrevivió. Los Priest eran heavy metal, habían pasado por el speed metal. Y veinte minutos más tarde me habías hablado tanto de goticismos y de muerte que había llegado la hora de que las anfetas intervinieran en la conversación.

—Vayamos a dar una vuelta por las alturas, Oleg. A celebrar este encuentro de almas gemelas. ¿Qué me dices?

—¿A qué te refieres?

—Conozco gente a la que le va la marcha. Y van a fumar un poco en el parque.

—¿Ah, sí? —Escéptico.

—Nada heavy, solo un poco de cristal.

—Yo no voy de eso, sorry.

—Joder, yo tampoco voy de eso, es solo probarlo un poco en pipa. Tú y yo. Cristal de verdad, no esa mierda de polvo. Igual que Rob.

Oleg se paró en medio del trago de refresco.

—¿Rob?

—Sí.

—¿Rob Halford?

—Claro. Su manager le compraba al mismo tío al que yo voy a comprarle ahora. ¿Tienes dinero?

Lo dije sin darle importancia, así que no hubo ni rastro de sospecha en aquella mirada seria con la que me miró, como diciendo: *¿Rob Halford fuma cristal?*

Sacó las quinientas coronas que le pedí. Le dije que me esperase allí, me levanté y recorrí la calle hasta el puente de Vaterland. Y cuando estaba fuera de su vista, giré a la derecha, crucé la calle y anduve los trescientos metros hasta la estación central de Oslo. Y pensé que esa sería la última vez que vería al puto Oleg Fauke.

Pero, cuando ya estaba sentado en el túnel, debajo de los andenes, con una pipa en la boca, comprendí que él y yo no habíamos terminado. Ni de lejos. Allí estaba, delante de mí, sin decir una palabra. Alargó el brazo. Le di la pipa. Inhaló. Tosió. Y extendió la otra mano.

—El cambio.

Y así nació el equipo formado por Gusto y Oleg. Cada día, después de acabar la jornada en el almacén de la empresa Clas Ohlson, un trabajo de verano que se había buscado, nos íbamos hacia el centro comercial de

Oslo City, a los parques, nos bañábamos en el agua sucia del Middelalder-
parken y veíamos cómo construían aquel barrio nuevo alrededor del no
menos nuevo edificio de la Ópera.

Nos contamos todo lo que íbamos a hacer, lo que íbamos a ser, los lu-
gares a los que íbamos a viajar, mientras fumábamos y esnifábamos todo lo
que podíamos comprar con el dinero que ganaba en aquel trabajo de verano.

Yo le hablé de mi padre de acogida, que me echó porque mi madre de
acogida tenía debilidad por mí. Y tú, Oleg, me hablabas de un tío con el
que salía tu madre, un madero que se llamaba Harry y que dijiste que era
calidad. Un tío en el que podías confiar. Pero que algo había pasado. Pri-
mero entre él y tu madre; y que luego os visteis envueltos en un caso de
asesinato que él estaba investigando. Y entonces tu madre y tú os mudas-
teis a Amsterdam. Yo dije que el tío seguramente sería «calidad», pero que
esa era una expresión rara. Y tú dijiste que «güebos» era más raro, que si
no me había dicho nadie que se decía «huevos», que era así como de niña-
tos. Y que por qué exageraba yo hablando un noruego cutre si ni siquiera
era de la parte este de la ciudad. Y yo dije que exageraba por principio, que
era una forma de subrayar lo que quería decir y que «güebos» estaba tan
mal dicho que quedaba guay. Y Oleg me miró y dijo que era yo quien
estaba tan mal que al final era guay. Y el sol brillaba, y yo pensé que era
lo más bonito que me habían dicho en la vida.

Nos poníamos a pedir en la calle Karl Johan solo por diversión, y yo
robé un monopatín en la plaza de Rådhusplassen y, media hora más tarde,
lo cambié por espid en la plaza de Jernbanetorget. Cogimos el ferry hasta la
isla Hovedøya, nos bañamos y bebimos cerveza. Unas chicas nos invitaron
a subir con ellas al velero de su padre y tú te tiraste desde el mástil, faltó poco
para que te estrellaras contra la cubierta. Cogimos el tranvía hasta Ekeberg
para ver la puesta de sol, y allí se estaba celebrando la Norway Cup, y un
entrenador de fútbol de Trøndelag, un desgraciado, se me quedó mirando y le
dije que se la chupaba por un billete de mil. Sacó el dinero y esperé y, cuan-
do ya se había bajado los pantalones hasta las rodillas, eché a correr. Y tú me
contaste que se quedó completamente perdido y que se volvió hacia ti como
preguntándote si querías acabar el trabajo. ¡Dios, cómo nos reímos!

Ese verano no se acababa nunca. Pero al final tocó a su fin. Invertimos
tu última paga en canutos, y echábamos el humo hacia un cielo nocturno

pálido y sin estrellas. Dijiste que ibas a volver al instituto, que querías sacar buenas notas y estudiar derecho, como tu madre. ¡Y que después ibas a estudiar en la puta Escuela Superior de Policía! Llorábamos de risa.

Pero cuando empezó el instituto, te veía menos. Cada vez menos. Tú vivías allá arriba, en Holmenkollen, con tu madre, mientras que yo dormía en un colchón en el local de ensayo de una banda que me lo cedía si le vigilaba el equipo y me largaba cuando tuvieran que ensayar. Así que te di por perdido, pensaba que habías vuelto a la seguridad de aquella vida de chico bueno. Y fue más o menos por entonces cuando empecé a vender droga.

Lo cierto es que fue de casualidad. Le había robado a una tía con la que había pasado la noche, así que me fui a la estación de Oslo S y le pregunté a Tutu si tenía más cristal. Tutu tenía un problema de tartamudez y era el esbirro de Odin, el jefe de Los Lobos de Alnabru. Le pusieron el apodo aquella vez que Odin tuvo que blanquear una maleta de dinero procedente del narcotráfico y envió a Tutu a una agencia oficial de apuestas en Italia, para que apostara en un partido de fútbol que, por lo demás, Odin sabía que estaba amañado, el equipo local iba a ganar por 2–0. Odin le había dado instrucciones a Tutu para que dijera «two nil»; pero Tutu estaba nervioso y tartamudeaba tanto que, una vez delante de la taquilla, solo pudo decir tu-tu, que fue lo que el corredor oyó y anotó en el cupón. Diez minutos antes del final, el equipo local iba ganando por 2-0, por supuesto, y todo estaba de lo más tranquilo, menos Tutu, que, por el resguardo del cupón, acababa de darse cuenta de cuál había sido su apuesta: two-two. O sea: 2-2. Sabía que Odin le iba a pegar un tiro en la rodilla. La especialidad de Odin es pegarle a la gente un tiro en la rodilla. Pero he aquí el punto crucial número dos: en el banquillo del equipo local había un delantero polaco recién contratado que sabía tan poco italiano como Tutu sabía inglés, y no se había enterado de que el partido estaba amañado. Así que, cuando el entrenador lo sacó a jugar, hizo lo que, según creía, le pagaban por hacer: marcar un gol. Dos veces. Aquello fue la salvación de Tutu. Pero cuando, aquella misma tarde, aterrizó en Oslo y fue directamente a ver a Odin para contarle la suerte tan increíble que había tenido, se le torció la suerte. Empezó por las malas noticias y le contó que había metido la pata apostando por el resultado equivocado. Y estaba tan alterado y tartamudeaba tanto que Odin perdió la paciencia, sacó el revólver del cajón y, punto crucial número tres, le pegó un tiro a Tutu en la rodilla mucho antes de que este hubiera llegado a lo del polaco.

El caso es que ese día, en la estación de Oslo S, Tutu me dijo que ya no se podía c-c-conseguir cristal, que tendría que contentarme con p-p-polvo. Era más barato y las dos cosas son metanfetamina, pero yo no lo aguanto. El cristal son trocitos blancos y maravillosos que te hacen perder la cabeza, pero ese polvo amarillo, ese apestoso polvo de mierda que consigues en Oslo está cortado con levadura, azúcar glas, aspirina, vitamina B12 y otras porquerías. O, para paladares exquisitos: analgésicos picados que saben a espid. En fin, al final me llevé lo que tenía con un pequeño descuento por volumen, y todavía me quedaba dinero para un poco de pimienta. Y como la anfetamina al fin y al cabo es prácticamente un producto saludable comparado con la metanfetamina, solo que un poco más lenta, esnifé el speed, corté la metanfetamina con más levadura en polvo y la vendí en Plata, y saqué un beneficio aceptable. Al día siguiente fui a ver otra vez a Tutu y repetí la operación, solo que compré un poco más. Esnifé un poco, corté y vendí el resto. Y al día siguiente, lo mismo. Le dije que podía coger un poco más si me lo daba fiado, pero él se echó a reír. Cuando volví el cuarto día Tutu me dijo que al jefe le parecía que podíamos hacerlo de una manera más o-o-organizada. Me habían visto vender y les había gustado lo que vieron. Si vendiera dos partidas al día, me embolsaría cinco mil de una tacada. Y así me convertí en uno de los camellos de Odín y Los Lobos. Tutu me daba la droga por la mañana y yo tenía que entregar las ganancias de la jornada y lo que sobrara a las cinco. Turno de día. Nunca sobraba nada.

Todo fue bien durante unas tres semanas. Hasta un miércoles, en Vippetangen. Había vendido dos partidas, tenía el bolsillo lleno de pasta y la nariz llena de speed cuando, de repente, me pareció que no había ninguna razón para verme con Tutu en Oslo S. Así que le mandé un SMS diciendo que me tomaba unas vacaciones y que cogería el ferry para Dinamarca. Ese es el tipo de fallo de concentración con el que hay que contar cuando te lo montas con el speed mucho y muy seguido.

A mi vuelta oí rumores de que Odín me estaba buscando, y eso me preocupaba un poco, sobre todo porque sabía cómo le habían puesto a Tutu el apodo. Así que procuraba no acercarme por Grünerløkka. Y esperaba el día del Juicio Final. Pero Odín tenía más cosas en que pensar que en un camello que le debía unos miles. La competencia había llegado a la ciudad. «El hombre de Dubái.» No en el mercado del speed, sino en el de la heroína, que era más importante para Los Lobos. Algunos decían que eran bielorrusos, otros que eran lituanos, y otros que era un paquistaní noruego. Lo único que sabía todo el mundo era que se trataba de todo un despliegue de profesionales, que no tenían miedo a nada y que era mejor saber de menos que de más.

Fue un otoño de mierda.

Hacía mucho que me había gastado el dinero, ya no tenía trabajo y debía moverme con discreción. Había conseguido un comprador para el equipo de la banda de la calle Bispegata; el tío vino a verlo convencido de que era mío, puesto que vivía allí. Solo faltaba acordar la recogida. Entonces, como un ángel salvador, apareció Irene. Pecosa y buena persona. Era una mañana de octubre, y yo estaba un poco liado con unos tíos en el Sofienbergparken cuando, de repente, allí estaba, a punto de llorar de alegría. Le pregunté si tenía algo de dinero y ella me enseñó una Visa. Era de Rolf, su padre. Fuimos al cajero automático más cercano y limpiamos la cuenta. Al principio Irene no quería, pero cuando le expliqué que mi vida dependía de ello, comprendió que no había más remedio. Treinta mil. Nos fuimos al Olympen, comimos y bebimos, compramos unos gramos de speed y nos fuimos a casa, al barrio de Bispelokket. Irene me contó que había discutido con su madre. Se quedó a dormir. Al día siguiente la llevé a Oslo S. Y allí estaba Tutu, sentado en la moto, con una chupa que tenía estampada en la espalda la cara de un lobo. Con bigote, pañuelo de pirata en la cabeza y unos tatuajes que asomaban por el escote de la camiseta; y, a pesar de toda la parafernalia, parecía un puto botones. Ya iba a saltar de la moto para echar a correr detrás de mí cuando se dio cuenta de que yo me estaba acercando. Le di las veinte mil que le debía, más cinco de intereses. Le di las gracias por el préstamo para las vacaciones. Con la esperanza de que pudiéramos empezar de cero. Tutu llamó a Odin sin quitarle a Irene la vista de encima. Le vi en la cara qué era lo que quería. Y volvió a mirar a Irene. Pobre Irene, tan guapa y tan pálida.

—Odin dice que quiere c-c-cinco mil más —dijo Tutu—. Si no, tengo órdenes de p-p-p-pe-pe-pe…

Tomó aire.

—Pegarte —dije.

—Aquí y ahora.

—Vale, venderé dos partidas hoy.

—Tienes que pa-pa-pagar por adelantado.

—Venga ya, en dos horas las tengo vendidas.

Tutu me miró. Señaló con la cabeza a Irene, que estaba esperando cerca de las escaleras que bajaban a la plaza de Jernbanetorget.

—¿Y e-e-ella?

—Me ayuda.

—Las chicas son buenas v-v-vendedoras. ¿Consume?

—Todavía no —dije.

—Me-me-menudo ladrón —dijo Tutu sonriendo con esa sonrisa suya sin dientes.

Conté el dinero. El último. Siempre era el último. La sangre que se me va.

Una semana más tarde un chico se paró delante de mí y de Irene cerca del Elm Street Rock Café.

—Este es Oleg —dije, y salté del borde del muro—. Oleg, esta es mi hermana.

Y le di un abrazo. Noté que mantenía la cabeza erguida, que miraba por encima de mi hombro. A Irene. Y, a través de la chaqueta vaquera, noté cómo se le aceleraba el corazón.

El agente Berntsen estaba sentado con las piernas encima del escritorio y el auricular pegado al oído. Había llamado a la comisaría de Lillestrøm, del distrito policial de Romerike, presentándose como Roy Lunder, técnico del laboratorio de Kripos. El policía con quien estaba hablando acababa de confirmarle que habían recibido la bolsa del aeropuerto de Gardermoen con lo que se suponía que era heroína. Según el protocolo, toda incautación de estupefacientes efectuada en cualquier punto del país debía enviarse para su análisis al laboratorio de Kripos en Bryn, Oslo. Una vez por semana, un coche de Kripos recorría todos los distritos policiales de Østlandet para recogerlas. Los demás distritos policiales enviaban la droga con correos propios.

—Bien —dijo Berntsen jugando con la tarjeta de identidad falsa, que llevaba su foto y, debajo, el nombre de Roy Lunder, Kripos—. Voy a pasar por Lillestrøm de todas formas, así que llevaré la bolsa a Bryn. Nos gustaría que una incautación de esa envergadura se analizara cuanto antes. Bueno, nos vemos por la mañana.

Colgó y miró por la ventana. Contempló la parte nueva de la ciudad, alrededor de Bjørvika, que ya se elevaba hacia el cielo. Pensaba en todos aquellos pequeños detalles: el tamaño de los tornillos, la rosca de las tuercas, la calidad del mortero, la flexibilidad del cristal de las ventanas, todo lo que tenía que cuadrar para que el conjunto funcionara. Y experimentó una profunda satisfacción. Porque funcionaba, sí. Aquella ciudad funcionaba.

9

Las pantorrillas largas y esbeltas de mujer que eran los troncos de los pinos desaparecían debajo de una falda de verdor que proyectaba difusas sombras crepusculares en la explanada de grava que se extendía delante de la vivienda. Harry llegó a la entrada, se secó el sudor después de subir las empinadas cuestas desde el lago de Holmendammen y contempló la casa de color oscuro. Los pesados maderos tratados con impregnante negro transmitían la sensación de solidez, de seguridad, de protección frente a los trols y las fuerzas de la naturaleza. No fue suficiente. Las casas vecinas eran chalets grandes y poco elegantes, que los dueños siempre estaban reformando o ampliando. Øystein, Ø en la lista de contactos, decía que ese modo de unir las vigas era una expresión del anhelo de la burguesía por volver a lo natural, lo sencillo, lo sano. Lo que Harry veía allí era lo enfermizo, lo perverso, el asedio de un asesino en serie a una familia. Aun así, ella había decidido conservar la casa.

Harry siguió hasta la puerta y tocó el timbre.

Unos pasos contundentes resonaron en el interior. Y, en ese momento, Harry cayó en la cuenta de que debería haber avisado antes por teléfono.

La puerta se abrió.

El hombre tenía un flequillo rubio, ese tipo de flequillo que habría sido abundante en su juventud y que, sin duda, le habría proporcionado algunas ventajas; el tipo de flequillo que uno seguía llevando en la edad adulta con la esperanza de que la versión un poco más marchita siguiera funcionando. Y llevaba una camisa bien planchada de color azul claro; el tipo de camisa que Harry suponía que le habría sentado muy bien en su juventud.

—¿Sí? —dijo el hombre.

La cara despejada y amable. Los ojos, que miraban como si no hubieran visto en la vida otra cosa que amabilidad. La marca discreta de un jugador de polo bordada en el bolsillo de la pechera.

Harry notó que se le secaba la garganta. Echó una mirada a la placa que había debajo del timbre, donde se leía el nombre.

Rakel Fauke.

Pero aquel hombre de cara atractiva y pusilánime se quedó allí con la puerta pegada al cuerpo, como si fuera suya. Harry sabía que existían varias posibilidades, varias frases sencillas con las que iniciar el diálogo, pero él eligió esta:

—¿Quién eres?

El hombre que tenía delante dominaba el arte de un tipo de expresión facial que Harry nunca había logrado adoptar: frunció el entrecejo y sonrió al mismo tiempo. El superior que, condescendiente y divertido, advierte la insolencia del inferior.

—Dado que tú estás fuera y yo estoy dentro, lo lógico será que tú digas quién eres. Y qué es lo que quieres.

—Como quieras —dijo Harry bostezando.

Naturalmente, podía excusarse echándole la culpa al jet lag.

—He venido a hablar con la persona cuyo nombre se lee en el timbre.

—¿Y eres de…?

—Los Testigos de Jehová —dijo Harry mirando el reloj.

El hombre apartó automáticamente la mirada de Harry en busca del segundo componente obligado del dúo.

—Me llamo Harry y vengo de Hong Kong. ¿Dónde está ella?

El hombre enarcó una ceja.

—¿Eres *ese* Harry?

—Puesto que es un nombre que no ha estado nada de moda en los últimos cincuenta años, podemos suponer que sí.

El hombre miraba a Harry mientras hacía gestos de asentimiento con la cabeza y con una media sonrisa en los labios, como si el cerebro estuviera reproduciendo la información que había recibido sobre el tipo que tenía delante. Pero sin visos de moverse del umbral ni de contestar a ninguna de las preguntas de Harry.

—Bueno —dijo Harry cambiando el peso de pie.

—Le diré que has estado aquí.

Harry adelantó el pie con rapidez. Instintivamente, giró el zapato un poco hacia arriba de forma que la puerta dio en la suela en vez de en el cuero de la puntera. Era el tipo de cosas que había aprendido en su nueva profesión. El hombre miró primero el pie, luego a Harry. Ni rastro de condescendencia o diversión. Estaba a punto de decir algo. Algo brusco, para poner las cosas en su sitio. Pero Harry sabía que iba a cambiar de opinión. En cuanto le viera en la cara aquello que siempre hacía que todos cambiaran de opinión.

—Deberías… —dijo el hombre. Se interrumpió. Parpadeó una vez. Harry esperó. El desconcierto. La vacilación. La retirada. Parpadeo número dos. El hombre carraspeó—. Ha salido.

Harry se quedó totalmente inmóvil. Dejó que retumbara el silencio. Dos segundos. Tres segundos.

—Yo… eh… no sé cuándo volverá.

En la cara de Harry no se movía un solo músculo, pero la del hombre iba pasando de una expresión a otra, como si estuviese buscando una tras la que poder esconderse. Y terminó donde había empezado: en la amable.

—Me llamo Hans Christian. Siento… siento haber sido tan arisco, pero es que viene tanta gente a hacerle preguntas extrañas en relación con el asunto…, y necesita algo de tranquilidad en estos momentos. Soy su abogado.

—¿El de ella?

—De los dos. De ella y de Oleg. ¿Quieres pasar?

Harry asintió.

En la mesa del salón había montones de papeles. Harry se acercó. Documentos relativos al caso. Informes. La altura de las pilas indicaba que llevaban mucho tiempo buscando, y que habían buscado a conciencia.

—¿Puedo preguntar por qué has venido? —preguntó Hans Christian.

Harry hojeaba. Pruebas de ADN. Declaraciones de testigos.

—Bueno… ¿Puedes preguntar?

—¿Qué?

—Y tú, ¿por qué estás aquí? ¿No tienes un despacho donde preparar la defensa?

—Rakel quiere participar, al fin y al cabo es letrada. Escucha, Hole. Yo sé muy bien quién eres, y que has tenido una relación muy estrecha con Rakel y Oleg, pero…

—¿Y cómo de estrecha es tu relación con ellos?

—¿La mía?

—Sí. Da la impresión de que te estés encargando de los dos.

Harry se dio cuenta de la impresión que acababa de causar y supo que se había delatado; y que el otro lo miraba perplejo; y que había perdido la ventaja.

—Rakel y yo somos viejos amigos —dijo Hans Christian—. Yo me crié en este barrio, estudiamos Derecho juntos y… sí, cuando dos personas pasan juntas los mejores años de su vida, se crean lazos.

Harry asintió con la cabeza. Sabía que debería cerrar el pico. Sabía que todo lo que estaba a punto de decir empeoraría las cosas.

—Ya. Pues si es verdad que esos lazos existen, me extraña no haber visto ni oído nada sobre tu persona mientras Rakel y yo estábamos juntos.

A Hans Christian no le dio tiempo a contestar. En ese momento se abrió la puerta. Y allí estaba ella.

Harry notó una garra que le apretaba el corazón y se lo retorcía.

Tenía el mismo porte esbelto, erguido. La misma cara en forma de corazón, con aquellos ojos castaños y oscuros y aquella boca un poco ancha tan propensa a la risa. El pelo, casi igual, largo, aunque se le hubiera apagado un poco el color negro. Pero la mirada había cambiado. Era la mirada de un animal perseguido, alerta, salvaje. Sin embargo, al mirar a Harry fue como si recuperase algo. Algo de lo que había sido. De lo que habían sido juntos.

—Harry —dijo Rakel, y el sonido de su voz le trajo todo lo demás.

Se le acercó en dos zancadas y la abrazó.

—Tienes buen aspecto —dijo ella.

—Lo mismo digo.

—Mentiroso. —Sonrió mientras le afloraban las lágrimas a los ojos.

Se quedaron así unos instantes. Harry dejó que ella lo examinara, que se familiarizara con aquella cara tres años mayor y con la cicatriz nueva.

—Harry —repitió, ladeó la cabeza, se rió.

Se le había quedado en las pestañas una lágrima temblorosa; cayó y le dibujó una línea a lo largo de la piel suave.

En algún lugar de la habitación, un hombre con un jugador de polo en la camisa carraspeó y mencionó algo de una reunión a la que debía asistir.

Y se quedaron solos.

Harry se dio cuenta de que Rakel miraba furtivamente el dedo de metal mientras preparaba el café, pero ninguno de los dos hizo ningún comentario. Era un acuerdo tácito: nunca debían mencionar al Muñeco de Nieve. Así que, sentado a la mesa de la cocina, Harry le habló de su nueva vida en Hong Kong. Le contó lo que podía contar. Lo que quería contar. Que el trabajo de «asesor de prestatarios» para las deudas pendientes de Herman Kluit consistía en presentarse ante aquellos cuyas deudas habían vencido y recordarles amablemente que estaban fuera de plazo. En pocas palabras, el asesoramiento consistía en aconsejarles que pagaran a la mayor brevedad. Harry contaba que su mejor cualificación o más bien la única eran su metro noventa y tres de estatura, los hombros anchos, los ojos inyectados de sangre y las cicatrices que se había agenciado recientemente.

—Amable, profesional. Traje, corbata, empresas multinacionales en Hong Kong, Taiwan y Shangái. Hoteles con servicio de habitaciones. Buenos edificios de oficinas. Civilizado. Son actividades bancarias privadas al estilo de Suiza, solo que con un toque chino. Con apretones de manos occidentales y frases corteses. Y sonrisas asiáticas. En general, pagan al día siguiente. Herman Kluit está contento. Nos entendemos.

Ella sirvió el café y se sentó. Respiró hondo.

—Pues a mí me ofrecieron un puesto en el Tribunal Internacional de La Haya, pero con despacho en Amsterdam. Pensé que si nos íbamos de esta casa, de esta ciudad, de la curiosidad de la gente, de…

«De mí», pensó Harry.

—… los recuerdos, todo iría mucho mejor. Y durante un tiempo, parecía que sí. Pero entonces empezó todo. Al principio, ataques de ira inexplicables. Cuando era pequeño Oleg nunca levantaba la voz. Huraño, sí, pero nunca… así. Decía que yo le había destrozado la vida al llevármelo de Oslo. Me lo decía porque sabía que era una acusación de la que no podía defenderme, y cuando empezaba a llorar, él se echaba a llorar también. Me preguntó por qué te había apartado de nuestra vida, si tú nos habías salvado de… de…

Él le indicó con un gesto de la cabeza que no tenía que decir el nombre.

—Empezó a volver tarde a casa. Decía que estaba con amigos, pero eran amigos a los que no me permitía conocer. Un día reconoció que había estado fumando hachís en un *coffee shop* en Leidseplein.

—¿Igual que todos los turistas?

—Exactamente, me imagino que es parte de *the Amsterdam experience*, pero al mismo tiempo tuve miedo. Su padre… bueno, ya sabes.

Harry asintió con la cabeza. La familia paterna, de la alta burguesía rusa. Alcoholismo, ira y depresiones. El país de Dostoievski.

—Pasaba mucho tiempo solo en su habitación escuchando música. Canciones ruidosas y tétricas. Tú ya conoces esas bandas…

Harry volvió a asentir con la cabeza.

—Pero también tus discos. Frank Zappa. Miles Davis. Supergrass. Neil Young. Supersilent.

Los nombres se sucedían con tal rapidez y naturalidad que Harry sospechaba que ella también los había estado escuchando.

—Hasta que un día, mientras pasaba la aspiradora en su cuarto, encontré dos pastillas con un *smiley*.

—¿Éxtasis?

Ella asintió con la cabeza.

—Dos meses después, solicité y conseguí un puesto en la oficina de la abogacía del Estado y nos volvimos aquí.

—A Oslo, esta ciudad tan segura e inocente.

Ella se encogió de hombros.

—Él necesitaba un cambio de aires. Empezar de nuevo. Y funcionó. No es de esos chicos que tienen montones de amigos, pero recuperó a varios de los antiguos y todo fue muy bien en el colegio hasta… —A Rakel se le quebró la voz.

Harry esperó. Ella tomó un sorbo de café. Empezó a calmarse un poco.

—Podía pasar fuera varios días seguidos. Yo no sabía qué hacer. Oleg hacía lo que le daba la gana. Llamé a la policía, a psicólogos, a orientadores… Todavía no era mayor de edad y, aun así, nadie podía intervenir a menos que hubiera pruebas de que se drogaba o de que estuviera cometiendo algún delito. Me sentía totalmente impotente. ¡Yo! Que siempre culpaba a los padres, que siempre tenía lista la solución cuando oía que los hijos de los demás se habían desviado del buen camino: no caer en la apatía, ser más represivo, ¡actuar!

Harry observó la mano que descansaba sobre la mesa al lado de la suya. Aquellos dedos delicados. Aquellas venas tan finas en una piel pálida que, por lo general, aún conservaba el bronceado a primeros de otoño. Pero no obedeció el impulso de cogerla. Algo se lo impidió. Oleg se lo impedía. Ella dejó escapar un suspiro.

—Así que me iba al centro a buscarlo. Noche tras noche. Hasta que un día lo encontré. Estaba en una esquina de la calle Tollbugata y me dio la impresión de que se alegraba de verme. Dijo que estaba feliz. Que tenía trabajo y compartía piso con unos amigos. Que necesitaba libertad, que yo no debía hacer tantas preguntas. Que estaba «de escapada», que aquella era su versión del año sabático que se tomaban los jóvenes de Holmenkollen para dar la vuelta al mundo. Una vuelta al mundo por el centro de Oslo.

–¿Cómo iba vestido?

–¿Qué quieres decir?

–Nada. Continúa.

–Dijo que pronto volvería a casa y que terminaría lo que le faltaba de la secundaria. Así que quedamos en que vendría a comer el domingo.

–¿Y se presentó?

–Sí. Y cuando se fue, descubrí que había pasado por mi dormitorio y me había robado el joyero. –Tomó aire temblando con un largo suspiro–. El anillo que compraste en la plaza de Vestkanttorget estaba en ese joyero.

–¿En Vestkanttorget?

–¿No te acuerdas?

Harry iba rebobinando mentalmente. Había unas zonas negras de inconsciencia; otras, blancas, que había reprimido, y amplias zonas vacías que el alcohol simplemente había devorado. Pero también había áreas con color y textura, como un día que estuvieron dando vueltas por el mercadillo de Vestkanttorget. ¿Oleg estaba con ellos? Sí, creía que sí. Claro que sí. La foto. El disparador automático. Las hojas otoñales. ¿O eso fue otro día? Habían ido paseando de puesto en puesto. Juguetes antiguos, vajillas, cajas de puros oxidadas, discos de vinilo con o sin funda, encendedores… Y un anillo dorado.

Parecía muy solitario allí, así que Harry lo compró y se lo puso a Rakel en el dedo. Para darle un nuevo hogar, le dijo. O algo así. Una frivolidad que sabía que ella iba a interpretar como timidez, como una declaración de amor disfrazada. Y quizá lo fuera. En todo caso, los dos se rieron. De su ocurrencia, del anillo, de que los dos sabían que el otro sabía. Y de que aquello estaba muy bien.

Porque todo lo que querían y, sin embargo, no querían, estaba en aquel anillo gastado y barato. La promesa de amarse profundamente y todo el tiempo que pudieran, y de despedirse cuando ya no quedara más amor. Al final, cuando ella se marchó, fue por otras razones, desde luego. Razones de más peso. Pero, según Harry acababa de constatar, había cuidado de aquel anillo de bisutería y lo había guardado junto con las joyas heredadas de su madre austriaca.

—¿Salimos mientras todavía queda un poco de sol? —preguntó Rakel.

—Sí —dijo Harry, y le devolvió la sonrisa—. Vamos.

Subieron por el camino que serpenteaba hacia la cima de la colina. Los frondosos árboles que se divisaban al este se veían tan rojos que parecía que estuvieran ardiendo. La luz jugueteaba en el fiordo, metal fundido. Pero, como siempre, lo que más fascinaba a Harry era lo que el hombre había creado en aquella ciudad que se extendía a sus pies. La impresión de hormiguero. Las casas, los parques, las calles, las grúas, los barcos en el puerto, las luces, que ya empezaban a encenderse. Los coches y los trenes que iban de un lado a otro. La suma de todas las cosas que hacemos. Y la pregunta que solo quien tiene tiempo para pararse se puede permitir: ¿por qué?

—Yo sueño con tener paz y tranquilidad —dijo Rakel—. Solo eso. Y tú, ¿con qué sueñas?

Harry se encogió de hombros.

—Que estoy en un pasillo estrecho y que viene el alud y me sepulta.

—¡Uf!

—Bueno. Ya me conoces, yo y mi claustrofobia.

—A menudo soñamos con cosas que tememos y deseamos al mismo tiempo. Desaparecer, quedar sepultado… De alguna manera, eso también es algo seguro, ¿no?

Harry hundió más las manos en los bolsillos.

—Me sorprendió un alud hace tres años. Digamos que es así de sencillo.

—Ya. Así que, aunque te has ido nada menos que a Hong Kong, no has podido escapar de tus fantasmas, ¿verdad?

—Hombre, sí —dijo Harry—. El traslado redujo el número.

—¿Ah, sí?

—Pues sí. Hay cosas que sí se pueden dejar atrás, Rakel. El truco contra los fantasmas es atreverse a sostenerles la mirada el tiempo suficiente para comprender que eso es exactamente lo que son. Fantasmas. Fantasmas sin vida y sin poder.

—Ya —dijo Rakel, con un tono que revelaba que aquel tema no era de su agrado—. ¿Alguna mujer en tu vida?

Preguntó sin darle importancia. A tal punto que él no se lo creyó.

—Bueno.

—Cuenta.

Se puso las gafas de sol. No era fácil calcular cuánto querría oír ella. Harry decidió que podría intercambiarlo por la información correspondiente por su parte. Si es que él estaba dispuesto a escuchar.

—Era china.

—¿Era? ¿Está muerta? —preguntó con una sonrisa juguetona.

Harry se dijo que daba la impresión de que podría aguantar el trago. Pero habría preferido que se mostrara un poco más sensible.

—Una mujer de negocios de Shangái. Se dedica a cuidar de su *guanxi,* su red de relaciones provechosas, además de a un esposo chino megarrico y megaviejo. Y, cuando encartaba, me cuidaba a mí.

—En otras palabras, te aprovechaste de su gen de cuidadora, ¿no?

—Me gustaría poder decir que sí.

—¿No me digas?

—Impone unas exigencias bastante específicas en cuanto adónde y cuándo. Y cómo. Le gusta…

—¡Ya vale! —dijo Rakel.

Harry sonrió a medias.

—Ya sabes, las mujeres que saben lo que quieren siempre han sido mi debilidad.

—He dicho que ya vale.

—Recibido.

Siguieron andando en silencio. Hasta que Harry pronunció por fin las palabras que había escritas con letras enormes en el aire, allí mismo, delante de ellos.

—¿Qué pasa con ese tipo, Hans Christian?

—¿Hans Christian Simonsen? Es el abogado de Oleg.

—Nunca había oído hablar de ningún Hans Christian Simonsen en relación con ningún caso de asesinato.

—Es del barrio. Éramos compañeros en la facultad de Derecho. Vino y se ofreció a ayudarnos.

—Ya. Claro.

Rakel se rió.

—Creo recordar que me invitó a salir un par de veces cuando estudiábamos. Y quería que lo acompañara a clases de swing.

—Por Dios santo.

Ella se rió un poco más alto. Dios mío, cómo había añorado aquella risa.

Ella le dio un empujoncito.

—Ya sabes, los hombres que saben lo que quieren siempre han sido mi debilidad.

—Ya, bueno —dijo Harry—. ¿Y esos hombres han hecho alguna vez algo por ti?

Ella no contestó. No tenía por qué. Pero arrugó la frente justo entre aquellas cejas negras y anchas por las que a él tanto le gustaba deslizar el dedo.

—A veces es más importante contar con un letrado que trabaje en tu caso con verdadera entrega que contar con uno tan experto que conozca el resultado de antemano.

—Ya. Te refieres a uno que sepa que es una causa perdida.

—¿Crees que debería haber recurrido a alguno de los de siempre?

—Bueno, los mejores trabajan con verdadera entrega.

—Esto es un simple caso de asesinato relacionado con las drogas, Harry. Los mejores están ocupados con asuntos de prestigio.

—Entonces ¿qué le ha contado Oleg a ese abogado tan entregado?

Rakel suspiró.

—Que no recuerda nada. No quiere decir nada más.

—¿Y vais a basar la defensa en eso?

—Mira. Hans Christian es un abogado excelente en su campo, sabe lo que tiene entre manos. Se asesora con los mejores y trabaja día y noche, de verdad.

—En otras palabras, ¿te aprovechas de su gen de cuidador?

Esta vez Rakel no se rió.

—Soy madre. Así de sencillo. Estoy dispuesta a hacer cualquier cosa.

Se detuvieron donde arrancaba el bosque y se sentaron cada uno en un tocón de abeto. El sol descendía por el oeste hacia las copas de los árboles como un globo agotado en la fiesta del Día Nacional.

—Comprendo por qué has venido —dijo Rakel—. Pero ¿qué piensas hacer?

—Averiguar si la culpabilidad de Oleg está fuera de toda duda.

—¿Por qué razón?

Harry se encogió de hombros.

—Porque soy investigador. Porque así es como hemos organizado este hormiguero. Para que no puedan condenar a nadie sin que estemos seguros.

—¿Y tú no estás seguro?

—No, no estoy seguro.

—¿Y estás aquí solo por eso?

Sobre sus cabezas se deslizaban las sombras de los abetos. Harry se estremeció en el traje de lino; evidentemente, no se le había reajustado el termostato a los 59,9 grados de latitud norte.

—Es extraño —dijo—. Pero me cuesta recordar algo más que momentos aislados de todo el tiempo que estuvimos juntos. Así que cuando miro una foto, lo recuerdo así. Como en la foto. A pesar de que sé que no es verdad.

Harry la miró. Estaba sentada, con la barbilla apoyada en una mano. El sol le brillaba en los ojos entornados.

—Claro que a lo mejor por eso nos hacemos fotos —continuó Harry—. Para obtener pruebas falsas con las que poder fundamentar la afirmación falsa de que éramos felices. Porque pensar que nunca hemos sido felices se nos hace insoportable. Los adultos obligan a los niños a sonreír cuando les hacen fotos, los incluyen en la mentira; por eso sonreímos, fingimos felicidad. Pero Oleg nunca fue capaz de sonreír si no lo sentía, no era capaz de mentir, no tenía ese don.

Harry se volvió hacia el sol, y le dio tiempo a ver los últimos rayos, como unos dedos amarillos entre las copas de los abetos que cubrían el lomo de la colina.

—Encontré una foto de nosotros tres en la puerta de la taquilla de Valle Hovin. ¿Y sabes qué, Rakel? En esa foto está sonriendo.

Harry se fijó en los abetos. Parecía que les hubieran succionado el color de repente y ahora se veían como siluetas de soldados de la guardia real, todos vestidos de negro y bien alineados. Y notó cómo ella se acercaba, notó cómo le pasaba la mano por debajo del brazo, notó cómo apoyaba la cabeza en su hombro, el olor de la melena y la mejilla caliente a través de la tela de lino.

—No necesito ninguna foto para recordar lo felices que éramos, Harry.

—Ya.

—A lo mejor aprendió a mentir. Eso nos pasa a todos.

Harry asintió con la cabeza.

Pasó una ráfaga de aire y se estremeció. ¿Cuándo había aprendido él a mentir? ¿Fue cuando Søs le preguntó si su madre podía verlos desde el cielo? ¿Fue tan pronto? ¿Por eso le resultaba tan fácil mentir cuando fingía no saber en qué estaba metido Oleg? Oleg no había perdido la inocencia por haber aprendido a mentir, por haber aprendido a inyectarse heroína o por robarle las joyas a su madre, sino porque había aprendido a vender drogas, con eficacia y sin riesgos, unas drogas que devoran el alma, destruyen el cuerpo y envían al comprador al infierno frío y horadador de la adicción. En el caso de que Oleg fuese inocente del asesinato de Gusto, seguiría siendo culpable. Enviaba a la gente a volar. A Dubái.

Fly Emirates.

Dubái se encuentra en los Emiratos Árabes Unidos.

No había ningún árabe, solo camellos que vendían violín con la camiseta del Arsenal. Unas camisetas que les habían proporcionado junto con las instrucciones para vender de la mejor forma posible: uno se encarga del dinero, otro se encarga de la droga. Una vestimenta llamativa y, al mismo tiempo, corriente, que indicaba lo que vendían y la organización a la que pertenecían. No una de esas bandas de poca monta y de vida efímera que terminaban sucumbiendo víctimas de la codicia, la estupidez, la pereza y la temeridad. Sino una organización que no corría riesgos innecesarios, que no revelaba el menor dato relacionado con los cabecillas y que, aun así, parecía tener el monopolio de la nueva sustancia favorita de los yonquis. Y Oleg era uno de ellos. Harry no sabía mucho de fútbol, pero estaba bastante seguro de que Van Persie y Fàbregas eran jugadores del Arsenal. Y estaba totalmente seguro de que a ningún hincha del Tottenham se le ocurriría tener una camiseta del Arsenal, a menos que hubiera una razón muy concreta para ello. Eso se lo había enseñado Oleg.

Existía una buena razón para que Oleg se negara a hablar con él y con la policía. Trabajaba para alguien o para algo que nadie sabía qué era. Alguien o algo que conseguía que todo el mundo mantuviera la boca cerrada. Y por ahí debía empezar Harry.

Rakel lloraba con la cabeza apoyada en el cuello de Harry. Sus lágrimas le caldeaban la piel al resbalar por dentro de la camisa, por el pecho, por el corazón.

La oscuridad se impuso rápidamente.

Serguéi estaba tumbado en la cama mirando al techo.

Los segundos pasaban uno tras otro.

Era el tiempo más lento: el tiempo de la espera. Y él ni siquiera sabía si iba a ocurrir. Si sería necesario. Dormía mal. Soñaba mal. Necesitaba saber. Así que llamó a Andréi, le dijo que quería hablar con el tío. Pero Andréi le contestó que el atamán no estaba disponible. Y nada más.

Así habían sido siempre las cosas con el tío. Es decir, la mayor parte de su vida, Serguéi ni siquiera supo de su existencia. Fue después de que apareciera él, o su testaferro armenio, cuando Serguéi empezó a indagar. Era extraño lo poco que los demás miembros de la familia sabían de su cuñado. Serguéi se había enterado de que el tío había venido del oeste y que pasó a ser miembro de la familia al casarse en los años cincuenta. Algunos decían que procedía de Lituania. De una familia de kuláks –aquellos campesinos y terratenientes de clase alta que Stalin había deportado activamente– que había terminado en Siberia. Según otros, pertenecía a un pequeño grupo moldavo de Testigos de Jehová a los que deportaron a Siberia en 1951. Una tía abuela decía que, aunque el tío era un hombre de mundo, leído y políglota, se había amoldado sin más a la sencillez de su forma de vivir, asumiendo como propias las viejas tradiciones de los *urki*. Y que seguramente fue esa capacidad de adaptación, junto con su talento para los negocios, lo que contribuyó a que los *urki* no tardaran en aceptarlo como líder. Pronto empezó a dirigir una de las redes de narcotráfico más lucrativas de todo el sur de Siberia. En los años ochenta el negocio del tío había adquirido tales proporciones que al final resultó imposible seguir sobornando a las autoridades para que hicieran la vista gorda. La policía rusa actuó por fin cuando la Unión Soviética ya estaba a punto de desmoronarse; y lo hizo con una redada tan violenta y tan cruenta que, a decir de un vecino que se acordaba del tío, pareció más «una guerra relámpago» que una actuación policial en cumplimiento de la ley. En un primer momento informaron de la muerte del tío. Dijeron que le habían metido una bala en la espalda y que la policía, por temor a las represalias, había arrojado el cadáver al río Lena. Uno de los policías le robó la navaja y no pudo por menos de jactarse de ello. No obstante, el tío dio señales de vida un año después, desde Francia. Dijo que había pasado ese tiempo escondido, y que lo único que quería saber era si su mujer estaba embarazada o no. No lo estaba y, desde entonces y durante varios años, nadie en Tagil supo nada más del tío. Hasta que murió su mujer. Entonces apareció en el funeral, contaba el padre de Serguéi. Corrió con todos los gastos, y un entierro orto-doxo ruso no es barato. También dio dinero a aquellos familiares de su mujer que necesitaban ayuda. El padre de Serguéi no era uno de ellos, pero el tío le había preguntado a él cuando quiso hacerse una idea de cómo era la familia de su mujer, que vivía en Tagil. Fue entonces cuando le hablaron de su sobrino, el pequeño Serguéi. La mañana siguiente, el tío ya había desaparecido otra vez, de forma tan misteriosa e inexplicable como había aparecido. Pasaron los años, Serguéi se hizo adolescente y luego adulto, y la mayoría debía de pensar que el tío, al que todos recordaban ya viejo cuando vino a Siberia, estaría muerto y enterrado hacía mucho. Pero entonces detuvieron a Serguéi por tráfico de hachís y, de repente, apareció un tipo, un armenio que se presentó como el hombre de paja del tío, le solucionó a Serguéi la papeleta y le transmitió la invitación para irse a Noruega.

Serguéi miró el reloj. Y constató que habían pasado exacta-mente doce minutos desde la última vez que lo había mirado. Cerró los ojos e intentó imaginárselo. Al agente de policía.

Por cierto, había un detalle más relacionado con la historia de la supuesta muerte del tío. Al policía que le había robado la navaja lo encontraron en la taiga poco después; es decir, encontraron lo que quedaba de él, el resto lo habían devorado los osos.

Tanto fuera como dentro de la habitación reinaba la oscuridad más absoluta cuando sonó el teléfono.

Era Andréi.

10

Tord Schultz abrió la puerta de su casa, escudriñó la oscuridad y escuchó con atención el compacto silencio que reinaba dentro. Se sentó en el sofá sin encender la luz y esperó el rugido tranquilizador del siguiente avión.

Lo habían soltado.

Un hombre que se había presentado como comisario había entrado en la celda, se había puesto en cuclillas delante de él y le había preguntado por qué coño llevaba harina de patata escondida en la maleta de ruedas.

—¿Harina de patata?

—Eso es lo que dicen que han recibido en el laboratorio de criminalística de Kripos.

Tord Schultz repitió lo que había dicho cuando lo detuvieron, aquello que dictaba el procedimiento de emergencia: que no sabía ni cómo había llegado el paquete a la maleta ni qué contenía.

—Mientes —dijo el comisario—. Y vamos a tenerte vigilado.

Había dejado abierta la puerta de la celda, y le indicó con la cabeza que saliera.

Un sonido estridente llenó de pronto la habitación desnuda y oscura y Tord dio un respingo. Se levantó y fue a tientas hasta el teléfono que estaba encima de una silla de madera, al lado del banco de gimnasio.

Era el jefe de vuelos. Le dijo a Tord que no realizaría vuelos internacionales hasta nuevo aviso y que lo habían trasladado a *domestic*. Tord preguntó por qué.

El jefe de vuelos dijo que habían celebrado una reunión con los directores para discutir lo sucedido.

—Dada la sospecha que pesa sobre ti, comprenderás que no podamos permitir que hagas vuelos al extranjero.

—Entonces ¿por qué no me dejáis en tierra?

—Por eso.

—¿Por eso?

—Si te suspendemos y la prensa se entera de que te han detenido, enseguida llegarán a la conclusión de que creemos que estás metido en harina. Y no lo digo por joder.

—¿Y lo creéis?

Hubo un silencio; luego contestó:

—Admitir que sospechamos que uno de nuestros pilotos se dedica al tráfico de estupefacientes perjudicaría a la compañía, ¿no crees?

Esto sí es por joder.

El resto de lo que dijo el jefe de vuelos lo engulló el sonido de un TU–154.

Tord colgó.

Volvió a tientas al sofá y se sentó. Pasó las yemas de los dedos por la lámina de cristal en la mesa del salón. Notaba las manchas de flema seca, saliva y restos de cocaína. ¿Y ahora qué? ¿Una copa o una raya? ¿Una copa y una raya?

Se levantó. El Túpolev entraba muy bajo. La luz venía de arriba, inundó todo el salón y Tord vio un instante su reflejo en la ventana.

Enseguida volvió la oscuridad. Pero lo había visto. Había visto en su mirada lo que sabía que vería en la de los colegas. El desprecio, la censura y, lo peor, la compasión.

Domestic. Vamos a tenerte vigilado. *I see you.*

Si no podía volar al extranjero, no tendría ya para ellos ningún valor. Solo sería un factor de riesgo, desesperado, entrampado y adicto a la cocaína. Un hombre bajo la vigilancia de la policía, un hombre bajo presión. No sabía mucho, pero sí lo suficiente para poder destruir la infraestructura que habían consolidado. Y harían lo que tenían que hacer. Tord Schultz se puso las manos detrás de la cabeza y suspiró bajito. No había nacido para volar cazas. había entrado en barrena y no había tenido lo que había que tener para recuperar el control, se había quedado sentado y se había limitado a contemplar cómo el suelo se acercaba girando a toda velocidad. Y sabía que su única posibilidad de sobrevivir era sacrificar el caza. Tenía que eyectar el asiento. Tenía que eyectarse. Ahora.

Tenía que ir a ver a alguien de la policía que ocupase un puesto importante, alguien que, con seguridad, estuviera por encima del dinero corrupto de las redes de tráfico de drogas. Tenía que ir a la cúpula.

Sí, pensó Tord Schultz. Tomó aire y se dio cuenta de que se le relajaban unos músculos que ni siquiera había notado que estuvieran en tensión. Iría a la cúpula.

Pero primero una copa.

Y una raya.

A Harry le entregó la llave el mismo chico de recepción.

Le dio las gracias y subió las escaleras a grandes zancadas. No había visto ni una camiseta del Arsenal desde la estación del metro de la plaza de Egertorget hasta el Leon.

Cuando se acercaba a la habitación 301, aminoró el paso. Dos de las bombillas del pasillo estaban fundidas y era tal la oscuridad que allí reinaba que pudo ver claramente la luz que salía por debajo de la puerta de su habitación. Los precios de la electricidad en Hong Kong le habían quitado la mala costumbre noruega de no apagar las luces al salir de casa, pero no podía estar seguro de que no fuera cosa de la mujer de la limpieza. En ese caso, se habría olvidado de cerrar la puerta con llave.

Harry tenía la llave en la mano derecha, pero la puerta se abrió sola. Bajo la luz solitaria de una lámpara de techo vio una figura. Estaba de espaldas a él, inclinada sobre la maleta, que había dejado encima de la cama. En el momento en que la puerta dio en la pared con un golpecito, la figura se giró tranquilamente y un hombre con la cara alargada y surcada de arrugas miró a Harry con la expresión apacible de un san bernardo. Era alto, encorvado, llevaba un abrigo largo y un jersey de lana con un alzacuello. El pelo largo y desaliñado aparecía dividido a ambos lados de la cabeza por las orejas más grandes que Harry había visto en su vida. El hombre tendría setenta años como poco. No podían ser más diferentes y, aun así, lo primero que pensó Harry fue que le parecía estar viendo su propia imagen en el espejo.

—¿Qué coño estás haciendo aquí? —preguntó Harry, y se quedó de pie en el pasillo. Rutina.

—¿A ti qué te parece? —le respondió en sueco. La voz era más joven que la cara, sonora y con esa inflexión sueca que, por alguna razón, tanto gusta a las bandas de música de baile y a los predicadores de ese país—. He forzado la puerta para ver si tenías algo de valor.

Levantó ambas manos. La derecha sujetaba un adaptador universal, la izquierda una edición de bolsillo de *Pastoral americana,* de Philip Roth.

—Pero no tienes nada. —Tiró los dos objetos en la cama. Miró el interior de la maleta y luego a Harry, con expresión inquisitiva—: ¿Ni siquiera una maquinilla de afeitar?

—Pero coño… —Harry se saltó las rutinas, entró en la habitación y cerró la maleta de golpe.

—Tranquilo, hijo mío —dijo el hombre levantando las palmas de las manos—. No te lo tomes como algo personal. Eres nuevo por aquí. Solo era cuestión de quién iba a robarte primero.

—¿Aquí? ¿Quieres decir que…?

El hombre mayor le dio la mano.

—Bienvenido. Soy Cato. Vivo en la 310.

Harry miró aquella sartén enorme y sucia que tenía por mano.

—Venga, hombre —dijo Cato—. Las manos son la única parte del cuerpo que puedo recomendar que me toques.

Harry dijo su nombre y le cogió la mano. Era sorprendentemente suave.

—Manos de pastor —dijo el hombre como si le hubiera leído el pensamiento—. ¿Tienes algo de beber, Harry?

Harry señaló con la cabeza la maleta y las puertas abiertas del armario.

—Ya lo has averiguado.

—Que no tienes, sí. Quiero decir si lo llevas puesto. En el bolsillo, por ejemplo.

Harry sacó la Gameboy y la tiró a la cama junto con las otras pertenencias que ya había allí.

Cato ladeó la cabeza y miró a Harry. La oreja se le dobló al tocar el hombro.

—Con ese traje podría haberte tomado por uno de los clientes por horas, no uno fijo. ¿Qué haces aquí en realidad?

—Yo creo que eso me toca preguntarlo a mí.

Cato le puso a Harry la mano en el brazo y lo miró a los ojos.

—Hijo mío —dijo con aquella voz poderosa, y se pasó los dedos por la solapa—. Es realmente un traje muy bueno. ¿Cuánto has pagado por él?

Harry estaba a punto de decir algo. Una frase mezcla de cortesía, rechazo y amenaza. Pero comprendió que no valía la pena. Desistió. Y sonrió.

Cato le devolvió la sonrisa.

Como si se estuviera viendo en el espejo.

—No me voy a poner pesado; además, ahora tengo que ir al trabajo.

—¿Que es…?

—Vaya, parece que a ti también te interesa un poco el prójimo. Predico la palabra del Señor entre los desdichados.

—¿A estas horas?

—Mi vocación no está sujeta al horario de ningún templo. Adiós.

Con una inclinación galante de la cabeza, el hombre se dio la vuelta y se fue. Cuando ya había cruzado el umbral, Harry vio una de sus cajetillas de Camel sin abrir asomando por el bolsillo del abrigo. Cerró la puerta. Un olor a hombre viejo y a ceniza quedó flotando en la habitación. Abrió la ventana. Los sonidos de la ciudad llenaron enseguida el aire: el estruendo leve y constante del tráfico, la música de jazz de una ventana abierta, una sirena de policía a lo lejos, un infeliz que gritaba su dolor entre las fachadas de los edificios, seguido de un cristal al romperse, el viento que hacía crujir las hojas secas, el repiqueteo de unos tacones de mujer. Sonidos de Oslo.

Un pequeño movimiento le hizo bajar la mirada. La luz de una lámpara solitaria en la pared del patio interior daba en el contenedor de basura que había debajo de la ventana. Allí brillaba una cola marrón. En el borde del contendor había sentada una rata que olisqueaba en su dirección con el hocico reluciente. Harry se acordó de algo que su jefe, Herman Kluit, siempre tan ecuánime, le dijo en una ocasión, puede que aplicado a su propia obra o puede que no:

—Las ratas no son ni malas ni buenas, simplemente, hacen lo que tienen que hacer las ratas.

Era la peor parte del invierno en Oslo. La previa a la época en que el hielo cubre el fiordo y el viento sopla salado y gélido por las calles del centro. Como siempre, andaba por la calle Dronningen vendiendo speed, diazepam y rohipnol. Iba dando paraditas en el suelo. Había perdido la sensibilidad en los dedos de los pies y me estaba planteando si invertir los beneficios de la jornada en unas botas Freelance supercaras que había visto en el escaparate de Steen & Strøm. O en un poco de cristal que, según decían, podía conseguirse en Plata. O a lo mejor podía coger un poco del speed, Tutu no se daría cuenta, y comprarme las botas. Aunque, pensándolo bien, era más seguro robar las botas y procurar que Odin se llevara lo suyo. Al fin y al cabo, yo lo tenía mejor que Oleg, que había tenido que empezar desde abajo, vendiendo hachís en ese infierno helado que era la orilla del río. Tutu le había asignado el sitio que hay debajo del puente de Nybrua, donde competía con gente de ciudades de todo el puto mundo y, probablemente, sería el único que hablaba bien noruego desde el puente de Ankerbrua hasta el puerto.

Vi a un tío con la camiseta del Arsenal más allá, calle arriba. Normalmente, era Bisken el que se instalaba allí, un tío del sur de Noruega con la cara llena de acné, que llevaba un collar de perro. Un tío nuevo, pero el procedimiento era el mismo; estaba tratando de juntar un grupo. De momento tenía tres clientes que esperaban allí con él. Solo Dios sabe de qué tenían tanto miedo. Los maderos habían dejado la zona por imposible y, si cogían a algún camello en esa calle, era solo para la galería, porque algún político hubiera puesto otra vez el grito en el cielo.

Un tío que iba vestido como para una boda pasó por delante del grupo, y vi que él y el del Arsenal intercambiaban un gesto casi imperceptible. El tío se paró delante de mí. Gabardina de Fernes Jacobsen, traje de Ermenegildo Zegna y la raya al lado, como los del coro de los Niños de Plata. Era alto.

«Somebody wants to meet you.» Hablaba ese inglés entrecortado que tienen los rusos.

Supuse que se trataba de lo de siempre. Me había visto la cara, creía que yo era uno de esos chicos que se venden y quería una mamada o que pusiera mi culo de adolescente. Y tengo que reconocer que, en días como el de hoy, me planteo cambiar de trabajo; asientos de coche climatizados y cuatro veces más la hora.

«No thanks», contesté.

«Right answer is "yes, thanks"», dijo el tío y, más que tirar de mí, me levantó del suelo y me llevó a una limusina negra que, en ese mismo momento, se acercaba silenciosamente hacia nuestra acera. La puerta de atrás se abrió y, ya que era inútil resistirse, empecé a pensar en un precio justo. Al fin y al cabo, una violación cobrada es mejor que una sin cobrar.

Me empujaron al asiento trasero y la puerta se cerró con un clic suave y supercaro. A través de las ventanas, que desde fuera daban la sensación de ser negras e impenetrables, vi que girábamos hacia el oeste. Al volante iba un tío pequeño con una cabeza demasiado pequeña para todas las cosas que tenían que caber en ella: una narizota, una boca de tiburón blanca y sin labios y unos ojos saltones bajo aquellas cejas que parecían pegadas allí con pegamento del malo. Él también llevaba un traje caro de entierro y la raya al lado como un niño de un coro. Me miró por el retrovisor.

«Sales good ¿eh?»

«What sales, gilipollas?»

El pequeño sonrió amigablemente y asintió con la cabeza. Yo ya había ido pensando que no iba a ofrecer descuento por volumen si lo pedían, pero ahora le vi en la mirada que no era a mí a quien buscaban. Que era otra cosa, algo que todavía no podía adivinar. El Ayuntamiento apareció y se esfumó. La embajada americana, el Slottsparken. Y seguimos hacia el oeste. La calle Kirkeveien. La emisora de radio NRK. Y luego chalets y calles de gente rica.

Paramos delante de un chalet de madera levantado sobre un montículo, y los dos agentes de la funeraria cruzaron conmigo la verja. Mientras íbamos pisando la gravilla hacia la puerta de roble, miré alrededor. La parcela era tan grande como un campo de fútbol, con manzanos y perales, una torre de cemento parecida a un búnker, como esos depósitos de agua que utilizan en países desérticos, y un garaje doble con persiana de hierro que daba la sensación de que dentro hubiera vehículos para emergencias. Una valla de tela metálica de unos dos o tres metros de altura enmarcaba aquella maravilla. Yo ya me había hecho una idea de adónde nos dirigíamos. Limusina, inglés a la rusa, «sales good?», chalet tipo fortaleza…

El más corpulento de los trajes me cacheó en el recibidor, luego se fue y el pequeño se acercó hasta una esquina donde había una mesita con un mantel de fieltro rojo, y en la pared colgaban muchos cuadros de iconos antiguos y crucifijos. Sacaron las pipas, las dejaron encima del fieltro rojo y pusieron una cruz encima de cada pistola. El más pequeño abrió la puerta de otro salón.

«Atamán», dijo, y me indicó que entrase.

El anciano que había allí dentro debía de ser tan viejo como la silla de cuero en la que estaba sentado. Lo observé. Dedos huesudos de anciano agarrados a un cigarro negro.

Procedente de una chimenea descomunal se oía un alegre chisporroteo y yo procuré acercarme lo más posible para que el calor me diera en la espalda. La luz de las llamas bailaba sobre la camisa blanca de seda y sobre aquel rostro de anciano. Dejó el cigarro y levantó la mano con el dorso hacia arriba, como si creyera que yo iba a besar el pedrusco azul que llevaba en el dedo anular.

«Zafiro de Birmania —dijo—. Seis coma seis quilates, cuatro mil quinientos dólares cada quilate.»

Tenía acento. No era fácil de detectar, pero ahí estaba. ¿Polonia? ¿Rusia? De algún sitio del Este, desde luego.

«¿*Cuánto?*», dijo apoyando el mentón contra el anillo.

Pasaron unos segundos, hasta que entendí lo que estaba diciendo.

«*Un poco menos de treinta mil.*»

«¿*Cuánto menos?*»

Me lo pensé.

«*Veintinueve mil setecientos está bien.*»

«*El dólar está a cinco ochenta y tres.*»

«*Alrededor de ciento setenta mil.*»

El anciano asintió con la cabeza.

«*Dicen que eres bueno.*» Sus ojos de anciano relucían más azules que la puta piedra de Birmania.

«*Saben lo que dicen*», dije.

«*Te he visto en acción. Tienes mucho que aprender, pero se nota que eres más listo que los otros cretinos. Se te da bien valorar un cliente y sabes lo que está dispuesto a pagar.*»

Me encogí de hombros. Me preguntaba cuánto estaría dispuesto a pagar él.

«*Pero también dicen que robas.*»

«*Solo cuando vale la pena.*»

El anciano soltó una risotada. O sea, como era la primera vez que lo veía, creí que se trataba de un tibio ataque de tos tipo cáncer de pulmón. Fue una especie de burbujeo que nacía en lo más hondo de la garganta, que sonó como el grato rumor de una vieja barca de madera. Luego me miró con esos ojos fríos y azules de judío y dijo con el mismo tono que si me estuviera informando de la segunda ley de Newton.

«*En ese caso, tampoco deberías tener problemas con el siguiente cálculo. Si me robas, te mato.*»

El sudor me chorreaba por la espalda. Me obligué a mirarlo a los ojos. Era como estar mirando a la puta Antártida. Nada. Tierra fría y desértica. Pero por lo menos vi dos de las cosas que le interesaban. Número uno: dinero.

«*Por cada cincuenta gramos que vendes para ellos, esos moteros te dejan vender diez gramos para ti. El diecisiete por ciento. Conmigo simplemente vendes mi droga y recibes tus ganancias en efectivo. Quince por ciento. Tendrás tu propia esquina. Sois tres. El del dinero, el del material y el vigilante. Siete por ciento para el del material, tres por ciento para el vigilante. Haces las cuentas con Andréi cada día a medianoche.» Señaló con la cabeza a la versión más pequeña de los Niños de Plata.*

Esquinas. Vigilantes. El puto The Wire.

«Hecho —dije—. Dame la camiseta.»

El anciano sonrió, una de esas sonrisas de reptil que te puede decir más o menos dónde te encuentras en la jerarquía. «Andréi se encarga.»

Hablamos un poco más. Él me preguntó por mis padres, los amigos, si tenía donde vivir. Yo le conté que vivía de acogida con mi hermana y no mentí más de lo necesario, porque tenía la sensación de que él ya sabía las respuestas. Solo la cagué un poco cuando me preguntó por qué hablaba con un acento tan arcaico de la zona este de la ciudad cuando me había criado en el norte, en una familia de académicos, y yo contesté que mi padre, mi padre de verdad, era de la zona este. No tengo ni puñetera idea, pero eso es lo que me he imaginado siempre, papá, que tú vives allí en la zona este, con muy poco dinero, en paro, en un piso pequeño y helado, que no era un buen sitio para criar a un hijo y eso. O a lo mejor solo empecé a hablar así para fastidiar a Rolf y a los niños cursis de los vecinos. Y descubrí que eso me daba una especie de ventaja, más o menos como tatuarse las manos: a la gente le daba un poco de miedo, se apartaban ligeramente, me dejaban más espacio. Mientras yo le contaba mi vida, el anciano se estuvo fijando en mi jeta todo el tiempo, y daba golpecitos con el anillo de zafiro en el reposabrazos, de forma constante e implacable, como si estuviera contando hacia atrás. Cuando se hizo una pausa en el interrogatorio y lo único que se oía eran los golpecitos, se me ocurrió que, si yo no rompía el silencio, íbamos a explotar.

«Qué chalet más guapo», dije.

Sonó tan idiota que casi me pongo colorado.

«Esta vivienda perteneció a Hellmuth Reinhard, el jefe de la Gestapo en Noruega entre 1942 y 1945.»

«Me imagino que te incordian los vecinos.»

«La casa de al lado también es mía. Allí vivía el teniente de Reinhard. O al revés.»

«¿Al revés?»

«Aquí no se puede entender todo fácilmente», dijo el anciano. Con la sonrisa de lagarto. El dragón de Komodo.

Sabía que tenía que ser precavido, pero no pude resistirme: «Hay por lo menos una cosa que no entiendo. Odin me paga el diecisiete por ciento, y es lo normal con los otros también. Pero tú quieres contar con un equipo de tres y prescindir de un total de un veinticinco por ciento. ¿Por qué?».

El anciano centró la mirada en una mitad de mi cara. «Porque tres es más seguro que uno, Gusto. El riesgo que corren mis vendedores es el riesgo que corro yo. Si pierdes todos los peones, el jaque mate es solo cuestión de tiempo, Gusto.» Era como si lo repitiera solo para oír cómo sonaba.

«Pero los beneficios…»

«Eso no es asunto tuyo —contestó con aspereza. Luego sonrió y se le suavizó de nuevo la voz—. Nuestra mercancía viene directamente de las fuentes, Gusto. Tiene un grado de pureza seis veces mayor que lo que ellos llaman heroína, que primero cortan en Estambul, luego en Belgrado y luego en Amsterdam. Y a pesar de todo, compramos el gramo más barato que ellos. ¿Lo comprendes?»

Yo asentí con la cabeza.

«Puedes cortar la droga siete u ocho veces más que los otros.»

«La cortamos, pero menos que los demás. Vendemos algo que realmente se puede llamar heroína. Esto ya lo sabes, y por eso has aceptado tan rápido unos beneficios más bajos.» La luz del fuego se le reflejaba en unos dientes muy blancos. «Porque sabes que vas a vender el mejor producto de la ciudad, que vas a vender tres o cuatro veces más que con la harina de Odin. Lo sabes porque lo ves todos los días. Compradores que pasan de largo la fila de camellos de heroína para llegar al que lleva una…»

«… Una camiseta del Arsenal.»

«Los clientes sabrán desde el primer día que tú llevas el mejor producto, Gusto.»

Después me acompañó a la salida.

Se había pasado el rato sentado con la manta encima de las piernas y yo creí que era impedido o algo así, pero se movía con una agilidad sorprendente. Se paró en la puerta; al parecer, no quería que lo vieran desde fuera. Me puso la mano en el brazo, justo encima del codo. Apretó ligeramente el tríceps.

«Nos veremos pronto, Gusto.»

Yo asentí. Como me había figurado, ya sabía qué era lo otro que le interesaba. «Te he visto en acción.» Desde el interior de una limusina con las ventanas tintadas, me había estudiado como si yo fuese un puto Rembrandt. Por eso sabía que iba a conseguir lo que quería.

«El vigilante va a ser mi hermana de acogida. Y el del material un tío que se llama Oleg.»

«Me parece bien. ¿Algo más?»

«Quiero la camiseta con el número 23.»

«Arshavin —murmuró el niño del coro más corpulento—. Ruso.»

Lo más seguro es que nunca hubiera oído hablar de Michael Jordan.

«Ya veremos —relinchó el anciano. Miró al cielo—. Andréi te va a enseñar una cosa, y luego ya puedes empezar.» No paraba de darme palmaditas en el brazo con la mano y no se le borraba la sonrisa. Yo estaba asustado. Y exaltado. Asustado y exaltado, como un cazador de dragones de Komodo.

Los Niños de Plata me llevaron en coche hasta el puerto deportivo de Frognerkilen, que estaba desierto. Tenían las llaves de una verja, y pasamos con el coche entre los barcos que permanecían allí varados todo el invierno. Nos paramos al final de uno de los muelles y nos apeamos. Yo me quedé mirando el agua negra e inmóvil mientras Andréi abría el maletero.

«Come here, Arshavin.»

Me acerqué y miré dentro del maletero.

Todavía llevaba la correa de perro y la camiseta del Arsenal. Bisken siempre había sido muy feo, pero casi vomito al verlo así. En la cara llena de granos se veían unos agujeros grandes y negros, cubiertos de sangre coagulada, tenía una oreja partida en dos y en una de las cuencas de los ojos ya no había ojo, sino algo que parecía arroz con leche. Cuando conseguí apartar la vista del arroz, vi que había un pequeño agujero en la camiseta justo encima de la eme de Emirates. Como un agujero de bala.

«What happened?», logré articular.

«He talked to the cop in sixpence.»

Sabía a quién se refería. Era un agente encubierto que siempre pululaba por Kvadraturen. Todo el mundo sabía quién había participado en el grupo URO, pero este se suponía que era un agente encubierto. O por lo menos, eso creía él.

Andréi esperaba, me dejó mirar bien antes de preguntar: «Got the message?»

Yo incliné la cabeza. No conseguía dejar de mirar el ojo destrozado. ¿Qué coño le habían hecho?

«Peter», dijo Andréi. Juntos sacaron el cadáver del maletero, le quitaron la camiseta del Arsenal y lo tiraron por el borde del muelle. El agua negra lo recibió, se lo tragó silenciosamente y cerró la boca. Ni rastro.

Andréi me lanzó la camiseta. «This is yours now.»

Metí el dedo por el agujero de la bala. Le di la vuelta para ver la espalda.

El 52. Bendtner.

11

Eran las 6.30, un cuarto de hora antes de la salida del sol según la última página de la edición matinal del *Aftenposten*. Tord Schultz dobló el periódico y lo dejó en la silla que había a su lado. Volvió a mirar hacia el vestíbulo desierto y la puerta de salida.

—Suele venir pronto a trabajar —dijo el vigilante de Securitas desde detrás del mostrador de recepción.

Tord Schultz había cogido al alba un tren rumbo a Oslo y pudo ver cómo se despertaba la ciudad mientras él caminaba desde Oslo S hacia el Este, por Grønlandsleiret. Pasó un camión de la basura. Los hombres trataban los contenedores de basura con una brusquedad que Tord achacó más a una cuestión de actitud que de eficacia. Pilotos de F-16. Un frutero paquistaní sacaba la mercancía en cajas delante de la tienda, se paró, se limpió las manos en el delantal y le dijo «Buenos días» con una sonrisa. Piloto de un Hércules. Después de la iglesia de Grønland giró a la izquierda. Una fachada impresionante de cristal, construida y diseñada en los años setenta, se alzó de pronto ante él. La Comisaría General.

A las 6.37 se abrió la puerta. El recepcionista carraspeó y Tord levantó la cabeza. Le hizo un gesto de confirmación y Tord se levantó. El hombre que se le acercaba era más bajo que él.

Andaba con rapidez y agilidad y llevaba el pelo más largo de lo que Tord habría esperado del que era jefe de la mayor unidad de estupefacientes de Noruega. Cuando se acercó un poco más, Tord se percató de las líneas rosáceas que le marcaban el rostro bronceado de una belleza casi femenina. Le vino a la memoria una azafata que tenía problemas de pigmentación. Una raya blanca le atravesaba la piel quemada en el solárium desde el cuello, le pasaba por entre los pechos y le llegaba hasta el sexo afeitado. Hacía que el resto de la piel pareciese una prenda de nylon muy ajustada.

—¿Mikael Bellman?

—Sí, ¿qué puedo hacer por ti? —contestó el hombre, sonriendo, pero sin reducir la velocidad.

—Una conversación privada.

—Me temo que tengo que preparar una reunión matutina, pero si llamas…

—*Tengo que* hablar con usted ahora —dijo Tord y se sorprendió del tono insistente de su voz.

—¿De verdad?

El jefe de Crimen Organizado ya había metido la tarjeta de identificación en el lector de la entrada de personal, pero se paró y se quedó observándolo.

Tord Schultz se le acercó. Bajó la voz a pesar de que el vigilante de Securitas seguía siendo la única otra persona en el vestíbulo.

—Me llamo Tord Schultz, soy comandante de la compañía aérea más importante de Escandinavia y tengo información relativa al tráfico de estupefacientes en Noruega a través del aeropuerto de Oslo.

—Comprendo. ¿Hablamos de mucha cantidad?

—Ocho kilos a la semana.

Tord casi podía sentir físicamente cómo lo escrutaba a fondo. Sabía que, en ese preciso momento, el cerebro de su interlocutor estaba recopilando y procesando toda la información disponible, el lenguaje corporal, la vestimenta, el porte, la expresión facial, la alianza que, por alguna razón, todavía llevaba en el dedo, el aro que no llevaba en la oreja, el lustre de los zapatos, el vocabulario, la firmeza de la mirada.

—Será mejor que te registremos —dijo Bellman señalando al recepcionista con la cabeza.

Tord Schultz negó discretamente con la cabeza.

—Prefiero que este encuentro sea totalmente confidencial.

—Ya, bueno, el reglamento dice que todo el mundo tiene que registrarse, pero te aseguro que la información se quedará en la Comisaría General.

Bellman hizo una señal al vigilante de Securitas.

Mientras subían en el ascensor, Schultz se pasó el dedo varias veces por el nombre de la pegatina que el vigilante de Securitas le había impreso y le había dicho que se pegase en la solapa.

—¿Algún problema? —preguntó Bellman.

—No, nada —dijo Tord, pero continuó pasándose el dedo como si así pudiera borrar el nombre.

El despacho de Bellman era sorprendentemente pequeño.

—El tamaño no es lo que importa —dijo Bellman con un tono de voz que hacía pensar que estaba acostumbrado a aquella reacción—. Desde aquí se han hecho cosas importantes. —Señaló una foto que había colgada en la pared—. Lars Axelsen, jefe de lo que fue en su día la unidad de atracos. Participó en los noventa en la desarticulación de la banda Tveita.

Le indicó a Tord que se sentara. Sacó un bloc de notas, su mirada se cruzó con la de Tord y lo dejó otra vez en su sitio.

—Querías hablar, ¿no? —dijo.

Tord tomó aire. Y habló. Empezó con el divorcio. Necesitaba hacerlo. Necesitaba explicar por qué. Siguió con cuándo y dónde. Luego con quién y cómo. Y al final habló del quemador.

Durante todo el relato, Bellman permaneció inclinado hacia delante prestando la máxima atención. Fue al mencionar Tord al quemador cuando perdió la expresión concentrada pero profesional de la cara. Después del primer asombro, un color rojo empezó a cubrir las manchas blancas de la pigmentación. Era un fenómeno extraño, como si se le hubiera encendido una llama por dentro. Tord perdió el contacto visual con Bellman que, con cara de exasperación, miraba fijamente a la pared que tenía detrás, quién sabe si a la foto de Lars Axelsen.

Cuando Tord hubo terminado, Bellman suspiró e inclinó la cabeza.

Luego la volvió a levantar y Tord vio que tenía en la mirada algo nuevo. Un aire duro y obstinado.

—Lo siento —dijo el jefe de unidad—. En mi nombre, en nombre de mi profesión y de este cuerpo, lamento que no hayamos logrado deshacernos de las chinches.

Tord pensó que sería algo que Bellman se estaba diciendo a sí mismo y no a él, un piloto que introducía ilegalmente ocho kilos de heroína a la semana.

—Comprendo que estés angustiado —dijo Bellman—. Me gustaría poder asegurarte que no tienes nada que temer. Pero la experiencia, que he pagado cara, me dice que cuando este tipo de corrupción sale a la luz, es porque ha ido mucho más allá de ese único individuo.

—Comprendo.

—¿Se lo has contado a alguien más?

—No.

—¿Hay alguien que sepa que has venido a hablar conmigo?

—No, nadie.

—¿De verdad? ¿Nadie?

Tord lo miró. Esbozó media sonrisa sin decir lo que pensaba. ¿A quién se lo iba a contar?

—De acuerdo —dijo Bellman—. Como seguramente comprenderás, lo que me estás contando es un asunto importante, grave y sumamente delicado. Debo actuar con la máxima prudencia en el ámbito interno para no alertar a quienes no conviene alertar. Eso quiere decir que tengo que llevar este tema más arriba todavía. Visto aisladamente, debería enviarte a prisión preventiva por lo que me has contado, pero encarcelarte puede destaparnos a ti y a nosotros. Así que hasta que la situación se aclare, debes irte a casa y quedarte allí. ¿Comprendes? No le hables a nadie de este encuentro, no salgas a la calle, no abras la puerta a gente que no conoces, no cojas llamadas de números desconocidos.

Tord asintió despacio.

—¿Cuánto tiempo te llevará?

—Como mucho tres días.

—*Roger that*.

Bellman hizo amago de ir a decir algo, pero se detuvo y vaciló antes de decidirse.

—Hay algo que nunca he podido aceptar —dijo—. Que haya personas dispuestas a destrozar la vida de otras únicamente por ganar dinero. Puedo comprenderlo hasta cierto punto si eres un campesino afgano muy pobre. Pero un ciudadano de Noruega con el salario de un comandante de aviación...

Tord Schultz lo miró a los ojos. Se había preparado para esto, sentía casi alivio cuando por fin llegó.

—No obstante, respeto el que hayas venido aquí voluntariamente a poner todas las cartas sobre la mesa. Sé que eres consciente de lo que arriesgas. No será fácil estar en tu pellejo los próximos días, Schultz.

Dicho esto, el jefe de la unidad se levantó y le dio la mano. Y Tord pensó lo mismo que había pensado cuando se le acercó en la recepción, que Mikael Bellman tenía la altura perfecta para ser un piloto de combate.

Al mismo tiempo que Tord Schultz salía por la puerta de la Comisaría General, Harry Hole llamaba a la puerta de Rakel. Ella abrió, en bata y con los ojos entornados. Bostezó.

—Suelo tener mejor pinta un poco más avanzada la mañana —dijo.

—Menos mal que alguno de los dos termina mejorando —dijo Harry, y entró.

—Que tengas suerte —dijo cuando estaba delante de la mesa del salón, atestada de papeles—. Ahí está todo. Informes de la instrucción. Fotos. Recortes de periódicos. Declaraciones de testigos. Es concienzudo. Tengo que ir a trabajar.

Cuando ella cerró la puerta al salir, Harry ya se había preparado el primer café y se había puesto manos a la obra.

Después de pasar tres horas leyendo, tuvo que hacer una pausa para combatir el desaliento que empezaba a apoderarse de él. Cogió la taza y fue a la ventana de la cocina. Se dijo que se había presentado allí para encontrar dudas de la culpabilidad, no pruebas de la inocencia. La *duda* era suficiente. Y nada. El material era inequívoco. Y todos sus años de experiencia como investigador de asesinatos actuaban en su contra: con una frecuencia asombrosa, las cosas eran exactamente lo que parecían.

Después de otras tres horas de lectura la conclusión fue la misma. No había nada en aquel material que pudiera conducir a otra explicación. Eso no quería decir que no la hubiera, solo que no figuraba en ese material. Pensó.

Se fue antes de que Rakel volviera, por el jet lag, se dijo, porque tenía que dormir. Pero él sabía por qué era en realidad. No podía contarle que lo único que había conseguido con aquella lectura era dificultar la duda, esa duda que era el camino, la verdad y la vida, y la única posibilidad de salvación.

Así que se puso el abrigo y se fue. Hizo todo el camino a pie desde Holmenkollen, pasando por Ris, Sogn y Ullevål y Bolteløkka hasta el restaurante Schrøder. Se planteó la posibilidad de entrar, pero lo dejó y siguió hacia el este, cruzando el río, hasta Tøyen.

Y, cuando empujó la puerta de El Faro, ya había empezado a desvanecerse la luz del día. Todo era tal y como él lo recordaba. Paredes claras, mobiliario claro, grandes ventanales que dejaban entrar la mayor cantidad posible de luz... Y en medio de toda aquella luz estaba la clientela de la tarde, sentada alrededor de las mesas ya puestas con el café y los bocadillos. Algunos apoyaban la cabeza sobre el mantel, como si acabaran de llegar a la meta después de correr ocho kilómetros; otros mantenían conversaciones entrecortadas en esa lengua extraña que tienen los colgados; pero otros eran personas que a nadie habría extrañado ver tomando un *espresso* en United Bakeries, entre un ejército de cochecitos de niño de la alta burguesía.

A algunos les habían entregado ropa nueva de segunda mano que aún llevaban en las bolsas de plástico, o que ya se habían puesto. Otros parecían agentes de seguros o maestras de pueblo.

Harry se abrió camino hacia el mostrador y una chica redondita y sonriente vestida con la sudadera con capucha del Ejército de Salvación le ofreció café gratis y pan integral con queso de cabra.

—Hoy no, gracias. ¿Está Martine?

—Hoy trabaja en la clínica.

La chica señaló con el dedo hacia el techo, hacia las consultas del Ejército de Salvación, que estaban en el piso de arriba.

—Pero iba a term…

—¡Harry!

Él se volvió.

Martine Eckhoff seguía exactamente igual de pequeña que antes. Aquella cara felina y sonriente seguía teniendo la misma boca de una anchura desproporcionada y, por nariz, solo una elevación en el rostro escueto. Las pupilas parecían haberse desplazado hacia el borde del iris castaño formando un ojo de cerradura, fenómeno que, según ella le había explicado en una ocasión, era congénito y se llamaba coloboma.

Aquella joven menuda se puso de puntillas para darle un caluroso abrazo. Y cuando por fin terminó de abrazarlo, no lo quería soltar, y le cogió las dos manos mientras lo miraba. Harry se percató de la sombra que le apagaba la sonrisa cuando descubrió la cicatriz de la cara.

—Has… adelgazado mucho.

Harry rió.

—Gracias. Pero no es que yo haya adelgazado, es que…

—Lo sé —gritó Martine—. Soy yo la que ha engordado. Pero todo el mundo ha engordado, Harry. Todos menos tú. Además, yo tengo una excusa para haber engordado…

Se tocó la barriga y el jersey negro de lana de cordero, que se veía totalmente tenso.

—Ya. ¿Es Rickard el que te ha hecho esto?

Ella se rió con ganas, y asintió con un gesto entusiasta. Tenía la cara roja, e irradiaba calor como si fuera una pantalla de plasma.

Se fueron a la única mesa libre. Harry se sentó y observó el hemisferio negro que formaba la barriga y que intentaba encontrar cabida en una silla. Era una imagen absurda en aquel escenario de vidas arruinadas, de apatía y de desesperanza.

—Gusto —dijo—. ¿Conoces el caso?

Ella soltó un hondo suspiro.

—Por supuesto. Aquí lo conocen todos. Formaba parte del entorno. No venía muy a menudo, pero lo veíamos de vez en cuando. Las chicas que trabajan aquí estaban todas enamoradas de él. ¡Era tan guapo…!

—¿Y qué me dices de Oleg? El que lo mató, según dicen.

—Él también venía aquí algunas veces. En compañía de una chica. —Frunció el entrecejo—. ¿Según dicen? ¿Es que hay alguna duda al respecto?

—Es lo que estoy tratando de averiguar. Así que una chica, ¿no?

—Una chica menuda, bonita, pero muy pálida. ¿Ingunn? ¿Iriam? —Se volvió hacia el mostrador y gritó—: ¡Oye! ¿Cómo se llama esa chica, la hermana de acogida de Gusto? —Y ella misma lo dijo a gritos antes de que alguien tuviera tiempo de contestar—: ¡Irene!

—¿Una pelirroja con pecas? —preguntó Harry.

—Tan pálida que, de no ser por el pelo, habría parecido invisible. Lo digo en serio, aquellos últimos días la traspasaban los rayos del sol.

—¿Aquellos últimos días?

—Sí, acabamos de comentarlo, que hace mucho que no aparece por aquí. Les he preguntado a varios habituales si se ha mudado fuera de la ciudad o algo, pero parece que nadie sabe dónde se ha metido.

—¿Te acuerdas de si ocurrió algo en los días próximos al asesinato?

—Nada de particular excepto esa noche, precisamente. Oí las sirenas de la policía, y, cuando uno de tus colegas recibió una llamada y, un segundo después, salió corriendo del local, comprendí que se trataba de alguno de nuestros parroquianos.

—Pensaba que había un acuerdo tácito y que los agentes no podían trabajar dentro del café.

—No creo que estuviera trabajando, Harry. Estaba solo, sentado a esa mesa de allí, haciendo como que leía el *Klassekampen*. A lo mejor suena engreído, pero yo diría que había venido solo para verme *à moi*.

Se puso la palma de la mano en el pecho con un gesto coqueto.

—Será que atraes a los policías solitarios.

Martine se rió.

—Fui yo la que te echó el ojo, ¿se te había olvidado?

—¿Una chica como tú, criada en la moral cristiana?

—En realidad, no me gustaba mucho cómo me miraba, pero dejó de venir por aquí cuando el embarazo empezó a ser muy obvio. En fin. Esa noche cerró la puerta de un golpe al salir y lo vi alejarse en dirección a la calle Hausmann. La escena del crimen estaba muy cerca de aquí. Enseguida corrió el rumor de que le habían pegado un tiro a Gusto. Y que habían detenido a Oleg.

—¿Qué sabes de Gusto, aparte de que tenía éxito con las mujeres y que venía de una familia de acogida?

—Lo llamaban el Ladrón. Vendía violín.

—¿Para quién vendía?

—Él y Oleg solían vender para Los Lobos, la banda de moteros de Alnabru. Pero luego creo que se pasaron a Dubái. Como ocurría con todos a quienes se lo ofrecían. Los camellos de Dubái vendían la heroína más pura y, cuando apareció el violín, solo lo tenían ellos. Y supongo que sigue siendo así.

—¿Qué sabes de Dubái? ¿Quién es?

Ella negó con la cabeza.

—Ni siquiera sé si es un quién o un qué.

—Tan visible como es en la calle y con unos cabecillas tan invisibles… ¿De verdad que no hay nadie que sepa algo?

—Seguro que sí, pero los que saben algo no quieren decirlo.

Alguien gritó el nombre de Martine.

—Quédate ahí sentado —dijo, y empezó a levantarse de la silla con cierta dificultad—. Vuelvo enseguida.

—Vete si quieres, yo tengo que irme —dijo Harry.

—¿Adónde?

Hubo un segundo de silencio antes de que ambos se dieran cuenta de que no había ninguna respuesta sensata a esa pregunta.

Tord Schultz estaba en la cocina, sentado al lado de la ventana. El sol brillaba bajo y todavía había suficiente luz diurna para ver a todo el que se acercara por la calle entre las casas. Pero él no miraba la calle. Dio otro mordisco al bocadillo de mortadela.

Los aviones venían y se alejaban por encima de los tejados. Aterrizaban y despegaban. Aterrizaban y despegaban.

Tord Schultz oía las diferencias en los sonidos de los motores. Era como una línea temporal; los motores de antaño, que sonaban como debían, que emitían ese murmullo fervoroso y cálido que traía los mejores recuerdos, que otorgaba sentido, que constituía la banda sonora de cuando las cosas significaban algo: trabajo, puntualidad, familia, las caricias de una mujer, el reconocimiento de un colega. La nueva generación de motores empujaba más aire, pero iban acelerados, querían llegar más rápido gastando menos combustible, más eficacia, menos tiempo para lo insignificante. Y para las insignificancias importantes. Miró el reloj grande que volvía a estar encima del frigorífico. Emitía un tictac rápido y nervioso, como un corazoncito asustado. Las siete. Otras doce horas de espera. Pronto se haría de noche. Oyó un Boeing 747. Del modelo Classic. El mejor. El sonido fue aumentando hasta convertirse en un rugido que hizo vibrar las ventanas, y la copa empezó a tintinear contra la botella medio vacía que tenía encima de la mesa. Tord Schultz cerró los ojos. Era el sonido del optimismo ante el futuro, el poder bruto, la arrogancia justificada. El sonido de un hombre invencible en su mejor edad.

Cuando el ruido desapareció y en la casa volvió a reinar de pronto el silencio, se dio cuenta de que era un silencio diferente. Como si el aire tuviera una densidad distinta.

Como si lo hubieran habitado.

Se dio la vuelta, hacia el salón. A través de la puerta pudo ver el banco de gimnasio y la parte final de la mesa de salón. Miró el suelo de parquet, las sombras que procedían de la parte del salón que no podía ver. Contuvo la respiración y aguzó el oído. Nada. Solo el tictac del reloj encima del frigorífico. Dio otro mordisco al bocadillo, tomó un sorbo de la copa y se retrepó en la silla. Estaba entrando un avión de los grandes. Oía perfectamente cómo llegaba desde atrás. Ahogaba el sonido del tiempo que seguía pasando. Y pensó que estaría pasando entre la casa y el sol, puesto que sobre él y la mesa se proyectó una sombra.

Harry iba caminando por la calle Urtegata y bajó por la calle Platou hasta Grønlandsleiret. Como si llevara un piloto automático, se dirigió a la Comisaría General. Se paró en el Botsparken. Contempló la cárcel, las sólidas paredes de piedra gris.

—¿Adónde? —había preguntado ella.

¿De verdad dudaba de quién había matado a Gusto Hanssen?

La compañía SAS tenía un vuelo directo de Oslo a Bangkok todos los días antes de la medianoche y vuelos de allí a Hong Kong cinco veces al día. Podía ir al Leon ahora mismo. Se tardan exactamente cinco minutos en hacer la maleta y abonar el hotel. El tren al aeropuerto de Gardermoen. Comprar el billete en el mostrador de SAS. Comer y leer periódicos en el ambiente de tránsito relajado e impersonal de un aeropuerto.

Harry se dio la vuelta. Vio que el cartel rojo del concierto del día anterior ya no estaba.

Siguió por la calle Oslo y pasó por delante del Minneparken, al lado del cementerio de Gamlebyen, cuando oyó una voz desde las sombras, junto a la tapia.

—¿Tienes doscientos papeles de sobra?

Harry se paró y el mendigo asomó de pronto. Llevaba un abrigo largo y andrajoso y, a la luz del foco, aquellos orejones le proyectaban sombras en la cara.

—Supongo que estás pidiendo un préstamo, ¿no? —dijo Harry, y sacó la cartera.

—Una colecta —dijo Cato alargando la mano—. No te los pienso devolver nunca. Me he dejado la cartera en el Leon.

No había ni rastro de olor a cerveza ni a otras bebidas alcohólicas en el aliento del viejo, solo olía a tabaco y a algo que le recordaba a su infancia, cuando jugaba al escondite en casa del abuelo, cuando se escondía en el armario del dormitorio e inhalaba el olor rancio y dulzón de la ropa que llevaba años allí colgada, que debía de ser tan vieja como la casa misma.

Harry encontró solo un billete de quinientas coronas y se lo dio a Cato.

—Toma.

Cato miró el billete. Pasó la mano por encima.

—He oído cosas —dijo—. Dicen que eres policía.

—¿Y?

—Que bebes. ¿Cómo se llama tu veneno?

—Jim Beam.

—Ah, Jim. Un conocido de mi Johnny. Y que conoces a ese chico. Oleg.

—Y tú, ¿lo conoces?

—La cárcel es peor que la muerte, Harry. La muerte es sencilla, libera el alma. Pero la cárcel te devora el alma hasta que consume al ser humano que había en ti. Hasta que te vuelves un fantasma.

—¿Quién te ha hablado de Oleg?

—Mi congregación es grande y mis feligreses muchos, Harry. Yo solo escucho. Dicen que estás buscando a esa persona. Dubái.

Harry miró el reloj. Normalmente había bastantes plazas en los aviones en esa época del año. Una vez en Bangkok podía seguir a Shangái. Zhan Yin le había mandado un SMS diciendo que estaba sola esa semana. Que podían ir juntos a la casa de campo.

—Espero que no lo encuentres, Harry.

—Yo no he dicho que vaya a...

—Los que lo encuentran, mueren.

—Cato, esta noche voy a...

—¿Has oído hablar del Escarabajo?

—No, pero...

—Seis patas de insecto que te atraviesan la cara.

—Tengo que irme, Cato.

—Lo he visto con mis propios ojos. —Cato rozó el alzacuello con la barbilla—. Debajo del puente de Älvsborg, cerca del puerto de Gotemburgo. Un policía que vigilaba una banda de heroína. Le dejaron caer un ladrillo con clavos en la cara.

Harry entendió lo que el otro le estaba diciendo. *Ziuk*. El Escarabajo.

Era un método de origen ruso, y se usaba con los soplones. Primero se clavaba la oreja del soplón al suelo, debajo de una viga. Luego se clavaban hasta la mitad seis clavos largos en un ladrillo corriente, se ataba el ladrillo a una cuerda que se pasaba alrededor de la viga y se le daba al soplón el otro extremo de la cuerda para que lo mordiera y sujetara así el ladrillo. Lo importante —y lo simbólico— era que, mientras lograra mantener la boca cerrada, el soplón seguía vivo. Harry había visto los resultados del *ziuk* con el que la Tríada de Taipei castigó a un pobre hombre que encontraron en un callejón de Tanshui. Habían utilizado cabezas de clavos anchas que no hacían agujeros tan grandes al entrar. Cuando llegó el personal de la ambulancia y le retiró el ladrillo al muerto, la cara se soltó también.

Cato se metió el billete de quinientas coronas en el bolsillo del pantalón mientras ponía la otra mano en el hombro de Harry.

—Comprendo que quieras proteger a tu hijo, pero ¿qué pasa si fue él quien mató al otro chico? Ese chico también tenía un padre, Harry. Cuando un padre lucha por su hijo dicen que es abnegación, pero lo que quiere en realidad es proteger al clon, protegerse a sí mismo. Y eso no exige ninguna fuerza moral, no es más que el egoísmo de los genes. Cuando yo era niño y mi padre nos leía la Biblia, pensaba que Abraham fue un cobarde por obedecer a Dios cuando le pidió que sacrificara a su hijo. De adulto comprendí que un padre realmente altruista está dispuesto a sacrificar a su hijo si así sirve a un fin superior al padre y al hijo juntos. Porque eso existe de hecho.

Harry tiró el cigarro a sus pies en la acera.

—Te equivocas. Oleg no es hijo mío.

—¿No? Entonces ¿qué haces aquí?

—Soy policía.

Cato se rió.

—El sexto mandamiento, Harry. No mentirás.

—¿Ese no es el octavo? —Harry pisó la colilla humeante—. Si no recuerdo mal, el mandamiento dice que no levantarás falso testimonio sobre tu prójimo, lo que debe de significar que uno puede mentir un poco sobre sí mismo. Pero igual no te dio tiempo a terminar los estudios de teología, ¿no?

Cato se encogió de hombros.

—Jesús y yo no tenemos cualificaciones formales. Somos hombres de palabra. Pero como todos los chamanes, adivinos y charlatanes, de vez en cuando podemos dar falsas esperanzas y consuelo verdadero.

—¿Ah, ni siquiera eres cristiano?

—Déjame decirlo de esta forma, nunca se me concedió la fe, solo la duda. Y eso es lo que se ha convertido en mi testimonio.

—La duda.

—Exactamente. —A Cato le brillaban en la oscuridad los dientes amarillentos—. Yo pregunto: ¿es del todo seguro que no existe un Dios que tiene una intención?

Harry se rió por lo bajo.

—No somos tan diferentes, Harry. Yo tengo un alzacuello falso, tú una estrella falsa de sheriff. ¿Hasta qué punto es inquebrantable tu evangelio? ¿Proteger a los que tienen la vida resuelta y procurar que los descarriados reciban un castigo acorde con sus pecados? ¿No eres tú también un escéptico?

Harry sacó otro cigarro del paquete.

—Por desgracia, en este caso no hay asomo de duda. Me voy a casa.

—Ah, pues entonces, buen viaje. Tengo que llegar a tiempo al oficio.

Sonó el claxon de un coche y Harry se dio la vuelta automáticamente. Unos faros lo cegaron antes de barrer la curva. Las luces de los frenos brillaron como ascuas en la oscuridad cuando el coche de policía redujo la marcha en dirección a las cocheras de la Comisaría General. Y cuando Harry se volvió hacia Cato, este había desaparecido. Se diría que el viejo pastor se hubiera fundido con la oscuridad, y Harry solo oyó unos pasos en dirección al cementerio.

Efectivamente, tardó cinco minutos en hacer la maleta, pagar y dejar el Leon.

—Ofrecemos un pequeño descuento a los clientes que pagan en efectivo —dijo el chico detrás del mostrador; no todo era nuevo.

Harry miró en la cartera. Dólares de Hong Kong, yuanes, dólares americanos, euros. Sonó el móvil. Harry se lo llevó a la oreja mientras colocaba los billetes en forma de abanico y los acercaba al chico.

—*Speak*.

—Soy yo. ¿Qué haces?

Mierda. Había pensado llamarla cuando estuviera en el aeropuerto. Hacerlo de la forma más sencilla y más brutal posible. Como quitar la tirita de un tirón.

—Estoy dejando el hotel. ¿Puedo llamarte dentro de dos minutos?

—Solo quiero decirte que Oleg se ha puesto en contacto con su abogado. Eh… con Hans Christian, quiero decir.

—Coronas noruegas —dijo el chico.

—Oleg dice que quiere verte, Harry.

—¡Mierda!

—¿Perdón? Harry, ¿estás ahí?

—¿Aceptas Visa?

—Sería más barato ir a un cajero y sacar dinero.

—¿Verme?

—Eso dice. Lo antes posible.

—No puede ser, Rakel.

—¿Por qué no?

—Porque…

—Hay un cajero a cien metros bajando por la calle Tollbugata.

—¿Por qué?

—Tú coge la tarjeta, ¿vale?

—¿Harry?

—En primer lugar, no puede ser, Rakel. Está en aislamiento y no voy a poder saltármelo otra vez.

—¿Y en segundo lugar?

—En segundo lugar, no veo que sirva de nada, Rakel. He leído los documentos. Yo…

—¿Qué?

—Creo que disparó a Gusto Hanssen, Rakel.

—No aceptamos Visa. ¿Tienes alguna otra? ¿MasterCard, American Express?

—¡No! ¿Rakel?

—Entonces te cojo los dólares y los euros. El cambio no es tan ventajoso, pero es mejor que la tarjeta.

—¿Rakel? ¿Rakel? ¡Mierda!

—¿Pasa algo, Hole?

—Me ha colgado. ¿Es eso suficiente?

12

Estaba en la calle Skippergata viendo cómo llovía a mares. El invierno no acababa de cuajar, pero llovía de sobra. Sin que eso hubiese afectado a la demanda. Oleg, Irene y yo vendíamos más en un día de lo que yo vendía en una semana para Odin y Tutu. Ganaba unos seis mil diarios. Había contado las demás camisetas del Arsenal que había por el centro. El anciano debía de sacarse más de dos millones de coronas a la semana, y era un cálculo prudente.

Cada noche, antes de hacer las cuentas con Andréi, Oleg y yo contábamos minuciosamente las coronas y las existencias. Nunca faltaba ni una corona. No habría valido la pena.

Y yo me podía fiar de Oleg al cien por cien, no sé si no tenía suficiente imaginación para planteárselo o si no había entendido el concepto robo. O quizá fuera simplemente que tenía la cabeza y el corazón ocupados solo con Irene. Era casi de risa verlo como un perrito faldero cuando ella estaba cerca. Y ver que Irene estaba completamente ciega ante tanta adoración. Porque Irene solo tenía ojos para una cosa.

Para mí.

Ni me molestaba ni me alegraba, pero así era y así había sido siempre.

Yo la conocía tan bien… Sabía exactamente cómo podía hacer latir ese corazoncito tan limpio que parecía lavado con detergente OMO, cómo hacer reír a esa boquita preciosa y, si hubiera querido, cómo conseguir que se le llenaran de lágrimas esos ojos azules. Podría haberla dejado marchar, haber abierto la puerta diciendo: Adelante. Pero soy un ladrón, y los ladrones no regalan nada si creen que algún día podrán venderlo. Irene era mía, pero dos millones a la semana eran del anciano.

Es curioso lo fácil que es pulirse seis mil al día cuando a uno le gusta la metedrina en cristales hecha cubitos de hielo para las copas y la ropa que no se compra en los grandes almacenes Cubus. Por eso aún vivía en el local de ensayo con Irene, que dormía en un colchón detrás de la batería. Pero ella se las arreglaba bien, no tocaba ni un cigarro aliñado, se limitaba a comer mierda vegetariana y se había abierto una puta cuenta bancaria. Oleg vivía con su madre, así que tendría dinero de sobra. Además se había enderezado, estudiaba un poco y hasta había empezado a entrenar en Valle Hovin.

Mientras estaba allí en la calle Skippergata pensando y haciendo números, vi que se me acercaba alguien bajo la lluvia. Llevaba las gafas empañadas, el cabello fino pegado a la cabeza y ese tipo de chaquetón que una novia gorda y fea compra por Navidad para sí misma y para el novio. Quiero decir, que la novia de ese tío o era fea o no existía. A esa conclusión llegué por su forma de andar. Cojeaba. Seguramente, habrán inventado una palabra que disimule lo que es, pero yo lo llamo zambo, aunque claro, también digo maníacodepresivo y negro.

Se paró delante de mí.

El caso es que yo ya había dejado de sorprenderme del tipo de gente que compra heroína, pero aquel hombre no pertenecía ni de lejos a la categoría normal de compradores de droga.

—¿Cuánto…?

—Trescientas cincuenta por un cuarto.

—¿…pagáis por un gramo de heroína?

—¿Pagamos? Nosotros vendemos, gilipollas.

—Lo sé. Solo estoy investigando un poco.

Lo observé con atención. ¿Un periodista? ¿Un trabajador social? ¿O quizá un político? Cuando vendía para Odin y Tutu, vino un día un tío parecido diciendo que trabajaba para el gobierno municipal y para un comité que se llamaba RUNO, y me preguntó muy educadamente si yo podía ir a una reunión del comité sobre «estupefacientes y juventud». Querían oír «las voces de la calle». Yo me presenté por diversión y los oí hablar de la ECAD y de un gran plan internacional de una Europa sin drogas. Me dieron refrescos y bollos y me reí hasta llorar. Pero la que dirigía la reunión era una MQMF, una rubia hortera con facciones como de tío, tetas grandes y voz de mando. Por un momento me pregunté si no se habría operado algo más que las tetas. Después de la reunión se me acercó, me dijo que era la secretaria del concejal de Asuntos Sociales y Asistencia a la Drogadicción» y que le gustaría hablar más de esos asuntos, y que si nos podíamos ver en su casa un día que yo tuviese tiempo. Resultó que era una MQMF a la que le sobraba la M. Vivía sola en una granja y me abrió la puerta con unos pantalones de montar apretados y exigió que lo hiciéramos en el establo. Si de verdad le habían quitado la polla, a mí no me preocupaba. Se lo habían recogido todo muy bien y le habían montado una ordeñadora que funcionaba a todo trapo. Pero había algo raro en lo de follarse a una tía que grita como un avión de aeromodelismo, a dos metros de unos caballos enormes que mordisquean en silencio y te miran con escaso interés. Después, me quité la paja de entre las nalgas y le pregunté si podía prestarme un billete de mil. Nos seguimos viendo hasta que yo empecé a ganar seis mil al día y, entre polvo y polvo, tuvo tiempo de contarme que una secretaria del gobierno municipal no se dedicaba precisamente a escribir cartas para su concejal, sino a la parte práctica de la política. Y aunque en aquellos momentos trabajara como una esclava, era ella quien hacía que ocurrieran las cosas. Y que cuando aquello lo viera quien lo tenía que ver, le llegaría a ella el turno de ser concejal. Oyéndola contar historias del Ayuntamiento aprendí que todos los políticos, grandes o pequeños, quieren lo mismo: poder y sexo. En ese orden. Susurrarle al oído «concejal» al tiempo que se lo hacía con dos dedos podía hacerla chorrear hasta la pocilga donde tenía los cerdos. No estoy de cachondeo. Y en la cara del tío que tenía delante percibí algo parecido a esas ganas enfermizas e intensas.

—Vete a la mierda.

—¿Quién es tu jefe? Quiero hablar con él.

«Take me to your leader», ¿en serio? Aquel tío estaba loco o simplemente era tonto.

—Que te largues.

El tío no se movió, se quedó allí con una extraña inclinación en la cadera y sacó algo del bolsillo de la chaqueta. Una bolsa de plástico con un polvo blanco, parecía medio gramo o algo así.

—Es una muestra. Llévasela a tu jefe. Son ochocientas coronas el gramo. Hay que tener cuidado con la dosificación, divídela en diez partes. Volveré pasado mañana a la misma hora.

El hombre me dio la bolsa, se dio la vuelta y se fue cojeando calle abajo.

Normalmente, habría tirado la bolsa en el contenedor más cercano. Ni siquiera podía vender esa mierda como si fuera mía, tenía que cuidar mi imagen. Pero había algo en el brillo de los ojos de aquel pirado. Como si supiera algo. Así que cuando terminé mi jornada de trabajo y ajustamos las cuentas con Andréi, me llevé a Oleg e Irene al Heroinparken. Allí preguntamos si había alguien que quisiera ser piloto de pruebas. Yo había participado antes en una prueba con Tutu. Eso era lo que se hacía cuando llegaba a la ciudad material nuevo, ir donde estaban los yonquis más desesperados, los que están dispuestos a probar lo que sea si es gratis, que les importa una mierda si los mata porque saben que, de todas formas, la muerte está a la vuelta de la esquina.

Se apuntaron cuatro personas, pero dijeron que querían además una minidosis normal. Les dije que eso no podía ser y me quedé con tres. Les di las dosis.

—¡Demasiado poco! —gritó uno de los colgados, pronunciando como un paciente con derrame cerebral.

Le dije que cerrase el pico si quería el postre también.

Irene, Oleg y yo nos sentamos a mirar mientras ellos se buscaban las venas entre las costras de sangre y se inyectaban con movimientos de una eficacia sorprendente.

—Ah, joder —jadeó uno de ellos.

—Cooo… —gritó otro.

Y se hizo el silencio. Un silencio total. Fue como enviar un cohete al espacio y perder toda conexión. Pero yo ya lo sabía, podía verlo en el éxtasis de sus ojos antes de que desapareciesen: Houston, we have no problem. *Cuando aterrizaron se había hecho de noche. El viaje había durado más de cinco horas, el doble que un colocón normal de heroína. El jurado fue unánime. Nunca habían visto nada que pegara tanto. Querían más, lo que quedaba en la bolsa, ya, por favor, y empezaron a andar hacia nosotros tambaleándose como los muertos del vídeo de* Thriller. *Nos echamos a reír y nos piramos.*

Más o menos media hora más tarde, sentados en mi colchón del local de ensayo, me puse a cavilar un poco. Un yonqui muy puesto se mete un cuarto de gramo de heroína de la calle por chute, sin embargo, en este caso los tipos más curtidos de la ciudad se habían colocado como putas vírgenes con una cuarta parte. Pero ¿qué era? Parecía heroína, olía y tenía la misma consistencia, pero ¿cinco horas de colocón con una dosis tan pequeña? Como fuera, comprendí que aquello era una mina de oro. Ochocientas coronas por gramo que se podía cortar tres veces y venderse por mil cuatrocientas. Cincuenta gramos diarios. Treinta mil directamente al bolsillo. Para mí. Y para Oleg e Irene.

Les hablé de la propuesta de negocio. Les expliqué los números.

Se miraron. No los vi tan entusiasmados como esperaba.

—Pero Dubái... —dijo Oleg.

Mentí y dije que no había ningún peligro mientras no engañáramos al anciano. Primero iríamos a contarle que lo dejábamos, y que habíamos encontrado el camino de Jesucristo o algo así. Luego, esperaríamos un poco antes de empezar a vender para nosotros mismos poco a poco.

Se miraron otra vez. Y de repente comprendí que allí pasaba algo, algo que no había detectado hasta ese momento.

—Ya, lo que pasa —dijo Oleg tratando de fijar la mirada en la pared— es que Irene y yo, nosotros...

—¿Vosotros qué?

Se retorcía como un gusano ensartado y al final miró a Irene en busca de ayuda.

—Oleg y yo hemos pensado irnos a vivir juntos —dijo Irene—. Estamos ahorrando para un piso en Bøler. Habíamos pensado trabajar hasta el verano y luego...

—¿Y luego?

—Y luego habíamos pensado terminar la secundaria —dijo Oleg—. Y a lo mejor empezar a estudiar.

—Derecho —dijo Irene—. Oleg tiene muy buenas notas.

Se rió como solía cuando pensaba que había dicho una bobada pero las mejillas, por lo general tan pálidas, se veían ardientes y rojas de felicidad.

¡Habían ido y se habían hecho novios a mis espaldas! ¿Cómo era posible que no me hubiera dado cuenta?

—Derecho —dije abriendo la bolsa donde todavía quedaba más de un gramo—. ¿No es eso lo que estudian los que quieren ser jefes de la pasma?

Ninguno de los dos contestó.

Saqué la cuchara con la que solía comer los cereales y la froté contra el pantalón.

—¿Qué haces? —preguntó Oleg.

—Esto hay que celebrarlo —dije, y eché el polvo en la cuchara—. Además, tenemos que probar el producto antes de proponérselo al anciano.

—¿Así que te parece bien? —exclamó Irene con un tono de alivio en la voz—. ¿Seguimos como antes?

—Pues claro, cariño. —Puse el encendedor debajo de la cuchara—. Este es para ti, Irene.

—¿Yo? Pero es que no...

—Por mí, hermana. —La miré y sonreí. Usé la sonrisa que ella sabía que yo sabía que no tenía ningún antídoto—. Es aburrido colocarse solo, ya sabes. Solitario y eso.

El polvo derretido burbujeaba en la cuchara. No tenía algodón y sopesé la posibilidad de utilizar el filtro de un cigarro para limpiarlo. Pero parecía limpio. Era blanco y de consistencia uniforme, así que dejé que se enfriase unos segundos antes de cargar la jeringuilla.

—Gusto... —empezó Oleg.

—Hay que tener cuidado, no vayamos a meternos una over*, porque aquí hay suficiente para tres. Estás invitado, colega. Aunque a lo mejor solo quieres mirar, ¿no?*

No tuve que levantar la vista. Lo conocía demasiado bien. Limpio de corazón, ciego de amor y con una armadura de valor que lo habría impulsado a tirarse de cabeza al fiordo de Oslo desde un mástil de quince metros.

—Vale —dijo, y empezó a enrollarse la manga de la camisa—. Me apunto.

La misma armadura que lo hundiría, lo ahogaría como una rata.

Me despertaron los golpes en la puerta. Sentía como si me estuvieran martilleando dentro de la cabeza y me lo pensé mucho antes de armarme de valor y abrir los ojos. La luz de la mañana entraba por la grieta que quedaba entre los tablones claveteados para tapar la ventana y el marco. Irene estaba echada en su colchón y, entre dos amplificadores de guitarra, vi aparecer un pie con la zapatilla deportiva Puma Speed Cat de Oleg. Por el sonido de la puerta supe que la persona en cuestión había pasado a utilizar las piernas.

Me levanté y fui tambaleándome hacia la puerta para abrirla mientras intentaba recordar algún posible mensaje de que fueran a ensayar o recoger algún equipo ese día. Entreabrí la puerta y, según mi costumbre, apoyé el pie por dentro. No funcionó. El golpe me hizo retroceder dentro de la habitación y me caí sobre la batería. Un ruido acojonante. Cuando pude quitarme de encima los soportes de los platillos y la caja de la batería, vi la cara de Stein, mi querido hermano de acogida.

Borra lo de querido.

Estaba más corpulento, pero el pelo rapado de soldado paracaidista y el negro pétreo de su mirada llena de odio eran los de siempre. Vi que abría la boca y decía algo, pero yo tenía las vías auditivas repletas del resonar de los platillos. Al ver que venía hacia mí, me tapé la cara automáticamente con los brazos. Pero pasó de largo pisando la batería y llegó hasta el colchón donde se encontraba Irene, que se despertó con un gritito cuando él la cogió del brazo y la levantó de golpe.

Sin soltarla, metió algunas de sus pertenencias en la mochila. Cuando la llevó de la mano hacia la puerta, Irene había dejado de resistirse.

—Stein... —intenté decir.

Él se paró en el umbral y me miró expectante, pero yo no tenía nada que decir.

—Ya has destrozado bastante a esta familia —dijo.

Se parecía al puto Bruce Lee cuando levantó el pie y cerró de una patada la puerta de hierro al salir. Se notaban las vibraciones en el aire; Oleg asomó la cabeza por encima del amplificador y dijo algo, pero yo había vuelto a quedarme sordo.

Tenía la espalda contra la chimenea y me picaba la piel por el calor. Las llamas y una puta lámpara de mesa antigua daban la única luz de la habitación. El anciano estaba sentado en el sillón de piel y observaba al hombre que le habíamos traído en la limusina desde la calle Skippergata. Todavía llevaba puesto el chaquetón.

Andréi estaba detrás del hombre, quitándole la venda de los ojos.

—Bueno —dijo el anciano—. Así que eres el proveedor de ese producto del que tanto he oído hablar.

—Sí —dijo el hombre; se puso las gafas y echó una ojeada a la habitación.

—¿De dónde procede?

—Yo estoy aquí para vender la mercancía, no para facilitar información sobre ella.

El anciano se pasó dos dedos por la barbilla.

—En ese caso no estoy interesado. En este sector, hacerse cargo de objetos robados a terceros siempre conlleva muertos. Y los muertos dan problemas y son malos para el negocio.

—No es robado.

—Me atrevo a decir que tengo los canales bastante controlados y este es un producto que nadie ha visto antes. Así que lo repito, no compro nada si no tengo la seguridad de que no se volverá contra nosotros.

—He dejado que me trajeseis aquí con los ojos vendados porque comprendo que la discreción es necesaria. Espero que podáis mostrarme la misma comprensión.

El calor le había empañado las gafas, pero se las dejó puestas. Andréi y Peter lo habían cacheado en el coche, mientras yo le cacheaba la mirada, el lenguaje gestual, la voz, las manos. No tenía ninguna novia gorda y fea, solo estaban aquel tipo y aquella droga maravillosa.

—Por lo que yo sé, puedes ser policía —dijo el anciano.

—¿Así? —dijo el hombre señalándose el pie.

—Si te dedicas a la importación, ¿cómo es que no he oído hablar de ti antes?

—Porque soy nuevo. No tengo antecedentes y nadie me conoce, ni en la policía ni en este sector. Tengo lo que se llama una profesión respetable y hasta ahora he vivido una vida normal. —Hizo un amago de mueca que me pareció que pretendía ser una sonrisa—. Una vida anormalmente normal, dirían algunos.

—Ya.

El anciano se acariciaba el mentón una y otra vez. Me cogió la mano y tiró de mí hacia el sillón hasta que quedé a su lado, y miré al hombre.

—¿Sabes lo que creo, Gusto? Creo que fabrica el producto él mismo. ¿A ti qué te parece?

Reflexioné un instante.

—A lo mejor —dije.

—Ya sabes, Gusto, no hay que ser precisamente un Einstein en química. Hay recetas detalladas en internet para transformar el opio en morfina y esta en heroína. Digamos que te haces con diez kilos de opio puro. Luego te agencias un equipo para cocinarlo, una nevera, un poco de metanol y un ventilador y listo, tienes ocho kilos y medio de cristales de heroína. Luego lo cortas y sacas uno coma dos kilos de heroína para colocar en la calle.

El hombre del chaquetón carraspeó.

—Me temo que se necesita algo más.

—La cuestión es —dijo el anciano—, ¿de dónde sacas el opio?

El hombre negó con la cabeza.

—Ajá —dijo el anciano lentamente y me frotó el brazo con la mano—. Opiáceo, no. Opioide.

El hombre no contestó.

—¿Has oído lo que ha dicho, Gusto? —El anciano señaló el pie zambo con el dedo índice—. Fabrica una droga totalmente sintética. No necesita ayuda ni de la naturaleza ni de Afganistán, recurre a la química básica y lo fabrica todo en la mesa de la cocina. Control absoluto, ningún riesgo de contrabando. Y tan potente como la heroína. Tenemos aquí a un tío listo, Gusto. Esa clase de empresario merece respeto.

—Respeto —murmuré.

—¿Cuánto has conseguido producir?

—Dos kilos a la semana, más o menos. Depende.

—Me quedo con todo —dijo el anciano.

—¿Todo? —preguntó el hombre, sin sorpresa en la voz.

—Sí, todo lo que produces. ¿Puedo presentarte una propuesta de negocio, señor...?

—Ibsen.

—¿Ibsen?

—A menos que tenga algo en contra.

—Por supuesto que no, él también era un gran artista. Propongo que nos asociemos, señor Ibsen. Integración vertical. Controlaremos el mercado y podremos decidir el precio. Mejor margen para ambos. ¿Qué dices?

Ibsen negó con un gesto.

El anciano ladeó la cabeza con una sonrisita en aquella boca sin labios.

—¿Por qué no, señor Ibsen?

Vi cómo el hombrecillo se enderezaba, fue como si creciera un poco en aquella chaqueta anodina para personas anodinas.

—¿Si te doy el monopolio, señor...?

El anciano juntó las yemas de los dedos.

—Llámame como quieras, señor Ibsen.

—No quiero depender de un solo comprador, señor Dubái. Es demasiado arriesgado. Y eso significa que podrías bajar los precios. Por otro lado, tampoco quiero tener demasiados compradores, porque aumenta el riesgo de que la policía dé conmigo. He acudido a ti porque eres famoso por ser invisible, pero quiero un comprador más. Ya me he puesto en contacto con Los Lobos. Espero que lo comprendas.

El anciano soltó aquella risa suya que sonaba leñosa, como a madera reseca.

—Escucha y aprende, Gusto. No solo entiende de farmacopea, también es un hombre de negocios. Bien, señor Ibsen, quedamos así.

—El precio...

—Pagaré lo que pides. Comprenderás que este es un sector en el que no se pierde el tiempo regateando, señor Ibsen. La vida es demasiado corta y la muerte está demasiado cerca. ¿Quedamos en que la primera entrega será el martes de la semana que viene?

El anciano tuvo que apoyarse en mí al dirigirse a la puerta. Sus uñas me arañaron la piel del brazo.

—¿Has pensado en la exportación, Ibsen? Sabrás que en Noruega el control sobre la exportación de estupefacientes es inexistente.

Ibsen no contestó. Pero entonces lo vi. Vi qué era lo que quería. Lo vi allí mismo, tal como estaba con el pie zambo y la cadera saliente. Lo vi en el reflejo de la frente sudorosa que le brillaba por debajo del pelo ralo. Se había secado el vaho de las gafas y tenía en la mirada el mismo brillo que ya le había visto en la calle Skippergata. Salario retroactivo, papá. Quería cobrar a posteriori. Un salario retroactivo por todo aquello que no le habían dado: respeto, amor, admiración, aceptación, todas esas cosas que dicen que no se pueden comprar. Pero claro que se puede. Solo que con dinero, no con la puta compasión de mierda. ¿No es verdad, papá? La vida te debe cosas

y, si no te las pone en la mano, te las tienes que cobrar, tienes que ser tu
propio recaudador. Y, si tenemos que arder en el infierno por eso, no habrá
mucha gente en el cielo. ¿No es verdad, papá?

Harry estaba sentado al lado de la puerta de embarque mirando hacia fuera, viendo cómo entraban y salían los aviones de la pista.

Estaría en Shangái al cabo de dieciocho horas.

Le gustaba Shangái. Le gustaba la comida, le gustaba bajar por The Bund a lo largo del río Huangpu hasta el Peace Hotel, le gustaba entrar en el Old Jazz Bar y escuchar a aquellos músicos viejos tocar sus piezas melancólicas de siempre, le gustaba pensar que llevaban allí sentados tocando sin pausa perceptible desde la revolución del cuarenta y nueve. Le gustaba ella. Le gustaba lo que tenían y lo que no tenían, pero que no hacían nada por conseguir.

No hacer nada. Es una cualidad estupenda; en su caso, no había tenido la suerte de que fuera congénita, pero se había pasado los tres últimos años practicando para conseguirla. Para no darse cabezazos contra la pared cuando no era necesario.

¿Cómo de inquebrantable es la fe que tienes en tu evangelio? ¿No eres un escéptico tú también?

Estaría en Shangái al cabo de dieciocho horas.

Podría estar en Shangái al cabo de dieciocho horas.

Mierda.

Ella contestó al segundo timbrazo.

—¿Qué quieres?

—No vuelvas a colgar, ¿vale?

—Estoy aquí.

—Escucha, el tal Nils Christian, ¿lo tienes bien metido en cintura?

—Hans Christian.

—¿Está lo bastante enamorado como para que puedas convencerlo de que participe en una intervención más bien cuestionable?

13

Estuvo lloviendo toda la noche y, desde donde se encontraba, delante de la prisión de Oslo, Harry veía una nueva capa de hojas extendiéndose sobre el parque como una lona amarilla y mojada. No durmió mucho después de ir directamente desde el aeropuerto a casa de Rakel. Hans Christian llegó, protestó relativamente poco y volvió a irse. Después, Rakel y Harry se tomaron un té mientras hablaban de Oleg. De cómo eran las cosas. De cómo eran. Pero no de cómo podían haber sido. De madrugada, Rakel le dijo a Harry que podía dormir en la habitación de Oleg. Antes de acostarse, Harry utilizó el ordenador de Oleg para buscar viejos artículos de prensa sobre un agente de policía al que habían encontrado muerto debajo del puente de Älvsborgen, en Gotemburgo. Halló en esos artículos la confirmación de lo que Cato le había contado pero, además, encontró cierta información en el *Göteborgstidningen,* un periódico por lo general sensacionalista, que filtraba el rumor de que el agente muerto había sido quemador, alguien a quien los delincuentes utilizaban para destruir o inutilizar las pruebas que hubiera contra ellos. Hacía solo dos horas que Rakel lo había despertado con una taza de café caliente y llamándolo entre susurros. Siempre lo hacía, empezar el día susurrando, tanto a él como a Oleg, como para suavizarles el tránsito de los sueños a la realidad.

Harry miró a la cámara de vídeo, oyó el suave zumbido y empujó la puerta. Y entró rápidamente. Llevaba el maletín delante bien visible y dejó la tarjeta de identificación encima del mostrador, delante del oficial de prisiones, mientras le mostraba la mejilla buena.

—Hans Christian Simonsen… —murmuró sin levantar la vista, sino que recorrió con la mirada la lista que tenía delante—. Sí, aquí. Para Oleg Fauke.

—Correcto —dijo Harry.

Otro oficial de prisiones lo guió por los pasillos y cruzó la amplia galería que recorría el centro de la prisión. El oficial iba hablando de lo caluroso que parecía presentarse el otoño y hacía ruido con el gran manojo de llaves cada vez que abría una nueva puerta. Cruzaron la sala común donde había una mesa de ping-pong y una cocinita donde Harry vio embutidos, pan y un cuchillo, pero ningún interno.

Pararon delante de una puerta blanca y el oficial la abrió con la llave.

—Creía que las puertas de las celdas estaban abiertas a esta hora del día —dijo Harry.

—Las otras sí, pero este preso tiene código ciento setenta y uno —dijo el oficial—. Solo una hora de patio al día.

—¿Dónde están todos los demás?

—A saber. A lo mejor han vuelto a pillar el Hustler Channel en el cuarto de la tele.

Cuando el oficial lo dejó dentro y echó la llave, Harry se quedó detrás de la puerta hasta que oyó que los pasos se alejaban. Era una celda corriente. Diez metros cuadrados. Una cama, un armario, un escritorio con una silla, estantes de libros, una tele. Oleg estaba sentado delante del escritorio y lo miró sorprendido.

—Querías verme —dijo Harry.

—Creía que no tenía derecho a visitas —dijo Oleg.

—Esto no es una visita, sino una consulta con tu abogado defensor.

—¿Mi abogado defensor?

Harry asintió con la cabeza. Y vio que Oleg lo había entendido. Chico listo.

—Cómo…

—El tipo de asesinato del que eres sospechoso no conlleva prisión de alta seguridad, no ha sido tan difícil. —Harry abrió el maletín, sacó la Gameboy blanca y se la dio a Oleg–. Toma, es para ti.

Oleg pasó los dedos por la pantalla.

–¿De dónde la has sacado?

A Harry le pareció ver el amago de una sonrisa en aquella cara seria de niño.

–Modelo *vintage,* con batería. La encontré en Hong Kong. Mi plan era machacarte al Tetris la próxima vez que nos viéramos.

–¡Ni lo sueñes! –dijo Oleg riendo–. No me ganas ni a eso, ni nadando debajo del agua.

–¿Y aquella vez en la piscina de Frognerbadet? Ya. Me parece que te sacaba un metro cuando llegué a la meta…

–¡Ibas un metro por detrás! Mamá fue testigo.

Harry no se movía por miedo a estropearlo; disfrutaba de la satisfacción de ver la alegría en su cara.

–¿De qué querías hablarme, Oleg?

Al chico se le ensombreció el semblante. No dejaba de manosear la Gameboy y de darle vueltas como si estuviera buscando el botón de inicio.

–Tómate el tiempo que necesites, Oleg, pero, por lo general, lo más fácil es empezar por el principio.

El chico levantó la cabeza y miró a Harry.

–¿Puedo fiarme de ti? ¿No importa lo que sea?

Harry quería decir algo, pero se contuvo. Y asintió sin más.

–Tienes que conseguirme una cosa…

Fue como si le retorcieran un cuchillo en el corazón. Él ya sabía cómo iba a continuar.

–Aquí solo tienen heroína y speed, pero yo necesito violín. ¿Puedes ayudarme, Harry?

–¿Por eso me has pedido que viniera?

–Eres el único que ha conseguido saltarse la prohibición de visitas.

Oleg clavó en Harry esa mirada suya seria y sombría. Tan solo una leve contracción de la fina piel debajo del ojo desveló su desesperación.

–Sabes que no puedo hacer eso, Oleg.

—¡Pues claro que puedes! —La voz resonó dura y metálica entre las paredes de la celda.

—Y la gente para la que vendías, ¿no te puede abastecer?

—¿Que vendía qué?

—¡Joder, no me mientas! —Harry dio con la palma de la mano en la tapa del maletín—. Encontré la camiseta del Arsenal en tu taquilla de Valle Hovin.

—Has forzado…

—Encontré esto también. —Harry plantó encima de la mesa la foto de las cinco personas que formaban la familia—. La chica de la foto, ¿sabes dónde está?

—¿Quién…?

—Irene Hanssen. Erais novios.

—¿Cómo…?

—Os vieron en El Faro. Hay un jersey que huele a flores y un equipo de chute para dos en la taquilla. Compartir el escondite de la droga es más íntimo que compartir cama de matrimonio, ¿verdad? Además, tu madre me contó que cuando te vio en la ciudad parecías idiota de lo feliz que estabas. Mi diagnóstico: recién enamorado.

A Oleg le subía y le bajaba la nuez en la garganta.

—Bueno, qué —dijo Harry.

—No sé dónde está, ¿vale? Simplemente se esfumó. A lo mejor vino otra vez su hermano mayor y volvió a llevársela. A lo mejor está en alguna clínica de desintoxicación. A lo mejor ha cogido un avión y se ha largado lejos de toda esta mierda.

—O a lo mejor no le ha ido tan bien —dijo Harry—. ¿Cuándo la viste por última vez?

—No me acuerdo.

—Te acuerdas hasta de la hora.

Oleg cerró los ojos.

—Hace ciento veintidós días. Mucho antes de lo de Gusto, ¿y qué tiene eso que ver con el asunto?

—Hay una conexión, Oleg. Un asesinato es una ballena blanca. Una persona que desaparece es una ballena blanca. Si ves una ballena blanca dos veces, es la misma ballena. ¿Qué me puedes contar de Dubái?

—Es la ciudad más grande, aunque no la capital, de los Emiratos Árabes Uni…

—¿Por qué los proteges, Oleg? ¿Qué es eso que no puedes contar?

Oleg encontró el botón de inicio de la Gameboy y lo movió de un lado a otro. Quitó la tapa de las pilas de la parte trasera, levantó la tapa de metal del cubo de basura que había al lado del escritorio y dejó caer las pilas antes de devolverle a Harry el juguete.

—Muerto.

Harry miró la Gameboy y se la guardó en el bolsillo.

—Si no puedes proporcionarme violín, me voy a meter esa mierda de mezcla que puedo conseguir aquí. ¿Has oído hablar del fentanilo y la heroína?

—El fentanilo es la receta de una sobredosis, Oleg.

—Pues eso. Luego podrás decirle a mamá que fue culpa tuya.

Harry no contestó. No se cabreó ante aquel intento patético de manipulación por parte de Oleg, solo le dieron ganas de abrazarlo muy fuerte. Porque Harry ni siquiera tenía que verle los ojos llenos de lágrimas para saber la lucha que, en aquellos momentos, le arrasaba el cuerpo y la cabeza. Notaba la necesidad física de Oleg. Y entonces no hay nada más, ni moral ni amor, ninguna consideración, solo la idea fija y machacona del subidón, el colocón, la paz. Harry estuvo a punto de aceptar un chute de heroína en una ocasión, pero en un momento fugaz de lucidez dijo que no. Quizá porque sabía que la heroína conseguiría lo que no había conseguido el alcohol: terminar con su vida. O quizá fue por aquella chica que le contó cómo llegó a engancharse después del primer chute porque nada, nada de lo que había vivido después ni de lo que lograba imaginarse podía superar aquel éxtasis. O quizá fue ese amigo de Oppsal que ingresó en una clínica de desintoxicación solo para poner a cero el grado de tolerancia, porque esperaba que, cuando se metiera el primer chute al salir, estaría muy cerca de aquel chute primero. O el que le contó que, cuando vio la jeringuilla de la primera vacuna en el muslo de su hijo de tres meses, se echó a llorar porque le produjo un mono tan fuerte que habría estado dispuesto a dejarlo todo e irse directamente del centro médico a Plata.

—Vamos a hacer un trato —dijo Harry, y oyó que se le había empañado la voz—. Yo te proporciono lo que pides y tú me cuentas todo lo que sabes.

—¡Claro! —dijo Oleg, y Harry vio cómo se le dilataban las pupilas.

Había leído en algún sitio que en los consumidores dependientes hay ciertas partes del cerebro que se activan incluso antes de introducir la jeringuilla, que están colocados físicamente mientras queman el polvo y se lo inyectan en la vena. Y Harry sabía que, en aquel momento, las que hablaban eran esas partes del cerebro de Oleg, que no había ninguna otra respuesta posible, solo «¡Claro!», fuera mentira o verdad.

—Pero no quiero comprar en la calle —dijo Harry—. ¿Tienes algo de violín en tu escondite?

Oleg pareció vacilar un momento.

—Tú ya sabes dónde tengo el escondite.

Harry recordó que no era verdad que no hubiera nada sagrado para un heroinómano. El escondite de la droga era sagrado.

—Venga, Oleg. No guardas la droga en un lugar al que tiene acceso otro consumidor. ¿Dónde tienes el otro escondite, las reservas?

—Solo tengo ese.

—No te voy a robar nada.

—¡Te digo que no tengo otro escondite!

Harry sabía que estaba mintiendo, pero no tenía demasiada importancia; seguramente, significaba que allí no guardaba violín, nada más.

—Vuelvo mañana —dijo Harry.

Se levantó, llamó a la puerta y esperó. Pero no vino nadie. Al final, agarró el pomo. La puerta se abrió. Definitivamente, aquella no era una cárcel de alta seguridad.

Harry volvió por donde había venido. El pasillo estaba desierto, al igual que la sala común donde Harry registró automáticamente que el pan y los demás comestibles seguían estando a la vista, pero no el cuchillo. Continuó hasta la puerta que conducía de la sección a la galería y descubrió para su sorpresa que esa también estaba abierta.

No encontró ninguna puerta cerrada hasta que no llegó a la recepción. Le mencionó a la funcionaria que había detrás del cristal lo de las puertas abiertas, y ella enarcó una ceja y levantó la vista hacia el monitor.

—De todos modos, nadie pasa de aquí.

—Aparte de mí, espero.

—¿Cómo?

—Nada.

Harry había recorrido casi cien metros cruzando el parque en dirección a Grønlandsleiret cuando comprendió lo que pasaba. Las habitaciones vacías, las puertas abiertas, el cuchillo del pan. Se paró de golpe. Se le aceleró el corazón tan de repente que sintió náuseas. Oyó el canto de un pájaro. Notó el olor a hierba. Dio la vuelta y echó a correr hacia la cárcel. Y notó la boca seca por el miedo y por la adrenalina que el corazón le estaba bombeando a la sangre.

14

El violín cayó sobre Oslo como un puto asteroide. Oleg me había explica-
do la diferencia entre meteorito y meteoroide, y toda la demás mierda que
nos puede dar en la cabeza en cualquier momento, y esto era un asteroide,
uno de esos monstruos gigantes capaces de aplastar la Tierra a ras de...
Joder, tú me entiendes, papá, no te rías. Vendíamos dosis de diez gramos,
un cuarto, un gramo entero y cinco gramos de golpe, de la mañana a la
noche. En el centro reinaba el caos. Subimos los precios. Y las colas se vol-
vían más largas. Y subimos los precios. Y las colas seguían igual de largas.
Y subimos los precios. Y entonces se armó el follón.

Una pandilla de albanokosovares asaltó a nuestro equipo detrás de la
Bolsa. Estos eran dos hermanos estonios que operaban sin vigilante y los
albanokosovares utilizaron bates y puños americanos. Cogieron el dinero y
la droga y les machacaron el hueso de la cadera. Dos noches más tarde, una
pandilla de vietnamitas atacó en la calle Prinsen, diez minutos antes de
que Andréi y Peter fueran a recoger la liquidación. Cogieron al de la droga
en el patio trasero sin que ni el tío del dinero ni el vigilante se dieran cuen-
ta. Nos quedamos un poco en plan «¿Y ahora qué?».

La respuesta llegó dos días más tarde.

Los ciudadanos de Oslo que acudían temprano a sus trabajos alcanza-
ron a ver a un vietnamita colgando patas arriba debajo del puente de
Sannerbrua antes de que viniese la pasma. Iba disfrazado de loco, con ca-
misa de fuerza y mordaza en la boca. La cuerda con la que le habían
atado los tobillos tenía la longitud suficiente como para que no pudiera
mantener la cabeza fuera del agua. Al menos, no por mucho rato, hasta que
los abdominales ya no pudieron más.

Esa misma noche Andréi nos dio a Oleg y a mí una pistola. Era rusa; Andréi solo se fiaba de lo ruso. Fumaba tabaco negro ruso, llamaba con un móvil ruso (no estoy de broma, papá, un Gresso, una cosa de lujo cara, fabricado con granadillo negro africano pero, por lo visto, impermeable, que no emite señales cuando está apagado, así que la pasma no puede rastrearlo) y, ya te digo, tenía una fe ciega en las pistolas rusas. Nos explicó que la pistola era de la marca Odessa, la versión barata de la Stetchin, como si alguno de nosotros supiera algo de ninguna de las dos. Total, el caso es que lo especial de la Odessa era que podía disparar ráfagas de esas. Tenía un cargador en el que cabían veinte balas del calibre 9x18 mm Marakov, el mismo que Andréi y Peter y algunos de los otros camellos usaban en sus pistolas. Nos dieron una caja de cartuchos para repartir y nos enseñó cómo cargarla, cómo usar el seguro y cómo disparar aquella pistola extraña y tosca, y dijo que teníamos que agarrarla muy fuerte y apuntar un poco más abajo de donde pensábamos acertar. Y que no pensáramos en disparar a la cabeza, sino a cualquier otra parte del cuerpo. Si girábamos el regulador lateral hasta la posición C, disparaba ráfagas, y una pequeña presión en el gatillo era suficiente para soltar tres o cuatro disparos. Pero nos aseguró que en nueve de cada diez casos bastaba con enseñar la pistola. Cuando se fue, Oleg dijo que se parecía a la pistola de la portada del disco Foo Fighters y que él no quería disparar a nadie, que podíamos tirar las pistolas en el contenedor, así que dije que yo me hacía cargo.

Los periódicos se volvieron locos. Hablaban de guerra de bandas, blood in the streets, como si aquello fuese el puto Los Ángeles. Los políticos de los partidos que no estaban representados en el gobierno municipal hablaban de políticas equivocadas en lo relativo a la delincuencia, políticas equivocadas en lo relativo a los estupefacientes, el presidente del gobierno municipal equivocado, el gobierno municipal equivocado. La ciudad equivocada, opinaba un loco del partido de centro, que aseguraba que deberían borrar Oslo del mapa, que era una vergüenza para la patria. Las críticas más duras fueron para el jefe de policía, pero, ya se sabe, la mierda fluye hacia abajo, y una mañana en que un somalí disparó en Plata a dos de su misma tribu sin que detuvieran a nadie, el jefe de Crimen Organizado presentó la dimisión. La concejal de asuntos sociales, que también era directora del Consejo Policial, dijo que la delincuencia, los estupefacientes y la policía eran responsabilidad del Estado, pero que consideraba su cometido procurar que los habitantes de Oslo pudieran andar seguros por las calles. Había una foto suya. Y detrás de ella estaba su secretaria. Era mi vieja conocida. La MQMF sin la M. Tenía aspecto de seriedad y solvencia. Yo solo veía a una tía cachonda con los pantalones de montar por las rodillas.

Andréi vino pronto una noche y dijo que lo diéramos por terminado y que debía acompañarlo hasta Blindern.

Cuando dejó atrás la parcela del anciano empecé a tener malos presentimientos. Menos mal que Andréi entró en el jardín de la otra casa que, según me dijo el anciano, también era suya. Andréi me acompañó dentro. La casa no estaba tan vacía como parecía desde fuera. Al otro lado de la pintura desconchada de la fachada y de las ventanas agrietadas había muebles y calefacción. El anciano estaba sentado en una habitación con estanterías hasta el techo y de unos altavoces enormes que había en el suelo salía música más o menos clásica. Yo me senté en la otra silla que había en la habitación y Andréi salió y cerró la puerta.

—He pensado pedirte que hagas algo por mí, Gusto —dijo el anciano, y me puso la mano en la rodilla.

Miré hacia la puerta cerrada.

—Estamos en guerra —dijo, y se levantó. Fue hasta la estantería y sacó un volumen muy grueso que tenía manchas en la cubierta de color marrón—. Este texto es del año seiscientos antes de Cristo, aproximadamente. No hablo chino, así que solo tengo esta traducción al francés, de más de doscientos años de antigüedad, hecha por un jesuita que se llamaba Jean Joseph Marie Amiot. Lo compré en una subasta y me lo adjudicaron por ciento noventa mil coronas. Trata de cómo se engaña al enemigo cuando estás en guerra y es la obra más citada sobre ese tema. Tanto Stalin como Hitler o Bruce Lee lo consideraban su biblia. ¿Y sabes qué? —Volvió a meter el libro en la estantería y sacó otro—. Prefiero este.

Me lo lanzó.

Era un libro delgado con una cubierta azul y, obviamente, era bastante nuevo. Leí en la portada: «Ajedrez para principiantes».

—Sesenta coronas en rebajas —dijo el anciano—. Vamos a hacer un enroque.

—¿Un enroque?

—Un movimiento lateral donde el rey tiene a su lado una torre que lo protege. Vamos a alcanzar una alianza.

—¿Con una torre?

—Piensa en la torre del Ayuntamiento.

Pensé.

—El gobierno municipal —dijo el anciano—. La concejal de Asuntos Sociales tiene una secretaria que se llama Isabelle Skøyen, la persona que, en la práctica, dirige la política de estupefacientes de la ciudad. He consultado con una fuente y Skøyen es perfecta. Inteligente, eficiente y extremadamente ambiciosa. La razón por la que no ha llegado más lejos, según la fuente, es que lleva una vida que la tiene a un suspiro del escándalo y de los grandes titulares. Se va de juerga, dice exactamente lo que le da la gana y tiene amantes a porrillo.

—Qué espanto —dije.

El anciano me echó una mirada de advertencia antes de continuar.

—El padre era alcalde del partido de Centro, pero lo rechazaron cuando quiso entrar en la política nacional. Según mis fuentes, Isabelle ha asumido el sueño del padre y, como el partido de los Trabajadores tiene más posibilidades, ha abandonado el partido al que pertenece su padre, que es un partido menor. Resumiendo, todo en Isabelle Skøyen es flexible y se puede ajustar a sus ambiciones. Además, está sola, y sobre la finca familiar pesa una deuda de envergadura.

—Entonces ¿qué hacemos? —pregunté como si yo mismo formara parte del equipo de gobierno del violín.

El anciano sonrió como si le pareciera una pregunta encantadora.

—La amenazamos para que venga a la mesa de negociaciones, donde la convencemos de que se sume a la alianza. Y tú serás el encargado de las amenazas, Gusto. Por eso estás aquí.

—¿Yo? ¿Voy a amenazar a una política?

—Exactamente. Una política con la que te has acostado, Gusto. Una empleada del gobierno municipal que se ha aprovechado de su posición y su puesto de trabajo para abusar sexualmente de un joven con graves problemas de integración social.

Al principio no daba crédito a lo que estaba oyendo, hasta que sacó una foto del bolsillo de la chaqueta y me la plantó delante, en la mesa. Parecía que la hubieran hecho desde el interior de las ventanillas tintadas de un coche. Era en la calle Tollbugata y se veía a un chico joven que entraba en un Land Rover. Se veía la matrícula. El chico era yo. El coche pertenecía a Isabelle Skøyen.

Me dieron escalofríos.

—¿Cómo sabes…?

—Querido Gusto, ya te conté que había estado observándote. Lo que quiero es que llames a Isabelle Skøyen al número privado que sé que tienes y le cuentes la versión de esta historia que hemos preparado para la prensa. Y luego le pides una reunión con nosotros dos, totalmente privada.

Fue hasta la ventana y observó el tiempo tan deprimente que hacía.

—Verás como encuentra un hueco en la agenda.

15

En los últimos tres años que había pasado en Hong Kong, Harry había salido a correr para entrenar más que en toda su vida. Aun así, durante los trece segundos que tardó en recorrer otra vez los cien metros que lo separaban de la entrada de la cárcel, el cerebro le ofreció varios escenarios, todos los cuales tenían una cosa en común: que Harry llegaba tarde.

Llamó a la puerta y resistió la tentación de abrirla de un tirón mientras esperaba a oír el zumbido cuando se abriera automáticamente. Por fin sonó, y Harry subió corriendo las escaleras hasta la recepción.

—¿Se te ha olvidado algo? —preguntó el oficial.

—Sí —dijo Harry esperando hasta que lo dejó pasar—. ¡Activa la alarma! —gritó, soltó el maletín y siguió corriendo—. ¡La celda de Oleg Fauke!

Oía el eco de sus pasos por la galería desierta, por los pasillos desiertos y la sala común, demasiado desierta. No notó que le faltara la respiración y, sin embargo, le sonaba como un rugido en la cabeza.

Los gritos de Oleg le llegaron cuando entró en el último pasillo.

La puerta de la celda estaba entreabierta y los segundos que tardó en alcanzarla le recordaron la pesadilla, el alud, los pies que no querían moverse lo bastante rápido.

Entró y calibró la situación.

Habían volcado el escritorio y los papeles y los libros estaban revueltos por el suelo. Al fondo de la celda estaba Oleg con la espalda contra el armario. Tenía la camiseta negra de Slayer empapada de sangre. Sujetaba la tapa metálica del cubo de la basura. Tenía la boca abierta y gritaba sin parar. Harry vio delante de él una camiseta de Gymtec y, saliendo del cuello de la camiseta, una nuca de toro ancha y sudorosa, y encima de la nuca un cráneo brillante, y encima una mano en alto que sujetaba el cuchillo del pan. Sonó a metal contra metal cuando la hoja del cuchillo dio con la tapa del cubo de la basura. El hombre notaría el cambio de la luz en la habitación porque al momento se dio la vuelta rápidamente. Bajó la cabeza y mantuvo el cuchillo apuntando a Harry.

—¡Fuera! —siseó.

Harry no se dejó engañar siguiendo el cuchillo con la mirada, sino que enfocó a los pies. Se dio cuenta de que detrás del hombre, Oleg se había desplomado. Comparado con el repertorio de alguien que se dedica a las artes marciales, el de Harry era muy limitado en lo que a técnicas de ataque se refería. Solo tenía dos. Y además, solo dos reglas. Una: no hay reglas. Dos: ataca primero. Y cuando Harry actuó, lo hizo con los movimientos automatizados de quien ha aprendido, ha entrenado y ha ensayado solo dos formas de ataque. Harry se adelantó directamente hacia el cuchillo de manera que el hombre tuviera que apartarlo a un lado para poder imprimir fuerza a la hoja. Y cuando el hombre inició ese movimiento, Harry ya había levantado el pie derecho y había girado la cadera. Antes de que el cuchillo volase cortando el aire hacia delante otra vez, el pie de Harry ya estaba bajando. Aterrizó en la parte superior de la rótula del hombre. Y, dado que la anatomía humana no cuenta con protección suficiente ante un ataque desde ese ángulo, le desprendió el cuádriceps, seguido de los ligamentos de la rodilla y, al presionar la rótula hacia abajo, por delante de la tibia, también el tendón rotuliano.

El hombre cayó de espaldas con un grito. El cuchillo tintineó contra el suelo mientras él se buscaba la rótula tanteando con las manos y, cuando por fin la encontró en un sitio totalmente distinto al de rigor, casi se le salen los ojos de las órbitas.

Harry dio una patada al cuchillo y levantó el pie para rematar el ataque como había aprendido, aplastando la musculatura del muslo contra el suelo y causando unas hemorragias internas tan masivas que el individuo no podría volver a levantarse. Pero vio que ese trabajo ya estaba hecho y puso el pie en el suelo otra vez.

Oyó desde el pasillo el sonido de unos pasos corriendo y el ruido de las llaves.

—¡Aquí! —gritó Harry mientras llegaba hasta Oleg pasando por encima del hombre, que no paraba de gritar.

Oyó el jadeo en el umbral de la puerta.

—Saca a este hombre y avisa a un médico.

Harry tenía que gritar para hacerse oír por encima de los gritos ininterrumpidos.

—Coño, pero ¿qué ha...?

—No te preocupes por eso ahora, tú procura que venga el médico. —Harry desgarró la camiseta de Slayer y hundió los dedos en la sangre hasta que encontró la herida—. Y el médico debe atender a este primero, ese de ahí solo tiene un problema en la rodilla.

Harry le sujetaba a Oleg la cara con las manos ensangrentadas mientras oía cómo sacaban al otro, que seguía gritando.

—¿Oleg? ¿Me oyes? ¿Oleg?

El chico parpadeaba y de sus labios brotó una palabra tan débil que Harry apenas pudo oírla, y notó que se le encogía el corazón.

—Oleg, no hay motivo de alarma. No te ha pinchado nada que te haga mucha falta.

—Harry...

—Y ya mismo es Nochebuena, te darán morfina.

—Cierra la boca, Harry.

Harry cerró la boca. Oleg abrió los ojos del todo. Tenían un brillo desesperado y febril. Y hablaba con voz ronca, pero ahora sí se lo entendía.

—Tenías que haberle dejado terminar el trabajo, Harry.

—¿Qué dices?

—Tienes que dejarme que lo haga.

—¿Que hagas el qué?

Ninguna respuesta.

—¿Que hagas el qué, Oleg?

Oleg le puso a Harry una mano en la nuca y tiró de él susurrando:

—Esto es algo que no puedes parar, Harry. Ya ha empezado, tiene que seguir su curso. Si te pones en medio, morirá más gente.

—¿Quién va a morir?

—Es demasiado grande, Harry. Te tragará a ti, nos tragará a todos.

—¿Quién va a morir? ¿A quién estas protegiendo, Oleg? ¿A Irene?

Oleg cerró los ojos. Apenas movía los labios. Y Harry pensó que parecía que tuviera once años y acabara de dormirse después de un día muy largo. Pero volvió a hablar.

—A ti, Harry. Te van a matar.

Cuando Harry salió de la cárcel, las ambulancias ya habían llegado. Pensó en cómo habían sido antes las cosas. Cómo había sido antes aquella ciudad. Cómo había sido antes su vida. Cuando usó el ordenador de Oleg por la noche, también buscó Sardines y Russian Amcar Club. No encontró nada que indicara que hubieran resucitado. Seguramente, era mucho pedir. La vida no le había enseñado mucho, quizá solo una cosa: que no hay ningún camino de regreso.

Harry encendió un cigarro y, antes de la primera calada, en el segundo en el que el cerebro ya se alegraba por la nicotina que le llegaría con el torrente sanguíneo, oyó otra vez aquella palabra, la palabra que sabía que seguiría oyendo el resto de la noche, aquella palabra casi inaudible que fue la primera que afloró a los labios de Oleg en la celda:

—Papá.

SEGUNDA PARTE

16

Mamá rata lamía el metal. Sabía salado. Se sobresaltó cuando la nevera se puso en marcha. Las campanas de la iglesia seguían sonando. Había un camino hasta la madriguera que no había probado. No se había atrevido, ya que el ser humano que bloqueaba la entrada todavía no había muerto. Pero los gritos de alta frecuencia de los hijos la tenían desesperada. Así que se lanzó. Subió corriendo por dentro de la manga de la chaqueta del ser humano. Olía un poco a humo. No al humo de cigarros o de una hoguera, sino de otra cosa. Algo en forma de gas que había estado en la ropa, pero que luego habían lavado, de modo que solo habían quedado algunas moléculas del olor entre las fibras de la tela. Llegó hasta el codo, pero ahí se estrechó demasiado el camino. Se detuvo y prestó atención. A lo lejos sonaba la sirena de un coche de policía.

Son todos esos momentos insignificantes, y todas las elecciones, papá. Esos que uno creía que no eran importantes, algo así como «Here today, gone tomorrow». Pero se acumulan. Y antes de que te des cuenta, se han convertido en un río que te arrastra, que te lleva a donde tienes que ir, y yo venía aquí. En el puto mes de julio. ¡No, no venía aquí! Iba a otros lugares totalmente diferentes, papá. Cuando llegamos al edificio principal, Isabelle Skøyen nos estaba esperando en el patio, con un gesto desafiante y los pantalones de montar ajustados.

—Andréi, tú esperas aquí —dijo el anciano—. *Peter, tú vigilas los alrededores.*

Salimos de la limusina y nos encontramos el olor a establo, las moscas y el sonido lejano de los cencerros. Saludó forzadamente al anciano, haciendo caso omiso de mi presencia, y nos invitó a tomar una taza de café, y mucho era.

En la entrada colgaban fotos de caballos con el mejor pedigrí, el máximo número de trofeos de carreras y no sé qué coño más. El anciano estuvo mirando las fotos y preguntó si eran purasangres ingleses, y alabó aquellas patas tan delgadas y aquella pechera tan ancha, y empecé a preguntarme si se refería a los caballos o a ella. De todas formas, surtió efecto. Isabelle se relajó un poco, la mirada se volvió más amable y las respuestas, menos breves.

—Vamos a sentarnos a hablar en el salón —dijo el anciano.

—Yo he pensado que nos vamos a sentar en la cocina —dijo ella, otra vez con la voz helada.

Nos sentamos, y ella puso la cafetera en la mesa.

—Sírvenos, Gusto —dijo el anciano mirando por la ventana—. Una granja estupenda, señora Skøyen.

—Aquí no hay ninguna «señora».

—Donde yo me crié llamábamos «señora» a todas las mujeres que pudieran estar al frente de una finca, ya fuesen viudas, divorciadas o solteras. Se consideraba un título honorífico.

Se volvió hacia ella y sonrió ampliamente. Sus miradas se cruzaron. Y por unos segundos se hizo un silencio tal que solo se oía una mosca atontada que fue volando hasta la ventana para alcanzar la libertad.

—Gracias —dijo ella.

—Bien. Vamos a olvidar esas fotos de momento, señora Skøyen.

Ella se sentó muy rígida en la silla. Durante la conversación que había mantenido con Isabelle por teléfono le había dicho que teníamos fotos de nosotros dos, unas fotos que podíamos facilitar a la prensa, y ella se rió y al principio intentó quitarle importancia. Dijo que era una mujer soltera, pero sexualmente activa, que lo hacía con una persona que era algo más joven. ¿Y qué? En primer lugar, ella era una simple secretaria del gobierno municipal y en segundo lugar, estábamos en Noruega, y lo de la doble moral era algo que se estilaba en las elecciones presidenciales de Estados Unidos. Así que, con brevedad y concisión, le pinté un cuadro de advertencia con los colores propios de la alarma. Le dije que en realidad ella me había pagado, y que yo podía probarlo. Que, al fin y al cabo, era una cliente del sector de la prostitución y que, para la prensa, entre los problemas que ella afrontaba en nombre de la concejalía de Asuntos Sociales se encontraban la prostitución y los estupefacientes, ¿verdad?

Dos minutos más tarde habíamos acordado la hora y el lugar para nuestro encuentro.

—Bastante escribe ya la prensa sobre la vida privada de los políticos —dijo el anciano—. Más vale hablar de una propuesta de negocio, señora Skøyen. Al contrario que el chantaje, toda propuesta de negocio debe ofrecer ventajas a ambas partes. ¿Verdad?

Ella arrugó la frente. El anciano sonrió satisfecho.

—Con propuestas de negocio no me refiero a que haya dinero de por medio. Aunque esta finca probablemente no se mantenga sola. Pero eso sería corrupción. Lo que ofrezco es un negocio puramente político. Cierto que se hará disimuladamente, pero eso también es algo que se practica a diario en el Ayuntamiento. Y que es para el bien de los ciudadanos, ¿tengo razón?

Skøyen asintió, alerta.

—Este acuerdo tiene que quedar entre nosotros, señora Skøyen. Como ya he dicho, beneficiará en primer lugar a la ciudad, y para ti solo sería ventajoso si tuvieras ambiciones políticas, se me ocurre. De ser así, el acuerdo contribuiría a hacer más corto el camino hacia un puesto en la cúpula del Ayuntamiento. Por no mencionar un puesto en la política nacional.

Iba a beber, pero se quedó con la taza en el aire.

—Ni siquiera he pensado en pedirte nada que no sea ético, señora Skøyen. Solo quería informarte de que tenemos intereses comunes, y luego dejar que hagas lo que yo pienso que es lo correcto.

—¿Yo tengo que hacer lo que según tú es correcto?

—El gobierno municipal se encuentra bajo presión. Incluso antes de la desafortunada evolución de los últimos meses, uno de los objetivos del consistorio era precisamente sacar a Oslo de la lista de las ciudades europeas más afectadas por la heroína. Ibais a conseguir que se redujera la venta, el reclutamiento de adeptos entre los jóvenes y, sobre todo, el número de muertes por sobredosis. En estos momentos, nada más lejos de la realidad, ¿no crees, señora Skøyen?

Ella no contestó.

—Lo que hace falta es un héroe, o una heroína, capaz de arreglar las cosas de raíz.

Ella asintió lentamente con la cabeza.

—Debería empezar por las bandas y las ligas.

Isabelle resopló.

—Gracias, pero eso lo han intentado en todas las grandes ciudades de Europa. Las bandas surgen como la mala hierba. Donde hay demanda siempre aparecen nuevas ofertas.

—Exactamente —dijo él—. Como la mala hierba. Veo que tienes un campo de fresas allí fuera, señora Skøyen. ¿Utilizas plantas cubridoras?

—Sí. Trébol campestre.

—Yo te puedo ofrecer plantas cubridoras —dijo el anciano—. Trébol vestido con camisetas del Arsenal.

Ella lo miró. Yo casi podía ver cómo le trabajaba ávidamente el cerebro a toda máquina. El anciano parecía contento.

—Las plantas cubridoras, mi querido Gusto —dijo, y tomó un sorbo de café—, son malas hierbas que se siembran y se dejan crecer libremente para evitar que crezca otra clase de mala hierba. Simplemente, porque el trébol campestre es un mal menor comparado con las demás opciones. ¿Comprendes?

—Creo que sí —dije—. En los sitios donde crece la mala hierba de todas formas, es buena idea dejar crecer una mala hierba que no se cargue las fresas.

—Exactamente. Y en esta pequeña analogía, la visión del gobierno municipal de una Oslo más limpia son las fresas y todas las bandas que venden heroína mortal y crean anarquía en las calles de Oslo son la mala hierba. Mientras que nosotros y el violín somos la planta cubridora.

—¿Así que...? —dijo Isabelle.

—Así que, de entrada, nosotros eliminamos toda la mala hierba que no es trébol campestre. Y, para continuar, tú dejas en paz al trébol.

—¿Y por qué iba a ser el trébol mucho mejor? —preguntó ella.

—No disparamos a nadie. Operamos discretamente. Vendemos una droga que apenas provoca muertes por sobredosis. Si tenemos el monopolio en el campo de fresas, podemos subir tanto los precios que habrá menos consumidores y menos jóvenes reclutados. Sin que el beneficio total se vea *afectado, eso hay que reconocerlo. Pocos consumidores y pocos vendedores, así los yonquis no llenarán los parques ni las calles del centro. Resumiendo, Oslo será un deleite para turistas, políticos y votantes.*

—*Ya, pero yo no soy concejal de Asuntos Sociales.*

—*Todavía no, señora. Pero tampoco quitar la mala hierba es tarea de concejales. Para eso tienen a las secretarias. Para que tomen esas decisiones cotidianas menores que, todas juntas, conducen a lo que de hecho se consigue. Naturalmente, sigues las directrices aprobadas por el gobierno municipal, pero eres tú quien mantiene el contacto diario con la policía, quien comenta con ellos su actividad y las medidas que van a aplicar en Kvadraturen, por ejemplo. Tendrás que afinar un poco más tu papel, por supuesto, pero para eso parece que tienes cierto talento. Una breve entrevista sobre la asistencia a los drogadictos por aquí, una declaración sobre los muertos por sobredosis por allá… Y, cuando el éxito sea un hecho, tanto la prensa como los colegas del partido sabrán quién ha sido el cerebro y de quién es la mano que hay detrás…* —Sonrió con la variante de dragón de Komodo—… *del ufano ganador del mercado con las fresas más grandes del año.*

Todos permanecían sentados sin moverse. La mosca había renunciado a su intento de fuga en cuanto descubrió el azucarero.

—Ni que decir tiene que esta conversación no ha tenido lugar —dijo Isabelle.

—Claro que no.

—Ni siquiera nos hemos visto.

—Triste pero cierto, señora Skøyen.

—¿Cómo habías pensado que… se llevara a cabo la limpieza?

—Bueno, podemos ayudarte con algún detalle, naturalmente. La delación como medio para deshacerse de la competencia tiene una larga tradición en este negocio, y nosotros te facilitaremos la información necesaria. Como es lógico, presentarás a la concejal tus propuestas para el Consejo Policial, pero además necesitarás un confidente dentro de la policía. No sé, alguien que también pueda sacar provecho de participar en una historia como esta, que acabará en éxito. Alguien… ¿cómo lo llamaría?

—¿Una persona ambiciosa capaz de ser pragmática mientras redunde en beneficio de la ciudad? —Isabelle Skøyen levantó la taza de café como para hacer un brindis minúsculo—. ¿Nos sentamos en el salón?

Serguéi estaba tumbado en la camilla mientras el tatuador estudiaba los dibujos en silencio.

Cuando había llegado a la tienda a la hora convenida, el tatuador estaba trabajando con un dragón enorme en la espalda de un chico que apretaba los dientes mientras una mujer, que debía de ser su madre, lo consolaba y le preguntaba al tatuador una y otra vez si era necesario que el tatuaje fuera tan grande, y que pagó cuando terminaron y, al salir, le preguntó a su hijo si no estaba contento ahora que tenía un tatuaje más guay que el de Preben y Kristoffer.

—Este es más apropiado para la espalda —dijo el tatuador señalando uno de los dibujos.

—*Tupói* —dijo Serguéi por lo bajo. Idiota.

—¿Cómo?

—Todo tiene que ser como en el dibujo. ¿Lo tengo que decir cada vez?

—Ya, ya. Pero no puedo terminarlo todo hoy.

—Sí. Terminar todo. Pagar el doble.

—Vaya, así que hay prisa, ¿no?

Serguéi asintió con la cabeza. Andréi lo había ido llamando todos los días, lo mantenía al corriente. Así que cuando había llamado ese día, Serguéi no estaba preparado. Preparado para lo que Andréi tenía que decir.

Que lo necesario ya era necesario.

Y el primer pensamiento de Serguéi cuando cortaron la comunicación fue que no había vuelta atrás.

Y se corrigió enseguida: ¿que no había vuelta atrás? ¿Quién quería volver atrás?

A lo mejor se le ocurrió pensarlo porque Andréi lo había prevenido. Le contó que el policía había logrado desarmar a un preso al que habían pagado para que matara a Oleg Fauke. Al fin y al cabo, el preso no era más que un noruego y nunca había matado a nadie con un cuchillo, pero, de todos modos, eso significaba que no sería tan fácil como la última vez, no sería como cuando le pegó un tiro a ese camello suyo, el muchacho; eso había sido una ejecución.

Ahora tendría que acercarse a hurtadillas a ese policía, esperar a tenerlo donde él quería, pillarlo cuando menos lo esperaba.

—No es por ser un aguafiestas, pero esos tatuajes que ya tienes no son precisamente una obra de calidad. Las líneas son difusas, y la tinta es mala. ¿No sería mejor repasar esos solamente?

Serguéi no contestó. ¿Qué sabría este tío de trabajo de calidad? Las líneas eran difusas porque el tatuador de la cárcel tuvo que usar como aguja una cuerda de guitarra afilada sujeta a una maquinilla de afeitar, y la tinta la hicieron con una suela de zapato fundida y mezclada con orina.

—Dibujo —dijo Serguéi, y señaló—. ¡Ahora!

—¿Y estás seguro de que quieres una pistola? Tú decides, pero según mi experiencia, a la gente no le gustan los símbolos violentos. Solo para tu información.

Obviamente, aquel tío no sabía nada de los tatuajes de los delincuentes rusos. No sabía que el gato significaba que había sido condenado por robo, que la iglesia significaba que tenía dos condenas. No sabía que la quemadura que tenía en el pecho era un tatuaje que se había borrado aplicando un vendaje de polvo de magnesio directamente sobre la piel. El tatuaje representaba un órgano genital femenino y se lo hicieron mientras cumplía condena por la segunda sentencia; fue una banda de georgianos miembros de Semilla Negra, que opinaban que les debía dinero después de una partida de cartas.

El tatuador tampoco tenía idea de que la pistola del dibujo que le había dado, una Makarov, era el arma reglamentaria de la policía rusa y simbolizaba que él, Serguéi Ivanov, había matado a un policía.

Él no sabía nada y era mejor así, era mejor para todos que se limitase a dibujar mariposas, caracteres chinos y dragones multicolores a jóvenes noruegos bien alimentados que creían que aquellos tatuajes del montón eran una afirmación de algo.

—Bueno, ¿empezamos? —preguntó el tatuador.

Serguéi dudó un momento. El tatuador tenía razón, era urgente. Serguéi se había preguntado por qué era tan urgente, por qué no podía esperar hasta que el policía hubiera muerto. Y se dio la respuesta que quería oír, que si lo cogían justo después del asesinato y lo metían en una cárcel noruega entre cuyos presos no hubiera tatuadores como en Rusia, quería tener el tatuaje, debía tenerlo por encima de todo.

Pero Serguéi sabía que también había otra respuesta a la pregunta.

¿Se tatuaba antes del asesinato porque en el fondo tenía miedo? ¿Tanto que no estaba seguro de que fuera a poder llevarlo a cabo? ¿Por eso tenía que tatuarse ya, para quemar todos los puentes, para eliminar todas las posibilidades de retirada, para tener que cometer el asesinato a la fuerza? Ningún *urka* siberiano puede vivir con una mentira grabada en la piel, eso era obvio. Y él tenía muchas ganas de hacerlo, sabía que tenía ganas, entonces ¿de dónde venían aquellas ideas?

Sabía de dónde venían.

El camello. El chico que llevaba la camiseta del Arsenal.

Había empezado a aparecérsele en sueños.

—Adelante —dijo Serguéi.

17

–Dice el médico que Oleg se habrá recuperado dentro de unos días –dijo Rakel, apoyada en la nevera con una taza de té en la mano.

–Entonces hay que trasladarlo a un lugar donde absolutamente nadie pueda dar con él –dijo Harry.

Estaba delante de la ventana de la cocina contemplando la ciudad que se extendía allá abajo y donde el tráfico de la tarde avanzaba reptando como una serpiente por las carreteras principales.

–Supongo que la policía dispondrá de sitios así para la protección de testigos –dijo ella.

Rakel no se había puesto histérica al oír la noticia de que habían atacado a Oleg con un cuchillo, al contrario, se lo había tomado con serena resignación. Como si fuera algo que más o menos estuviera barruntando. Al mismo tiempo, Harry podía verle en la cara la exasperación. La expresión de lucha.

–Tiene que estar en la cárcel, pero voy a hablar con el fiscal para que lo trasladen –dijo Hans Christian Simonsen.

Había venido en cuanto Rakel lo había llamado y estaba sentado en la mesa de la cocina con marcas de sudor bajo las mangas de la camisa.

–Mira a ver si puedes evitar las vías oficiales –dijo Harry.

–¿A qué te refieres? –dijo el letrado.

–Las puertas no estaban cerradas con llave, así que por lo menos un oficial de prisiones tiene que estar involucrado. Mientras no sepamos de quién se trata, tenemos que partir de la base de que todos pueden estarlo.

—¿No estás siendo un poco paranoico?

—La paranoia salva vidas —dijo Harry—. ¿Crees que podrás encargarte de eso, Simonsen?

—Veré lo que puedo hacer. ¿Y si se queda donde está ahora?

—Está en el hospital de Ullevål, y me he asegurado de que lo vigilen dos policías en los que confío. Una cosa más, el que atacó a Oleg está ahora en el hospital pero después pasará al régimen de restricciones especiales.

—¿Incomunicado? —preguntó Simonsen.

—Pues sí. ¿Te las puedes arreglar para que sepamos lo que dice en la declaración a la policía o a su abogado?

—Eso ya es más difícil. —Simonsen se rascó la cabeza.

—Lo más probable es que no le saquen ni una palabra, pero inténtalo por lo menos —dijo Harry abrochándose el abrigo.

—¿Adónde vas? —preguntó Rakel poniéndole una mano en el brazo.

—A las fuentes —dijo Harry.

Ya eran las ocho de la tarde y se había calmado el tráfico en la capital del país con la jornada laboral más reducida del mundo. El chico que estaba en la escalera de la esquina al final de la calle Tollbugata tenía la camiseta número 23. Arshavin. Llevaba la capucha del chándal puesta y unas zapatillas Air Jordan blancas sobredimensionadas. Los vaqueros Girbaud estaban recién planchados y tan tiesos que casi podían mantenerse de pie por sí solos. Todo el paquete *gangsta*, todo copiado hasta el más mínimo detalle del último vídeo de Rick Ross, y Harry suponía que cuando el pantalón se le bajara del todo, revelaría el tipo de calzoncillos de moda, ninguna cicatriz de navajazos ni de disparos, pero por lo menos un tatuaje con algún motivo de exaltación de la violencia.

Harry se fue directamente hasta él sin mirar ni a la derecha ni a la izquierda.

—Violín, un cuarto.

El chico miró condescendiente a Harry sin sacar las manos del bolsillo de la sudadera y asintió.

—¿Y entonces? —dijo Harry.

—Tienes que esperar, *boraz*.

El chico hablaba con un acento paquistaní que Harry suponía que abandonaba en casa a la hora de cenar los filetes rusos que había hecho su madre en un hogar cien por cien noruego.

—No tengo tiempo de esperar a que reúnas un grupo.

—*Chillax*, va rápido.

—Te doy un billete de cien más.

El chico escrutó a Harry con la mirada. Y Harry supo más o menos lo que pensaba: un hombre de negocios feo con un traje raro, consumo controlado y con un miedo atroz a que colegas y familiares fueran a pasar por allí por casualidad. Un hombre que pide a gritos que lo timen.

—Seiscientas —dijo el chico.

Harry suspiró e inclinó la cabeza.

—*Idra* —dijo el chico, y echó a andar.

Harry supuso que aquella palabra significaba que lo siguiera.

Doblaron la esquina y entraron en un portal abierto que daba a un patio trasero. El de la droga era negro, probablemente norteafricano, y estaba apoyado en una torre de palés de madera. Subía y bajaba la cabeza al ritmo de la música del iPod. Uno de los auriculares le colgaba por un lado.

—Un cuarto —dijo el Rick Ross de la camiseta del Arsenal.

El de la droga sacó algo de un bolsillo muy profundo y se lo dio a Harry con la palma de la mano hacia abajo para que no se viera. Harry miró la bolsa. Era un polvo blanco, con unos fragmentos oscuros diminutos.

—Una pregunta —dijo Harry metiéndose la bolsa en el bolsillo.

Los otros dos se pusieron rígidos y Harry vio cómo la mano del tío de la droga se movía hacia la región lumbar. Supuso que tendría una pistola de calibre ligero en la cintura del pantalón.

—¿Alguno de vosotros ha visto a esta chica? —Les enseñó la foto de la familia Hanssen.

Echaron un vistazo y negaron con la cabeza.

—Tengo cinco mil coronas para quien pueda darme alguna pista, un rumor, lo que sea.

Los otros dos se miraban. Harry esperaba. Al final se volvieron otra vez hacia él y se disculparon con un gesto. A lo mejor le habían dejado preguntar porque ya habían vivido antes la misma situación: un padre que busca a su hija en el ambiente de la droga de Oslo. De todas formas, les faltaban el cinismo y la fantasía necesarios para inventarse algo que los hiciera merecedores de la recompensa.

—Vale —dijo Harry—. Pero quiero que le deis recuerdos a Dubái y que le digáis que tengo información que creo que puede interesarle. Se trata de Oleg. Dile que puede venir al Leon y preguntar por Harry.

Y en un abrir y cerrar de ojos, allí estaba. Harry tenía razón, parecía una Beretta de la serie *Cheetah*. Nueve milímetros. Cañón corto, una mierda de chisme.

—¿Eres *baosi*?

Lengua de negros. Policía.

—No —dijo Harry intentando tragarse la arcada que le subía por la garganta siempre que miraba la boca de una pistola.

—Mentira. Tú no te metes violín, eres un agente encubierto.

—No miento.

El tío de la droga le hizo un breve movimiento de cabeza a Rick Ross, que se acercó a Harry y le subió la manga de la chaqueta. Harry intentó apartar la vista de la boca de la pistola. Se oyó un silbido discreto.

—Parece que el norueguito se chuta —dijo Rick Ross.

Harry había utilizado una aguja de coser normal y corriente, que había calentado con la llama de un mechero. Se había pinchado a fondo, girando la aguja, en cuatro o cinco sitios del antebrazo y se había frotado las heridas con detergente amoniacal para darles un color rojo más intenso. Al final se había perforado la vena del codo en ambos lados, lo que le había provocado un derrame subcutáneo, y se le habían formado unos cardenales que daban el pego.

—A mí me parece que miente de todas formas —dijo el tío de la droga, cambió el peso del cuerpo al otro pie y agarró la empuñadura de la pistola con ambas manos.

—Pero ¿por qué? Mira, si hasta tiene jeringa y papel de plata en el bolsillo.

—No tiene miedo.

—¿Qué coño quieres decir? Pero ¿no lo estás viendo?

—No tiene el miedo que hay que tener. Oye, *baosi*, prepara una jeringa ya.

—¿Te has vuelto loco, Rage?

—¡Cierra la boca!

—*Chillax*, ¿por qué estás tan enfadado?

—No creo que a Rage le haya gustado que digas su nombre —dijo Harry.

—¡Cierra la boca tú también! ¡Prepara un chute! De tu bolsa.

Harry no se había inyectado nunca, por lo menos no en estado consciente, pero había consumido opio y sabía de qué iba, derretir la droga hasta que se convirtiera en un líquido que poder meter en una jeringuilla. ¿Tan difícil sería? Se puso en cuclillas, echó el polvo en el papel de plata, unos granos de polvo terminaron en el suelo, se humedeció el dedo, los recogió y se frotó las encías, intentó parecer ansioso. Tenía un sabor amargo, como otras drogas en polvo que había tenido que probar cuando trabajaba como policía. Pero tenía además otro sabor. Un regusto casi imperceptible a amoniaco. No, amoniaco no. Ahora se acordaba, le recordaba a una papaya demasiado madura. Encendió el mechero, confiaba en que le concedieran un margen de torpeza teniendo en cuenta que le estaban apuntando en la sien con una pistola.

Dos minutos más tarde tenía la jeringuilla lista.

Rick Ross había recuperado el aplomo de *gangsta*. Se había remangado hasta los codos y posaba con las piernas un tanto separadas, los brazos cruzados y la cabeza ligeramente inclinada hacia atrás.

—Tírale —ordenó. Se encogió y levantó la mano—. ¡No, tú no, Rage!

Harry los observó. Rick Ross no tenía ninguna marca en los antebrazos desnudos y Rage parecía un poco demasiado alerta. Harry flexionó el brazo izquierdo un par de veces con el puño cerrado, se dio unos golpes en el antebrazo y se metió la jeringuilla con el ángulo prescrito de treinta grados. Esperaba parecer profesional, para alguien que no se chutaba.

—Ahhhh —dijo Harry con un gemido.

Lo bastante profesional para que no se fijaran en si se había inyectado en una vena o solo en la carne.

Puso los ojos en blanco y le fallaron las rodillas.

Lo bastante profesional como para que se tragaran un orgasmo fingido.

—Que no se os olvide darle el mensaje a Dubái —susurró.

Y salió tambaleándose a la calle y hacia el oeste en dirección al Palacio Real.

No se puso derecho hasta llegar a la calle Dronning.

En la calle Prinsen notó el efecto retardado. Eran pequeñas cantidades de droga que habían encontrado sangre, que habían llegado al cerebro a través de las volutas de los capilares. Sintió un eco lejano del subidón de una jeringuilla inyectada directamente en una arteria. Aun así, Harry notó cómo se le llenaban los ojos de lágrimas. Fue como reunirse con una amante a la que uno pensaba que no volvería a ver jamás. Le inundó los oídos no una música celestial, sino una luz celestial. Y en ese instante comprendió por qué lo llamaban violín.

Eran las diez de la noche y las luces de los despachos de Crimen Organizado estaban apagadas y los pasillos vacíos, pero en el despacho de Truls Berntsen la pantalla del ordenador proyectaba una luz azul sobre el policía, que estaba sentado con los pies apoyados en la mesa. Había apostado quince mil coronas al City y estaba a punto de perder. Pero ahora tenían un tiro libre. Dieciocho metros. Y a Tévez.

Oyó que se abría la puerta y el dedo índice derecho se fue automáticamente a la tecla Esc. Pero era demasiado tarde.

—Espero que el *streaming* no vaya con cargo a mi presupuesto.

Mikael Bellman se sentó en la otra silla. Truls se había dado cuenta de que, a medida que iba subiendo en el escalafón, Bellman había ido eliminando el acento propio del barrio de Manglerud en el que se habían criado. Solo a veces, cuando hablaba con Truls, volvía a ser de Manglerud.

—¿Has leído el periódico?

Truls hizo un gesto de asentimiento. Ya que no había otra cosa que leer, había seguido con el periódico después de terminar con la sección de sucesos y deportes. Entre otros detalles, examinó a fondo la foto de la secretaria del gobierno municipal, Isabelle Skøyen. Habían empezado a fotografiarla en estrenos y actos sociales en verano, cuando el periódico *VG* le había hecho una entrevista titulada «La barrendera», en la que le atribuían el mérito de ser la responsable de la limpieza de las bandas de traficantes y heroinómanos en las calles de Oslo y, de paso, la lanzaban como futura parlamentaria de la Asamblea Nacional. En todo caso, su gobierno municipal progresaba. Truls creyó observar que le había ido bajando el escote al ritmo que bajaba el apoyo a la oposición, y no tardaría en tener una sonrisa tan amplia como el trasero.

—He tenido una conversación altamente extraoficial con el director general de la policía —dijo Bellman—. Me va a proponer ante el ministro de Justicia como jefe de policía.

—¡Joder! —exclamó Truls.

Tévez había metido el tiro libre por la escuadra.

Bellman se levantó.

—Pensé que te gustaría saberlo. Ulla y yo invitamos a algunas personas a casa el sábado que viene.

Truls sintió la punzada de siempre al oír el nombre de Ulla.

—Casa nueva, cargo nuevo, ya sabes. Y tú echaste una mano con el cemento de la terraza.

¿Eché una mano?, pensó Truls. Eché todo el puto cemento.

—Así que si no estás muy ocupado… —dijo Bellman señalando con la cabeza a la pantalla del ordenador—. Estás invitado.

Truls le dijo que iría y le dio las gracias. Como le había dado las gracias desde que se conocieron de niños, por ser su carabina,

por ser espectador de aquella felicidad manifiesta de Mikael Bellman y Ulla. Por otra noche más en la que ocultar quién era y lo
que sentía.

—Otra cosa —dijo Bellman—. ¿Te acuerdas del tío que te pedí
que borraras del registro de visitas en la recepción?

Truls asintió con la cabeza sin inmutarse. Bellman lo había
llamado para decirle que un tal Tord Schultz acababa de hacerle
una visita y que le había dado información sobre el tráfico de estupefacientes y sobre la existencia de un quemador dentro de sus
propias filas. Que estaba preocupado por la seguridad de ese hombre y que debían borrar el nombre del registro por si el quemador
en cuestión trabajaba en la comisaría y tenía acceso a él.

—He intentado llamarlo varias veces, pero no me contesta. Me
tiene un poco preocupado. ¿Estás totalmente seguro de que Securitas borró su nombre y que nadie más se enteró del asunto?

—Totalmente seguro, señor jefe de policía —dijo Truls. El City
estaba defendiendo y se apoderó del balón—. Por cierto, ¿has oído
algo más del pesado del inspector jefe del aeropuerto de Oslo?

—No —dijo Bellman—. Parece que ha aceptado que se trataba de
harina de patata. ¿Por qué lo preguntas?

—No, por curiosidad, señor jefe de policía. Dale recuerdos a la
dragona.

—Me gustaría que utilizaras otro nombre, gracias.

Truls se encogió de hombros.

—Eres tú quien la llama así.

—Me refiero a lo de jefe de policía. No será oficial hasta dentro
de unas semanas.

El jefe de vuelo dejó escapar un suspiro. El operador de guardia acababa de llamar diciendo que el vuelo de Bergen se retrasaba porque el comandante ni se había presentado ni había avisado, así que tuvieron que buscar un comandante sustituto a toda
prisa.

—Schultz está pasando por una mala racha —dijo el jefe de vuelo.

—Tampoco contesta al teléfono —dijo el operador.

—Me lo temía. Es que a veces vuela en solitario en su tiempo libre.

—Ya, algo he oído, pero no está en su tiempo libre. Hemos estado a punto de tener que cancelar el vuelo.

—Ya te digo que se está encontrando algunos baches en estos momentos. Hablaré con él.

—Todos tenemos baches, Georg. Tengo que pasar un informe completo, ¿lo comprendes, verdad?

El jefe de vuelo titubeó. Pero se rindió.

—Naturalmente.

Mientras colgaba el teléfono, al jefe de vuelo se le vino a la memoria una imagen. Una tarde, barbacoa, verano. Campari. Budweiser y solomillos gigantes traídos directamente desde Texas en avión por un alumno. Él y Else en un dormitorio en el que nadie los había visto colarse. Ella jadeaba en voz baja, lo bastante baja para que no se oyera por encima de los gritos de los niños que jugaban, los aviones que llegaban y las risas despreocupadas de los demás, justo delante de la ventana abierta. Los aviones que llegaban uno tras otro. La risa atronadora de él, de Tord, después de otra historia clásica de aviones. Y el jadeo discreto de ella, de Else, la mujer de Tord.

18

—¿Que has comprado violín?

Beate Lønn miraba incrédula a Harry, que se había sentado en la esquina de su despacho. Había movido la silla para evitar la intensa luz de la mañana y ponerla a la sombra, donde ahora apretaba los dedos alrededor del vaso de café que ella le había ofrecido. Tenía la cara cubierta de sudor, como si fuera una película de plástico, y la chaqueta colgada en el respaldo de la silla.

—¿No habrás…?

—Estás loca. —Harry se bebió el café caliente—. Los alcohólicos no podemos hacer esas cosas.

—Bien, porque si no habría creído que eso de ahí era el típico pinchazo fallido —dijo señalando.

Harry se miró el antebrazo. Aparte del traje, no poseía otra ropa que tres calzoncillos, una muda de calcetines y dos camisas de manga corta. Había pensado comprar en Oslo lo que necesitara, pero hasta ahora no había tenido tiempo. Y esa mañana se había despertado con algo que se parecía bastante a una resaca y, por costumbre, había vomitado en el inodoro. El resultado de la inyección que se había puesto en el brazo era una marca con la forma y el color de Estados Unidos cuando reeligieron a Reagan.

—Quiero que lo analices —dijo Harry.

—¿Por qué?

—Por las fotos de la escena del crimen que mostraban la bolsa que le encontrasteis a Oleg.

—¿Ajá?

—Ahora tenéis unas cámaras muy buenas. Se apreciaba a la perfección que el polvo era completamente blanco. Mira aquí, este polvo tiene unos fragmentos marrones. Quiero saber qué es.

Beate sacó la lupa del cajón y se inclinó sobre el polvo que Harry había esparcido en la primera página de la revista *Forensic Magazine*.

—Tienes razón —dijo ella—. Las muestras que hemos recibido son blancas, pero los últimos meses, en la práctica no ha habido ninguna incautación, así que esto es muy interesante. Sobre todo porque hace poco nos llamó un inspector jefe de la policía de guardia del aeropuerto de Oslo y nos dijo lo mismo.

—¿El qué?

—Habían encontrado una bolsa de polvo en el equipaje de mano de un piloto. El inspector jefe se preguntaba cómo habíamos concluido que era harina de patata pura, porque él había visto granos marrones en el polvo.

—¿Pensaba que el piloto estaba introduciendo violín en el país?

—En realidad, hasta ahora no se ha hecho ninguna incautación de esa droga en las fronteras, así que el inspector jefe no habrá visto nunca el violín. La heroína blanca es muy rara, casi toda la que llega es marrón, así que el inspector jefe pensó al principio que eran dos partidas mezcladas. Por cierto, el piloto no estaba introduciendo nada porque no venía, iba.

—¿*Iba*?

—Sí.

—¿Adónde?

—A Bangkok.

—¿Llevaba harina de patata a Bangkok?

—Sería para unos noruegos que querían cocinar salsa blanca para las albóndigas de pescado —sonrió al mismo tiempo que se sonrojaba ante su intento de ser chistosa.

—Ya. Un tema totalmente distinto: acabo de leer que han encontrado a un agente encubierto asesinado en el puerto de Gotemburgo. Circulaban rumores de que era un quemador. ¿Circulaba algún rumor similar en relación con el agente encubierto asesinado en Oslo?

Beate negó decididamente con la cabeza.

—No. Todo lo contrario. Más bien era famoso por tener un vivo interés por atrapar a los malos. Antes de que lo asesinaran, se jactaba de que ya tenía en el anzuelo a un pez gordo que pensaba capturar él solo.

—Solo, claro.

—No quería dar más detalles, decía que no podía fiarse de nadie más que de sí mismo. ¿No te suena a alguien que conoces, Harry?

Sonrió, se levantó y metió los brazos dentro de la chaqueta.

—¿Adónde vas?

—A ver a un viejo amigo.

—No sabía que tuvieras amigos.

—Es una forma de hablar. He llamado al jefe de Kripos.

—¿A Heimen?

—Sí. Le pregunté si me podía pasar la lista de las personas con las que Gusto habló por el móvil antes del asesinato. Me contestó que, en primer lugar, el caso era tan evidente que no habían sacado esa lista. En segundo lugar, si lo hubieran hecho, no se la darían nunca a un… vamos a ver —Harry cerró los ojos y contó con los dedos—, «…policía sin placa, alcohólico y traidor como tú».

—Ya te digo, no sabía que tuvieras viejos amigos.

—Así que ahora tengo que intentarlo por otro lado.

—De acuerdo. El polvo, al menos, lo analizaré hoy mismo.

Harry se paró en la puerta.

—El otro día dijiste que hace poco detectaron violín en Gotemburgo y en Copenhague. ¿Estás diciendo que la droga ha llegado allí después de que la detectaran en Oslo?

—Sí.

—¿Normalmente no es al contrario? ¿Las nuevas drogas no llegan primero a Copenhague y luego se dispersan hacia el norte?

—Supongo que tienes razón. ¿Por qué lo preguntas?

—No lo sé todavía. ¿Cómo has dicho que se llamaba ese piloto?

—No lo he dicho. Schultz. Tord. ¿Algo más?

—Sí. ¿Has pensado que ese agente a lo mejor tenía razón?

—¿En qué?

—En lo de mantener la boca cerrada y no fiarse de nadie. A lo mejor comprendió que había un quemador en algún sitio.

Harry contempló el vestíbulo de la sede de Telenor en Fornebu, que era como una amplia catedral. En la recepción, diez metros más allá, había dos personas esperando a que las atendieran. Vio que les daban unas etiquetas de entrada y que aquellos a los que iban a visitar los recogían al lado de la entrada de personal. Obviamente, Telenor había reforzado sus métodos de control, y el plan de Harry para entrar en el despacho de Klaus Torkildsen más o menos sin ser invitado ya no era tan bueno.

Harry valoró la situación.

Torkildsen no apreciaría su visita, de ninguna manera, por la sencilla razón de que tenía en su historial una antigua condena por exhibicionismo, algo que había conseguido ocultar a su jefe, pero que Harry llevaba años utilizando para presionarlo y para que les proporcionara acceso a información que, en ocasiones, sobrepasaba los límites de aquello para lo que la compañía tenía cobertura jurídica. En cualquier caso, sin la autoridad que otorgaba una tarjeta de identificación de la policía, lo más probable es que Torkildsen no quisiera ni recibirlo.

A la derecha de las cuatro entradas de personal que conducían a los ascensores se había abierto una puerta más grande por la que entró un grupo numeroso de visitantes. Harry no se lo pensó. Fue rápidamente hacia ellos y maniobró para colarse en medio del grupo a medida que este se iba moviendo despacio hacia el empleado de Telenor que sujetaba la puerta. Harry se dirigió a la persona que tenía a su lado, un hombre pequeño con rasgos orientales.

—*Ni hao.*

—*Excuse me?*

Harry vio el nombre en la pegatina. Yuki Nakazawa.

—Vaya, japonés —dijo Harry riendo y golpeó al hombrecillo varias veces en el hombro como si fuese un viejo amigo.

Yuki Nakazawa le devolvió la sonrisa algo inseguro.

—*Nice day* —dijo Harry, aún con la mano en el hombro del otro.

—*Yes* —dijo Yuki—. *Which company are you?*

—TeliaSonera —dijo Harry.

—*Very, very good.*

Pasaron por delante del empleado de Telenor; Harry pudo ver con el rabillo del ojo que venía hacia ellos y supo lo que iba a decir, más o menos. Y, en efecto:

—*Sorry, sir, I can't let you in without a tag.*

Yuki Nakazawa miró al hombre con sorpresa.

Torkildsen tenía un despacho nuevo. Después de dejar atrás un kilómetro de puestos de oficina en un espacio diáfano, Harry vio finalmente un cuerpo conocido y abundante dentro de una jaula de cristal.

Entró directamente.

El hombre estaba sentado de espaldas con un teléfono pegado a la oreja. Harry vio perfectamente la ducha de saliva que se plasmaba en la ventana.

—¡Ya es hora de que pongáis en marcha ese servidor SW2 de una maldita vez!

Harry carraspeó.

La silla giró. Klaus Torkildsen estaba todavía más gordo. Un traje sorprendentemente elegante, hecho a medida, lograba en parte disimular las mollas, pero nada podía ocultar la expresión de miedo puro y duro que empezó a extenderse por aquella cara tan extraña. Lo extraño radicaba en que, teniendo a su disposición un área facial tan extensa, a los ojos, la nariz y la boca les había dado por juntarse en una pequeña isla en el centro. Bajó la mirada hasta la solapa de Harry.

—¿Yuki... Nakazawa?

—Klaus. —Harry sonrió ampliamente y extendió los brazos como si fuera a abrazarlo.

—¿Qué coño haces aquí? —susurró Klaus Torkildsen.

Harry dejó caer los brazos.

—Yo también me alegro de verte.

Se sentó en el borde del escritorio. El mismo sitio donde se sentaba siempre. Invadir y quedar en una posición de superioridad. Una técnica de dominación sencilla y eficaz. Torkildsen tragó saliva y Harry vio que se le acumulaban en la frente unas gotas de sudor, grandes y brillantes.

—La red móvil de Trondheim —gruñó Torkildsen señalando al teléfono con la cabeza—. El servidor tenía que haber estado listo la semana pasada. Uno ya no puede fiarse de nadie, coño. Voy mal de tiempo, ¿qué quieres?

—Quiero la lista de llamadas efectuadas y recibidas en el móvil de Gusto Hanssen desde mayo.

Harry cogió un bolígrafo y escribió el nombre en un posit amarillo.

—Ahora soy jefe de operaciones, ya no trabajo en tráfico.

—Ya, pero puedes proporcionarme esos números.

—¿Tienes una autorización?

—En ese caso me habría dirigido al contacto policial y no a ti.

—¿Y por qué no ha querido darte la autorización el fiscal?

El Torkildsen de antes no se habría permitido hacer esa pregunta. Se había envalentonado. Tenía más confianza en sí mismo. ¿Se debería a que ahora tenía un puesto más importante? ¿O habría algún otro motivo? Harry miró el dorso del portarretratos que había en el escritorio. Una de esas fotos que uno ponía en la mesa de trabajo para que no se le olvidara que tenía a alguien. Así que si no era un perro, era una mujer. A lo mejor hasta un hijo. ¿Quién lo iba a decir? El viejo exhibicionista se había buscado una pareja.

—Ya no trabajo en la policía —dijo Harry.

Torkildsen sonrió.

—Y aún así quieres información sobre conversaciones telefónicas.

—No necesito mucho, solo este teléfono.

—¿Por qué iba yo a hacer eso? Si se descubre, me echan. Y es fácil rastrear y ver que he buscado información.

Harry no contestó.

Torkildsen se rió amargamente.

—Comprendo. Es el mismo método de presión de siempre. Si no me salto las normas para darte información, procurarás que los colegas se enteren de esa condena.

—No —dijo Harry—. No me voy a chivar. Solo te estoy pidiendo un favor, Klaus. Es personal. Puede que condenen injustamente a cadena perpetua al hijo de mi exnovia.

Harry vio que la papada de Torkildsen daba un respingo y originaba en la carne una ola que continuó por el cuello como un movimiento suave que su masa corporal absorbió hasta que desapareció. Harry nunca había llamado a Klaus Torkildsen por su nombre de pila. Torkildsen miró a Harry. Parpadeó. Se concentró. Las gotitas seguían brillándole en la frente y Harry podía ver cómo la calculadora del cerebro sumaba, restaba y, finalmente, llegaba a una conclusión. Torkildsen hizo un gesto de resignación y se apoyó en el respaldo de la silla, que chirrió bajo su peso.

—Lo siento, Harry. Me gustaría poder ayudarte, pero en estos momentos no puedo permitirme ese tipo de compasión. Espero que lo entiendas.

—Por supuesto —dijo Harry frotándose la barbilla—. Es totalmente comprensible.

—Gracias —dijo Torkildsen, manifiestamente aliviado, y empezó a trajinar con la silla para levantarse, con la idea evidente de indicarle a Harry que saliera de la jaula de cristal y de su vida.

—Ah —dijo Harry—. Si no me proporcionas los números, de lo del exhibicionismo se enterarán no solo tus colegas, sino también tu mujer. ¿Tenéis niños? ¿Sí? ¿Uno, dos?

Torkildsen se desplomó en la silla otra vez. Miró incrédulo a Harry. El viejo, tembloroso Klaus Torkildsen.

—Pero… si has dicho que no ibas a…

Harry se encogió de hombros.

—Lo siento. Pero en estos momentos no puedo permitirme ese tipo de compasión.

Eran las nueve y diez minutos de la noche y el restaurante Schrøder estaba medio lleno.

–No quería que vinieras al trabajo –dijo Beate–. Heimen ha
llamado y me ha dicho que habías pedido listas de teléfonos y que
había oído que habías venido a verme. Me ha advertido que no
metiera las narices en el caso de Gusto.

–Bueno –dijo Harry–. Me alegro de que hayas podido venir.

Consiguió captar la atención de Nina, que servía jarras de medio litro de cerveza al otro lado del local. Levantó dos dedos. Ella
asintió con la cabeza. Hacía tres años que no venía, pero Nina todavía se acordaba de las señas de su viejo cliente fijo, una cerveza
para la acompañante y un café para el alcohólico.

–¿Te ha facilitado tu amigo la lista de llamadas que Gusto había
efectuado?

–Desde luego.

–¿Qué has averiguado?

–Que Gusto debía de tener poco dinero al final, le cortaron la
línea varias veces. No llamaba mucho, pero Oleg y él mantenían
conversaciones cortas. Hablaba bastante con su hermana de acogida,
Irene, pero las conversaciones se interrumpieron de repente unas
semanas antes de su muerte. El resto eran llamadas a PizzaXpress.
Voy a ir a casa de Rakel a ver si encuentro estos nombres en Google.
¿Qué me puedes contar del análisis?

–La sustancia que compraste es casi idéntica a las anteriores
muestras de violín que hemos analizado. Pero hay una pequeña
diferencia en la composición química. Y luego están los fragmentos marrones.

–¿Ajá?

–No es ningún principio activo farmacéutico. Simplemente, es
un recubrimiento que se utiliza en los comprimidos. Ya sabes, para
hacerlos más fáciles de tragar o darles mejor sabor.

–¿Es posible rastrear el nombre del fabricante de ese recubrimiento?

–En teoría, sí. Pero lo he mirado, y los fabricantes de fármacos tienden a hacer su propio recubrimiento, lo cual quiere decir que en el mundo hay varios miles de fabricantes.

–Así que por ahí no llegaremos a ninguna parte, ¿verdad?

–Con el recubrimiento solo, no –dijo Beate–. Pero en el interior de algunos de los fragmentos aún había restos del comprimido. Era metadona.

Nina trajo el café y la cerveza. Harry le dio las gracias y la camarera se marchó.

–Yo creía que la metadona era líquida y venía en frascos.

–La metadona que se utiliza para lo que se llama rehabilitación de drogadictos asistida por fármacos viene en frascos. Así que llamé al hospital de Sankt Olav. Allí investigan opioides y opiáceos y me dijeron que la metadona en comprimidos se utiliza para el tratamiento del dolor.

–¿Y para el violín?

–Según ellos, es perfectamente posible que, al producirlo, se utilice una metadona modificada.

–Lo que significa que el violín no se fabrica de cero, pero ¿de qué nos sirve eso a nosotros?

–Nos puede servir –dijo Beate, y rodeó el vaso de cerveza con la mano–. Porque solo hay unos cuantos fabricantes de comprimidos de metadona, y uno de ellos está en Oslo.

–¿AB? ¿Nycomed?

–El Radiumhospitalet. Tienen una unidad de investigación propia que ha producido comprimidos de metadona para paliar dolores extremos.

–Cáncer.

Beate asintió con la cabeza. Con una mano se llevó el vaso de cerveza a la boca, mientras con la otra sacaba algo que puso en la mesa delante de Harry.

–¿Del Radiumhospitalet?

Beate volvió a asentir.

Harry cogió el comprimido. Era redondo, pequeño y tenía una R impresa en el recubrimiento marrón.

—¿Sabes lo que creo, Beate?

—No.

—Creo que Noruega se ha buscado un nuevo producto de exportación.

—¿Crees que producen violín en Noruega y luego lo exportan? —dijo Rakel.

Estaba con los brazos cruzados, apoyada en el marco de la puerta de la habitación de Oleg.

—Por lo menos hay un par de cosas que apoyan esa tesis —dijo Harry, tecleando el siguiente nombre de la lista que le había dado Torkildsen—. En primer lugar, la onda expansiva va desde Oslo hacia fuera. Nadie de la Interpol había visto u oído hablar del violín antes de que apareciera en Oslo, hasta ahora no se ha podido conseguir en las calles de Suecia ni de Dinamarca. En segundo lugar, la droga contiene comprimidos de metadona triturados que juraría que están fabricados en Noruega. —Harry pulsó «Buscar»—. En tercer lugar, hace poco detuvieron a un piloto en el aeropuerto de Oslo con un producto que podía haber sido violín, solo que alguien le dio el cambiazo en el último momento.

—¿El cambiazo?

—De ser así, hay un quemador en el sistema. El asunto es que este piloto iba a salir del país, rumbo a Bangkok.

Le llegó el olor al perfume de Rakel y supo que se había acercado desde la puerta, y ahora estaba inclinada sobre su hombro. La única fuente de luz en la oscuridad del dormitorio era el brillo de la pantalla del ordenador.

—Muy atractiva. ¿Quién es? —Harry oyó la voz muy cerca del oído.

—Isabelle Skøyen. Secretaria del gobierno municipal. Una de las personas a las que Gusto llamaba. O mejor dicho, ella llamaba a Gusto.

—La camiseta de donante de sangre que lleva, ¿no es de una talla menos?

—Supongo que es parte del trabajo de los políticos hacer propaganda para donar sangre.

—¿Se te considera político cuando no eres más que secretaria del gobierno municipal?

—Como sea, la señora dice que es AB negativo y en ese caso es un deber, simplemente.

—Sí, un tipo de sangre poco común. ¿Por eso llevas tanto rato mirando la foto? —Harry sonrió—. Cuántos resultados, ¿no? Criadora de caballos. ¿«La barrendera»?

—Le otorgaron el mérito de haber metido entre rejas a todas las bandas del narcotráfico.

—Obviamente, no a todas. Me pregunto de qué hablarían ella y alguien como Gusto.

—Bueno. Ella llevaba el trabajo contra la droga del concejal de Asuntos Sociales, así que a lo mejor lo usaba para recabar información general.

—¿A la una y media de la madrugada?

—¡Vaya!

—Habrá que preguntarle.

—Sí, ya me imagino que estás deseando ir a preguntarle.

Él volvió la cabeza hacia ella. Tenía la cara tan cerca que no lograba enfocarla.

—¿Lo que estoy oyendo es lo que yo creo, querida?

Ella se rió bajito.

—De ninguna manera. Tiene una pinta de lo más vulgar.

Harry aspiró el aire lentamente. Ella no se movió.

—¿Y qué te hace pensar que no me gusta lo vulgar? —preguntó.

—¿Y por qué susurras? —Los labios de Rakel se movían tan cerca de los suyos que notó el flujo de aire que transportaba las palabras.

Durante dos largos segundos no se oyó otro sonido que el del ventilador del ordenador. Luego ella se irguió de pronto. Dirigió a Harry una mirada ausente y se puso las manos en las mejillas como para enfriarlas. Se dio la vuelta y salió.

Harry echó hacia atrás la cabeza, cerró los ojos y maldijo para sus adentros. La oyó trajinar en la cocina. Respiró profundamente un par de veces. Decidió que lo que acababa de pasar no había pasado. Intentó concentrarse otra vez. Y luego continuó.

Buscó el resto de los nombres en Google. Algunos de ellos aparecían en listas de resultados de carreras de esquí de hacía diez años o en relatos de una reunión familiar; otros ni eso. Eran personas que ya no existían, que habían quedado fuera de los focos casi universales de la sociedad moderna, que habían hallado los rincones a la sombra donde esperar la próxima dosis y por lo demás, nada.

Harry se quedó sentado mirando a la pared, a un póster de un tío con un tocado de plumas en la cabeza. Debajo ponía «Jonsi». A Harry le parecía recordar que tenía algo que ver con la banda islandesa Sigur Rós. Oleadas de sonido etéreas y falsetes constantes. Nada que ver con Megadeth y Slayer. Pero claro, Oleg podía haber cambiado de gusto musical. O podía haberse visto influido por otros gustos. Harry se puso las manos en la nuca.

Irene Hanssen.

Se dio cuenta de que había algo en las listas de las llamadas telefónicas que le resultaba sorprendente. Hasta la última conversación, Gusto e Irene hablaban casi todos los días. A partir de ahí, ni siquiera había intentado llamarla. Como si se hubieran enfadado. O como si Gusto supiera que, después de ese día, no podría contactar con ella por teléfono. Pero luego, el mismo día que dispararon a Gusto, este había llamado al teléfono fijo de su casa. Y le habían respondido. La conversación había durado un minuto y doce segundos. ¿Por qué le parecía extraño? Harry intentó retroceder hasta lo que le había suscitado la cuestión. Pero tuvo que rendirse. Marcó el número del teléfono fijo. Ninguna respuesta. Lo intentó con el móvil de Irene. Una voz le decía que la línea estaba bloqueada temporalmente. Facturas impagadas.

Dinero.

Todo empezaba y terminaba con dinero. Los estupefacientes siempre surtían el mismo efecto. Harry pensó. Intentó recordar el nombre que Beate le había dicho. El del piloto al que habían cogido con polvo en el equipaje de mano. La memoria policial todavía le funcionaba. Tecleó TORD SCHULTZ en la guía telefónica.

Salió un número de móvil.

Harry abrió un cajón del escritorio de Oleg para buscar un bolígrafo. Levantó un ejemplar del *Masterful Magazine*, vio un recorte de periódico en una carpeta de plástico. Reconoció enseguida su cara, pero más joven. Sacó la carpeta y hojeó los demás recortes. Todos eran de casos en los que Harry había trabajado y donde se lo mencionaba expresamente o aparecía en una foto. También había una antigua entrevista de una publicación de psicología en la que (creía recordar no sin cierta irritación) había respondido a un montón de preguntas sobre asesinatos en serie. Harry cerró el cajón. Miró a su alrededor. Apagó el ordenador, hizo la maleta, se fue directamente al pasillo y se puso la chaqueta de lino. Rakel salió. Le quitó de la solapa una mota de polvo invisible.

—Es tan raro… —dijo ella—. Llevaba muchísimo tiempo sin verte, ya había empezado a olvidarte y aquí estás otra vez.

—Sí —dijo él—. ¿Y eso es bueno?

Ella sonrió.

—No lo sé. Es bueno y, al mismo tiempo, doloroso. ¿Comprendes?

Harry asintió con la cabeza y la abrazó.

—Eres lo peor que me ha pasado nunca —dijo ella—. Y también lo mejor. Incluso en estos momentos puedes hacerme olvidar todo lo demás simplemente estando aquí. No, no sé si es bueno.

—Lo sé.

—¿Qué es eso? —dijo señalando la maleta.

—Vuelvo a alojarme en el Leon.

—Pero…

—Hablamos mañana. Buenas noches, Rakel.

La besó en la frente, abrió la puerta y salió a la cálida noche otoñal.

El chico de la recepción del Leon dijo que no tenía que rellenar de nuevo el formulario de registro y le ofreció a Harry la misma habitación que la última vez, la 301. Harry le dijo que estaría bien que arreglaran la barra de la cortina.

—¿Está rota otra vez? —dijo el chico—. Fue el anterior inquilino. A veces le daban ataques de ira, pobre. —Le dio a Harry la llave de la habitación—. Él también era policía.

—¿Inquilino?

—Sí, era uno de los fijos. Agente encubierto. *Under cover,* como decís vosotros.

—Ya. Parece que era más bien *over cover,* puesto que sabías que era agente encubierto…

El chico sonrió.

—Voy a ver si tengo una barra de cortina por aquí dentro.

El chico desapareció.

—El de la gorra inglesa se parecía mucho a ti —dijo una voz profunda.

Harry se dio la vuelta.

Cato estaba sentado en una silla en lo que, con un poco de buena voluntad, se podía llamar el vestíbulo. Parecía cansado y movía la cabeza lentamente de un lado a otro.

—Muy parecido a ti, Harry. Muy apasionado. Muy paciente. Muy testarudo. Por desgracia. No tan alto como tú, desde luego, y tenía los ojos grises. Pero la misma mirada de policía, y estaba igual de solo. Y murió en el mismo sitio que tú. Deberías haberte ido, Harry. Deberías estar en ese avión.

Hizo un gesto incomprensible con aquellos dedos suyos tan largos. El anciano tenía la mirada triste y Harry se preguntó por un momento si iba a echarse a llorar. Empezó a levantarse, y Harry se volvió hacia el chico.

—¿Es verdad lo que dice?

—¿Quién? —dijo el chico.

—Ese —dijo Harry volviéndose para señalar a Cato.

Pero ya no estaba. Debía de haberse perdido rápidamente en la oscuridad que reinaba alrededor de la escalera.

—¿El agente encubierto murió en mi habitación?

El chico se quedó un rato mirando a Harry antes de contestar.

—No, se esfumó. Apareció flotando junto a la Ópera. Oye, no tengo ninguna barra de cortina, pero ¿qué te parece esta cuerda de nylon? Puedes colgar de ella las cortinas y luego atarla a las sujeciones de la barra.

Harry asintió despacio con la cabeza.

Ya eran más de las dos de la madrugada cuando Harry seguía despierto y estaba fumándose el último cigarro. Las cortinas estaban en el suelo, junto con la fina cuerda de nylon. Podía ver a la mujer de enfrente, al otro lado del patio interior, que bailaba un vals silencioso, sin pareja. Oía los sonidos de la ciudad mientras contemplaba el humo que se enroscaba en su ascenso hacia el techo. Examinaba los caminos retorcidos que tomaba, las figuras aparentemente casuales que formaba, e intentaba ver en ellas un patrón.

19

Desde que se celebró la reunión entre el anciano e Isabelle y empezó la limpieza transcurrieron dos meses.

Los primeros detenidos fueron los vietnamitas. En el periódico ponía que la pasma había actuado en nueve sitios a la vez, que había encontrado cinco almacenes de heroína y detenido a treinta y seis miembros del Vietcong. La semana siguiente fueron los albanokosovares. La policía recurrió al grupo Delta para registrar un apartamento de Helsfyr que el jefe gitano creía que nadie conocía. Luego les tocó el turno a los norteafricanos y los lituanos. El tío que estaba al frente de Crimen Organizado, un individuo con pinta de modelo y largas pestañas, dijo en el periódico que habían recibido información anónima. Durante las semanas siguientes detuvieron y encarcelaron a los que vendían en la calle, desde los somalíes negros como el carbón hasta los noruegos blancos como la leche. Pero ni a uno solo de los que llevábamos la camiseta del Arsenal. Ya empezábamos a notar que teníamos más espacio y que las colas eran más largas. El anciano reclutaba a algunos de los vendedores en paro, pero mantuvo su parte del acuerdo: el negocio de la heroína era menos visible en el centro de Oslo. Redujimos la importación de heroína ya que ganábamos mucho más con el violín. El violín era caro, así que algunos intentaron pasarse a la morfina, pero al cabo de un tiempo volvieron.

Vendíamos más rápido de lo que Ibsen podía producir.

Un martes nos quedamos sin mercancía a las doce y media, y como estaba terminantemente prohibido usar los móviles —el anciano creía que Oslo era el puto Baltimore—, me fui a la estación de Oslo S y llamé al móvil ruso de la marca Gresso desde uno de los teléfonos públicos. Andréi dijo que estaba ocupado, pero que iba a ver lo que podía hacer. Oleg, Irene y yo nos sentamos en la escalera de la calle Skippergata, ahuyentamos a los compradores y nos relajamos.

Una hora más tarde vi una figura que se nos acercaba cojeando. Era Ibsen en persona. Estaba cabreado. Nos echó la bronca. Hasta que vio a Irene. Entonces fue como si se le hubiera disipado la ira y se mostró algo más conciliador. Nos acompañó hasta el patio interior, donde nos dio una bolsa de plástico con cien bolsitas.

—Veinte mil —dijo, y extendió la mano; este es un negocio de pago al contado.

Me lo llevé aparte y le dije que la próxima vez que nos quedáramos sin nada, nosotros podríamos ir a su casa.

—No quiero visitas —dijo.

—Bueno, es que puede que pague un poco más de doscientas por bolsita —dije.

Me miró con desconfianza.

—¿Tienes pensado empezar por tu cuenta? ¿Qué le parece a tu jefe?

—Esto se queda entre tú y yo —dije—. Estamos hablando de minucias. Diez, veinte bolsitas para amigos y conocidos.

Se rió.

—Traeré a la chica —dije—. Se llama Irene, por cierto.

Dejó de reír. Me miró. Intentó reírse otra vez, pero al patizambo no le salió bien. Y en ese momento lo vi todo escrito en sus ojos con letras bien grandes: la soledad, la codicia, el odio, el deseo. El puto deseo.

—El viernes —dijo—. A las ocho de la tarde. ¿Bebe ginebra?

Yo dije que sí con la cabeza. Desde ahora, bebería ginebra.

Me dio la dirección.

Dos días después el anciano me invitó a comer. Por un momento pensé que Ibsen se habría chivado, pero recordé su mirada y deseché la idea. Era Peter quien nos servía, y estábamos sentados a la larga mesa de aquel comedor tan frío mientras el anciano contaba que había dejado la importación de heroína por tierra desde Amsterdam y que ahora solo importaba desde Bangkok, por medio de unos pilotos. Me explicó los números, comprobó que lo había entendido bien y repitió la pregunta de siempre, que si seguía sin probar el violín. Me miraba desde la silla que estaba en semipe-

numbra. Cuando se hizo tarde, llamó a Peter y le dijo que me llevara a casa. En el coche estuve por preguntarle a Peter si creía que el anciano era impotente.

Ibsen vivía en el típico apartamento de soltero en un bloque de viviendas de Ekeberg. Pantalla grande de plasma, nevera pequeña y nada en las paredes. Sirvió un aburrido gin-tonic sin rodaja de limón, pero con tres cubitos de hielo. Irene siguió las instrucciones. Sonreía, se mostraba agradable y me dejaba hablar a mí. Ibsen estaba sentado con una sonrisa bobalicona, mirándola embobado, aunque cerraba la boca cuando estaba a punto de chorrearle la baba. Puso una mierda de música clásica. Me dio mis bolsas y quedamos en que yo volvería dentro de catorce días. Con Irene.

Entonces llegó el primer informe diciendo que se había reducido el número de muertes por sobredosis. Lo que no mencionaba el informe era que, unas semanas después de la primera dosis, los consumidores de violín se presentaban en la cola con fuertes temblores y con los ojos dilatados por la abstinencia. Y cuando les decían que el precio había subido otra vez, se echaban a llorar con los billetes de cien arrugados entre las manos.

Después de la tercera visita a su casa, Ibsen me llevó aparte y me dijo que la próxima vez quería que Irene fuera sola. Dije que me parecía bien, pero que entonces tendría que darme cincuenta bolsitas y que el precio sería de cien la unidad. Él asintió con la cabeza.

Aquello exigió un poco de persuasión con Irene y, por una vez, no bastaron los trucos de siempre, tuve que ser duro con ella. Explicarle que era mi oportunidad. Nuestra oportunidad. Tuve que preguntarle si quería que siguiera viviendo en un colchón en el local de ensayo. Y al final murmuró llorando que no. Pero que tampoco quería… Y yo le dije que no tenía que hacerlo, solo debía ser un poco amable con aquel pobre hombre solitario, que seguramente no lo habría pasado muy bien en la vida con ese pie. Ella asintió y dijo que debía prometerle que no le diría nada a Oleg. Cuando se fue me sentí fatal y corté una bolsita de violín y me fumé lo que sobró. Me desperté porque alguien me estaba zarandeando. Era Irene, que lloraba inclinada sobre el colchón; sus lágrimas me caían en la cara y me escocían en los ojos. Ibsen lo había intentado, pero ella había conseguido librarse.

—¿*Has traído las bolsitas?* —pregunté.

Obviamente, no era esa la pregunta que esperaba que le hiciera. Se desmoronó por completo. Así que dije que tenía la forma de arreglarlo. Preparé una jeringa y ella me miraba con los ojos llorosos muy abiertos mientras yo encontraba una vena azul en el blanco de aquella piel tan fina y le clavaba la aguja. Hasta noté los espasmos que se propagaban de su cuerpo al mío cuando le metí el chute.

Se le abrió la boca como en un orgasmo silencioso. Y el colocón le corrió en la mirada una cortina de vacío.

Puede que Ibsen fuera un viejo asqueroso, pero sabía de química.

De todos modos, también supe que había perdido a Irene. Se lo vi en la mirada cuando le pregunté por las bolsitas. Ya nunca sería lo mismo. Esa noche vi desaparecer a Irene en el colocón, junto con mis posibilidades de ser millonario.

El anciano seguía ganando millones, eso sí, y a pesar de todo, exigía más y más rápido. Como si tuviera que llegar a tiempo a algo, a una deuda que estuviera a punto de vencer. Porque yo no veía que gastara dinero. La casa era la misma casa destartalada de siempre, habían lavado la limusina, pero no habían comprado una nueva, y el personal seguían siendo dos, Andréi y Peter. Nuestro único competidor eran Los Lobos. Pero ellos también habían aumentado el despliegue de la venta callejera. Contrataban a los vietnamitas y a los marroquíes que todavía no estaban en el trullo. Y vendían violín no solo en el centro de Oslo, sino también en Kongsvinger, en Tromsø, en Trondheim y, según los rumores, en Helsinki. Es posible que Odin y Los Lobos ganaran más que el anciano, pero compartían el mercado, no había disputas por el territorio, los dos iban camino de hacerse superricos. Un hombre de negocios con la cabeza en su sitio estaría satisfecho con el puto statu quo.

Solo había dos nubarrones en aquel cielo tan azul.

Uno era el policía de la gorra inglesa. Sabíamos que la policía estaba al corriente de que las camisetas del Arsenal no eran un objetivo de momento, pero el tipo de la gorra inglesa husmeaba a nuestro alrededor de todas formas. El otro era que Los Lobos habían empezado a vender el violín más barato en Lillestrøm y Drammen que en Oslo, por lo que nuestros clientes cogían el tren y se iban a comprar allí.

Un día me dijeron que fuera a ver al anciano; quería pedirme que le hiciera llegar un mensaje a un policía. Se llamaba Truls Berntsen, y tenía que hacerlo con toda discreción. Le pregunté por qué no mandaba a Andréi o a Peter, pero él me explicó que tanto nosotros como Berntsen seguíamos el principio de no mantener ningún contacto visible que pudiera guiar a la policía hasta él. Y aunque yo poseía información que podía delatarlo, era la única persona aparte de Peter y Andréi en la que él confiaba. Y que, en muchos aspectos, confiaba más en mí. *El Barón de la Droga confía en el Ladrón*, pensé.

El mensaje era que había organizado una reunión con Odin para discutir lo de Drammen y Lillestrøm. Iban a reunirse en el McDonalds de la calle Kirkeveien, en Majorstua, el jueves a las siete de la tarde. Habían reservado toda la segunda planta para una fiesta de niños y estaría cerrado para otras personas. Me lo estaba imaginando, globos, serpentinas, coronas de papel y un puto payaso, al que le cambiaría la cara en cuanto viera la fiesta de cumpleaños: moteros con músculos de gimnasio, las ganas de matar en la mirada y clavos en los puños, un muro de dos metros y medio de hormigón cosaco, y Odin y el anciano que intentarían matarse con la mirada con un plato de patatas fritas de por medio.

Truls Berntsen vivía solo en un piso en Manglerud, pero aquella mañana de domingo, cuando llamé a la puerta muy temprano, no me abrió nadie. El vecino, que obviamente había oído el timbre de Berntsen, se asomó al balcón y gritó que Truls estaba en casa de Mikael construyendo una terraza. Y mientras conducía hasta la dirección que me había dado, pensé que Manglerud debía de ser un sitio cojonudo. Parecía que todo el mundo conocía a todo el mundo.

Yo ya había estado antes en Høyenhall. Es el Beverly Hills de Manglerud. Chalets grandes con vistas al valle de Kværnerdalen, el centro y Holmenkollen. Desde lo alto de la calle vi el esqueleto de una casa a medio construir. Delante había unos cuantos tíos con el torso desnudo, cada uno con una lata de cerveza en la mano mientras discutían, se reían y señalaban el encofrado de lo que iba a ser una terraza. Enseguida reconocí a uno de ellos. Guapo, tipo modelo, con las pestañas largas. El nuevo jefe de Crimen Organizado. Los hombres dejaron de hablar en cuanto me vieron. Y entendí por qué. Todos eran policías, policías que habían olfateado a un delincuente. Era una situación delicada. No se lo había preguntado al anciano, pero llegué por mí mismo a esa conclusión: Truls Berntsen era *el aliado que, siguiendo el consejo del anciano, se había buscado Isabelle Skøyen dentro de la policía.*

—¿Sí? —dijo el de las pestañas.

También estaba muy bien entrenado. Abdominales como adoquines. Yo aún tenía la posibilidad de dar marcha atrás y ver a Berntsen más tarde, así que en realidad no sé por qué hice lo que hice.

—Tengo un mensaje para Truls Berntsen —dije alto y claro.

Los demás se volvieron hacia un hombre que había dejado en el suelo una lata de cerveza y se acercaba bamboleándose con sus andares de zambo. No paró hasta que estuvo tan pegado a mí que los demás no nos podían oír. Tenía el pelo rubio y una mandíbula inferior prominente que le colgaba como un cajón ladeado. Los ojillos de cerdo le refulgían de odio y de desconfianza. Si hubiera sido un animal doméstico, lo habrían sacrificado por razones puramente estéticas.

—No sé quién eres —susurró—. Pero me lo imagino, y no quiero que aparezcáis buscándome de esta manera. ¿Entendido?

—Entendido.

—Rápido, dime lo que sea.

Le dije el sitio y la hora de la reunión, y que Odin había dicho que vendría a la cita con toda la banda.

—No se atreverá a venir solo —dijo Berntsen con un gruñido.

—Nos han informado de que acaban de recibir una partida importante de caballo —dije. Los tíos de la terraza habían vuelto a concentrarse en la cerveza, pero vi que el jefe de Crimen Organizado nos lanzaba miraditas de vez en cuando. Hablé en voz baja y me concentré en contárselo todo—. Está almacenado en Alnabru, en el local del club, pero lo van a sacar de allí dentro de unos días.

—Vaya, eso me sugiere unas detenciones y, acto seguido, una redada. Berntsen volvió a gruñir y entonces comprendí que, en realidad, se estaba riendo.

—Eso es todo —dije, y me di media vuelta.

Solo había recorrido unos metros calle arriba cuando oí que alguien me llamaba. No tuve que girarme para saber quién era. Se lo había visto en la mirada a la primera. Al fin y al cabo, es mi especialidad. Me alcanzó y me detuve.

—¿Quién eres? —preguntó.

—Gusto. —Me aparté el pelo de los ojos para que me los pudiera ver mejor—. ¿Y tú?

Se quedó sorprendido un instante, como si fuera una pregunta atrevida. Y contestó con una sonrisa:

—Mikael.

—Hola, Mikael. ¿A qué gimnasio vas?

Él carraspeó.

—¿Qué has venido a hacer aquí?

—Ya lo he dicho. A traerle un mensaje a Truls. ¿Me das un trago de tu cerveza?

Fue como si de pronto se le hubieran encendido las extrañas manchas blancas que tenía en la cara. La voz le rezumaba rabia cuando volvió a hablar.

—Si ya has hecho lo que tenías que hacer, te sugiero que te largues.

Lo miré a los ojos. Una mirada colérica de ojos verdes. Mikael Bellman era tan extraordinariamente guapo que me dieron ganas de ponerle la mano en el pecho. Sentir en la yema de los dedos la piel sudorosa y caliente bajo el sol. Sentir los músculos, que se encogerían automáticamente, cuando se preguntara sobresaltado qué coño creía que estaba haciendo. El pezón que se le endurecería cuando lo apretara entre el pulgar y el índice. El dolor placentero cuando me golpeara para salvar su reputación. Mikael Bellman. Sentí el deseo. Ese puto deseo mío.

—Nos vemos —dije.

Esa misma noche caí en la cuenta. Supe cómo iba a conseguir lo que supongo que tú nunca conseguiste. Porque, si lo hubieras conseguido, me figuro que no me habrías abandonado, ¿verdad que no? Supe cómo iba a convertirme en un ser completo. Cómo iba a convertirme en un ser humano. Cómo iba a convertirme en millonario.

20

El sol brillaba tan intensamente en el fiordo que Harry tuvo que entornar los ojos detrás de aquellas gafas de mujer.

Oslo no solo estaba haciéndose un lifting en la zona de Bjørvika, también se había colocado unas tetas de silicona con un barrio nuevo que destacaba en el fiordo allí donde antes todo era plano y aburrido. El milagro de silicona se llamaba Tjuvholmen y tenía pinta de ser muy caro. Pisos caros con vistas al mar caras, amarres caros, pequeñas tiendas de ropa cara con solo un ejemplar de cada prenda, galerías de arte con suelos de madera procedente de una jungla de la que nunca has oído hablar y que son más llamativos que el arte que exhiben en las paredes. El pezón más cercano al fiordo se llamaba Sjømagasinet, o sea, Revista del Mar, pero, a pesar del nombre, no era una revista de barcos ni nada por el estilo, sino un restaurante de los selectos, con unos precios de tal calibre que habían convertido a Oslo en la ciudad más cara del mundo, por encima de Tokio.

Harry entró y un maître muy amable le dio la bienvenida.

—Estoy buscando a Isabelle Skøyen —dijo Harry mirando al interior del local; parecía lleno y con mucho ambiente.

—¿Sabes a qué nombre está la reserva? —preguntó el maître con una sonrisa con la que quería indicarle a Harry que todas las mesas estaban reservadas con antelación.

La mujer que contestó cuando Harry llamó a la oficina de la concejal de Asuntos Sociales del Ayuntamiento le comunicó con satisfacción que Isabelle Skøyen había salido a almorzar. Pero cuando Harry le dijo que llamaba por eso precisamente, porque estaba esperándola en el Continental, la secretaria, un tanto angustiada, le reveló que el almuerzo era en Sjømagasinet.

—No —dijo Harry—. ¿Puedo ir a buscarla?

El maître vaciló. Examinó el traje.

—Ya no hace falta —dijo Harry—. La estoy viendo.

Pasó por delante del maître antes de que la sentencia fuera definitiva.

Reconoció tanto la cara como la pose de las fotos en internet. Tenía los codos apoyados en la barra y miraba al comedor. Lo más seguro es que simplemente estuviera esperando a la persona con la iba a comer, sin embargo parecía más bien que estuviera actuando en una escena. Al ver a los hombres que había en las mesas, Harry comprendió que, seguramente, estaría haciendo las dos cosas. Tenía la cara tosca, casi masculina, dividida por una nariz como el filo de un hacha. Aun así, Isabelle Skøyen tenía una belleza convencional, del tipo que las demás mujeres llaman «vistosa». Llevaba los ojos maquillados con una línea negra brillante alrededor del frío iris azul que le otorgaba la mirada de un lobo cazador. De ahí que el pelo produjera casi un contraste cómico, una melena rubia de muñeca que le caía en bonitas guirnaldas a ambos lados de la cara. Pero lo que hacía de Isabelle Skøyen una mujer llamativa era el cuerpo.

Era muy alta y atlética, con los hombros anchos, igual que las caderas. Los pantalones ajustados destacaban los muslos grandes y musculosos. Harry constató que los pechos eran o bien postizos, sujetos por un sostén extraordinariamente suelto, o directamente impresionantes. La búsqueda en Google le había contado que se dedicaba a la cría de caballos en una finca en Rygge y que se había divorciado dos veces, la última vez de un financiero que se había hecho rico cuatro veces y se había declarado en bancarrota tres; que había participado en el Encuentro Nacional de Tiro; que era donante de sangre; que había tenido problemas por despedir a una colega porque «era una pusilánime», y que posaba con sumo gusto para los fotógrafos en los estrenos de películas y obras de teatro. En resumen, una mujer que valía su peso en oro.

Entró en su campo de visión y, cuando había recorrido la mitad del camino, ella seguía mirándolo. Como una persona que siente que mirar es un derecho natural. Harry llegó a su lado, totalmente consciente de que tenía clavados en la espalda por lo menos doce pares de ojos.

—Tú eres Isabelle Skøyen —dijo.

Parecía que iba a despacharlo con una respuesta breve, pero cambió de idea y ladeó la cabeza.

—Eso es lo que pasa con estos restaurantes caros, ¿verdad? Todo el mundo es alguien. Así que… —alargó la «e» mientras lo miraba despacio de arriba abajo—. ¿Quién eres tú?

—Harry Hole.

—Me suena tu cara. ¿Has salido en la tele?

—Hace muchos años. Antes de esto. —Se señaló la cicatriz de la cara.

—Ah, ya. Tú eres ese policía que cogió al asesino en serie, ¿verdad?

En ese momento se le ofrecieron dos caminos. Harry eligió el estrecho.

—Era.

—¿Y qué haces ahora? —preguntó ella sin mucho interés, deslizando la vista por encima del hombro de Harry, hacia la puerta.

Apretó los labios pintados de rojo y abrió mucho los ojos un par de veces. Calentamiento. Sería un almuerzo importante.

—Confección y calzado —dijo Harry

—Ya veo, un traje muy chulo.

—Unas botas muy chulas. ¿Rick Owens?

Ella lo miró, como si no lo hubiera visto bien hasta ese momento. Estaba a punto de decir algo, pero advirtió un movimiento detrás de él.

—La persona con quien voy a almorzar acaba de llegar. A lo mejor nos volvemos a ver, Harry.

—Ya. Esperaba que pudiéramos hablar un poco ahora.

Ella se rió y se inclinó hacia delante.

—Me gusta la iniciativa, Harry, pero son las doce del mediodía, estoy totalmente sobria y ya tengo una cita para almorzar. Que pases un buen día.

Se alejó repiqueteando con los tacones de las botas.

—¿Fuiste amante de Gusto Hanssen?

Harry lo dijo en voz baja e Isabelle Skøyen estaba ya a tres metros de él. Aun así, se quedó de una pieza, como si Harry hubiera hablado en una frecuencia que atravesó el ruido de los tacones y las voces, y hasta la voz de Diana Krall, que sonaba de fondo, y que alcanzó directamente los tímpanos de Isabelle Skøyen.

Ella se dio la vuelta.

—Una noche lo llamaste hasta cuatro veces, la última, a la una y treinta y cuatro minutos.

Harry se había sentado en uno de los taburetes de la barra. Isabelle Skøyen recorrió otra vez los tres metros en dirección a la barra. Y quedó por encima de Harry. Él pensó en Caperucita Roja y el lobo. Y Caperucita no era ella.

—¿Qué quieres, Harry, muchacho? —preguntó.

—Quiero que me cuentes todo lo que sabes de Gusto Hanssen.

Las aletas de la nariz de hacha se estremecieron y los pechos se elevaron imponentes. Harry vio que tenía grandes poros negros en la piel, como píxeles en unos dibujos animados.

—Como soy una de las pocas personas de esta ciudad que se preocupa por mantener con vida a los drogadictos, soy también una de las pocas que recuerda a Gusto Hanssen. Lo perdimos y fue una lástima. Yo tenía su número en mi móvil porque nos pusimos en contacto con él para una reunión del comité RUNO, de ahí las llamadas. Y tiene un nombre que se parece al de un amigo mío, a veces me equivoco de tecla. Esas cosas pasan.

—¿Cuándo fue la última vez que lo viste?

—Escucha, Harry Hole —siseó en voz baja, poniendo énfasis en el Hole, y bajó la cara un poco más hacia la suya—. Si no te he entendido mal, no eres policía, sino un tipo que trabaja en la confección y el calzado. No veo por qué seguir hablando contigo.

—Lo que pasa —dijo Harry echándose hacia atrás en la barra— es que tengo unas ganas locas de hablar con alguien. Si no puede ser contigo, tendrá que ser con algún periodista. Y a ellos les gusta mucho hablar de los escándalos de los famosos y esas cosas.

—¿Famosa? —dijo ella, y exhibió una sonrisa deslumbrante que no era para Harry, sino para un hombre trajeado que estaba al lado del maître y que le respondía saludando con los dedos—. Solo soy una secretaria del gobierno municipal, Harry, una foto o dos en los periódicos no te convierten en una persona famosa. No hay más que ver lo rápido que se olvidaron de ti.

—Creo que los periódicos ven en ti a una futura estrella.

—No me digas. Pues puede ser, pero hasta los peores diarios sensacionalistas necesitan algo concreto, y tú no tienes nada. Equivocarse al marcar...

—Son cosas que pasan, ya. Lo que no suele pasar... —Harry tomó aire. Ella estaba en lo cierto, él no tenía nada. Y por eso tampoco tenía nada que hacer por el camino estrecho— ...es que aparezca sangre del grupo AB negativo en dos sitios diferentes en un mismo caso de asesinato, y que sea casualidad. Una de cada doscientas personas tiene ese grupo sanguíneo. Así que cuando el informe del análisis del laboratorio forense muestre que la sangre que Gusto tenía debajo de las uñas es de ese tipo, ningún investigador con algo de experiencia dejará de sumar dos y dos. Todo lo que tengo que hacer es pedir un análisis de ADN y sabremos con un cien por cien de seguridad en quién puso Gusto las zarpas antes de que lo asesinaran. ¿Te parece algo por encima de la media para unos titulares, Skøyen?

La secretaria del gobierno municipal parpadeaba sin parar, como si los párpados fueran los responsables de que se le activara la boca.

—Dime, ¿no es ese el príncipe heredero del Partido de los Trabajadores? —preguntó Harry entornando los ojos—. ¿Cómo se llamaba?

—Podemos hablar —dijo Isabelle Skøyen—. Más tarde. Pero tienes que prometerme que vas a mantener la boca cerrada.

—¿Cuándo y dónde?

—Dame tu número de teléfono y te llamaré después del trabajo.

Fuera el fiordo seguía brillando igual de histérico. Harry se puso las gafas de sol y encendió un cigarro para celebrar lo bien que se había tirado el farol. Se sentó en el borde del muelle, disfrutó de cada calada, se negó a sentir las ganas, que seguían allí, y se centró en los juguetes absurdamente caros que la clase obrera más rica del mundo tenía allí amarrados. Apagó el cigarro y escupió en el fiordo. Ya estaba preparado para la siguiente visita de la lista.

Harry confirmó a la mujer de la recepción del Radiumhospitalet que tenía una cita, y ella le dio un formulario.

Lo rellenó con su nombre y número de teléfono, pero dejó vacío el campo «empresa».

—¿Una visita privada?

Harry negó con la cabeza. Sabía que era una costumbre entre las buenas recepcionistas: hacerse una idea, recabar información tanto de los que iban y venían como de los que trabajaban allí. Si él, como investigador, buscara información privada de un lugar de trabajo, la primera persona con la que hablaría sería la recepcionista.

Ella le indicó que fuera al despacho que había al final del pasillo y señaló con el dedo. De camino al despacho en cuestión, Harry pasó por delante de varias puertas cerradas y unas cuantas cristaleras que daban a grandes salas donde unas personas con bata blanca trabajaban en mostradores con alambiques de cristal y soportes para tubos de ensayo, y donde había unos armarios de acero con unos candados enormes que Harry supuso que serían un paraíso para cualquier drogadicto.

Se paró al final del pasillo, delante de una puerta cerrada y, para asegurarse, leyó el nombre de la placa antes de llamar: Stig Nybakk. No había dado más que un golpe cuando oyó una voz que gritaba: «¡Adelante!».

Nybakk estaba detrás del escritorio con un auricular pegado a la oreja, pero hizo un gesto invitando a Harry a entrar y le señaló una silla. Después de tres «síes», dos «noes», un «mierda» y una risa efusiva, colgó y, con unos ojos vivos, miró a Harry que, siguiendo su costumbre, se había hundido en la silla estirando las piernas.

—Harry Hole. Supongo que no te acuerdas de mí, pero yo sí que me acuerdo de ti.

—Es que he detenido a muchos —dijo Harry.

Otra risa efusiva.

—Fuimos al mismo colegio de Oppsal, yo era dos cursos más pequeño.

—Los menores se acuerdan de los mayores.

—Será verdad, pero para serte sincero, no me acuerdo de ti del colegio. Saliste en la tele y alguien me contó que ibas al colegio de Oppsal y que eras amigo de Tresko.

—Ya.

Harry se miró la puntera de los zapatos para indicar que no estaba interesado en moverse dentro de la esfera privada.

—¿Así que terminaste como investigador de asesinatos? ¿Qué asesinato es el que estáis investigando ahora?

—Yo —dijo Harry, que empezó así la frase para mantenerse lo más cerca posible de la verdad— investigo un asesinato relacionado con el mundo de la droga. ¿Habéis examinado la sustancia que os envié?

—Sí. —Nybakk cogió otra vez el auricular, marcó un número y se rascó frenéticamente el cogote mientras esperaba—. ¿Martin, puedes venir? Sí, es por la muestra esa... —Acto seguido colgó, y siguieron tres segundos de silencio. Nybakk sonreía mientras Harry sabía que su cerebro se esforzaba en encontrar un tema de conversación para la pausa. Harry no dijo nada. Nybakk carraspeó—. Tú vivías abajo, en la casa amarilla, al lado del camino de grava. Yo me crié en la casa roja de la parte alta de la cuesta. La familia Nybakk, ¿te acuerdas?

—Claro —mintió Harry, y se dio cuenta de lo poco que recordaba de su infancia.

—¿Tenéis la casa todavía?

Harry cruzó las piernas. Sabía que no podía acabar el partido antes de que llegara el tal Martin.

—Mi padre murió hace tres años. La venta tardó un poco, pero…

—Fantasmas.

—¿Perdón?

—Tienen que dejar de aparecerse antes de que uno pueda vender, ¿no es verdad? Mi madre murió el año pasado, pero la casa sigue estando vacía. ¿Casado y con niños?

Harry negó con la cabeza y lanzó la pelota al campo contrario.

—Pero tú estás casado, por lo que veo.

—¿Eh?

—El anillo. —Harry hizo un gesto con la cabeza señalando la mano del otro—. Yo tenía uno igual.

Nybakk levantó la mano con el anillo y sonrió.

—¿Tenías? Entonces estás divorciado, ¿no?

Harry soltó un taco para sus adentros. ¿Por qué tenía que hablar tanto la gente? ¿Divorciado? Sí, joder, estaba divorciado. Divorciado de la persona a la que quería. De las personas a las que quería. Harry carraspeó.

—Hombre, ya estás aquí —dijo Nybakk.

Harry se dio la vuelta. Una figura encorvada vestida con una bata azul de técnico de laboratorio lo miraba desde el umbral. El flequillo largo y negro le colgaba sobre una frente ancha y tan pálida que parecía blanca. Tenía los ojos muy hundidos en el cráneo. Harry ni siquiera lo había oído llegar.

—Este es Martin Pran, uno de nuestros mejores investigadores —dijo Nybakk.

Es el Jorobado de Notre Dame, pensó Harry.

—Bueno, Martin —dijo Nybakk.

—Eso que llamas violín no es heroína, sino una sustancia que se parece al levorfanol.

Harry tomó nota del nombre.

—¿Y eso qué es?

—Un opioide como una bomba atómica —añadió Nybakk—. Con un poder calmante elevadísimo. De seis a ocho veces más fuerte que la morfina. Tres veces más fuerte que la heroína.

—¿En serio?

–En serio –dijo Nybakk–. Y el efecto dura el doble que el de la morfina. De ocho a catorce horas. Con solo tres miligramos de levorfanol, hablamos de anestesia total. Si es intravenoso, la mitad.

–Vaya. Parece peligroso.

–No tan peligroso como podría pensarse. Una dosis adecuada con opioides puros como la heroína no destroza el cuerpo directamente. Es sobre todo la adicción la que destroza la calidad de vida.

–¿Seguro? Pues los heroinómanos de esta ciudad mueren como moscas.

–Sí, pero se debe más que nada a dos causas. En primer lugar, a que la heroína se mezcla con otras sustancias que la convierten en veneno puro. Si mezclas por ejemplo heroína y cocaína…

–Speedball –dijo Harry–. John Belushi.

–Descanse en paz. La otra causa común de fallecimiento es que la heroína afecte al sistema respiratorio. Si te pones una dosis demasiado grande, dejas de respirar. Y a medida que va aumentando el nivel de tolerancia a la droga, te vas poniendo dosis cada vez mayores. Pero lo interesante del levorfanol es que no es ni de lejos tan inhibidor de la respiración como la heroína. Tengo razón, ¿no, Martin?

El Jorobado asintió con la cabeza sin levantar la vista.

–Vaya –dijo Harry mirando a Pran–. Más fuerte que la heroína, efectos más duraderos y, además, menores probabilidades de sobredosis. Parece la droga de los sueños de cualquier yonqui.

–Adicción –murmuró el Jorobado–. Y precio.

–¿Perdón?

–Lo vemos en los pacientes –suspiró Nybakk–. Se vuelven adictos así. –Chasqueó los dedos–. Pero en el caso de los pacientes con cáncer el problema no es la adicción. Vamos cambiando el tipo de paliativo y la dosificación según una pauta. La meta es prevenir el dolor, no ir detrás para paliarlo. Y el levorfanol es caro de producir y de importar. Esa puede ser la razón de que no lo veamos en las calles.

–No es levorfanol.

Harry y Nybakk se volvieron hacia Martin Pran.

—Está modificado.

Pran levantó la cabeza. Y Harry creyó ver que le brillaba la mirada, como si acabara de encendérsele una luz allí dentro.

—¿Y cómo? —dijo Nybakk.

—Llevará tiempo descubrir cómo, pero parece que han sustituido una de las moléculas de cloro por una molécula de flúor. Seguro que no es tan caro de producir.

—Qué barbaridad —dijo Nybakk con tono incrédulo—. ¿Estamos hablando de un Dreser?

—Pudiera ser —dijo Pran con una sonrisa casi imperceptible.

—¡Dios mío! —exclamó Nybakk rascándose entusiasmado el cogote con las dos manos—. Entonces es la obra de un genio. O de alguien con muchísima suerte.

—Me temo que no os sigo, chicos —dijo Harry.

—Ah, sí, lo siento —dijo Nybakk—. Heinrich Dreser. Inventó la aspirina en 1897. Los días posteriores se dedicó a modificar la aspirina. No hace falta mucho, una molécula por aquí, otra molécula por allí y, ¡tachán!, se activan otros receptores del cuerpo humano. Once días más tarde, Dreser había inventado una sustancia nueva. Se vendió como medicamento para la tos hasta 1913.

—¿Y qué sustancia era?

—Parece ser que el nombre debía aludir a una joven heroica.

—*Heroine* —dijo Harry.

—Correcto.

—¿Y qué pasa con el recubrimiento? —dijo Harry dirigiéndose a Pran.

—Se llama grageado —dijo el Jorobado con cierto mal humor—. ¿A qué te refieres?

Tenía la cara vuelta hacia Harry, pero la mirada desviada hacia la pared. Como un animal en busca de una salida, pensó Harry. O como un animal de una manada que no quiere enfrentarse al desafío de otro animal que lo mira directamente a los ojos. O simplemente, como un ser humano con una serie de inhibiciones sociales un poco por encima de la media. Pero había otra cosa que también le llamó la atención, algo en la forma de estar de pie, como si todo él estuviera torcido.

—Bueno —dijo Harry—, la Científica opinaba que los fragmentos de color marrón presentes en el violín son restos de grageas pulverizadas. Y según ellos, es el mismo… grageado que utilizáis para recubrir los comprimidos de metadona que se producen aquí en Radiumhospitalet.

—¿Y? —dijo Pran rápidamente.

—¿Cabe la posibilidad de que alguien con acceso a vuestros comprimidos de metadona produzca el violín en Noruega?

Stig Nybakk y Martin Pran se miraron.

—Bueno, también suministramos comprimidos de metadona a otros hospitales, así que son varios los que tienen acceso —dijo Nybakk—. Pero el violín es química de alto nivel. —Le temblaron los labios mientras expulsaba el aire—. ¿Tú qué dices, Pran? ¿Contamos en los círculos de investigación noruegos con algún talento capaz de inventar una sustancia semejante?

Pran negó con la cabeza.

—¿Y si fue un golpe de suerte?

Pran se encogió de hombros.

—Naturalmente, es posible que Brahms tuviera suerte cuando compuso *Un réquiem alemán*.

Se hizo el silencio en la habitación. Ni siquiera Nybakk parecía tener nada que añadir.

—Bueno —dijo Harry, y se levantó.

—Espero que te haya sido de utilidad —dijo Nybakk tendiéndole la mano por encima del escritorio—. Dale recuerdos a Tresko. Supongo que sigue siendo vigilante nocturno en Hafslund Energi, al cuidado del interruptor de la ciudad, ¿no?

—Algo así.

—¿Es que no le gusta la luz diurna?

—No le gusta el ajetreo.

Nybakk sonrió inseguro.

Harry hizo dos paradas de camino a la salida. Una, para observar el laboratorio vacío, cuyas luces ya habían apagado. La otra, delante de una puerta en cuya placa se leía el nombre de Martin Pran. Se veía luz por la rendija de debajo de la puerta. Estaba cerrada con llave.

Lo primero que hizo Harry cuando se sentó en el coche de alquiler fue mirar el móvil. Vio una llamada perdida de Beate Lønn, pero ningún SMS de Isabelle Skøyen. Ya a la altura del Estadio de Ullevaal, comprendió lo mal que había calculado la hora de la salida de la ciudad. Las gentes con el horario laboral más reducido del mundo volvían a sus casas. Tardó cincuenta minutos en llegar a Karihaugen.

Serguéi iba en el coche tamborileando con los dedos en el volante. En teoría, su puesto de trabajo estaba en el lado idóneo para evitar el tráfico de la hora punta, pero cuando tenía turno de noche terminaba de todos modos en medio de la congestión del tráfico que salía de la ciudad. Los coches se movían hacia Karihaugen con la lentitud de la lava tibia. Había buscado en Google el nombre del policía y había sacado noticias antiguas. Asesinatos. Al parecer había atrapado a un asesino en serie en Australia. Serguéi se fijó en ese dato porque aquella misma mañana había visto un programa sobre Australia en Animal Planet. Trataba de la inteligencia de los cocodrilos del Territorio del Norte, de cómo aprendían las costumbres de su presa. Cuando un hombre iba de excursión y acampaba en el bosque australiano, normalmente recorría un sendero a orillas de la laguna para buscar agua al despertarse por la mañana. En el sendero no tenía que temer al cocodrilo que lo observaba desde el agua. Si pasaba otra noche más en el mismo sitio, repetiría la misma operación a la mañana siguiente. Si pasaba una tercera noche, recorrería otra vez el sendero por la mañana, pero en esta ocasión no vería ningún cocodrilo. O solo lo vería después de oír un crujido entre los arbustos, al otro lado del sendero, cuando el cocodrilo saliera y lo arrastrara consigo al agua.

Daba la impresión de que el agente no se sentía cómodo posando en las fotografías que había colgadas en la red. Como si no le gustara que le hicieran fotos. O que lo mirasen.

Sonó el teléfono. Era Andréi. Fue directamente al grano.

—Se hospeda en el hotel Leon.

El dialecto del sur de Siberia que tenía Andréi era en realidad como un graznido balbuciente, pero él hacía que sonara suave y fluido. Dijo la dirección dos veces, despacio y claro, y Serguéi la memorizó.

—Bien —dijo Serguéi intentando mostrarse entusiasta—. Pregunto en qué habitación vive. Y si es al fondo del pasillo, lo espero allí. Así, cuando salga de la habitación y vaya hacia la escalera o el ascensor, me estará dando la espalda.

—No, Serguéi.

—¿No?

—En el hotel, no. Sabe que podemos ir al Leon.

Serguéi dio un respingo.

—¿Lo sabe?

Cambió de carril y se puso detrás de un coche de alquiler mientras Andréi explicaba que el policía había contactado con dos de sus camellos y había invitado al atamán a ir al Leon. Que olía a trampa a la legua. Que el atamán había dado órdenes precisas de que Serguéi debía hacer el trabajo en otro sitio.

—¿Dónde? —preguntó Serguéi.

—Espéralo en la calle, delante del hotel —dijo Andréi.

—¿Pero dónde tengo que hacerlo?

—Eso es cosa tuya —dijo Andréi—. Pero mi sitio favorito se llama emboscada.

—¿Emboscada?

—Emboscada, siempre emboscada, Serguéi. Y una cosa más…

—¿Sí?

—Está empezando a acercarse a cosas a las que no queremos que se acerque. Eso quiere decir que empieza a ser urgente.

—Ya… y… ¿qué quiere decir eso?

—El atamán dice que te tomes el tiempo que necesites, pero solo eso. En un plazo de veinticuatro horas mejor que en uno de cuarenta y ocho. Que a su vez es mejor que un plazo de setenta y dos. ¿Entendido?

—Entendido —dijo Serguéi con la esperanza de que Andréi no lo oyera tragar saliva.

Cuando colgaron, Serguéi seguía en el atasco. En la vida se había sentido tan solo.

El tráfico de la tarde estaba en su peor momento y la cola llegaba hasta Berger, donde desaparecía por fin justo antes del cruce de Skedsmo. Llevaba una hora en el coche y había pasado por todas las emisoras de radio antes de acabar, por rebeldía pura y dura, en el canal de música clásica de la Radio Nacional Noruega. Veinte minutos más tarde vio el cartel de salida para el aeropuerto de Oslo. Había llamado al número de Tord Schultz una docena de veces sin obtener respuesta. El colega de Schultz al que finalmente había conseguido localizar en la compañía de aviación dijo que no sabía dónde estaría Tord, pero que, cuando no volaba, solía estar en casa. Y le confirmó la dirección de su casa, que Harry había encontrado en la red.

Estaba oscureciendo cuando comprobó por el cartel que había dado con el sitio. Conducía despacio entre aquellas casas, idénticas como cajas de zapatos, que flanqueaban las dos orillas de la calle recién asfaltada. Identificó la de Tord Schultz por las casas vecinas, que tenían suficiente luz para poder ver los números de la fachada. Porque la suya estaba totalmente a oscuras.

Harry aparcó el coche. Miró hacia arriba. Y la oscuridad se tiñó de plata: un avión, silencioso como un ave de rapiña. Las luces barrían los tejados de las casas y el aparato desapareció a su espalda arrastrando el sonido como el velo de una novia.

Harry subió hasta la puerta de entrada, pegó la cara a la ventana y llamó al timbre. Esperó. Volvió a llamar. Esperó un minuto.

Y dio una patada al cristal.

Introdujo la mano por dentro, localizó a tientas el pestillo y abrió.

Pasó por encima de los fragmentos de cristal que habían caído en el recibidor y continuó hasta el salón.

Lo primero que le llamó la atención fue la oscuridad, más densa de lo que debería ser en aquella habitación incluso con la luz apagada. Se dio cuenta de que las cortinas estaban echadas. Unas cortinas gruesas, del tipo que se utilizaba en la guarnición militar de Finnmark para mitigar la luz del sol de medianoche.

Lo segundo que le llamó la atención fue la sensación de no estar solo. Y como la experiencia le decía que esa clase de presentimientos casi siempre era fruto de unas impresiones concretas, se concentró en cuáles podían ser esas impresiones y reprimió su reacción refleja, que era totalmente natural: la aceleración del pulso y unas ganas enormes de salir por donde había entrado. Prestó atención, pero todo lo que oía era el tictac de un reloj en algún lugar, probablemente en una habitación contigua. Olfateó el aire. Había un olor dulzón y viciado, pero también algo más, algo lejano, aunque familiar. Cerró los ojos. Normalmente, podía notarlos antes de que llegaran. A lo largo de los años había aprendido estrategias mentales que lograban mantenerlos apartados. Pero ahora se le echaron encima antes de que le diera tiempo de encerrarlos bajo llave. Los fantasmas. Allí olía a escena del crimen.

Abrió los ojos y quedó cegado. La luz venía de la ventana abuhardillada, encima del altillo que tenía delante. Barrió el suelo de la sala de estar. Le sucedió el sonido del avión y, un segundo después, la sala estaba otra vez a oscuras. Pero lo había visto. Y ya no fue posible reprimir las pulsaciones y las ganas de salir de allí.

Era el Escarabajo. *Ziuk*. Flotando en el aire justo delante de sus narices.

21

Le habían destrozado la cara.

Harry había encendido la luz del salón y observaba al hombre muerto.

Tenía la oreja derecha clavada al parquet y, en la cara, seis cráteres negros y sanguinolentos. No tuvo que buscar el arma del crimen, se balanceaba a la altura de la cabeza, justo delante de sus narices. En el extremo de una cuerda que colgaba de la viga del techo había un ladrillo. Del ladrillo salían seis clavos ensangrentados.

Harry se puso en cuclillas y levantó el brazo del cadáver. El hombre estaba frío y, a pesar del calor que hacía en el salón, el rigor mortis ya había aparecido, estaba claro. Lo mismo pasaba con el livor mortis; la combinación de la gravedad y la ausencia de presión sanguínea había provocado que la sangre se acumulara en los puntos más bajos del cuerpo y le otorgara a la parte inferior del brazo un color rojizo. El hombre llevaba muerto por lo menos doce horas, pensó Harry. La camisa blanca sin arrugas se le había subido de manera que se le veía un poco la barriga. Todavía no tenía el color verde que indicaba que las bacterias hubieran empezado a devorarlo, una comilona que normalmente no comenzaba hasta después de transcurridas cuarenta y ocho horas, y que se desplazaba desde el estómago hacia fuera.

Además de la camisa, llevaba una corbata floja, pantalones de traje negros y zapatos recién lustrados. Como si viniera de un entierro o de un trabajo con un código de indumentaria, pensó Harry.

Cogió el teléfono y se preguntó si debía llamar a la central de operaciones o directamente a la unidad de Delitos Violentos. Marcó el número de la central de operaciones mientras miraba a su alrededor. No había visto señales de que hubieran forzado la entrada y no había ningún signo de lucha en el salón. Aparte del ladrillo y el cadáver, no había señales de nada y Harry sabía que cuando vinieran los técnicos de la escena del crimen, no encontrarían nada. Ni huellas, ni pisadas ni rastros de ADN. Y los investigadores operativos no podrían avanzar un ápice, ningún vecino habría visto nada, ninguna de las cámaras de vigilancia de las gasolineras cercanas habrían captado una cara desconocida, no habría ninguna llamada reveladora efectuada o recibida en el teléfono de Schultz. Nada. Mientras Harry esperaba respuesta, fue a la cocina, y por costumbre, pisó con cuidado y procuró no tocar nada. Se fijó en la mesa de la cocina y en un platito donde había una rebanada de pan con mortadela a medio comer. Del respaldo de la silla colgaba una chaqueta de traje que hacía juego con los pantalones que llevaba el cadáver. Harry buscó en los bolsillos y encontró cuatrocientas coronas, una pegatina, un billete de tren y una tarjeta de identificación de la línea aérea. Tord Schultz. La cara de sonrisa profesional de la foto se parecía a los restos de la cara que había visto en el salón.

—Central de operaciones.

—Tengo aquí un cadáver. La dirección es…

La mirada de Harry se fijó en la pegatina.

—¿Sí?

Le parecía haberla visto antes.

—¿Diga?

Harry cogió la pegatina. Arriba ponía DISTRITO POLICIAL DE OSLO en letras grandes. Debajo, TORD SCHULTZ y una fecha. Había visitado una comisaría tres días antes. Y ahora estaba muerto.

—¿Diga?

Harry colgó.

Se sentó.

Pensó.

Tardó hora y media en registrar la casa. Después pasó un trapo por todos los sitios donde podría haber dejado huellas dactilares y se quitó la bolsa de plástico que se había atado a la cabeza con una goma para no dejar pelos. Era la norma, todos los investigadores de asesinatos y otros agentes de policía que, por alguna razón, pudieran acceder a la escena de un crimen debían facilitar las huellas dactilares y una muestra de ADN. Si dejaba algún rastro, la policía tardaría cinco minutos en averiguar que había estado allí. El resultado del registro fueron tres bolsitas de cocaína y cuatro botellas de lo que Harry supuso que sería alcohol de contrabando. Por lo demás, tal y como había supuesto: nada.

Salió, se metió en el coche y se fue.

El distrito policial de Oslo.

Mierda, mierda.

Cuando Harry llegó al centro y aparcó el coche, se quedó sentado mirando al parabrisas. Luego marcó el número de Beate.

—Hola, Harry.

—Dos cosas. Quiero pedirte un favor y darte una información anónima: ha muerto otro hombre relacionado con el caso.

—Me lo acaban de comunicar.

—¿Así que lo sabéis? —dijo Harry sorprendido—. El método se llama *ziuk*. Significa «escarabajo» en ruso.

—¿De qué estás hablando?

—Del ladrillo.

—¿De qué ladrillo?

Harry tomó aire.

—¿De qué estás hablando tú?

—Gojko Toši.

—¿Quién es ese?

—El tío que atacó a Oleg.

—¿Y?

—Lo han encontrado muerto en la celda.

Harry miró directamente a unos faros delanteros que venían hacia él.

—¿Cómo…?

—Lo están investigando. Parece que se ha colgado.

—Borra el «se»; han matado al piloto también.

—¿Cómo?

—Tord Schultz está en el salón de su casa, en Gardermoen.

Pasaron dos segundos antes de que Beate contestara.

—Informaré a la central de operaciones.

—De acuerdo.

—¿Y qué era lo otro?

—¿Qué?

—¿Has dicho que querías pedirme un favor?

—Ah, sí. —Harry se sacó la pegatina del bolsillo—. Me pregunto si puedes mirar el registro de visitas de la recepción de la Comisaría General. Mira a ver a quién visitó Tord Schultz hace tres días.

Otra vez se produjo un silencio.

—¿Beate?

—Sí. ¿Estás seguro de que este asunto es algo en lo que quiera estar involucrada, Harry?

—Estoy seguro de que es algo en lo que no quieres estar involucrada.

—Vete a la mierda.

Harry colgó.

Harry dejó el coche de alquiler en el aparcamiento que había al final de Kvadaraturen y fue caminando hacia el Leon. Pasó por delante de un bar, y la música que salía por la puerta abierta le recordó la noche de su llegada, la invitación de Nirvana: «Come As You Are». No se dio cuenta de que había entrado por la puerta abierta hasta que se vio delante de la barra de aquel local, que era alargado, igual que un intestino.

Tres clientes se encogían sentados en sus taburetes como si estuvieran en un ágape funerario y llevaran varios meses esperando que alguien le pusiera fin. Allí olía a cadáver y se oía el chisporroteo de la carne. El camarero observó a Harry como diciéndole «Pide o sal de aquí, coño», mientras desenroscaba despacio el corcho de un sacacorchos. Tenía tatuadas tres grandes letras góticas que le cubrían el cuello: EAT.

−¿Qué te pongo? −gritó el camarero, y logró a duras penas acallar a Kurt Cobain, que le pedía a Harry que acudiese «como un amigo, como un amigo, como un viejo enemigo…».

Harry se humedeció los labios, que se le habían quedado secos de repente. Vio cómo movía las manos el camarero. Era un abrebotellas de lo más sencillo, de esos que hay que saber manejar con mano firme, pero que, por otro lado, penetran profundamente en el corcho con tan solo un par de giros, así que no tardó nada. Aquel corcho estaba totalmente traspasado. O sea que aquello no era un bar de vinos. Entonces ¿qué otra cosa servirían? Miró al reflejo desfigurado de sí mismo en el espejo que había detrás del camarero. La cara desfigurada. Pero no era solo la suya, eran todas las caras, las de todos los fantasmas. Y Tord Schultz acababa de unirse a ellos. Buscó con la mirada a lo largo de las botellas de la repisa de espejo y encontró el objetivo, como un misil guiado por un localizador térmico. El viejo enemigo, Jim Beam.

Kurt Cobain seguía cantando que no tenía pistola.

Harry carraspeó. Solo una.

Tienes que venir como eres, y no, no tengo pistola.

Hizo el pedido.

−Jim Beam.

No tengo pistola.

−¿Gin qué?

Harry tragó saliva. Cobain repitió la palabra memoria. Harry había oído la canción cien veces, pero se dio cuenta de que siempre había pensado que Cobain cantaba «The more…», etcétera.

Memoria. *In memoriam.* ¿Dónde había leído aquello? ¿En una lápida?

Advirtió un movimiento en el espejo. El teléfono empezó a vibrarle en el bolsillo al mismo tiempo.

—¿Gin qué? —gritó el camarero, y dejó el sacacorchos en la barra.

Harry sacó el teléfono. Miró la pantalla. R. Contestó.

—Hola, Rakel.

—¿Harry?

Otra vez, un movimiento a su espalda.

—Solo oigo ruido, Harry. ¿Dónde estás?

Harry se levantó y se fue rápidamente hacia la salida. Aspiró el aire contaminado del humo de tubos de escape, pero más fresco que el del bar.

—¿Qué haces? —preguntó Rakel.

—Estoy pensando si ir a la derecha o a la izquierda —dijo Harry—. ¿Y tú?

—A punto de irme a la cama. ¿Estás sobrio?

—¿Cómo?

—Ya me has oído. Y yo te estoy oyendo a ti. Cuando estás estresado lo noto, Harry. Y suena como si estuvieras en un bar.

Harry sacó un paquete de Camel. Cogió un cigarro. Se dio cuenta de que le temblaban los dedos.

—Me alegra que hayas llamado, Rakel.

—¿Harry?

Logró encender el cigarro.

—¿Sí?

—Hans Christian ha conseguido que Oleg permanezca en prisión preventiva en un lugar secreto. Es un sitio en Østlandet, pero nadie sabrá dónde.

—No está mal.

—Es un buen hombre, Harry.

—No lo dudo.

—¿Harry?

—Aquí sigo.

—¿Y si pudiéramos plantar pruebas? Supón que yo me declarase culpable del asesinato. ¿Me ayudarías?

Harry tomó aire.

—No.

—¿Por qué no?

Se produjo un movimiento cerca de la puerta, detrás de Harry. Pero no se oyeron pasos.

—Te llamo desde el hotel, ¿de acuerdo?

—Vale.

Harry colgó y echó a andar por la calle sin mirar atrás.

Serguéi miró al hombre que cruzaba la calle.

Lo vio desaparecer dentro del Leon.

Había estado muy cerca. Muy cerca. Primero dentro del bar y ahora allí, en la calle.

Serguéi aún tenía la mano en el bolsillo de la chaqueta y apretaba fuerte el cuerno de ciervo de la empuñadura de la navaja. La hoja ya estaba fuera y le cortaba el forro del bolsillo. Dos veces había estado a punto de dar el paso adelante, agarrarlo del pelo con la mano izquierda, clavar la navaja y cortar en forma de media luna. El policía era más alto de lo que se había imaginado, pero eso no supondría ningún inconveniente.

Nada supondría ningún inconveniente. Porque según le fue disminuyendo el pulso, notó que recuperaba la tranquilidad. La tranquilidad que había perdido, el lugar de la cual había ocupado el miedo. Y otra vez sintió que se alegraba, que esperaba con alegría la consumación, formar parte de una historia que ya estaba contada.

Porque aquel era el lugar, la emboscada de la que había hablado Andréi. Serguéi había visto la expresión del policía mientras miraba las botellas. La misma mirada que tenía su padre cuando volvió a casa después de la cárcel. Serguéi era el cocodrilo de la laguna, el cocodrilo que sabía que el hombre iba a recorrer el mismo sendero para buscar algo de beber, que sabía que solo era cuestión de esperar.

Harry estaba tumbado en la cama de la 301 echando el humo hacia el techo y oyendo su voz al teléfono.

—Sé que has hecho cosas peores que plantar pruebas —dijo ella—. Así que, ¿por qué no? ¿Por qué no ibas a hacerlo por una persona a la que quieres?

—Estás bebiendo vino blanco —dijo él.

—¿Cómo sabes que no es tinto?

—Porque se oye.

—Explícame por qué no querrías ayudarme.

—¿Tengo que explicártelo?

—Sí, Harry.

Harry apagó el cigarro en la taza de café vacía que tenía en la mesita de noche.

—Pues porque yo, infractor de la ley y policía sin placa, opino que la ley significa algo. ¿Suena raro?

—Continúa.

—La ley es la cerca que hemos levantado al borde del abismo. Cada vez que alguien infringe la ley, la cerca se destruye un poco. Así que la tenemos que reparar. El culpable tiene que cumplir la condena.

—No, alguien tiene que cumplir. Alguien tiene que cumplir la condena para que la sociedad sepa que el asesinato es inaceptable. Cualquier chivo expiatorio puede reparar esa cerca.

—Vacías la ley de su sentido primero para que se ajuste a tus necesidades. Eres abogada; tú sabes hacerlo mejor.

—Soy madre, trabajo como abogada. ¿Y tú qué, Harry? ¿Eres policía? ¿En eso te has convertido? ¿En un robot, un esclavo del hormiguero y de los pensamientos que han pensado otros? ¿Sigues ahí?

—Sí.

—¿Puedes responderme?

—Bueno. ¿Por qué crees que he venido a Oslo?

Pausa.

—¿Harry?

—¿Sí?

—Perdón.

—No llores.

—Lo sé. Perdona.

—No pidas perdón.

—Buenas noches, Harry. Yo...

—Buenas noches.

Harry se despertó. Había oído algo. Algo que había acallado el sonido del alud y de sus propios pasos corriendo por el pasillo. Miró el reloj. 1.34. La barra de cortina rota estaba apoyada en el alféizar y proyectaba la silueta de un tulipán. Se levantó, fue hasta la ventana y miró hacia abajo, al patio interior. En el asfalto había un cubo de basura tumbado que tintineaba al rodar. Apoyó la frente en el cristal helado.

22

Era temprano y el tráfico de la mañana iba susurrando por Grønlandsleiret mientras Truls caminaba hacia la entrada de la Comisaría General. Vio el cartel rojo en el tilo justo antes de llegar a
aquellas puertas tan curiosas con ojos de buey por ventanas. Se
giró y retrocedió tranquilamente. Pasó las colas morosas que discurrían por la calles de Oslo.

Entró en el cementerio, que encontró tan vacío como siempre a aquella hora. Por lo menos, por lo que a los vivos se refería.
Se paró delante de la lápida de A.C. Rud. No había ningún mensaje escrito, así que sería día de cobro.

Se puso en cuclillas y cavó en la tierra junto a la lápida. Cogió el sobre marrón y lo desenterró. Resistió la tentación de abrir-
lo y ponerse a contar allí mismo; se lo metió en el bolsillo de la
chaqueta. Estaba a punto de levantarse, pero la repentina sensación de que lo observaban lo obligó a quedarse en cuclillas unos
segundos más, como si estuviera contemplando a A.C. Rud y re-
flexionando sobre la brevedad de la vida o alguna tontería semejante.

—Quédate sentado, Berntsen.

Una sombra cayó sobre él, y con ella un frío, como si el sol
hubiese desaparecido detrás de una nube. Truls Berntsen tuvo la
sensación de estar en caída libre y el estómago se le subió hasta el
pecho. O sea, así es como iba a pasar. El desenmascaramiento.

—Esta vez tenemos otro tipo de trabajo para ti.

Truls volvió a sentir la tierra firme bajo los pies. La voz. Ese ligero acento… Era él. Miró a un lado. Vio la figura dos lápidas más allá, fingiendo que rezaba.

—Tienes que averiguar dónde han escondido a Oleg Fauke. ¡Mira al frente!

Truls miró fijamente a la lápida que tenía delante.

—Lo he intentado —dijo—. Pero el traslado no está registrado en ningún sitio. Por lo menos, no en un sitio al que yo tenga acceso. Y ninguna de las personas con las que he hablado ha oído hablar de él, así que me imagino que le han dado otro nombre.

—Tienes que hablar con los que saben. Habla con el abogado defensor. Simonsen.

—¿Por qué no con la madre? Ella tiene que…

—¡Nada de mujeres! —Las palabras salieron como balas, si había otras personas en el cementerio, lo habrían oído, sin duda. Luego, con más calma—: Prueba con el abogado defensor. Y si eso no funciona…

En la pausa que siguió, Berntsen oyó el susurró de las copas de los árboles del cementerio. Tenía que ser el viento, era el viento el que había enfriado el ambiente de pronto.

—Luego hay un tío que se llama Chris Reddy —continuó la voz—. En la calle lo llaman Adidas. Vende…

—Speed. Adidas quiere decir anfet…

—Cierra la boca, Berntsen. Limítate a escuchar.

Truls cerró la boca. Y prestó atención. Como había cerrado la boca cada vez que alguien que tenía ese tono de voz se lo había ordenado. Se limitaba a escuchar cuando le pedían que apartara la mierda. Cuando le pedían…

La voz pronunció una dirección.

—Ha llegado a tus oídos el rumor de que Adidas ha estado jactándose de haber disparado a Gusto Hanssen. Así que te lo llevas para interrogarlo. Y allí confesará sin reservas. Os dejo a vosotros acordar los detalles para que sea creíble al cien por cien. Pero primero intentas que hable Simonsen. ¿Entendido?

—Pero ¿por qué iba Adidas a…?

—El porqué no es tu problema, Berntsen. Tu única pregunta debe ser «¿Cuánto?».

Truls Berntsen tragó saliva. Una y otra vez. Apartaba la mierda. Tragaba mierda.

—¿Cuánto?

—Eso es. Sesenta mil.

—Cien mil.

Ninguna respuesta.

—¿Hola?

Pero solo se oía el susurro del tráfico matutino.

Berntsen se sentó tranquilamente. Miró hacia el lado. No había nadie. Notó que el sol había empezado a calentar otra vez. Y total, sesenta mil estaba bien.

La capa de niebla cubría aún la tierra cuando Harry paró a las diez de la mañana delante del edificio principal de la finca de Skøyen. Isabelle Skøyen sonreía desde la escalera con los pantalones de montar negros y se daba en el muslo con una fusta pequeña. Mientras Harry salía del coche de alquiler, oyó crujir la gravilla bajo las suelas de las botas de montar.

—Buenos días, Harry. ¿Sabes algo de caballos?

Harry cerró la puerta del coche.

—He perdido bastante dinero con ellos. ¿Eso te dice algo?

—¿Así que además eres jugador?

—¿Además?

—Yo también he investigado un poco. Tus proezas compensan tus vicios. Eso es lo que parece que opinan tus colegas. ¿Fue en Hong Kong donde perdiste todo el dinero?

—En el hipódromo de Happy Valley. Solo pasó una vez.

Ella empezó a andar hacia una edificación de madera de una planta y pintada de rojo, y él tuvo que dar varias zancadas para seguirla.

—¿Has montado alguna vez, Harry?

—Mi abuelo tenía un ardenés en Åndalsnes.

—Un jinete experimentado, ¿no?

—Otra cosa que solo pasó una vez. El abuelo decía que los caballos no eran juguetes. Decía que montar a caballo por placer era una falta de respeto para con unos animales tan trabajadores.

Ella se paró delante de un soporte de madera con dos sillas de montar de piel no muy anchas.

—Ninguno de mis caballos ha visto ni verá nunca un carro o un arado. Mientras ensillo, propongo que vayas a esa entrada… —Señaló a la casa—. Encontrarás en el armario ropa de mi exmarido, te estará bien. Tenemos que cuidar ese traje tan bueno, ¿verdad?

Harry encontró un jersey y unos vaqueros que eran lo bastante largos. El exmarido debía de tener los pies más pequeños, porque no le cabía ninguno de los zapatos, hasta que dio con un par de deportivas azules del ejército no muy usadas que estaban en el fondo del armario.

Cuando salió, Isabelle estaba lista con dos caballos ensillados. Harry abrió la puerta del coche, se sentó con las piernas hacia fuera, se cambió de zapatos, quitó las plantillas de las deportivas, las dejó en el suelo del coche y cogió las gafas de sol de la guantera.

—Listo.

—Esta es Medusa —dijo Isabelle, acariciando el hocico del alazán—. Es una oldenburgo de Dinamarca, una raza perfecta para el salto. Tiene diez años y es la jefa de la caballada. Y este es Balder, tiene cinco años. Está castrado, así que seguirá a Medusa.

Le dio las riendas del animal más pequeño y montó en Medusa de un salto.

Harry la imitó, puso el pie izquierdo en el estribo y subió a la silla. Sin esperar órdenes, el caballo echó a andar detrás de Medusa.

Harry había exagerado al decir que solo había montado una vez, pero aquello era totalmente diferente a montar el caballo del abuelo, que era tan estable como un portaaviones. Tuvo que guardar el equilibrio en la silla y, al apretar las rodillas contra los costados, pudo notar el juego de los músculos y las costillas del esbelto animal. Y cuando Medusa aumentó un poco la velocidad por la senda que cruzaba los campos, y Balder respondió, aunque con una aceleración insignificante, Harry comprendió que tenía entre las piernas a un ejemplar de Fórmula 1. Al final del campo tomaron un sendero que se perdía hacia el interior del bosque y subía por la colina. En un sitio en el que el sendero se dividía alrededor de un árbol, Harry intentó dirigir a Balder hacia la izquierda, pero el caballo lo ignoró y siguió los pasos de Medusa por el lado derecho del árbol.

—Pensaba que los sementales eran los jefes de la manada —dijo Harry.

—Normalmente es así —dijo Isabelle hablando por encima del hombro—. Pero todo depende del carácter. Una yegua fuerte, ambiciosa e inteligente puede desbancarlos a todos si quiere.

—¿Y tú quieres?

Isabelle Skøyen se rió.

—Naturalmente. Si uno pretende conseguir algo, tiene que quererlo. La política es conseguir poder y, como político, hay que estar dispuesto a competir, naturalmente.

—¿Y a ti te gusta competir?

Vio como se encogía de hombros.

—Competir es sano. Significa que decide el mejor y el más fuerte, y eso es lo más conveniente para toda la manada.

—¿Y esa persona también puede aparearse con quien quiera?

No contestó. Harry la miró. Tenía la espalda arqueada y parecía ir dándole un masaje al caballo con aquellas nalgas duras, empujándolo de un lado a otro con movimientos de cadera suaves. Salieron a un claro en el bosque. El sol brillaba y a sus pies aparecía el paisaje cubierto de jirones de niebla.

—Vamos a dejar que descansen un poco —dijo Isabelle Skøyen, y bajó del caballo.

Después de atar los caballos a un árbol, Isabelle se tumbó en el césped y le indicó a Harry que hiciese lo mismo. Él se sentó a su lado y se puso las gafas de sol.

—Dime, ¿esas gafas de sol son de hombre? —preguntó ella, burlona.

—Protegen del sol —dijo Harry, y sacó el paquete de tabaco.

—Me gusta.

—¿Qué es lo que te gusta?

—Los hombres que están seguros de su masculinidad.

Harry la miró. Estaba apoyada en los antebrazos y se había desabrochado otro botón de la blusa. Esperaba que los cristales de las gafas de sol fuesen lo suficientemente oscuros. Ella sonrió.

—Bueno, ¿qué me puedes contar de Gusto? —dijo Harry.

—Me gusta que los hombres sean auténticos —dijo, sonriendo más aún.

Una libélula marrón pasó a toda velocidad en su último vuelo de aquel otoño. A Harry no le gustó lo que estaba viendo en los ojos de la mujer. Lo había visto desde que llegó. Un regocijo expectante. En absoluto la zozobra y el fastidio que debería sentir quien corría el riesgo de verse implicado en un escándalo que podía afectar a su carrera profesional.

—No me gusta lo falso —dijo—. Como la gente que va de farol, por ejemplo.

El triunfo le iluminó los ojos azules cuyo brillo realzaba el rímel.

—Llamé a un contacto mío en la policía, ¿sabes?, y aparte de hablarme un poco del legendario investigador de asesinatos Harry Hole, me dijo que de ninguna manera se había realizado ningún análisis de sangre en el caso de Gusto Hanssen. Parece ser que la muestra estaba contaminada. No hay ninguna uña con mi tipo de sangre. Era un farol, Harry.

Harry encendió el cigarro. Ni una gota de sangre le subió a las mejillas ni a las orejas. Se preguntaba si no sería demasiado viejo para sonrojarse.

—Ya. Si todo el contacto que has tenido con Gusto son unas inocentes entrevistas, ¿por qué te preocupaba que yo enviara sangre para un análisis de ADN?

Ella rió bajito.

—¿Quién dice que estaba preocupada? A lo mejor solo quería que te dieras una vuelta por aquí. Para que contemplaras la naturaleza y esas cosas.

Harry constató que no era demasiado viejo para sonrojarse, se tumbó del todo y expulsó el humo hacia un cielo de un azul ridículo. Cerró los ojos e intentó encontrar una buena razón para no follarse a Isabelle Skøyen. Había varias.

—¿Te parece poco adecuado? —preguntó ella—. Solo digo que soy una mujer adulta, soltera y con necesidades normales. Eso no significa que sea poco seria. No me liaría nunca con nadie que no considerase un igual, como por ejemplo Gusto. —Él oyó su voz acercándose—. Pero un hombre adulto y grande, sin embargo... —Le puso la mano en la barriga; él la notó caliente.

—¿Gusto y tú estuvisteis aquí, donde estamos tú y yo ahora? —dijo Harry en voz baja.

—¿Cómo?

Se apoyó en los codos e hizo un gesto con la cabeza señalando las zapatillas azules.

—Tenías el armario lleno de zapatos de caballero, zapatos de los caros, todos del número cuarenta y dos. Estas zapatillas eran las únicas del cuarenta y cinco.

—¿Y qué? No puedo asegurar que no haya tenido visitas de algún hombre con un cuarenta y cinco. —Movía la mano de un lado a otro.

—Estas zapatillas las fabricaron durante un tiempo para el ejército y, cuando cambiaron de modelo, las existencias sobrantes fueron a parar a organizaciones benéficas que las repartían a los necesitados. En la policía las llamamos calzado de yonqui, porque el Ejército de Salvación las repartía en El Faro. La pregunta es, naturalmente, por qué un visitante esporádico, que calza un cuarenta y cinco, se deja unos zapatos. Creo que la explicación lógica es que, de repente, consiguió unos nuevos.

La mano de Isabelle Skøyen dejó de moverse, así que Harry continuó.

—Un colega me enseñó fotos de la escena del crimen. Cuando Gusto murió llevaba unos pantalones baratos, pero unos zapatos demasiado caros. Alberto Fasciani, si no me equivoco. Un regalo generoso. ¿Cuánto pagaste por ellos? ¿Cinco mil?

—No tengo ni idea de lo que estás diciendo. —Retiró la mano.

Harry observó con desagrado la erección que ya estaba presionando el interior de aquellos pantalones prestados. Movió las plantas de los pies.

—He dejado las plantillas de las zapatillas en el coche. ¿Sabías que el sudor de los pies es una fuente estupenda de ADN? Seguramente también encontraremos restos microscópicos de piel. No puede haber muchas tiendas de Oslo que vendan zapatos de Alberto Fasciani. ¿Una, dos? En cualquier caso, será un trabajo sencillo cotejar los datos con tu tarjeta de crédito.

Isabelle Skøyen se sentó. Dirigió la mirada a lo lejos.

—¿Ves las granjas? —preguntó—. ¿A que son bonitas? Me encanta el terreno cultivado. Y odio el bosque. Salvo el bosque plantado por el hombre. Odio el caos.

Harry se fijó en su perfil. La nariz de hacha parecía realmente peligrosa.

—Háblame de Gusto Hanssen.

Ella se encogió de hombros.

—¿Por qué? Por lo que veo, lo has averiguado casi todo.

—Puedes elegir quién quieres que te haga las preguntas. Yo o el VG.

Ella se rió.

—Gusto era un joven muy guapo. Uno de esos sementales que da gusto ver, pero cuyos genes son cuestionables. Un padre biológico delincuente y una madre drogadicta, según el padre de acogida. No un caballo de cría, aunque divertido de montar, si una... —Tomó aire—. Venía y teníamos relaciones sexuales. De vez en cuando le daba dinero. También se veía con otras, no era una cosa tan estricta.

—¿Tenías celos?

—¿Celos? —Isabelle negó con la cabeza—. El sexo nunca me ha provocado celos. Yo también me veía con otros. Y con el tiempo, me quedé con uno en especial, así que corté con Gusto. O puede que él ya hubiera cortado conmigo. Se volvió pesado. Creo que tenía problemas de dinero. Y con las drogas también.

—¿Cómo era?

—¿Qué quieres decir con «¿cómo»? Era egoísta, poco de fiar, encantador. Un capullo seguro de sí mismo.

—¿Y qué quería?

—¿Tengo pinta de psicóloga, Harry?

—No.

—No. Porque las personas no me interesan mucho.

—¿De verdad?

Isabelle Skøyen asintió con la cabeza. Miró a lo lejos. Los ojos se le habían humedecido y le brillaban.

—Gusto se sentía solo —dijo ella.

—¿Cómo lo sabes?

—Sé lo que es la soledad, ¿vale? Y rebosaba menosprecio por sí mismo.

—¿Autosuficiente y se menospreciaba?

—No es una contradicción. Uno sabe cuánto sabe y de qué es capaz, pero eso no significa que se vea a sí mismo como querría que lo vieran los demás.

—¿Y a qué puede deberse eso?

—Mira, ya he dicho que no soy psicóloga.

—De acuerdo.

Harry esperó.

Ella carraspeó.

—Sus padres se habían deshecho de él. ¿Qué crees que puede hacerle eso a un chico? Detrás de todos los gestos y la pose de duro, había un muchacho que pensaba que no valía mucho. Tan poco como los que lo habían dado por imposible. ¿No es una lógica simple, señor casi policía?

Harry la miró. Asintió. Notó que no se sentía cómoda bajo su mirada. Pero Harry no formuló la pregunta que ella intuyó que él tenía en mente. ¿Cuál era su historia? ¿Hasta qué punto era solitaria, cuánto se menospreciaba detrás de aquella fachada?

—¿Y a Oleg, llegaste a conocerlo?

—¿Al que cogieron por el asesinato? No. Pero Gusto mencionó varias veces a un tal Oleg, decía que era su mejor amigo. Creo que era su único amigo.

—¿Y a una tal Irene?

—Sí, también hablaba de ella. Era como una hermana.

—Era su hermana.

—No de sangre, Harry. Nunca es lo mismo.

—¿No?

—La gente es muy ingenua y cree que somos capaces de sentir amor altruista. Pero se trata de preservar unos genes que sean tan idénticos a los tuyos como sea posible. Lo veo a diario en la cría, créeme. Y, sí, los caballos son como los seres humanos, somos individuos de manada. Un padre protege al hijo biológico, un hermano, a la hermana biológica. Cuando se presente un conflicto, tomaremos partido automáticamente por aquellos que más se nos parecen. Imagínate que estás en la selva, sales a una zona despejada y de repente ves a otro hombre blanco, vestido como tú, peleando con un hombre negro medio desnudo con pinturas de guerra. Cada uno tiene un cuchillo y luchan a vida o muerte. Tú tienes una pistola. ¿Cuál es tu primer pensamiento instintivo? ¿Disparar al blanco para salvar al negro? No, ¿verdad?

—Ya. ¿Y qué demuestra eso?

—Eso demuestra que nuestras lealtades están decididas biológicamente, que se trata de un círculo que se expande hacia fuera desde el centro que somos nosotros mismos y nuestros genes.

—¿Así que dispararías a uno de los dos para proteger tus genes?

—Sin pestañear.

—¿Y por qué no matar a ambos para estar totalmente segura? Ella lo miró.

—¿Qué quieres decir?

—¿Qué estabas haciendo la noche que mataron a Gusto?

—¿Cómo? —Entornó los ojos para protegerse del sol y lo miró con una amplia sonrisa—. ¿Sospechas que yo maté a Gusto, Harry? ¿Y que quiero dar con ese tal Oleg?

—Tú contesta.

—Recuerdo dónde estaba porque, precisamente, se me vino a la cabeza cuando me enteré del asesinato por el periódico. Estaba en una reunión con representantes del grupo de investigación de estupefacientes de la policía. ¿Quieres nombres?

Harry negó con la cabeza.

—¿Algo más?

—Bueno. Ese tío, Dubái. ¿Qué sabes de él?

—Dubái, sí. Pues tan poco como todo el mundo. Se habla de él, pero la policía no llega a ningún sitio. Es lo de siempre, los cabecillas profesionales acaban escabulléndose.

Harry trató de advertir alguna alteración en el tamaño de las pupilas, en el color de las mejillas. Pero si Isabelle Skøyen mentía, mentía muy bien.

—Te lo pregunto puesto que has limpiado las calles de camellos, pero has dejado a Dubái y a unas bandas sin importancia.

—Yo no, Harry. Yo solo soy una secretaria del gobierno municipal que sigue las disposiciones de la concejal de Asuntos Sociales y la política de la asamblea municipal. Y eso que llamas limpieza, en realidad, lo ha llevado a cabo la policía.

—Ya. Noruega es un pequeño país de cuento. Pero yo he pasado los últimos años en el mundo real, Skøyen, y el mundo real está manejado por dos tipos de personas. Las que buscan poder y las que buscan dinero. El primer tipo quiere una estatua; el otro, placer. Y la moneda que utilizan cuando hacen negocios entre sí para obtener lo que quieren se llama corrupción.

—Tengo cosas que hacer hoy, Hole. ¿Adónde quieres llegar?

—A donde es obvio que a otros les ha faltado valor o imaginación para llegar. Si uno lleva mucho tiempo viviendo en una ciudad, tiende a ver la situación como un mosaico de detalles que conoce bien. Pero quien vuelve y desconoce los detalles, ve solo la imagen completa. Y esa imagen completa dice que, en Oslo, la situación resulta beneficiosa para las dos partes. Los camellos, que ahora se han quedado con todo el mercado para ellos solitos, y los políticos, a quienes se ha reconocido el mérito de poner las cosas en orden.

—¿Insinúas que soy corrupta?

—¿Lo eres?

Harry le vio en los ojos cómo se apoderaba de ella la ira. Sin duda, auténtica. Se preguntaba si era la ira del justo o la del aludido. De repente, Isabelle se echó a reír. Con una risa cristalina, sorprendente, como de niña.

—Me gustas, Harry. –Se levantó–. Conozco a los hombres y, a la hora de la verdad, son unos pusilánimes. Pero puede que tú seas una excepción.

—Bien –dijo Harry–. Entonces por lo menos sabes a qué atenerte conmigo.

—La realidad me llama, querido.

Harry se dio la vuelta y vio el trasero voluminoso de Isabelle Skøyen contonearse hacia los caballos.

La siguió. Montó en Balder. Encajó los pies en los estribos. Levantó la vista y se encontró con la mirada de Isabelle. Tenía una sonrisita provocativa en medio del aquel rostro duro y finamente esculpido. Le mandó un beso con los labios. Emitió un chasquido obsceno, luego puso los talones bien pegados en los costados de Medusa. Y arqueó la espalda suavemente cuando el gran animal arrancó de un salto hacia delante.

Balder reaccionó sin previo aviso, pero a Harry le dio tiempo de sujetarse en el último momento.

Recuperaron la ventaja; los cascos de Medusa iban provocando una lluvia de terrones de barro húmedo. Aquel ejemplar adulto entrenado para el salto aumentó la velocidad y Harry vio la cola del caballo tiesa justo en el momento en que se perdía tras una curva. Agarró las riendas más cerca de la crin, como le había enseñado su abuelo, pero sin tensarlas. El sendero era tan estrecho que las ramas iban dándole en la cara, pero se encogió en la silla y apretó las rodillas con fuerza contra el costado de Balder. Sabía que no lograría pararlo, así que se concentró en mantener los pies en los estribos y la cabeza baja. En el extremo del campo de visión pasaban los árboles como rayas rojizas. Se levantó automáticamente un poco en la silla y puso el peso en las rodillas y en los estribos. Los músculos del caballo se tensaban y se hinchaban bajo su peso. Así debía de sentirse uno subido a una boa constrictor. Y por fin habían encontrado un ritmo común, acompañado del retumbar atronador de los cascos contra el suelo. El miedo competía con la obsesión. El sendero se enderezó y, cincuenta metros delante de ellos, vio a Medusa y a Isabelle. Por un instante le pareció que la imagen se congelaba, como si hubieran dejado de correr, como si todo aquel conjunto flotara a un palmo del suelo. Medusa volvió a galopar. Harry tardó un segundo más en comprender lo que estaba pasando.

Y fue un segundo muy valioso.

En la Escuela Superior de Policía había leído informes de investigación que demostraban que, en situaciones de catástrofe, el cerebro humano intenta procesar cantidades enormes de información en muy poco tiempo. En algunos policías eso se traduce en una incapacidad de reaccionar; en otros, en la sensación de que el tiempo se ralentiza, de que ven pasar toda su vida, y consiguen hacer una cantidad impresionante de observaciones y análisis de la situación. Como que a una velocidad de cerca de setenta kilómetros por hora habían cubierto veinte metros, y que solo quedaban treinta metros y un segundo y medio hasta el barranco por el que había saltado Medusa.

Que era imposible saber lo ancho que era.

Que Medusa era un caballo de salto entrenado y adulto con un jinete experimentado, mientras que Balder era más joven y más pequeño, y que llevaba a un novato de cerca de noventa kilos encima del lomo.

Que Balder era un animal de manada y que Isabelle Skøyen, por supuesto, lo sabía.

Que, en todo caso, ya era demasiado tarde para parar.

Harry deslizó las manos por las riendas y clavó los talones en el costado de Balder. Notó un último aumento de velocidad. De repente, se hizo el silencio. El retumbar había cesado. Estaban flotando. Debajo de ellos, allá lejos, divisó la copa de un árbol y un arroyo. Luego se vio lanzado hacia delante y dio con la cabeza en el cuello del caballo. Y los dos cayeron.

23

¿Tú también eras ladrón, papá? Porque yo siempre supe cómo me haría millonario. Mi lema es robar solo cuando merece la pena, así que fui paciente y esperé. Y esperé. Esperé tanto tiempo que cuando por fin se presentó la ocasión, pensé que me lo merecía, qué coño.

El plan era tan sencillo como genial. Mientras la banda de moteros de Odin se reunía con el anciano en el McDonald's, Oleg y yo íbamos a robar una parte de las reservas de heroína en Alnabru. En primer lugar, no habría nadie en los locales del club, ya que Odin se llevaría consigo a todos los músculos que tuviera a su alcance. En segundo lugar, Odin no se enteraría nunca de que la habían robado, ya que iban a detenerlo en el McDonald's. Cuando se encontrara en el banquillo, en realidad debería darnos las gracias a Oleg y a mí por haber reducido el número de kilos que la policía encontraría durante el registro. El único problema era el anciano y la pasma. En el caso de que la pasma comprendiera que alguien se les había adelantado llevándose una parte y el anciano se enterase, estaríamos en un aprieto. Resolví el problema como me había enseñado el anciano, con un enroque, una alianza estratégica. Simplemente, me fui al piso de Manglerud y esta vez Truls Berntsen estaba en casa.

Me miró con desconfianza mientras se lo explicaba, pero yo no estaba preocupado, porque lo había visto en su mirada. La codicia. Otra de esas personas que quieren que se les compense con carácter retroactivo, que creen que el dinero puede comprarles la medicina contra la depresión, la soledad y la amargura. Que no solo es de justicia, sino que es algo fácilmente asequible. Le expliqué que necesitábamos su competencia para ocultar las huellas que suele buscar la policía y para quemar lo que, a pesar de todo, pudieran encontrar. Incluso conseguir que las sospechas apuntaran a otras personas, llegado el caso. Vi un destello cuando le dije que nosotros cogeríamos cinco de los veinte kilos de la partida. Dos para mí, dos para él, uno para Oleg. Comprendí que él mismo sabía hacer la cuenta: un millón doscientas mil multiplicado por dos le daba dos millones cuatrocientas mil.

—*¿Y la única persona que lo sabe, aparte de nosotros dos, es ese tal Oleg?* —*preguntó.*

—*Lo juro.*

—*¿Tenéis armas?*

—*Una Odessa para los dos.*

—*¿Cómo?*

—*La versión de H&M de la Stetchin.*

—*De acuerdo. No es seguro que, al no encontrar indicios de allanamiento, los investigadores se fijen en la cantidad de kilos, pero ¿tienes miedo de que Odin sepa cuánto debería haber y venga a por ti?*

—*No* —*dije*—. *Me importa una mierda Odin. Del que tengo miedo es de mi jefe. No sé cómo, pero yo sé que sabe con puntos y comas cuánta heroína hay en esa entrega.*

—*Cogeré la mitad* —*dijo él*—. *Y tú y Boris podéis repartiros el resto.*

—*Oleg.*

—*Deberías alegrarte de mi mala memoria. Y al contrario: me costaría medio día encontraros, y mataros...* —*dijo alargando la ese de mataros*—. *Ni más ni menos.*

Al que se le ocurrió cómo camuflar el robo fue a Oleg. Era tan sencillo y tan obvio que no me explico cómo no se me ocurrió a mí.

—*Simplemente, sustituimos lo que cojamos por harina de patata. La policía solo informa de la cantidad de kilos incautados, ¿no de la pureza, verdad?*

Ya te digo que el plan era tan genial como sencillo.

La misma tarde que Odin y el anciano celebraban el cumpleaños en el McDonald's y discutían el precio del violín en Drammen y en Lillestrøm, Berntsen, Oleg y yo estábamos en la oscuridad delante de la verja del club de moteros en Alnabru. Berntsen se encargaba de la dirección de escena, y llevábamos medias de nylon, chaquetas negras y guantes. En la mochila teníamos armas, taladro, destornillador, palanqueta y seis kilos de harina de patata en bolsas de plástico. Oleg y yo le habíamos explicado dónde tenían Los Lobos sus cámaras de vigilancia, y trepando por la valla para luego llegar corriendo a la pared larga de la izquierda, nos mantuvimos todo el tiempo en ángulo muerto. Sabíamos que podíamos hacer el ruido que quisiéramos ya que el tráfico de la E6, que pasaba justo por debajo, lo ahogaría todo, así que Berntsen metió el taladro en la pared de madera y empezó a taladrar mientras Oleg vigilaba y yo tarareaba «Been Caught Stealing», que era la banda sonora del juego GTA de Stein, y que él dijo que era una banda de música que se llamaba Jane's Addiction y que yo recordaba porque era un nombre guay, más guay que la canción, de hecho. Oleg y yo conocíamos el terreno y sabíamos que era fácil hacerse una idea de cómo era el club de moteros. Consistía en una sala de estar grande. Pero como, a modo de precaución, habían cubierto todas las ventanas con listones de madera claveteados, pensamos taladrar una mirilla para cerciorarnos de que estaba vacío antes de entrar. Fue Berntsen quien insistió en esto, se negaba a creer que Odin dejara sin vigilancia veinte kilos de heroína, cuyo valor en la calle era de veinticinco millones. Nosotros conocíamos mejor a Odin, pero cedimos. Safety first.

—Ya está —*dijo Berntsen sacando el taladro, que se paró con un gruñido.*

Acerqué el ojo al agujero. No se veía una mierda. Alguien había apagado la luz o no habíamos penetrado totalmente la pared. Me volví hacia Berntsen, que estaba limpiando el taladro.

—¿Qué coño de clase de aislamiento es esto? —*preguntó levantando un dedo. Parecía yema de huevo y unos pelos de mierda.*

Nos fuimos unos metros más abajo y taladramos otro agujero. Miré dentro. Y allí estaba el viejo club de siempre. Con los mismos muebles de cuero, la misma barra y la misma foto de Karen McDougal, Playmate of the Year, *montada encima de una moto tuneada. Nunca supe qué me la ponía más dura, si la tía o la moto.*

—Despejado —*dije.*

La puerta trasera tenía varios cierres y candados.

—¿No decías que solo había una cerradura? —*dijo Berntsen.*

—Así era antes —*dije—. Se ve que Odin ha desarrollado un poco de paranoia.*

El plan era taladrar y sacar la cerradura, y volver a atornillarla en su sitio cuando nos fuéramos para que no hubiese señales de allanamiento. Todavía podía funcionar, pero no en el tiempo que teníamos calculado. Nos pusimos manos a la obra.

Veinte minutos más tarde, Oleg miró el reloj y dijo que debíamos darnos prisa. No sabíamos exactamente cuándo vendrían a llevar a cabo el registro, solo que se produciría después de las detenciones, que tendrían lugar pasadas las siete, ya que Odin no se quedaría esperando cuando se diera cuenta de que el anciano no iba a aparecer.

Tardamos media hora en abrir esa mierda, el triple de lo que habíamos calculado. Sacamos las armas, nos cubrimos la cara con las medias de nailon y entramos. Berntsen primero. No habíamos hecho más que cruzar la puerta cuando cayó de rodillas sujetando el arma con las dos manos, como un puto SWAT.

Había un tío sentado junto a la pared que daba al oeste. Odin había dejado a Tutu de perro guardián. Con una escopeta de cañón recortado en el regazo. Pero el perro guardián tenía los ojos cerrados, la boca abierta y la cabeza apoyada en la pared. Según los rumores, Tutu tartamudeaba hasta en sueños, pero ahora dormía tranquilo como un niño.

Berntsen se levantó y fue de puntillas hacia Tutu con la pistola por delante. Oleg y yo lo seguimos con sigilo.

—Solo se ve un agujero —me susurró Oleg.

—¿Cómo? —le susurré yo.

Y entonces lo comprendí.

Veía el último agujero del taladro, y calculé más o menos por dónde habría entrado el primero.

—Joder —susurré, aunque ya sabía que no había ninguna razón para susurrar.

Berntsen se acercó a Tutu. Le dio un empujón. Tutu se cayó de la silla, de lado. Quedó tendido boca abajo con la cara sobre el hormigón, de forma que pudimos ver el agujero redondo en el cogote.

—Está taladrado, vale —dijo Berntsen.

Metió el dedo en el agujero de la pared.

—Joder —le susurré a Oleg—. ¿Qué probabilidades hay de que pase una cosa así, eh?

Pero no contestó; miraba fijamente al cadáver con una expresión en la cara como de no saber si vomitar o echarse a llorar.

—Gusto —susurró—. ¿Qué hemos hecho?

No sé lo que me pasó, pero empecé a reír. Simplemente, imposible contenerme. El madero, con aquella mandíbula inferior que parecía una excavadora y aquella pose tan graciosa; la desesperación de Oleg, con la cara aplastada bajo la media de nailon; y la boca abierta de Tutu, que realmente había demostrado que tenía cerebro, a pesar de todo. Me reí tanto que empecé a gritar. Hasta que de repente me atizaron un bofetón y vi que me saltaban chispas delante de los ojos.

—Compórtate, si no, te doy otra —dijo Berntsen, y se frotó la mano.

—Gracias —dije, y lo decía en serio—. Vamos a buscar la droga.

—Antes tenemos que pensar lo que vamos a hacer con el tío taladrado —dijo Berntsen.

—Es demasiado tarde —dije—. Ahora sí que van a darse cuenta de que ha entrado alguien.

—No si nos llevamos a Tutu al coche y atornillamos la cerradura —dijo Oleg con voz débil y llorosa—. Si descubren que falta algo de la droga pensarán que ha sido él quien se lo ha llevado.

Berntsen miró a Oleg y asintió con la cabeza.

—Tienes un colega muy listo, Dusto. Manos a la obra.

—Primero la droga —dije.

—Primero el tío taladrado —dijo Berntsen.

—La droga —repetí yo.

—El tío taladrado.

—Tengo pensado hacerme millonario esta noche, puto pelícano.

Berntsen levantó la mano.

—El tío taladrado.

—¡Cerrad la boca! —Era Oleg.

Nos lo quedamos mirando.

—Es de una lógica aplastante. Si Tutu no está en el maletero antes de que venga la policía, perderemos la droga y la libertad. Si Tutu está en el maletero aunque sin la droga, solo perdemos el dinero.

Berntsen se volvió hacia mí.

—Parece que Boris está de acuerdo conmigo, Dusto. Dos contra uno.

—De acuerdo —dije—. Vosotros lleváis el cadáver y yo busco la droga.

—Error —dijo Berntsen—. Nosotros nos llevamos el cadáver y tú limpias la mierda que hemos dejado. —Señaló con el dedo el fregadero que había en la pared al lado de la barra.

Llené un cubo de agua mientras Oleg y Berntsen cogían a Tutu cada uno de una pierna y tiraban de él hacia la puerta, dejando un rastro delgado de sangre. Bajo la mirada alentadora de Karen McDougal, limpié de sangre y restos de cerebro la pared y luego el suelo. Acababa de terminar y estaba a punto de ponerme a buscar la droga cuando oí un sonido que entraba por la puerta aún abierta que daba a la E6. Intenté convencerme de que el sonido se dirigía a otro sitio. Que el hecho de que se oyera cada vez más alto eran imaginaciones mías. Sirenas de la policía.

Miré en el bar, en la oficina y en el retrete. Era un local sencillo, sin desván ni sótano ni muchos recovecos donde esconder veinte kilos de caballo. Entonces vi la caja de herramientas. Y el candado, que no estaba allí anteriormente.

Oleg gritó algo desde la puerta.

—Dame la palanqueta —le respondí a voces.

—¡Tenemos que pirarnos ya! ¡Están llegando!

—¡La palanqueta!

—¡Ahora, Gusto!

Yo sabía lo que había allí dentro. Veinticinco millones de coronas, justo delante de mí, dentro de una puta caja de madera. Empecé a darle patadas a la cerradura.

—¡Gusto, voy a disparar!

Me volví hacia Oleg. Me estaba apuntando con la puta pistola rusa. No es que yo creyera que iba a acertar a esa distancia, estaba a más de diez metros, pero el simple hecho de que me apuntara…

—Si te cogen a ti, nos cogen a todos —gritó con un nudo de llanto en la garganta—. ¡Vamos!

Volví a aporrear la cerradura. El sonido de las sirenas era cada vez más fuerte. Pero eso es lo que pasa con las sirenas, que siempre parece que están más cerca de lo que realmente están.

Noté como un latigazo en la pared por encima de mí. Volví a mirar a la puerta y me dieron escalofríos. Era Berntsen. Estaba allí con el arma reglamentaria humeándole en la mano.

—La próxima no falla —dijo tranquilamente.

Le di una última patada y salí corriendo.

Acabábamos de saltar la valla y salir a la carretera. Nos habíamos quitado las medias de nailon cuando vimos los faros delanteros de los coches de policía. Fuimos andando tranquilamente hacia ellos.

Nos pasaron por delante a toda velocidad y pararon a la entrada del club.

Nosotros seguimos hasta el montículo donde Berntsen había dejado el coche. Nos metimos dentro y nos fuimos de allí con calma. Cuando dejamos atrás el club, me di la vuelta y miré a Oleg, que iba en el asiento trasero. Las luces azules le iluminaban la cara, enrojecida por el llanto y por la media de nailon. Era como si se hubiera quedado vacío por completo, lo único que hacía era mirar la oscuridad, como si estuviese listo para morir.

Ninguno de nosotros dijo nada hasta que Berntsen se detuvo en una parada autobús en Sinsen.

—La has cagado, Dusto —dijo.

—Cómo iba yo a saber lo de las cerraduras —dije.

—Es lo que se llama preparativos —dijo Berntsen—. Reconocimiento del terreno y esas cosas. ¿Te suena? Nos vamos a encontrar una puerta abierta con una cerradura desmontada.

Comprendí que con ese «vamos» se refería a la pasma. Un tío raro.

—Me he llevado la cerradura y las bisagras —sollozó Oleg—. Parecerá que Tutu se ha ido al oír las sirenas y no le ha dado tiempo a cerrar. Y las marcas de los tornillos pueden ser de un allanamiento que se haya producido en cualquier momento durante el último año, ¿no?

Berntsen miró a Oleg por el retrovisor.

—Aprende de tu colega, Dusto. O mejor, no lo hagas. Oslo no necesita ladrones inteligentes.

—Vale —dije—. Pero a lo mejor tampoco es tan inteligente estar aparcado en una parada de autobús con un cadáver en el maletero.

—Exacto —dijo Berntsen—. Así que largaos.

—El cadáver...

—Del tío taladrado me encargo yo.

—Dónde...

—Eso os importa una mierda. ¡Largo!

Nos bajamos y vimos cómo se perdía el Saab de Berntsen.

—De ahora en adelante hay que procurar mantenerse lejos de ese tío —dije.

—¿Por qué?

—Ha matado a un hombre, Oleg. Tiene que deshacerse de todas las pruebas físicas. Ahora encontrará un lugar para esconder el cadáver. Pero después…

—Tendrá que deshacerse de los testigos.

Asentí. Estaba deprimido de narices. Así que intenté pensar con optimismo.

—Daba la impresión de que tenía un sitio cojonudo para Tutu, ¿verdad?

—Yo quería el dinero para mudarme a Bergen con Irene —dijo Oleg.

Me lo quedé mirando.

—He entrado en Derecho. Irene está en Trondheim con Stein. Pensaba ir allí para convencerla.

Cogimos el autobús hasta el centro. Yo ya no aguantaba la mirada vacía de Oleg, había que llenarla de algo.

—Ven —le dije.

Mientras le preparaba una jeringuilla en el local de ensayo, vi que me miraba impaciente, como si tuviese ganas de hacerlo él mismo, como si yo le pareciera torpe. Y cuando se subió la manga de la camisa para que le metiera el chute, comprendí por qué: tenía marcas de pinchazos por todo el antebrazo.

—Solo hasta que Irene vuelva —dijo.

—¿Tienes tu propio material? —pregunté.

Él negó con la cabeza.

—Me lo han robado.

Esa tarde le enseñé dónde y cómo se hace uno un escondite de los buenos.

Truls Berntsen llevaba más de una hora esperando en el aparcamiento cuando un coche por fin se metió en el último sitio libre con una placa que decía que estaba reservado para el bufete de abogados Bach & Simonsen. Había decidido que ese sería el lugar idóneo. Solo dos coches habían llegado y salido de esta parte del parking durante la hora que llevaba allí y no había ninguna cámara de vigilancia. Truls comprobó que el número de la matrícula era el mismo que había encontrado en el registro de vehículos. Hans Christian Simonsen dormía hasta tarde por la mañana. O podía ser que no durmiera, a lo mejor había pasado la noche con alguna señora. El hombre que se apeó tenía un flequillo rubio y juvenil, como el que llevaban los capullos del barrio de la zona oeste en el que se crió.

Truls Berntsen se puso las gafas de sol, metió la mano en el bolsillo del abrigo y apretó la empuñadura de la pistola, una Steyr austriaca, semiautomática. Se había dejado el revólver reglamentario de la policía para que el abogado no tuviera pistas innecesarias. Fue andando rápidamente para interceptar a Simonsen mientras seguía entre los coches. Las amenazas surtían mejor efecto si llegaban de forma rápida y agresiva. Si la víctima no tiene tiempo de movilizar otros pensamientos que el miedo a morir, te dará lo que quieres enseguida.

Era como si tuviese polvos de gaseosa en la sangre, notaba zumbidos y un martilleo en los oídos, en la ingle y la garganta. Se imaginó lo que iba pasar. La pistola en la cara de Simonsen, tan cerca que sería lo único que recordara. «¿Dónde está Oleg Fauke? Contesta con rapidez y precisión o te mato ahora mismo.» Luego la respuesta. Y entonces: «Si avisas a alguien o cuentas que esta conversación ha tenido lugar, volvemos y te matamos. ¿Comprendido?». Sí. O quizá asentiría con un simple gesto de pasmo. Una micción involuntaria, tal vez. Truls sonrió al pensarlo. Aumentó la velocidad. El martilleo le había llegado ya al estómago.

—¡Simonsen!

El abogado levantó la vista. Y se le iluminó la cara.

—¡Hola! Berntsen. Truls Berntsen, ¿verdad?

A Truls se le petrificó la mano en el bolsillo del abrigo. Y se le quedaría cara de alelado, porque Simonsen se rió con ganas.

—Tengo buena memoria para las caras, Berntsen. Tú y tu jefe, Mikael Bellman, investigabais el caso de desfalco en el museo Heider. Yo era el abogado defensor. Me temo que vosotros ganasteis el caso.

Simonsen volvió reír. Una risa de esas joviales e ingenuas del oeste de Oslo. La risa de gente que había crecido en un lugar donde todo el mundo le deseaba lo mejor a todo el mundo, un lugar con abundancia suficiente para poder concedérsela a los demás. Truls odiaba a todos los Simonsen de este mundo.

—¿Puedo hacer algo por ti, Berntsen?

—Yo... —Truls Berntsen buscaba algo que decir. Pero no era su fuerte acordarse de lo que haría cara a cara con... ¿con qué? ¿Con gente que pensaba más rápido, y él lo sabía? Fue fácil en Alnabru, entonces solo estaban los dos muchachos, entonces podía dar órdenes. Pero Simonsen vestía traje, tenía estudios, hablaba diferente, con superioridad, él... ¡Mierda!

—Solo quería decirte hola.

—¿Hola? —dijo Simonsen con la interrogación en la cara y en el tono de voz.

—Hola —dijo Berntsen y forzó una sonrisa—. Mala suerte con ese caso. Nos cogerás la próxima vez.

Se fue hacia la salida con paso firme. Notaba la mirada de Simonsen en la espalda. Esconder la mierda, comer mierda. Que se vayan todos al infierno.

Prueba con el abogado defensor, y si eso no funciona, hay un tipo que se llama Chris Reddy, todo el mundo lo llama Adidas.

El vendedor de speed. Truls esperaba tener algún un pretexto para atizarle durante la detención.

Harry iba nadando hacia la luz, hacia la superficie. La luz era cada vez más intensa y salió. Abrió los ojos y miró directamente al cielo. Estaba boca arriba. Algo entró en su campo de visión. La cabeza de un caballo. Y luego otra más.

Se hizo sombra con la mano. Había alguien encima de uno de los caballos, pero la luz lo cegaba.

La voz venía de lejos.

—Creía que me habías dicho que nunca habías montado a caballo, Harry.

Harry soltó un lamento y se levantó. Balder había sobrevolado el barranco y había aterrizado al otro lado con las patas delanteras, de modo que Harry había caído hacia delante, se había estampado la cabeza en el cuello de Balder, se le habían salido los estribos y se había deslizado por un lado mientras sujetaba las riendas con fuerza. Recordaba vagamente que había arrastrado a Balder consigo, pero había logrado apartarse de una patada para que no le cayera encima media tonelada de caballo.

Tenía la sensación de haberse partido el espinazo, pero, por lo demás, se sentía más o menos entero.

—El caballo de mi abuelo no era de los que saltan barrancos —dijo Harry.

—¿Barrancos? —dijo Isabelle Skøyen riéndose y dándole las riendas de Balder—. Es una grieta de nada, Harry, son cinco metros. Yo soy capaz de saltar más sin caballo. No sabía que te asustaras tan fácilmente. ¿Una carrera hasta la casa?

—¿Balder? —dijo Harry acariciándole el hocico al caballo mientras veían a Isabelle Skøyen y Medusa desaparecer hacia el campo abierto—. ¿Conoces el «paso relajado»?

Harry paró en una gasolinera de la E6 y pidió un café. Volvió al coche y se miró al espejo. Isabelle le había dado una tirita para el rasguño de la frente, una invitación para que la acompañara al estreno de *Don Giovanni* en la Ópera («…es imposible encontrar una pareja que me llegue por encima de la barbilla cuando me pongo los zapatos de tacón alto, y queda mal en los periódicos…») y un fuerte abrazo de despedida. Harry sacó el móvil y respondió a la llamada perdida.

—¿Dónde has estado? —gritó Beate.

—En el campo —dijo Harry.

—No había mucho que encontrar en la escena del crimen de Gardermoen. Mi gente ha pasado la aspiradora. Nada. Lo único que hemos averiguado es que los clavos son clavos corrientes, de acero, pero con una cabeza de aluminio muy grande, de dieciséis milímetros, y el ladrillo procede seguramente de una finca urbana de Oslo, construida a finales del siglo XIX.

—¿Ajá?

—Encontramos sangre de cerdo y cerdas de caballo en la mezcla. Un albañil de Oslo muy famoso solía hacer así la mezcla, se encuentra en muchas fincas urbanas del centro. El ladrillo puede ser de cualquier sitio.

—Ya.

—En resumidas cuentas, ningún rastro allí tampoco.

—¿Tampoco?

—Sí. Esa visita que mencionaste. Tiene que haber sido en otro sitio, no en la Comisaría General, porque en su registro no figura ningún Tord Schultz. En la pegatina solo pone Distrito Policial de Oslo y hay varias comisarías que utilizan un sistema parecido de pegatinas.

—De acuerdo. Gracias.

Harry revolvió en los bolsillos hasta dar con lo que buscaba. La pegatina de la visita de Tord Schultz. Y la suya propia, la que le habían dado cuando visitó a Hagen en Delitos Violentos el primer día que estuvo en Oslo. Las puso una al lado de la otra en el salpicadero. Las examinó. Sacó sus conclusiones y se las volvió a meter en el bolsillo. Dio la vuelta a la llave de contacto, aspiró por la nariz, constató que todavía olía a caballo y decidió ir a ver a un viejo rival en Høyenhall.

24

Empezó a llover sobre las cinco y, a las seis, cuando Harry llamó al timbre de aquel chalet enorme, estaba oscuro como Høyenhall en Nochebuena. La casa presentaba todas las señales de estar recién construida, todavía había pilas con restos de materiales de construcción al lado del garaje y, debajo de la escalera, vio cubetas de pintura y cajas de material de aislamiento.

Harry vio una figura que se movía detrás del cristal esmerilado y sintió que se le erizaban los pelos de la nuca.

Abrió la puerta con violencia y rapidez, como un hombre que no tiene nada que temer de nadie. Aun así, se puso rígido al ver a Harry.

–Buenas noches, Bellman –dijo Harry.

–Harry Hole. Quién lo iba a decir.

–¿Decir qué?

Bellman se rió.

–Diría que es sorprendente verte aquí en mi puerta. ¿Cómo has sabido dónde vivo?

–Todos conocen al prota. En la mayoría de los países, al jefe de Crimen Organizado le asignarían un escolta, como supongo que sabes. ¿Molesto?

–En absoluto –dijo Bellman rascándose la barbilla–. Lo que pasa es que estoy dudando de si invitarte a entrar o no.

–Bueno –dijo Harry–. Aquí fuera todo está mojado. Y vengo en son de paz.

–Tú no sabes lo que significa esa palabra –dijo Bellman, y abrió la puerta–. Límpiate los zapatos.

Mikael Bellman llevó a Harry por el vestíbulo, entre torres de cajas de cartón, hasta una cocina que todavía no tenía electrodomésticos, y de ahí a una sala de estar. Harry constató que era una buena casa. No lujosa como algunos de los chalets de la parte oeste de Oslo, pero sí sólida y con espacio suficiente para una familia. Y tenía unas vistas espléndidas al valle de Kværner, la estación de Oslo S y el centro. Harry lo comentó.

—La parcela me ha costado casi más que la casa —dijo Bellman—. Perdona el desorden, pero acabamos de mudarnos. La semana que viene celebraremos una fiesta de inauguración.

—¿Y se te ha olvidado invitarme? —dijo Harry quitándose la chaqueta mojada.

Bellman sonrió.

—Te invito a una copa ahora. ¿Qué…?

—No bebo —dijo Harry, también sonriendo.

—Caray, es verdad —dijo Bellman sin muestras de arrepentimiento—. Hay que ver lo rápido que olvida uno. Mira a ver si encuentras una silla por aquí y buscaré una cafetera y dos tazas.

Diez minutos más tarde estaban sentados ante las ventanas contemplando la terraza y las vistas. Harry fue directamente al grano. Mikael Bellman lo escuchó sin interrumpirlo, ni siquiera cuando Harry vio la incredulidad en sus ojos. Harry terminó y Bellman hizo una síntesis.

—O sea que, en tu opinión, el piloto Tord Schultz intentó sacar violín del país. Lo cogieron, pero lo pusieron en libertad después de que un quemador con tarjeta de identificación policial cambiara el violín por harina de patata. Y, tras la puesta en libertad, lo ejecutaron en su casa, probablemente porque su cliente se enteró de que había hablado con la policía y temía que fuera a contar lo que sabía.

—Ajá.

—Y para lo de que estuvo en la Comisaría General te basas en que tenía una pegatina con la leyenda «Policía».

—La he comparado con mi pegatina de cuando fui a visitar a Hagen. Las dos tienen una impresión débil en el trazo de la H. Fijo que es la misma impresora.

—No te voy a preguntar cómo te hiciste con la pegatina de acceso de Schultz, pero ¿cómo puedes estar seguro de que no se trataba de una visita normal? A lo mejor quería aclarar algo sobre esa harina de patata, asegurarse de que lo creíamos.

—Porque han borrado su nombre del registro de visitas. Era importante que esta visita fuera secreta.

Mikael Bellman suspiró.

—Es lo que he dicho siempre, Harry. Deberíamos haber trabajado juntos, no enfrentados. Te habría gustado trabajar en Kripos.

—¿De qué estás hablando?

—Antes de decírtelo, tengo que pedirte un favor. Que no hables con nadie de lo que te voy a contar esta noche.

—De acuerdo.

—Este asunto ya me ha puesto en una situación muy difícil. Schultz vino a verme a mí. Es verdad, quería contar lo que sabía. Entre otras cosas, me dijo lo que hacía tiempo que yo sospechaba, que teníamos un quemador entre nosotros. Uno que, barrunto, trabaja en la Comisaría General, con acceso a los casos que tenemos en Crimen Organizado. Le pedí que esperara en su casa mientras yo hablaba con la jefatura. Tuve que pisar con cuidado para no alarmar al quemador. Pero ir con cuidado significa por lo general que las cosas van despacio. Hablé con el jefe de policía saliente, pero él dejó en mis manos averiguar cómo había que abordarlo.

—¿Por qué?

—Como he dicho, es el saliente. No tiene ningún interés en llevarse una mierda de caso con un policía corrupto de por medio como regalo de despedida.

—¿Y quería mantenerlo en los niveles más bajos del sistema, hasta que él se haya marchado?

Bellman miró fijamente el fondo de la taza.

—Es bastante probable que yo sea el nuevo jefe de policía, Harry.

—¿Tú?

—Y seguramente pensó que podía asumir la primera carga de basura nada más entrar. El problema es que reaccioné demasiado lento. Lo pensé una y otra vez. Podíamos conseguir que Schultz desenmascarase al quemador cuanto antes, pero eso pondría en fuga a los demás, que se esconderían enseguida. Me dije ¿y si le poníamos a Schultz un micrófono oculto que nos condujera a todos aquellos a los que queríamos coger primero? Quién sabe, quizá incluso al gran cabecilla de Oslo en estos momentos.

—Dubái.

Bellman asintió con la cabeza.

—El problema era, ¿de quién me podía fiar en la Comisaría y de quién no? Acababa de elegir a un grupo pequeño, los había controlado de todas las formas posibles, cuando llegó una información anónima…

—Habían encontrado a Tord Schultz asesinado —dijo Harry.

Bellman lo miró inquisitivamente.

—Y ahora —dijo Harry—, tienes el problema de que, si llega a saberse que actuaste con demasiada lentitud, podría perjudicar tu nombramiento.

—Eso también —dijo Bellman—. Pero no es lo que más me preocupa. El problema es que nada de lo que Schultz me contó se puede utilizar. Estamos igual que antes. Este supuesto policía que visitó a Schultz en el calabozo y que pudo haber cambiado la droga…

—¿Sí?

—Se identificó como agente de policía. El inspector jefe del aeropuerto de Oslo cree recordar que se llamaba Thomas algo. Tenemos cinco Thomas en la Comisaría General. Ninguno de ellos pertenece a Crimen Organizado. Envié fotos de nuestros Thomas, pero él no reconoció a ninguno. O sea, por lo que sabemos, el quemador ni siquiera es policía.

—Ya. Solo una persona con tarjeta de identificación policial falsa, o lo más probable, alguien como yo, alguien que ha sido policía.

—¿Por qué?

Harry se encogió de hombros.

—Hay que ser policía para engañar a un policía.

Alguien abrió la puerta de entrada.

—¡Cariño! —gritó Bellman—. Estamos aquí dentro.

Se abrió la puerta de la sala de estar y por ella asomó la cara bonita y bronceada de una mujer de unos treinta años. Tenía el pelo rubio recogido en una cola de caballo y a Harry le recordó a la exmujer de Tiger Woods.

—He dejado a los niños con mamá. ¿Vienes, cariño?

Bellman carraspeó.

—Tenemos visita.

Ella ladeó la cabeza.

—Ya lo veo, cariño.

Bellman miró a Harry con una expresión frustrada en la cara, como diciendo «Qué quieres que haga».

—Hola —dijo ella, y le lanzó a Harry una mirada burlona—. Papá y yo traemos una carga nueva en el remolque. ¿Te apetece…?

—Tengo la espalda fatal y, de repente, me han entrado unas ganas locas de irme a casa —murmuró Harry; apuró el café y se levantó.

—Otra cosa —dijo Harry cuando él y Bellman estaban en el porche—. La visita que te comenté, en el Radiumhospitalet.

—¿Sí?

—Había un tío allí, un investigador encorvado y extraño, Martin Pran. Solo es una sensación que tengo, pero me pregunto si podrías vigilarlo por mí.

—¿Por ti?

—*Sorry*, la fuerza de la costumbre. Por la policía. Por el país. Por la humanidad.

—¿Una sensación?

—Es más o menos lo que tengo en este caso, si pudieras informarme de lo que encontréis…

—Lo pensaré.

—Gracias, Mikael.

Harry notó lo extraño que le resultaba decir el nombre de pila de ese hombre. Se preguntaba si alguna vez lo había hecho. Mikael abrió la puerta a la lluvia, y los envolvió un aire frío.

—Siento lo del chico —dijo Bellman.

—¿Cuál de ellos?

—Los dos.

—Ya.

—¿Sabes qué? Yo conocí a Gusto Hanssen. Vino aquí una vez.

—¿Aquí?

—Sí. Un chico muy guapo. Como… —Bellman buscaba las palabras. Se rindió—. ¿Tú también estabas enamorado de Elvis cuando eras jovencito? *Man crush,* como dicen los americanos.

—Bueno —dijo Harry, y sacó el paquete de tabaco—. No.

Estaba seguro de que las manchas blancas de pigmentación de Mikael Bellman llameaban de color rojo.

—El chico tenía ese tipo de cara. Y era muy carismático.

—¿Qué quería?

—Hablar con un agente. Había un grupo de colegas ayudándome con la casa. Cuando solo cuentas con el sueldo de policía, tienes que hacer tú mismo todo el trabajo que puedas, ya lo sabes.

—¿Con quién habló?

—¿Con quién? —Bellman miró a Harry. O mejor dicho, dirigía la vista a Harry, pero en realidad la tenía fija en algo muy lejano, algo que parecía que acabara de descubrir—. Pues no me acuerdo. Esos yonquis siempre están deseando dar un soplo y conseguir un billete de mil para un chute. Buenas noches, Harry.

Ya había caído la noche cuando Harry cruzaba Kvadraturen. Una caravana paró algo más arriba en la calle, delante de una de las prostitutas negras. Se abrió la puerta y tres chicos que no tendrían más de veinte años salieron de un salto. Uno grababa mientras el otro se dirigía a la mujer. Ella negó con la cabeza. Seguramente, no quería participar en un *gangbang* que luego colgarían en You-Porn. En su país también había Internet. Familia, parientes. A lo mejor creían que el dinero que mandaba a casa lo ganaba trabajando de camarera. O a lo mejor no lo creían, pero tampoco preguntaban. Cuando Harry se acercó, uno de los chicos escupió en el asfalto delante de ella y dijo con voz chillona de borracho: «Cheap nigger ass».

Harry se encontró con la mirada cansada de la mujer negra. Inclinaron la cabeza como si hubieran reconocido un rasgo común. Los otros dos chicos se irguieron al ver a Harry. Muchachos altos y bien alimentados. De mejillas sonrosadas y bíceps de gimnasio, tal vez un año de kickboxing o karate.

–Buenas noches, buena gente –dijo Harry sonriendo sin aminorar la marcha.

Pasó de largo, oyó la puerta al cerrarse y la aceleración del motor.

Por la puerta salía siempre la misma melodía. «Come As You Are». La misma invitación.

Harry aminoró el paso. Un momento.

Volvió a acelerar, siguió adelante sin mirar ni a la derecha ni a la izquierda.

La mañana siguiente, a Harry lo despertó el móvil. Se incorporó en la cama, cerró fuerte los ojos para protegerse de la luz que entraba por la ventana sin cortinas, alargó el brazo hacia la chaqueta que tenía colgada en la silla, buscó en los bolsillos hasta que encontró el móvil.

–Dime.

–Soy Rakel –Casi le faltaba el aliento de lo nerviosa que estaba–. Han soltado a Oleg. Está libre, Harry.

25

Harry se quedó bajo la luz matutina plantado en medio de aquella habitación de hotel sin cortinas. Aparte de la oreja derecha, que le tapaba el teléfono, estaba desnudo. En la habitación de enfrente, al otro lado del patio, lo observaba con ojos somnolientos una mujer que masticaba una rebanada de pan con la cabeza ladeada.

–Hans Christian no lo ha sabido hasta que ha llegado al despacho hace quince minutos –dijo Rakel–. Lo soltaron ayer por la tarde. Otro chico ha confesado haber disparado a Gusto. ¿No es fantástico, Harry?

Sí, pensó Harry. Era fantástico. Tanto que era increíble.

–¿Quién ha confesado?

–Un tal Chris Reddy, alias Adidas. Pertenece al ambiente de la droga. Le pegó un tiro a Gusto porque le debía dinero de anfetaminas.

–¿Dónde está Oleg ahora?

–No lo sabemos. Acabamos de enterarnos.

–¡Piensa, Rakel! ¿Dónde puede estar? –La voz de Harry sonó más dura de lo que pretendía.

–¿Qué… qué pasa?

–La confesión. La confesión es lo que pasa, Rakel.

–¿Qué pasa con la confesión?

–¿No lo comprendes? ¡Es una confesión falsa!

–No, no. Hans Christian dice que es detallada y muy verosímil. Por eso han soltado a Oleg ya.

—El tal Adidas dice que le disparó a Gusto porque le debía dinero. Así que es un asesino frío y calculador. ¿Y luego le entran remordimientos y confiesa?

—Pero cuando vio que estaban a punto de condenar a la persona equivocada…

—¡Anda ya! Un drogadicto desesperado tiene solo una cosa en la cabeza, drogarse. Sencillamente no hay sitio para los remordimientos, créeme. El tal Adidas es un colgado sin blanca y, a cambio de la debida recompensa, está más que dispuesto a confesar un asesinato para retractarse más tarde, después de que hayan puesto en libertad al protagonista. ¿No ves cuál es el plan? El gato ha visto que no logrará entrar en la jaula del pájaro…

—¡Para! —gritó Rakel a punto de echarse a llorar.

Pero Harry no paró.

—…así que deberá sacar al pájaro de la jaula.

La oyó llorar. Sabía que probablemente solo había dicho en voz alta lo que ella ya casi había intuido por sí misma, aunque sin atreverse a pensarlo del todo.

—Harry, por favor, ¿no puedes tranquilizarme?

Él no contestó.

—No quiero seguir teniendo miedo —susurró ella.

Harry tomó aire.

—Lo hemos conseguido antes, y lo vamos conseguir otra vez, Rakel.

Colgó. Y, una vez más, pudo constatarlo: se había convertido en un mentiroso estupendo.

La mujer de la ventana de enfrente lo saludó con tres dedos con un gesto perezoso.

Harry se pasó la mano por la cara.

Ahora solo era cuestión de quién encontraría primero a Oleg, él o ellos.

Pensar.

A Oleg lo habían puesto en libertad el día anterior por la tarde, en algún lugar de Østlandet. Un yonqui deseando pillar violín. Se iría derecho a Oslo, a Plata, si es que no tenía una reserva en un escondite secreto. No podía ir a la calle Hausmann, la escena del crimen seguía acordonada. ¿Así que dónde iría a dormir sin dinero, sin amigos? ¿A la calle Urtegata? No, Oleg sabía que allí lo verían y que no tardaría en cundir el rumor.

Solo podía encontrarse en un lugar.

Harry miró el reloj. Habría que presentarse allí antes de que el pájaro echara a volar.

El estadio de Valle Hovin estaba tan desierto como la última vez que había estado allí. Lo primero que Harry detectó al doblar la esquina en dirección a los vestuarios fue que una de las ventanas que quedaban al nivel de la calle estaba rota. Echó un vistazo. Los cristales rotos habían caído dentro. Se fue rápidamente hasta la puerta y abrió con la llave que todavía guardaba. Fue hasta la puerta de los vestuarios y entró.

Sintió como si lo hubiera arrollado un tren de mercancías.

Harry respiraba con dificultad tirado en el suelo mientras luchaba con la persona que le había caído encima. Alguien apestoso que estaba mojado y desesperado. Harry se escabulló, intentó soltarse. Resistió el reflejo de dar un puñetazo y logró agarrar un brazo, una mano, consiguió doblarla hacia el antebrazo. Logró ponerse de rodillas al tiempo que apretaba la cara del otro contra el suelo.

—¡Ay! ¡Mierda! ¡Suéltame!

—¡Soy yo! Soy Harry, Oleg.

Lo soltó y ayudó a Oleg a levantarse, lo dejó sentarse en el banco.

El chico tenía una pinta horrible. Pálido. Delgado. Con los ojos desorbitados. Y apestaba a una extraña mezcla de dentista y excrementos. Pero no estaba bajo los efectos de la droga.

—Creía… —dijo Oleg.

—Creías que era uno de ellos.

Oleg se tapó la cara con las manos.

—Ven —dijo Harry—. Salgamos.

Se sentaron en la tribuna. Bajo la pálida luz de la mañana, que caía sobre la cubierta de hormigón agrietada. Harry pensó en todas las veces que había estado sentado allí viendo a Oleg patinar, oyendo cómo cantaban los hierros de los patines antes de hundirse otra vez en el hielo, el débil reflejo de los focos en la superficie verde mar que, poco a poco, se volvía blanca como la leche.

Estaban sentados muy juntos, como si la tribuna estuviera abarrotada.

Harry oyó un rato la respiración de Oleg antes de empezar.

—¿Quiénes son, Oleg? Tienes que confiar en mí. Si yo he podido encontrarte, ellos también podrán.

—¿Y cómo me has encontrado?

—Se llama deducción.

—Sé lo que es. Eliminar lo imposible y ver lo que te queda.

—¿Cuándo llegaste aquí?

Oleg se encogió de hombros.

—Ayer por la tarde. A las nueve.

—¿Por qué no llamaste a tu madre cuando te soltaron? Sabes lo peligrosísimo que es para ti ahora estar fuera.

—Ella solo me habría llevado a algún sitio donde esconderme. Ella o ese Nils Christian.

—Hans Christian. Te encontrarán y lo sabes.

Oleg se miró las manos.

—Creí que vendrías a Oslo para conseguir un chute —dijo Harry—. Pero estás limpio.

—Llevo limpio poco más de una semana.

—¿Por qué?

Oleg no contestó.

—¿Es ella? ¿Se trata de Irene?

Oleg miró el hormigón, como si pudiera verse a sí mismo allí abajo. Oír el estallido agudo del disparo de salida. Asintió lentamente con la cabeza.

—Soy el único que intenta encontrarla. Solo me tiene a mí.

Harry no dijo nada.

—Ese joyero que le robé a mamá…

—¿Sí?

—Lo vendí por droga. Excepto el anillo que le habías comprado tú.

—¿Por qué lo guardaste?

Oleg sonrió.

—Primero, porque no vale mucho.

—¿Cómo? —Harry puso cara de espanto—. ¿Estás diciendo que me engañaron?

Oleg se echó a reír.

—¿Un anillo de oro con una mella negra? Se llama latón. Le añaden un poco de plomo, por el peso.

—¿Entonces por qué no vendiste también la baratija?

—Mamá ya no se lo pone. Así que quería dárselo a Irene.

—Cobre, plomo y pintura dorada.

Oleg se encogió de hombros.

—Me parecía bien. Recuerdo cómo se alegró mamá cuando se lo pusiste en el dedo.

—¿Qué más recuerdas?

—Domingo. La plaza de Vestkanttorget. Los rayos del sol brillaban en oblicuo y las hojas otoñales crujían bajo nuestros pies al caminar. Tú y mamá sonreíais y os reíais por algo. Yo tenía ganas de cogerte de la mano. Pero ya no era un niño pequeño. Compraste el anillo en una caseta donde vendían el ajuar de una herencia.

—¿Te acuerdas de todo eso?

—Sí. Y pensé que si Irene se ponía igual de contenta que mamá…

—¿Y se puso igual de contenta?

Oleg miró a Harry. Parpadeó.

—No me acuerdo. Supongo que estábamos colocados cuando se lo di.

Harry tragó saliva.

—La tiene él —dijo Oleg.

—¿Quién?

—Dubái. Él tiene a Irene. La mantiene como rehén para que yo no hable.

Harry miró a Oleg, que inclinó la cabeza.

—Por eso no he dicho nada.

—Pero ¿lo sabes? ¿Y te han amenazado con lo que le pasaría a Irene si hablas?

—No es necesario. Saben que no soy tonto. Además, tienen que cerrarle la boca a ella también. La tienen, Harry.

Harry se sentó encima del muro. Recordaba que solían sentarse exactamente así antes de las carreras importantes. Con la cabeza inclinada, en silencio, como si se concentraran juntos. Oleg no quería consejos. Y Harry no tenía ninguno que darle. Pero a Oleg le gustaba estar allí sentado con él, sin más.

Harry carraspeó. Aquella carrera no era de Oleg.

—Si queremos tener la menor posibilidad de salvar a Irene, debes ayudarme a encontrar a Dubái —dijo Harry.

Oleg miró a Harry. Se puso las manos debajo de los muslos y empezó a dar pataditas con los pies. Como hacía siempre. Y asintió con la cabeza.

—Empieza por el asesinato —dijo Harry—. Tómate el tiempo que te haga falta.

Oleg cerró los ojos unos segundos. Y los volvió a abrir.

—Estaba colocado, acababa de meterme violín al lado del río, justo detrás de nuestro apartamento de la calle Hausmann. Era más seguro, ya me había pasado alguna vez, cuando iba a chutarme en el apartamento, los otros estaban tan desesperados que se me echaban encima para robarme la jeringilla, ¿sabes?

Harry inclinó la cabeza.

—Lo primero que descubrí cuando subí la escalera fue que la puerta de la oficina de enfrente estaba forzada. Otra vez. No le di mayor importancia. Entré en nuestra sala de estar, y allí estaba Gusto. Delante de él había un tío con un pasamontañas. Estaba apuntando a Gusto con una pistola. Y no sé si fue la droga o qué, pero sabía que no se trataba de un robo, que iban a matar a Gusto. Así que reaccioné instintivamente. Me abalancé sobre la mano que sujetaba la pistola, pero demasiado tarde, le dio tiempo a disparar. Me caí al suelo y cuando miré hacia arriba, estaba tumbado al lado de Gusto y tenía una pistola apuntándome a la frente. El hombre no dijo una palabra y yo estaba seguro de que iba a morir —Oleg calló y aspiró con fuerza—. Pero parecía que no se decidía. Hizo un gesto juntando los dedos de la mano y luego se la pasó por la garganta.

Harry inclinó la cabeza. Cierra el pico o te liquido.

—Repitió el movimiento y yo asentí para indicarle que lo había entendido. Y se fue. Gusto sangraba como un cerdo y comprendí que necesitaba asistencia médica cuanto antes. Pero no me atrevía a irme; estaba seguro de que el hombre de la pistola seguía fuera, porque no había oído sus pasos en la escalera. Y si me veía, a lo mejor cambiaba de opinión y me disparaba.

Oleg subía y bajaba los pies sin parar.

—Intenté tomarle el pulso a Gusto, intenté hablarle, le dije que conseguiría ayuda. Pero él no contestaba. Ya no le notaba el pulso, y no podía quedarme más tiempo. Me fui. —Oleg se enderezó como si le doliese la espalda, juntó las manos y se las puso encima de la cabeza. Cuando continuó tenía la voz empañada—. Estaba colocado, no era capaz de pensar bien. Me fui hasta el río. Pensé tirarme al agua. A lo mejor tenía suerte y me ahogaba. Entonces oí las sirenas. Y llegaron… Y solo era capaz de pensar en el gesto que el tío hizo con los dedos y cómo se pasó la mano por la garganta. Y que tenía que mantener la boca cerrada. Porque sé cómo es esa gente, los he oído hablar de cómo lo hacen.

—¿Y cómo lo hacen?

—Te cogen por donde más te duele. Al principio me preocupaba mamá.

—Pero era más fácil coger a Irene —dijo Harry—. Nadie reaccionaría si una chica de la calle desapareciera un tiempo.

Oleg miró a Harry. Tragó saliva.

—¿Así que me crees?

Harry se encogió de hombros.

—Soy fácil de engañar cuando se trata de ti, Oleg. Por lo visto, es así cuando uno es… cuando uno… ya sabes.

A Oleg se le llenaron los ojos de lágrimas.

—Pero… pero es totalmente inverosímil. Todas las pruebas…

—Las cosas encajan —dijo Harry—. Te cayó pólvora cuando te abalanzaste sobre el encapuchado, de ahí los residuos en el brazo. Te manchaste de la sangre de Gusto cuando le tomaste el pulso. Y entonces fue cuando le dejaste encima las huellas dactilares. La razón por la que nadie vio salir a nadie más que a ti después del disparo es que el asesino entró en la oficina, salió por la ventana y bajó por la escalera de incendios que da al río. Por eso no oíste pasos en la escalera.

Oleg fijó la mirada pensativa en algún lugar del pecho de Harry.

—Pero ¿por qué mataron a Gusto? ¿Y quién lo hizo?

—No lo sé. Pero creo que tú conoces a quienes lo asesinaron.

—¿Yo?

—Sí. Por eso utilizó gestos en vez de hablarte. Para que no reconocieras su voz. Y el pasamontañas indica que tiene miedo de que otros del entorno también puedan reconocerlo. Puede que haya sido alguien a quien la mayoría de los que vivíais allí hayáis visto antes.

—Pero ¿por qué no me mató a mí?

—Tampoco lo sé.

—No lo entiendo. Intentaron matarme después, en la cárcel, a pesar de que no había dicho ni una palabra.

—A lo mejor el asesino no tenía instrucciones detalladas sobre qué hacer con los posibles testigos. Dudó. Por un lado podías desenmascararlo por la silueta, el lenguaje corporal o el modo de andar si lo habías visto varias veces anteriormente. Por otro lado, estabas tan colocado que a lo mejor no te fijaste mucho.

—¿La droga salva vidas? —dijo Oleg con una sonrisa tristona.

—Sí, pero su jefe no estaría de acuerdo con su evaluación cuando le dieron el informe después. Claro que ya era demasiado tarde. Así que para estar seguros de que no hablaras, secuestraron a Irene.

—Sabían que mantendría la boca cerrada mientras la tuvieran a ella, ¿por qué matarme entonces?

—Porque aparecí yo —dijo Harry.

—¿Tú?

—Sí. Han sabido que estaba en Oslo desde que aterricé. Sabían que yo sí podía hacerte hablar, que no era suficiente con tener a Irene. Por eso Dubái ordenó que te silenciaran en la cárcel.

Oleg asintió lentamente con la cabeza.

—Háblame de Dubái —dijo Harry.

—No lo he visto nunca. Pero creo que he estado una vez en su casa.

—¿Y dónde es eso?

—No lo sé. A Gusto y a mí nos recogieron sus lugartenientes y nos llevaron a una casa, pero tuve que ir con los ojos vendados.

—¿Y sabes que era la casa de Dubái?

—Lo entendí por lo que dijo Gusto. Y olía a habitado. Sonaba como una casa con muebles y alfombras y cortinas, no sé si me…

—Entiendo. Continúa.

—Nos llevaron a un sótano y allí me quitaron la venda. Había un hombre muerto en el suelo. Nos dijeron que era lo que les hacían a los que intentaban engañarlos. Que lo mirásemos detenidamente. Y luego contáramos lo que había pasado en Alnabru. Por qué la puerta no estaba cerrada cuando llegó la policía. Y por qué Tutu había desaparecido.

—¿Alnabru?

—Luego te lo cuento.

—De acuerdo. Ese hombre, ¿cómo lo mataron?

—¿Qué quieres decir?

—¿Tenía pinchazos en la cara? ¿O le habían disparado?

—¿No te lo he dicho? No entendí de qué había muerto hasta que Peter le pisó el estómago al cadáver. Entonces le salió agua de las comisuras de la boca.

Harry se humedeció los labios.

—¿Sabes quién era el muerto?

—Sí. Un agente secreto que siempre andaba merodeando por donde estábamos nosotros. Lo llamábamos Sixpence, por la gorra inglesa que llevaba.

—Ya.

—¿Harry?

—¿Sí?

Oleg tamborileaba salvajemente con los pies en el hormigón.

—No sé mucho de Dubái. Ni siquiera Gusto quería hablar de él. Pero sé que si intentas cogerlo, morirás.

TERCERA PARTE

26

La rata daba vueltas impaciente. Aquel corazón humano seguía latiendo, pero cada vez más débil. Volvió a pararse al lado de los zapatos. Mordisqueó el cuero. Suave, pero de piel gruesa y sólida. Volvió a recorrer todo el cuerpo del humano. La ropa olía más que los zapatos, a sudor, comida y sangre. Él, porque podía oler que era un varón, seguía tumbado en la misma postura, no se había movido y seguía obstruyendo la entrada. Arañó el estómago del hombre. Sabía que era el camino más corto. Latidos débiles. Ya no faltaba mucho para que ella pudiera empezar.

No es que haya que dejar de vivir, papá. Pero para acabar con toda esta mierda te tienes que morir. Debería haber un método mejor, ¿a que sí? Un éxodo indoloro hacia la luz en vez de esa oscuridad horrible y fría que parece que nos sobreviene sin más. O por lo menos, alguien debería meter un poco de opiáceo en las balas Makarov, hacer lo que yo hice por Rufus, el perro sarnoso, y darme un viaje a Euforia sin billete de vuelta, ¡y menudo viaje, joder! Pero todo lo bueno de este mundo de mierda o exige una receta médica o se ha agotado o es tan caro que tienes que pagar con el alma para poder probarlo. La vida es un restaurante que no te puedes permitir. La muerte es la cuenta de una comida que no has tenido tiempo de comerte. Así que pides lo más caro de la carta, de todos modos te va a llegar la hora, ¿no?, y a lo mejor te da tiempo a probar un bocado.

Vale, dejaré de quejarme, papá, así que no te vayas ahora, no has oído el resto. El resto está bien. ¿Por dónde íbamos? Ah, sí. Solo habían pasado un par de días desde que nos metimos en Alnabru, y Peter y Andréi vinieron a buscarnos a Oleg y a mí. A Oleg le taparon los ojos con una bufanda, nos llevaron en coche hasta la casa del anciano y nos condujeron al sótano. Yo no había estado allí nunca. Nos acompañaron primero por un pasillo largo, estrecho y bajo donde tuvimos que ir agachados. Rozábamos los lados con los hombros. Poco a poco comprendí que no se trataba de un sótano, sino de un túnel subterráneo. Una ruta de escape tal vez. Que no le había sido de ayuda a Sixpence. Parecía una rata ahogada. Bueno, es que era una rata ahogada.

Después volvieron a ponerle la bufanda a Oleg y lo llevaron al coche; mientras, a mí me mandó llamar el anciano. Lo tenía sentado delante de mí, sin mesa de por medio.

—¿Estabais allí? —preguntó.

Lo miré a los ojos.

—Si me preguntas si estábamos en Alnabru, la respuesta es no.

Me observó en silencio.

—Eres como yo —dijo al final—. Es imposible ver cuándo mientes.

No podría jurarlo, pero me pareció ver una sonrisa.

—Bueno, Gusto, ¿te has dado cuenta de lo que había allí abajo?

—Era el policía de incógnito. Sixpence.

—Correcto. ¿Y por qué?

—No lo sé.

—Inténtalo.

Seguro que el tío fue un profesor de los duros en otra vida, el caso es que contesté.

—Había robado una cosa.

El anciano negó con la cabeza.

—Descubrió que vivo aquí. Sabía que no tenía razones para conseguir una orden de registro. Después de la detención de Los Lobos y la incautación en Alnabru el otro día, supongo que comprendió la situación, que nunca conseguiría una orden de registro, por mucho que supiera… —El anciano sonrió—. Le hicimos una advertencia que creímos que lo detendría.

—¿De verdad?

—Los agentes encubiertos como él confían en la identidad falsa. Creen que es imposible averiguar quiénes son. Pero en las bases de datos policiales

puedes averiguar cualquier cosa, siempre y cuando dispongas de las contrase-
ñas necesarias. Las que tienes si, por ejemplo, cuentas con un puesto de
confianza en Crimen Organizado. ¿Y cómo le hicimos llegar la advertencia?

Contesté sin pensar.

—¿Matando a sus hijos?

Al anciano se le ensombreció la cara.

—No somos animales, Oleg.

—Sorry.

—Además, no tenía hijos. —Esa risa leñosa—. Pero tenía una hermana.
O a lo mejor era solo una hermana de acogida.

Yo asentí. Era imposible ver si el anciano mentía.

—Le dijimos que la violarían y la matarían. Pero lo juzgué mal. En
vez de pensar que tenía más parientes que cuidar, atacó. Un ataque muy
solitario pero también muy desesperado. Esta noche ha conseguido entrar
aquí. No estábamos preparados. Supongo que quería mucho a esa hermana.
Iba armado. Yo bajé al sótano y él me siguió. Y murió. —Ladeó la cabeza—.
¿De qué?

—Le salía agua por la boca. ¿Se ahogó?

—Correcto. ¿Dónde se ahogó?

—¿Lo trajeron desde un lago o algo?

—No. Entró aquí y se ahogó. ¿Entonces?

—No lo sé…

—¡Piensa! —La palabra resonó como un latigazo—. Si quieres sobrevivir
tienes que pensar, razonar partiendo de lo que ves. Así es la vida real.

—Vale, vale. —Intenté pensar—. Ese sótano no es un sótano, sino un túnel.

El anciano se cruzó de brazos.

—¿Qué más?

—Es más largo que esta parcela. Naturalmente, puede llevar a un lugar
al aire libre.

—¿Pero…?

—Pero me dijiste que también eras el dueño de la casa de al lado, así
que desembocará allí.

El anciano sonrió satisfecho.

—Adivina de cuándo es ese túnel.

—Tiene muchos años. Las paredes se veían verdes de moho.

—*Algas. El jefe de la Gestapo construyó el túnel después de que la Resistencia atacara esta casa cuatro veces, sin éxito. Consiguieron mantenerlo en secreto. Cuando Reinhard llegaba al caer la tarde, entraba por la puerta principal de esta casa de manera que todo el mundo lo pudiese ver. Encendía la luz y luego cruzaba el túnel hasta su verdadero hogar en la otra casa y enviaba a esta al teniente alemán que todos creían que vivía en la otra. Y ese teniente se movía por aquí, a menudo cerca de las ventanas, con el mismo tipo de uniforme que llevaba el jefe de la Gestapo.*

—Era una presa fácil.

—Correcto.

—¿Por qué me cuentas esto?

—Porque quiero que sepas cómo es la vida real, Gusto. La mayoría de la gente de este país no sabe nada de ella, no sabe lo que cuesta sobrevivir en la vida real. Pero también te cuento todo esto porque quiero que recuerdes que confío en ti.

Me miró como si lo que acababa de decir fuera muy importante. Hice como que lo entendía, quería irme a casa. A lo mejor se dio cuenta.

—Gracias por la visita, Gusto. Andréi os llevará.

Llegamos a la altura de la universidad. Se conoce que había algún acto estudiantil en el campus. Se oían guitarras entusiastas de una banda que tocaba en un escenario al aire libre. Gente joven que venía andando hacia nosotros por la calle Blindernveien. Caras alegres y expectantes, como si les hubieran prometido algo, un futuro o alguna mierda parecida.

—¿Qué es eso? —preguntó Oleg, que seguía con los ojos vendados.

—Eso —dije— es la vida irreal.

—¿Y no tienes ni idea de cómo se ahogó? —dijo Harry.

—No —dijo Oleg. El movimiento de los pies se había acelerado, le vibraba todo el cuerpo.

—De acuerdo, así que tenías una venda en los ojos, pero cuéntame todo lo que recuerdes del viaje de ida y de vuelta. Todos los sonidos. Cuando salisteis del coche, ¿oíste algún tren o tranvía, por ejemplo?

—No. Pero cuando llegamos estaba lloviendo, y en realidad eso era lo único que se oía.

—¿Llovía mucho o poco?

—Poco. Apenas me di cuenta al salir del coche; solo noté la lluvia cuando la oí.

—De acuerdo, si hacía tanto ruido aunque llovía poco, ¿será porque caía sobre árboles muy tupidos?

—A lo mejor.

—¿Y qué notabas debajo de las suelas cuando ibas hacia la puerta? ¿Asfalto? ¿Losas? ¿Hierba?

—Gravilla. Creo. Sí, crujía bajo nuestros pies. Fue así como me di cuenta de dónde estaba Peter, era el más grande, así que crujía más fuerte.

—Bien. ¿Había escalones hasta la puerta?

—Sí.

—¿Cuántos?

Oleg suspiró.

—De acuerdo —dijo Harry—. ¿Seguía lloviendo cuando estabas junto a la puerta?

—Sí, claro.

—Quiero decir, ¿todavía te caía en el pelo?

—Sí.

—¿Así que no era una entrada con tejadillo?

—¿Has pensado buscar todos los sitios de Oslo que no tengan tejadillo?

—Bueno. Cada zona de Oslo tiene construcciones de diferentes periodos y esos periodos tienen unas cuantas cosas en común.

—¿Y a qué periodo pertenece un chalet de madera con jardín, sendero de gravilla y escalones hasta una puerta sin tejadillo, sin vías de tranvía cerca?

—Pareces un inspector jefe. —Harry no logró arrancarle la sonrisa o la risa que esperaba—. Cuando os fuisteis de allí, ¿te fijaste en algún sonido del entorno?

—¿Como cuál?

—Como el pitido de algún semáforo en el que os hubierais parado, por ejemplo.

—No, nada de eso. Pero había música.

—¿De discos o en directo?

—En directo, creo. Los platillos se oían bien. Se podía oír el sonido de las guitarras un poco como si lo trajera y lo llevara el viento.

—Eso parece un directo. Buena memoria.

—Lo recuerdo solo porque tocaban una de tus canciones.

—¿Una de mis canciones?

—De uno de tus discos. Lo recuerdo porque Gusto dijo que era la vida irreal, y yo pensé que era una asociación inconsciente, porque habría oído la frase que acababan de cantar.

—¿Qué frase?

—Algo de un sueño, no me acuerdo. Pero tú ponías el disco de esa canción todo el tiempo.

—Venga, Oleg, esto es importante.

Oleg miró a Harry. Dejó de mover los pies. Cerró los ojos y tarareó en voz baja.

—*It's just a dreamy Gonzales…* —Abrió los ojos, y se había puesto colorado—. Algo así.

Harry la tarareó para sí mismo. Y negó con la cabeza.

—Lo siento —dijo Oleg—. No estoy seguro, y solo duró unos segundos.

—No pasa nada —dijo Harry, y le puso al chico la mano en el hombro—. Mejor cuéntame lo que pasó en Alnabru.

Oleg empezó a mover el pie otra vez. Aspiró dos veces, tomó dos buenas bocanadas de aire, como había aprendido a hacer en la línea de salida antes de encogerse para adoptar la posición adecuada. Y se lo contó.

Después, Harry se frotó la nuca durante un buen rato.

—¿Así que matasteis a un hombre taladrándole la nuca?

—Nosotros no. Fue el policía.

—Cuyo nombre no conoces. Y tampoco sabes dónde trabaja.

—Tanto Gusto como él tuvieron cuidado con eso. Gusto dijo que era mejor que no lo supiera.

—¿No tenéis ni idea de qué fue del cadáver?

—No. ¿Me vas a denunciar?

–No. –Harry sacó el paquete y cogió un cigarro.

–¿Me das uno? –preguntó Oleg.

–*Sorry*, chico. Es malo para la salud.

–Pero…

–Con una condición, que dejes que Hans Christian te esconda y que yo busque a Irene.

Oleg miró hacia los bloques de viviendas que se alzaban en la colina, detrás del polideportivo. Las jardineras seguían en los balcones. Harry examinó su perfil. La nuez le subía y le bajaba por aquel cuello escuálido.

–Hecho –dijo.

–Bien –Harry le dio un cigarro y encendió los dos.

–Ahora comprendo lo del dedo de metal –dijo Oleg–. Es para fumar.

–Pues sí –dijo Harry sujetando el cigarro entre la prótesis de titanio y el dedo índice mientras marcaba el número de Rakel. No tuvo que pedirle el número de Hans Christian, él ya estaba con ella. El abogado dijo que vendría enseguida.

Oleg se dobló como si de repente hiciera más frío.

–¿Dónde me va a esconder?

–No lo sé y no lo quiero saber.

–¿Por qué no?

–Tengo unos testículos muy sensibles. Hablo por los codos solo con oír la palabra «piano».

Oleg se rió. Brevemente, pero era una risa.

–No me lo creo. Habrías dejado que te mataran sin decir una palabra.

Harry miró al chico. Podría haber seguido soltando chistecillos el resto del día solo por ver el breve destello de una sonrisa de vez en cuando.

–Siempre has tenido muy buena opinión de mí, Oleg. Demasiado buena. Y yo siempre quería que me vieras mejor de lo que soy.

Oleg se miró las manos.

–Todos los chicos ven en su padre a un héroe, ¿no?

–Puede. Y yo no quería que me vieras como un traidor, como uno que se larga. Pero las cosas pasaron como pasaron de todos modos. Lo que quería decir es que el que no pudiera quedarme contigo no significa que no fueras importante para mí. No conseguimos vivir las vidas que habríamos querido vivir. Somos esclavos de… cosas. De quien en realidad somos.

Oleg levantó la barbilla.

–De la basura y la mierda.

–De eso también.

Respiraban sincronizados; el humo se desplazaba con movimientos imprevisibles hacia el abierto cielo azul. Harry sabía que la nicotina no podía mitigarle el mono a Oleg, pero por lo menos eran unos minutos de distracción, y de eso se trataba, de los siguientes minutos.

–Oye.

–¿Sí?

–¿Por qué no volviste?

Harry dio otra calada antes de contestar.

–Porque tu madre opinaba que ya no era bueno para vosotros. Y tenía razón.

Harry siguió fumando sin dejar de mirar al frente. Sabía que Oleg no quería que lo mirase en esos momentos. Los chicos de dieciocho años no quieren que los miren cuando están llorando. Tampoco iba a echarle el brazo por los hombros ni a decir nada. Lo único que tenía que hacer era estar allí. No irse a ningún sitio. Solo pensar juntos en la carrera que se avecinaba.

Cuando oyeron el coche, bajaron de la tribuna y se encaminaron al aparcamiento. Harry vio que Hans Christian ponía cuidadosamente la mano en el brazo de Rakel cuando esta quiso salir corriendo del coche.

Oleg se volvió hacia Harry, sacó pecho, estiró los brazos lateralmente, enganchó el pulgar al de Harry y le dio un toque con el hombro en el hombro derecho. Pero Harry no lo dejó escapar tan fácilmente y lo abrazó. Le susurró al oído:

–Gana.

La dirección de Irene Hanssen era la misma que la de sus padres. La casa estaba en Grefsen, en una de las zonas con viviendas para dos familias. Con un pequeño jardín cubierto de vegetación, manzanos sin manzanas, pero con columpio.

Abrió un joven que Harry calculó que tendría veintitantos años. La cara le resultaba conocida y el cerebro policial buscó unas décimas de segundo antes de obtener dos coincidencias en la base de datos.

—Me llamo Harry Hole. Y tú debes de ser Stein Hanssen, ¿no?

—Eh… sí.

Tenía en la cara esa mezcla de inocencia y alerta propia de los jóvenes que han tenido ocasión de vivir cosas buenas y malas, pero que todavía vacilan entre sincerarse con el mundo o reprimirse ante él.

—Te reconozco de una foto. Soy amigo de Oleg Fauke.

Harry buscó alguna reacción en los ojos grises de Stein Hanssen, pero no detectó nada.

—Puede que hayas oído que lo han soltado, que otra persona se ha confesado culpable del asesinato de tu hermano de acogida, ¿no?

Stein Hanssen negó con la cabeza. Aún con la gesticulación mínima indispensable.

—Yo era policía. Estoy intentando encontrar a tu hermana Irene.

—¿Por qué?

—Para asegurarme de que está bien. Se lo he prometido a Oleg.

—Estupendo. ¿Para que pueda seguir dándole drogas?

Harry cambió el peso de pie.

—Oleg está limpio. Cuesta, como seguramente sabes. Pero está limpio porque quiere intentar encontrarla por sí mismo. La quiere, Stein. Pero yo quiero intentar encontrarla por todos nosotros, no solo por él. Y se supone que soy bastante bueno encontrando gente.

Stein Hanssen miró a Harry. Vaciló un poco, y abrió la puerta.

Harry lo siguió hasta el salón. Estaba ordenado, amueblado con gusto, y parecía totalmente deshabitado.

—Tus padres…

—Ya no viven aquí. Y yo solo vengo cuando no estoy en Trondheim.

Se le oía claramente la «r» uvular parecida a la parisina, algo que tiempo atrás se consideraba un símbolo de estatus entre las familias que podían permitirse tener niñeras de Sørlandet. Una «r» que conseguía que tu voz fuera fácil de recordar, pensó Harry sin saber por qué lo pensaba.

Encima de un piano que parecía que nadie hubiera tocado nunca había una foto. Tendría unos seis o siete años. Irene y Gusto eran versiones más jóvenes de sí mismos, con una ropa y un peinado del que Harry supuso que ahora se avergonzarían muchísimo. Stein estaba detrás con expresión seria. La madre tenía los brazos cruzados y sonreía condescendiente, casi sarcástica. El padre sonreía como si hubiera sido idea suya hacer aquella foto de familia; o eso pensó Harry, porque era el único que mostraba entusiasmo.

—Así que esta es la familia.

—Era. Mis padres se han divorciado. Mi padre se ha mudado a Dinamarca. Sería más correcto decir que se ha fugado. Mi madre está internada. El resto… bueno, el resto parece que ya lo sabes.

Harry asintió con la cabeza. Uno, asesinado. Otra, desaparecida. Muchas bajas para una sola familia.

Harry se sentó sin que lo invitaran en uno de los hondos sillones.

—¿Qué puedes contarme que me facilite la búsqueda de Irene?

—No tengo ni idea.

Harry sonrió.

—Inténtalo.

—Irene se vino a vivir conmigo a Trondheim después de participar en una cosa que no quiso contarme. Pero estoy seguro de que fue algo en lo que la metió Gusto. Ella adoraba a Gusto, hacía cualquier cosa por él, se imaginaba que él la quería solo porque le acariciaba la mejilla de vez en cuando. Pero, al cabo de unos meses en Trondheim, recibió una llamada y dijo que tenía que volver a Oslo, no quiso contarme por qué. De eso hace más de cuatro meses y ni la he visto ni he sabido nada de ella desde entonces. Al cabo de dos semanas sin contactar con ella, acudí a la policía y denuncié la desaparición. Registraron la denuncia e hicieron algunas comprobaciones, y no pasó nada más. Nadie se preocupa por una drogadicta sin domicilio fijo.

—¿Alguna teoría?

—No. Pero no ha desparecido voluntariamente. No es el tipo de persona que se larga como…, como otros.

Harry comprendió a quién se refería, aun así, notó cómo lo rozaba el disparo accidental.

Stein Hanssen se rascó una costra del antebrazo.

—¿Qué es lo que veis en ella? ¿A vuestra propia hija? ¿Son las hijas que pensáis que vais a tener?

Harry lo miró sorprendido.

—¿Veis? ¿A quién te refieres?

—A vosotros, a los mayores, se os cae la baba al verla. Solo porque parece una Lolita de catorce años.

Harry pensó en la foto de la puerta del armario. Stein Hanssen tenía razón. Y se le ocurrió que quizá estuviera equivocado, que Irene podía haber sido víctima de algo que no tuviera nada que ver con este caso.

—Estudias en Trondheim. ¿En la Facultad de Ciencias y Tecnología?

—Sí.

—¿Qué especialidad?

—Tecnologías de la Información.

—Ya. Oleg también quería estudiar. ¿Lo conoces?

Stein negó con la cabeza.

—¿Nunca has hablado con él?

—Hemos coincidido un par de veces. Se puede decir que fueron unos encuentros muy breves.

Harry miró el antebrazo de Stein. Era una lesión laboral. Pero aparte de la costra, el brazo no tenía ninguna marca. Por supuesto que no, Stein Hanssen era un superviviente, uno de los que saldría a flote. Harry se levantó.

—En cualquier caso, siento lo que le pasó a tu hermano.

—Hermano de acogida.

—Ya. ¿Puedes darme tu número de teléfono? Por si acaso surge algo.

—¿Como qué?

Se miraron. La respuesta quedó flotando en el aire, era innecesario adornarla, insoportable expresarla con palabras. Se le había levantado parte de la costra y un hilillo de sangre le bajaba hacia la mano.

—Sé una cosa que a lo mejor te sirve —dijo Stein Hanssen cuando Harry iba por la escalera—. Los sitios donde has pensado buscarla. La calle Urtegata, el café Møtestedet, los parques, los hostales, las narcosalas, las calles de las putas. Olvídalo, ya la he buscado ahí.

Harry asintió. Se puso las gafas de señora.

—No apagues el teléfono, ¿de acuerdo?

Harry se fue al Lorry con la idea de almorzar, pero sintió las ganas de tomar cerveza ya en la escalera y se dio la vuelta. Fue a un sitio nuevo enfrente de la Casa de la Literatura. Se dio la vuelta después de un rápido escrutinio de la clientela y terminó en Pla, donde pidió una variante de tapa tailandesa.

—¿Bebida? ¿Singha?

—No.

—¿Tiger?

—¿Solo tenéis cerveza?

El camarero captó la indirecta y volvió con agua.

Harry se comió los langostinos y el pollo, pero se ahorró la salchicha al estilo thai. Luego llamó a casa de Rakel y le pidió que repasara los cedés que él había llevado a Holmenkollen a lo largo de los años y que hubiera dejado allí. Algunos, porque quería escucharlos él cuando estuviera en su casa, y otros, porque con ellos quería redimirlos a ella y a Oleg. Elvis Costello, Miles Davis, Led Zeppelin, Count Basie, Jayhawks, Muddy Waters. No había redimido a nadie, claro.

Ella había organizado lo que sin mucha ironía llamaba «música de Harry» en un lugar aparte en el estante de la música.

—Quiero que me leas todos los títulos de las canciones —dijo él.

—¿Estás de broma?

—Luego te lo explico.

—De acuerdo. El primero es Aztec Camera.

—¿Los tienes…?

—Sí, los tengo por orden alfabético. —Sonaba incómoda.

—Es una cosa típica de tíos.

—Es una cosa típica de Harry, y son tus discos. ¿Puedo leer ya?

Veinte minutos después habían llegado a la W y a Wilco sin que Harry asociara ningún título. Rakel suspiró con fuerza, pero continuó.

—*When You Wake Up Feeling Old.*

—Mmm. No.

—*Summerteeth.*

—Mmm. El siguiente.

—*In a Future Age.*

—¡Espera!

Rakel esperó.

Harry empezó a reír.

—¿Te hace gracia?

—El estribillo de *Summerteeth*. Es así… —Harry cantó—: *It's just a dream he keeps having.*

—Vamos a ver, ¿a ti te parece bonito, Harry?

—¡Claro que sí! Quiero decir, el original es bonito. Tan bonito que se lo puse a Oleg varias veces, pero él entendía «*It's just a dreamy Gon…*»

—Harry, haz el favor.

—Bueno, bueno, ¿pero puedes entrar en el ordenador de Oleg y buscar una cosa en Internet?

—¿El qué?

—Busca Wilco en Google y entra en su página web. Averigua si han dado algún concierto en Oslo este año, y si es así, dónde.

Rakel volvió a los seis minutos.

—Solo uno. —Le dijo dónde.

—Gracias —dijo Harry.

—Ya tienes otra vez ese tono de voz.

—¿Qué tono?

—El tono ansioso. El tono de un chaval.

A las cuatro de la tarde, unas nubes de color gris acero aparecieron planeando amenazantes como un ejército enemigo hacia el interior del fiordo de Oslo. Harry giró desde Skøyen en dirección al Frognerparken y aparcó en la calle Thorvald Erichsen. Después de llamar tres veces sin éxito al móvil de Bellman, lo intentó en la Comisaría General, donde le dijeron que Bellman había salido temprano para entrenar a su hijo en el Club de Tenis de Oslo.

Harry miró las nubes. Y entró para ver las instalaciones del club.

Un edificio magnífico, pistas de gravilla, pistas duras, incluso una pista central con tribuna. Aun así, solo dos de las doce pistas estaban en uso. En Noruega la gente juega al fútbol o esquía. Declarar que uno juega al tenis provoca miradas de desconfianza y susurros disimulados.

Harry encontró a Bellman en una de las pistas de gravilla. Cogía pelotas de una cesta de hierro en un soporte y se las lanzaba con cuidado a un chico que parecía estar practicando el revés, no era fácil saberlo porque las pelotas salían disparadas en todas direcciones.

Harry cruzó la puerta que había en la valla de red metálica que se hallaba detrás de Bellman, entró en la pista y se puso a su lado.

—Parece que se le hace cuesta arriba —dijo Harry, y sacó el paquete de tabaco.

—Harry —dijo Mikael Bellman, sin parar ni quitar la vista del chico—. Está mejorando.

—Veo cierto parecido, ¿es...?

—Mi hijo. Filip. Diez años.

—El tiempo pasa. ¿Talento?

—Le falta un poco para alcanzar al padre, pero tengo fe. Solo hay que darle un empujoncito.

—Creía que eso ya no estaba permitido.

—Les hacemos a nuestros hijos un flaco favor, Harry. ¡Mueve las piernas, Filip!

—¿Has encontrado algo relacionado con Martin Pran?

—¿Pran?

—El jorobado excéntrico del Radiumhospitalet.

—Ah sí, lo de tu instinto. Sí y no. Es decir, sí. Lo investigué. Y no, no tenemos nada relacionado con él. De verdad, nada.

—Ya. Quería pedirte otra cosa.

—¡De rodillas! ¿De qué se trata?

—Una autorización judicial para exhumar el cadáver de Gusto Hanssen y ver si debajo de las uñas queda sangre suficiente para hacer otra prueba.

Bellman apartó la vista de su hijo, evidentemente para ver si Harry hablaba en serio.

—Hay una confesión muy verosímil, Harry. Creo que puedo decir con bastante seguridad que te la van a denegar.

—Gusto tenía sangre debajo de las uñas. La muestra desapareció antes de llegar a analizarse.

—Esas cosas pasan.

—Muy rara vez.

—¿Y a quién crees que pertenece la sangre?

—No lo sé.

—¿Ni siquiera sabes de quién es la sangre?

—No. Pero si sabotearon la primera muestra, eso quiere decir que es peligrosa para alguien.

—Ese camello de speed que confesó, por ejemplo, ¿Adidas?

—Nombre completo, Chris Reddy.

—Da igual, pero ¿no has acabado con este asunto ahora que han puesto en libertad a Oleg Fauke?

—Da igual, pero ¿no debería el chico sujetar la raqueta con las dos manos cuando practica el revés?

—¿Entiendes de tenis?

—He visto bastante en la tele.

—El revés con una mano desarrolla el carácter.

—Ni siquiera sé si la sangre tiene algo que ver con el asesinato, a lo mejor resulta que es de alguien que, simplemente, tiene miedo de que lo relacionen con Gusto.

—¿Como quién?

—Dubái, tal vez. Además, no creo que Adidas matara a Gusto.

—¿Ah, no? ¿Por qué no?

—¿Un camello de los duros que confiesa así, de repente?

—Entiendo tu argumento —dijo Bellman—. Pero es una confesión. Y de las buenas.

—Y solo es un asesinato por tema de drogas —continuó Harry, agachando la cabeza para evitar una bola extraviada—. Y ya tenéis suficientes casos por resolver.

Bellman suspiró.

—Así ha sido siempre, Harry. Tenemos los recursos al límite, demasiado como para dar prioridad a asuntos a los que se ha dado una solución.

—¿*Una* solución? ¿Qué pasa con *la* solución?

—Como jefe no tengo más remedio que aprender a expresarme de un modo ambiguo.

—De acuerdo, te facilito dos soluciones si me ayudas a encontrar una casa, solo una.

Bellman dejó de lanzar pelotas.

—¿Qué?

—Un asesinato en Alnabru. Un motero al que llaman Tutu. Una fuente me ha contado que le atravesaron la cabeza con un taladro.

—¿Y la fuente está dispuesta a testificar?

—Puede ser.

—¿Y la otra?

—El agente encubierto que llegó flotando a tierra cerca de la Ópera. La misma fuente lo vio muerto en el suelo del sótano de Dubái.

Bellman guiñó un ojo. Las manchas de pigmentación llameaban, y a Harry se le vino a la cabeza la figura de un tigre.

—¡Papá!

—Ve a llenar la botella de agua en los vestuarios, Filip.

—¡Está cerrado, papá!

—¿Y el código es?

—El año en que nació el rey, pero no me acuerdo de…

—Pues acuérdate y sacia tu sed, Filip.

El chico salió por la verja cabizbajo.

—¿Qué quieres, Harry?

—Quiero que un equipo repase la zona de la plaza de Fredrikkeplassen en la universidad, en un radio de un kilómetro. Quiero una lista de todos los chalets que se correspondan con esta descripción. —Le dio una hoja de papel a Bellman.

—¿Que pasó en Fredrikkeplassen?

—Nada, que hubo un concierto.

Cuando Bellman se dio cuenta de que no le iba a explicar nada más, miró la hoja y leyó en voz alta.

—Chalets de madera antiguos con largo sendero de gravilla, árboles frondosos y peldaños delante de la puerta de entrada, pero sin tejadillo. Parece la descripción de la mitad de los chalets de Blindern. ¿Qué buscas?

—Bueno —Harry encendió un cigarro—. Una madriguera de ratas. Un nido de águilas.

—Y si lo encontramos, entonces ¿qué?

—Tú y tu gente necesitáis una orden de registro para cualquier cosa, pero un ciudadano corriente como yo podría perderse una noche de otoño y tener que buscar cobijo en el chalet más cercano.

—De acuerdo, veré lo que puedo hacer. Pero explícame primero por qué estás tan interesado en cazar a ese Dubái.

Harry se encogió de hombros.

—Deformación profesional, probablemente. Tú consígueme la lista y envíala a la dirección de correo electrónico que aparece al final de la hoja. Y ya veremos lo que yo puedo conseguirte a ti.

Filip volvió sin agua cuando Harry ya se iba y, de camino al coche, pudo oír el sonido de una pelota que daba en el bastidor de la raqueta y que soltaba un taco en voz baja.

Cuando Harry se sentó al volante, un estruendo de cañones resonó lejano en el seno del ejército de nubes y se hizo de noche súbitamente. Arrancó el motor y llamó a Hans Christian Simonsen.

—Soy Harry. ¿Cuál es hoy por hoy la pena por profanar una tumba?

—Bueno, de cuatro a seis años, supongo.

—¿Estarías dispuesto a arriesgarte?

Una pausa breve.

—¿Para qué?

—Para coger a la persona que mató a Gusto. Y a lo mejor a la que va por Oleg.

Una pausa larga.

—Si estás seguro de que sabes lo que haces, te acompaño.

—¿Y si no lo estoy?

Una pausa muy breve.

—Estoy contigo.

—De acuerdo, averigua dónde está la tumba de Gusto y consigue palas, linterna, cortaúñas y dos destornilladores. Lo haremos mañana por la noche.

Harry cruzaba con el coche la plaza de Solli cuando empezó a llover. El agua azotaba los tejados, azotaba las calles, azotaba al chico que estaba en Kvadraturen frente a la puerta abierta del bar donde todo el mundo podía entrar tal como era, igual que en la canción de Nirvana.

El chico de la recepción miró desolado a Harry cuando lo vio entrar.

—¿Quieres que te preste un paraguas?

—No, a no ser que tu hotel tenga goteras —dijo Harry pasándose la mano por el pelo, lo que provocó una fina ducha de agua—. ¿Algún mensaje?

El chico se rió como si fuera un chiste.

Cuando Harry subía las escaleras hacia el tercer piso, le pareció oír pasos más abajo y paró. Prestó atención. Silencio. O había sido el eco de sus propios pasos, o el otro también se había parado.

Harry continuó andando despacio. En el pasillo fue más deprisa, metió la llave en la cerradura y abrió. Miró a través de la oscuridad hasta el otro lado del patio, a la habitación iluminada de la mujer. Allí no había nadie. Nadie por allí, nadie por aquí.

Le dio al interruptor.

En cuanto se encendió la luz vio su reflejo en la ventana. Y vio que detrás de él había una persona. En ese mismo instante notó una mano poderosa que le agarraba el hombro con fuerza.

Solo un fantasma puede ser tan rápido y silencioso, pensó Harry. Se dio la vuelta rápidamente, pero sabía que era demasiado tarde.

27

—Yo los vi. Una vez. Parecían un cortejo fúnebre.

La mano grande y sucia de Cato seguía sobre el hombro de Harry.

Harry oía los silbidos que le emitían los pulmones al respirar y notaba cómo le apretaban el interior de las costillas.

—¿A quién?

—Yo estaba hablando con uno que vendía la basura esa. Lo llamaban Bisken y llevaba un collar de cuero. Contactó conmigo porque tenía miedo. La policía lo había detenido por posesión de heroína y le dijo a Sixpence dónde vivía Dubái. Sixpence le había prometido protección y amnistía si declaraba como testigo en el juicio. Pero Sixpence apareció flotando junto a la Ópera la noche anterior y nadie en la comisaría había oído hablar de ningún acuerdo. Y mientras estaba allí, llegaron en un coche negro. Trajes negros, guantes negros. Era un anciano. La cara ancha. Parecía un aborigen de raza blanca.

—¿Quién?

—Era invisible. Yo lo vi, pero… no estaba allí. Como un fantasma. Y cuando Bisken pudo verlo, se quedó parado, no intentó escapar u oponer resistencia mientras se lo llevaban al coche. Cuando se fueron, tuve la sensación de que lo había soñado todo.

—¿Por qué no me lo habías contado?

—Porque soy un cobarde. ¿Tienes un cigarro?

Harry le dio el paquete de tabaco y Cato se desplomó en la silla.

—Te has propuesto cazar a un fantasma, y yo no quiero tener nada que ver.

—Entonces ¿lo de ahora…?

Cato se encogió de hombros y alargó la mano. Harry le dio el mechero.

—Soy un hombre viejo y me estoy muriendo. No tengo nada que perder.

—¿Que te estás muriendo?

Cato encendió el cigarro.

—No es nada inminente, y todos nos estamos muriendo, Harry. Yo solo quiero ayudarte.

—¿A qué?

—No lo sé. ¿Qué planes tienes?

—¿Quieres decir que puedo confiar en ti?

—No, coño, no puedes confiar en mí. Pero soy un chamán. También puedo hacerme invisible. Puedo ir y venir sin que nadie se dé cuenta.

Harry se frotó la barbilla.

—¿Por qué?

—Ya te lo he dicho.

—Lo he oído, pero te lo pregunto otra vez.

Cato fulminó a Harry con la mirada; primero con una expresión de reproche. Al ver que no surtía efecto, suspiró irritado.

—Puede que yo también tuviera un hijo. Por el que no hice lo que debía. Puede que en esto vea una segunda oportunidad. ¿No crees en las segundas oportunidades, Harry?

Harry miró al hombre mayor. Las arrugas de la cara parecían más profundas aún en la oscuridad, como hondonadas, como cortes de cuchillo. Harry alargó el brazo y Cato se sacó el paquete de tabaco del bolsillo y se lo devolvió de mala gana.

—Te lo agradezco, Cato. Ya te diré si te necesito. Pero lo que voy a hacer ahora es relacionar a Dubái con el asesinato de Gusto. A partir de ahí, las pruebas apuntarán directamente al quemador de la policía y al asesinato del agente encubierto ahogado en casa de Dubái.

Cato meneó la cabeza despacio.

—Tienes un corazón puro y valiente, Harry. A lo mejor vas al cielo.

Harry se puso un cigarro entre los labios.

—Entonces habrá una especie de final feliz, después de todo.

—Que hay que celebrar. ¿Puedo invitarte a una copa, Harry Hole?

—¿Quién paga?

—Yo, claro. Si tú me lo prestas. Tú saludarás a tu Jim y yo a mi Johnny.

—Apártate de mí.

—Venga. Jim es bueno en el fondo.

—Buenas noches, que duermas bien.

—Buenas noches. No duermas demasiado bien, no sea que...

—Buenas noches.

Harry había sentido su presencia todo el tiempo, pero había conseguido reprimirlo. Hasta ahora, hasta que Cato lo invitó a una copa. Eso bastó, ya era imposible ignorar las ganas. Habían empezado con ese chute de violín, eso las había desencadenado. Ahora lo mordisqueaban y lo arañaban por dentro, ladraban hasta enronquecer y le mordían las entrañas. Harry se quedó tumbado en la cama con los ojos cerrados, escuchando la lluvia y esperando a que llegase el sueño y se lo llevara.

Pero no llegó.

Tenía en la agenda un número de teléfono al que había asignado dos letras. AA. Alcohólicos Anónimos. Tryggve, miembro de AA y patrocinador al que había recurrido algunas veces con anterioridad, cuando la situación se ponía crítica. Tres años. ¿Por qué empezaba otra vez ahora, ahora que todo estaba en juego y que más que nunca necesitaba estar sobrio? Era de locos. Oyó gritos fuera. Seguidos de risas.

A las once y diez se levantó de la cama y salió. Apenas se dio cuenta de la lluvia que le caía en la cabeza mientras cruzaba la calle hacia la puerta abierta. Y esta vez no oyó pasos detrás, porque la voz de Kurt Cobain le llenaba los conductos auditivos, la música era como un abrazo y entró, se sentó en la silla delante de la barra y llamó al camarero mientras señalaba con el dedo:

—Whisky. Jim Beam.

El camarero dejó de secar la barra, soltó el trapo junto al saca-corchos y bajó la botella de la balda de espejo. Sirvió la copa y la puso en la barra. Harry apoyó los codos a ambos lados de la copa y contempló el líquido dorado y ocre. Y en ese momento no exis-tía nada más.

Ni Nirvana, ni Oleg, ni Rakel, ni Gusto, ni Dubái. Tampoco la cara de Tord Schultz. Ni el individuo cuya entrada amortiguaron los sonidos de la calle por un momento. Ni el ruido que hizo al colocarse detrás de él. Ni el tono cantarín de los muelles de la hoja al salir disparada. Ni la respiración dificultosa de Serguéi Iva-nov, que se encontraba a un metro de distancia con las piernas juntas y las manos bajadas.

Serguéi se quedó observando la espalda del hombre. Tenía las dos manos encima de la barra. No podía ser más perfecto. Había llega-do el momento. El corazón le martilleaba en el pecho. Batía fre-néticamente y con fuerzas renovadas, como al principio, cuando recogía los paquetes de heroína en la cabina de vuelo. Había desa-parecido todo temor. Porque lo sentía: estaba vivo. Estaba vivo e iba a matar al hombre que tenía delante. Iba a arrebatarle la vida, hacerla parte de la suya. Solo de pensarlo fue como si creciera, como si ya hubiera devorado el corazón del enemigo. Ahora. Los movimientos justos. Serguéi respiró, dio un paso adelante, le puso a Harry la mano izquierda en la cabeza. Como una bendición. Como si fuera a bautizarlo.

28

Serguéi Ivanov no consiguió cogerlo. Simplemente, no pudo. La puta lluvia le había mojado el cuero cabelludo y el pelo, tan corto que se le resbaló entre los dedos y no pudo echarle la cabeza hacia atrás. Serguéi volvió a extender la mano izquierda hacia delante, le rodeó al hombre la frente y tiró hacia atrás de la cabeza al tiempo que le ponía el cuchillo delante. El torso del hombre dio un tirón. Serguéi acercó el cuchillo, notó que entraba en contacto con la garganta, que se deslizaba a través de la piel. ¡Así! El chorro cálido de la sangre en el pulgar. No tan fuerte como esperaba, pero con tres latidos más del corazón todo se habría terminado. Levantó la cabeza para ver la fuente. Vio la dentadura y, debajo, la herida abierta desde donde manaba la sangre que bajaba por la camisa. Y la mirada del hombre. Fue la mirada, una mirada fría y furiosa de animal salvaje, lo que le hizo comprender que el trabajo no estaba terminado.

Cuando Harry sintió la mano en la cabeza, lo entendió instintivamente. Entendió que no se trataba de un cliente borracho ni de un viejo amigo, sino que eran ellos. La mano se resbaló y eso le dio a Harry una décima de segundo para mirar al espejo, ver el destello del acero. Ya sabía adónde se dirigía. Entonces la mano le rodeó la frente y tiró hacia atrás. Era demasiado tarde para introducir la mano entre el cuello y la hoja del cuchillo, así que Harry se impulsó con los pies en el reposapiés de la barra y levantó el torso de un tirón a la vez que pegaba la barbilla al pecho. No sintió ningún dolor cuando el filo del cuchillo le atravesó la piel, no notó nada hasta que le llegó al hueso de la barbilla y le atravesó la sensible membrana ósea.

Vio en el espejo la mirada del otro. Había acercado la cabeza de Harry a la suya y parecían dos amigos posando para una foto. Harry notó la hoja del cuchillo que presionaba entre la barbilla y el pecho, intentando encontrar el camino hasta una de las dos carótidas, y supo que en unos segundos lo conseguiría.

Serguéi rodeó la frente del hombre con el brazo y tiró con todas sus fuerzas. La cabeza se movió un poco hacia atrás y vio en el espejo que la hoja encontraba por fin una grieta entre la barbilla y el pecho y se deslizaba hacia dentro. El acero rajó la garganta y continuó hacia la derecha, hacia la vena carótida. *Blin!* El hombre consiguió levantar la mano derecha y meter un dedo entre la hoja del cuchillo y la carótida. Pero Serguéi sabía que la hoja estaba lo bastante afilada como para atravesar un dedo. Solo era cuestión de apretar. Así que apretó. Y apretó.

Harry notaba la presión de la hoja del cuchillo, pero sabía que no iba a conseguir atravesarlo. El elemento químico de mayor dureza en relación con su peso. Nada podría atravesar el titanio, ya fuera *made in Hong Kong* o no. Pero el tío era fuerte, solo era una cuestión de tiempo que comprendiera que la hoja del cuchillo no iba a poder con aquello.

Tanteó la barra con la mano libre, derramó la copa y encontró algo.

Era un sacacorchos con forma de te. De los más sencillos y con pocas vueltas. Cogió la empuñadura de forma que la punta asomaba entre el dedo índice y el dedo corazón. Lo invadió el pánico cuando oyó que la hoja del cuchillo se deslizaba por la prótesis del dedo. Se obligó a mirar hacia abajo para poder verse en el espejo.

Para ver dónde debía clavar. Levantó la mano hacia el lado y la impulsó hacia atrás, justo detrás de su cabeza.

Notó cómo el atacante se tensaba entero cuando la punta del sacacorchos le perforó la piel a un lado del cuello. Pero fue una herida poco profunda e inofensiva que no lo detuvo. Empezó a tirar del cuchillo hacia la izquierda. Harry se concentró. Era un sacacorchos que necesitaba una mano firme y entrenada. Pero que, con tan solo unas cuantas vueltas, penetraría profundamente en el corcho. Harry giró dos veces. Notó cómo se deslizaba a través de la carne. Perforaba. Sintió que ofrecía resistencia. La tráquea. Empujó otra vez.

Fue como sacar un corcho del lateral de un barril lleno de vino tinto.

Serguéi Ivanov estaba plenamente consciente y lo vio todo en el espejo cuando el primer latido envió el chorro de sangre hacia la derecha. Su cerebro lo registró, analizó y concluyó: el hombre al que intentaba degollar le había perforado la aorta con un sacacorchos, había pegado un tirón de la arteria y estaba sacándole la vida por un agujero. Serguéi tuvo tiempo de pensar otras tres cosas antes del segundo latido, antes de expirar.

Que le había fallado a su tío.

Que no volvería a ver su querida Siberia.

Que iban a enterrarlo con un tatuaje que era una mentira.

Con el tercer latido se desvaneció por fin y cuando Kurt Cobain gritó *memoria, memoria* y la canción tocó a su fin, Serguéi Ivanov ya estaba muerto.

Harry se levantó de la silla. En el espejo vio que el corte de la barbilla iba de lado a lado. Pero lo peligroso no era eso, lo peor eran los profundos cortes que tenía en el cuello, que no paraban de sangrar y que le habían empapado ya todo el cuello de la camisa.

Los otros tres clientes ya habían abandonado el local. Miró al hombre que yacía en el suelo. La sangre seguía brotando del agujero, pero ya no bombeaba. Lo que significaba que el corazón había dejado de latir y no tenía que molestarse en reanimarlo. Y aunque le hubiera quedado algo de vida, Harry sabía que aquel hombre nunca le habría revelado quién lo envió. Porque vio el tatuaje que asomaba por el cuello de la camisa. No conocía los símbolos, pero sabía que eran rusos. Semilla Negra, quizá. Era distinto del típico tatuaje de consigna occidental como el del camarero, que estaba pegado a la estantería de cristal y miraba con las pupilas negras de terror; un terror que parecía cubrirle todo el blanco de los ojos. Nirvana había terminado y el silencio era total. Harry miró el vaso de whisky volcado que tenía delante.

—Siento la marranada —dijo.

Cogió el trapo de la barra y limpió primero donde había puesto las manos, luego el vaso, luego el mango del sacacorchos.

Se aseguró de que no quedara nada de su propia sangre en la barra ni en el suelo. Se inclinó hacia el muerto y le secó la sangre de la mano, y limpió la larga empuñadura negra y la hoja finísima del cuchillo. O del arma, porque era un arma, no se podía utilizar para otra cosa y era más pesada que cualquier otro cuchillo que hubiera tenido en las manos. Tenía el filo cortante como el de un cuchillo de sushi japonés. Harry dudó un instante. Dobló la hoja y oyó el suave clic al cerrarse, le puso el seguro y se lo metió en el bolsillo de la chaqueta.

—¿Te puedo pagar con dólares? —preguntó Harry, y utilizó el trapo para sacar un billete de veinte dólares de la cartera—. Dicen que tienen la garantía de Estados Unidos.

El camarero emitió unos gemidos apagados, como si quisiera decir algo pero se le hubiera olvidado el idioma.

Harry estaba a punto de irse pero se detuvo. Se volvió y miró la botella sobre la repisa de cristal. Se humedeció los labios. Se quedó quieto un segundo, notó una sacudida por todo el cuerpo y se fue.

Harry cruzó la calle bajo una lluvia torrencial. Sabían dónde vivía. Podían haberlo seguido, naturalmente, pero también podía haber sido el chico de la recepción. O el quemador, que hubiera conseguido su nombre por medio de los registros rutinarios de clientes extranjeros que se enviaban a la Interpol. Harry podía llegar a su habitación sin ser visto, siempre y cuando accediera al edificio por el patio interior.

El portón que daba a la calle estaba cerrado. Harry soltó un taco.

La recepción estaba desierta cuando entró.

Por las escaleras y el pasillo iba dejando un rastro como en morse, escrito con puntos rojos sobre un fondo de linóleo azul claro.

Una vez en la habitación, cogió el juego de costura de la mesita de noche y se fue al baño, se desnudó y se inclinó encima del lavabo, que enseguida se tiñó de rojo. Enjuagó una toalla y se lavó el cuello y la barbilla, pero los cortes se llenaron enseguida de más sangre. Bajo aquella luz blanca y fría logró enhebrar la aguja y atravesarla en los trozos de piel blanca del cuello, primero por la parte inferior de la herida y luego por la superior. Iba hilvanando como podía, paraba para limpiar la sangre y seguía. Casi había terminado cuando se rompió el hilo. Soltó una maldición, tiró del hilo y empezó de nuevo con hilo doble. Después se cosió la herida de la barbilla, que era más fácil. Se limpió la sangre del torso y buscó en la maleta la camisa limpia. Luego se sentó en la cama. Estaba mareado. Pero había que darse prisa, no andarían muy lejos, tenía que actuar antes de que se enteraran de que seguía vivo. Marcó el número de Hans Christian Simonsen y al cuarto timbrazo oyó un somnoliento:

—Hans Christian.

—Aquí Harry. ¿Dónde está enterrado Gusto?

—En el cementerio de Vestre Gravlund.

—¿Tienes listo el instrumental?

—Sí.

—Lo hacemos esta noche. Reúnete conmigo en la zona dentro de una hora.

—¿Ahora?

—Sí. Y tráete tiritas.

—¿Tiritas?

—Un barbero torpe. Sesenta minutos a partir de ya, ¿de acuerdo?

Una pausa breve. Un suspiro. Y luego:

—Vale.

Estaba a punto de colgar y le pareció oír una voz somnolienta, otra voz. Pero para cuando terminó de vestirse ya se había convencido de que estaba equivocado.

29

Harry esperaba debajo de una farola solitaria. Llevaba allí veinte minutos cuando apareció Hans Christian con un chándal negro y andando con paso ligero.

—He aparcado en la calle Monolittveien –dijo jadeante–. ¿El traje de lino es el uniforme habitual para profanar tumbas?

Harry levantó la cabeza y Hans Christian abrió los ojos de par en par.

—Dios mío, qué pinta tienes. Ese barbero…

—…no es recomendable –dijo Harry–. Ven, vamos a apartarnos de la luz.

Cuando llegaron a la oscuridad, Harry se detuvo.

—¿Las tiritas?

—Toma.

Hans Christian miraba los chalets a oscuras que poblaban la colina que se alzaba detrás mientras Harry se cubría cuidadosamente con las tiritas el hilo de coser del cuello y la barbilla.

—Tranquilo, nadie puede vernos –dijo Harry; cogió una de las palas y echó a andar.

Hans Christian se apresuró a seguirlo, sacó la linterna y la encendió.

—Ahora sí pueden vernos –dijo Harry.

Hans Christian apagó la linterna.

Cruzaron la arboleda en memoria de los caídos, pasaron las tumbas de los marineros británicos y siguieron adentrándose por los caminos de gravilla. Harry constató que no era verdad que la muerte igualara todas las diferencias: aquellas lápidas de un cementerio de la zona oeste de la ciudad eran más grandes y más esplendorosas que las del este. La gravilla crujía a cada paso que daban; fueron caminando más y más deprisa hasta que, finalmente, empezó a oírse un rumor ininterrumpido.

Se pararon delante de la tumba de un gitano.

—Es el segundo camino a la izquierda —susurró Hans Christian, tratando de sujetar el mapa que había imprimido de forma que le diera algo de la escasa luz de la luna.

Harry miró a la oscuridad en la misma dirección por la que habían venido.

—¿Pasa algo? —susurró Hans Christian.

—Me parece haber oído pasos. Se han parado cuando nosotros nos hemos parado.

Harry levantó la cabeza, como si olfateara algo en el aire.

—Eco —dijo—. Vamos.

Dos minutos más tarde se encontraban delante de una modesta lápida negra. Harry colocó la linterna pegada a la lápida antes de encenderla. Tenía grabada una leyenda en letras de color dorado.

Gusto Hanssen

14.03.19…

12.07.20…

Descanse en paz

—Bingo —susurró Harry secamente.

—Cómo vamos a… —empezó Hans Christian, pero lo interrumpió el ruido como de un suspiro cuando Harry clavó la pala en la tierra blanda. Cogió su pala y empezó a cavar.

Eran las tres y media y la luna había desaparecido tras una capa de nubes cuando la punta de la pala de Harry dio con algo duro.

Quince minutos más tarde el ataúd blanco había quedado al descubierto.

Cogieron cada uno un destornillador, se pusieron de rodillas encima del ataúd y empezaron a soltar los seis tornillos de la tapa.

—No podemos quitar la tapa con los dos encima —dijo Harry—. Uno tiene que subir para que el otro pueda abrirla. ¿Algún voluntario?

Hans Christian ya casi había terminado de trepar.

Harry metió un pie junto al ataúd, apoyó el otro en la pared de tierra y metió los dedos por debajo de la tapa. La levantó y por costumbre, empezó a respirar por la boca. Incluso antes de mirar hacia abajo, notó el calor que salía del ataúd. Sabía que era la energía que generaba la descomposición, pero lo que le puso de punta los pelos de la nuca fue el ruido. El chisporroteo de las larvas devorando la carne. Apoyó la tapa del ataúd en la pared de tierra y la sujetó con la rodilla.

—Alumbra aquí abajo —dijo.

Los cuerpos blancos y sinuosos de las larvas serpenteaban dentro y alrededor de la boca y la nariz del cadáver. Tenía los párpados hundidos, porque los globos oculares eran lo primero que devoraban. El olor no parecía ser gaseoso sino más bien líquido o sólido.

Harry hizo oídos sordos al ruido de las arcadas de Hans Christian y puso en marcha el procedimiento analítico. El cadáver tenía la piel de color terroso; era imposible confirmar si se trataba de Gusto Hanssen, aunque el color del cabello y la forma de la cara así lo indicaban.

Pero había otra cosa que llamó la atención de Harry y que le cortó la respiración.

Gusto estaba sangrando.

En la mortaja blanca crecían rosas rojas, rosas de sangre que se extendía.

Pasaron dos segundos hasta que Harry comprendió que la sangre era la suya propia. Se puso la mano en el cuello. Notó los dedos pegajosos por la sangre. El hilo de coser se había roto.

—La camiseta —dijo Harry.

—¿Cómo?

—Tengo que vendarme esto un poco.

Harry oyó el ruido de una cremallera y, unos segundos después, una camiseta cayó en el haz de luz. La cogió, vio el logotipo.

Ayuda Legal Gratis. Por Dios, un idiota idealista. Harry se ató la camiseta alrededor del cuello sin saber si le serviría de algo, pero era todo lo que podía hacer en ese momento. Se inclinó sobre Gusto, agarró la mortaja con ambas manos y tiró de ella. El cadáver estaba oscurecido, ligeramente hinchado y las larvas le hormigueaban por los agujeros de bala del pecho.

Harry determinó que las heridas de bala coincidían con el informe.

—Dame las tijeras.

—¿Las tijeras?

—Las tijeras para las uñas.

—Mierda —tosió Hans Christian—. Se me han olvidado. A lo mejor tengo algo en el coche, ¿quieres que...?

—No hace falta —dijo Harry, y sacó la larga navaja automática del bolsillo de la chaqueta.

Soltó el seguro y apretó el botón. La hoja salió con una fuerza brutal, tan fuerte que la empuñadura vibró un poco. Notó el equilibrio perfecto del arma.

—Se oye algo —dijo Hans Christian.

—Es Slipknot —dijo Harry—. *Pulse of the Maggots*.

Tarareó suavemente.

—No, coño. ¡Viene alguien!

—Pon la linterna de manera que yo vea algo y lárgate —dijo Harry y levantó las manos de Gusto para examinar las uñas de la mano derecha.

—Pero tú...

—Lárgate —dijo Harry—, ya.

Harry oyó cómo se alejaban los pasos de Hans Christian. La uña del dedo corazón era más corta.

Examinó el índice y el anular, y dijo tranquilamente:

—Soy de la funeraria, estamos haciendo trabajos complementarios.

Volvió la cara hacia el jovencísimo guardia de uniforme que lo miraba desde el borde de la tumba.

—La familia no estaba del todo contenta con la manicura.

—¡Sal de ahí! —ordenó el guardia con cierto temblor en la voz.

—¿Por qué? —dijo Harry, sacó una pequeña bolsa del bolsillo de la chaqueta sujetándola debajo del dedo anular mientas cortaba laboriosamente. La hoja pasó a través de la uña como si fuese mantequilla. Un instrumento realmente fantástico—. Por desgracia para ti, según tu contrato, no puedes intervenir directamente contra los intrusos.

Harry utilizó la punta del cuchillo para sacar los restos secos de sangre de la parte inferior de la uña.

—Si lo haces, te echarán y no conseguirás entrar en la Academia de Policía y no tendrás permiso para llevar pistolas grandes ni para disparar a nadie en defensa propia.

Harry continuó con el dedo índice.

—Haz lo que dicen las instrucciones, chico, llama a algún policía adulto. Con un poco de suerte, vendrán dentro de media hora. Pero si somos realistas, tendremos que esperar hasta mañana por la mañana, a que dé comienzo el horario de oficina. ¡Listo!

Harry cerró las bolsas, se las metió en el bolsillo de la chaqueta, colocó la tapa del ataúd y salió de la tumba. Se sacudió la tierra del traje y se inclinó para coger la pala y la linterna.

Vio las luces de un coche que giraba hacia la capilla.

—La verdad es que me han dicho que llegarían enseguida —dijo el joven guardia retrocediendo hasta una distancia prudencial—. Les he dicho que era la tumba del chico al que le pegaron un tiro. ¿Tú quién eres?

Harry apagó la linterna y se produjo una oscuridad total.

—Soy el tío al que tienes que animar.

Y Harry echó a correr.

Corrió hacia el este, alejándose de la capilla, en la misma dirección por donde habían llegado.

Fijó la dirección en un punto de luz que suponía que sería una farola del parque Frognerparken. Si lograba entrar en el parque, sabía que podría correr más rápido que la mayoría, dada su actual forma física. Esperaba que no hubieran llevado perros. Aborrecía a los perros. Era mejor quedarse en los caminos de gravilla para no tropezar con las lápidas y las flores, pero el crujido le impediría oír a los posibles perseguidores. Harry salió al césped de la arboleda en memoria de los caídos. No oyó que nadie lo viniera siguiendo. Pero entonces lo vio. Un haz de luz vibraba en las copas de los árboles por encima de él. Alguien corría detrás con una linterna.

Volvió al camino y corrió hacia el parque. Intentó hacer caso omiso del dolor del cuello y correr de forma relajada y eficaz, concentrarse en la técnica y en la respiración. Se dijo que estaba aumentando la distancia. Corrió hacia el Monolito, sabía que lo verían a la luz de las farolas que flanqueaban el camino de ascenso al montículo, que parecería que corría hacia la puerta principal del parque en el lado este.

Harry esperó hasta que pudo dejar atrás la cima y estuvo fuera de la vista de su perseguidor antes de girar hacia el suroeste, hacia el bulevar de Madserud. De momento, la adrenalina había anulado las señales de cansancio, aunque empezaba a notar que se le entumecían los músculos. Durante un segundo, todo se volvió negro y creyó que había perdido el conocimiento. Pero volvió en sí y lo inundó un mareo repentino seguido del vértigo de la victoria. Miró hacia abajo. La sangre salía viscosa por la manga de la chaqueta, igual que cuando estaba en casa del abuelo y la mermelada de fresa recién hecha le chorreaba entre los dedos al caer de la rebanada de pan. No conseguiría mantener la distancia.

Se dio la vuelta. Vio una figura pasar por la luz de la farola en la cima de la colina. Un hombre alto y ágil a la hora de correr. Llevaba ropa negra bastante ceñida. Nada de uniforme policial. ¿Sería del grupo Delta? ¿En plena noche y avisados con tan poco tiemppo? ¿Solo porque alguien estaba cavando en un cementerio?

Harry dio un paso en falso. No tenía ninguna posibilidad de escapar de nadie corriendo en aquellas condiciones. Tenía que encontrar un sitio donde esconderse.

Pensó en una de las casas del bulevar de Madserud. Salió del camino, corrió ladera abajo dando pasos largos para no caerse, continuó por la calle de asfalto, saltó por encima de una valla baja y entró por entre los manzanos hasta la parte trasera de la casa. Allí se tumbó en la hierba húmeda. Respiró, tenía la sensación de que se le estuviera encogiendo el estómago, como queriendo tomar impulso para vomitar. Se concentró en respirar mientras escuchaba.

Nada.

Pero solo era cuestión de tiempo antes de que llegaran y necesitaba algo adecuado con lo que vendarse el cuello. Harry se levantó y subió a la terraza de la casa. Miró a través del cristal de la puerta de la terraza. Un salón oscuro.

Dio una patada al cristal y metió la mano. La vieja Noruega bondadosa e ingenua. La llave estaba puesta en la cerradura. Se deslizó dentro de aquella oscuridad.

Aguantó la respiración. Seguramente, los dormitorios estarían en el primer piso.

Encendió una lámpara de mesa.

Sillas de felpa. Televisión estilo cajón, de las antiguas. Enciclopedia. Una mesa llena de fotos de familia. Labor de punto. Es decir, personas mayores. Y los ancianos duermen bien. ¿O era al revés?

Harry encontró la cocina y encendió la luz. Buscó en los cajones. Cubiertos, manteles. Intentó recordar dónde solían guardar esas cosas cuando era pequeño. Abrió el penúltimo cajón. Y allí estaba. Cinta adhesiva corriente, cinta adhesiva para cartón, cinta americana. Cogió los rollos de cinta americana y abrió dos puertas hasta que encontró el baño. Se quitó la chaqueta y la camisa, colocó la cabeza por encima de la bañera y se dirigió la ducha hacia el cuello. Miró el esmalte blanco que, en un instante, se cubrió de una película roja. Usó la camiseta para secarlo e intentó juntar los bordes de la herida con los dedos mientras se enrollaba la cinta plateada varias veces alrededor del cuello. Comprobó si estaba lo bastante apretada, al fin y al cabo, necesitaba un poco de sangre para el cerebro. Se puso la camisa y la chaqueta. Un nuevo ataque de vértigo. Se sentó en el filo de la bañera.

Notó un movimiento. Levantó la cabeza.

Desde el umbral lo miraba un rostro de mujer de edad avanzada, pálida y con los ojos desorbitados de miedo. Encima del camisón llevaba una bata roja acolchada. Despedía un brillo extraño y chisporroteaba cuando se movía. Harry supuso que estaba hecha de un material sintético que ya no existía, que estaba prohibido, sería cancerígeno, de amianto o algo.

—Soy policía —dijo Harry. Carraspeó—. Expolicía. Y en estos momentos estoy en apuros.

Ella no dijo nada, se quedó allí sin más.

—Por supuesto, pagaré el cristal roto.

Harry cogió la chaqueta del suelo del cuarto de baño y sacó la cartera. Dejó unos billetes encima del lavabo.

—Dólares de Hong Kong. Son... mejores de lo que parece.

Intentó sonreírle y se percató de que dos lágrimas le bajaban por las mejillas arrugadas.

—No, por favor —dijo Harry, y notó el pánico, la sensación de estar deslizándose, de perder el control—. No tengas miedo. De verdad, no te voy a hacer nada malo. Me iré enseguida, ¿de acuerdo?

Logró meter el brazo vendado dentro de la manga de la chaqueta y se fue hacia la puerta. La mujer retrocedió arrastrando un poco los pies, pero sin perderlo de vista. Harry mantuvo las palmas de la mano levantadas y se fue rápidamente hacia la puerta de la terraza.

—Gracias —dijo—. Y perdona.

Empujó la puerta y salió a la terraza.

La fuerza del impacto en la pared le hizo pensar en un arma de gran calibre. Luego llegó el sonido del propio disparo, le explosión de la pólvora que lo confirmaba. Harry cayó de rodillas cuando el siguiente tiro hizo añicos el respaldo de la silla del jardín que tenía a su lado.

Un calibre enorme.

Harry gateó hacia atrás y entró otra vez en el salón.

—¡Tírate al suelo! —gritó en el momento en que explotó la ventana del salón.

Los trozos de cristal tintinearon al caer sobre el parquet, la tele y la mesa con las fotos de familia.

Harry corrió agachado fuera del salón, por el pasillo y hasta la puerta de entrada. Abrió. Distinguió la llama en la boca del arma que disparó desde la puerta abierta de una limusina negra, debajo de una de las farolas. Sintió un dolor abrasador en la cara y enseguida empezó a resonar un pitido, un sonido alto, incisivo y metálico. Harry se volvió automáticamente y vio que habían destrozado el timbre a tiros. De la pared sobresalían grandes astillas de color blanco.

Volvió a entrar. Se tumbó en el suelo.

Un calibre superior al que la policía tenía en ninguna de sus armas. Harry pensó en el individuo grande que había visto correr por la colina. No era policía.

—Tienes algo en la mejilla…

Era la mujer; había tenido que gritar para ahogar el sonido del mecanismo del timbre, que se había bloqueado. Ella estaba detrás de él, al final del pasillo. Harry lo comprobó con los dedos. Era una astilla. Se la sacó. Tuvo tiempo de pensar que menos mal que estaba en el mismo lado que la cicatriz, así no reduciría mucho su valor en el mercado. Volvió a sonar. Esta vez era la ventana de la cocina al romperse. Harry estaba a punto de quedarse sin dólares de Hong Kong.

Por encima del sonido del timbre se podía oír una sirena a lo lejos. Harry levantó la cabeza. A través del pasillo y el salón vio que en las terrazas de las casas de alrededor empezaban a encender las luces. La calle que había delante de la casa parecía un árbol de Navidad. Con independencia de hacia dónde decidiera correr, sería como un jabalí avanzando bajo los focos. Las opciones eran que le disparasen o que lo detuvieran. No, ni siquiera eso. Ellos también oían las sirenas y sabían que se les estaba acabando el tiempo. Y él no había respondido a los disparos, así que habrían llegado a la conclusión de que no iba armado. Lo seguirían. Tenía que escapar. Sacó el móvil. Mierda, ¿por qué no había guardado su número en la T? Verdaderamente, no era porque tuviera llena la lista de contactos.

—¿Cuál es el número de información telefónica? —gritó por encima del sonido del timbre.

—¿El número… de la… información telefónica?

—Sí.

–Bueno. –Ella se metió el dedo en la boca con gesto pensativo, se cruzó bien la bata roja de amianto y se sentó en una silla de madera–. Está el 1880. Pero yo creo que son mucho más simpáticos en el 1881. Esos no van tan acelerados ni son tan estresantes, se toman tiempo para charlar si tienes algo que…

–Información, 1880 –dijo una voz nasal en el oído de Harry.

–Asbjørn Treschow –dijo Harry–. Con c y h.

–Tenemos un Asbjørn Berthold Treschow en Oppsal, Oslo, y un Asbjø…

–Es él, ¿me puedes pasar con su móvil?

Tres segundos interminables más tarde contestó una voz conocida y malhumorada.

–No quiero nada.

–¿Tresko?

Una pausa larga sin respuesta. Harry se imaginaba la cara sorprendida de su obeso amigo de la infancia.

–¿Harry? *Long time.*

–Seis o siete años, como mucho. ¿Estás trabajando?

–Sí.

El tono de voz y la prolongación de la «i» sugerían suspicacia. Nadie llamaba a Tresko así sin más.

–Necesito un favor muy urgente.

–Ya, me lo imagino. ¿Y qué pasa con ese billete de cien que te presté? Dijiste…

–Necesito que cortes la corriente en el área de Frognerparken, el bulevar de Madserud.

–¿Que necesitas qué?

–Tenemos una actuación policial con un tío armado que se ha vuelto loco. Tenemos que dejarlo sin luz. ¿Sigues trabajando en la estación de Montebello?

Nueva pausa.

–Sí, pero ¿sigues siendo madero?

–Claro que sí. Sabes, es bastante urgente.

–A mí qué coño me importa. No estoy autorizado a hacer esas cosas. Tienes que hablar con Henmo, y él…

—¡Está durmiendo! ¡Y no tenemos tiempo! —gritó Harry.

En ese instante sonó otro disparo que destrozó el armario de la cocina. La vajilla cayó y se estrelló contra el suelo.

—¿Qué coño ha sido eso? —preguntó Tresko.

—¿Tú qué crees? Puedes elegir entre la responsabilidad de un corte de cuarenta segundos en el suministro eléctrico o un montón de vidas humanas.

Al otro lado se produjo un silencio de unos segundos y luego dijo despacio:

—Hay que ver, ¿no, Harry? Aquí me tienes ahora, con la sartén por el mango. Nunca lo habrías creído. ¿A que no?

Harry tomo aire. Vio una sombra deslizarse por la terraza, allí fuera.

—No, Tresko, nunca lo habría creído. ¿Puedes…?

—Tú y Øystein creíais que yo nunca llegaría a nada, ¿verdad?

—Ya, pero vaya si nos equivocamos.

—Si me lo pides por fav…

—¡Corta de una vez la puta corriente! —berreó Harry, y se dio cuenta de que la conexión se había cortado. Se puso de pie, cogió a la anciana del brazo y la llevó medio a rastras hasta el baño—. ¡Quédate aquí! —susurró, cerró la puerta y se fue deprisa a la puerta de la entrada, que seguía abierta.

Salió corriendo a toda velocidad hacia la luz y se armó de valor para enfrentarse al torrente de balas.

Y entonces todo se volvió negro.

Tan negro que, cuando aterrizó en el camino de losas y rodó hacia delante, pensó en un momento de turbación que estaba muerto, antes de comprender que Asbjørn «Tresko» Treschow había cortado la corriente, que había apretado el botón, o lo que coño fuera que hicieran allá arriba, en la central eléctrica. Y que disponía de cuarenta segundos.

Harry corrió a ciegas en la oscuridad más absoluta. Tropezó al saltar la valla, se levantó, notó el asfalto bajo los pies y siguió corriendo. Oyó voces que gritaban y sirenas que se iban acercando, pero también el potente rugido del motor de un coche grande al arrancar. Harry se mantuvo en el lado derecho, procurando no apartarse de la calle. Se encontraba en la parte sur del Frognerparken, tenía una posibilidad entre mil de conseguirlo. Pasó por delante de chalets a oscuras, árboles, bosque. El vecindario seguía inmerso en la oscuridad. El motor se aproximaba. Tambaleándose, giró a la izquierda y entró en el aparcamiento, frente a las pistas de tenis. Casi se cae en la plaza de gravilla por culpa de un agujero o de un charco, pero pudo seguir. Lo único que, en la oscuridad, reflejaba luz suficiente para poder ver algo eran las líneas blancas de cal de las pistas que había detrás de la alambrada. Harry vio la silueta de la sede del club de tenis. Corrió hasta el muro que había delante de la puerta de los vestuarios y se tiró al suelo en el momento en que unos faros de coche barrieron la pared. Aterrizó y rodó de lado por el hormigón. Fue un aterrizaje suave y, aun así, sintió vértigo.

Se quedó quieto y calladito. Y esperó.

No se oía nada.

Miró hacia arriba fijamente en la oscuridad.

Entonces, sin previo aviso, la luz lo cegó.

El farol de la terraza que tenía justo encima. Había vuelto la corriente.

Harry se quedó tumbado dos minutos oyendo las sirenas. Coches que iban y venían por la calle que discurría por detrás de la sede del club. Equipos de búsqueda. Habrían rodeado toda la zona, seguramente. Pronto llegarían los perros.

No podía salir de allí, así que tendría que buscarse una casa.

Se levantó, miró por encima del muro.

Vio la caja con la luz roja y el teclado junto a la puerta.

El año que nació el rey. Quién coño lo sabe.

Se acordó de una foto de una revista del corazón y probó con 1941. Sonó un pitido y tiró del picaporte. Cerrado. Espera, ¿no había nacido el rey poco antes de que la familia real se fuera de viaje a Inglaterra en 1940? 1939. Quizá un poco mayor. Harry temía que solo hubiera tres intentos y se acabó. 1938. Tiró del picaporte. Mierda. ¿1937? Luz verde. La puerta se abrió.

Harry entró rápidamente y notó que la puerta se cerraba a su espalda.

Todos los sonidos desaparecieron en el acto. Estaba a salvo.

Encendió la luz.

Vestuarios. Estrechos bancos de madera. Armarios metálicos.

Entonces tomó conciencia de lo agotado que estaba. Podía quedarse allí hasta que amaneciera, hasta que terminara la caza. Inspeccionó el vestuario. Un lavabo con un espejo en medio de la pared. Cuatro duchas. Un aseo. Abrió la pesada puerta de madera que había al fondo.

Una sauna.

Entró y dejó que la puerta se cerrase a su espalda. Olía a madera. Se tumbó en uno de los amplios bancos de madera, delante de la estufa helada. Cerró los ojos.

30

Eran tres. Corrían por un pasillo cogidos de la mano y Harry gritaba que tenían que sujetarse con fuerza cuando viniera el alud para no separarse. Oyó el alud que se acercaba a su espalda, primero como un ruido sordo y luego como un rugido. Y al fin, allí estaba: la oscuridad blanca, el caos negro. Se agarró todo lo que pudo y aun así notaba que las manos se soltaban deslizándose de las suyas.

Harry se despertó con una sacudida. Miró el reloj y constató que había dormido tres horas. Soltó el aire con un largo siseo, como si lo hubiera estado conteniendo. Se sentía igual que si le hubieran dado una buena paliza. Le dolía la nuca. Tenía un dolor de cabeza espantoso. Y estaba sudando. Se veían manchas negras en el traje, de tan empapado como estaba. No tuvo que darse la vuelta para saber por qué. La estufa. Alguien había encendido la estufa de la sauna.

Se levantó y fue tambaleándose hasta los vestuarios. Había ropa encima del banco y fuera se oía el ruido de las pelotas de tenis al dar contra las cuerdas de las raquetas. Vio que el interruptor del exterior de la sauna estaba pulsado. Habrían pensado darse una sauna caliente después del tenis.

Harry fue al lavabo. Se miró en el espejo. Los ojos rojos, la cara roja e hinchada. Aquel ridículo collar de cinta americana plateada, el borde se le había clavado en la fina piel del cuello. Se echó agua en la cara y salió al sol de la mañana.

Tres hombres, todos con el bronceado y las piernas flacas de los jubilados, dejaron de jugar al verlo. Uno de ellos se ajustó las gafas.

—Nos falta uno para un doble, joven, ¿te apetece…?

Harry miró hacia delante concentrándose en hablar tranquilamente.

—Lo siento, chicos. Codo de tenista.

Harry notó sus miradas en la espalda mientras seguía bajando hacia Skøyen. En algún sitio debería poder encontrar un autobús.

Truls Berntsen llamó a la puerta del jefe de sección.

—¡Adelante!

Bellman tenía el teléfono pegado a la oreja. Parecía tranquilo, pero Truls conocía demasiado bien a Mikael. La mano, que se llevaba constantemente al pelo bien cuidado, cierta aceleración en la forma de hablar, la arruga de la frente, que indicaba preocupación…

Bellman colgó.

—¿Una mañana complicada? —dijo Truls dándole una taza de café humeante.

El jefe de sección miró sorprendido la taza, pero la aceptó.

—El jefe de la policía —dijo Bellman, haciendo un gesto hacia el teléfono—. Los periódicos le están dando la lata con esa señora mayor del bulevar de Madserud. Casi echaron abajo la casa a tiros y quiere que le explique lo que ocurrió.

—¿Qué le has contestado?

—Que la central de operaciones envió un coche patrulla allí después de que el guardia del cementerio de Vestre Gravlund informara de que estaban hurgando en la tumba de Gusto Hanssen. Que los que estaban profanando la tumba se escaparon cuando llegó el coche patrulla, pero entonces empezaron los disparos en el bulevar de Madserud. Alguien estaba disparando al que se había metido en la casa. La señora está conmocionada, solo dice que el que entró era un joven educado que medía dos metros y medio y con una cicatriz que le cruzaba la cara.

—¿Crees que el tiroteo está relacionado con la profanación de la tumba?

Bellman asintió con la cabeza.

—En el suelo del salón había trozos de barro que muy probablemente provenían de la tumba. Así que el jefe de policía se pregunta si está relacionado con el tráfico de drogas, si se trata de un nuevo ajuste de cuentas entre bandas… Que si lo tengo todo controlado, ya sabes. —Bellman se fue a la ventana y se pasó el dedo índice por el fino tabique de la nariz.

—¿Por eso me has llamado? —preguntó Truls, y tomó un sorbito de café.

—No —dijo Bellman de espaldas a Truls—. Estaba pensando en la noche que recibimos el soplo anónimo de que toda la banda de Los Lobos iba a estar reunida en el McDonald´s. Tú no participaste en la detención, ¿verdad?

—No —dijo Berntsen, y tosió—. No pude. Esa noche estaba enfermo.

—¿La misma enfermedad que acaba de entrarte ahora? —preguntó Bellman sin volverse.

—¿Cómo?

—A algunos de los agentes les sorprendió comprobar que la puerta del club de moteros no estuviera cerrada. Y se preguntaban cómo había logrado escapar el tal Tutu que, según Odin, debía estar de guardia. Porque nadie sabía que íbamos a presentarnos allí, ¿verdad?

—Que yo sepa, solo nosotros —dijo Truls.

Bellman miraba por la ventana, y empezó a balancearse sobre los talones. Con las manos a la espalda. Se balanceaba. Y se balanceaba…

Truls se secó el bigote. Con la esperanza de que no se le notase el sudor.

—¿Algo más?

Más balanceo. Arriba y abajo. Como un niño que intenta ver por encima del borde, pero al que le faltan unos cuantos centímetros.

—Eso es todo, Truls. Y… gracias por el café.

Una vez en su despacho, Truls se acercó a la ventana. Y allí fuera vio lo mismo que estaría viendo Bellman. El cartel rojo colgado en el árbol.

Eran las doce y en la acera del restaurante Schrøder había, como siempre, un par de almas sedientas esperando a que abriera Nina.

–Vaya por Dios –dijo cuando vio a Harry.

–Tranquila, no quiero cerveza, solo comer –dijo Harry–. Y un favor.

–Me refiero al cuello –dijo Nina sujetando la puerta para que entrara–. Lo tienes completamente azul. Y qué es ese....

–Cinta americana –dijo Harry.

Nina asintió con la cabeza y se fue para preparar el almuerzo. En el Schrøder era costumbre que, aparte de la cortesía normal, cada uno se ocupara de sus asuntos.

Harry se sentó en la habitual mesa de la esquina, al lado de la ventana, y llamó a Beate Lønn.

Le saltó el contestador. Esperó al pitido.

–Soy Harry. Acabo de conocer a una señora a la que creo que he impresionado muchísimo, así que me parece que, por un tiempo, me abstendré de acercarme a las comisarías. Por eso te voy a dejar dos bolsas con muestras de sangre en el Schrøder. Ven a recogerlas personalmente y pregunta por Nina. También quería pedirte otro favor. Bellman ha mandado recopilar unas cuantas direcciones en Blindern. Quiero que, de la forma más discreta posible, intentes conseguir copias de la lista que elabore cada equipo, es decir, antes de que las envíen a Crimen Organizado.

Harry colgó. Y llamó a Rakel. Otro contestador.

–Hola, soy Harry. Necesito ropa limpia que me quede bien, y tenías en tu casa algunas prendas de… de aquel entonces. Voy a subir ligeramente de categoría, me alojaré en el Plaza, así que si pudieras enviarme algo allí en un taxi cuando llegues a casa, estaría… –Se dio cuenta de que automáticamente buscaba palabras que pudieran hacerla sonreír, como «superbién» o «guay» o «divino», pero no lo consiguió y remató con un sencillo–: …bien.

Nina trajo el café y un huevo frito mientras Harry marcaba el número de Hans Christian. Ella le echó una mirada censuradora.

El Schrøder tenía ciertas reglas no escritas en cuanto al uso de ordenadores, juegos de mesa y móviles. Aquel era un lugar para beber, preferentemente cerveza, comer, hablar o callarse, y como mucho leer el periódico. Leer libros entraría probablemente en la zona gris.

Harry hizo una seña para indicar que solo tardaría unos segundos y Nina asintió indulgente.

Hans Christian sonó aliviado y horrorizado.

—¿Harry? ¡Qué barbaridad! ¿Salió todo bien?

—En una escala de uno a diez…

—¿Sí?

—¿Has oído lo del tiroteo en el bulevar de Madserud?

—¡No jodas! ¿Eras tú?

—¿Tienes armas, Hans Christian?

A Harry le pareció oír que el otro tragaba saliva.

—¿Crees que las voy a necesitar, Harry?

—Tú no. Yo.

—Harry…

—Solo para defensa propia. Y solo por si acaso.

Pausa.

—Solo tengo un rifle de caza viejo que perteneció a mi padre. Para cazar alces.

—Suena bien. ¿Puedes recogerlo, envolverlo en algo y entregarlo en el Schrøder dentro de tres cuartos de hora?

—Lo intentaré. ¿Qué… qué vas a hacer?

—Pues… —dijo Harry. Y, al encontrarse con la mirada admonitoria de Nina desde el mostrador, remató—: Voy a desayunar.

Truls Berntsen llegó al cementerio de Gamlebyen y vio una limusina negra aparcada delante de la puerta por la que solía entrar. Y cuando se acercó, la puerta del pasajero se abrió y por ella salió un hombre. Llevaba un traje negro y mediría más de dos metros de altura. Tenía la mandíbula fuerte, el flequillo liso y un aire asiático indefinible que Truls siempre había relacionado con los lapones, los finlandeses o los rusos. La chaqueta tenía que ser hecha a medida y, aun así, parecía que le quedara demasiado justa de hombros.

El hombre se apartó y le indicó a Truls con un movimiento de la mano que debía ocupar su sitio en el asiento del copiloto.

Truls aminoró la velocidad. Si aquellos eran hombres de Dubái, estaban ante una violación inesperada de las reglas sobre el contacto directo. Miró a su alrededor. No se veía a nadie más.

Dudó un instante.

Si habían decidido deshacerse del quemador, lo harían así.

Miró al hombre grande. Era imposible descifrar la expresión de su cara y Truls tampoco podía decidir si era una señal buena o mala que el hombre no se hubiera tomado la molestia de ponerse unas gafas de sol.

Naturalmente, podía dar la vuelta y largarse. Pero ¿entonces qué?

Un Q5, murmuró Truls para sus adentros. Y entró en el coche.

La puerta se cerró inmediatamente. Allí dentro reinaba una oscuridad muy extraña, probablemente a causa de las ventanas tintadas. Y el aire acondicionado debía de ser inusualmente eficaz, parecía que estuvieran a bajo cero. En el asiento del conductor había un hombre con cara de glotón. También llevaba un traje negro. Flequillo liso. Seguramente era ruso.

—Me alegro de que hayas podido venir —dijo una voz detrás de Truls.

No necesitaba darse la vuelta. El acento. Era él. Dubái. El hombre cuya identidad nadie conocía. O nadie más conocía. Pero ¿de qué le servía a Truls saber un nombre, conocer una cara? Además, no muerdas la mano que te da de comer.

—Quiero que encuentres a una persona.

—¿Que la encuentre?

—Que la recojas. Y nos la entregues. No tienes que preocuparte del resto.

—Ya te he dicho que no sé dónde está Oleg Fauke.

—No se trata de Oleg Fauke, Berntsen. Es Harry Hole.

Truls Berntsen no podía creer lo que oía.

—¿Harry Hole?

—¿No sabes quién es?

—Claro que sí. Trabajaba en Delitos Violentos. Está como una cabra. Un borracho. Resolvió unos casos. ¿Está en la ciudad?

—Se hospeda en el Leon. Habitación 301. Recógelo allí exactamente a medianoche de hoy.

—¿Y cómo se supone que tengo que «recogerlo»?

—Detenlo. Túmbalo. Dile que quieres enseñarle tu barco. Haz lo que quieras, pero procura llevarlo al puerto deportivo de Kongen. Del resto nos ocupamos nosotros. Cincuenta mil.

El resto. Estaba hablando de matar a Hole. Estaba hablando de asesinato. De un agente de policía.

Truls abrió la boca para decir que no, pero la voz del asiento trasero se le adelantó.

—Euros.

A Truls Berntsen se le quedó la boca abierta con un no a medio camino entre el cerebro y las cuerdas vocales. Repitió las palabras que había oído pero a las que no podía dar crédito.

—¿Cincuenta mil euros?

—¿Qué me dices?

Truls miró el reloj. Tenía algo más de once horas. Carraspeó.

—¿Cómo sabéis que estará en la habitación a medianoche?

—Porque sabe que vamos a ir.

—¿Cómo? —dijo Truls—. ¿Querrás decir que no sabe que vamos a ir?

La voz se rió a su espalda. Parecía el motor de una barca de madera de esas...

31

Eran las cuatro y Harry se había metido en la ducha del piso diecinueve del Radisson Plaza. Esperaba que la cinta americana
aguantase el agua caliente, y que esta por lo menos le mitigara el
dolor un rato. Le habían dado la habitación 1937, y se le pasó por
la cabeza cuando le dieron la llave: el año de nacimiento del rey,
Koestler, sincronía y esas cosas. Harry no creía en nada de eso. Él
creía que se debía a la capacidad de la mente humana de descubrir
un patrón. Incluso allí donde no existía un patrón de verdad. Por
eso siempre dudaba como investigador. Dudaba y buscaba, buscaba y dudaba. Veía patrones, pero dudaba de la culpabilidad. O al
revés.

Harry oyó el timbre del teléfono. Fácilmente audible, pero discreto y agradable. El sonido de un hotel caro. Cerró la ducha y fue
hasta la cama. Cogió el auricular.

—Hay una señora que pregunta por ti —dijo la recepcionista—.
Rakel Fauske. Perdón, dice que es Fauke. Tiene que subir a entregarte un paquete.

—Dale la llave del ascensor y déjala subir —dijo Harry.

Contempló el traje, que había colgado en el armario. Parecía
que hubiera aguantado dos guerras mundiales. Abrió la puerta y
se ató a la cintura una toalla de baño de dos metros cuadrados. Se
sentó en la cama y prestó atención. Oyó el *pling* del ascensor y
luego sus pasos. Todavía podía reconocerlos. Pasos firmes, cortos,
de alta frecuencia, como si siempre llevara una falda estrecha.
Cerró los ojos un momento, y cuando los abrió la tenía delante.

—Hola, hombre desnudo —dijo sonriendo; dejó las bolsas en el suelo y se sentó a su lado en la cama—. ¿Qué es? —Pasó la mano por la cinta americana.

—Nada, una tirita improvisada —dijo él—. No tenías que haber venido.

—Ya, ya lo sé —dijo ella—. Pero no encontré nada de tu ropa. Desapareció en el traslado a Amsterdam.

La había tirado, pensó Harry. Le parecía bien.

—Pero le pregunté a Hans Christian y resulta que tiene un armario lleno de ropa que no usa. No es exactamente tu estilo, pero la talla es más o menos la misma.

Abrió las bolsas y Harry miró con horror mientras ella sacaba una camisa Lacoste, cuatro calzoncillos recién planchados, unos vaqueros de Armani con raya, un jersey con cuello de pico, una chaqueta Timberland, dos camisas con un jugador de polo y hasta un par de zapatos de cuero marrón fino.

Ella empezó a colgarlo todo en el armario y él se levantó para seguir con la tarea. Rakel lo miraba de reojo y sonrió mientras se metía un mechón de pelo detrás de la oreja.

—Supongo que no te habrías comprado ropa nueva hasta que ese traje literalmente empezara a caerse a pedazos, ¿verdad?

—Bueno —dijo Harry moviendo las perchas. La ropa era extraña, pero tenía un olor débil y conocido—. Tengo que reconocer que estaba pensando en una camisa nueva y posiblemente unos calzoncillos.

—¿No tienes calzoncillos limpios?

Harry la miró.

—Defíneme limpios.

—¡Harry! —Se rió y le dio una palmada en el hombro.

Él sonrió. Ella le dejó la mano en el hombro.

—Estás caliente. Como con fiebre. ¿Estás seguro de que lo que tienes debajo de eso que llamas tirita no se ha infectado?

Él negó sonriendo con la cabeza. Sabía que la herida se había infectado, lo notaba por el dolor palpitante y sordo. Con sus muchos años de experiencia en Delitos Violentos, también sabía otra cosa. Que la policía habría interrogado al camarero y a los clientes del local donde sonaba Nirvana y sabría que la persona que mató al hombre de la navaja había dejado el lugar con heridas profundas en el cuello y la nuca. Que haría mucho que habrían alertado a todos los centros médicos de la ciudad y que estarían vigilando todas las urgencias. Y en estos momentos no tenía tiempo de que lo metieran en prisión preventiva.

Ella le acarició el hombro, subió hacia la barbilla y volvió a bajar. Al pecho. Y él pensó que estaría sintiendo su corazón, y que ella era como ese televisor Pioneer que habían dejado de fabricar porque era demasiado bueno, y que se sabía lo bueno que era por lo negro que era el color negro de la imagen.

Había logrado abrir un poco una de las ventanas; en el hotel no querían saltadores suicidas. Y hasta en el piso diecinueve podían oír el tráfico de la hora punta de la tarde, de vez en cuando una bocina, y de algún otro lugar, puede que de otra habitación, una canción tardía y fuera de lugar sobre lo lento que pasa el verano.

—¿Estás segura de que es lo que quieres? —dijo él sin intentar disimular la ronquera carraspeando.

Estaban allí de pie, ella con una mano sobre su hombro y observándolo con la concentración de una pareja de tango.

Ella asintió.

Un color negro de un negro tan intenso y cósmico que te veías arrastrado hacia él.

Él no se dio cuenta de que ella levantaba el pie y empujaba la puerta. Solo oyó que se cerraba con una suavidad infinita, el sonido de un hotel caro, como un beso.

Y mientras lo hacían, él solo pensaba en aquella negrura y aquel olor. La negrura del cabello, las cejas y los ojos. Y el olor del perfume cuyo nombre nunca le había preguntado, pero que solo era suyo, que estaba en su ropa, en su armario, que se pasó a la ropa de Harry cuando la tuvo allí colgada junto a la de ella. Y que ahora estaba en el armario de la habitación del hotel. Porque esa ropa, la ropa del otro, también había estado colgada en el armario de

Rakel. Y era de allí de donde la había cogido, no de la casa de él; a lo mejor ni siquiera había sido idea suya, del otro, a lo mejor solo la había cogido del armario para llevársela. Pero Harry no dijo nada. Porque sabía que solo la tenía prestada. La tenía solo en ese momento, y podía darse por satisfecho; eso o nada. Así que mantuvo la boca cerrada. La quiso como siempre la había querido, intensamente y despacio. No se dejó llevar por su impaciencia y su voracidad, sino que lo hizo con tanta lentitud y tan profundamente que ella lo iba maldiciendo entre jadeos. Y no lo hizo de ese modo porque pensara que así era como a ella le gustaba, sino porque así era como le gustaba a él. Porque solo la tenía prestada. Solo tenía unas cuantas horas.

Y cuando ella se corrió y se puso tensa y lo miró con esa expresión paradójica de ofendida, volvieron todas las noches que habían pasado juntos y a él le entraron más que nada ganas de llorar.

Después compartieron un cigarro.

—¿Por qué no quieres contarme que estáis juntos? —dijo Harry; inhaló y le dio el cigarro.

—Porque no lo estamos. Solo es… un puerto de refugio. —Meneó la cabeza—. No lo sé. Ya no sé nada. Debería alejarme de todo y de todos.

—Es un buen hombre.

—Exactamente, por eso. Lo que necesito es un hombre bueno, entonces ¿por qué no quiero un hombre bueno? ¿Por qué somos tan asquerosamente irracionales cuando en realidad sabemos lo que nos conviene?

—La humana es una especie pervertida y herida —dijo Harry—. Y no hay cura, solo alivio.

Rakel se tumbó a su lado.

—Eso es lo que me gusta de ti, ese optimismo imbatible.

—Entiendo que esa es mi misión en la vida, cariño, repartir alegría.

—¿Harry?

—Mmm.

—¿Hay algún camino de vuelta? ¿Para nosotros?

Harry cerró los ojos. Escuchaba los latidos del corazón. Los suyos y los de ella.

—De vuelta, no. —Se volvió hacia ella—. Pero si crees que todavía te queda un poco de futuro…

—¿Lo dices en serio?

—Esto solo es una charla de almohada, ¿verdad?

—Tontorrón.

Lo besó en la mejilla, le dio el cigarro y se levantó. Se vistió.

—Puedes vivir en mi casa, lo sabes —dijo ella.

Él negó con la cabeza.

—Es mejor así en estos momentos.

—Recuerda que te quiero —dijo ella—. No lo olvides nunca. Pase lo que pase. ¿Me lo prometes?

Él asintió. Cerró los ojos. La puerta se cerró con la misma suavidad de antes. Volvió a abrir los ojos. Miró el reloj.

Es mejor así en estos momentos.

¿Qué otra cosa podía hacer? ¿Volver con ella a Holmenkollen, para que Dubái siguiera hasta allí su rastro y así meter a Rakel en ese ajuste de cuentas, igual que había hecho con el Muñeco de Nieve? Porque ya se había dado cuenta: de que le habían estado siguiendo los pasos desde el primer día, de que había sido innecesario enviar una invitación a Dubái a través de sus camellos. Lo encontrarían antes de que él les encontrara a ellos. Y luego encontrarían a Oleg.

Así que la única ventaja que tenía era poder elegir el lugar. La escena del crimen. Y había elegido. Aquí en el Plaza no, eso solo era para disponer de un poco más de tiempo, unas horas de sueño y tranquilizarse un poco. El lugar era el Leon.

Harry se planteó ponerse en contacto con Hagen. O con Bellman. Explicarles la situación. Pero eso los obligaría a detenerlo, no tendrían otra opción. De todas formas, solo era cuestión de tiempo que la policía conectara la descripción del camarero de Kvadraturen, la del guardia de seguridad del cementerio de Vestre Gravlund y la de la anciana del bulevar de Madserud. Un hombre de casi dos metros con un traje de lino, una cicatriz a un lado de la cara y tiritas en el cuello y la barbilla. Pronto emitirían una orden de detención contra Harry Hole. Así que ya era urgente.

Se levantó con un lamento, abrió el armario.

Se puso los calzoncillos recién planchados y una camisa con jugador de polo. Sopesó los pantalones de Armani. Meneó la cabeza soltando un taco en voz baja y se puso el traje de lino.

Sacó la bolsa de tenis que había dejado en la balda del armario. Hans Christian le había dicho que era la única en la que cabía el rifle.

Se la echó al hombro y salió. La puerta se cerró a su espalda con un suave chasquido.

32

No sé si es posible explicar exactamente cómo se produjo la sucesión al trono. Exactamente cuándo se hizo el violín con el poder y empezó a decidir sobre nosotros en lugar de lo contrario. Todo se había jodido, el trato que había intentado cerrar con Ibsen, el golpe en Alnabru. Y Oleg iba por ahí con aquella cara de ruso con depresión porque la vida sin Irene no tenía sentido. Al cabo de tres semanas nos chutábamos más de lo que ganábamos, estábamos colocados en el trabajo y sabíamos que todo estaba a punto de irse a la mierda. Lo cual, a esas alturas, tenía menos importancia que el siguiente chute. Parece un tópico de mierda, y es un tópico, pero también es la pura verdad. Tan increíblemente sencillo y tan imposible. Creo que puedo decir tranquilamente que nunca he querido a nadie, es decir, no de verdad. Pero estaba desesperadamente enamorado del violín. Porque mientras que Oleg utilizaba el violín como medicina para el corazón, para mitigar el dolor, yo usaba el violín para lo que hay que usarlo. Para ser feliz. Y quiero decir exactamente eso, feliz de cojones. Era mejor que la comida, que el sexo, que dormir y sí, mejor que respirar.

Y por eso no me sorprendió cuando una noche, después de hacer las cuentas, Andréi me llevó a un lado y me dijo que el anciano estaba preocupado.

—It's OK —dije.

Me advirtió que, si no me enmendaba y acudía sobrio al trabajo cada día a partir de aquel momento, el anciano me mandaría a desintoxicación forzosa.

Me eché a reír. Dije que no sabía que este trabajo tuviera beneficios adicionales como un programa de servicios sanitarios y esas cosas. ¿Tendríamos Oleg y yo dentista y pensión también?

–Not Oleg.

Le vi en la mirada lo que eso significaba más o menos.

Pero, coño, yo no tenía planes de salir de la droga todavía. Y Oleg tampoco, así que no hicimos caso y la siguiente noche estábamos tan hasta arriba como el edificio de Postgiro, vendimos la mitad de las existencias, cogimos el resto, alquilamos un coche y nos fuimos a Kristiansand. Poniendo al puto Sinatra de los güevos a todo trapo, «I Got Plenty of Nothing», y era verdad, ni siquiera teníamos carnet de conducir. Al final Oleg también cantaba, pero solo para ahogar a Sinatra y a moi, decía. Íbamos riendo y bebiendo cerveza tibia, como en los viejos tiempos. Nos quedamos en el Ernst Hotell, que no era tan raro como podía parecer por el nombre, pero, cuando preguntamos en recepción dónde estaban los camellos de la ciudad, lo único que hicieron fue poner cara de tontos. Oleg me había hablado del festival que habían organizado, que se había ido a pique por culpa de algún idiota desesperado por convertirse en indispensable que contrató bandas tan famosas que no pudieron pagarles. Como fuera, los buenos cristianos de la ciudad afirmaban que la mitad de la población de entre dieciocho y veinticinco años eran hoy compradores de droga por culpa de ese festival. Pero nosotros no encontramos ningún cliente, solo estuvimos dando vueltas en la oscuridad de la noche por la calle peatonal, donde había un borracho —uno— y catorce coros del programa Ten Sing, que se preguntaban si queríamos conocer a Jesús.

–Claro, si quiere violín –dije.

Pero al parecer Jesús no quería nada de eso, así que volvimos a nuestra habitación de hotel y nos metimos un chute de buenas noches. No tengo ni idea de por qué, pero nos quedamos en ese pueblo. No hacíamos nada, nos colocábamos y cantábamos a Sinatra. Una noche me desperté porque Oleg estaba inclinado sobre mí. Llevaba en brazos a un puto perro. Dijo que se había despertado por el chirrido de unos frenos y, cuando miró por la ventana, vio al perro tirado en la calle. Le eché un vistazo. No tenía buena pinta. Oleg y yo estábamos de acuerdo, se le había fracturado la columna. Era un perro sarnoso y tenía también heridas antiguas. Al pobre le habían dado muchas palizas, Dios sabe si el dueño o los demás perros. Pero no estaba mal. Tenía los ojos castaños y serenos que me miraban como si creyera que yo podría arreglar las cosas. Así que lo intenté. Le di comida y agua, le acaricié la cabeza y le hablé. Oleg dijo que lo teníamos que llevar al veterinario, pero yo sabía lo que iban a hacer, así que nos quedamos con él en la habitación del hotel, colgamos un cartel de DON´T DISTURB en la puerta y lo dejamos tumbado en la cama. Nos turnamos para quedarnos despiertos y vigilarle la respiración. El perro se quedó allí tumbado, cada vez más caliente y con el pulso más débil. El tercer día le puse el nombre de Rufus. ¿Por qué no, digo yo? Está bien tener nombre cuando te vas a morir.

—Está sufriendo —dijo Oleg—. El veterinario lo sacrificará con una inyección. No duele absolutamente nada.

—Nadie le va a poner a Rufus una inyección de droga barata para animales —dije, y le di un chasquido a la jeringa.

—¿Estás loco? —dijo Oleg—. Ahí hay dos mil en violín.

Tal vez. Por lo menos Rufus dejó este mundo en puta clase preferente.

Creo recordar que estaba nublado cuando volvíamos a casa. Por lo menos no había Sinatra, ninguna canción.

Ya en Oslo, Oleg estaba aterrorizado pensando en lo que pudiera pasar. Yo, curiosamente, me sentía la mar de tranquilo. Fue como si supiera que el anciano no iba a tocarnos. Éramos dos yonquis inofensivos a punto de hundirnos. Sin blanca, sin trabajo y después de pasado un tiempo, sin violín. Oleg había descubierto que la palabra junkie tenía más de cien años, que era de cuando los primeros heroinómanos robaban restos de metal en el puerto de Filadelfia y lo vendían para pagarse la droga. Y eso era justo lo que hacíamos Oleg y yo. Empezamos a colarnos en las obras del puerto de Bjørvika y a robar todo lo que pillábamos. Vendíamos el cobre a un chatarrero de Kalbakken, las herramientas a unos obreros de Lituania.

Pero empezaron a copiarnos la idea y entonces las vallas se hicieron más altas, los guardas nocturnos más numerosos, la pasma entró en el asunto y los compradores desaparecieron. Así que allí estábamos, con el mono azotándonos todo el tiempo como un negrero rabioso. Y yo sabía que tenía que ocurrírseme una idea realmente buena, una Solución Final, así que hice lo que hice.

Por supuesto, no le dije nada a Oleg.

Me pasé un día entero preparando el discurso. Y la llamé.

Irene acababa de llegar a casa del gimnasio. Casi parecía contenta de oír mi voz. Estuve una hora hablando sin parar. Cuando terminé, ella estaba llorando.

La tarde siguiente me fui a Oslo S y, cuando llegó el tren de Trondheim, yo estaba en el andén.

Me abrazó llorando a lágrima viva.

Tan joven. Tan considerada. Tan preciosa.

Como he dicho, nunca he querido a nadie de verdad, que yo sepa. Pero debí de estar muy cerca, porque ese día por poco lloro yo también.

33

Por la rendija de la ventana de la habitación 301, Harry oyó el campanario de una iglesia dar las once en algún lugar a la luz del ocaso. El dolor del cuello y de la garganta tenía la ventaja de que lo mantenía despierto. Se levantó de la cama y se sentó en la silla, la apoyó en la pared al lado de la ventana y se colocó de cara a la puerta, con el rifle en las rodillas.

Al entrar, se paró un momento en recepción y pidió que le dieran una bombilla potente para cambiarla por la de su habitación, que no funcionaba, y un martillo para clavar unos clavos que se habían salido del marco de la puerta. Dijo que él mismo lo arreglaría. Después cambió la débil bombilla del pasillo que había justo delante de su puerta y usó el martillo para soltar y quitar el marco.

Desde donde estaba sentado veía la sombra por la rendija de debajo de la puerta cuando vinieran.

Harry fumó un poco más. Repasó el rifle. Se fumó el resto del paquete. Fuera, en la oscuridad, las campanas de la iglesia dieron las doce. Sonó el teléfono. Era Beate. Le contó que había recibido copias de cuatro de las cinco listas de los coches patrulla que habían peinado el área de Blindern.

—El último coche patrulla no ha entregado el suyo a Crimen Organizado —dijo.

—Gracias —dijo Harry—. ¿Has recogido las bolsas de Nina en el Schrøder?

—Sí, les he dicho a los de Medicina Legal que les den prioridad. Están analizando la sangre ahora.

Pausa.

—¿Y? —dijo Harry.

—¿Y qué?

—Conozco ese tono de voz, Beate. Hay algo más.

—Los análisis de ADN no se hacen en unas horas, Harry, pueden…

—…pasar días hasta haber conseguido un resultado completo —dijo Harry.

—Sí. Así que de momento es incompleto.

—¿Cómo de incompleto? —Harry oyó pasos en el pasillo.

—Bueno, hay por lo menos un cinco por ciento de posibilidades de que coincida.

—Tienes un perfil de ADN provisional y una coincidencia en el registro de ADN, ¿verdad?

—Utilizamos análisis incompletos solo para determinar a quién podemos descartar porque no es.

—¿Y a quién has encontrado?

—No quiero decir nada hasta…

—Venga.

—No. Pero puedo decirte que no es la sangre de Gusto.

—¿Y?

—Y que no es Oleg. ¿De acuerdo?

—Muy de acuerdo —dijo Harry, que solo entonces notó que había estado conteniendo la respiración—. Pero…

Una sombra en el suelo, por debajo de la puerta.

—¿Harry?

Harry colgó. Apuntó con el rifle a la puerta. Esperó. Tres golpes breves. Esperó. Prestó atención. La sombra no se alejaba. Fue de puntillas y pegado a la pared hasta la puerta, fuera de una posible línea de fuego. Puso el ojo en la mirilla de la puerta.

Vio la espalda de un hombre.

La chaqueta era recta y tan corta que se le veía la cintura del pantalón. Un trozo de tela negra salía del bolsillo posterior, a lo mejor era una gorra. Pero no llevaba cinturón. Los brazos pegados a los lados. Si el hombre llevaba algún arma, sería en una funda que tendría encima del pecho o en la pantorrilla, por dentro del pantalón. Ninguna de las dos cosas era muy común.

El hombre se volvió hacia la puerta y golpeó dos veces, ahora más fuerte. Harry contuvo la respiración mientras estudiaba la imagen distorsionada de aquella cara. Distorsionada, pero al mismo tiempo tenía algo inconfundible. Una mandíbula inferior prominente. Y se rascaba la barbilla con una tarjeta que colgaba de un cordón alrededor del cuello. Como la tarjeta de identificación que la policía llevaba a veces cuando iban a realizar una detención. ¡Mierda! La policía había sido más rápida que Dubái.

Harry titubeó. Si el tío tenía una orden de detención, también tendría una orden de registro que ya habría enseñado al recepcionista, quien le habría entregado la llave maestra. El cerebro de Harry hizo sus cálculos. Volvió de puntillas, escondió el rifle detrás del armario. Fue y abrió la puerta.

—¿Qué quieres y quién eres? —preguntó mientras echaba un vistazo a uno y otro lado del pasillo.

El hombre lo miró.

—Joder, qué pinta tienes, Hole. ¿Puedo entrar?

Levantó la tarjeta de identificación.

Harry leyó.

—Truls Berntsen. Trabajabas para Bellman, ¿verdad?

—Todavía trabajo para él. Te manda saludos.

Harry se hizo a un lado y dejó que Berntsen entrara primero.

—Acogedor —dijo Berntsen echando una ojeada a la habitación.

—Siéntate —dijo Harry, señalando la cama con la mano, y él se sentó en la silla delante de la ventana.

—¿Chicle? —preguntó Berntsen ofreciéndole un paquete.

—Me produce caries. ¿Qué quieres?

—Tan amable como siempre, ¿no? —dijo Berntsen con aquella risa suya que parecía un gruñido; enrolló un trozo de goma de mascar, se lo metió en el cajón que tenía por mandíbula y se sentó.

El cerebro de Harry registró el tono de voz, el lenguaje corporal, los movimientos de los ojos, el olor. El hombre estaba relajado, pero al mismo tiempo resultaba amenazante. Las palmas de las ma-

nos abiertas, ningún movimiento brusco, pero unos ojos que reco-
pilaban información, interpretaban la situación, preparaban algo.
Harry ya estaba arrepintiéndose de haber dejado el rifle. Carecer
de licencia de armas no iba a ser su mayor problema.

—Pues el caso es que anoche encontramos sangre en la camisa
de Gusto Hanssen, después de que profanaran la tumba en el cementerio de Vestre Gravlund. Y el análisis de ADN muestra que la
sangre es tuya.

Harry miró mientras Berntsen doblaba con parsimonia el papel
de plata que envolvía el chicle. Harry ya estaba empezando a recordar. Lo llamaban Beavis. El recadero de Bellman. Tonto y listo.
Y peligroso. Forrest Gump en versión malvada.

—No sé de qué me hablas —dijo Harry.

—Vale —dijo Berntsen suspirando—. ¿Será entonces un error del
registro? En ese caso, más vale que te pongas los harapos y te llevo a
la Comisaría General para que te hagan un nuevo análisis de sangre.

—Estoy buscando a una chica —dijo Harry—. Irene Hanssen.

—¿Está en el cementerio de Vestre Gravlund?

—Lleva desaparecida por lo menos desde el verano. Es la hermana de acogida de Gusto Hanssen.

—Primera noticia. Como sea, tendrás que venir conmigo a...

—Es la chica del centro —dijo Harry. Había sacado la foto de la
familia Hanssen del bolsillo de la chaqueta y se la dio a Berntsen—.
Necesito un poco de tiempo. No mucho. Después entenderéis por
qué lo tuve que hacer de esa manera. Prometo entregarme. Límite,
48 horas.

—*Límite: 48 horas* —dijo Berntsen examinando la foto—. Buena
película. Nolte y el negro ese. ¿McMurphy?

—Murphy.

—Exactamente. Ya no tiene gracia. ¿No es extraño? Tienes algo
y de repente un día resulta que lo has perdido. ¿Cómo crees que se
siente uno, Hole?

Harry miró a Truls Berntsen. Ya no estaba seguro de lo de
Forrest Gump. Berntsen levantó la foto hacia la luz. Entornó los
ojos muy concentrado.

—¿La reconoces?

—No —dijo Berntsen devolviéndole la foto al mismo tiempo que se retorcía; obviamente debía de ser incómodo estar sentado encima del trozo de tela que tenía en el bolsillo trasero, porque se lo metió rápidamente en el bolsillo de la chaqueta—. Nos damos una vuelta por la Comisaría y allí nos planteamos ese límite de cuarenta y ocho horas.

Hablaba con un tono de voz ligero. Demasiado ligero. Y Harry ya lo había pensado. Que a Beate le habían dado prioridad en Medicina Legal para su análisis de ADN y, aun así, todavía no había obtenido un resultado completo. Así que, ¿cómo era posible que Berntsen ya hubiera obtenido el resultado del análisis de la sangre de la mortaja de Gusto? Y había otra cosa. Berntsen no había sido lo bastante rápido al guardarse el trapo negro. No era una gorra, era un pasamontañas. Como el que usaron cuando mataron a Gusto.

Y, enseguida, el siguiente paso del razonamiento. El quemador.

Así que no era la policía la que había llegado antes, sino el lacayo de Dubái.

Harry pensó en el rifle que tenía detrás del armario. Pero ahora era demasiado tarde para escapar, oyó nuevos pasos que se acercaban por el pasillo. Dos personas. Una de ellas tan grande que las tablas del suelo crujían bajo su peso. Los pasos se detuvieron delante de la puerta. Se proyectaron en el suelo las sombras de dos pares de pantorrillas con las piernas separadas. Por supuesto, podía esperarse que fuese un policía colega de Berntsen, que de verdad se tratara de una detención. Pero había oído cómo se lamentaba el suelo. Un hombre grande, suponía que del tamaño de la figura que lo persiguió por el Frognerparken.

—Ven —dijo Berntsen, se levantó, se puso delante de Harry. Se rascó, como por casualidad, en el pecho debajo de la chaqueta—. Solo una pequeña vuelta, solos tú y yo.

—Parece que vamos a ser más —dijo Harry—. Veo que tienes refuerzos.

Hizo un gesto con la cabeza indicando la sombra en la rendija de la puerta. Había llegado una quinta sombra que se veía entre dos de las pantorrillas. Una sombra alargada y recta. Truls le siguió la mirada. Y Harry se dio cuenta. Una cara de sorpresa auténtica. Esa clase de sorpresa que los tipos como Truls Berntsen no son capaces de fingir. No era la gente de Berntsen.

–Apártate de la puerta –susurró Harry.

Truls dejó de masticar el chicle y se lo quedó mirando.

A Truls Berntsen le gustaba llevar la pistola Steyr en una funda para el hombro colocada delante, así tenía la pistola pegada al pecho. Y resultaba más difícil que se la vieran cuando estaba cara a cara con alguien. Y como sabía que Harry Hole era un investigador de asesinatos con experiencia, formado en Chicago con el FBI y esas cosas, sabía que Hole descubriría automáticamente cualquier bulto que hubiera en la ropa en los sitios habituales. No es que Truls contara con usar su Steyr, pero había tomado sus precauciones. En el caso de que Harry se resistiera, lo sacaría de allí con la Steyr discretamente pegada a la espalda, se pondría el pasamontañas por si había testigos y estos no podrían decir a quién habían visto con Hole justo antes de que desapareciera de la faz de la tierra. Tenía el Saab aparcado en un callejón, incluso había roto la única farola que había para que nadie viera la matrícula. Cincuenta mil euros. Sería paciente, iría ladrillo a ladrillo. Tendría una casa en un sitio todavía más alto que Høyenhall, con vistas hacia abajo, hacia ellos, hacia ella.

Harry Hole se le antojaba más pequeño que el gigante que recordaba. Y más feo. Con mala cara, feo, sucio y agotado. Resignado, falto de concentración. Sería un trabajo más sencillo de lo que se había imaginado, así que cuando Hole le dijo susurrando que se apartara de la puerta, la reacción inmediata de Truls Berntsen fue irritarse. ¿Iba a empezar el tío con trucos infantiles ahora que todo parecía ir bien? Pero su segunda reacción fue que era justo ese tono de voz el que utilizaban los policías en situaciones críticas. Ninguna coloración especial en la voz, ningún dramatismo, solo una claridad fría y neutral que ofreciera la mínima posibilidad de crear malentendidos. Y la máxima posibilidad de sobre-vivir.

Así que, casi sin pensar, Truls Berntsen dio un paso a un lado.

En ese momento, la parte superior de la puerta entró volando en la habitación.

Al mismo tiempo que Truls Berntsen salía despedido, entendió instintivamente que la pipa debía de tener el cañón recortado para que la perdigonada tuviera una dispersión tan grande a una distancia tan corta. Ya tenía la mano dentro de la chaqueta. Con la funda del hombro en la posición normal y sin chaqueta la habría sacado más rápido, ya que habría tenido la empuñadura apuntando directamente hacia fuera. Pero con la chaqueta puesta era más fácil agarrar la empuñadura, que asomaba pegada al borde de la abertura de la chaqueta.

Truls Berntsen se dejó caer hacia atrás encima de la cama mientras sacaba la pistola y ya había extendido el brazo cuando el resto de la puerta se abrió con un estruendo. Oyó el crujido de los cristales a su espalda antes de que un nuevo disparo lo ahogara todo.

El fragor le inundó los oídos y en la habitación se produjo una tormenta de nieve.

La silueta de dos hombres se recortaba en la ventisca del umbral. El más grande levantó la pistola. La cabeza le llegaba casi a la parte superior del marco, debía de medir más de dos metros. Truls disparó. Y disparó otra vez. Notó lo maravilloso del retroceso y, más maravilloso todavía, la certeza de que esta vez iba en serio, a la mierda lo que viniera después. El grandullón dio un respingo, hizo un gesto con el flequillo antes de recular y desaparecer. Truls desplazó la pistola y la mirada. El otro estaba de pie sin moverse. Unas nubecillas de plumas blancas descendían a su alrededor. Truls lo tenía en la mira, pero no disparó. Ahora lo veía bien. La cara de glotón. El tipo cuya cara Truls siempre había relacionado con lapones, finlandeses y rusos.

Y ahora el tío levantó tranquilamente la pistola y le apuntó. Con el dedo alrededor del gatillo.

—*Easy, Berntsen* —dijo.

Truls Berntsen profirió un alarido largo e incontrolado.

Harry cayó.

Agachó la cabeza, arqueó la espalda y retrocedió en el momento en que la primera perdigonada le pasaba por encima de la cabeza. Retrocedió hacia donde sabía que estaba la ventana. Notó cómo la ventana casi empezó a abombarse antes de darse cuenta de que era de cristal y romperse.

Y estaba en caída libre.

El tiempo dio un frenazo de pronto, sintió como si estuviera cayendo a través del agua. Las manos y los brazos se movían como palas lentas en un intento automático de parar el giro del cuerpo, que había empezado a dar una voltereta hacia atrás. Pensamientos a medio pensar se disparaban entre las sinapsis del cerebro. Que iba a aterrizar con la cabeza y la nuca.

Que era una suerte que no tuviera cortinas.

La mujer desnuda apareció cabeza abajo en la ventana de enfrente.

Y terminó por recibirlo toda aquella suavidad: cajas de cartón vacías, periódicos viejos, pañales usados, cartones de leche y pan del día anterior de la cocina del hotel, filtros de café húmedos.

Se encontró boca arriba en medio de una lluvia de vidrio dentro del contenedor de basura abierto. En la ventana, por encima de él, centellaban fogonazos como los de un flash. Llamaradas de la boca del cañón del arma. Pero todo estaba sumido en un extraño silencio, como si los tiros procedieran de una tele con el volumen bajado. Notó que la cinta adhesiva del cuello se había rajado. Que la sangre le chorreaba. Y durante un momento de locura, pensó en quedarse allí tumbado. Cerrar los ojos, dormir, irse flotando. Fue como si se observara a sí mismo y viera cómo se levantaba, saltaba por encima del borde y corría hacia el portón al final del patio. Lo abría mientras oía un alarido iracundo desde la ventana; salía a la calle. Tropezaba con la tapa de una alcantarilla, pero no llegaba

343

a perder el equilibrio. Veía a una mujer negra que trabajaba con unos vaqueros ajustados y le sonreía automáticamente poniéndole la boquita de piñón antes de reconsiderar la situación y mirar para otro lado.

Harry echó a correr.

Y decidió que esta vez iba a correr.

Hasta que no pudiera más.

Hasta que se acabara, hasta que lo cogieran.

Esperaba que no tardaran demasiado.

En la espera iba a hacer aquello para lo que estaba programada cualquier presa, huir, tratar de escapar, intentar sobrevivir unas horas, unos minutos, unos segundos más.

El corazón le latía como protestando y, cuando cruzó la calle delante de un autobús nocturno para seguir hacia Oslo S, empezó a reír.

34

Harry estaba encerrado. Acababa de despertar y de constatarlo. Justo encima de él en la pared había un gráfico de un cuerpo humano desollado. Al lado, una figura de madera pulcramente tallada que representaba a un hombre a punto de morir desangrado en la cruz. Y al lado, varios armarios de medicinas en hilera.

Se dio la vuelta en el banco. Intentó continuar por donde había terminado el día anterior. Intentó ver la imagen. Tenía muchos puntos, pero todavía no había conseguido trazar la línea que los unía. Y los propios puntos no eran, por el momento, más que suposiciones.

Suposición uno. Truls Berntsen era el quemador. Como trabajaba en Crimen Organizado, seguramente tendría una posición perfecta para servir a Dubái.

Suposición dos. La coincidencia que obtuvo Beate en el registro de ADN era de Berntsen. Por eso no quería decir nada hasta que estuviera segura al cien por cien: el análisis de la sangre hallada debajo de las uñas de Gusto apuntaba a uno de los suyos. Y si era correcto, Gusto arañó a Truls Berntsen el mismo día que lo asesinaron.

Pero luego venía lo difícil. Si resultara que Berntsen trabajaba para Dubái y tenía el encargo de terminar con Harry, ¿por qué habían aparecido esos Blues Brothers para intentar volarles la cabeza a ambos? Y si eran los chicos de Dubái, ¿cómo era posible que ellos y el quemador se atacaran de esa manera? ¿No estaban en el mismo bando? ¿O se trataba simplemente de una operación mal coordinada? ¿Quizá porque Truls Berntsen había actuado por su cuenta para evitar que Harry entregara las pruebas de la tumba de Gusto y lo desenmascarase?

Se oyó el ruido de unas llaves y la puerta se abrió.

—Buenos días —gorjeó Martine—. ¿Cómo te sientes?

—Mejor —mintió Harry, y miró el reloj. Las seis de la mañana. Se quitó la manta de lana y se sentó en la camilla.

—Nuestra enfermería no está pensada para pasar la noche —dijo Martine—. Quédate tumbado y te pondré una venda nueva en el cuello.

—Gracias por recibirme anoche —dijo Harry—. Pero, como te dije, esconderme en estos momentos no está exento de peligro, así que creo que me voy a marchar.

—¡Que te tumbes!

Harry la miró. Suspiró y obedeció. Cerró los ojos, oyó a Martine abrir y cerrar cajones, el tintineo de las tijeras contra el vidrio, el sonido de los primeros clientes que venían a desayunar en el café de Fyrlyset, en el piso de abajo.

Mientras Martine le quitaba la venda que le había puesto la noche anterior, Harry utilizó la otra mano para llamar a Beate y oyó un contestador con un mensaje minimalista que le pedía que fuera breve, pip.

—Sé que la sangre es de alguien que ha sido investigador de asesinatos en Kripos —dijo Harry—. Aunque Medicina Legal te lo confirme durante el día, espera antes de decírselo a nadie. Eso solo no basta para conseguir una orden de detención, y si agitamos más la jaula en estos momentos, nos arriesgamos a que termine por quemar todo el caso y luego desaparezca. Por eso tenemos que arreglárnoslas para que lo detengan por otra cosa, eso nos permitirá seguir trabajando con tranquilidad. Allanamiento y asesinato en el club de moteros en Alnabru. Si no me equivoco, se trata de la misma persona con la que Oleg intentó robar en el club. Y Oleg testificará. Por eso quiero que mandes un fax al despacho de abogados de Hans Christian Simonsen con una foto de Truls Berntsen, hoy por hoy investigador en Crimen Organizado, y le pidas que se la enseñe a Oleg para que lo identifique.

Harry colgó, tomó aire, sintió que llegaba tan de repente y con tanta fuerza que empezó a jadear. Se dio la vuelta y notó cómo el contenido del estómago se planteaba si darse un paseo hacia arriba.

—¿Te duele? —preguntó Martine mientras le pasaba por el cuello y la nuca la bolita de algodón empapada en alcohol.

Harry negó con la cabeza e hizo un gesto indicando la botella de alcohol abierta.

—Ah, claro —dijo Martine, y enroscó el tapón.

Harry respondió con una sonrisa bobalicona y notó cómo afloraban las gotas de sudor.

—¿No se te pasa nunca? —preguntó Martine en voz baja.

—¿El qué? —dijo Harry con voz ronca.

Ella no contestó.

La mirada de Harry saltaba entre las mesas para encontrar una distracción, algo que pudiera desviar los pensamientos, cualquier cosa. La mirada encontró el anillo de oro que se había quitado Martine y que había dejado en la mesa antes de empezar a curarle la herida. Ella y Richard llevaban casados unos años, el anillo tenía arañazos y mellas, no era nuevo ni tenía la superficie brillante como el que le había visto a Torkildsen en Telenor. Harry notó un escalofrío, y que empezaba a picarle el cuero cabelludo. Pero, naturalmente, podía deberse al sudor.

—¿Oro puro? —preguntó.

Martine empezó a ponerle la venda limpia.

—Es un anillo de boda, Harry.

—¿Y qué?

—Que claro que es de oro. No importa lo pobre o tacaño que seas, nadie compra un anillo de boda que no sea de oro.

Harry inclinó la cabeza. Le picaba cada vez más, notaba que se le erizaba el vello de la nuca.

—Pues yo sí —dijo.

Ella se rió.

–En ese caso eres el único en el mundo, Harry.

Harry se fijó en el anillo. Ella acababa de decirlo.

–Sí, coño, soy el único… –dijo lentamente. El vello de la nuca nunca se equivocaba.

–¡Oye, espera, que no he terminado!

–Así está bien –dijo Harry, que ya se había levantado.

–Por lo menos deberías dejarnos que te demos ropa nueva y limpia. Apestas a basura, a sudor y a sangre.

–Los mogoles se untaban con excrementos de animales antes de una gran batalla –dijo Harry mientras se abotonaba la camisa–. Si quieres darme algo que de verdad me esté haciendo falta, una taza de café estaría…

Ella lo miró resignada. Y salió por la puerta sacudiendo la cabeza antes de bajar la escalera.

Harry sacó rápidamente el móvil.

–¿Sí? –Klaus Torkildsen sonaba como un zombi. Los gritos de niños de fondo explicaban por qué.

–Soy Harry Ho. Si haces una cosa por mí, no te molestaré nunca más, Torkildsen. Tienes que vigilar unas estaciones base. Necesito saber todos los lugares en los que se encontraba el número de móvil de Truls Berntsen, con domicilio en algún lugar de Manglerud, la noche del 12 de julio.

–No podemos confirmarlo al metro cuadrado o identificar…

–… los movimientos minuto a minuto. Todo eso ya lo sé. Solo hazlo lo mejor que puedas.

Pausa.

–¿Eso es todo?

–No, hay otro nombre. –Harry cerró los ojos e hizo memoria. Vio las letras del cartel con el nombre en el Radiumhospitalet. Lo murmuró para sí mismo. Y dijo el nombre en voz alta en el teléfono.

–Anotado. ¿Y «nunca más» significa…?

–Nunca más.

–Vale –dijo Torkildsen–. Una cosa.

–¿Sí?

—La policía preguntó por tu número ayer. No tienes ningún número registrado.

—Tengo un número chino sin registrar. ¿Por qué?

—Parecía casi como si estuvieran interesados en rastrearlo. ¿Qué está pasando?

—¿Seguro que lo quieres saber, Torkildsen?

—No —dijo Torkildsen después de otra pausa—. Te llamo cuando tenga algo.

Harry cortó la comunicación y reflexionó. Lo estaban buscando. Aunque la policía no encontrara su nombre asociado al número, podrían sumar dos y dos si comprobaban las llamadas de Rakel y veían aparecer un número chino. El teléfono era una señal de localización y tendría que deshacerse de él.

Cuando Martine volvió con una taza de café humeante, Harry se permitió pararse a tomar dos sorbos y le preguntó a Martine si le podía prestar su teléfono unos días.

Ella lo miró con esa mirada suya directa y limpia y dijo que, si lo había considerado detenidamente, se lo dejaba.

Harry asintió, cogió el pequeño teléfono rojo, le dio un beso en la mejilla y se llevó la taza de café abajo, a la cafetería. Cinco de las mesas ya estaban ocupadas, y seguían entrando nuevos madrugadores. Harry se sentó a una mesa libre y copió los números más importantes de su copia china de iPhone. Les mandó un breve SMS con su número temporal.

Los drogadictos son tan inescrutables como cualquiera, pero en un ámbito son bastante predecibles, así que cuando Harry se dejó el teléfono chino encima de una de las mesas libres y se fue a los servicios, estaba bastante seguro de cuál sería el resultado. Al volver vio que el teléfono se había esfumado. Había iniciado un viaje que la policía tendría que seguir por las estaciones base de toda la ciudad.

Harry, por su parte, salió y bajó por la calle Tøyengata en dirección a Grønland.

Un coche de policía se le acercaba por la cuesta. Automáticamente, bajó la cabeza, sacó el teléfono rojo de Martine y fingió que mantenía una conversación como pretexto para taparse la cara con la mano todo lo posible.

El coche pasó de largo. Las próximas horas debía concentrarse en mantenerse escondido.

Pero lo más importante era que sabía algo. Sabía por dónde debía empezar.

Truls Berntsen estaba tumbado bajo dos capas de ramas de abeto con un frío del carajo.

Se había pasado la noche imaginándose la misma película una y otra vez. La cara de glotón, que retrocedía con cuidado mientras repetía ese *easy*, como si estuviera pidiendo una tregua, mientras los dos se apuntaban con la pistola. Cara de glotón. El conductor de la limusina del cementerio de Gamlebyen. El hombre de Dubái. Cuando el hombre se agachó para llevarse al colega gigantón al que Truls había disparado, tuvo que bajar la pistola y Truls comprendió que el tío estaba dispuesto a arriesgar la vida para poder llevarse a su amigo. El de la cara de glotón debía de ser exsoldado o expolicía, alguna historia enfermiza relacionada con el honor o algo así. En ese instante, el tío grande dejó escapar un gemido. Estaba vivo. Truls sintió a la par alivio y decepción. Pero dejó hacer al de la cara de glotón, dejó que ayudara al hombre a ponerse de pie y oyó el chasquido de la sangre en los zapatos mientras se tambaleaban pasillo abajo en dirección a la puerta trasera. Cuando se fueron, se puso el pasamontañas y salió disparado, cruzó la recepción a todo correr, cogió el Saab y condujo directamente hasta donde ahora se encontraba, no se atrevía a ir a su casa. Porque aquel era el lugar seguro, el lugar secreto. El lugar donde nadie podía verlo, el lugar que solo él conocía y al que iba cuando quería verla a ella.

Estaba en Manglerud, en un área muy frecuentada para excursiones y paseos, pero la gente usaba los senderos y nunca subía a aquel montículo suyo, que además estaba rodeado de densos matorrales.

La casa de Mikael y Ulla Bellman se encontraba en la colina, justo enfrente de aquella elevación, y Truls tenía una vista perfecta de la ventana del salón, donde la había visto más de una noche. Sentada en el sofá simplemente, con aquella cara tan bonita y el cuerpo tan delicado que apenas había cambiado con los años, seguía siendo Ulla, la chica más guapa de Manglerud. Algunas veces también estaba Mikael. Los veía besarse y acariciarse, pero siempre se marchaban al dormitorio antes de que ocurriera nada más. Tampoco estaba seguro de que quisiera ver nada más. Porque lo que más le gustaba era verla allí sola. Sentada con los pies en el sofá, leyendo un libro. De vez en cuando echaba una mirada hacia la ventana del salón, como si se sintiera observada. Y entonces él notaba que se excitaba pensando que quizá ella lo supiera. Que él estaba allí fuera, en algún lugar.

Pero ahora la ventana del salón estaba a oscuras. Se habían mudado. Ella se había mudado. Y no había ningún sitio seguro con vistas a la nueva casa. Lo había comprobado. Y, tal como estaban las cosas, tampoco era seguro que pudiera usarlo. Que pudiera utilizar nada de nada. Era un hombre marcado.

Lo habían engañado para que fuera a ver a Hole en el Leon a medianoche y luego habían atacado.

Estaban intentando deshacerse de él. Trataban de quemar al quemador. Pero ¿por qué? ¿Porque sabía demasiado? Pero él era quemador, los quemadores saben demasiado, está en su naturaleza. No lograba entenderlo. ¡Joder! Tampoco le importaba mucho por qué, solo tenía que procurar mantenerse vivo.

Tenía tanto frío y estaba tan cansado que le dolían todos los huesos, pero no se atrevía a irse a su casa hasta que no se hiciera de día y pudiera comprobar que no había peligro. Si conseguía entrar en su casa, dispondría de artillería suficiente para aguantar un asedio. Por supuesto, debería haberles disparado a los dos cuando tuvo la oportunidad, pero si volvían a intentarlo, verían que no es tan fácil acabar con Truls Berntsen.

Truls se levantó. Se sacudió las agujas de pino de la ropa, empezó a tiritar y trató de entrar en calor dándose con los puños. Volvió a mirar hacia la casa. Estaba amaneciendo. Pensó en las otras variantes de Ulla. Como aquella mujer menuda y morena de Fyrlyset. Martine. De verdad pensó que podría conseguirla. Trabajaba entre gente peligrosa y él era alguien que podía protegerla. Pero ella no le hizo ni caso y, como siempre, él no tuvo valor para acercarse y acabar pronto con la negativa. Él prefería prolongarlo y tener esperanza, darle tiempo, atormentarse, ver un posible estímulo donde un hombre menos desesperado solo ve amabilidad normal y corriente. Y entonces, un día oyó a alguien decirle algo y comprendió que estaba embarazada. La muy puta. Eran todas unas putas. Como esa chica que Gusto Hanssen usaba de vigilante. Puta, más que puta. Odiaba a aquellas mujeres. Y a los hombres que sabían qué hacer para que esas mujeres los quisieran.

Se puso a dar saltos y apretó los brazos con fuerza alrededor del cuerpo, pero sabía que nunca más entraría en calor.

Harry volvió a Kvadraturen. Entró en el Postcafeen. Era el que más temprano abría, cuatro horas antes que el Schrøder, y tuvo que ponerse en una cola de gente sedienta de cerveza para poder tomarse algo parecido a un desayuno.

La primera persona a la que llamó fue Rakel. Le pidió que mirara el correo electrónico de Oleg.

—Sí —dijo ella—. Uno de Bellman para ti. Parece una lista de direcciones.

—Vale —dijo Harry—. Reenvíaselo a Beate Lønn.

Le dio la dirección de correo.

Después le mandó un mensaje de móvil a Beate para avisarle de que iba a llegarle la lista y se terminó el desayuno. Fue al restaurante Stortorvets Gjæstgiveri, donde estaba tomándose otro café bien cargado cuando llamó Beate.

—He cotejado las listas que copié directamente de los coches patrulla con la lista que me has enviado. ¿Qué lista es esta?

—Es una lista que ha recibido Bellman, y que me ha reenviado. Solo quería comprobar si lo que le ha llegado es un informe correcto o si lo han manipulado.

—De acuerdo. Todas las direcciones que yo ya tenía están en esa lista que habéis recibido Bellman y tú.

—Ya —dijo Harry—. Pero ¿no había un coche patrulla que no te envió su lista?

—¿De qué va esto, Harry?

—Va de que estoy intentando que nos ayude el quemador.

—¿Que nos ayude a qué?

—A encontrar la casa en la que vive Dubái.

Pausa.

—Voy a ver si puedo conseguir la última lista —dijo Beate.

—Gracias. Hablamos luego.

—Espera.

—¿Sí?

—¿No te interesa conocer el perfil completo del ADN de la sangre que Gusto tenía en la uña?

35

Era verano y yo era el rey de Oslo. Irene me había dado medio kilo de violín y vendí la mitad en la calle. Iba a ser el capital inicial de algo grande, una nueva banda que barrería del mapa al anciano. Pero antes había que celebrar el comienzo. Usé un poco del dinero de la venta para comprarme un traje que hiciera juego con los zapatos que me había regalado Isabelle Skøyen. Iba que parecía valer mi peso en oro y cuando entré en el puto hotel Grand para alquilar una suite ni pestañearon. Nos instalamos allí. Éramos los 24 hour party people. Lo de quiénes éramos «nosotros» variaba un poco, eso sí, pero era verano, Oslo, tías, tíos, como en los viejos tiempos, solo que con una medicación algo más fuerte. Hasta Oleg se lo pasó bien y volvió a ser el de siempre un tiempo. Resultó que yo tenía más amigos de lo que recordaba y la droga desaparecía más rápido de lo que uno podía creer. Nos echaron del Grand y nos alojamos en el hotel Christiania. Después en el Radisson de la plaza Holberg.

Como es lógico, aquello no podía durar eternamente, pero ¿qué coño dura eternamente?

Un par de veces vi al salir del hotel una limusina negra aparcada al otro lado de la calle, pero hay más coches así. Y de todos modos, solo estaba allí aparcada.

Y al final llegó el día inevitable en que se acabó el dinero y tuve que ponerme a vender más droga. Me había preparado un escondite en uno de los cuartos de la limpieza de la planta baja, dentro de las placas del techo, detrás de una maraña de cables eléctricos. Pero o yo me había ido de la lengua en un momento de delirio o alguien me había visto, porque el escondite estaba vacío. Y no tenía nada de reserva.

Volvíamos a la casilla de salida. Aparte de que ya no había ningún «nosotros». Era hora de largarse. Y de meterse el primer chute del día, que ahora había que conseguir en la calle. Pero cuando fui a pagar la cuenta de la habitación que habíamos ocupado más de dos semanas, me faltaban quince mil.

Hice lo único sensato.

Eché a correr.

Crucé el vestíbulo hasta la calle, corrí a través del parque y hacia el fiordo. Nadie me siguió.

Y fui andando hasta Kvadraturen para comprar. No se veía a ningún jugador del Arsenal, solo gente ojerosa y desesperada dando vueltas en busca de un camello. Hablé con uno que me quería vender meta. Dijo que hacía varios días que no se podía conseguir violín, que sencillamente se había cortado el suministro. Pero corrían rumores de que algunos yonquis muy despiertos vendían el cuarto de violín a cinco mil coronas abajo en Plata, así podían comprarse caballo para una semana.

Yo no tenía cinco mil, joder, lo que tenía era un problema. Tres alternativas: empeñar, pedir prestado o robar.

Primero, empeñar. Pero ¿qué me quedaba, a mí, que incluso había vendido a mi hermana de acogida? Me acordé. La Odessa. Estaba en el local de ensayo y seguro que los paquis de Kvadraturen soltarían cinco mil por una pistola que tiraba unas ráfagas del carajo. Así que puse rumbo al norte, pasé por la Ópera y Oslo S. Pero habría habido un robo, porque la puerta tenía un candado nuevo y los amplificadores de las guitarras habían desaparecido, solo quedaba la batería. Busqué la Odessa, pero se la habían llevado también, claro. Putos ladrones.

Lo siguiente, pedir prestado. Cogí un taxi y le dije que siguiera hacia el oeste, hasta Blindern. El conductor me dio la lata con el dinero desde que me senté, así que supongo que lo vio venir. Le pedí que parara donde terminaba la calle, hacia la vía del tren, salí y esquivé al conductor corriendo sobre el paso de cebra elevado. Corrí a través del Forskningsparken, corrí a pesar de que no me perseguía nadie. Corrí porque era urgente. Solo que no sabía qué era lo que urgía.

Abrí la verja, subí corriendo el camino de gravilla hasta el garaje. Miré por la rendija que había entre la persiana metálica y la pared. La limusina estaba allí. Llamé a la puerta del chalet.

Abrió Andréi. Me dijo que el anciano no estaba en casa. Señalé el chalet vecino, detrás del depósito de agua, dije que seguro que estaría allí, porque tenía la limusina en el garaje. Repitió que el atamán no estaba en casa. Le dije que necesitaba dinero. Él me dijo que no podía ayudarme y que no volviera por allí. Le dije que necesitaba violín, solo una vez. Me respondió que por ahora no había violín, que a Ibsen le faltaba algún ingrediente, que tenía que esperar un par de semanas. Yo dije que para entonces estaría muerto, que necesitaba dinero, o violín.

Andréi quiso cerrar la puerta, pero me dio tiempo a meter un pie. Dije que si no me daba algo, contaría dónde vivía.

Andréi me miró.

—Are you trying to get yourself killed? —dijo con ese acento de cómico—. Remember Bisken?

Extendí la mano. Dije que la policía pagaría bien por saber dónde vivían Dubái y sus ratas. Y un poco más por saber qué le había pasado a Bisken. Pero lo que mejor pagarían sería cuando les contara lo del agente encubierto que vi asesinado en el suelo del sótano.

Andréi meneó la cabeza.

Así que le dije al capullo del cosaco poshol vchorte, *que creo que significa vete a la mierda en ruso, y me fui.*

Sentí su mirada clavada en la espalda todo el camino hasta la verja.

No tenía ni idea de por qué el anciano me había dejado ir después de habernos largado Oleg y yo con la droga, pero sabía que de esta no saldría bien parado. Claro que me importaba una mierda, estaba desesperado, solo oía una cosa, los gritos hambrientos de las venas.

Subí hasta el sendero que había detrás de la iglesia de Vestre Aker. Me quedé allí y vi ir y venir a unas ancianas. Viudas camino a la tumba, a la del marido y a la propia, con el bolso lleno de pasta. Pero, joder, no me salía de dentro. Yo, el Ladrón, me quedé inmóvil, pero sudaba como un cerdo, tenía miedo de unas mujeres de ochenta años enfermas de osteoporosis. Para llorar.

Era sábado y repasé la lista de amigos que podía pensar que me prestarían dinero. Fue rápido. Nadie.

Me acordé de uno que, por lo menos, debería hacerme un préstamo. Si sabía lo que le convenía. Me colé en el autobús, volví hacia el este, el lado de la ciudad que me interesaba, y me bajé en Manglerud.

Esta vez Truls Berntsen estaba en casa.

Me esperaba en la puerta del sexto piso de su bloque y me escuchó mientras le daba más o menos el mismo ultimátum que le había dado en la calle Blindernveien. Si no soltaba cinco de los grandes, me chivaría de que había sido él quien había matado a Tutu y después escondido el cadáver.

Pero Berntsen parecía totalmente tranquilo. Me invitó a entrar en el piso. «Seguramente, podríamos llegar a un acuerdo», me dijo.

Pero había algo en su mirada que no me cuadraba.

Así que me quedé allí plantado y le dije que no había nada que discutir, que o soltaba la pasta o hablaría por dinero. Él me dijo que la policía no pagaba a la gente por chivarse de un policía. Pero que cinco mil le parecía bien, ya que teníamos un pasado en común, que casi se podía decir que éramos colegas. Dijo que no tenía tanto en efectivo en la casa, así que tendríamos que ir a un cajero, que el coche estaba abajo en el garaje.

Me lo pensé un poco. Me sonaban todas las alarmas, pero no pude resistir el puto mono, me impedía razonar con la mínima sensatez. Así que a pesar de que sabía que no debía, dije que sí con la cabeza.

—¿Así que tienes el perfil completo de ADN? —dijo Harry examinando a la gente del Postcafeen.

Nadie sospechoso. O mejor dicho, un montón de sospechosos, pero nadie que pudiera ser agente de policía.

—Sí —dijo Beate.

Harry se cambió el teléfono de mano.

—Pues yo creo que ya sé a quién arañó Gusto.

—¿No me digas? —dijo Beate con evidente sorpresa en la voz.

—Sí. En el registro de ADN solo hay sospechosos, condenados o policías. En este caso es lo último. Se llama Truls Berntsen y es oficial de Crimen Organizado.

—¿Cómo sabes que es él?

—Bueno. Por la suma de las cosas que han pasado, diría yo.

—Vale —dijo Beate—. No dudo de que haya un buen razonamiento detrás.

—Gracias —dijo Harry.

—Y aun así, es totalmente erróneo —dijo Beate.

—¿Repite?

—La sangre bajo las uñas de Gusto no pertenece a ningún Berntsen.

Mientras esperaba en la puerta de Truls Berntsen, que acababa de irse a buscar las llaves del coche, miré hacia abajo. Mis zapatos. Unos zapatos cojonudos. Así que recordé a Isabelle Skøyen.

Ella no era tan peligrosa como Truls Berntsen. Y estaba loca por mí, ¿verdad?

Más que loca.

Así antes de que Berntsen volviera, bajé los escalones de siete en siete mientras apretaba el botón del ascensor en cada planta.

Cogí el metro hasta Oslo S. Primero pensé llamarla, pero cambié de idea. Por teléfono podía despacharme con una negativa, pero no si me presentaba en vivo y en directo. Sábado, lo que significaba que el mozo de cuadra libraba. Lo que a su vez significaba que ella estaría en casa, ya que a los caballos y los cerdos y demás se les da fatal ir a buscar comida en la nevera. Así que en la estación de Oslo S me subí al vagón de pasajeros con tarjeta mensual de la línea de Østfold, puesto que el viaje a Rygge costaba ciento cuarenta y cuatro coronas que yo seguía sin tener. Fui andando desde la estación hasta la finca. Era un buen trecho. Sobre todo cuando se pone a llover. Y se puso a llover.

Cuando llegué al patio, vi que el coche estaba allí, uno de esos 4x4 que la gente utiliza para franquear las calles del centro. Llamé a la puerta de la vivienda que, según ella me había enseñado, era el nombre de la parte de la casa en la que no viven los animales. Pero nadie salió. La llamé a gritos, el eco retumbó entre las paredes, pero nadie más contestó. Naturalmente, podía haberse ido a dar un paseo a caballo. Vale, yo sabía dónde guardaba el dinero y aquí en el campo todavía no han empezado a cerrar con llave. Así que bajé el picaporte y sí, estaba bastante abierto.

Iba hacia el dormitorio cuando apareció de repente. Alta y con las piernas separadas al final de la escalera; llevaba puesta una bata.

—¿Qué haces aquí, Gusto?

—Quería verte —dije, y esbocé una amplia sonrisa. Sonreí a tope.

—Tienes que ir al dentista —dijo fríamente.

Sabía a lo que se refería, me habían salido unas manchas marrones en los dientes. Parecían podridos, pero nada que no pudiera arreglar un cepillo de acero.

—¿Qué haces aquí? —repitió—. ¿Dinero?

Eso era lo que nos pasaba a Isabelle y a mí, que éramos iguales, no teníamos que aparentar.

—¿Cinco mil? —dije.

—No puede ser, Gusto, eso se acabó. ¿Quieres que te lleve de vuelta a la estación?

—¿Cómo? Venga, Isabelle. ¿Follamos?

—¡Cállate!

Pasaron unos segundos hasta que comprendí la situación. Muy lento por mi parte, le echaré la culpa al puto mono de los güevos. Tenía puesta la bata al mediodía, pero estaba totalmente maquillada.

—¿Esperas a alguien?

Ella no contestó.

—¿Chico nuevo para follar?

—Eso es lo que pasa cuando uno no viene, Gusto.

—Se me da muy bien reaparecer —dije y fui tan rápido que perdió el equilibrio cuando le cogí la muñeca y la atraje hacia mí.

—Estás mojado —dijo ella resistiéndose, pero no más de lo que solía cuando quería que le diera duro.

—Está lloviendo —dije mordiéndole el lóbulo de la oreja—. ¿Cuál es tu excusa?

Yo ya le había metido una mano dentro de la bata.

—Y apestas. ¡Suéltame!

Le acaricié el coño recién afeitado, le busqué la raja. Estaba húmeda. Muy húmeda. Podría meterle dos dedos enseguida. Demasiado húmeda. Noté algo pegajoso. Saqué la mano. La levanté. Tenía los dedos cubiertos de algo blanco y viscoso. La miré asombrado. Le vi la sonrisa de triunfo cuando se inclinó hacia mí y me susurró:

—Como ya he dicho, cuando uno no viene…

Perdí la razón, levanté la mano para pegarle, pero ella me paró. Una puta fuerte, esa Skøyen.

—Vete ya, Gusto.

Le noté algo en los ojos. Si no hubiera sabido que no podía ser, habría creído que eran lágrimas.

—Cinco mil —susurré con la voz empañada.

—No —dijo ella—. Entonces volverás. Y así no podemos estar.

—¡Puta de mierda! —grité—. Se te olvidan un par de cosas muy importantes. O me lo das o voy a los periódicos con todas tus estratagemas. Y no estoy pensando en lo de follar, sino en toda esa historia de limpiar Oslo, que es obra del anciano y tuya. Putos mediosocialistas de los güevos, el dinero de la droga y la política compartiendo cama. ¿Cuánto crees que me pagarían los del VG?

Oí el ruido de la puerta del dormitorio.

—Si yo fuera tú, habría salido corriendo ya —dijo Isabelle.

Oí el crujido de las tablas del suelo en la oscuridad, detrás de ella.

Quería correr, de verdad que quería. Sin embargo, me quedé.

Se acercó.

Me parecía ver cómo le brillaban en la oscuridad las líneas de la cara. Un chico nuevo para follar. Un chico tigre.

Carraspeó.

Y salió a la luz.

Era tan extraordinariamente guapo que, a pesar de lo enfermo que me encontraba, pude reconocerlo. El deseo de ponerle la mano en el pecho. Sentir en la yema de los dedos la piel sudorosa y caliente por el sol. Sentir los músculos, que se encogerían automáticamente, cuando se preguntara sobresaltado qué coño creía que estaba haciendo.

—¿Quién has dicho? —dijo Harry.

Beate carraspeó y repitió:

—Mikael Bellman.

—¿Bellman?

—Sí.

—¿Gusto tenía la sangre de Mikael Bellman bajo las uñas cuando murió?

—Eso parece.

Harry echó la cabeza hacia atrás. Eso lo cambiaba todo. ¿Lo cambiaba de verdad? Quizá no tuviera que ver con el asesinato. Pero tenía que ver con algo. Algo de lo que Bellman no había querido hablar.

—Largo de aquí —dijo Bellman con ese tono de voz de quien no tiene que levantarla gracias a su carisma.

—Así que sois vosotros dos... —dije, y solté a Isabelle—. Creía que habías contratado a Truls Berntsen. Qué lista, ir más arriba, Isabelle. ¿Cuál es el plan? ¿Es que Berntsen solo participa como esclavo tuyo, Mikael?

Más que pronunciar su nombre, lo acaricié. Al fin y al cabo era así como nos presentamos en su parcela ese día, Gusto y Mikael. Como dos muchachos, dos compañeros de juego potenciales. Y vi que se le iluminaba la mirada, como si le llameara. Bellman estaba totalmente desnudo, quizá por eso creí que no me atacaría. Fue demasiado rápido para mí. Antes de que llegara a soltar a Isabelle, ya lo tenía encima, me había aprisionado la cabeza entre el brazo y el antebrazo.

—¡Suéltame!

Me llevó a rastras hasta lo alto de la escalera. Tenía la nariz aplastada entre el músculo pectoral y la axila, y notaba su olor y el de ella. Y solo tenía una idea en la cabeza: si quería que me largase, ¿por qué me estaba subiendo por la escalera? No logré soltarme golpeándolo, así que le clavé las uñas en el pecho y tiré hacia mí con la mano en forma de garra, noté que le atrapaba un pezón con la uña. Me soltó con un taco. Conseguí sacar la cabeza y salté. Caí a mitad de la escalera, pero pude mantenerme en pie. Eché a correr por el pasillo, cogí las llaves del coche de ella y salí al patio. Lo había dejado sin cerrar, como siempre. Las ruedas derraparon por la gravilla cuando solté el embrague. En el retrovisor vi que Mikael Bellman salía corriendo por la puerta. Le vi en la mano algo que brillaba. Las ruedas se agarraron por fin, se me quedó la espalda pegada al respaldo del asiento y el coche cruzó el patio y salió a la calle a toda velocidad.

—Fue Bellman quien se llevó a Truls Berntsen a Crimen Organizado —dijo Harry—. ¿Es posible que Berntsen hiciera los trabajos de quemador por orden de Bellman?

—¿Te das cuenta de en qué nos estamos metiendo, Harry?

—Sí —dijo Harry—. Y a partir de este momento no tienes nada que ver con el asunto, Beate.

—¡Ni de coña! —Se oyó un crujido en el altavoz. Harry no podía recordar que Beate dijera jamás una palabrota—. También pertenezco a este Cuerpo, Harry. No quiero que gente como Berntsen pueda arrastrarlo por el fango.

—De acuerdo —dijo Harry—. Pero no saquemos conclusiones precipitadas. Todo lo que podemos demostrar es que Bellman se encontró con Gusto. Ni siquiera tenemos todavía nada concreto contra Truls Berntsen.

—Entonces ¿qué quieres hacer?

—Quiero empezar por el otro extremo. Y, si es como yo espero, será como un juego de dominó cuyas piezas están en fila. El problema es mantenerse en libertad el tiempo suficiente para poder poner el plan en marcha.

—¿Quieres decir que tienes un plan?

—Por supuesto que tengo un plan.

—¿Un buen plan?

—Yo no he dicho eso.

—Pero un plan sí que tienes.

—Desde luego.

—Estás mintiendo, ¿verdad?

—No del todo.

Iba hacia Oslo por la E18 a toda velocidad cuando me di cuenta del tipo de problema en que me había metido.

Bellman había intentado arrastrarme escaleras arriba. Hasta el dormitorio. Allí tenía la pistola que llevaba cuando vino corriendo detrás de mí. Estaba dispuesto a pegarme un puto tiro con tal de que cerrara la boca. Lo cual solo podía significar que estaba de mierda hasta las rodillas. Entonces

¿qué iba a hacer él ahora? Conseguir que me detuvieran, claro. Por robo de coche, venta de drogas, la factura del hotel, había suficiente para elegir. Meterme entre rejas antes de que tuviera tiempo de hablar con alguien. Y en cuanto estuviera encerrado y amordazado, no cabía dudar mucho de lo que pasaría, harían que pareciera un suicidio o que alguno de los otros presos me asesinara. Lo más estúpido que podía hacer era seguir usando ese coche, probablemente ya lo estarían buscando. Así que pisé el acelerador. El lugar al que me dirigía estaba en la zona este, no tenía que cruzar la ciudad. Conduje hasta la parte alta, entré en una tranquila zona residencial. Aparqué un poco alejado y fui andando desde allí.

El sol había salido otra vez y la gente llenaba las calles, paseaba cochecitos de niño con barbacoas desechables en el bolso de red que llevaban colgado. Sonriendo al sol como si aquello fuera la felicidad misma.

Tiré las llaves del coche en un jardín y me dirigí al portal.

Encontré el nombre en los timbres de la entrada y llamé.

—Soy yo —dije cuando él contestó por fin.

—Estoy un tanto ocupado —dijo la voz en el portero automático.

—Y yo soy drogadicto —respondí.

Lo decía en plan cachondeo, pero noté el efecto de la palabra. A Oleg le parecía divertido que le preguntara de broma a los clientes si por casualidad sufrían de narcomanía y si querían un poco de violín.

—¿Qué quieres? —dijo la voz.

—Quiero violín.

La respuesta de los clientes era ahora la mía.

Pausa.

—No tengo. Se me ha acabado. Me falta base para hacer más.

—¿Base?

—Base de levorfenol. ¿Quieres la fórmula también?

Sabía que era verdad, pero fijo que tenía algo. Debía tenerlo. Pensé. No podía ir al local de ensayo, seguro que me esperaban allí. Oleg. El viejo y bueno de Oleg me dejaría entrar.

—Tienes dos horas, Ibsen. Si no has llegado a la calle Hausmann con cuatro cuartos, voy directamente a la poli y les cuento todo. Ya no tengo nada que perder. ¿Lo pillas? Calle Hausmann, número 92. Entras directamente y subes al tercer piso.

Intenté imaginarme su cara. Muerto de miedo, sudando. Mierda de
pervertido pusilánime.

—*Vale* —*dijo.*

Eso es. Solo hay que hacerles comprender que vas en serio.

Harry apuró de un trago el resto del café y miró a la calle. Hora de cambiar de paradero. Iba cruzando la plaza de Youngstorget hacia los puestos de kebabs de la calle Torggata cuando recibió una llamada.

Era Klaus Torkildsen.

—Buenas noticias —dijo.

—Cuéntame.

—A la hora en cuestión, el teléfono de Truls Berntsen se registró en cuatro estaciones base del centro de Oslo y eso sitúa su teléfono en la misma área del 92 de la calle Hausmann.

—¿Cómo de grande es el área de la que hablamos?

—Bueno, una zona con la forma de un hexágono, con un diámetro de ochocientos metros.

—De acuerdo —dijo Harry, absorbiendo la información—. ¿Y el otro tío?

—No encontré nada directamente a su nombre, pero tenía un teléfono de empresa registrado a nombre del hospital Radiumhospitalet.

—¿Y?

—Y como he dicho, son buenas noticias. Ese teléfono también estaba en la misma área a la misma hora.

—Ya. —Harry entró por una puerta, dejó atrás tres mesas ocupadas y se paró delante del mostrador, que exhibía una selección de kebabs de colores fuertes y poco naturales—. ¿Tienes su dirección?

Klaus Torkildsen le leyó la dirección y Harry la anotó en una servilleta.

—¿Tienes algún otro número en esa dirección?

—¿A qué te refieres?

—Me preguntaba si tiene mujer o pareja.

Harry oyó cómo Torkildsen tecleaba. Y recibió la respuesta: no, nadie más con esa dirección.

—Gracias.

—Entonces ¿tenemos un acuerdo? ¿Nunca más hablaremos?

—Sí. Aparte de una cosa más. Quiero que compruebes a Mikael Bellman. Con quién ha hablado los últimos meses y dónde estuvo aproximadamente a la hora del asesinato.

Una carcajada sonora.

—¿El jefe de Crimen Organizado? ¡Anda ya! Puedo ocultar o justificar una búsqueda relacionada con un pobre policía, pero lo que me pides se convertiría en despido inmediato.

Más carcajadas, como si la idea resultara verdaderamente graciosa.

—Cuento con que mantengas tu acuerdo, Hole.

Se cortó la comunicación.

Cuando el taxi llegó a la dirección de la servilleta, había un hombre esperando fuera.

Harry se bajó y se le acercó.

—¿El portero Ola Kvernberg?

El hombre asintió.

—Comisario Hole. He sido yo quien ha llamado. —Vio que el portero miraba desconfiado al taxi que lo estaba esperando—. Vamos en taxi cuando no hay coches oficiales disponibles.

Kvernberg miró la tarjeta de identificación que le mostraba el hombre.

—Yo no he visto ningún allanamiento.

—Pero alguien lo ha denunciado a la policía, así que vamos a mirarlo. Tendrás una llave maestra, ¿verdad?

Kvernberg levantó el manojo.

Abrió la puerta principal mientras el policía examinaba los timbres.

—El testigo creía haber visto a alguien trepar por las terrazas y forzar la entrada en el tercer piso.

—¿Quién llamó? —preguntó el portero mientras subían.

—Me temo que eso es confidencial, Kvernberg.

—Tienes algo en el pantalón.

—Salsa de kebab. Me estoy planteando llevarlo al tinte. ¿Puedes abrir esta puerta?

—¿La del farmacéutico?

—¿Ah, sí? ¿A eso se dedica?

—Trabaja en el Radiumhospitalet. ¿No deberíamos llamarlo al trabajo antes de entrar?

—Prefiero ver si el ladrón sigue aquí para detenerlo, si no te parece mal.

El portero murmuró una excusa y se dio prisa en abrir la puerta.

Hole entró en el piso.

Estaba claro que allí vivía un soltero. Pero era un soltero ordenado. Discos de música clásica en una estantería para cedés, ordenados alfabéticamente. Revistas especializadas sobre química y farmacia en montones altos pero ordenados. En una librería se veía una foto enmarcada de dos adultos y un niño. Reconoció al niño. Estaba un poco inclinado hacia un lado, con una expresión huraña. No tendría más de doce o trece años. El portero seguía en la puerta de entrada, atento a todo, así que para guardar las apariencias, Harry comprobó la puerta de la terraza antes de ir de habitación en habitación. Abrió cajones y armarios. Pero no encontró nada comprometedor.

Sospechosamente poco comprometedor, dirían algunos colegas.

Pero Harry lo había visto ya, algunas personas no tenían secretos. No muy a menudo, es cierto, pero ocurre. Oyó al portero a su espalda cambiar el peso de pie, en la puerta del dormitorio.

—No veo ninguna señal de allanamiento, ni que hayan robado nada —dijo Harry; pasó por delante del portero y siguió hasta la puerta—. A veces recibimos falsas alarmas.

—Comprendo —dijo el portero, y cerró la puerta con llave cuando salieron—. ¿Qué habrías hecho si llega a haber un ladrón? ¿Te lo habrías llevado en el taxi?

—En ese caso, habríamos llamado a un coche patrulla —dijo Harry sonriendo, se paró y miró las botas del zapatero que había junto a la puerta—. ¿Esas dos botas no son de dos números muy diferentes?

Kverberg se frotó la barbilla mientras miraba a Harry con extrañeza.

—Sí, puede ser. Es zambo. ¿Puedo ver esa tarjeta tuya otra vez?

Harry se la dio.

—Esa fecha de caducidad…

—El taxi está esperando —dijo Harry; cogió la tarjeta y empezó a bajar las escaleras—. ¡Gracias por tu ayuda, Kvernberg!

Me fui a la calle Hausmann y, por supuesto, nadie había arreglado las cerraduras todavía, así que subí directamente al piso. Oleg no estaba. Ni los otros tampoco. Estaban en la calle, estresados. Pillar, pillar. Cinco yonquis compartían el piso, que tenía la pinta que tenía. Pero, por supuesto, no había nada, solo botellas vacías, jeringas usadas, bolitas de algodón manchadas de sangre y paquetes de tabaco vacíos. Tierra quemada de los güevos. Y, mientras estaba sentado soltando juramentos encima de un colchón sucio, vi la rata. Cuando la gente describe las ratas, siempre habla de ratas enormes. Pero las ratas no son enormes. Son bastante pequeñas. Lo que pasa es que pueden tener la cola muy larga. Es verdad que si se sienten amenazadas se ponen a dos patas y pueden parecer más grandes de lo que son. Aparte de eso, son unos seres bastante miserables que luchan por lo mismo que nosotros. Pillar.

Oí repicar una campana. Y me dije que Ibsen vendría.

Tenía que venir. Mierda, qué mal me encontraba. Los veía esperándonos cuando llegábamos al tajo, tan contentos de vernos que era conmovedor. Tiritando, con el dinero ya en la mano, reducidos a mendicantes aficionados. Y ahora me veía a mí mismo en su lugar. Tenía unas ganas locas de oír el paso renco de Ibsen en la escalera. Ver esa cara de idiota que tenía.

Había jugado mis cartas como un imbécil. Solo quería un chute y lo único que había conseguido era que todo el mundo me estuviera buscando.

El anciano y sus cosacos. Truls Berntsen con el taladro y esa mirada de loco. La reina Isabelle y el jefe ese con el que follaba.

La rata se deslizó por el listón de la pared. De pura desesperación, miré debajo de las mantas y los colchones. Debajo de uno de los colchones encontré una foto y un trozo de alambre doblado como una L con una Y al final. Era una foto de pasaporte de Irene arrugada y descolorida, así que comprendí que se trataba del colchón de Oleg. Pero no sabía qué era el alambre. Hasta que me di cuenta, poco a poco. Y noté que me sudaban las palmas de las manos y que el corazón me latía más rápido. Al fin y al cabo, yo fui quien le enseñó a Oleg a hacerse un escondite.

36

Hans Christian Simonsen esquivaba a los turistas mientras subía una pendiente de blanco mármol italiano, la misma gracias a la cual la Ópera se asemejaba a un iceberg que flotaba en el fiordo. Cuando llegó al tejado miró a su alrededor y vio a Harry Hole sentado en el borde del muro. Estaba totalmente solo, ya que los turistas normalmente pasaban al otro lado para disfrutar de las vistas al fiordo. Pero Harry miraba hacia el interior, a los barrios viejos, más feos.

Hans Christian se sentó al lado de Harry.

—HC —dijo Harry sin levantar la cabeza del folleto que estaba leyendo—. ¿Sabías que este mármol se llama mármol blanco de Carrara y que la Ópera le ha costado a cada noruego más de dos mil coronas?

—Sí.

—¿Conoces *Don Giovanni*?

—Mozart. Dos actos. Un joven arrogante y mujeriego que cree que es un regalo divino para mujeres y hombres, que traiciona a todo el mundo y consigue que todos lo odien. Cree que es inmortal, pero al final viene un misterioso convidado de piedra y lo mata, y a los dos se los traga la tierra.

—Ya. Se estrena dentro de unos días. Aquí pone que el coro de la Ópera cantará al final «Tal es el fin de quienes hacen el mal: la muerte del pecador siempre refleja su vida». ¿Crees que es verdad, HC?

—Sé que no es verdad. Desgraciadamente, la muerte no es más justa que la vida.

—Ya. ¿Sabías que aquí apareció flotando un policía muerto?

—Sí.

—¿Hay algo que no sepas?

—Quién disparó a Gusto Hanssen.

—Ah, el convidado de piedra —dijo Harry y dejó el folleto—. ¿Quieres saber quién es?

—¿Tú no?

—No necesariamente. Lo único importante es demostrar quién no lo hizo, que no fue Oleg.

—De acuerdo —dijo Hans Christian, y examinó a Harry con la mirada—. Pero oírtelo decir casa mal con todo lo que he oído sobre lo riguroso que es Harry Hole.

—A lo mejor resulta que la gente cambia a pesar de todo —dijo Harry con una sonrisa fugaz—. ¿Comprobaste el estado de la orden de detención con ese fiscal colega tuyo?

—No han dado tu nombre a los medios todavía, pero lo han notificado en todos los aeropuertos y pasos fronterizos. Tu pasaporte no tiene mucho valor, por decirlo de alguna manera.

—Descartado el viaje a Mallorca.

—¿Sabes que pesa una orden de detención sobre ti y quieres quedar en la atracción turística número uno de Oslo?

—La lógica más que probada de los peces pequeños, Hans Christian: se está más seguro en el cardumen.

—Creía que pensabas que lo más seguro es la soledad.

Harry sacó el paquete de tabaco, lo agitó y se lo ofreció.

—¿Te lo ha contado Rakel?

Hans Christian asintió y cogió un cigarro.

—¿Habéis pasado mucho tiempo juntos? —dijo Harry, e hizo una mueca.

—Bastante. ¿Te duele?

—El cuello. Puede que tenga algo de infección. —Harry encendió el cigarro de Hans Christian—. La quieres, ¿verdad?

Por la forma de inhalar el humo, Harry pensó que el abogado no fumaba desde las juergas de estudiante.

—Sí. La quiero.

Harry asintió.

—Pero tú siempre has estado ahí —dijo Hans Christian chupando el cigarro—. En las sombras, en el armario, debajo de la cama.

—Como un monstruo —dijo Harry.

—Sí, supongo —dijo Hans Christian—. He intentado eliminarte, pero no ha funcionado.

—No tienes por qué fumarte el cigarro entero, Hans Christian.

—Gracias. —El abogado tiró el cigarro—. ¿Qué quieres que haga esta vez?

—Allanamiento —dijo Harry.

Salieron con el coche justo después del anochecer.

Hans Christian recogió a Harry en el Bar Boca, en Grünerløkka.

—Buen coche —dijo Harry—. Un coche familiar.

—Tenía un perro cazador de alces noruego —dijo Hans Christian—. Caza. Cabaña. Ya sabes.

Harry asintió.

—La buena vida.

—Un alce lo pisoteó y lo mató. Me consuelo pensando que fue una buena forma de morir para un perro cazador de alces. Como morir en acto de servicio.

Harry asintió. Fueron a Ryen y subieron las curvas que serpenteaban hasta las mejores parcelas con vistas de la zona este de la ciudad.

—Es aquí, a la derecha —dijo Harry señalando un chalet a oscuras—. Aparca en diagonal para que los faros delanteros apunten directamente a las ventanas.

—¿Quieres que...?

—No —dijo Harry—. Tú te esperas aquí. Deja el teléfono encendido y llama si viene alguien.

Harry se llevó la palanqueta y subió el camino de gravilla hasta la casa. Otoño, el frío cortante del aire nocturno, olor a manzanas. Tuvo un *déjà vu*. Øystein y él entrando de puntillas en un jardín y Tresko de guardia al otro lado de la cerca. Y, de repente, de la oscuridad salió una figura con unas plumas de indio que se acercaba hacia ellos cojeando y chillando como un cerdo.

Llamó al timbre.

Esperó.

No apareció nadie.

Pero Harry tenía la sensación de que había alguien en casa. Metió la palanqueta en la rendija de la puerta junto a la cerradura y empujó con cuidado. Era una puerta vieja de madera blanda y húmeda con una cerradura antigua. Cuando hubo separado la puerta lo suficiente, utilizó la otra mano para introducir por la cerradura la tarjeta de identificación hasta que tocó el pestillo. Presionó. La cerradura se abrió. Harry se deslizó al interior y cerró la puerta. Se quedó en la oscuridad y contuvo la respiración. Notó un hilo fino en la mano, probablemente restos de una telaraña. Olía a humedad y a abandono. Pero también a otra cosa, algo punzante. Enfermedad, hospital. Pañales y medicinas.

Harry encendió la linterna. Vio un galán de noche sin ropa. Continuó hacia dentro.

El salón parecía empolvado, era como si hubieran absorbido los colores de las paredes y de los muebles. El haz de luz de la linterna se deslizó por la habitación. A Harry se le paró el corazón al reflejarse la luz en unos ojos. Pero siguió latiendo enseguida. Un búho disecado. Tan gris como el resto de la habitación.

Siguió recorriendo toda la casa y solo pudo constatar que era como en el piso. Nada fuera de lo normal.

Es decir, hasta que llegó a la cocina y descubrió los dos pasaportes y los billetes de avión encima de la mesa.

A pesar de que la foto del pasaporte tendría diez años, Harry reconoció al hombre de la visita que había hecho al Radiumhospitalet. El pasaporte de ella era nuevo. En la foto estaba casi irreconocible, pálida, el pelo le colgaba en feos mechones. Los billetes eran para Bangkok; la salida, diez días después.

Harry fue a la planta baja. Hasta la única puerta que no había abierto aún. Tenía una llave en la cerradura. Abrió. El mismo olor que había notado en la entrada le dio en las narices. Encendió el interruptor que había al lado de la puerta y una bombilla desnuda iluminó la escalera que bajaba al sótano. La sensación de que había alguien en la casa. O el «Ah, sí, tu instinto» que Bellman le dijo con cierta ironía cuando Harry le preguntó si había investigado los antecedentes de Martin Pran. Una sensación que, ahora lo sabía, lo había engañado.

Harry quería seguir bajando, pero notó que algo lo retenía. El sótano. Uno como el que había en la casa donde se crió. Cuando su madre le pedía que bajara a buscar patatas, que tenían abajo, en la oscuridad, en dos sacos grandes, y Harry bajaba corriendo, intentando no pensar. Trataba de convencerse de que corría porque hacía mucho frío. Porque tenían prisa en hacer la comida. Porque a él le gustaba correr. Que no tenía nada que ver con el hombre amarillo que lo esperaba allí abajo, un hombre desnudo y sonriente con una lengua larga que podías oír silbar cuando salía de la boca y volvía a entrar rápidamente. Pero eso no era lo que lo retenía. Era otra cosa. El sueño. El alud por el pasillo del sótano.

Harry se obligó a borrar esos pensamientos y puso el pie en el primer peldaño. Un crujido de advertencia. Se dijo que debía ir despacio. Todavía llevaba la palanqueta en la mano. Cuando llegó abajo empezó a caminar hacia delante entre los trasteros. Una bombilla en el techo ofrecía una luz tenue. Y creaba nuevas sombras. Se fijó en que todos los trasteros estaban cerrados con candado. ¿Quién cierra con candado los trasteros en su propio sótano?

Harry metió la punta de la palanqueta debajo de uno de los candados. Tomó aire, temiendo el ruido. Forzó la palanqueta rápidamente hacia atrás y se oyó un golpe seco. Contuvo la respiración. Ni un sonido.

Abrió la puerta con cuidado. El olor le picaba en la nariz. Encontró el interruptor a tientas con los dedos y una luz lo bañó todo al instante. Tubo fluorescente.

El trastero era mucho más grande de lo que parecía desde el exterior. Lo reconoció. Era una copia de una habitación que había visto en el Radiumhospitalet. Mostradores con alambiques y soportes para tubos de ensayo. Harry se fue hasta la encimera. Levantó la tapa de una caja grande de plástico. El polvo blanco tenía partículas marrones. Harry se humedeció la punta del dedo índice con la lengua, la metió en el polvo y se frotó la encía. Amargo. Violín.

Dio un respingo. Un ruido. Volvió a contener la respiración. Y allí estaba otra vez. Alguien estaba sollozando.

Harry se apresuró a apagar la luz y se agachó con la palanqueta en ristre.

Un nuevo sollozo.

Esperó unos segundos, salió del trastero con pasos rápidos y tan silenciosos como pudo, y giró a la izquierda, de donde venía el sonido. Solo había un trastero antes de la pared. Se cambió la palanqueta a la mano derecha. Fue de puntillas hasta la puerta que tenía un ventanuco con una malla, como la que tenían en su casa.

Pero con la diferencia de que esta puerta tenía un candado de hierro.

Harry preparó la linterna, se apoyó en la pared al lado de la puerta, contó hacia atrás desde tres, encendió la linterna y dirigió la luz al interior a través del ventanuco.

Esperó.

Al ver que pasaban tres segundos sin que dispararan ni atacaran en dirección a la luz, pegó la cabeza a la malla y miró dentro. La luz iba vagando sobre paredes de hormigón, se reflejó en una cadena, se deslizó por un colchón y encontró lo que buscaba. Una cara.

Tenía los ojos cerrados. Estaba totalmente inmóvil. Como si estuviera acostumbrada a aquello. A que la inspeccionaran a la luz de una linterna.

—¿Irene? —dijo Harry con voz suave.

En ese instante, a Harry empezó a vibrarle el teléfono en el bolsillo.

37

*Miré el reloj. Había buscado por todo el piso y todavía no había encontra-
do el escondite de Oleg. E Ibsen debería haber llegado hacía veinte minutos. ¡Que no se le ocurriera a ese pervertido no presentarse! La perpetua por
secuestro y violación. El día que Irene llegó a Oslo S la llevé al local de
ensayo y le dije que Oleg la esperaba allí. Claro que no la estaba esperando. Pero Ibsen sí. La sujetó mientras yo le ponía la inyección. Pensé en
Rufus. En que era mejor así. Cuando se calmó del todo, no hubo más
que arrastrarla al coche. Él tenía mi medio kilo en el maletero. ¿Que si me
arrepentí? ¡Sí, me arrepentí de no haberle pedido un kilo! No, joder, claro
que me arrepentí un poco. Uno no es del todo insensible. Pero cuando me
venía a la cabeza «mierda, no debería haberlo hecho», intentaba decirme que Ibsen seguramente la cuidaría bien. Seguro que la quería, a su manera un tanto retorcida. Pero de todos modos, era demasiado tarde, ahora
solo se trataba de conseguir la medicina para poder curarme.*

*Este era un territorio nuevo para mí, no conseguir lo que el cuerpo
exige. Siempre había tenido lo que se me antojaba, ahora lo comprendía.
Y si iba a ser así a partir de ahora, prefería morir inmediatamente. Morir
joven y guapo con los dientes más o menos intactos. Ibsen no iba a venir.
Ya lo sabía. Miré a la calle desde la ventana de la cocina, pero ese puto cojo
de los güevos no se dejaba ver. Ni él, ni Oleg.*

Lo había intentado con todos. Solo quedaba uno.

*Había dejado esa alternativa como último recurso. Tenía miedo. Sí,
tenía miedo. Pero sabía que él estaba en la ciudad, que llevaba aquí desde
el día que supo que ella había desaparecido. Stein. Mi hermano de acogida.*

Miré otra vez a la calle.

No. Antes morir que llamarlo a él.

Pasaban los segundos. Ibsen no llegaba.

—¡Mierda! Antes morir que estar enfermo.

Cerré los ojos, pero de las órbitas salían insectos que hormigueaban bajo los párpados y me recorrían toda la cara.

Entre morir, llamarlo y estar enfermo, morir había perdido la competición.

Faltaba la final.

¿Llamarlo o estar enfermo?

¡Mierda, mierda!

Harry apagó la linterna cuando el teléfono empezó a sonar. Vio que era el número de Hans Christian.

—Viene alguien —dijo con un susurro en el oído de Harry. Tenía la voz ronca por los nervios—. Ha aparcado justo delante de la verja y ahora sube hacia la casa.

—Vale —dijo Harry—. Tranquilo. Manda un SMS si ves que pasa algo. Y lárgate si…

—¿Largarme? —Hans Christian sonaba verdaderamente preocupado.

—Solo si crees que la cosa se ha ido a la mierda, ¿vale?

—¿Por qué tengo que…?

Harry cortó la comunicación, volvió a encender la linterna y la enfocó a la malla.

—¿Irene?

La chica parpadeó asombrada al ver la luz.

—Escúchame. Me llamo Harry y soy policía y he venido a buscarte. Pero viene alguien y tengo que ver quién es. Si baja aquí, finge que no pasa nada, ¿de acuerdo? Te sacaré pronto de aquí, Irene. Lo prometo.

—¿Tienes…? —murmuró ella, pero Harry no entendió el resto.

—¿Qué has dicho?

—¿Tienes violín?

Harry apretó los dientes con fuerza.

—Aguanta un poco más —susurró.

Harry subió corriendo la escalera y apagó la luz. Dejó la puerta entreabierta y miró por la rendija. Veía perfectamente la puerta de entrada. Oyó el arrastrar de unos pasos en la gravilla. Un pie que se arrastraba detrás del otro. Pie zambo. Y la puerta se abrió.

Se encendió la luz.

Allí estaba. Grande, redondo y agradable.

Stig Nybakk.

El jefe de sección de Radiumhospitalet. El que se acordaba de Harry del colegio. Que conocía a Tresko. Que tenía una alianza con una pequeña muesca negra. Que tenía un piso de soltero donde no había forma de descubrir nada anormal. Pero que también tenía una casa heredada de sus padres, una casa que no había vendido.

Colgó el abrigo en el galán y fue hacia Harry con la mano por delante. Se paró en seco. Agitó la mano. Se quedó escuchando. Y, de pronto, Harry comprendió por qué. El hilo que había notado en la cara cuando llegó, el que creía que era una telaraña, debía de ser otra cosa. Algún tipo de hilo invisible que Nybakk tenía sujeto encima de la entrada para saber si había recibido alguna visita indeseada.

Nybakk se movió con una rapidez y una agilidad asombrosas hacia el armario de la entrada. Metió la mano. Sacó un objeto metálico con un brillo mate. Una escopeta.

Mierda, mierda. Harry odiaba las escopetas.

Nybakk cogió una caja de cartuchos abierta. Sacó dos cartuchos grandes y rojos, los sujetó entre el dedo corazón y el dedo índice apoyándose por detrás en el pulgar, con la distancia adecuada para poder meterlos de un solo movimiento.

Harry no paraba de darle vueltas a la cabeza, pero no se le ocurría ninguna buena idea. Así que optó por la mala. Sacó el teléfono y empezó a teclear.

«C-l-a-x-o-n y e-n-p-e-l»

¡Joder! ¡Mal!

Oyó el clic metálico, Nybakk acababa de abrir la escopeta.

¿Dónde está la tecla de borrar? Aquí. Fuera la «n» y la «l», mete una «s» y una «r».

Oyó cómo introducía los cartuchos.

«...e-s-p-e-r-a q e-s-t-e»

Vaya mierda de teclas tan pequeñas. ¡Venga!

Oyó cómo cerraba el cañón.

«...e-n v-e-n-a-n»

¡Mal! Harry oyó cómo Nybakk se acercaba arrastrando los pasos. No había tiempo, debía confiar en que Hans Christian tuviera algo de imaginación.

«...¡L-u-z!»

Le dio a «Enviar».

Desde dentro, en la oscuridad, Harry pudo ver que Nybakk se había llevado la escopeta a la altura del hombro. Y se dio cuenta de que el farmacéutico jefe se había percatado de que la puerta del sótano estaba entreabierta.

Al mismo tiempo sonó el claxon. Alto e insistente. Nybakk dio un respingo. Miró hacia el salón que daba a la calle donde estaba aparcado Hans Christian. Dudó un instante. Se dio la vuelta y entró en el salón.

El claxon sonó otra vez, ahora sin parar.

Harry abrió la puerta del sótano y se acercó a Nybakk por detrás, no tenía que ir de puntillas, sabía que el claxon ahogaba el ruido de sus pasos. Desde la puerta del salón vio la espalda de Nybakk cuando descorrió las cortinas. Los mil metros de potencia de las luces de xenón del coche familiar de Hans Christian inundaron la habitación.

Harry estaba a cuatro zancadas, y Stig Nybakk ni lo vio ni lo oyó acercarse. Tenía una mano delante de la cara para protegerse de la luz cuando Harry alargó los brazos por encima de los hombros a ambos lados de la cabeza, cogió la escopeta y tiró de ella presionando el cañón contra el cuello carnoso del farmacéutico y no dejó de tirar hacia atrás hasta que este perdió el equilibrio. Le clavó las rodillas en las corvas de forma que ambos quedaron arrodillados, mientras Nybakk luchaba desesperadamente por respirar.

Hans Christian debía de haber comprendido que el claxon había surtido el efecto esperado, porque dejó de sonar, pero Harry siguió apretando. Hasta que los movimientos de Nybakk se volvieron más lentos, perdieron fuerza y al final pareció como si se marchitaran.

Harry sabía que Nybakk estaba a punto de perder el conocimiento, que al cabo de unos segundos sin oxígeno, el cerebro sufriría lesiones, y que tras unos segundos más, Stig Nybakk, secuestrador y cerebro creador del violín, estaría muerto.

Saboreó la sensación. Contó hasta tres y soltó una mano de la escopeta. Nybakk cayó al suelo deslizándose silenciosamente.

Harry se sentó en una silla y trató de respirar pausadamente. Cuando empezó a bajar el nivel de adrenalina en la sangre sintió los dolores del cuello y la nuca. Habían ido empeorando a medida que pasaban las horas. Intentó hacer caso omiso y le escribió «OK» a Hans Christian.

Nybakk empezó a lamentarse en voz baja y se encogió hasta adoptar la posición fetal.

Harry lo registró. Dejó en la mesa del salón todo lo que encontró en los bolsillos. La cartera, el móvil y el bote de pastillas con el nombre de Nybakk y el del cardiólogo. Zestril. Harry recordó que su abuelo lo usaba para los infartos. Se metió el bote en el bolsillo, le puso a Nybakk el cañón de la escopeta en la frente y le ordenó que se levantara.

Nybakk miró a Harry. Iba a decir algo pero cambió de opinión. Se levantó con mucho esfuerzo y se quedó de pie tambaleándose.

—¿Adónde vamos? —preguntó cuando Harry lo empujó hacia la entrada.

—Al apartamento del sótano —dijo Harry.

Stig Nybakk seguía inestable y Harry lo sujetó con una mano en el hombro y lo llevó al sótano con la escopeta encañonándole la espalda. Se pararon delante de la puerta del trastero donde había encontrado a Irene.

—¿Cómo supiste que era yo?

—El anillo —dijo Harry—. Abre la puerta.

Nybakk sacó la llave del bolsillo y la metió en el candado.

Una vez dentro, encendió la luz.

Irene se había levantado. Estaba en una esquina, alejada de ellos, tiritando, con un hombro encogido, como si tuviera miedo de que le pegaran. Llevaba en el tobillo un grillete con una cadena que iba hasta el techo, donde estaba sujeta a una viga. Harry se fijó en que la cadena era lo bastante larga para que pudiera moverse por la habitación. Lo bastante larga para que pudiera encender la luz.

Pero Irene había optado por la oscuridad.

—Suéltala —dijo Harry—. Y ponte el grillete.

Nybakk tosió. Con las palmas de las manos hacia arriba, empezó:

—Escucha, Harry…

Harry lo golpeó. Perdió la cabeza y pegó. Oyó el chasquido sin vida del metal al dar contra carne y enseguida vio la marca roja que el cañón de la escopeta le había dejado a Nybakk en la nariz.

—Pronuncia mi nombre una vez más —susurró Harry y notó que tenía que soltar las palabras con fuerza—, y te aplastó la cabeza contra la pared con la culata de la escopeta.

Nybakk abrió el candado del grillete con manos temblorosas mientras Irene miraba al frente fijamente y con apatía, como si aquello no fuera con ella.

—Irene —dijo Harry—. ¡Irene!

Pareció despertar y lo miró.

—Sal de aquí —dijo Harry.

Ella cerró los ojos, como si le hiciera falta concentrarse al máximo para entender los sonidos que él emitía, transformar las palabras en sentido. Y en acción. Pasó a su lado, salió al pasillo del sótano con pasos lentos y rígidos de sonámbula.

Nybakk se había sentado encima del colchón y se subió la pernera del pantalón. Intentaba colocar la estrecha pulsera alrededor de aquel tobillo blanco y grueso.

—Yo…

—En la muñeca —dijo Harry.

Nybakk obedeció y Harry comprobó con un tirón que la cadena estaba lo bastante tensa.

—Quítate el anillo y dámelo.

—¿Por qué? Solo es una barat...

—Porque no es tuyo.

Nybakk consiguió quitarse el anillo y se lo dio a Harry.

—No sé nada —dijo.

—¿De qué? —preguntó Harry.

—De lo que sé que me vas a preguntar. De Dubái. Yo lo he visto dos veces, ambas fui con los ojos vendados, así que no sé dónde estuve. Sus dos rusos venían a recoger la mercancía dos veces por semana, pero nunca oí ningún nombre. Escucha, si quieres dinero, tengo...

—¿Era eso?

—¿Era qué?

—Todo. ¿Era por dinero?

Nybakk parpadeó un par de veces. Se encogió de hombros. Harry esperó. Y entonces afloró al rostro de Nybakk una sonrisa cansina.

—¿Tú qué crees, Harry?

Señaló el pie con un gesto.

Harry no contestó. No tenía ninguna necesidad de oírlo. No sabía si quería oírlo. Podía llegar a comprenderlo. Y no quería comprender. Que eran dos tipos que se habían criado en Oppsal, en condiciones prácticamente similares, pero una lesión de nacimiento insignificante en apariencia hacía que la vida fuera radicalmente distinta para uno de ellos. Unos huesos del pie organizados de forma diferente, que se traducen en un pie torcido hacia dentro con un número de zapato dos veces menor que el otro. *Pes equinovarus.* Pie equinovaro. Porque la forma de andar de un pie zambo puede parecerse a la forma de andar de un caballo, como de puntillas. Una lesión que te da una posición de salida un tanto peor, que puede que consigas compensar o puede que no. Que hace que tengas que esforzarte un poco más para ser el chico atractivo, aquel con el que todos quieren contar: el chico que elige el equipo del colegio, el chico guay que quiere amigos guays, la chica de la ventana, cuya sonrisa te hace estallar el corazón, aunque no te sonría a ti. Stig Nybakk había ido de puntillas por la vida sobre aquel pie zambo. Tan inadvertido que Harry ni se acordaba de él. Y le había ido bastante bien. Tenía una carrera, había trabajado duro, había conseguido un puesto de jefe, él mismo había empezado a elegir al equipo de la clase. Pero faltaba lo más importante. La chica de la ventana. Ella seguía sonriendo a los otros.

Rico. Tenía que hacerse rico.

Porque el dinero es como el maquillaje, lo cubre todo, también lo que dicen que no está a la venta: respeto, admiración, amores. Solo había que mirar alrededor, la belleza se casa con el dinero siempre. Así que ahora le tocaba a él, a Stig Nybakk, ahora le tocaba al pie zambo.

Había inventado el violín y el mundo debía rendirse a sus pies. Así que por qué no lo quería ella, por qué se volvía con una repulsa mal disimulada a pesar de saber —de saber— que él ya era un hombre rico y que se hacía más rico cada semana que pasaba. ¿Quizá porque pensaba en otro hombre, el que le había dado aquel absurdo anillo sin valor que llevaba en el dedo? Era injusto, él había trabajado mucho y con espíritu incansable a fin de cumplir los requisitos para que lo quisieran, así que ella tenía que quererlo. De modo que se la llevó. La arrancó de la ventana. La encadenó para que no pudiera escaparse otra vez. Y, para consumar aquel matrimonio forzoso, le quitó el anillo y se lo puso él.

Ese anillo barato que le dio Oleg, que él a su vez le había robado a su madre, que a su vez lo tenía desde que se lo dio Harry, que a su vez lo había comprado en un mercadillo, que a su vez... Era como en la canción infantil: «Este anillo singular, de mano en mano ha de pasar». Harry pasó el dedo por la muesca negra de la superficie dorada del anillo. Había sido observador y, al mismo tiempo, había estado ciego.

Observador, la primera vez que vio a Stig Nybakk y se dijo «El anillo. Yo tuve uno igual».

Y ciego porque no había pensado en qué consistía la igualdad. La muesca en el cobre ennegrecido.

Hasta que no vio el anillo de boda de Martine y la oyó decir que él era el único en el mundo que compraría un anillo de boda que no fuera de oro, no relacionó a Oleg con Nybakk.

Aunque no había encontrado nada sospechoso en el piso de Stig Nybakk, Harry no lo dudó. Al contrario, estaba tan despojado de cosas comprometedoras que automáticamente pensó que Nybakk debía de tener sus remordimientos escondidos en otro sitio. La casa de los padres que estaba vacía y que no había podido vender. La casa roja de la cuesta, la que estaba por encima de la casa de los Hole.

—¿Mataste a Gusto? —preguntó Harry.

Stig Nybakk negó con la cabeza. Párpados pesados, parecía tener sueño.

—¿Coartada? —dijo Harry.

—No. No tengo.

—Cuéntame.

—Estuve allí.

—¿Dónde?

—En la calle Hausmann. Fui a verlo. Había amenazado con desenmascararme. Pero cuando llegué a la callle Hausmann, ya estaban allí los coches de la policía. Alguien ya había matado a Gusto.

—¿Ya? ¿Así que tú pensabas hacer lo mismo?

—Lo mismo no. Yo no tengo pistola.

—Entonces, ¿qué tienes tú?

Nybakk se encogió de hombros.

—La carrera de química. Gusto tenía el síndrome de abstinencia. Quería que le llevara violín.

Harry advirtió la sonrisa cansada de Nybakk y asintió.

—Sabías que Gusto se inyectaría enseguida el polvo blanco que le llevaras, fuera lo que fuera.

La cadena hizo ruido cuando Nybakk levantó la mano y señaló la puerta.

—Irene. ¿Puedo decirle unas palabras antes de…?

Harry observó a Stig Nybakk. Vio algo que reconoció. Un ser humano herido, un hombre acabado. Uno que se había rebelado contra las cartas que le habían tocado en suerte. Y había perdido.

—Le voy a preguntar —dijo.

Harry salió. Irene había desaparecido.

La encontró arriba en el salón. Estaba sentada, abrazada a las rodillas. Harry cogió el abrigo del armario de la entrada y se lo echó por los hombros. Le habló en voz baja y sosegada. Ella contestó con una vocecita muy débil, como si tuviese miedo del eco de las paredes frías del salón.

Le contó que Gusto y Nybakk, o Ibsen, como lo llamaban, habían colaborado para raptarla. Que el pago fue medio kilo de violín. Que llevaba encerrada cuatro meses.

Harry la dejó hablar. Esperó hasta que supo que se había quedado vacía antes de hacerle la siguiente pregunta.

Aparte de lo que Ibsen le había contado, no sabía nada del asesinato de Gusto. Tampoco quién era Dubái ni dónde vivía. Gusto no le había dicho nada e Irene no había querido saberlo. Lo que había oído sobre Dubái eran los mismos rumores de siempre, que se movía por la ciudad como un fantasma, que nadie sabía quién era ni qué aspecto tenía y que era como el viento, imposible de atrapar.

Harry asintió. Había oído esa descripción demasiadas veces últimamente.

—HC te llevará a la policía, él es abogado y te ayudará a denunciarlo. Después te llevará con la madre de Oleg, puedes vivir allí, de momento.

Irene negó con la cabeza.

—Quiero llamar a Stein, mi hermano, puedo vivir con él. Y…

—¿Sí?

—¿Tengo que denunciarlo?

Harry la miró. Era tan joven. Tan pequeña. Como un pajarito. Era imposible saber cuánto se había roto.

—Puede esperar a mañana —dijo Harry.

Vio cómo las lágrimas le afloraban a los ojos. Su primer pensamiento fue «por fin». Quería ponerle la mano en el hombro, pero tuvo tiempo de pensarlo mejor. La mano de un hombre desconocido tal vez no fuera lo que ella necesitaba. Pero las lágrimas desaparecieron enseguida.

—¿Hay… hay alguna alternativa? —preguntó.

—¿Cómo cuál? —dijo Harry.

—Como no tener que volver a verlo —dijo sin apartar de él la mirada—. Nunca jamás —añadió en un susurro con aquella vocecita.

Y entonces la notó. La mano de Irene en la suya.

—Por favor.

Harry le acarició la mano, la soltó y se levantó.

—Ven, te acompaño fuera.

Cuando Harry vio alejarse el coche, volvió a la casa y bajó al sótano. No encontró ninguna cuerda, pero debajo de la escalera había colgada una manguera. La llevó donde estaba Nybakk y la tiró al suelo, a sus pies. Miró la viga. Lo bastante alta.

Sacó el bote de Zestril que había encontrado en el bolsillo de Nybakk, se vació el contenido en la mano. Seis pastillas.

—¿Tienes algún problema de corazón? —preguntó Harry.

Nybakk asintió con la cabeza.

—¿Cuántas pastillas necesitas al día?

—Dos.

Harry le puso las pastillas en la mano y se guardó el bote vacío en el bolsillo.

—Volveré dentro de dos días. No sé el valor que pueda tener para ti una buena reputación; seguramente, la deshonra habría sido mayor si vivieran tus padres, pero habrás oído hablar de cómo tratan los otros presos a los violadores. Si para cuando vuelva has dejado de existir, quedarás olvidado, nunca se te mencionará. Si sigues aquí, te llevaré a la policía. ¿Entendido?

Cuando Harry dejó a Stig Nybakk, sus gritos lo siguieron todo el camino hasta la puerta. Eran los gritos de alguien que se queda a solas con su culpa, sus fantasmas, su soledad, sus decisiones. Claro que había en él algo que le resultaba familiar. Harry cerró la puerta con fuerza al salir.

Cogió un taxi en la calle Vetlandsveien y le pidió que lo llevara a la calle Urtegata.

Le dolía el cuello, y le latía como si tuviera un pulso propio, como si se hubiera convertido en algo vivo, un animal encerrado e infectado de bacterias que quisieran salir. Harry le preguntó al taxista si llevaba algún analgésico en el coche, pero este negó con la cabeza.

Cuando bajaban serpenteando por la carretera hacia Bjørvika, Harry vio fuegos artificiales en el cielo, por encima de la Ópera. Alguien estaba celebrando algo. Pensó que él también tenía algo que celebrar. Lo había conseguido. Había encontrado a Irene y Oleg estaba en libertad.

Había hecho lo que había venido a hacer. Entonces ¿por qué no tenía ganas de fiesta?

—¿Qué se celebra? —preguntó Harry.

—Es el estreno de una ópera —dijo el taxista—. Hace un rato he llevado allí a un grupo de gente elegante.

—*Don Giovanni* —dijo Harry—. Pues estaba invitado.

—¿Por qué no has ido? Parece que es buena.

—Las tragedias me desaniman mucho.

El taxista miró sorprendido a Harry por el retrovisor. Se rió. Repitió.

—¿Las tragedias te desaniman mucho?

Sonó el teléfono. Era Klaus Torkildsen.

—Creía que no íbamos a volver a hablar —dijo Harry.

—Yo también —dijo Torkildsen—. Pero, yo… Bueno, el caso es que al final lo comprobé de todos modos.

—Ya no tiene tanta importancia —dijo Harry—. Por lo que a mí respecta, el caso se ha cerrado.

—Bueno, pero puede ser interesante saber que justo antes y después de la hora del asesinato, Bellman, o por lo menos su móvil, estuvo en Østfold, y es imposible que le diera tiempo de ir y volver del lugar del asesinato.

—Vale, Klaus. Gracias.

—Vale. ¿Nunca más?

—Nunca más. Pienso desaparecer.

Harry colgó. Apoyó la cabeza en el reposacabezas y cerró los ojos.

Ahora sí iba a alegrarse.

Así, con los ojos cerrados, podía ver las chispas de los fuegos artificiales.

CUARTA PARTE

38

–Me voy contigo.

Se había terminado.

Ella volvía a ser suya.

Harry avanzó en la cola de facturación del gran vestíbulo de salidas del aeropuerto de Oslo. De repente tenía un plan, un plan para el resto de su vida. En todo caso, un plan. Y lo embargó una sensación embriagadora para la que no tenía un nombre mejor que el de felicidad.

En el monitor, encima de la cola de facturación, se leía Thai Air, Business Class.

Todo había pasado muy rápido.

De la casa de Nybakk se había ido directamente a ver a Martine en Fyrlyset para devolverle el móvil, pero ella le había dicho que se lo podía quedar hasta que se comprara uno nuevo. También se había dejado convencer y había aceptado un abrigo casi sin usar, para que estuviera relativamente presentable. Además se había tomado tres analgésicos, pero se había negado a que le viera la herida. Ella se habría empeñado en curarlo y para eso no había tiempo. Había llamado a Thai Air y había comprado el billete.

Entonces fue cuando ocurrió.

Llamó a Rakel y le contó que había encontrado a Irene y que, con Oleg absuelto, la misión había concluido. Que ahora tenía que salir del país antes de que lo detuvieran.

Y entonces fue cuando ella lo dijo.

Harry cerró los ojos y rebobinó las palabras de Rakel una vez más.

—Me voy contigo, Harry. —Me voy contigo. Me voy contigo. Y además—: ¿Cuándo?

¿Cuándo?

Habría querido decirle que ya. ¡Prepara una maleta y vente ahora mismo!

Pero consiguió pensar con cierta racionalidad.

—Escucha, Rakel, sobre mí pesa una orden de detención y lo más probable es que la policía te esté vigilando para ver si los llevas hasta donde esté yo, ¿vale? Me voy yo solo esta tarde. Tú puedes coger el vuelo de Thai Air mañana por la noche. Te espero en Bangkok y luego seguimos hasta Hong Kong.

—Hans Christian te puede defender si te detienen. La condena no será...

—No es la duración de la condena lo que me preocupa —dijo Harry—. Mientras esté en Oslo, Dubái puede llegar hasta mí en cualquier sitio. ¿Seguro que Oleg está a buen recaudo?

—Sí. Pero quiero que venga con nosotros, Harry. No puedo irme...

—Pues claro que se viene con nosotros.

—¿Lo dices en serio? —oyó que le preguntaba con alivio.

—Estaremos juntos, y en Hong Kong Dubái no podrá tocarnos. Esperaremos unos días para que venga Oleg, conseguiré que dos de los hombres de Herman Kluit vengan a Oslo para acompañarlo.

—Se lo diré a Hans Christian. Y reservaré el billete para mañana, amor mío.

—Te espero en Bangkok.

Una pequeña pausa.

—Pero estás en busca y captura, Harry. ¿Cómo vas a subir al avión sin que...?

—Adelante, el siguiente.

Harry volvió a abrir los ojos y vio que la mujer que había detrás del mostrador le estaba sonriendo.

Se acercó y le dio el billete y el pasaporte. Vio como tecleaba el nombre del pasaporte.

—Pues no lo encuentro, señor Nybakk...

Harry trató de mostrar una sonrisa tranquilizadora.

—En realidad había reservado el vuelo a Bangkok dentro de diez días, pero llamé hace hora y media y me lo cambiaron para esta noche.

La señora tecleó un poco más. Harry contó los segundos. Inhaló. Exhaló. Inhaló.

—Sí, aquí está. Muchas veces las reservas de última hora no aparecen inmediatamente. Aunque aquí dice que viaja con Irene Hanssen.

—Ella volará según lo previsto.

—De acuerdo. ¿Tiene equipaje que facturar?

—No.

Volvió a teclear.

De pronto, la mujer frunció el entrecejo. Volvió a abrir el pasaporte. Harry se armó de valor. Ella metió la tarjeta de embarque dentro del pasaporte y se lo entregó.

—Tendrá que darse prisa, Nybakk, veo que ya ha empezado el embarque. Buen viaje.

—Gracias —dijo Harry con más entusiasmo del que pretendía, y se apresuró hacia el control de seguridad.

Hasta que no hubo pasado por el escáner, mientras recogía las llaves y el móvil de Martine, no se dio cuenta de que tenía un mensaje. Iba a guardarlo con los demás mensajes de Martine, pero entonces vio que el remitente tenía un nombre corto. B. De Beate.

Fue corriendo hasta la puerta de embarque 54, Bangkok, *final call*.

Leyó.

TENGO LA ÚLTIMA LISTA. CONTIENE UNA DIRECCIÓN QUE NO ESTABA EN LA DE BELLMAN. BLINDERNVEIEN 74.

Harry se metió el móvil en el bolsillo. No había cola en el control de pasaportes. El oficial comprobó la tarjeta de embarque y el pasaporte. Miró a Harry.

—La cicatriz es más reciente que la foto —dijo Harry.

El oficial lo miró.

—Hágase una foto nueva, Nybakk —dijo, y le devolvió los documentos.

Le hizo una seña con la cabeza a la persona que había detrás de Harry para indicarle que era su turno.

Harry estaba libre. A salvo. Con una nueva vida por delante.

Ante el mostrador de la puerta de embarque quedaban todavía en fila cinco rezagados.

Harry miró su tarjeta de embarque. Business Class. Nunca había viajado en otra clase que no fuera turista, ni siquiera para Herman Kluit. Stig Nybakk había tenido éxito. Dubái había tenido éxito. Tenía éxito. Ahora, esta noche, en este momento, allí estaban, un rebaño tembloroso y hambriento, a la espera de que el tipo de la camiseta del Arsenal dijera «Ven».

Quedaban dos en la cola.

Blindernveien, 74.

Me voy contigo. Harry cerró los ojos para volver a oír la voz de Rakel. Y allí estaba: *¿Eres policía? ¿En eso te has convertido? ¿En un robot, un esclavo del hormiguero y de los pensamientos que han pensado otros?*

¿Eso era?

Era su turno. La señora del mostrador lo miró solícita.

No, no era un esclavo.

Le entregó la tarjeta de embarque.

Y echó a andar. Bajó por el túnel en dirección al avión. A través del cristal vio las luces de un avión que aterrizaba. Pasó por encima de la casa de Tord Schultz.

Blindernveien, 74.

La sangre de Mikael Bellman debajo de las uñas de Gusto.

¡Mierda, mierda!

Harry entró en el avión, encontró su asiento y se hundió en aquella piel mullida. Dios mío, qué blando. Apretó un botón y el asiento se inclinó hacia atrás, más y más, hasta que alcanzó la posición horizontal. Volvió a cerrar los ojos, quería dormir. Dormir. Hasta el día en que despertara y fuera otra persona que se encontraba en otro lugar. Buscaba la voz de Rakel, pero encontró otra:

Yo tengo un alzacuello falso, tú una estrella de sheriff falsa. ¿Hasta qué punto es inquebrantable tu evangelio?

La sangre de Bellman.

...en Østfold, es imposible que le diera tiempo de...

Todo encaja.

Harry notó una mano en el brazo y abrió los ojos.

Una azafata con los pómulos altos típicos de las tailandesas lo miraba sonriente:

—Disculpe, señor, pero debe poner el asiento en posición vertical antes de despegar.

Posición vertical.

Harry suspiró y puso las piernas fuera del asiento. Sacó el móvil. Miró la última llamada.

—Señor, tiene que apagar...

Harry levantó la mano y pulsó el botón de rellamada.

—¿No habíamos quedado en no volver a hablar nunca más? —contestó Klaus Torkildsen.

—En Østfold, pero ¿dónde exactamente?

—¿Perdona?

—Bellman. ¿En qué parte de Østfold estaba Bellman cuando asesinaron a Gusto?

—En Rygge, cerca de Moss.

Harry se metió el móvil en el bolsillo y se levantó.

—Señor, la señal del cinturón de seguridad...

—Lo siento —dijo Harry—. Me he equivocado de vuelo.

—No, señor. Hemos comprobado los números de los pasajeros y...

Harry se fue hacia la cola del avión. Oyó los pasos de la azafata a su espalda.

—Señor, ya hemos cerrado...

—Pues abran.

Llegó un auxiliar de vuelo.

—Señor, me temo que el reglamento no nos permite...

—Me he quedado sin pastillas —dijo Harry rebuscando en el bolsillo de la chaqueta. Encontró el bote vacío con la etiqueta de Zestril y se lo plantó al auxiliar delante de la cara–. Soy míster Nybakk, ¿ve? ¿Quiere que haya a bordo un episodio de infarto de miocardio mientras sobrevolamos…, qué sé yo, Afganistán, por ejemplo?

Eran más de las once y el tren del aeropuerto que se dirigía a Oslo iba casi vacío. Harry miraba ausente las noticias en la pantalla que colgaba del techo en la parte delantera del tren. Tenía un plan, un plan para una nueva vida. Ahora disponía de veinte minutos para inventarse otro. Era una estupidez. En aquellos momentos podría estar en un avión con destino a Bangkok. Pero ese era el problema, no podía estar en un avión con destino a Bangkok en aquellos momentos. Lisa y llanamente, no tenía esa capacidad, era un defecto, una deficiencia, su pie zambo era que nunca había sido capaz de mandarlo todo a la mierda, olvidarlo todo y largarse. Podía beber, pero luego estaba sobrio. Podía irse a Hong Kong, pero volvía. Sin duda era un ser humano muy herido. Y ya empezaba a pasarse el efecto de las pastillas de Martine, necesitaba más, se mareaba de dolor.

Harry tenía la mirada fija en los titulares sobre cifras trimestrales y resultados deportivos cuando se dio cuenta. ¿No sería exactamente eso lo que estaba haciendo ahora? Escapar. Ser un cobarde.

No. Esta vez era diferente. Cambió la fecha del billete para el día siguiente por la noche, en el mismo vuelo que Rakel. Hasta había reservado el asiento contiguo en business para ella pagando la diferencia de su billete. Sopesó si avisarle de lo que estaba haciendo, pero sabía lo que pensaría. Que no había cambiado. Que lo seguía impulsando la misma locura. Que las cosas no cambiarían nunca. Pero cuando estuvieran juntos en el avión y la aceleración los empujara hacia atrás en el asiento y notaran el ascenso, la liviandad, lo inevitable, ella sabría finalmente que lo de antes quedaba atrás, debajo de ellos, que entonces empezaba su viaje.

Cerró los ojos y murmuró el número de vuelo dos veces.

Harry fue caminando desde el tren, cruzó el puente peatonal hasta la Ópera y siguió por el mármol italiano hacia la entrada principal. A través del cristal podía ver gente vestida de fiesta conversando y tomando canapés con la copa en la mano detrás de los cordones del suntuoso vestíbulo.

Fuera, en la entrada, había un hombre de traje, con un pinganillo en la oreja y las manos juntas cubriéndose la entrepierna, como los futbolistas de la barrera en una falta. Ancho de hombros, aunque no carne de gimnasio. Con la mirada bien entrenada que hacía rato que se había fijado en Harry y que ahora inspeccionaba si algo de lo que había a su alrededor pudiera tener algún significado. Lo cual solo podía significar que era un policía secreto del PTS, el servicio de inteligencia noruego, y que a la fiesta asistía el alcalde o alguien del gobierno. El hombre dio unos pasos hacia Harry.

—Lo siento, fiesta privada del estreno… —empezó, pero se calló cuando vio la tarjeta de identificación de Harry.

—No tiene nada que ver con tu alcalde, colega —dijo Harry—. Solo tengo que darle un recado a una persona sobre un asunto oficial.

El hombre asintió, dijo algo al micrófono que llevaba en la solapa y dejó pasar a Harry.

El vestíbulo era un iglú enorme y Harry no tardó en comprobar que lo poblaban muchas caras que reconocía a pesar de su largo exilio: los presumidos de la prensa, las cabezas parlantes de la pantalla de televisión, los artistas del entretenimiento, del deporte y de la política, además de las eminencias más o menos grises de la cultura. Y Harry entendió lo que Isabelle Skøyen había querido decir al asegurar que, cuando se ponía tacones, le costaba encontrar una pareja lo bastante alta. Sobresalía tanto de la mayoría que se la localizaba enseguida.

Harry pasó por encima del cordón y se abrió camino repitiendo «perdón» una y otra vez mientras oía a su alrededor el chapoteo del vino blanco.

Isabelle hablaba con un hombre que era media cabeza más bajo que ella, pero la expresión entusiasta e insinuante con que lo escuchaba le hizo suponer que el tipo sería varias cabezas más alto que ella en lo que a poder y posición se refería. Acababa de entrar en un radio de tres metros cuando de repente un hombre se le plantó delante.

—Soy el agente de policía que acaba de hablar con tu colega de ahí fuera —dijo Harry—. Voy a hablar con ella.

—Adelante —dijo el agente, y Harry creyó detectar cierto texto subliminal.

Dio los últimos pasos.

—Hola, Isabelle —dijo, y vio la sorpresa reflejada en su cara—. Espero no interrumpir... ¿tu carrera?

—Comisario Harry Hole —contestó ella con un risa que retumbó en el local, como si le hubiera contado un chiste de toda la vida.

El hombre que tenía a su lado le dio rápidamente la mano y se presentó —algo superfluo— diciendo su nombre. Una larga carrera en el último piso del Ayuntamiento le habría enseñado sin duda que ser campechano es algo que se recompensa el día de las elecciones.

—¿Te ha gustado la función, comisario?

—Sí y no —dijo Harry—. Más que nada estoy contento de que haya terminado, y ya iba camino de mi casa cuando comprendí que había un par de cosas que no había puesto en orden.

—¿Como qué?

—Bueno. Dado que Don Giovanni es un ladrón y un golfo, se considera justo que reciba un castigo en el último acto. Creo que ya he entendido quién es esa estatua que se le aparece y se lo lleva al infierno. Pero lo que yo me pregunto es quién le contó que encontraría a Don Giovanni justamente allí y en ese momento. ¿Puedes contestarme a eso...? —Harry se dio la vuelta—. ¿Isabelle?

Isabelle sonrió sin ganas.

—Si tienes una teoría conspiratoria siempre será interesante oírla. Pero otro día, ahora mismo estoy hablando con...

—Es que necesito hablar con ella, de verdad —dijo Harry dirigiéndose al acompañante—. Si usted lo permite, por supuesto.

Harry vio que Isabelle iba a protestar, pero el acompañante se le adelantó.

—Por supuesto —Sonrió, inclinó la cabeza y se dirigió a una pareja mayor que se había puesto en cola para que le concedieran audiencia.

Harry cogió a Isabelle del brazo y se la llevó hacia el letrero de los servicios.

—Apestas —bufó cuando, sujetándola por los hombros, la apretó contra la pared junto a la entrada del servicio de caballeros.

—El traje ha estado en la basura un par de veces —dijo Harry, y vio que la gente los estaba mirando—. Escucha, podemos hacer esto en plan civilizado o en plan brutal. ¿En qué se basa tu colaboración con Mikael Bellman?

—¿Cómo? Vete a la mierda, Hole.

Harry le dio una patada a la puerta del servicio y la arrastró adentro.

Un hombre de esmoquin que estaba delante del lavabo los miró por el espejo con los ojos como platos mientras Harry empujaba a Isabelle Skøyen hacia la puerta de uno de los cubículos y le clavaba el antebrazo en el cuello.

—Bellman estaba contigo cuando asesinaron a Gusto —siseó Harry—. Gusto tenía sangre de Bellman bajo las uñas. El quemador de Dubái es el colaborador más cercano y amigo de confianza de Bellman, su amigo de la infancia. Si no hablas ahora, llamaré esta misma noche a mi contacto del *Aftenposten* y saldrá en la prensa mañana. Y, acto seguido, todo lo que tengo irá a parar a la mesa del fiscal. ¿Así que qué dices?

—Perdón. —Era el hombre del esmoquin. Se había acercado, pero seguía manteniéndose a una distancia prudencial—. ¿Necesitas ayuda?

—¡Lárgate de una puñetera vez!

El hombre parecía consternado, puede que tanto por las palabras en sí como por el hecho de que fuera Isabelle Skøyen quien las había pronunciado, y se fue.

—Follamos —dijo Isabelle, medio ahogada.

Harry la soltó, y le notó por el aliento que había bebido champán.

—¿Tú y Bellman folláis?

—Sé que está casado, y follamos, sí, eso es todo —dijo, y se frotó el cuello—. Gusto apareció y arañó a Bellman cuando quiso echarlo. Si quieres contarle a la prensa que hemos follado, adelante. Supongo que nunca te has follado a una mujer casada. O que no te merece ningún tipo de consideración lo que los titulares puedan hacerles a la mujer y a los hijos de Bellman.

—¿Y cómo os conocisteis Bellman y tú? ¿Estás intentando decirme que este triángulo entre Gusto y vosotros dos es totalmente fortuito?

—¿Cómo crees que se conocen las personas que van a ocupar puestos de poder, Harry? Mira a tu alrededor. Fíjate en quién ha acudido a esta fiesta. Todo el mundo sabe que Bellman va a ser el nuevo jefe de la policía de Oslo.

—¿Y que tú vas a ocupar una de las sillas del gobierno municipal del Ayuntamiento?

—Nos conocimos en una inauguración, un estreno, un *vernissage*, ya ni me acuerdo. Así son las cosas. Puedes llamar y preguntarle a Mikael cuándo fue. Pero no esta noche, a lo mejor están celebrando una velada familiar. Bueno, así son las cosas.

Así son las cosas. Harry la miró.

—¿Y qué me dices de Truls Berntsen?

—¿Quién?

—Es vuestro quemador, ¿verdad? ¿Quién lo mandó al Leon para que se ocupara de mí? ¿Fuiste tú? ¿O fue Dubái?

—¿De qué narices estás hablando?

Harry lo vio. Realmente, no sabía quién era Truls Berntsen.

Isabelle Skøyen se echó a reír.

—Harry, no pongas esa cara de pena.

Podría haber estado en un avión con destino a Bangkok. A una nueva vida.

Se fue hacia la puerta.

—Harry, espera.

Se volvió. Estaba apoyada en la puerta del baño y se había subido el vestido. Tanto que creyó ver el liguero donde terminaban las medias. Un mechón rubio le caía en la frente.

—Ya que tenemos los servicios para nosotros solos…

Harry la miró a los ojos. Tenía la voz tomada. No por el alcohol, no porque estuviera cachonda, era otra cosa. ¿Estaba llorando? ¿Aquella Isabelle Skøyen dura y solitaria y que se despreciaba a sí misma? ¿Y qué? Solo era otro ser humano amargado dispuesto a arruinar la vida de los demás para conseguir aquello que consideraba que le correspondía por derecho de nacimiento: que lo quisieran.

La puerta siguió batiendo después de que Harry se marchara, golpeando los listones de goma cada vez más rápido, como la aceleración de un último aplauso.

Harry volvió a Oslo S por el puente peatonal y bajó las escaleras hacia Plata. Al otro lado había una farmacia abierta las veinticuatro horas, pero siempre tenía una cola muy larga y sabía que las pastillas sin receta no tenían músculo suficiente para aliviarle el dolor. Continuó pasado el Heroinparken. Había empezado a llover y las luces de la calle arrancaban un brillo suave a las vías mojadas del tranvía que subía por la calle Prinsen. Sopesó el asunto mientras caminaba. La escopeta de Nybakk en Oppsal era lo más fácil de conseguir. Además, le ofrecía más margen de maniobra. Para poder sacar el rifle de detrás del armario de la habitación 301 tendría que entrar en el Leon sin ser visto y ni siquiera podía estar seguro de que no lo hubieran encontrado ya. Pero un rifle era más definitivo.

La cerradura de la verja que daba al patio interior del Leon estaba rota. Forzada recientemente. Harry supuso que así habían entrado los dos trajeados la noche que le hicieron la visita.

Entró y también la cerradura de la puerta trasera estaba rota.

Harry subió la estrecha escalera que servía de salida de emergencia. No se veía a nadie en el pasillo del tercer piso. Harry llamó a la puerta de la 310 para preguntarle a Cato si había estado allí la policía. O quizá otros. Qué habían hecho. Qué habían preguntado. Y qué les había contado. Pero no abrió nadie. Pegó la oreja a la puerta. Silencio.

No habían intentado reparar la puerta de su habitación, así que en realidad la llave sobraba. Metió la mano por dentro y abrió la cerradura. Se dio cuenta de que el cemento desnudo había absorbido la sangre allí donde él había arrancado el marco.

Tampoco habían arreglado la ventana rota.

Harry no encendió la luz, simplemente entró, metió la mano detrás del armario y comprobó que no habían encontrado el rifle. Lo mismo pasaba con la caja de cartuchos, aún seguía en el cajón de la mesita de noche, al lado de la Biblia. Y Harry se dio cuenta de que la policía no había estado allí, que el Leon, sus habitantes y vecinos no habían visto ninguna razón para involucrar a la ley por unas pocas perdigonadas, por lo menos mientras no hubiera ningún cadáver. Abrió el armario. Incluso su ropa y la bolsa seguían allí, como si nada hubiese ocurrido.

Vio a la mujer de la habitación de enfrente.

Estaba sentada en una silla delante de un espejo con la espalda desnuda vuelta hacia él. Parecía que se estuviera peinando. Llevaba un vestido que parecía extrañamente anticuado. No viejo, solo anticuado, como un traje recién hecho de otros tiempos. Sin saber por qué, Harry gritó desde la ventana rota. Un grito breve. La mujer no reaccionó.

De nuevo en la calle comprendió que no lo conseguiría. El cuello le ardía tanto que los poros bombeaban sudor continuamente. Estaba empapado y notaba los primeros escalofríos.

En el bar habían cambiado de canción. Desde la puerta abierta sonaba «And it Stoned Me» de Van Morrison.

Analgésico.

Dio unos pasos hacia la calle, oyó unos timbrazos penetrantes y desesperados y al instante le llenó el campo de visión una pared de color azul blanquecino. Se quedó inmóvil en medio de la calle unos cuatro segundos. Pasó el tranvía y allí estaba, otra vez, la puerta abierta del bar.

El camarero dio un respingo cuando levantó la vista del periódico y vio a Harry.

—Jim Beam —dijo Harry.

El hombre parpadeó dos veces sin moverse. El periódico se le cayó al suelo.

Harry sacó los euros de la cartera y los dejó en la barra.

—Dame la botella.

El camarero estaba boquiabierto. Encima de la T del tatuaje de EAT se veía un michelín de grasa.

—Ya —dijo Harry—. Y me largo.

El camarero echó una ojeada rápida a los billetes. Y luego otra vez a Harry. Bajó la botella de Jim Beam sin perderlo de vista. Harry suspiró al ver que la botella tenía menos de la mitad del contenido. Se la guardó en el bolsillo del abrigo, miró a su alrededor, trató de decir algo memorable antes de salir, desistió, inclinó la cabeza a modo de saludo y se fue.

Se paró en la esquina de las calles Prinsen y Dronningen. Primero llamó al número de información telefónica. Luego abrió la botella. El olor a bourbon hizo que se le encogiera el estómago. Pero sabía que no sería capaz de hacer lo que tenía que hacer sin anestesia. Habían pasado tres años desde la última vez. Quizá las cosas hubieran mejorado. Se llevó la botella a la boca. Echó la cabeza hacia atrás y levantó la botella. Tres años de abstinencia. El veneno le entró en el organismo como una bomba de napalm. No había mejorado, era peor que nunca.

Harry se inclinó hacia delante, estiró una mano y se apoyó en la pared con las piernas separadas, para que no le cayera todo en los pantalones o en los zapatos.

Oyó el sonido de unos tacones repiqueteando en el asfalto a su espalda.

—*Hey, mister. Me beautiful?*

—*Sure* —le dio tiempo a decir, antes de que se le inundara la garganta.

El chorro amarillo llegó a la acera con una fuerza y dispersión impresionantes, y oyó cómo los tacones desaparecían a toda prisa. Se pasó el dorso de la mano por la boca y lo volvió a intentar. La cabeza hacia atrás. Una mezcla de whisky y bilis que bajaba. Y volvía a subir.

La tercera vez se quedó dentro. Por los pelos.

La cuarta fue como una seda.

La quinta, el cielo.

Harry cogió un taxi y le dio al taxista la dirección.

Truls Berntsen caminaba deprisa en la oscuridad. Cruzó el aparcamiento que había delante del bloque en cuyos hogares seguros y buenos se veían luces, y donde habrían servido algún tentempié, la cafetera, quizá incluso alguna cerveza, y habrían encendido la tele, ahora que habían acabado las noticias y ponían cosas más agradables. Truls había llamado a la Comisaría General para decir que estaba enfermo. No le preguntaron qué le pasaba, solo si iba a estar enfermo los tres días de carencia en los que no es necesario presentar la baja médica. Truls contestó que cómo coño podía saber nadie si iba a estar enfermo exactamente tres días. Puñetero país de gandules, puñeteros políticos hipócritas que insistían en que la gente en realidad quiere trabajar si puede. Los noruegos votaron al Partido de los Trabajadores porque convirtió el hecho de ser un gandul en un derecho del ser humano, y ¿quién puñetas no votaría a un partido que ofrece tres días de ausencia laboral sin baja médica, carta blanca para quedarse en casa haciéndose una paja o para ir a esquiar o recuperarse de una resaca? Naturalmente, el Partido de los Trabajadores sabía qué clase de bicoca era aquello, pero aun así intentaron dar la imagen de responsables, se llenaron la boca con aquello de «confiar en la mayoría de la gente», presentaron el derecho de fingirse enfermo como una especie de reforma social. Por eso el Partido del Progreso era casi más honrado, por comprar los votos con una bajada de impuestos sin apenas molestarse en ocultarlo.

Llevaba pensando en esto todo el día, mientras repasaba sus armas, las cargaba, las examinaba, comprobaba que la puerta seguía cerrada, vigilaba todos los coches que entraban en el aparcamiento a través de la mira del Märklin, el rifle de gran calibre de aquel atentado de hacía más de diez años y que el responsable de las armas incautadas, el de la sección K1 de la Comisaría General, pensaría que seguía a buen recaudo. Truls sabía que antes o después tendría que salir a comprar comida, pero esperó hasta que se hiciera de noche y hubiera poca gente en la calle. Cuando eran cerca de las once, la hora de cierre del supermercado, cogió su Steyr, salió con cautela y entró en el Rimi. Recorrió las estanterías con un ojo en los alimentos y el otro en los pocos clientes que quedaban allí. Compró hamburguesas Fjordland para una semana. Hamburguesas, unas bolsitas transparentes de patatas ya peladas, puré de guisantes y salsa. Solo había que echarlo en una cacerola con agua hirviendo durante dos minutos, cortar las bolsas y ponerlo en el plato con un sonido como un borboteo y, si cerrabas los ojos, hasta recordaba a comida de verdad.

Truls Berntsen llegó a la entrada del bloque, metió la llave en la cerradura y oyó unos pasos rápidos a su espalda en la oscuridad. Se dio la vuelta desesperado y con la mano en la empuñadura de la pistola dentro de la chaqueta, cuando vio la cara asustada de Vigdis A.

—¿Te… te he asustado? —tartamudeó la mujer.

—No —dijo Truls secamente y entró para sujetarle la puerta, aunque enseguida oyó que ella había conseguido meter dentro todos sus kilos antes de que se cerrara.

Pulsó el botón del ascensor. ¿Asustado? Sí, coño, claro que estaba asustado. Tenía a unos cosacos siberianos pisándole los talones, ¿cómo podía no tener miedo?

Vigdis A. jadeaba detrás de él. Tenía tanto sobrepeso como la mayoría. No es que él dijera que «no, gracias», pero por qué no había nadie que lo soltara directamente, que las mujeres noruegas se habían vuelto tan gordas que no solo iban a morirse de la tira de enfermedades, sino que iban a poner fin a la reproducción de la raza, a provocar la despoblación del país. Porque al final no habría ningún hombre dispuesto a vadear tanta gordura. A menos que fuera la suya, claro.

El ascensor llegó, y entraron y el cable emitió un chirrido lastimero.

Había leído que los hombres habían aumentado de peso tanto como las mujeres, pero no se notaba de la misma manera. Tenían el culo más pequeño y lo que pasaba es que parecían más grandes y más fuertes. Como en su caso, joder. Él tenía mejor pinta ahora que hacía diez años. Pero las mujeres adquieren esa grasa pastosa y temblona que le daba ganas de darles una patada, solo para ver cómo le desaparecía el pie entre aquella blandura. Todo el mundo sabía que la grasa era el nuevo cáncer, a pesar de eso criticaban la histeria por adelgazar y aclamaban el «auténtico cuerpo femenino». Como si un cuerpo sobrealimentado y sin entrenar fuera una especie de ideal eterno. Debes estar contento con el cuerpo que tienes, coño. Mejor cien que se mueran de enfermedades cardiovasculares que una de trastornos alimentarios. Y ahora hasta Martine tenía esa pinta. Vale, estaba embarazada, lo sabía, pero no podía dejar de pensar que se había vuelto una de ellas.

—Parece que tienes frío —dijo Vigdis A., y sonrió.

Truls no sabía lo que significaba la A, pero eso era lo que ponía en su timbre, Vigdis A. Le entraron ganas de darle una hostia, un gancho de derecha, con todas sus fuerzas, no tendría que preocuparse por los nudillos con esas mejillas de bollo. O follársela. O ambas cosas.

Truls sabía por qué estaba tan cabreado. Era el puto teléfono móvil.

Cuando finalmente habían conseguido que la central de operaciones de Telenor rastreara el móvil de Harry, habían visto que se encontraba en el centro de la ciudad, alrededor de Oslo S. No existía ningún otro lugar en Oslo donde hubiera tanta gente a todas horas. Así que una docena de policías rastrearon la muchedumbre a la caza de Hole. Estuvieron buscando durante horas. Nada. De modo que al final uno de los novatos tuvo la banal idea de que debían sincronizar los relojes y dispersarse por la zona, y luego uno de ellos debía llamar a su número exactamente una vez cada cuarto de hora. Y si alguien oía un móvil justo en ese momento o veía que alguien sacaba un móvil, no tenía más que reaccionar. Tenía que estar allí, en algún sitio. Dicho y hecho. Y encontraron el móvil.

En el bolsillo de un colgado medio dormido en la escalera de la plaza de Jernbanetorget. Dijo que un tío se lo había «regalado» en Fyrlyset.

El ascensor se paró.

—Buenas noches —murmuró Truls, y salió.

Oyó la puerta cerrarse a su espalda y que el ascensor se volvía a poner en marcha.

Hamburguesas y un DVD. Primero puede que *A todo gas*. Una película malísima, por supuesto, pero tenía algunas escenas que no estaban mal. O *Transformer*, Megan Fox y una buena paja de las largas.

La oyó respirar. Había salido del ascensor con él. Puta. O sea que Truls Berntsen iba a follar esta noche. Sonrió y volvió la cabeza, pero se golpeó con algo. Algo duro. Y frío. Truls Berntsen tenía los ojos como platos. Una escopeta.

—Sí, gracias —dijo una voz conocida—. Entraré con mucho gusto.

Truls Berntsen estaba sentado en el sillón con el cañón de su propia pistola entre los ojos.

Lo había encontrado. Y viceversa.

—No podemos seguir así —dijo Harry Hole.

Se había puesto el cigarro en la comisura del labio para que no le llegara el humo a los ojos.

Truls no contestó.

—¿Sabes por qué prefiero usar tu pistola? —dijo, y acarició el rifle de caza que se había dejado en las rodillas.

Truls seguía sin decir nada.

—Porque prefiero que las balas que encuentren puedan rastrearse hasta tu arma.

Truls se encogió de hombros.

Harry Hole se inclinó hacia delante y Truls lo notó, el aliento a alcohol. Joder, el tío estaba borracho. Había oído historias sobre lo que este hombre había hecho estando sobrio y ahora había bebido.

—Eres un quemador, Truls Berntsen. Y aquí está la prueba.

Le enseñó una tarjeta de identificación que sacó de la cartera que le había quitado al mismo tiempo que la pistola.

—¿Thomas Lunder? ¿No es ese el hombre que recogió la droga en Gardermoen?

—¿Qué quieres? —dijo Truls; cerró los ojos y se echó hacia atrás en el sillón. Hamburguesas y un DVD.

—Quiero saber cuál es la relación entre Dubái, Isabelle Skøyen, Bellman y tú.

Truls se sobresaltó. ¿Mikael? ¿Qué coño tenía que ver Mikael con esto? E Isabelle Skøyen, ¿no era esa tía de la política?

—No tengo ni idea…

Vio cómo se levantaba el percutor de la pistola.

—¡Cuidado, Hole! El gatillo es más corto de lo que crees, el…

El percutor se levantó un poco más.

—¡Espera! ¡Joder, espera! —Truls Berntsen se pasó la lengua por la boca en busca de un poco de saliva lubricante—. No sé nada de Bellman o Skøyen, pero Dubái…

—Date prisa.

—Puedo hablarte de él…

—¿Qué puedes contarme?

Truls Berntsen tomó aire y aguantó la respiración. Luego lo soltó con un suspiro.

—Todo.

39

Tres ojos miraban fijamente a Truls Berntsen. Dos tenían el iris azul empañado de alcohol. Y el tercero era negro y redondo como la boca de su Steyr. El hombre que sostenía la pistola estaba más tumbado que sentado en el sillón, con aquellas piernas tan largas estiradas sobre la alfombra. Y dijo con voz ronca:

—Habla, Berntsen. Háblame de Dubái.

Truls carraspeó dos veces. Mierda con la sequedad de garganta.

—Una noche llamaron al portero automático. Respondí y una voz dijo en el auricular del telefonillo que quería hablar conmigo. Al principio no quise dejarlo entrar, pero mencionó un nombre y... bueno...

Truls Berntsen se frotaba la mandíbula con los dedos pulgar y corazón.

Harry esperaba.

—Era un asunto desagradable que no creía que nadie conociera.

—¿Como qué?

—Un detenido. Tenía que aprender modales. No pensaba que nadie supiera que fui yo quien se los... enseñó.

—¿Lesiones graves?

—Los padres querían denunciar, pero el chico no pudo señalarme a mí en la rueda de reconocimiento. Parece que le dañé el nervio óptico. Suerte en la adversidad, ¿no? —Truls soltó ese gruñido nervioso tan suyo a modo de risa, pero cerró la boca rápidamente—. Y allí estaba ese hombre, delante de la puerta, y lo sabía. Dijo que yo tenía cierto talento para volar por debajo del radar y que estaba dispuesto a pagar mucho por alguien como yo. Hablaba noruego en plan pijo, ya sabes. Pero con algo de acento. Lo dejé entrar.

—¿Estuviste con Dubái en persona?

—Solo esa vez. Después de eso solo lo he visto un momento un par de veces. En cualquier caso, vino solo. Un hombre mayor con un traje elegante pero anticuado. Chaleco. Sombrero y guantes. Me contó lo que quería que hiciera. Y lo que me quería pagar. Era un tipo muy prudente. Dijo que no volveríamos a tener contacto directo después de esa reunión, nada de llamadas telefónicas, nada de correos, nada que se pudiera rastrear. Y a mí me pareció bien.

—¿Cómo acordabais los encargos?

—Me los dejaba por escrito escondidos en una lápida cuya localización me facilitó.

—¿Dónde está?

—En el cementerio de Gamlebyen. Ahí recibía el dinero también.

—Háblame de Dubái. ¿Quién es?

Truls Berntsen guardaba silencio con la vista al frente. Trataba de hacer sus cálculos. De hacerse una idea de las consecuencias.

—¿A qué estas esperando, Berntsen? Has dicho que podías contármelo todo sobre Dubái.

—¿Te das cuenta de lo que arriesgo si...?

—La última vez que te vi, dos de los tíos de Dubái intentaron hacerte un agujero. Así que, aunque no te estuviera apuntando con esta pistola, Berntsen, ya estás en la picota. Desembucha. ¿Quién es?

Harry Hole lo miraba fijamente. A Truls le dio la impresión de que lo estuviera atravesando con la mirada. El percutor de la pistola volvía a moverse y simplificó los cálculos.

—Vale, vale —dijo Berntsen levantando las manos—. No se llama Dubái. Lo llaman así porque sus camellos llevan unas camisetas de fútbol que tienen publicidad de una compañía aérea que vuela a los países de allí abajo. Arabia.

—Tienes diez segundos para contarme algo que no haya averiguado yo solito.

—¡Espera, espera, ya voy! Se llama Rudolf Asáiev. Es ruso, los padres eran intelectuales disidentes y refugiados políticos, por lo menos es lo que dijo durante el juicio. Ha vivido en muchos países y parece que habla algo así como siete idiomas. Llegó a Noruega en los setenta y se puede decir que fue pionero en el tráfico de hachís. Supo mantenerse en la sombra, pero uno de los suyos lo delató en 1980. Era cuando la condena por venta y tráfico de hachís era casi la misma que por traición a la patria. Así que se pasó bastante tiempo encerrado. Cuando salió, se mudó a Suecia y se pasó a la heroína.

—Más o menos la misma condena que por el hachís, pero con mayores beneficios.

—Seguramente. Organizó una banda en Gotemburgo, pero tras el asesinato de un policía tuvo que esconderse. Llegó a Oslo hace dos años.

—¿Y todo esto te lo contó él?

—No, no, lo he averiguado por mi cuenta.

—¿Ah, sí? ¿Cómo? Creía que ese tío era un fantasma del que nadie sabía nada.

Truls Berntsen se miró las manos. Y volvió a levantar la vista hacia Harry Hole. Casi le dieron ganas de sonreír, porque llevaba tiempo queriendo contárselo a alguien, pero no había tenido a quién. Cómo había engañado al mismísimo Dubái. Truls se pasó rápidamente la lengua por los labios.

—Mientras estaba en la silla en la que ahora te encuentras tú, apoyaba los brazos en el reposabrazos.

—¿Y?

—Pues que se le subió la manga de la camisa y se le abrió un poco entre el guante y la manga de la chaqueta. Tenía unas cicatrices blancas. Ya sabes, las que te quedan cuando te quitas un tatuaje. Y cuando le vi el tatuaje de la muñeca, pensé…

—Cárcel. Llevaba guantes para no dejar huellas dactilares que se pudieran cotejar después con el registro.

Truls asintió con la cabeza. Hole era bastante rápido, había que reconocerlo.

—Exactamente. Pero después de que yo aceptara las condiciones, parecía un poco más relajado. Y cuando le tendí la mano para sellar el acuerdo, se quitó uno de los guantes. Pude sacar un par de buenas huellas del dorso después. El ordenador encontró la correspondencia.

—Rudolf Asáiev. Dubái. ¿Cómo consiguió mantener su identidad oculta tanto tiempo?

Truls Berntsen se encogió de hombros.

—Lo vemos en Crimen Organizado todo el tiempo, hay una cosa que distingue a los cabecillas a los que nunca pillamos de los que sí caen. Poca organización. Pocos eslabones. Pocas personas de confianza. A los reyes de la droga que creen que lo más seguro es tener un ejército a su alrededor siempre los cogen. Siempre hay un delator, uno que quiere tomar las riendas o cantar a cambio de una reducción de condena.

—¿Has dicho que puede que lo vieras otra vez?

Truls Berntsen asintió con la cabeza.

—En Fyrlyset. Creo que era él. Él me vio, se dio la vuelta en la puerta y se fue.

—¿Así que es verdad ese rumor de que va dando vueltas por la ciudad como un fantasma?

—¿Quién sabe?

—¿Qué hacías en Fyrlyset?

—¿Yo?

—Los agentes de policía no tienen permiso para trabajar allí dentro.

—Conocía a una chica que trabajaba allí.

—Ya. Martine.

—¿La conoces?

—Ibas allí a verla.

Truls notó que la sangre se le subía a la cara.

—Yo…

—Tranquilo, Berntsen. Acabas de absolverte tú solito.

—¿Qu-qué?

—Eres el acosador, del que Martine sospechaba que era un policía. Estabas en Fyrlyset cuando asesinaron a Gusto, ¿verdad?

—¿El acosador?

—Olvídalo y contesta.

—Joder, no creerías que yo... ¿Por qué iba yo a matar a Gusto Hanssen?

—Podía ser un encargo de Asáiev —dijo Hole—. Pero tenías también una buena razón personal. Gusto te vio asesinar a un hombre en Alnabru. Con un taladro.

Truls Berntsen sopesó lo que decía Hole. Lo sopesó de la forma en que un policía que convive todo el tiempo con la mentira, todos los días y a todas horas, tiene que distinguir entre un farol y la verdad.

—Tu asesinato también te dio un motivo para asesinar a Oleg Fauke, que también era testigo. El interno que intentó apuñalar a Oleg...

—¡No trabajaba para mí! Tienes que creerme, Hole, yo no tuve nada que ver con eso. Yo solo he quemado pruebas, no he matado a nadie. Lo de Alnabru fue un accidente.

Hole ladeó la cabeza.

—Y cuando viniste al Leon, ¿no era para matarme?

Truls tragó saliva. Hole podía llegar a matarlo, claro que podía. Meterle una bala en la sien, limpiar las huellas dactilares y dejarle la pistola en la mano. Ninguna señal de allanamiento, Vigdis A. podía contar que había visto a Truls llegar a su casa solo, que parecía tener frío. Solo. Se había dado de baja por enfermedad en el trabajo. Deprimido.

—¿Quiénes eran los otros dos que aparecieron? ¿Los hombres de Rudolf?

Truls asintió con la cabeza.

—Se escaparon, pero a uno de ellos conseguí meterle una bala.

—¿Qué pasó?

Truls se encogió de hombros.

—Supongo que sé demasiado. —Intentó reírse, pero sonaba a tos seca.

Estaban sentados tranquilamente, mirándose.

—¿Qué has pensado hacer? —preguntó Truls.

—Capturarlo —dijo Hole.

Capturarlo. Hacía mucho que Truls no oía a nadie utilizar esa palabra.

—¿Así que, según tú, tiene poca gente a su alrededor?

—Como máximo tres o cuatro —dijo Truls—. Puede que solo dos.

—Ya. ¿Qué otro tipo de trastos tienes?

—¿Trastos?

—Aparte de esto. —Hole señaló con la cabeza la mesa del salón donde estaban dos de las pistolas y la metralleta MP-5, cargadas y listas—. Pienso esposarte y registrar el piso, así que igual puedes enseñármelo.

Truls Berntsen se lo pensó. Y le señaló el dormitorio.

Hole meneó la cabeza cuando Truls abrió el armario en el dormitorio y le dio a un interruptor: un tubo fluorescente arrojó una luz azul sobre el contenido. Seis pistolas, dos cuchillos grandes, una porra negra, un guante de lucha, una máscara de gas y un arma antidisturbios, un fusil corto y tosco con un cilindro en el medio y cartuchos grandes de gas lacrimógeno. Truls lo había sacado casi todo del almacén de la policía, donde contaban con que se produjeran ciertas pérdidas.

—Estás loco de remate, Berntsen.

—¿Por qué?

Hole señaló. Truls había puesto clavos en la pared trasera para colgar las armas y había dibujado las siluetas en la pared. Cada cosa tenía su sitio.

—¿Un chaleco antibalas en una percha? ¿Es para que no se arrugue?

Truls Berntsen no contestó.

—Vale —dijo Hole, y cogió el chaleco—. Dame el fusil antidisturbios, la máscara de gas y munición para la MP-5 que hay en el salón. Y una mochila.

Hole observaba mientras Truls llenaba la mochila. Volvieron al salón donde Harry cogió la MP-5.

Minutos después, estaban los dos en la puerta.

—Sé lo que estás pensando —dijo Harry—. Pero antes de que llames a alguien o de que intentes detenerme de otra forma, te conviene saber que todo lo que he averiguado sobre ti y sobre este asunto se encuentra en el despacho de un abogado. Tiene instrucciones precisas de lo que debe hacer si me pasara algo. ¿Entendido?

Mentira, pensó Truls, y asintió con la cabeza.

Hole se rió.

—Crees que miento, pero no puedes estar del todo seguro, ¿verdad?

Truls sintió que odiaba a Hole. Odiaba su sonrisa condescendiente e indolente.

—¿Y qué pasa si sobrevives, Hole?

—Entonces se acabarán tus problemas. Yo desaparezco, me iré a la otra punta del mundo. Y no volveré. Una última cosa… —Hole se abrochó el largo abrigo encima del chaleco antibalas—. Fuiste tú quien borró Blindernveien, 74 de la lista que Bellman y yo recibimos, ¿verdad?

Truls Berntsen iba a contestar que no automáticamente. Pero algo, una corazonada, un pensamiento a medio pensar, lo detuvo. La verdad era que nunca había descubierto dónde vivía Rudolf Asáiev.

—Sí —dijo Truls Berntsen mientras su cerebro se ocupaba de digerir la información. Intentaba analizar lo que implicaba.

La lista que Bellman y yo recibimos. Trató de sacar la conclusión. Pero no pensaba lo bastante rápido, nunca había sido su lado fuerte, necesitaba un poco más de tiempo.

—Sí —repitió, con la esperanza de que no se notara la sorpresa—. Claro que fui yo quien borró esa dirección.

—Dejo este rifle —dijo Harry, abrió la cámara y sacó los cartuchos—. Si no vuelvo, puedes entregarlo en el despacho de abogados Bach & Simonsen.

Harry cerró la puerta con un golpe y Truls oyó sus pasos largos en la escalera. Esperó hasta estar seguro de que no volvían. Y entonces reaccionó.

Hole no había descubierto el rifle Märklin que tenía apoyado en la pared detrás de la cortina del balcón. Truls cogió ese rifle grande y pesado. Abrió la puerta del balcón. Apoyó el cañón en la barandilla. Hacía frío y llovía ligeramente pero, lo más importante, casi no soplaba el viento.

Vio a Hole salir del bloque allá abajo, vio el abrigo aleteando mientras se acercaba al taxi que lo esperaba en el aparcamiento. Lo encontró a través de la mira, que era sensible a la luz. Óptica y arte armamentístico alemán. La imagen era borrosa, pero estaba enfocada. Podía darle a Hole desde allí sin problemas, la bala penetraría por la coronilla y lo atravesaría hasta la planta de los pies, o mejor todavía, saldría por donde tenía las cosas de procrear, al fin y al cabo, el arma estaba pensada para la caza de elefantes. Pero si esperaba hasta que Hole estuviera debajo de una de las farolas del aparcamiento, tendría un tiro más seguro todavía. Y sería muy práctico, a aquellas horas había poca gente en el aparcamiento y el camino para acarrear el cadáver hasta el coche sería más corto.

¿Darle instrucciones a un abogado? Ni de coña. Pero, naturalmente, tendría que plantearse si había que eliminarlo a él también, por si acaso. Hans Christian Simonsen.

Hole se estaba cubriendo. La nuca. O la cabeza. El chaleco antibalas era del tipo que cubría hasta arriba. Pesaba como una mierda. Apretó un poco el gatillo. Una vocecita apenas audible le decía que no lo hiciera. Que aquello era asesinato. Truls Berntsen nunca había matado a nadie. No directamente. Lo de Tord Schultz no lo había hecho él, sino esos perros de presa de Rudolf Asáiev. ¿Y Gusto? ¿Exacto, quién coño había acabado con Gusto? Él no, desde luego. Mikael Bellman. Isabelle Skøyen.

La vocecita enmudeció y la mira quedó como pegada al cogote de Hole. ¡Pumba! Ya se estaba imaginando la salpicadura. Apretó el gatillo un poco más. Dentro de dos segundos Hole entraría en el haz de luz. Pena que no pudiera grabarlo. En un DVD. Le habría ganado a Megan Fox con o sin hamburguesas Fjordland.

40

Truls Berntsen inspiró lenta y profundamente. Le había subido el pulso pero lo tenía todo bajo control.

Hole estaba a la luz. Y ocupaba toda la mira.

Realmente era una pena que no pudiera grabar…

Truls Berntsen dudó un instante.

La agilidad mental nunca había sido su fuerte.

No porque fuera tonto, solo que a veces la cosa iba un poco lenta.

Eso era lo que los separaba de niños a él y a Mikael. Mikael era el que pensaba y el que hablaba. El asunto era que, al final, Truls también llegaba. Como ahora. Como con eso de la dirección que faltaba en la lista. Y como la vocecita que le decía que no debía matar a Harry Hole. Ahora no. Eran simples matemáticas, habría dicho Mikael. Hole iba detrás de Rudolf Asáiev y de Truls, afortunadamente, en ese orden. Así que si Hole acababa con Asáiev, habría eliminado por lo menos uno de los problemas de Truls. Y lo mismo si Asáiev eliminaba a Hole. Por otro lado…

Harry Hole seguía estando bajo la luz.

A Truls no le temblaba el dedo. Era el segundo mejor tirador con rifle de Kripos, el mejor con pistola.

Vació los pulmones. Tenía el cuerpo totalmente relajado, sin sacudidas incontroladas. Volvió a coger aire.

Y bajó el fusil.

Harry veía ante sí la calle Blindernveien toda iluminada. Se extendía como una montaña rusa por un terreno escarpado de chalets antiguos, amplios jardines, edificios universitarios y parcelas de césped.

Esperó hasta ver desaparecer las luces del taxi y entonces echó a andar.

Eran las 12.56 y no se veía ni un alma. Le había dicho al taxista que parara delante del número 68.

El número 74 de la calle Blindernveien se encontraba detrás de una valla de tres metros de altura, a unos cincuenta metros de la calle. Al lado de la casa había un edificio cilíndrico de cemento de cuatro metros de altura y otros tantos de diámetro, como un depósito de agua. Harry no había visto nunca una torre como esa en Noruega, pero advirtió que la casa vecina tenía otra igual. Efectivamente, había un camino de gravilla hasta la escalera de aquel espléndido chalet de madera. La entrada principal estaba iluminada por una lámpara sencilla, colgada encima de una puerta de madera oscura que parecía sólida.

Había luz en dos de las ventanas de la planta baja y en una del primer piso.

Harry se colocó al otro lado de la calle, a la sombra de un roble. Se quitó la mochila y la abrió. Preparó el fusil antidisturbios y se puso la máscara de gas en la cabeza, de modo que solo tuviera que bajarla llegado el momento.

Esperaba que la lluvia le ayudara a llegar tan cerca como necesitaba. Se aseguró de que la metralleta corta MP-5 estuviera cargada y con el seguro quitado.

Había llegado la hora.

Pero la anestesia estaba a punto de acabarse.

Sacó la botella de Jim Beam, quitó el tapón. Quedaba una gota casi invisible en el fondo. Volvió a mirar el chalet. Otra vez la botella. Si esto salía bien, necesitaría un trago después. Puso el tapón y se metió la botella en el bolsillo interior, junto con un cargador de repuesto de la MP-5. Comprobó que respiraba adecuadamente, que el cerebro y los músculos recibían oxígeno. Miró el reloj. La una y un minuto. Dentro de veintitrés horas salía el avión. El avión en el que se irían él y Rakel.

Respiró hondo un par de veces más. Probablemente habría una alarma conectada desde la verja hasta la casa, pero iba demasiado cargado para poder abrir un agujero en la valla con rapidez y no le apetecía servir de blanco viviente como en el bulevar de Madserud.

Dos y medio, pensó Harry. Tres.

Fue hasta la verja, bajó el picaporte y la abrió. Cogió la escopeta antidisturbios en una mano y la MP-5 en la otra y echó a correr. No por el camino de gravilla, sino por el césped. En dirección a la ventana del salón. Como policía, había participado en suficientes detenciones relámpago para saber la sorprendente ventaja que daba el factor sorpresa. No solo la ventaja de ser el primero en disparar, sino además el shock que el ruido y las luces podían provocar en el adversario, paralizándolo por completo. Pero sabía más o menos cuánto podía durar el momento de sorpresa. Por eso empezó a contar para sus adentros. Quince segundos. Era el margen del que pensaba que disponía. Si no acababa con ellos en esos segundos, tendrían tiempo de reagruparse, organizarse y devolver el golpe. Ellos conocían la casa, él ni siquiera había visto los planos.

Catorce, trece.

Desde el momento en que disparó dos cartuchos de gas contra la ventana del salón, que explotó y se volvió un alud de color blanco, fue como si el tiempo se retrasara y se convirtiera en una película movida en la que notaba que él avanzaba, el cuerpo hacía lo que debía, mientras que el cerebro solo captaba fragmentos.

Doce.

Se bajó la máscara de gas, tiró la antidisturbios dentro del salón, barrió los trozos de vidrio más grandes del marco de la ventana con la MP-5, dejó la mochila encima del alféizar, apoyó las manos en ella y pudo levantar el pie y entrar en el momento en que el humo blanco venía rodando hacia él. El chaleco antibalas le dificultaba los movimientos, pero cuando entró fue como si estuviera volando dentro de una nube. El radio de visión reducido por la máscara de gas aumentaba la sensación de estar moviéndose en una película. Oyó disparos y se tiró al suelo.

Ocho.

Más disparos. El sonido seco del parquet al desgarrarse. No estaban paralizados. Esperó. Y lo oyó. Alguien tosía. No hay forma de contener la tos cuando el gas lacrimógeno te escuece en los ojos, la nariz, las mucosas, los pulmones.

Cinco.

Harry levantó la MP-5 y disparó hacia el sonido en el interior de aquella masa entre blanca y grisácea. Oyó pasos cortos. Pasos de alguien corriendo por la escalera.

Tres.

Harry se puso de pie y corrió detrás.

Dos.

Arriba, en el primer piso, no había humo. Si el fugitivo lograba escapar, las posibilidades de Harry se verían mermadas drásticamente.

Uno, cero.

Harry vislumbró el contorno del lateral de una escalera, vio la barandilla y, debajo, los barrotes. Metió la MP-5 entre los barrotes, la giró lateralmente y hacia arriba. Apretó el gatillo. El arma le vibraba en la mano, pero la sujetó con firmeza. Vació el cargador. Retiró la metralleta, soltó el cargador mientras se metía la otra mano en el bolsillo del abrigo para buscar el otro. Solo encontró la botella vacía. Había perdido el cargador de repuesto mientras estaba tumbado en el suelo de parquet. Los demás seguían en la mochila que había dejado en el alféizar.

Harry sabía que estaba muerto cuando oyó pasos en la escalera. Bajaban. Se acercaban despacio, casi vacilantes. Luego más rápido. Y al final, rapidísimo. Harry vio una figura salir de la niebla. Un fantasma que se tambaleaba con camisa blanca y traje negro. Se dio con la barandilla, se dobló por la mitad y se deslizó exánime hasta el último poste. Harry vio en la espalda del traje los agujeros deshilachados por donde habían entrado las balas. Se acercó al cadáver, lo agarró por el flequillo y le levantó la cabeza. Lo invadió una sensación de asfixia y tuvo que luchar contra el impulso de quitarse la máscara de gas.

En la trayectoria de salida, una bala le había arrancado media nariz. Aun así, Harry lo reconoció. El hombre menudo que había visto en el umbral de la puerta en el Leon. El hombre que le había disparado desde el coche en el bulevar de Madserud.

Harry aguzó el oído. Había un silencio absoluto, aparte del siseo de los cartuchos de gas de los que seguía saliendo humo blanco a toda velocidad. Retrocedió hasta la ventana del salón, encontró la mochila, metió un cargador nuevo y se guardó otro en el bolsillo del abrigo. Y hasta ese momento no notó cómo le corría el sudor por dentro del chaleco.

¿Dónde estaba el grandullón? ¿Y dónde estaba Dubái? Harry volvió a prestar atención. El siseo del gas. Pero ¿no había oído pasos en el suelo del piso de arriba?

A través del gas vislumbró otro salón y una puerta abierta que daba a la cocina. Solo una puerta cerrada. Se puso al lado de la puerta, la abrió, metió la escopeta antidisturbios y disparó dos cartuchos dentro. Cerró la puerta y esperó. Contó hasta diez. Abrió y entró.

Despejado. A través del humo divisó una estantería de libros, un sillón de piel negro y una chimenea grande. Encima de la chimenea había un cuadro de un hombre con el uniforme negro de la Gestapo. ¿Sería un antiguo chalet nazi? Harry sabía que Karl Marthinsen, nazi y jefe de las tropas de asalto noruego, vivía en un chalet confiscado en la calle Blindernveien antes de que terminase cosido a balazos delante del edificio de la escuela de ciencias experimentales.

Harry volvió sobre sus pasos, atravesó la cocina y siguió por la puerta del cuarto de servicio, típico de la época en que se había construido la casa, situado detrás de la cocina, y encontró lo que estaba buscando, la escalera trasera.

Normalmente, ese tipo de escaleras también hacían de escalera de incendios, pero estas no conducían a ninguna salida, al contrario, continuaban hacia el sótano; y la que antiguamente fue una puerta trasera ahora aparecía tapiada.

Harry comprobó que todavía le quedaba un cartucho de gas en el tambor y subió la escalera con pasos largos y silenciosos. Disparó el último cartucho en la entrada, contó hasta diez y siguió adelante. Fue empujando las puertas, el dolor volvió a atacar, pero consiguió concentrarse. Salvo la primera puerta, que estaba cerrada, las demás habitaciones estaban vacías. Dos de los dormitorios parecían en uso. La cama de una de las habitaciones no tenía sábanas y Harry pudo ver que el colchón era oscuro, como si estuviera empapado de sangre. En la mesita de noche había una Biblia grande y gruesa. Harry la miró. Letras cirílicas. Rusa ortodoxa. Al lado había un *ziuk* preparado. Un ladrillo rojo con seis clavos. Igual de grueso que la Biblia.

Harry volvió a la puerta cerrada. El sudor le había empañado la cara interna del cristal de la máscara. Apoyó la espalda en la pared contraria, levantó el pie y dio una patada a la cerradura. Se soltó a la cuarta patada. Se puso en cuclillas y descargó una salva dentro de la habitación, oyó cómo tintineaba el vidrio. Esperó a que el humo del pasillo penetrara en la habitación. Entró. Encontró el interruptor.

Era más amplia que las otras. La cama con dosel contra la pared más larga estaba sin hacer. En la mesita de noche brillaba una piedra azul en un anillo.

Harry metió el brazo debajo del edredón. Todavía estaba caliente.

Miró a su alrededor. Lógicamente, la persona que acababa de levantarse de la cama podía haber salido por la puerta y haberla cerrado con llave. Solo que la llave seguía puesta por dentro. Harry examinó la ventana, cerrada con llave. Miró el macizo armario ropero. Lo abrió.

A primera vista era un armario normal. Empujó la pared trasera. Se deslizó.

Una vía de escape. Meticulosidad alemana.

Harry apartó a un lado las camisas y las chaquetas y metió la cabeza por la falsa pared trasera. Notó que subía un aire frío. Un pozo. Harry tanteó con la mano. Había peldaños de hierro en la pared. Parecía que los peldaños continuaban hacia abajo, llevarían a un sótano. Una imagen le cruzó el cerebro, un fragmento desprendido de un sueño. Apartó la imagen, se quitó la máscara de gas y cruzó la pared falsa. Encontró los peldaños tanteando con los pies y cuando iba bajando despacio, con la cara a la altura del fondo del armario, vio algo. Tenía forma de u, una tira de algodón almidonado. Harry lo cogió, se lo metió en el bolsillo del abrigo y continuó bajando en la oscuridad. Contó los peldaños. Después de veintidós peldaños los pies tocaron suelo firme. Pero, cuando iba a pisar con el otro pie, el suelo ya no era tan firme, se movía. Perdió el equilibrio, aterrizó en algo suave.

Sospechosamente suave.

Harry se quedó quieto y escuchó. Sacó el mechero del bolsillo. Lo encendió, lo dejó arder durante dos segundos. Lo apagó. Había visto lo que necesitaba.

Estaba encima de un ser humano.

Un ser humano sorprendentemente grande y sorprendentemente desnudo. Con la piel tan fría como el mármol y la palidez típica de un cadáver que tiene veinticuatro horas.

Harry se apartó del cadáver y fue por el suelo de cemento hasta la puerta del búnker que había atisbado. Tanteó con la mano en la pared de hormigón hasta que encontró un interruptor. Con un mechero encendido, él era un blanco, con más luz, todos serían un blanco. Tenía la MP-5 lista mientras encendía la luz con la mano izquierda.

Apareció una línea luminosa. Se extendía hacia el interior de un pasillo largo y estrecho.

Harry constató que estaba solo. Observó el cadáver. Estaba encima de una manta y tenía una venda ensangrentada alrededor del abdomen. Desde el pecho lo miraba un tatuaje de la virgen María; Harry sabía que simbolizaba que el dueño era delincuente desde niño. Puesto que el cadáver no tenía otras lesiones, supuso que lo había matado la herida que tenía debajo de la venda, probablemente causada por una bala de la Steyr de Truls Berntsen.

Harry probó con la puerta del búnker. Cerrada con llave. La estrecha pared donde terminaba el pasillo estaba formada por láminas de metal incrustadas en el muro. En otras palabras, desde allí, Rudolf Asáiev solo disponía de una salida. El túnel. Y Harry sabía por qué había probado primero todas las demás opciones. El sueño.

Miró al interior del estrecho pasillo.

La claustrofobia es contraproducente, señales de peligro falsas, de algo que uno debe combatir. Comprobó que el cargador estaba bien encajado en la MP-5. Mierda. Los fantasmas solo existen cuando uno les permite existir.

Y echó a andar.

El túnel era más estrecho de lo que pensaba. Tenía que ir agachado y, aun así, la cabeza y los hombros rozaban las paredes y el techo cubierto de musgo. Trataba de mantener el cerebro ocupado para no dejar sitio a la claustrofobia. Pensaba que aquello debía de haber sido una vía de escape usada por los alemanes, lo cual cuadraba con la puerta trasera condenada. Por costumbre, procuraba mantenerse más o menos orientado en todo momento y, si no se equivocaba, en aquellos instantes se dirigía a la casa vecina, la que tenía una torre de agua idéntica. El pasillo estaba bien hecho, incluso había varios desagües en el suelo para prevenir inundaciones, era extraño que los alemanes, constructores de autopistas, hubieran hecho un túnel tan estrecho. Solo con pensar en la palabra «estrecho» estuvo a punto de estrangularlo la claustrofobia. Se concentró en contar los pasos, intentaba visualizar dónde podría estar en relación con lo que había arriba, sobre la tierra. Sobre la tierra, fuera, libre, respirar. ¡Cuenta, coño, cuenta! Cuando llegó a ciento diez, vio una raya blanca en el suelo, a sus pies. Las luces acababan un poco más adelante y, cuando se dio la vuelta, comprendió que la raya marcaba el centro del túnel. Con los pasos tan pequeños que había tenido que dar, calculaba que habría recorrido una distancia de sesenta o setenta metros. No tardaría en llegar. Intentó acelerar la marcha, arrastrando los pies como un viejo. Oyó un chasquido y miró hacia abajo. Venía de uno de los desagües. Las afiladas lamas se movían y la parte ancha y plana se volvió hacia arriba de forma que quedaron superpuestas, casi como cuando se cierran los ventiladores de un coche. Y al mismo tiempo oyó otro sonido, un terrible estruendo a su espalda. Se dio la vuelta.

Pudo ver el brillo de la luz en el metal. Era la lámina de metal que había incrustada al final del pasillo, se movía. Se deslizaba hasta el suelo, eso era lo que había sonado. Harry se detuvo y preparó la metralleta. No podía ver lo que había detrás de la lámina, estaba demasiado oscuro. Pero entonces vio un destello, como la luz del sol reflejándose en el fiordo de Oslo una bonita tarde de otoño. Se produjo un momento de un silencio total. A Harry el cerebro le iba a mil por hora. El policía muerto se había ahogado en medio del túnel. Los dos edificios que tenían depósitos de agua. El pasillo, de tan escasas dimensiones. El musgo del techo, que no era musgo, sino algas. Y entonces vio la pared que se acercaba. De color verde negruzco con los bordes blancos. Se dio la vuelta para salir corriendo y vio una pared igual que se acercaba por el otro lado.

41

Era como encontrarse entre dos trenes a punto de chocar. La pared de agua que tenía al frente lo alcanzó primero. Lo lanzó hacia atrás y Harry notó que dio con la frente en el suelo, el agua lo arrastró y siguió dando vueltas. Él manoteaba desesperadamente, se raspaba los dedos y las rodillas con el cemento, intentó agarrarse a algo, pero nada podía contra las fuerzas que lo rodeaban. Entonces, tan rápido como había empezado, paró todo. Sintió las corrientes mientras las trombas de agua se neutralizaban mutuamente. Y entonces notó algo en la espalda. Dos brazos blancos con reflejos verdes abrazaron a Harry por detrás, unos dedos pálidos le subieron por la cara. Harry pateaba sin parar, se giró y vio el cadáver de la venda en el estómago dando vueltas en el agua oscura como un astronauta ingrávido y desnudo. Boca abierta, pelo y barba ondeante. Harry puso los pies en el suelo y pegó la cabeza al techo. El agua llegaba hasta arriba. Se encogió, vio la MP-5 y la raya blanca en el suelo, debajo de él, cuando dio la primera brazada. Había perdido el rumbo hasta que el cadáver le dijo en qué dirección debía ir para volver al punto de partida. Iba nadando con el cuerpo en diagonal, intentando conseguir el máximo espacio posible para mover los brazos, se daba impulso sin parar, sin permitirse pensar el otro pensamiento. La fuerza de flotación no era un problema, al contrario, el chaleco antibalas tiraba demasiado de él hacia abajo. El otro pensamiento acudió de todos modos. Sopesó si se tomaba el tiempo de quitarse el abrigo, que iba flotando por encima de él y oponía mayor resistencia. Harry intentó concentrarse en lo que tenía que hacer, nadar hasta el pozo, no contar los segundos, contar metros. Pero ya podía sentir la presión en la cabeza, como si le fuera a explotar. Y el pensamiento vino de todos modos. Verano, piscina exterior de cincuenta metros. Por la mañana temprano casi no había gente, sol, Rakel con un bikini amarillo. Oleg y Harry iban a comprobar quién aguantaba más tiempo nadando debajo del agua. Oleg estaba en buena forma después de la temporada de patinaje, pero Harry tenía mejor técnica nadando. Rakel los animaba a gritos y se reía con esa risa suya tan maravillosa mientras ellos calentaban. Los dos se pavoneaban para ella, era la reina de la piscina de Frognerbadet, y Oleg y Harry eran súbditos que pedían la clemencia de su mirada. Y empezaron. Y llegaron exactamente al mismo punto. Después de cuarenta metros ambos salieron a la superficie, jadeantes y seguros de haber ganado. Cuarenta metros. A diez metros del borde. Después de haberse dado impulso con la pared de la piscina y de tener espacio para moverse libremente. Algo más de la mitad de la distancia que había hasta el pozo. No tenía ninguna posibilidad. Iba a morir allí. Iba a morir ya, pronto. Tenía la sensación de que se le salían los ojos de las órbitas. El avión saldría a medianoche. Bikini amarillo. A diez metros del borde. Dio otra brazada. Podría dar otra más. Pero después, después iba a morir.

Eran las tres y media de la madrugada. Truls Berntsen daba vueltas con el coche por las calles de Oslo mientras la lluvia susurraba y murmuraba ligera en el parabrisas. Llevaba dos horas así. No porque estuviera buscando algo, sino porque le infundía tranquilidad. Tranquilidad para pensar y tranquilidad para no pensar.

Alguien había borrado una dirección de la lista que le habían dado a Harry Hole. Y no había sido él.

A lo mejor las cosas no estaban tan claras como él creía, a pesar de todo.

Volvió a repasar la noche del asesinato una vez más.

Gusto había llegado a su casa con tal síndrome de abstinencia que no paraba de temblar, y amenazó con chivarse si Truls no le daba dinero para comprar violín. Por alguna razón, hacía varias semanas que apenas se podía conseguir violín en las calles, era *Pánico en Needle Park,* y para un cuarto hacían falta tres mil coronas como mínimo. Truls le dijo que fueran al cajero automático y que solo iba a buscar las llaves del coche. Se llevó la pistola Steyr, puesto que no había ninguna duda sobre lo que tenía que hacer. Gusto utilizaría la misma amenaza una y otra vez, los drogatas son bastante predecibles en ese aspecto. Pero cuando volvió a la puerta, el chico había desaparecido. Probablemente había olido la sangre. Truls pensó que era lo mejor, Gusto no iba a chivarse si no podía ganar nada haciéndolo y, al fin y al cabo, él también había participado en ese allanamiento. Era sábado y Truls tenía lo que llamaban servicio de reserva, que significaba que estaba de guardia en casa, así que se fue a Fyrlyset, leyó un poco, observó a Martine Eckhoff y tomó café. Entonces oyó las sirenas y, unos segundos después, sonó el móvil. Era la central de operaciones. Habían recibido una llamada porque se habían oído disparos en el 92 de la calle Hausmann, y no tenían a nadie de Delitos Violentos disponible. Truls fue corriendo, solo estaba a unos pocos cientos de metros de Fyrlyset. Iba con todos los instintos policiales activados, se fijó en la gente que veía por la calle, consciente de que podrían resultar observaciones importantes. Una de las personas a las que vio era un chico con un gorro de lana, que estaba apoyado en la fachada del edificio cuando Truls llegó. El joven dirigía la mirada al coche policial que había aparcado delante de la puerta, en la dirección del lugar del crimen. Truls se fijó en el chico porque no le hizo gracia que tuviera las manos tan hundidas en los bolsillos del chaquetón North Face. Era un chaquetón demasiado grande y grueso para esa estación del año, y en aquellos bolsillos podía uno esconder cualquier cosa. El chico tenía una expresión seria, pero no parecía un camello. Cuando la policía trajo a Oleg Fauke desde el río y lo metió en el coche patrulla, el chico se volvió de espaldas de repente y bajó por la calle Hausmann. Por supuesto que Truls podía haber pensado en otras diez personas que vio en la escena del crimen, a las cuales podía haber vinculado con diversas teorías conspiratorias.

La razón por la que recordaba a aquel chico en concreto fue que lo había vuelto a ver. En la foto de familia que Harry Hole le había enseñado en el Leon.

Hole le preguntó a Truls si reconocía a Irene Hanssen, pero él había contestado la verdad, que no. Pero no le había dicho a Hole a quién sí había reconocido en la foto. A Gusto, por supuesto, pero había otro más. El otro chico. El hermano de acogida. Era la misma expresión triste. Era el chico que había visto en la escena del crimen.

Truls paró en la calle Prinsen, más abajo del Leon.

Tenía la radio policial encendida y finalmente llegó a la central de operaciones el aviso que estaba esperando.

—Para cero uno. Hemos comprobado el aviso de disputa doméstica en la calle Blindernveien. Parece que más bien ha sido una batalla. Gas lacrimógeno y rastros de un tiroteo abundante. Seguramente con armas automáticas. Un hombre muerto a tiros. Bajamos al sótano pero está lleno de agua. Creo que debemos traer a los Delta para comprobar el primer piso.

—¿Podéis por lo menos mirar a ver si todavía hay alguien allí?

—¡Ven y averígualo tú mismo! ¿No has oído lo que he dicho? Gas y armas automáticas.

—Vale, vale. ¿Qué queréis?

—Cuatro coches patrulla para asegurar el área. Los Delta, el equipo de la escena del crimen y... puede que un fontanero.

Truls Berntsen bajó el volumen. Oyó un coche frenar en seco, vio un hombre alto cruzar la calle delante del coche. El conductor, bastante cabreado, empezó a pitarle, pero el hombre hizo caso omiso y siguió andando en dirección al Leon.

Truls Berntsen entornó los ojos.

¿Era posible que fuera él? ¿Harry Hole?

El hombre tenía la cabeza hundida entre los hombros de un abrigo desgastado. Hasta que no giró la cabeza y una farola le iluminó la cara, Truls no pudo ver que se había equivocado. Le resultaba un tanto familiar, pero no era Hole.

Truls se retrepó en el asiento. Ahora lo sabía. Quién había ganado. Contempló su ciudad. Porque ahora era suya. Repiqueteando contra el techo del coche, la lluvia murmuraba que Harry Hole estaba muerto, y las lágrimas bajaban inconsolables por el parabrisas.

La mayoría terminaba de follar sobre las dos. Luego se iban a casa, y después se hacía el silencio en el Leon. El chico de la recepción apenas levantó la cabeza cuando el hombre alto entró. El pastor traía el abrigo y el pelo chorreando. Hubo un tiempo en que cuando Cato llegaba así, en plena noche, después de llevar fuera varios días, le preguntaba qué había estado haciendo. Pero lo agotaba siempre con unas respuestas tan largas, intensas y detalladas sobre la miseria de un montón de desconocidos, que había dejado de hacerlo. Sin embargo, aquella noche Cato parecía más cansado que de costumbre.

—¿Una noche ajetreada? —preguntó con la esperanza de que respondiera con un sí o un no.

—Bueno, ya sabes —dijo el hombre mayor, y sonrió débilmente—. Los seres humanos. Los seres humanos. Por cierto, que casi me matan.

—Vaya —dijo el chico, y se arrepintió en el acto. Seguro que ahora le soltaba una explicación larguísima.

—Un conductor ha estado a punto de atropellarme ahora mismo —dijo Cato, y siguió andando hacia la escalera.

El chico soltó el aire aliviado y volvió a concentrarse en su tebeo de *El fantasma*.

El anciano metió la llave en la cerradura de su habitación y la giró. Pero descubrió con sorpresa que ya estaba abierta.

Entró. Le dio al interruptor, pero la lámpara del techo no se encendió. El hombre que estaba sentado encima de la cama era alto, encorvado y llevaba un abrigo largo, igual que él. Caían al suelo gotas de agua que resbalaban del abrigo. No podían ser más diferentes; aun así, el viejo se dio cuenta por primera vez de que era como mirar un reflejo de sí mismo.

—¿Qué haces? —susurró.

—He forzado la entrada, naturalmente —dijo el visitante—. Para ver si tenías algo de valor.

—¿Has encontrado algo?

—¿De valor? No. Pero he encontrado esto.

El viejo cazó al vuelo lo que el otro acababa de lanzarle. Lo sujetó entre los dedos. Asintió lentamente con la cabeza. Era una tira de algodón almidonado, en forma de u. No tan blanca como cabía esperar.

—¿Así que lo has encontrado en mi habitación? —preguntó el viejo.

—Sí, en tu dormitorio. En el ropero. Póntelo.

—¿Por qué?

—Porque quiero confesar mis pecados. Y porque se te ve desnudo sin él.

Cato observó al otro allí sentado encima de la cama, inclinado hacia delante. El agua le caía del pelo y a lo largo de la cicatriz de la mandíbula hasta la barbilla. De allí goteaba al suelo. Había colocado en el centro la única silla de la habitación. El confesionario. Encima de la mesa había un paquete de Camel abierto y, al lado, un mechero y un cigarro mojado y roto.

—Como quieras, Harry.

Se sentó, se desabrochó el abrigo y se puso el alzacuellos en forma de «u» en su sitio, en el cuello de la camisa de pastor. El otro se sobresaltó cuando vio que el viejo metía la mano en el bolsillo de la chaqueta.

—Tabaco —dijo el viejo—. Para los dos. Los tuyos parece que se han ahogado.

El policía asintió con la cabeza y el viejo sacó la mano y le enseñó un paquete de tabaco abierto.

—Veo que también hablas bien noruego.

—Un poquito mejor que sueco. Pero, como noruego, no oyes el acento cuando hablo sueco.

Harry sacó uno de los cigarros.

—¿El acento ruso, quieres decir?

—*Sobranie Black Russian* —dijo el viejo—. El único tabaco en

431

condiciones que se puede conseguir en Rusia. Parece que ahora lo fabrican en Ucrania. Suelo robárselo a Andréi. A propósito de Andréi, ¿qué tal está?

—Mal —dijo el policía, y dejó que el viejo le encendiese el cigarro.

—Me duele oírlo. A propósito de mal. Tú deberías estar muerto, Harry. Sé que estabas en el túnel cuando abrí las esclusas.

—Así es.

—Las esclusas se abrieron al mismo tiempo y las torres de agua estaban llenas. La corriente debería haberte arrastrado hacia el centro.

—Y me arrastró.

—Entonces no lo entiendo. La mayoría se asusta y se ahoga allí mismo.

El policía soltó el humo del cigarro por la comisura.

—¿Como los hombres de la resistencia que buscaban al jefe de la Gestapo?

—No sé si alguna vez llegaron a comprobar esa trampa suya en una retirada de verdad.

—Pero tú sí que lo hiciste, ¿no? Con el agente encubierto.

—Era exactamente como tú, Harry. Los hombres que creen que tienen una misión son peligrosos. Tanto para sí mismos como para el entorno. Tenías que haberte ahogado como él.

—Pero como ves, sigo aquí.

—Todavía no entiendo cómo es posible. ¿No querrás que me crea que después del vapuleo del agua tenías bastante aire en los pulmones para nadar ochenta metros en agua helada a través de un túnel estrecho y, además, vestido?

—No.

—¿No? —El viejo sonrió; su curiosidad parecía auténtica.

—No, tenía demasiado poco aire en los pulmones. Pero suficiente para cuarenta metros.

—¿Y luego?

—Me rescataron.

—¿Te rescataron? ¿Quién?

—El que dijiste que era tan bueno en el fondo. —Harry levantó la botella de whiskey vacía—. Jim Beam.

—¿Te salvó el whisky?

—Una botella de whisky.

—¿Una botella vacía de whisky?

—Todo lo contrario. Llena.

Harry se puso el cigarro en la comisura, quitó el tapón, sujetó la botella al revés encima de la cabeza.

—Llena de aire.

El viejo lo miró incrédulo.

—¿Tú…?

—El mayor problema después de vaciar los pulmones en el agua fue poner la boca contra el cuello, darle la vuelta a la botella para que el aire subiera y poder inhalar. Es como cuando buceas por primera vez, el cuerpo protesta. Porque el cuerpo tiene una comprensión limitada de la física y cree que va a tragar agua y que va a ahogarse. ¿Sabías que en los pulmones caben hasta cuatro litros de agua? Bien, una botella de aire y un poco de voluntad son suficientes para nadar otros cuarenta metros. —El policía dejó la botella, se sacó el cigarro de la comisura y lo examinó escéptico—. Los alemanes deberían haber hecho el túnel un poco más largo.

Harry miró al anciano. Vio cómo se rompía el viejo rostro arrugado. Lo oyó reír. Sonaba como el crujido de la madera de una barca.

—Sabía que eras diferente, Harry. Me contaron que volverías a Oslo cuando te enteraras de lo de Oleg. Así que me informé. Y ahora entiendo que los rumores no exageraban.

—Bueno —dijo Harry, pendiente de las manos juntas del pastor. Él seguía sentado en el borde de la cama con los pies preparados para echar a correr, tan pegados al suelo que podía notar el fino cordón de nailon debajo de una de las suelas—. ¿Y tú qué, Rudolf? ¿Exageran los rumores que circulan sobre ti?

—¿Cuál de ellos?

—Bueno. Por ejemplo, que tenías una banda de tráfico de heroína en Gotemburgo y que mataste a un policía.

—Parece que soy yo quien se va a confesar, y no tú.

—He pensado que era mejor trasladar la carga de los pecados a Jesús antes de que mueras.

De nuevo aquella risa leñosa.

—¡Bien, Harry! ¡Bien! Sí, tuvimos que eliminarlo. Era nuestro quemador y yo tenía la sensación de que ya no era de fiar. Y no podía ir a la cárcel otra vez. Hay allí una humedad agobiante que te come el alma como el musgo se come las paredes. Cada día se te lleva un trozo, devora al ser humano que llevas dentro, Harry. Es algo que solo le deseo a mi peor enemigo. —Miró a Harry—. Un enemigo que odie sobre todas las cosas.

—Tú sabes por qué volví a Oslo. ¿Por qué volviste tú? Creía que el mercado sueco era tan bueno como el noruego.

—Por la misma razón que tú, Harry.

—¿La misma?

Rudolf Asáiev dio una calada al cigarro antes de contestar.

—Olvídalo. La policía me pisaba los talones después de ese asesinato. Y es curioso lo lejos que está uno de Suecia cuando vive en Noruega, después de todo.

—Y cuando volviste, te convertiste en el misterioso Dubái. El hombre que nadie ha visto. Pero que muchos pensaban que recorría la ciudad de noche. El fantasma de Kvadraturen.

—Tenía que mantenerme escondido. No solo por los negocios, sino porque el nombre de Rudolf Asáiev le traería malos recuerdos a la policía.

—Los setenta y los ochenta —dijo Harry—. Los heroinómanos morían como moscas. Pero a lo mejor los incluías también en tus plegarias, ¿no, pastor?

El viejo se encogió de hombros.

—No se juzga a la gente que fabrica coches deportivos, paracaídas de salto base, armas cortas u otras cosas que la gente compra para divertirse y que los envía a la muerte. Yo vendo algo que algunos quieren, y lo vendo con una calidad y a un precio que me hacen competitivo. Lo que los clientes hagan con la mercancía depende de ellos. Sabrás que hay ciudadanos que funcionan bien y que toman opiáceos, ¿verdad?

—Sí. Yo fui uno de ellos. La diferencia entre tú y un coche deportivo es que lo que haces está prohibido por la ley.

—Hay que tener cuidado de no mezclar la ley y la moral, Harry.

—O sea que tú crees que tu dios te va a absolver, ¿no?

El viejo apoyó la barbilla en la mano. Harry le notaba el cansancio, pero sabía que podía ser fingido y se mantuvo muy pendiente de sus movimientos.

—Sabía que eras un policía riguroso y moralista, Harry. Oleg hablaba mucho de ti cuando estaba con Gusto, ¿lo sabías? Oleg te quería como un padre desea que lo quiera su hijo. Los moralistas rigurosos y padres hambrientos de amor como nosotros tienen una determinación enorme. Nuestro punto flaco es que somos predecibles. Solo era cuestión de tiempo que vinieras. Tenemos un contacto en el aeropuerto de Oslo que ve las listas de pasajeros. Sabíamos que estabas en camino incluso antes de que te subieras al avión en Hong Kong.

—Ya. ¿Era el quemador? ¿Truls Berntsen?

El viejo solo sonrió como respuesta.

—Y qué me dices de Isabelle Skøyen en el gobierno municipal, ¿colaborabas con ella también?

El viejo suspiró ruidosamente.

—Sabes que me llevaré esas respuestas a la tumba. No me importa morir como un perro, pero no moriré como un chivato.

—Bien —dijo Harry—. ¿Qué pasó después?

—Andréi te siguió desde el aeropuerto hasta el Leon. Yo me hospedo en diferentes hoteles similares cuando me muevo como Cato y el Leon es un sitio donde me he hospedado muchas veces. Así que me alojé al día siguiente.

—¿Por qué?

—Para ver lo que hacías. Quería saber si te estabas acercando a nosotros.

—¿Como hiciste cuando Sixpence se alojaba aquí?

El viejo asintió con la cabeza.

—Comprendí que podías llegar a ser peligroso, Harry. Pero me gustabas. Así que intenté darte unas amables advertencias. —Suspiró—. Pero no me escuchaste. Naturalmente que no. La gente como tú y yo no escucha, Harry. Por eso triunfamos. Y también por eso al final siempre caemos.

—Ya. ¿Y qué te preocupaba que hiciera yo? ¿Conseguir que Oleg hablara?

—Eso también. Oleg no me había visto nunca, pero no podía estar seguro de lo que Gusto le hubiera contado de mí. Por desgracia, Gusto no era de fiar, sobre todo después de que empezara a consumir violín.

Había algo en la mirada del viejo y Harry comprendió de pronto que no era cansancio. Era dolor. Dolor puro y duro.

—Así que cuando comprendiste que Oleg quería hablar conmigo, intentaste conseguir que lo mataran. Y al ver que eso fracasaba, te ofreciste a ayudarme para que te llevara al lugar donde Oleg estaba escondido.

El viejo asintió lentamente con la cabeza.

—No es personal, Harry. Solo son las reglas del negocio en este sector. Los chivatos se eliminan. Pero tú lo sabías, ¿verdad?

—Sí, lo sabía. Pero que tú hayas seguido tus reglas no significa que no vaya a matarte.

—Sigues diciendo lo mismo. ¿Por qué no me has matado ya? ¿Es que no te atreves? ¿Tienes miedo de arder en el infierno, Harry?

Harry apagó el cigarro en la mesa.

—Porque antes quiero saber un par de cosas. ¿Por qué mataste a Gusto? ¿Tenías miedo de que te delatara?

El viejo se echó el pelo hacia atrás con la mano, rodeándose las orejas de Dumbo.

—Gusto llevaba en sus venas sangre de malas personas, igual que yo. Era un delator por naturaleza. Me habría delatado antes, si hubiera tenido algo que ganar. Pero luego estaba desesperado. Era el mono de violín. Pura química. La carne es más fuerte que el alma. Todos nos volvemos traidores cuando ataca el mono.

—Sí —dijo Harry—. Entonces todos nos volvemos traidores.

—Yo… —El viejo carraspeó—. Tuve que dejarlo ir.

—¿Dejarlo ir?

436

—Sí. Irse. Caer. Desaparecer. Comprendí que no podía permitir que se hiciera cargo del negocio. Era lo bastante listo, igual que su padre. Pero le faltaban agallas. Un defecto que heredó de su madre. Intenté darle responsabilidades, pero no pasó la prueba.

—El viejo se pasaba la mano por el pelo cada vez con más fuerza, como si tuviera algo y quisiera quitárselo de encima—. No pasó la prueba. Sangre mala. Así que decidí que tenía que ser otra persona. Primero pensé en Andréi y Peter. Los conoces, ¿no? Cosacos siberianos de Omsk. Cosaco significa «hombre libre», ¿lo sabías? Andréi y Peter eran mi regimiento. Mi *stanitsa*. Son leales a su atamán, fieles hasta la muerte. Pero Andréi y Peter no eran comerciantes, sabes. —Harry registraba cómo gesticulaba el viejo que tenía delante, como si estuviera inmerso en sus cavilaciones—. No les podía dejar el negocio a ellos. Así que decidí que tenía que ser Serguéi. Él era joven, tenía toda la vida por delante, lo podía modelar…

—Me dijiste que quizá hubieras tenido un hijo una vez…

—Puede que Serguéi no tuviera la cabeza de Gusto para los números, pero era disciplinado. Ambicioso. Dispuesto a hacer todo lo necesario para convertirse en atamán. Así que le di la navaja. Solo faltaba la última prueba. Antiguamente, para que un cosaco pudiera ser atamán, se exigía que se fuera solo a la taiga y volviera con un lobo vivo, bien atado y amarrado. Serguéi estaba dispuesto, pero yo tenía que ver si también podía llevar a cabo *to chto nuzhno*.

—¿Perdón?

—Lo necesario.

—Ese hijo, ¿era Gusto?

El anciano se tiró hacia atrás del pelo con tal fuerza que se le entornaron los ojos hasta que se convirtieron en dos ranuras en la cara.

—Gusto tenía seis meses cuando me metieron en la cárcel. La madre buscó consuelo donde se podía conseguir. Por lo menos para un rato. No estaba en condiciones de hacerse cargo de él.

—¿Heroína?

—La oficina nacional del menor le quitó a Gusto y se lo dio a una familia de acogida. Llegaron al acuerdo de que yo, el presidiario, no existía. Murió de una sobredosis el invierno del noventa y uno. Debería haberlo hecho antes.

—Decías que volviste a Oslo por la misma razón que yo. Tu hijo.

—Me habían llegado rumores de que había dejado a la familia de acogida y que se había descarriado. De todos modos, había pensado dejar Suecia, y la competencia en Oslo no era muy fuerte. Me enteré de dónde acostumbraba a estar Gusto. Lo observé primero a distancia. Era tan guapo. Tan puñeteramente guapo. Como su madre, claro. Podía pasarme el rato mirándolo sin más. Mirar horas y horas y pensar que aquel era mi hijo, mi…

Al viejo se le quebró la voz.

Harry miró hacia abajo, al hilo de nailon que le habían dado en vez de una barra nueva para las cortinas y lo aplastó contra el suelo con el zapato.

—Y luego lo metiste en el negocio. Y lo pusiste a prueba para ver si podía heredarlo.

El viejo asintió con la cabeza. Susurró:

—Pero nunca le dije nada. Murió sin saber que yo era su padre.

—¿Por qué corría tanta prisa de repente?

—¿Prisa?

—¿Por qué tanta prisa en conseguir a alguien que te sustituyera? Primero Gusto y luego Serguéi.

El viejo sonrió sin ganas. Se inclinó hacia delante en la silla y quedó iluminado por la luz de la lámpara de lectura que había encima de la cama.

—Estoy enfermo.

—Ya. Me imaginaba que sería algo así. ¿Cáncer?

—Los médicos me han dado un año. De eso hace seis meses. La navaja sagrada que Serguéi utilizó llevaba un tiempo debajo de mi colchón. ¿Notas los dolores de las cuchilladas que tienes en el cuello? Es mi sufrimiento, la navaja te lo ha transmitido a ti, Harry.

Harry asintió despacio. Eso cuadraba. Y no cuadraba.

—Si solo te queda medio año de vida, ¿por qué tienes tanto miedo a que te delaten que matas incluso a tu propio hijo? ¿Por qué su vida, que debía ser larga, por la tuya, tan corta?

El viejo tosió suavemente.

—Los *urki* y los cosacos somos los hombres sencillos del regimiento, Harry. Juramos un código y lo seguimos. No a ciegas, sino con los ojos abiertos. Nos han educado para disciplinar nuestros sentimientos. Eso nos hace señores de nuestras vidas. Abraham aceptó sacrificar a su propio hijo porque…

—… fue lo que le ordenó Dios. No tengo ni idea de a qué clase de código te refieres, pero, según ese código, ¿está bien que un chico de dieciocho años como Oleg esté en la cárcel por los delitos que has cometido tú?

—Harry, Harry, ¿no lo has entendido? Yo no maté a Gusto.

Harry miró al viejo.

—¿No acabas de decir que era tu código? ¿Matar a tu propio hijo si fuera necesario?

—Sí, pero también dije que mis padres eran malas personas. Yo quería a mi hijo. Nunca habría podido matarlo. Todo lo contrario. Lo que yo digo es que se jodan Abraham y su dios.

La risa del viejo se transformó en tos. Se puso las manos en el pecho, se inclinó sobre las rodillas y tosió una y otra vez.

Harry parpadeó.

—Entonces, ¿quién lo mato?

El anciano se enderezó otra vez. En la mano derecha tenía un revólver. Era un trasto grande y feo y parecía todavía más viejo que el dueño.

—Deberías haber sido más sensato y no venir a verme desarmado, Harry.

Harry no contestó. La MP-5 estaba en el fondo del pasillo de un sótano lleno de agua; el rifle estaba en casa de Truls Berntsen.

—¿Quién mató a Gusto? —repitió Harry.

—Podría haber sido cualquiera.

A Harry le pareció oír un crujido cuando los dedos del viejo se cerraron alrededor del gatillo.

—Porque matar no es muy difícil, Harry. ¿Verdad?

–Verdad –dijo Harry, y levantó el pie. Debajo de la suela del zapato se oyó un silbido y el hilo de nailon salió hacia fuera y subió hasta el soporte de la cortina.

Harry vio el signo de interrogación en los ojos del viejo, vio cómo el cerebro le trabajaba a velocidad de vértigo con los trozos de información a medio digerir.

La luz, que no había funcionado.

La silla, que estaba exactamente en medio de la habitación.

Que Harry no lo hubiera cacheado.

Que Harry no se hubiera movido de donde estaba sentado.

Y puede que en ese momento viera incluso el cordón de nailon en la penumbra y hasta cómo se deslizó desde debajo del zapato de Harry y atravesó el soporte de la cortina para llegar justo encima de su cabeza, al soporte de la lámpara. Del que ya no colgaba ninguna lámpara, sino lo único que Harry había traído de la calle Blindernveien, aparte del alzacuellos. Que era lo único en lo que pensaba cuando estaba en la cama con dosel de Rudolf Asáiev, empapado y jadeando mientras un montón de puntos negros le corrían dentro y fuera de su campo de visión y estaba seguro de que iba perder el conocimiento de un momento a otro, aunque luchaba para mantenerse despierto, para mantenerse a este lado de la oscuridad. Y entonces se levantó y fue a la habitación del hotel, y se trajo el *ziuk* que había al lado de la Biblia.

Rudolf Asáiev se lanzó hacia la izquierda justo a tiempo de que los clavos de acero del ladrillo no le dieran en la cabeza, sino entre la clavícula y el trapecio, y siguieran hasta el cruce nervioso del plexo braquial y cervical con el resultado de que, cuando apretó el gatillo dos centésimas de segundo más tarde, tenía el músculo del brazo paralizado de modo que se le bajó el revólver siete centímetros. La pólvora siseó y ardió la milésima de segundo que empleó la bala en salir del cañón del viejo revólver Nagant. Tres milésimas de segundo más tarde, la bala perforó el borde de la cama entre las piernas de Harry.

Harry se levantó. Quitó el seguro y pulsó el botón. La empuñadura vibró ligeramente cuando la hoja salió disparada. Harry hizo un giro bajo pasando la mano por la cadera con el brazo recto y la hoja larga y delgada entró por las solapas del abrigo y bajó por la camisa del pastor. Notó una presión elástica al desgarrar la tela y la piel y la hoja se deslizó hacia dentro, hasta la empuñadura, sin oponer resistencia. Harry soltó el cuchillo y supo que Rudolf Asáiev era un hombre moribundo cuando la silla se cayó hacia atrás y el ruso dio en el suelo con un gemido. Se soltó de la silla a patadas, pero se quedó en el suelo doblegado como una abeja herida, aunque todavía peligrosa. Harry se puso de pie con una pierna a cada lado del anciano, se inclinó y le sacó la navaja del cuerpo. Miró el color anormalmente rojo de la sangre. Del hígado, quizá. La mano izquierda del viejo se movía sobre el suelo alrededor del brazo paralizado buscando la pistola. Y por un momento de locura, Harry deseó que la mano encontrara la pistola y le diera la excusa necesaria para...

Harry le dio una patada a la pistola, la oyó golpear la pared.

—El hierro —susurró el viejo—. Bendíceme con mi hierro, hijo. Me quema. Por el bien de ambos, acaba con esto.

Harry cerró los ojos un momento. Sintió que lo había perdido, que se había esfumado. El odio. Aquel odio maravilloso y blanco que había sido el combustible que lo mantenía en marcha y, de repente, ya no tenía más.

—No, gracias —dijo Harry. Pasó por encima del viejo y se alejó. Se abrochó el abrigo mojado—. Me voy, Rudolf Asáiev. Le pediré al chico de la recepción que llame a una ambulancia. Luego llamaré a mi antiguo jefe y le contaré dónde pueden encontrarte.

El viejo se rió en voz baja y se le formaron burbujas de aire en la comisura de los labios.

—El cuchillo, Harry. No es asesinato, yo ya estoy muerto. No vas a ir al infierno, te lo prometo. Diré en la puerta que no te dejen entrar.

—No es del infierno de lo que tengo miedo. —Harry se metió el paquete mojado de Camel en el bolsillo del abrigo—. Pero soy policía. Nuestro trabajo es llevar a los presuntos delincuentes ante el juez.

Las burbujas de aire estallaron al toser el anciano.

—Venga, Harry, esa estrella de sheriff que llevas es de plástico. Estoy enfermo, lo único que un juez puede hacer es darme atención médica, besitos, abrazos y morfina. Y yo he matado a muchos. A los competidores los colgué de un puente. Con los empleados, como ese piloto, utilizamos el ladrillo. Hasta policías, como Sixpence. Mandé a Andréi y a Peter a tu habitación para que te pegaran un tiro. A ti y a Truls Berntsen. ¿Y sabes por qué? Para que pareciera que os habíais matado el uno al otro. Íbamos a dejar las armas como prueba. Venga, Harry.

Harry limpió la hoja con la sábana.

—¿Por qué queríais matar a Berntsen? Trabajaba para vosotros, ¿no?

Asáiev se puso de lado y parecía que podía respirar mejor. Se quedó así unos segundos antes de contestar.

—La suma de riesgos, Harry. Asaltó un almacén de heroína en Alnabru a mis espaldas. La heroína no era mía pero cuando te enteras de que tu quemador es tan codicioso que no te puedes fiar de él, al mismo tiempo que él sabe lo bastante de ti para acabar contigo, entiendes que la suma de riesgos es demasiado alta. Y en esos casos, los empresarios como yo se deshacen del riesgo, Harry. Y vimos una ocasión perfecta para deshacernos de dos problemas a la vez. De ti y de Berntsen. —Se rió por lo bajo—. Igual que intenté asesinar a tu hijo en la cárcel de Botsen. ¿Me has oído? Siente el odio, Harry. Casi mato a tu hijo.

Harry se paró delante de la puerta.

—¿Quién mató a Gusto?

—Los seres humanos viven según el evangelio del odio, Harry. Sigue el odio.

—¿Quiénes son tus contactos en la policía y en el gobierno municipal?

—Si te lo digo, ¿me ayudarás a acabar con esto?

Harry lo miró. Asintió con la cabeza. Esperaba que no se advirtiera la mentira.

—Acércate —susurró el viejo.

Harry se agachó. Y de repente, la mano del viejo le agarró la solapa del abrigo como una garra rígida y lo atrajo hacia sí. La voz de piedra de afilar siseaba susurrante al oído.

—Sabes que pagué a un hombre para que confesara el asesinato de Gusto, Harry. Pero creías que era porque no pude matar a Oleg mientras cumplía la condena en un lugar secreto. Error. Mi hombre en la policía tiene acceso al programa de protección de testigos. Podía haber conseguido que apuñalaran a Oleg con la misma facilidad en la nueva localización. Pero cambié de idea, no quería que se librara tan fácilmente...

Harry intentó soltarse, pero el viejo lo agarraba con firmeza.

—Lo habría colgado boca abajo y le habría puesto una bolsa de plástico, Harry —dijo la voz—. La cabeza en una bolsa de plástico transparente. Le echaría agua en la planta de los pies. El agua correría por el cuerpo hacia abajo y terminaría cayendo dentro de la bolsa de plástico. Lo habría grabado. Con sonido, para que pudieras oír los gritos. Y después te habría enviado la película. Y si me dejas ir, ese sigue siendo mi plan. Te sorprendería lo rápido que me iban a soltar por falta de pruebas, Harry. Y entonces lo encontraré, Harry, lo juro, solo tienes que estar pendiente del buzón para ver cuándo llega el DVD.

Harry actuó instintivamente, simplemente giró la mano. Notó que la hoja entraba en contacto con el cuerpo. Lo hendía. Y la giró. Oyó los jadeos del viejo. Siguió girándola. Cerró los ojos y sintió que los intestinos y los órganos se hinchaban, reventaban y se retorcían. Y cuando finalmente oyó gritar al viejo, fue el grito de Harry el que resonó.

42

Harry se despertó cuando el sol le dio en un lado de la cara. ¿O fue un sonido lo que lo despertó?

Abrió un ojo con cuidado y frunció el ceño.

Vio la ventana de un salón y un cielo azul. Ningún sonido, por lo menos ahora.

Inhaló el olor a tela de sofá mezclado con olor a tabaco y levantó la cabeza. Se acordó de dónde estaba.

De la habitación del anciano se había ido a la suya, una vez allí, preparó la bolsa tranquilamente, salió del hotel por la escalera trasera y cogió un taxi hasta el único sitio donde podía contar con que nadie lo encontraría, la casa de los padres de Nybakk en Oppsal. No parecía que hubiera habido allí nadie desde la última vez, y lo primero que hizo fue buscar en los cajones de la cocina y el baño hasta que encontró una caja de analgésicos. Se tomó cuatro comprimidos, se limpió las manos de la sangre del viejo y bajó al sótano para ver si Stig Nybakk se había decidido.

Se había decidido.

Harry subió, se desnudó y colgó la ropa en el baño para que se secara. Había encontrado una manta y se había dormido en el sofá antes de que le diera tiempo a pensar.

Se levantó y fue a la cocina. Se tomó otros dos analgésicos con un vaso de agua. Abrió la nevera y miró dentro. Había comida cara de sobra; obviamente, había tenido a Irene bien alimentada. Las náuseas del día anterior volvieron y comprendió que sería imposible comer nada, volvió al salón. El día anterior también había visto el mueble bar cuando llegó a la casa. Pasó por delante dando un rodeo antes de acostarse.

Harry abrió la puerta del mueble bar. Vacío. Respiró aliviado. Se tocó el bolsillo. La alianza falsa. Oyó un sonido.

El mismo que creía haber oído cuando se despertó.

Fue hasta la puerta abierta del sótano. Escuchó. ¿Joe Zawinul? Bajó la escalera y fue hasta el trastero. Miró a través de la malla. Stig Nybakk se balanceaba despacio como un astronauta ingrávido en el espacio. Harry se preguntó si sería la vibración del bolsillo del pantalón lo que hacía de hélice. El tono de llamada, las cuatro notas, o en realidad tres, de «Palladium», de Weather Report, sonaban como un tono de llamada del más allá. Fue exactamente lo que pensó Harry cuando cogió el teléfono, que era Stig Nybakk quien llamaba y que quería hablar con él.

Harry miró el número en la pantalla. Y le dio a responder. Reconoció la voz del recepcionista del Radiumhospitalet.

–¡Stig! ¡Hola! ¿Estás ahí? ¿Me oyes? Te hemos estado llamando, Stig, ¿dónde estás? Tenías que haber venido a una reunión, a varias reuniones, estamos preocupados. Martin ha ido a tu casa, pero no estabas allí tampoco. ¿Stig?

Harry cortó la comunicación y se metió el móvil en el bolsillo. Le vendría bien ya que el móvil de Martine se había estropeado cuando había estado nadando.

Cogió una silla de la cocina y se sentó en la terraza. El sol de la mañana le daba en la cara. Sacó el paquete de tabaco, se metió uno de aquellos cigarros pijos de tabaco negro en la boca y lo encendió. Más valía eso que nada. Marcó aquel número que tan bien conocía.

–Rakel.

–Hola, soy yo.

–¿Harry? No reconocía el número.

–Tengo un móvil nuevo.

–Cómo me alegro de oír tu voz. ¿Ha ido todo bien?

–Sí –dijo Harry y no pudo por menos de sonreír al oír la alegría que le resonaba en la voz–. Todo ha ido bien.

—¿Hace calor?

—Hace mucho calor. Brilla el sol, y pensaba desayunar dentro de nada.

—¿Desayunar? ¿Allí no son las cuatro o así?

—Jet lag —dijo Harry—. No he podido dormir en el avión. He conseguido un buen hotel para los tres. Está en Sukhumvit.

—No te imaginas las ganas que tengo de verte, Harry.

—Yo...

—No, espera, Harry. Lo digo en serio. Me he pasado toda la noche despierta pensándolo. Que así es como tiene que ser. O sea, que lo vamos a conseguir. Y que eso es lo que tiene que ser, que lo consigamos. Imagínate, Harry, si te hubiera dicho que no...

—Rakel...

—Te quiero, Harry. Te quiero. ¿Me oyes? ¿Oyes lo plana, extraña y fantástica que es esa palabra? Es como un vestido rojo que realmente tienes que querer ponerte. Te quiero. ¿Me estoy pasando un poco?

Se rió. Harry cerró los ojos y notó que el sol más maravilloso del mundo le besaba la piel y la risa más maravillosa del mundo le besaba los tímpanos.

—¿Harry? ¿Estás ahí?

—Sí.

—Es tan raro, pareces estar cerca.

—Ya. Pronto estaré muy cerca, amor mío.

—Dilo otra vez.

—¿El qué?

—Amor mío.

—Amor mío.

—Mmm...

Harry notó que estaba sentado encima de algo duro. Algo que llevaba en el bolsillo trasero. Lo sacó. El anillo brilló al sol como si fuera de oro.

—Oye —dijo, y pasó la yema del dedo por la muesca negra—. ¿Nunca has estado casada, verdad?

Ella no contestó.

—¿Hola? —dijo Harry.

—Sí, aquí estoy.

—¿Cómo crees que habría sido?

—Harry, no bromees.

—No bromeo. Ya sé que no se te ocurriría nunca casarte con uno que trabaja de recaudador de deudas en Hong Kong.

—No, claro. ¿Con quién me casaría entonces?

—No lo sé. ¿Qué te parece un expolicía ya civil que enseña investigación de asesinatos en la Escuela Superior de Policía?

—Creo que no conozco a ninguno.

—A lo mejor puedes llegar a conocer a uno. Uno que te puede sorprender. Cosas más raras han pasado.

—Tú eres el que siempre ha dicho que la gente no cambia.

—Entonces, ahora que me he convertido en una persona que opina que la gente puede cambiar, te estoy dando la prueba de que uno sí puede cambiar.

—Listillo.

—Digamos que tengo razón, hipotéticamente. Que la gente puede cambiar. Y que es posible dejar cosas atrás.

—¿Destruir a los fantasmas mirándolos fijamente?

—¿Qué me dices?

—¿De qué?

—De mi hipotética pregunta sobre casarse.

—¿Se supone que esto es una petición de matrimonio? ¿Hipotéticamente? ¿Por teléfono?

—Bueno, lo estás llevando un poco lejos. Solo estoy sentado al sol charlando con una mujer bastante guapa.

—¡Y yo te estoy colgando!

Cortó la comunicación y Harry se sentó en la silla de la cocina con los ojos cerrados y una sonrisa de lo más sincera. Caldeado por el sol y liberado del dolor. Catorce horas después la vería. Se imaginaba la expresión de la cara de Rakel cuando llegara a la puerta de embarque de Gardermoen y lo viera allí sentado esperándola. Su mirada cuando Oslo desapareciera allá abajo. Su cabeza, que se deslizaría hasta el hombro de Harry cuando se durmiera.

Se quedó allí sentado hasta que la temperatura bajó de repente. Abrió un ojo a medias. El borde de una nube estaba tapando el sol, pero no parecía peligrosa.

Volvió a cerrar los ojos.

Sigue el odio.

Cuando el anciano lo dijo, Harry pensó al principio que quería decir que Harry debía seguir su propio odio y matarlo. ¿Y si se había referido a otra cosa? Lo había dicho justo después de que Harry le preguntara quién había matado a Gusto. ¿Era una respuesta? ¿Quería decir que Harry debía seguir el odio, que eso lo llevaría al asesino? En ese caso había muchos candidatos. Pero ¿quién tenía el motivo de más peso para odiar a Gusto? Aparte de Irene, claro, pero ella estaba encerrada cuando asesinaron a Gusto.

Alguien volvió a encender el sol y Harry decidió que estaba analizándolo todo más de la cuenta, que su trabajo había acabado, que iba a descansar, que pronto necesitaría otra pastilla y que después iba a llamar a Hans Christian para decirle que Oleg estaba por fin fuera de peligro.

Le vino un pensamiento a la cabeza. Que era imposible que Truls Berntsen, un simple policía de Crimen Organizado, pudiera tener acceso a los datos del programa de protección de testigos. Que tenía que ser otra persona. Alguien de más arriba.

Para, pensó. Déjalo ya. Deja que se vaya a la mierda. Piensa en ese avión. *Nightflight.* Las estrellas sobre Rusia.

Volvió al sótano, se planteó si descolgar a Nybakk, pero lo dejó y encontró la palanqueta que buscaba.

El portal del número 92 de la calle Hausmann estaba abierto, pero habían vuelto a precintar la puerta del apartamento y a cerrarla con llave. Puede que por la nueva confesión, pensó Harry antes de meter la palanqueta entre la puerta y el marco.

Dentro todo parecía intacto. Los rayos del sol de la mañana salpicaban el suelo del salón como si fueran teclas de piano.

Harry dejó la bolsa en el suelo, al lado de una pared, y se sentó en uno de los colchones. Comprobó otra vez si llevaba el billete en el bolsillo interior. Miró el reloj. Trece horas para la salida.

Echó un vistazo a su alrededor. Cerró los ojos. Intentó imaginárselo.

Una persona con pasamontañas.

Que no decía ni una palabra porque sabía que iban a reconocer su voz.

Una persona que había ido a ver a Gusto. Que no quería quitarle nada, solo la vida. Una persona llena de odio.

El proyectil era un 9×18 mm Makarov, así que lo más probable era que el asesino usara una Makarov. O una Fort-12. Puede que una Odessa, si era verdad que se habían vuelto habituales en Oslo. Estuvo allí. Disparó. Y se fue.

Harry escuchó, esperando que la habitación le hablara.

Los segundos pasaban, se volvieron minutos.

Empezó a sonar una campana.

No había nada más que ver allí.

Harry se levantó y se fue.

Cuando llegó a la puerta oyó un ruido entre las campanadas. Esperó hasta que se acabara la siguiente. Lo oyó otra vez, un rascar cauteloso. Harry retrocedió unos pasos de puntillas y miró en el salón.

Estaba al lado de la puerta, dándole el trasero a Harry. Una rata. Marrón, con la cola brillante, el interior de las orejas rosado y algún que otro punto blanco en el pelaje justo por encima de la cola.

Harry no sabía por qué se quedó allí plantado. Que hubiera una rata en aquel lugar no era más que lo que cabía esperar.

Eran los puntos blancos.

Parecía que la rata se hubiera estado moviendo entre detergente. O...

Harry miró a su alrededor. Ese cenicero enorme que había entre los colchones. Sabía que solo tendría una posibilidad, así que se quitó los zapatos, entró en el salón durante la siguiente campanada, cogió el cenicero y se quedó inmóvil a metro y medio de la rata que todavía no lo había descubierto. Calculó y cronometró. Cuando sonó la campanada, se dejó caer con el cenicero por delante. La rata no tuvo tiempo de reaccionar antes de quedar atrapada dentro del objeto de cerámica. La oyó bufar, notaba cómo se movía de un lado a otro allí dentro. Arrastró el cenicero por el suelo hacia la ventana donde había un montón de revistas, y las puso encima del cenicero. Y empezó a buscar.

Después de revisar todos los cajones y armarios del apartamento no encontró ni cordel ni hilo de coser.

Cogió la alfombra de nudos y sacó un hilo de la urdimbre. Se hizo un cordel largo que debería alcanzar. Hizo un nudo corredizo al final. Quitó las revistas y levantó el cenicero lo justo para poder meter la mano. Se armó de valor por lo que sabía que iba a pasar. Cuando notó que los dientes de la rata se hundían en la carne blanda entre el pulgar y el índice, apartó de golpe el cenicero y agarró al animal por el lomo con la otra mano. La rata chilló mientras Harry cogía uno de los granos blancos que se le habían adherido a los pelos. Se lo puso en la punta de la lengua y lo saboreó. Amargo. Papaya demasiado madura. Violín. Alguien tenía un escondite por allí cerca.

Harry pasó el nudo corredizo por la cola de la rata y lo ajustó hasta la raíz. Dejó al animal en el suelo y lo soltó. La rata se escabulló mientras el cordel se le deslizaba a Harry entre los dedos. A casa.

Harry la siguió. A la cocina. La rata se metió detrás de una vieja cocina grasienta. Harry levantó aquel peso pesado antiguo sobre las ruedas traseras y lo sacó. Había un agujero del tamaño de un puño en la pared por donde había desaparecido el cordel.

El hilo dejó de correr.

Harry metió por el agujero la mano que ya tenía una mordedura. Planchas de aislante a la derecha y a la izquierda. Tanteó la parte de arriba del agujero. Nada. Habían sacado el aislante. Harry puso el final del cordón debajo de una de las patas de la cocina, se fue al baño, cogió el espejo manchado de salpicaduras de saliva y mocos. Lo rompió contra el borde del lavabo y cogió un trozo del tamaño adecuado. Entró en el dormitorio, soltó una lámpara de lectura que había atornillada a la pared y volvió a la cocina. Dejó el trozo de espejo en el suelo de forma que entrara un poco en el agujero. Metió la clavija de la lámpara de lectura en el enchufe que había al lado de la cocina y dirigió la luz al espejo. Llevó la lámpara hacia la pared hasta que alcanzó el ángulo correcto y lo vio.

El escondite.

Era una bolsa de tela, estaba colgada de un gancho en un poste, a medio metro del suelo.

Era demasiado estrecho como para meter la mano y al mismo tiempo torcer el antebrazo hacia la bolsa. Harry trató de pensar. ¿Qué clase de herramienta habría utilizado el propietario para llegar a su escondite? Había revisado todos los cajones y armarios del apartamento, y repasó su base de datos.

El alambre.

Fue al salón. Estaba donde lo había visto la primera vez que él y Beate estuvieron allí. Sobresalía por debajo del colchón y estaba doblado en un ángulo de noventa grados. Probablemente el único que conocía su utilidad era el propietario del alambre. Harry lo llevó a la cocina, lo metió en el agujero y utilizó la «y» en que terminaba para soltar la bolsa del gancho.

La bolsa pesaba bastante. Tanto como se había imaginado. Tuvo que tironear y desencajarla para sacarla del agujero.

Supuso que habían colgado la bolsa tan alto para que las ratas no pudieran alcanzarla, pero aun así habían logrado hacer un agujero en el fondo. Harry sacudió la bolsa y cayeron unos granos de polvo del interior. Eso explicaba el polvo en el pelaje. Abrió la bolsa. Cogió tres bolsitas de violín, probablemente cuartos. No contenía el equipo completo, solo una cuchara con el mango doblado y una jeringuilla usada.

La encontró al fondo de la bolsa.

Harry utilizó una toalla para no dejar huellas dactilares cuando la levantó.

Era —como ya sabía— inconfundible. Tosca, extraña, casi cómica. *Foo Fighters*. Era una Odessa. Harry la olió. El olor a pólvora puede permanecer durante meses después de disparar una pistola si no se limpia o se le da aceite. Esta la habían disparado no hacía tanto. Comprobó el cargador. Dieciocho. Le faltaban dos para estar lleno. Harry no tenía duda.

Esa era el arma del crimen.

Cuando entró en la juguetería de la calle Storgata todavía faltaban doce horas para la salida del vuelo.

En la tienda tenían dos equipos de toma de huellas dactilares entre los que elegir. Harry eligió el más caro, con lupa, linterna LED, pincel con brocha suave, polvo en tres colores, cinta adhesiva para grabar huellas y un catálogo para guardar las huellas dactilares de la familia.

–Para mi hijo –explicó al pagar.

La chica de la caja sonrió, no era la primera vez.

Volvió a la calle Hausmann y empezó a trabajar. Utilizó la linterna LED, que era ridículamente pequeña, para buscar huellas y una de las cajas de polvo en miniatura para espolvorear por encima. El pincel era tan pequeño que se sentía como el gigante de *Los viajes de Gulliver*.

Encontró huellas dactilares en la empuñadura de la pistola.

Y una muy clara, probablemente del pulgar, en el borde trasero del émbolo de la jeringa, donde también se apreciaban unos puntos negros que podían ser cualquier cosa, pero que Harry creía que eran partículas de pólvora.

Cuando pasó todas las huellas dactilares a la lámina de plástico, las comparó. La persona que había cogido la pistola y la que había cogido la jeringa eran la misma. Harry comprobó las paredes y el suelo al lado del colchón y encontró unas cuantas huellas, pero ninguna se correspondía con las de la pistola.

Abrió su bolsa, sacó lo que tenía en el bolsillo interior y lo dejó encima de la mesa de la cocina. Encendió la microlinterna.

Miró el reloj. Le quedaban once horas. Un océano de tiempo.

Eran las dos y Hans Christian Simonsen estaba claramente fuera de lugar cuando entró en el restaurante Schrøder.

Harry se encontraba al fondo, al lado de la ventana, sentado en su mesa favorita, la mesa de siempre.

Hans Christian se sentó con él.

—¿Es bueno? —preguntó señalando a la cafetera que Harry tenía delante.

Él negó con la cabeza.

—Gracias por venir.

—No es nada, el sábado es día libre. Día libre, nada que hacer. ¿Qué pasa?

—Oleg puede volver a casa.

Al abogado se le iluminó la cara.

—¿Quieres decir que…?

—Los que suponían un peligro para él han desaparecido.

—¿Han desaparecido?

—¿Está lejos de aquí?

—No. A unos veinte minutos de la ciudad, más o menos. En Nittedal. ¿Qué quieres decir con que han desaparecido?

Harry levantó la taza de café.

—¿Estás seguro de que quieres saberlo, Hans Christian?

El abogado miró a Harry.

—¿Quieres decir que has resuelto el caso también?

Harry no contestó.

Hans Christian se inclinó hacia delante.

—Sabes quién mató a Gusto, ¿verdad?

—Ajá.

—¿Cómo?

—Solo unas huellas dactilares que se corresponden.

—¿Y quién…?

—No es importante. Pero me voy así que te agradecería que se lo dijeras a Oleg hoy.

Hans Christian sonrió. Atormentado, pero sonreía.

—¿Antes de que tú y Rakel os vayáis, quieres decir?

Harry le daba vueltas a la taza de café.

—¿Así que te lo ha contado?

—Estuvimos comiendo juntos. Yo acepté cuidar de Oleg unos días. Entendí que el plan era que alguien viniera a buscarlo de Hong Kong, algunos de tus hombres. Pero debo de haber comprendido algo mal, pensaba que estabas en Bangkok.

—Me retrasé. Quería pedirte un favor…

—Ella dijo algo más. Dijo que le habías pedido que se casara contigo.

—¿Ah sí?

—Sí. A tu manera, claro.

—Bueno…

—Y dijo que se lo había pensado.

Harry levantó una mano, no quería oír el resto.

—La conclusión después de pensarlo fue «no», Harry.

Harry soltó el aire.

—Bien.

—Así que dejó de pensárselo, dijo. Y empezó a sentir.

—Hans Christian…

—La respuesta es que sí, Harry.

—Escúchame, Hans Christian.

—¿No me has oído? Quiere casarse contigo, Harry. *Lucky bastard.* —El rostro de Hans Christian Simonsen brillaba como de felicidad, pero Harry sabía que era el esplendor de la desesperación—. Dijo que quería estar contigo hasta la muerte. —La nuez le subía y le bajaba y la voz vacilaba entre el tono de falsete y el llanto—. Dijo que contigo estaría bien y regular. Que estaría medio mal y espantosamente mal. Y que estaría maravillosamente bien.

Harry sabía que Hans Christian la estaba citando textualmente. Y sabía por qué podía hacerlo. Porque cada palabra se le había quedado grabada a fuego en el corazón.

—¿La quieres mucho? —preguntó Harry.

—Yo…

—¿La quieres lo suficiente como para cuidar de ella y de Oleg el resto de tu vida?

—¿Cómo…?

—Contesta.

—Sí, claro, pero…

—Júralo.

—Harry.

—Que lo jures.

—Lo… lo juro. Pero eso no cambia nada.

Harry esbozó una sonrisa de amargura.

—Tienes razón. Nada cambia. Nada puede cambiar. Nunca ha podido cambiar. El río va por el mismo puto cauce de siempre.

—Esto no tiene sentido. No entiendo.

—Lo entenderás —dijo Harry—. Y ella también.

—Pero… os queréis. Ella lo ha dicho. Eres el amor de su vida, Harry.

—Y ella el mío. Siempre lo ha sido. Siempre lo será.

Hans Christian miró a Harry con una mezcla de confusión y algo que parecía compasión.

—¿Y aun así no quieres estar con ella?

—Es lo que más quiero. Pero no es seguro que viva mucho más tiempo. Y, por si acaso, tú me has hecho una promesa.

Hans Christian resopló.

—¿No estás siendo un poco melodramático, Harry? Ni siquiera sé si ella quiere estar conmigo.

—Convéncela. —Le parecía que el dolor de las heridas del cuello le dificultaba la respiración—. ¿Lo prometes?

Hans Christian asintió mudo con la cabeza.

—Lo intentaré.

Harry titubeó. Y extendió la mano.

Hans Christian la cogió.

—Eres un buen hombre, Hans Christian. Te he guardado como HC. —Levantó el móvil—. A pesar de que ya estaba cogido por Halvorsen.

—¿Quién?

—Solo un colega que espero volver a ver. Tengo que irme.

—¿Adónde vas?

—A encontrarme con al asesino de Gusto.

Harry se levantó, se volvió hacia el mostrador y saludó a Nina, que le devolvió el saludo.

Cuando salió a la calle y mientras cruzaba entre los coches, notó cómo llegaba la reacción. Sentía una presión detrás de los ojos y le parecía que el cuello fuera a reventarle. Ya en la calle Dovregata, apareció la bilis. Se dobló junto a la tapia en medio de la tranquilidad del entorno y vomitó los huevos, el bacón y el café de Nina. Luego se incorporó y siguió andando hacia la calle Hausmann.

Al final fue una decisión sencilla a pesar de todo.

Estaba sentado en uno de los colchones sucios y notaba aterrorizado cómo me latía el corazón mientras oía el teléfono. Con la esperanza de que lo cogiera y, al mismo tiempo, de que no lo cogiera.

Estaba a punto de colgar cuando respondió y la voz de mi hermano de acogida sonó muerta y clara.

—*Stein.*

A veces he pensado lo bien que le va ese nombre. Piedra. Una superficie impenetrable sobre un interior duro como la piedra. Inmutable, sombrío, pesado. Pero hasta las piedras tienen un punto sensible, un punto en el que incluso un golpe leve de martillo es capaz de romperlas. En el caso de Stein, era fácil.

Carraspeé.

—*Soy Gusto. Sé dónde está Irene.*

Oí cómo respiraba sin esfuerzo. Stein siempre respiraba así.

Podía pasarse horas y horas corriendo, apenas necesitaba oxígeno. Ni una razón para correr.

—*¿Dónde?*

—*La situación es esta —dije—. Sé dónde está, pero te costará dinero saberlo.*

—*¿Por qué?*

—Porque lo necesito.

Fue como una ola de calor. No, de frío. Podía notar su odio. Lo oí tragar saliva.

—Cuán….

—Cinco mil.

—De acuerdo.

—Quiero decir diez.

—Has dicho cinco.

Mierda.

—Pero es urgente —dije, aunque sabía que él ya se había puesto en marcha.

—De acuerdo. ¿Dónde estás?

—En el 92 de la calle Hausmann. La cerradura del portal está rota. Tercer piso.

—Voy. No te muevas.

¿Moverme? Encontré un mechero, busqué algunas de las colillas del cenicero del salón y me las fumé en la cocina, en el silencio total de la tarde. Joder, qué calor hacía allí dentro. Se oía un ruidito. Miré hacia el lugar de donde venía. Era otra vez la rata, estaba corriendo a lo largo de la pared.

Venía de detrás de la cocina. Seguramente tendría allí un buen escondite.

Me fumé la segunda colilla.

Me levanté de golpe.

La cocina pesaba un huevo, hasta que me di cuenta de que tenía dos ruedas traseras.

El agujero que había detrás era más grande de lo normal.

Oleg, Oleg, amigo del alma. Eres listo, pero esto, precisamente, te lo enseñé yo.

Me tiré al suelo de rodillas. Solo de manipular con el alambre empecé a estar colocado. Los dedos me temblaban tanto que me dieron ganas de arrancármelos a bocados. Noté que lo agarraba pero se me escapó. Tenía que haber violín allí. ¡Tenía que haber!

Finalmente, picó, y era un pez gordo. Lo cogí. Una bolsa de tela grande y pesada. La abrí. ¡Tenía que haber!

Una goma, una cuchara, una jeringa. Y tres bolsas pequeñas y transparentes. El polvo blanco de las bolsas tenía puntos marrones. Me cantaba de alegría el corazón. Acababa de reunirme con el único amigo, el único amante en el que siempre había podido confiar.

Me metí dos de las bolsas en el bolsillo y abrí la tercera. Si iba con cuidado tendría para una semana, ahora se trataba de chutarme y largarme de allí antes de que llegara Stein o cualquier otro. Puse el polvo en la cuchara y encendí el mechero. Solía echar unas gotas de limón, de ese que se compra embotellado y que la gente se pone en el té. Gracias al limón no se formaban grumos tan fácilmente y así entraba todo en la jeringa. Pero yo no tenía ni limón ni paciencia, ahora solo importaba una cosa, metérmelo en el torrente sanguíneo.

Me puse la goma en el brazo, cogí el extremo con los dientes y tiré. Logré que se me hinchara una vena grande y azul. Incliné la jeringa con el ángulo correcto para conseguir una mayor superficie y para atenuar los temblores. Porque temblaba. Temblaba de una forma acojonante.

Fallé.

Una vez. Dos veces. Respiré hondo. Vamos, no pienses demasiado, no te pases de contento, que no te entre el pánico.

La punta de la aguja me bailaba. Intenté clavarla en aquella culebra azul.

Volví a fallar.

Luchaba contra la desesperación. Pensé que podía fumar un poco primero para tranquilizarme. ¡Pero lo que quería era el chute, el subidón que sientes cuando la dosis va directamente a la sangre, al cerebro, el orgasmo, la caída libre!

Eran el calor y la luz del sol, que me escocía en los ojos. Fui al salón, me senté en la sombra junto a la pared. ¡Mierda, ahora no me veía la puta vena! Tranquilo. Esperé hasta que las pupilas se me dilataron. Menos mal que los antebrazos se me habían puesto blancos como una pantalla de cine. La vena parecía un río en un mapa de Groenlandia. Ahora.

Fallo.

No tenía fuerzas para soportar aquello, sentí que estaba a punto de echarme a llorar. Oí el crujido de la suela de un zapato.

Estaba tan concentrado que no lo había oído llegar. Y cuando levanté la vista, tenía los ojos tan llenos de lágrimas que las formas se desfiguraban, como en un puto espejo de feria.

—Hola, Ladrón.

Hacía mucho que nadie me llamaba así.

Parpadeé para quitarme las lágrimas. Y empecé a reconocer las formas. Sí, lo reconocí todo. Incluso la pistola. No la habían robado unos ladrones que entraron en el local de ensayo, como yo creía.

Lo curioso fue que no me asusté. Todo lo contrario. De repente me sentía totalmente tranquilo.

Me miré la vena otra vez.

—No lo hagas —dijo.

Me miré la mano, firme como la de un carterista. Esta era mi oportunidad.

—Te pego un tiro.

—No lo creo —dije—. Porque entonces nunca sabrás dónde está Irene.

—¡Gusto!

—Solo hago lo que tengo que hacer —dije y me pinché. Y di en el clavo. Levanté el pulgar para ponerlo encima del émbolo—. Ya puedes hacer lo que tengas que hacer tú.

La campana volvió a repicar.

Harry estaba sentado en la sombra junto a la pared. La luz de la farola daba en el colchón. Miró el reloj. Las nueve. Tres horas para el vuelo de Bangkok. De repente le había aumentado el dolor del cuello. Como aumenta el calor del sol justo antes de que este desaparezca detrás de una nube. Pero el sol se iría pronto, pronto se vería libre de dolor. Harry sabía cuál debía ser el final, era tan inevitable como que él volviera a Oslo. Precisamente porque sabía que la necesidad humana de orden y de coherencia lo impulsaba a manipularse a sí mismo para así ver una especie de lógica en todo aquello. Porque la idea de que todo es frío, caos, de que nada tiene sentido, es más difícil de soportar que la peor tragedia, si esta es inteligible.

Se metió la mano en el bolsillo de la chaqueta en busca del tabaco y notó la empuñadura de la navaja en las yemas de los dedos.

Tenía la sensación de que debía deshacerse de aquella arma, de que pesaba una maldición sobre ella. Sobre él. Pero eso no habría cambiado nada, él estaba maldito desde mucho antes de que apareciera la navaja. Y esa maldición era mucho peor que cualquier hoja de navaja y decía que su amor era una peste que él llevaba dentro. Igual que Asáiev le dijo que la navaja transmitía el sufrimiento y la enfermedad del dueño a la persona a la que hirieran con su hoja, así todas las personas que se habían dejado querer por Harry habían terminado pagándolo caro. Se habían hundido, se las habían arrebatado. Solo habían quedado los fantasmas. Todos. Y ahora también Rakel y Oleg.

Abrió el paquete de tabaco y miró dentro.

¿Qué se había creído, que se podía librar de la maldición sin más, que era posible fugarse con ellos a la otra punta del mundo y vivir felices por siempre los tres? Lo estaba pensando al mismo tiempo que volvía a mirar el reloj y se preguntaba hasta cuándo podía esperar como máximo para salir de allí y llegar a tiempo al avión. Era su corazón ávido y egoísta el que hablaba.

Sacó la foto de familia arrugada y la observó otra vez. A Irene. Y a su hermano Stein. El de la mirada gris, que Harry recordaba de dos ocasiones anteriores cuando fue a verlo. Una era de la foto. La otra, de la noche que llegó a Oslo. Estaba en Kvadraturen. La mirada curiosa que le echó a Harry hizo que al principio lo tomara por agente de policía, pero estaba equivocado. Muy equivocado.

Entonces oyó los pasos en la escalera.

La campana empezó a repicar. Sonaba débil y solitaria.

Truls Berntsen se detuvo al final de la escalera y contempló la puerta. Notaba cómo le palpitaba el corazón. Iban a volver a verse. Se alegraba y se inquietaba a la vez. Respiró hondo.

Y llamó a la puerta.

Se ajustó la corbata. No se sentía a gusto llevando traje. Pero entendió que no le quedaba más remedio cuando Mikael le contó quién acudiría a la fiesta de inauguración. Todo tipo de oropeles y galones, desde el jefe de policía saliente y los jefes de unidad hasta su viejo adversario en Delitos Violentos, Gunnar Hagen. También vendrían políticos. La despampanante señora del gobierno municipal a la que había visto en fotos, Isabelle Skøyen. Y también vendrían varios famosos, Truls no tenía ni idea de cómo habría llegado a conocerlos Mikael.

La puerta se abrió.

Ulla.

—Qué guapo estás, Truls —dijo.

Sonrisa de anfitriona. Ojos brillantes.

Pero comprendió enseguida que llegaba demasiado pronto.

Asintió con la cabeza sin más y no fue capaz de dar la respuesta esperada, que ella también estaba muy guapa.

Le dio un abrazo rápido, lo invitó a entrar y dijo que todavía no habían servido el champán de bienvenida. Sonrió y echó una mirada casi de pánico hacia la escalera, al piso de arriba. Seguramente con la esperanza de que Mikael bajara para hacerse cargo de todo. Pero Mikael se estaría vistiendo, inspeccionándose en el espejo, procurando que el pelo le quedara justo como debía.

Demasiado rápido y con más entusiasmo de la cuenta, Ulla empezó a preguntarle por los amigos de cuando vivían en Manglerud, si Truls sabía a qué se dedicaban.

Truls no lo sabía.

—Ya no tengo contacto con ellos —contestó. A pesar de que estaba convencido de que ella sabía que nunca había mantenido contacto con ellos. Con ninguno de ellos. Goggen, Jimmy, Anders, Krøkke. Truls tenía un amigo, Mikael. E incluso ese amigo había procurado mantener a Truls a cierta distancia a medida que iban alejándose tanto social como profesionalmente.

Y, dicho eso, no tenían más que decirse. O ella no tenía más que decir. Él no tenía nada que decirle desde el principio. Entonces ella preguntó:

—¿Alguna señorita, Truls? ¿Alguna novedad?

—Nada nuevo, me temo.

Intentó responder con la misma jovialidad. La verdad, esa copa de bienvenida le habría venido fenomenal.

—¿En serio que no hay nadie que pueda robarte el corazón?

Ella ladeó la cabeza y le hizo un guiño entre risas, pero él se dio cuenta de que ya se arrepentía de haber preguntado. Tal vez porque lo vio ruborizarse. O a lo mejor porque, aunque él nunca se lo había dicho, ella ya sabía la respuesta. Que sí, tú, Ulla, tú podrías robarme el corazón. Que por eso había ido siempre tres pasos por detrás de la superpareja que formaban Mikael y Ulla en Manglerud, siempre presente, siempre dispuesto a hacer favores, aunque lo desmintiera ese aire desabrido e indiferente de me-aburro-pero-no-tengo-nada-mejor-que-hacer. Mientras se le consumía por ella el corazón, mientras registraba con el rabillo del ojo el menor movimiento o la menor expresión de su cara. No podía tenerla, sabía que era imposible. Pero a pesar de todo, lo había ansiado igual que el hombre ansía poder volar.

Mikael bajó por fin las escaleras mientras sacaba los puños de la camisa por la chaqueta del esmoquin para que se le vieran los gemelos.

—¡Truls!

Sonó con esa amabilidad ligeramente exagerada que uno reserva por lo general para la gente a la que no conoce en realidad.

—¿Por qué estás tan serio, amigo mío? ¡Tenemos un palacio que celebrar!

—Creía que era el puesto de jefe de policía lo que celebrábamos —dijo Truls mirando a su alrededor—. Lo he visto hoy en las noticias.

—Una filtración, todavía no es oficial. ¡Pero hoy vamos a celebrar tu terraza, Truls! ¿Cómo vas con el champán, querida?

—Ya lo sirvo —dijo Ulla; le quitó a su marido unas motas de polvo invisibles del hombro y se fue.

—¿Conoces a Isabelle Skøyen? —preguntó Truls.

—Sí —dijo Mikael aún sonriente—. Va a venir esta noche. ¿Por qué?

–No, por nada. –Truls tomó aire. Tenía que ser ahora o nunca–. Pero hay otra cosa por la que quería preguntarte.

–¿Sí?

–Hace unos días me mandaron a detener a un tío en el Leon, ya sabes, el hotel ese.

–Creo que lo conozco, sí.

–Pero mientras estaba llevando a cabo la detención, aparecieron otros dos agentes de policía a los que no conozco y nos quisieron detener a ambos.

–¿Un doblete? –Mikael se echó a reír–. Habla con Finn, es él quien coordina los operativos.

Truls negó lentamente con la cabeza.

–No creo que se tratara de un doblete.

–¿No?

–Creo que alguien me envió allí a propósito.

–¿Quieres decir que querían quedarse contigo?

–Sí, alguien quería quedarse conmigo –dijo Truls buscando la mirada de Mikael, pero no encontró ninguna señal de que entendiera de lo que estaba hablando Truls en realidad. ¿Sería que se había equivocado a pesar de todo? Truls tragó saliva–. Así que pensé que quizá tú supieras algo del tema, que podría tratarse de algo en lo que estuvieras metido.

–¿Yo? –Mikael echó atrás la cabeza y se rió con todas sus ganas.

Y al mirar dentro de aquella boca abierta, Truls recordó que Mikael siempre volvía del dentista del colegio sin una sola caries. Ni siquiera las caries ni las bacterias podían con él.

–¡Ya me habría gustado! –cacareó Mikael–. Dime, ¿te echaron al suelo y te pusieron las esposas?

Truls miró a Mikael. Comprendió que se había equivocado. Por eso se rió también. Tanto por el alivio como por la imagen de los dos agentes sentándosele encima para esposarlo, y por la risa contagiosa de Mikael, esa risa que siempre lo invitaba a reírse con él. No, más bien la risa que le ordenaba que se riera con él. Pero que también lo arropaba, lo abrigaba, le hacía sentirse parte de algo, socio de algo, del dúo que formaban él y Mikael Bellman.

Amigos. Oyó su propia risa mientras la de Mikael se extinguía y él adoptaba una expresión pensativa.

—¿De verdad creías que estaba metido en eso, Truls?

Truls lo miró sonriendo. Pensó en cómo lo había encontrado Dubái a él exactamente, pensó en el chiquillo al que dejó ciego a golpes en el calabozo, y en quién podría haberle contado eso a Dubái. Pensó en la sangre que el equipo de la científica había encontrado debajo de las uñas de Gusto en la calle Hausmann, la sangre que Truls había destruido antes de que llegara al análisis de ADN. Aunque se guardó una pequeña cantidad. Ese tipo de pruebas que podían ser útiles un día. Aquella misma mañana había llevado a Medicina Legal la sangre que se guardó. Y había recibido la respuesta justo antes de llegar a la fiesta. Que, de momento, el análisis indicaba que se trataba de la misma sangre y las mismas uñas que les había enviado Beate Lønn unos días atrás, ¿es que la Científica y Crimen Organizado no se comunicaban? ¿Creían que no tenían suficiente trabajo en Medicina Legal? Truls se disculpó y colgó. Y analizó la respuesta: que la sangre hallada en los fragmentos de uña de Gusto Hanssen procedía de Mikael Bellman.

Mikael y Gusto.

Mikael y Rudolf Asáiev.

Truls se pasó los dedos por el nudo de la corbata. No fue su padre quien le enseñó a hacérselo, él no sabía. Fue Mikael, aquella vez que iban a la fiesta de fin de curso. Le había enseñado a Truls a hacerse un nudo Windsor sencillo y cuando Truls le preguntó por qué el nudo de Mikael parecía mucho más frondoso, Mikael contestó que era un Windsor doble, pero que a él no le sentaría bien.

Mikael no apartaba la vista de él. Seguía esperando la respuesta a su pregunta. Si Truls creía de verdad que él había participado en la broma.

En la decisión de matarlo junto con Harry Hole en el Leon.

Llamaron a la puerta, pero Mikael no se movió.

Truls fingió rascarse la frente mientras aprovechaba para secarse el sudor con las yemas de los dedos.

—No, ¿por qué? —dijo, y soltó ese gruñido suyo a modo de risa—. Solo era una ocurrencia. Olvídalo.

La escalera crujió bajo los pies de Stein Hanssen. Conocía cada peldaño y podía predecir el lamento de cada crujido. Se paró al llegar al final. Llamó a la puerta.

—Adelante —se oyó desde dentro.

Stein Hanssen entró.

Lo primero que vio fue la maleta.

—¿Has terminado de hacer la maleta?

Ella asintió con la cabeza.

—Y el pasaporte, ¿lo has encontrado?

—Sí.

—He pedido un taxi para ir al aeropuerto.

—Ya voy.

—De acuerdo.

Stein miró a su alrededor. Como había hecho en las otras habitaciones. Para decir adiós. Contarles que no volvería. Y oyó los ecos de la infancia. La voz de ánimo del padre. La voz segura de su madre. La entusiasta de Gusto. La alegre de Irene. La única voz que no oía era la suya. Él se había quedado callado.

—¿Stein?

Irene tenía una foto en la mano. Stein sabía cuál, la había colgado en la pared la misma tarde que se presentó con ella el abogado, Simonsen. Era una foto de ella con Gusto y Oleg.

—¿Sí?

—¿Alguna vez te dieron ganas de matar a Gusto?

Stein no contestó. Solo pensaba en esa noche.

La llamada que recibió de Gusto diciendo que sabía dónde estaba Irene. Cómo corrió hasta la calle Hausmann. Y cuando llegó, los coches de la policía. Las voces a su alrededor que decían que el chico que había allí dentro estaba muerto, que le habían disparado. Y la sensación de excitación. Casi de alegría. Y después, el shock. La pena. Sí, en cierto modo sintió pena por Gusto. Al mismo tiempo que sintió la esperanza de que Irene aparecería por fin. Naturalmente, la esperanza fue esfumándose según iban pasando los días y comprendía que era al contrario, que la muerte de Gusto significaba que había perdido toda posibilidad de encontrarla.

Estaba blanca como la cera. Síndrome de abstinencia. Iba a ser difícil. Pero lo conseguirían. Lo conseguirían juntos.

—¿Vamos…?

—Sí —dijo ella y abrió el cajón de la mesita de noche.

Miró la foto. La besó rápidamente y la volvió a dejar boca abajo en el cajón.

Harry oyó que abrían la puerta.

Estaba sentado en la oscuridad sin moverse. Oyó los pasos cruzando el suelo del salón. Vio movimiento cerca de los colchones. El alambre brilló cuando captó la luz de la calle. Los pasos fueron hasta la cocina y se encendió la luz. Harry oyó que alguien movía la cocina.

Se levantó y fue hasta allí.

Se quedó en el umbral mirando al recién llegado, que estaba de rodillas delante del agujero de rata y abría la bolsa con manos temblorosas dejando las cosas una al lado de la otra. La jeringa, la goma, la cuchara, el mechero, la pistola. Las bolsitas de violín.

El suelo crujió cuando Harry cambió el peso de pie, pero el joven ni se inmutó, siguió con su actividad febril.

Harry sabía que era el mono. Que el cerebro se centraba en una única cosa. Carraspeó.

El recién llegado se quedó rígido. Enderezó la espalda, pero no se dio la vuelta. Se quedó sentado sin más con la cabeza baja, mirando lo que había encontrado. No se dio la vuelta.

—Me lo imaginaba —dijo Harry—. Que sería aquí donde vendrías primero. Contabas con que ahora es seguro.

Él seguía sin moverse.

—Hans Christian te ha dicho que la hemos encontrado, ¿no es verdad? Aun así, tenías que venir aquí antes que nada.

El joven se levantó. Y Harry pensó otra vez en lo mucho que había crecido. Casi un hombre.

—¿Qué quieres, Harry?

—Estoy aquí para detenerte, Oleg.

Oleg frunció el entrecejo.

—¿Por un par de bolsitas de violín?

—No por la droga, Oleg. Por el asesinato de Gusto.

—¡No! —repitió.

Pero yo tenía la punta de la jeringa clavada profundamente dentro de una vena que temblaba de expectación.

—Creí que sería Stein o Ibsen quienes vinieran —dije—. No tú.

No vi venir el puto pie de los güevos. Le dio a la jeringa, que saltó por los aires y terminó al fondo de la cocina, cerca del fregadero atestado de cacharros.

—Joder, Oleg —dije mirándolo.

Oleg se quedó mirando a Harry un buen rato.

Era una mirada seria y tranquila. Sin verdadera sorpresa, daba más bien la sensación de que estuviera tanteando el terreno, como si intentara orientarse.

Cuando por fin habló, no parecía enfadado o confundido, sino, en todo caso, lleno de curiosidad.

—Pero tú me creíste, Harry. Cuando te dije que había sido otro hombre, uno que llevaba un pasamontañas de lana, me creíste.

—Sí —dijo Harry—. Porque quería creer en ti a toda costa.

—Pero Harry. —Oleg hablaba en voz baja mirando la bolsa de polvo que había abierto—. Si no puedes creer en tu mejor amigo, entonces ¿en qué vas a creer?

—En las pruebas —dijo Harry, y notó cómo se le cerraba la garganta.

—¿Qué pruebas? Ya encontramos la explicación para esas pruebas, Harry. Entre tú y yo nos cargamos esas pruebas.

—Las otras pruebas. Las nuevas.

—¿Qué pruebas nuevas?

Harry señaló al suelo delante de Oleg.

—La pistola es una Odessa. Es del mismo calibre que la que mató a Gusto. 9 × 18 Makarov. De todos modos, los análisis de balística confirmarán con un cien por cien de seguridad que esa pistola es el arma del crimen, Oleg. Y tiene tus huellas. Solo las tuyas. Si la hubieran utilizado otras personas y después la hubieran limpiado, tus huellas también habrían desaparecido.

Oleg puso un dedo en la pistola, como para confirmar que era la misma de la que estaban hablando.

—Y luego está la jeringa —dijo Harry—. Tiene varias huellas, puede ser que de dos personas. Pero tú eres el que ha presionado el émbolo con el dedo. El émbolo que uno aprieta para chutarse. Y en esa huella del pulgar hay partículas de pólvora, Oleg.

Oleg puso un dedo en la jeringa usada.

—¿Por qué es eso una nueva prueba contra mí?

—Porque dijiste que estabas colocado cuando entraste en la habitación. Pero las partículas de pólvora demuestran que te pinchaste después. Lo que a su vez demuestra que disparaste a Gusto primero y luego te metiste la jeringa. Estabas limpio en el momento del crimen, Oleg. Fue un asesinato premeditado.

Oleg asintió despacio con la cabeza.

—Y tú has cotejado las huellas de la pistola y de la jeringa con el registro policial. Así que ya saben que yo…

Harry negó con la cabeza.

—No me he puesto en contacto con la policía. Soy el único que lo sabe.

Oleg tragó saliva. Harry vio los pequeños movimientos en la garganta.

—¿Cómo sabes que son mis huellas si no las has cotejado con el registro?

—Tenía huellas con las que compararlas.

Harry se sacó la mano del abrigo. Puso la Gameboy blanca en la mesa.

Oleg miró la Gameboy. Parpadeó repetidas veces, como si le hubiera entrado algo en el ojo.

—¿Cómo llegaste a sospechar de mí? —dijo casi susurrando.

—El odio —dijo Harry—. El anciano. Rudolf Asáiev. Me dijo que siguiera el odio.

—¿Quién es ese?

—Es el hombre al que llamáis Dubái. Tardé un tiempo en comprender que se refería a su propio odio. El odio que sentía por ti. El odio por haber matado a su hijo.

—¿Su hijo? —Oleg levantó la cabeza y miró a Harry inexpresivo.

—Sí. Gusto era su hijo.

Oleg dejó caer la cabeza otra vez, se sentó en cuclillas mirando al suelo.

—Si… —Negó con la cabeza. Volvió a empezar—. Si es verdad que Dubái era el padre de Gusto y si me odiaba tanto, ¿por qué no procuró que me mataran en la cárcel enseguida?

—Porque era exactamente ahí donde te quería. Porque para él la cárcel es peor que la muerte, la cárcel te devora el alma, la muerte solo te libera. La cárcel era algo que Rudolf Asáiev solo deseaba para la persona que odiaba por encima de todo. A ti, Oleg. Naturalmente, tenía un control total sobre todo lo que tú hacías allí.

—Pues no me di cuenta, pero me lo imaginaba.

—Él sabía que tú sabías que, si te chivabas de él, eras hombre muerto. Hasta que no empezaste a hablar conmigo no te vio como una verdadera amenaza y tuvo que conformarse con liquidarte. Pero no le salió bien.

Oleg cerró los ojos. Seguía sin moverse, todavía en cuclillas. Como si le esperase una carrera importante y lo único que tuvieran que hacer ahora fuera estar así, concentrándose juntos en silencio.

La ciudad interpretaba su música allá fuera: los coches, la sirena lejana de un barco, una sirena desganada, sonidos que eran la suma de las actividades humanas, igual que el crujir regular y constante de un hormiguero, monótono, adormecedor y seguro como un edredón bien abrigado.

Oleg se inclinó lentamente hacia delante sin apartar la vista de Harry.

Harry negó con la cabeza.

Pero Oleg cogió la pistola. Con cuidado, como si tuviera miedo de que fuera a explotarle en las manos.

43

Truls se había refugiado en la soledad de la terraza.

Se situó en el extrarradio de algunas conversaciones, bebió un poco de champán, picó lo que se ofrecía en palillos de dientes e intentó que pareciera que encajaba. Algunas de aquellas personas bien educadas intentaban incluirlo en la conversación. Lo saludaban, le preguntaban quién era y a qué se dedicaba. Truls contestaba con pocas palabras y no se le ocurría devolverles la pregunta. Como si no estuviera en posición de hacerlo. O como si sospechara que debería saber quiénes eran y qué mierda de puestos estupendos ocupaban.

Ulla estaba atareada sirviendo y sonriendo y hablando con esas personas como si fueran viejos conocidos y Truls consiguió entablar contacto visual con ella solo un par de veces. Ella le sonrió y le hizo un gesto que él entendió como que le gustaría hablar con él, pero que sus deberes de anfitriona la llamaban. Ninguno de los otros tíos que habían ayudado en la casa habían podido venir y ni los jefes de unidades ni el jefe de policía habían reconocido a Truls. Casi le entraron ganas de contarles que era el policía que le había sacado el ojo a palos a aquel chico.

Pero la terraza estaba muy bien. Oslo brillaba a sus pies como una joya.

El frío del otoño había llegado con las altas presiones. Se habían anunciado temperaturas nocturnas próximas a los cero grados en zonas altas. Oyó sirenas lejanas. Una ambulancia. Y, por lo menos, un coche de policía. Se oía desde algún sitio del centro. Lo que más le apetecía a Truls era escabullirse y encender la radio de la policía. Escuchar lo que pasaba. Tomarle el pulso a su ciudad. Sentir que formaba parte de ella.

La puerta de la terraza se abrió y Truls dio automáticamente dos pasos hacia atrás, hacia las sombras, para evitar que lo incluyeran en una conversación donde se encogería todavía un poco más.

Era Mikael. Y la mujer del gobierno municipal. Isabelle Skøyen.

Ella estaba bebida, al parecer, ya que Mikael la sujetaba. Una mujer grande, lo superaba en altura. Se quedaron en la barandilla, de espaldas a Truls, delante del saledizo sin ventana, donde los invitados que estaban en el salón no podrían verlos.

Mikael estaba detrás de ella y Truls casi esperaba ver un mechero encender un cigarro, pero eso no ocurrió. Cuando oyó el crujido de la tela y a Isabelle Skøyen reírse en voz baja y como protestando, fue demasiado tarde para hacerse notar. Vio unos muslos blancos de mujer antes de que ella volviera a bajarse el vestido resuelta. La mujer se volvió hacia él, sus cabezas se fundieron en una única silueta sobre el fondo de la ciudad que se extendía allá abajo. Truls oyó el chasquido húmedo de sus lenguas. Se dio la vuelta hacia el salón. Vio a Ulla apresurarse sonriente entre los invitados con bandejas de nuevos suministros. Truls no lo entendía. No lo entendía ni de coña. No es que estuviera escandalizado, no era la primera vez que Mikael estaba con otra mujer, pero no entendía cómo tenía estómago para hacer aquello. Cómo tenía corazón para hacer algo así. Cuando tienes una tía como Ulla, cuando tienes una suerte tan extraordinaria y te has llevado el premio gordo, ¿cómo puedes estar dispuesto a arriesgarlo todo por un polvo? ¿Es porque, como Dios o quién coño sea te ha dado aquello que quieren las mujeres —físico, ambición, una lengua veloz que sabe lo que hay que decir—, te sientes en la obligación de aprovechar tu potencial? Igual que la gente que mide dos veinte cree que debe jugar al baloncesto. Truls no lo sabía. Lo único que sabía era que Ulla merecía algo mejor. Alguien que la quisiera. Que la quisiera como él siempre la había querido. Y siempre la querría. Lo de Martine había sido una aventura imprudente y no se iba a repetir. Lo había pensado algunas veces, que de alguna manera tenía que hacer saber a Ulla que si por cualquier razón perdiera a Mikael, podría contar con él, podría contar con Truls. Pero nunca había encontrado la forma adecuada de hacerlo. Truls aguzó el oído. Estaban hablando.

—Solo sé que ha desaparecido —dijo Mikael, y Truls pudo oír por cómo arrastraba la voz que él tampoco estaba sobrio del todo—. Pero han encontrado a los otros dos.

—¿A sus cosacos?

—Sigo pensando que eso de que eran cosacos es una fanfarronada. En cualquier caso, Gunnar Hagen de Delitos Violentos se ha puesto en contacto conmigo y me ha preguntado si puedo ayudarles. Usaron gas lacrimógeno y armas automáticas, así que creen que puede tratarse de un ajuste de cuentas entre bandas. Me preguntó si Crimen Organizado tenía candidatos. Ellos están dando palos de ciego.

—¿Y tú qué contestaste?

—Pues la verdad, que no tengo ni idea de quién podía ser. Si es una banda, han logrado pasar por debajo del radar.

—¿Crees que el viejo puede haber escapado?

—No.

—¿No?

—Creo que su cadáver está pudriéndose en alguna parte. —Truls vio que señalaba con la mano el cielo estrellado—. Puede que lo encontremos pronto o que no lo encontremos nunca.

—Los cadáveres siempre aparecen, ¿no?

No, pensó Truls. Tenía el peso repartido entre los dos pies y notaba la presión contra el cemento de la terraza y viceversa. No siempre.

—Como sea —dijo Mikael—. Alguien se lo ha cargado, y es nuevo. Pronto se sabrá quién es el nuevo rey de la droga de Oslo.

—¿Qué crees que supondrá eso para nosotros?

—Nada, querida. —Truls vio que Mikael Bellman le ponía la mano en la nuca a Isabelle Skøyen. Por la silueta parecía que la estuviera estrangulando. Se tambaleó un poco—. Hemos llegado a donde queríamos, nos bajamos aquí. En realidad, no podría haber terminado mejor. Ya no necesitábamos al anciano y pensando en todo lo que llegó a saber sobre ti y sobre mí durante... nuestra colaboración, pues...

—¿Pues?

—Pues...

—Aparta la mano, Mikael.

Risa aterciopelada empapada de alcohol.

—Bueno, si el nuevo rey no hubiera hecho el trabajo por nosotros, puede que hubiera tenido que hacerlo yo mismo.

—Habrías dejado que lo hiciera Beavis, querrás decir.

Truls se sobresaltó al oír aquel apodo que tanto detestaba. Fue Mikael quien lo utilizó por primera vez cuando estaban en secundaria en Manglerud. Y la gente se quedó con él enseguida, por la mandíbula inferior prominente y el gruñido que hacía al reír. Una vez, en bachillerato, Mikael dijo para consolarlo que pensaba más bien en «la concepción anarquista de la realidad» y «la moral inconformista» del personaje de dibujos animados de la MTV. Hizo que sonara como si le estuviera dando a Truls un puto título honorífico.

—Qué va. Nunca le habría hablado a Truls de mi papel.

—Sigo pensando que es extraño que no te fíes de él. ¿No sois amigos de la infancia? ¿No te ha puesto el suelo de la terraza?

—Sí. En plena noche y completamente solo. ¿Comprendes? Estamos hablando de un hombre que no está del todo en sus cabales. Se le puede ocurrir cualquier cosa.

—Ya, y a pesar de todo, ¿le dijiste al anciano que tenía que reclutar a Beavis como quemador?

—Eso es porque conozco a Truls desde que éramos niños y sé que es un corrupto integral que está dispuesto a venderse.

Isabelle Skøyen se rió en voz alta y Mikael le dijo que bajara la voz.

Truls había dejado de respirar. Sentía un nudo en la garganta y como si tuviera un animal en el estómago. Un animal pequeño que daba vueltas buscando cómo salir. Le hacía cosquillas y temblaba. Trataba de encontrar la salida hacia arriba. Le presionaba el pecho.

—Por cierto, nunca me has contado por qué me elegiste a mí como colaborador —dijo Mikael.

—Porque tienes una polla estupenda, naturalmente.

—No, en serio. Si no hubiera aceptado tu propuesta de trabajar contigo y con el anciano, tendría que haberte detenido.

—¿Detenerme? —bufó ella—. Todo lo que hice fue por el bien de la ciudad. Legalizar la marihuana, distribuir metadona, financiar narcosalas. O dejar vía libre a una droga que produce menos muertes por sobredosis. ¿Dónde está la diferencia? La política de estupefacientes es pragmatismo, Mikael.

—Tranquila, estoy de acuerdo, por supuesto. Hemos hecho de Oslo una ciudad mejor. Brindemos por eso.

Ella hizo caso omiso de la copa que Mikael levantaba.

—De todas formas, nunca me habrías detenido. Porque entonces le habría contado a todo el que quisiera oírme que follamos a espaldas de esa mujercita tan guapa que tienes. —Risita—. Incluso literalmente, a su espalda. ¿Te acuerdas de cuando te conocí en la fiesta de ese estreno y te dije que podías follarme? Tu mujer estaba justo detrás de ti, no podía oírnos, pero casi, y tú ni siquiera parpadeaste. Solo me pediste quince minutos, lo justo para poder mandarla a casa.

—Cállate, estás borracha —dijo Mikael poniéndole una mano en la parte baja de la espalda.

—Entonces fue cuando comprendí que eras un hombre a mi medida. Así que cuando el anciano dijo que debía buscarme un aliado con ambiciones tan altas como las mías, supe a quién dirigirme. Salud, Mikael.

—Por cierto, las copas están vacías, deberíamos volver y…

—Borra lo que acabo de decir. No hay hombres a mi medida, solo…

Una risa profunda. La suya.

—Vámonos.

—¡Harry Hole!

—Cállate.

—Ese sí que es un hombre a mi medida. Un poco tonto, claro, pero en fin… ¿Dónde crees que estará?

—Dado el tiempo que hace que lo buscamos sin resultados, supongo que habrá dejado el país. Consiguió que declararan inocente a Oleg, no va a volver.

Isabelle se tambaleó, pero Mikael la sujetó.

—Eres un demonio, Mikael. Y nosotros, los demonios, nos merecemos los unos a los otros.

—Puede ser, pero tenemos que entrar —dijo Mikael, y miró el reloj.

—No te preocupes, guapo, tengo mucho entrenamiento a la hora de estar borracha. ¿Comprendes?

—Comprendo, pero entra tú primero, así no parecerá tan…

—¿Guarro?

—Algo así.

Truls oyó su risa dura y los tacones más duros aún golpeteando el suelo de la terraza.

Ella se fue y Mikael se quedó apoyado en la barandilla.

Truls esperó unos segundos antes de hacer notar su presencia.

—Hola, Mikael.

Su amigo de la infancia se dio la vuelta. Tenía los ojos nublados, la cara ligeramente hinchada. Truls supuso que el tiempo que tardó en reaccionar hasta que se le iluminó la mirada se debía al alcohol.

—Aquí estás, Truls, no te he oído llegar. ¿Está animada la cosa ahí dentro?

—Claro, hombre.

Se miraron. Y Truls se preguntó dónde y cuándo había ocurrido, dónde y cuándo habían olvidado cómo hablar, esa charla despreocupada, ese soñar despiertos al que se entregaban cuando podían decirlo todo y hablar de todo. Cuando los dos eran como uno solo. Como al principio de su carrera profesional, cuando le pegaron la paliza a aquel tío que había intentado ligar con Ulla.

O a ese puto marica que trabajaba en Kripos y que intentó propasarse con Mikael, y que llevaron a la sala de calderas de Bryn unos días más tarde. El tío lloró y les pidió perdón, dijo que había malinterpretado a Mikael. Evitaron darle en la cara para que no fuera tan evidente, pero Truls se cabreó tanto con aquel puto lloriqueo que se empleó con la porra con más fuerza de lo que pretendía, y podría decirse que Mikael lo paró en el último momento. A lo mejor no eran lo que podría llamarse buenos recuerdos pero, en cualquier caso, eran experiencias que unen a dos personas.

—Sí, estoy aquí admirando la terraza —dijo Mikael.

—Gracias.

—A propósito, me he acordado de una cosa. La noche que echaste el cemento…

—¿Sí?

—Dijiste que solo estabas nervioso y que no podías dormir. Pero me he acordado de que fue la misma noche que detuvimos a Odin, y luego fue lo del registro de Alnabru. Y él había desaparecido, el tío aquel…

—Tutu.

—Eso, Tutu. Ibas a participar en la detención, pero no pudiste porque estabas enfermo, según me dijiste. ¿Y vas y echas el cemento de la terraza?

Truls sonrió un poco. Miró a Mikael. Por fin podía mirarlo a la cara y sostenerle la mirada.

—Vale, Mikael. ¿Quieres oír la verdad?

Mikael pareció dudar antes de responder.

—Claro.

—Me escaqueé.

Se hizo el silencio en la terraza unos segundos, todo lo que se oía era el estruendo lejano de la ciudad.

—¿Te escaqueaste? —Mikael empezó a reír. Incrédulo, pero con buen humor. A Truls le gustaba esa risa. A todo el mundo le gustaba, mujeres y hombres. Era una risa que decía eres-divertido-y-simpático-y-seguramente-listo-y-vale-la-pena-dedicarte-esta-

477

risa-sincera–. ¿Tú te escaqueaste? ¿El tío que jamás falta al trabajo y al que le encanta detener gente?

–Sí –dijo Truls–. Es que no podía, simplemente. Había prometido follar un poco.

Un nuevo silencio.

Y Mikael rompió en una carcajada. Echó la cabeza hacia atrás y jadeó. Ni una sola caries. Se inclinó hacia delante y le aporreó a Truls la espalda. Era una risa tan alegre y libre que, después de unos segundos, Truls no lo pudo evitar. Él también se rió.

–Follar y echar cemento –jadeó Mikael Bellman–. Eres todo un hombre, Truls. Todo un hombre.

Truls sintió que, con el halago, casi recuperaba la estatura normal y, por un instante, se sintió casi como antaño. No, no casi, era como antaño.

–Ya sabes –rió Truls con un gruñido–. A veces uno tiene que hacer las cosas a su manera. Solo así se hacen bien de verdad.

–Es verdad –dijo Mikael y le rodeó a Truls los hombros con el brazo y, dando pisotones con los dos pies en el suelo de la terraza, añadió–: Pero esto, Truls, es mucho cemento para un solo hombre.

Sí, pensó Truls, y sintió cómo la risa le burbujeaba agradablemente en el pecho. Es mucho cemento para un solo hombre.

–Debería haberme quedado con la Gameboy cuando me la trajiste –dijo Oleg.

–Deberías haberte quedado con ella, sí –dijo Harry apoyándose en el marco de la puerta de la cocina–. Y afinar tu técnica del Tetris.

–Y tú deberías haberle quitado el cargador a esta pistola antes de dejarla otra vez en su sitio.

–A lo mejor.

Harry intentaba no mirar a la Odessa que apuntaba a medias al suelo y a medias a él.

Oleg sonrió cansado.

–Parece que los dos hemos cometido algún que otro error. ¿O no?

Harry asintió con la cabeza.

Oleg se había levantado y estaba junto a la cocina.

—Pero no solo cometí errores, ¿verdad?

—Qué va. También hiciste muchas cosas bien.

—¿Cómo qué?

Harry se encogió de hombros.

—Como insistir en que te tiraste contra la pistola de ese agresor ficticio. Que llevaba pasamontañas y que no dijo ni una palabra sino que solo hizo señas. Me dejaste a mi sacar las conclusiones evidentes, que eso explicaba las partículas de pólvora que tenías en la piel. Y que el asesino no habló porque tenía miedo de que le reconocieras la voz, lo que insinuaba que era alguien relacionado con el negocio de la droga o alguien de la policía. Me imagino que se te ocurrió lo del pasamontañas porque te acordaste de que el policía que participó con vosotros en lo de Alnabru tenía uno. En tu historia lo sitúas en el despacho de al lado porque habían robado y estaba abierto, de manera que cualquiera podría entrar y largarse por ahí hasta el río. Me diste las pistas necesarias para que yo pudiera fabricar mi propia explicación satisfactoria de cómo no habías matado a Gusto. Una explicación que sabías que mi cerebro encontraría. Porque el cerebro siempre está dispuesto a permitir que decidan los sentimientos. Siempre está dispuesto a encontrar las respuestas de consuelo que necesita el corazón.

Oleg asintió despacio con la cabeza.

—Pero ahora tienes todas las demás respuestas. Las verdaderas.

—Excepto una —dijo Harry—. ¿Por qué?

Oleg no contestó. Harry levantó la mano derecha mientras metía la izquierda lentamente en el bolsillo y sacaba un paquete arrugado de tabaco y un mechero.

—¿Por qué, Oleg?

—¿Tu qué crees?

—Un tiempo pensé que se trataba de Irene. Celos. O que sabías que él la había vendido a alguien. Pero si él era la única persona que sabía dónde estaba, no podías matarlo antes de que te lo dijera. Así que tenía que tratarse de otra cosa. Algo que era igual de poderoso que querer a una mujer. Porque en realidad tú no eres ningún asesino, ¿verdad?

—*You tell me.*

—Eres un tío con un motivo clásico, un motivo que ha llevado a muchos hombres buenos a cometer actos horribles, incluido un servidor. La investigación ha ido en círculos. La distancia es la misma en los dos sentidos. He vuelto a donde empezamos. Con un enamoramiento. El peor de los enamoramientos.

—¿Qué sabes tú de eso?

—Porque he estado enamorado de la misma mujer. O de su hermana. Es extraordinariamente guapa de noche y prodigiosamente fea cuando te despiertas al día siguiente. —Harry encendió el cigarro negro con el filtro dorado y el águila nacional rusa—. Pero cuando llega la noche, se te olvida y vuelves a estar igual de enamorado. Y no hay nada que pueda competir con ese enamoramiento, ni siquiera Irene. ¿Me equivoco?

Harry dio una calada al cigarro y miró a Oleg.

—¿Para qué me necesitas? —preguntó Oleg—. Tú ya lo sabes todo.

—Porque quiero oírtelo decir.

—¿Por qué?

—Porque quiero que te oigas a ti mismo. Para que así puedas oír lo idiota y lo absurdo que es.

—¿El qué? ¿Que es de idiotas matar a alguien porque intenta robarte la droga? ¿La droga que tanto trabajo te ha costado conseguir?

—¿No oyes lo banal y lo tristísimo que es?

—¡Porque tú lo digas!

—Sí, claro que lo digo. Perdí a la mejor mujer de mi vida por no poder resistir. Y tú has matado a tu mejor amigo, Oleg. Di su nombre.

—¿Por qué?

—Di su nombre.

—Soy yo quien tiene la pistola.

—Di su nombre.

Oleg sonrió.

—Gusto. ¿Qué va…?

—Otra vez.

Oleg ladeó la cabeza y miró a Harry.

—Gusto.

—¡Otra vez! —gritó Harry.

—¡Gusto! —Oleg le respondió con un grito.

—Una vez m…

—¡Gusto! —Oleg inspiró—. ¡Gusto! Gusto… —La voz empezó a temblarle—. ¡Gusto! —Ya se le resquebrajaba—. Gusto. Gus… —Un sollozo se interpuso en el camino—… to. —Las lágrimas se le desbordaron cuando cerró fuertemente los ojos y susurró—: Gusto. Gusto Hanssen…

Harry dio un paso hacia delante, pero Oleg levantó la pistola.

—Eres joven, Oleg. Todavía puedes cambiar.

—¿Y tú qué, Harry? ¿Tú puedes cambiar?

—Me gustaría poder cambiar, Oleg. Ojalá lo hubiera hecho, así habría podido cuidar mejor de vosotros. Pero para mí era demasiado tarde. Me quedé siendo lo que soy.

—¿Y qué eres? ¿Un borracho? ¿Un traidor?

—Un policía.

Oleg se rió.

—¿Solo eso? ¿Un policía? ¿No un ser humano y esas cosas?

—Más que nada, policía.

—Más que nada, policía —repitió Oleg, y lo señaló retador con la cabeza—. ¿No es eso banal y tristísimo?

—Banal y tristísimo —dijo Harry, cogió el cigarro a medio fumar mirándolo insatisfecho, como si no funcionara como debía—. Porque significa que no tengo elección, Oleg.

—¿Elección?

—Tengo que procurar que recibas el castigo que mereces.

—Tú ya no trabajas en la policía, Harry. Has venido desarmado. Y nadie más sabe lo que tú sabes ni que estás aquí. Piensa en mamá. ¡Piensa en mí! Por una vez en la vida, piensa en nosotros, en nosotros tres. —Tenía los ojos llenos de lágrimas y, en la voz, un tono estridente y metálico de desesperación–. ¿Por qué no puedes simplemente irte de aquí y lo olvidamos todo, como si nada de esto hubiera pasado?

–Me gustaría poder hacerlo –dijo Harry–. Pero no me dejas escapatoria. Sé lo que ha pasado y tengo que pararte.

–Entonces, ¿por qué me has dejado coger la pistola?

Harry se encogió de hombros.

–No puedo detenerte. Tienes que entregarte tú. Esta carrera es tuya.

–¿Entregarme? ¿Por qué iba a entregarme? ¡Acaban de soltarme!

–Si te detengo, os pierdo a tu madre y a ti. Y sin vosotros no soy nada. No puedo vivir sin vosotros. ¿Me comprendes, Oleg? Soy una rata a la que han dejado en la calle y solo tiene un camino para entrar, y ese camino pasa por ti.

–¡Entonces déjame que me vaya! ¡Lo olvidamos todo y empezamos de nuevo!

Harry negó con la cabeza.

–Asesinato, Oleg, con premeditación. No puedo. Tú tienes ahora la llave, y la pistola. Tú tienes que pensar en nosotros tres. Si vamos a ver a Hans Christian, él se encargará de todo, y si te entregas te reducirán la pena bastante.

–Pero será lo bastante larga como para perder a Irene. Nadie espera tanto tiempo.

–Puede que sí, puede que no. A lo mejor ya la has perdido.

–¡Mentira, mentira como todo lo que dices! –Harry vio cómo Oleg parpadeaba sin parar para eliminar las lágrimas–. ¿Y qué vas a hacer si no quiero entregarme?

–Entonces, tendré que detenerte ahora.

Oleg profirió una especie de jadeo, un sonido a medio camino entre un sollozo y una risa de incredulidad.

–Estás loco, Harry.

–Me han hecho de esa pasta, Oleg. Hago lo que tengo que hacer. Como tú también tienes que hacer lo que tienes que hacer.

–¿Tengo que? Lo dices como si fuera una puta maldición.

—A lo mejor.

—¡*Bullshit!*

—Pues rompe la maldición, Oleg. Porque en realidad no tienes ganas de volver matar, ¿verdad?

—¡Vete! —gritó Oleg. La pistola le temblaba en la mano—. ¡Vamos, largo! ¡Ya no eres de la policía!

—Correcto —dijo Harry—. Pero, como he dicho, soy… —Apretó los labios alrededor del cigarro negro e inhaló profundamente. Cerró los ojos y se quedó allí plantado unos segundos como si estuviera disfrutando de algo. Luego soltó el aire y el humo, que salieron siseando de los pulmones—… policía.

Dejó caer el cigarro al suelo. Lo pisó al mismo tiempo que echaba a andar hacia Oleg. La cabeza bien alta. Oleg era casi tan alto como él. Harry se encontró con la mirada del chico detrás de la mira de la pistola, que tenía en alto. Vio que se levantaba el percutor. Ya conocía el resultado. Él estaba en medio, el chico tampoco tenía elección, eran dos desconocidos en una ecuación sin solución, dos cuerpos celestes en una trayectoria de colisión inevitable, una lucha de Tetris que solo uno de ellos podía ganar. Que solo uno de ellos quería ganar. Esperaba que Oleg tuviera el juicio suficiente como para deshacerse de la pistola después, que cogería ese avión a Bangkok, que nunca le contaría nada a Rakel, que no se despertaría en medio de la noche gritando con la habitación llena de fantasmas, que lograría procurarse una vida que valiera la pena vivir. Porque la suya no valía la pena. Ya no. Se armó de valor y siguió hacia delante, notaba el peso del cuerpo, el ojo negro del cañón de la pistola iba creciendo. Un día de otoño. Oleg, diez años, el viento que le alborotaba el pelo, Rakel, Harry, hojas de color naranja, mientras miraban a la cámara de bolsillo y esperaban el clic del autodisparador. La prueba fotográfica de que habían llegado hasta arriba, de que habían estado allí, de que habían llegado a la cima de la felicidad. El dedo índice de Oleg, blanquecino alrededor de la última articulación, que desplazaba el gatillo hacia atrás. No había ningún camino de vuelta a aquel lugar. Nunca hubo tiempo de coger ese avión. Nunca hubo ningún avión, ningún Hong Kong, solo la idea de una vida que ninguno de ellos había sido capaz de vivir. Harry no sentía ningún miedo. Solo pena. Una salva brevísima sonó como un disparo e hizo vibrar los cristales de las ventanas. Sintió físicamente la presión de las balas que le daban en medio del pecho. El retroceso hizo que el cañón se levantara, de forma que la tercera bala le alcanzó en la cabeza. Se cayó. Debajo de él estaba oscuro, y cayó dentro de esa oscuridad hasta que lo absorbió y lo envolvió en una nada refrescante e indolora. Por fin, pensó. Y ese fue el último pensamiento de Harry Hole. Que, por fin, por fin, era libre.

La rata madre aguzó el oído. Los gritos de sus hijos sonaban más claros si cabe ahora que la campana había dado sus diez campanadas y había cesado, ahora que la sirena de la policía que por un momento se acercaba había vuelto a alejarse. Solo quedaban los latidos débiles de aquel corazón. En un lugar de su memoria de rata conservaba el recuerdo del olor a pólvora y de otro cuerpo más joven que había estado sangrando allí, en ese mismo suelo de la cocina. Pero eso había sido el verano anterior, mucho antes de que nacieran los hijos. Y aquel cuerpo no bloqueaba la entrada del agujero que daba al nido.

Se dio cuenta de que el estómago del hombre era más difícil de atravesar de lo que creía y que tenía que encontrar otro camino. Así que volvió a donde había empezado.

Mordió otra vez el zapato de cuero.

Volvió a lamer el metal, el metal salado que sobresalía entre dos dedos de la mano derecha.

Pasó por encima de la chaqueta del traje que olía a sudor, sangre y comida, tantos tipos de comida que seguro que había estado en un basurero.

Y otra vez, unas cuantas moléculas de ese olor fuerte a humo que no se había disipado del todo. E incluso esas pocas moléculas le escocían en los ojos, le provocaban lágrimas y le dificultaban la respiración.

Subió corriendo por el brazo, encontró una vena sangrante alrededor del cuello que la distrajo un momento. Pero volvió a oír los gritos de los hijos y corrió por encima del pecho. Los dos agujeros redondos del pecho de la chaqueta olían intensamente. A azufre, a pólvora. Uno de los agujeros entraba por donde estaba el corazón, la rata notaba las vibraciones casi imperceptibles de los latidos. Latía a duras penas. Siguió hasta la frente, lamió la sangre que corría en un hilillo solitario y fino desde el pelo rubio. Seguía bajando hasta las partes carnosas, los labios, las aletas de la nariz, los párpados. Una cicatriz le cruzaba la mejilla. Su cerebro de rata trabajaba como trabajan los cerebros de rata en los laberintos de los experimentos, con una racionalidad y una eficacia sorprendentes. La mejilla. La cavidad bucal. La nuca, justo debajo del cogote. Entonces llegaría a la parte de atrás. La vida de rata es dura y sencilla. Una hace lo que tiene que hacer.

QUINTA PARTE

44

La luz de la luna le arrancaba destellos al río Akerselva, hacía que aquel arroyo pequeño y sucio fluyera por la ciudad como una cadena de oro. No había muchas mujeres que prefirieran los senderos desiertos que discurrían paralelos al río, pero Martine sí. Había sido un día largo en Fyrlyset y estaba cansada. Pero con un cansancio del bueno. Había sido un día largo y productivo. Un chico se le acercó desde las sombras, al verle la cara a la luz de la farola murmuró «hola» en voz baja y volvió a esconderse.

Richard le había preguntado un par de veces si, ahora que estaba embarazada, no debería tomar otro camino para volver a casa, pero ella le decía que era el camino más corto a Grünerløkka. Y que se negaba a permitir que nadie le arrebatara su ciudad. Además, conocía a muchas de las personas que andaban debajo de los puentes, al punto que se sentía más segura allí que en un bar pijo de la zona oeste de la ciudad. Había dejado atrás urgencias, la plaza de Schou y se acercaba al café Blå cuando oyó unos golpes secos en el asfalto, unos zapatazos breves y fuertes en el suelo. Un hombre alto y joven venía corriendo hacia ella. Iba deslizándose entre las zonas oscuras y las iluminadas del sendero. Atinó a vislumbrar la cara antes de que el joven pasara de largo, y oyó su respiración jadeante alejándose a su espalda. Era una de las caras conocidas, de las que había visto en el café de Fyrlyset. Claro que eran muchos y, de vez en cuando, creía haber visto a alguien y, al día siguiente, los colegas le contaban que llevaba muerto meses, incluso años. Pero por alguna razón, aquella cara le trajo otra vez el recuerdo de

Harry. No hablaba nunca con nadie de él y mucho menos con Richard, naturalmente, pero él había logrado hacerse un sitio allí dentro, un espacio no muy grande donde ella podía ir de vez en cuando a visitarlo. ¿Sería Oleg? ¿Y por eso se había acordado de Harry? Se dio la vuelta. Vio la espalda del chico que seguía corriendo. Como si el diablo le fuera pisando los talones, como si tratara de escapar de alguien. Pero no vio a nadie siguiéndolo. Su figura se fue volviendo más pequeña hasta que se perdió por completo en la oscuridad.

Irene miró el reloj. Las once y cinco. Se retrepó en el asiento y observó el monitor que había encima del mostrador de embarque. Dentro de unos minutos empezarían a embarcar. Papá había enviado un mensaje de móvil diciendo que se encontraría con ellos en el aeropuerto de Frankfurt. Estaba sudando y le dolía todo el cuerpo.

Stein le apretó la mano.

—¿Qué tal vas, chiquitina?

Irene sonrió. Y le devolvió el apretón.

Todo saldría bien.

—¿Conocemos a esa de allí? —susurró Irene.

—¿Quién?

—La del pelo oscuro que está sentada sola.

Ya estaba allí cuando llegaron, en uno de los asientos junto a la puerta de embarque que había enfrente de la suya. Estaba leyendo una guía de Lonely Planet sobre Tailandia. Era guapa, tenía esa clase de belleza a la que no le afecta la edad. E irradiaba algo, una especie de alegría sosegada, como si estuviera riéndose por dentro a pesar de estar sola.

—Yo no. ¿Quién es?

—No lo sé. Se parece a alguien.

—¿A quién?

—No lo sé.

Stein se rió. Esa risa segura y tranquila de hermano mayor. Volvió a apretarle la mano.

Sonó un pitido prolongado y una voz metálica anunció que el vuelo a Frankfurt estaba listo para el embarque. La gente empezó a levantarse y a acercarse al mostrador. Irene retuvo a Stein, que también iba a levantarse.

—¿Qué pasa, chiquitina?

—Vamos a esperar a que se termine la cola.

—Pero es…

—No aguanto estar tan apretada… con toda esa gente.

—Claro. Qué tonto soy. ¿Qué tal vas?

—Por ahora, bien.

—Vale.

—Parece un poco sola.

—¿Sola? —dijo Stein mirando a la señora—. No estoy de acuerdo. Parece feliz.

—Sí, pero sola.

—¿Feliz y sola?

Irene se rió.

—No, supongo que estoy equivocada. A lo mejor la que está sola es la persona a la que se parece esa mujer.

—¿Irene?

—¿Sí?

—¿Te acuerdas de lo que dijimos? ¿Lo de que solo pensamientos alegres?

—Sí. Nosotros dos no estamos solos.

—No, porque nos tenemos el uno al otro. Para siempre, ¿verdad?

—Para siempre.

Irene se agarró del brazo de su hermano y apoyó la cabeza en el hombro. Pensó en el policía que la había encontrado. Le dijo que se llamaba Harry. Primero pensó en el Harry del que Oleg solía hablar, él también era policía. Pero según le había explicado Oleg, se imaginaba un hombre más alto, joven y tal vez más guapo que aquel hombre que la había soltado, que era bastante feo. Pero como también había ido a ver a Stein, ahora sabía que era él. Harry Hole. Y sabía que se acordaría de él el resto de su vida. Recordaría la cara llena de cicatrices, la herida que le cruzaba la barbilla y aquella venda enorme alrededor del cuello. Y la voz. Oleg no le había dicho que tuviera una voz tan agradable. Y de repente sintió que estaba segura, no sabía de dónde procedía aquella seguridad, simplemente, allí estaba.

Las cosas saldrían bien.

Ahora que se iba de Oslo, lo dejaría todo atrás. No podía tocar nada, ni el alcohol ni las drogas, se lo habían explicado tanto papá como el médico con el que habló. El violín siempre estaría presente, pero ella lo mantendría a distancia. Igual que el fantasma de Gusto, que también la visitaría. El fantasma de Ibsen. Y todas esas pobres personas a las que había ayudado a vender la muerte en polvo. Acudirían cuando quisieran. Y quizá dentro de unos años, empezarían a palidecer. Y ella volvería a Oslo. O a lo mejor no iría a Oslo. Lo más importante era que todo saliera bien. Que lograra procurarse una vida que valiera la pena vivir.

Miró a la mujer que seguía leyendo. De repente, ella levantó la vista como si hubiera notado que la observaba. Le brindó una sonrisa fugaz pero esplendorosa, y volvió a la guía de viajes.

—Nos vamos —dijo Stein.

—Nos vamos —repitió Irene.

Truls Berntsen cruzó Kvadraturen con el coche. Bajó por la calle Tollbugata. Subió por la calle Prinsen. Bajó por la calle Rådhusgata. Se había retirado pronto de la fiesta, se sentó en el coche y se puso a conducir al tuntún. Hacía una noche fría y clara y Kvadraturen bullía de actividad. Las putas lo llamaban a gritos, sería que olfateaban la testosterona. Los camellos competían a ver quién bajaba más los precios. Desde un Corvette aparcado se oía un bajo, pum, pum. Una pareja se besaba en la parada del tranvía. Un hombre corría riéndose alegremente con la chaqueta del traje abierta y ondeando al viento y otro hombre con un traje exactamente igual corría detrás. En la esquina de la calle Dronningen había una camiseta del Arsenal solitaria. Nadie que Truls hubiera visto antes, sería nuevo. La radio de la policía chisporroteaba. Y Truls sintió un bienestar extraordinario, la sangre que le fluía por las venas, el bajo, el ritmo de todo lo que estaba pasando, estar allí sentado y contemplar todas las ruedecillas dentadas que no sabían nada unas de otras, aunque cada una de ellas era responsable de que se movieran las demás. Solo él lo veía, veía el conjunto. Era justo como debía ser. Porque ahora aquella ciudad era suya.

El pastor de la iglesia de Gamlebyen abrió la puerta y salió. Oía el susurro de las copas de los árboles en el cementerio. Contempló la luna. Una noche hermosa.

El concierto había sido un éxito y la asistencia, buena. Mejor de lo que sería la mañana siguiente en la misa. Suspiró. El sermón que daría para unos bancos vacíos trataba del perdón de los pecados. Bajó la escalera, continuó cruzando el cementerio. Había decidido recurrir al mismo sermón del entierro del viernes. El difunto, a decir de la que fuera su mujer, que también era su allegada más próxima, había estado involucrado en la delincuencia en los últimos tiempos y antes de eso había llevado una vida tan pecaminosa que sería muy embarazoso para quienes acudieran. No tuvo que preocuparse, los únicos que acudieron fueron la exmujer y sus hijos, y una colega que lloraba con muy poca discreción. La exmujer le confió que, probablemente, era la única azafata de la compañía con quien el difunto no se había acostado.

El pastor pasó por una de las lápidas, vio a la luz de la luna que tenía restos de algo blanco, como si hubieran escrito algo con tiza y luego lo hubieran borrado. Era la lápida de Askild Cato Rud. También llamado Askild el Orejones. Desde hacía mucho, la norma dictaba que las tumbas prescribían después de una generación, a no ser que las pagaran, un privilegio reservado para los ricos. Pero por razones desconocidas, la tumba del mísero Askild Cato Rud se mantuvo. Y cuando se convirtió en antigua, la protegieron. Quizá esperaban con no poco optimismo que llegara a ser una atracción, una lápida de la paupérrima zona este de Oslo, donde los allegados de aquel infeliz solo pudieron permitirse aquella lápida modesta y, dado que el cantero cobraba por cada letra, las iniciales delante del apellido y los años, ninguna otra fecha, ningún otro texto debajo. Un anticuario insistió incluso en que el apellido correcto era Ruud, que ahí también se habían ahorrado algo. Y luego estaba ese mito de que el fantasma de Askild el Orejones se aparecía. Pero eso nunca llegó a cuajar, Askild el Orejones cayó en el olvido y, literalmente, descansó en paz.

Cuando el pastor cerró la puerta del cementerio, una figura salió del abrigo de las sombras que proyectaba el muro. El pastor se quedó petrificado en el acto.

—Tenga piedad —dijo una voz rasposa. Y le tendió una mano grande y abierta.

El pastor observó la cara que se atisbaba debajo del sombrero. Era un rostro viejo con un paisaje cubierto de valles, una nariz prominente, orejas grandes y unos ojos sorprendentemente claros, azules e inocentes. Sí, inocentes. Eso fue exactamente lo que pensó el pastor después de darle al pobre veinte coronas y seguir su camino a casa. Los ojos azules e inocentes de un recién nacido que todavía no necesitaba el perdón de los pecados. Incluiría algo de eso en el sermón de la mañana siguiente.

Ya llego al final, papá.

Ahí me tienes, en el suelo; Oleg está de pie, encima de mí. Sujeta la Odessa con las dos manos como si se estuviera agarrando a ella, como si fuera una rama en medio de un precipicio. La sujeta y chilla, se le ha ido la cabeza del todo.

—¿Dónde está? ¿Dónde está Irene? Dilo, o... o...

—¿O qué, so yonqui? No estás en condiciones de utilizar esa pistola de todos modos. No eres tú, Oleg. Tú eres uno de the good guys. Relájate y compartimos el chute. ¿Vale?

—Y una mierda, no hasta que me digas dónde está.

—¿Me quedo con todo el chute entonces?

—Medio. Es el último que tengo.

—Vale. Suelta la pistola primero.

El idiota hizo lo que le decía. Una curva de aprendizaje totalmente plana. Tan fácil de engañar como la primera vez, a la salida del concierto de los Judas. Se agachó y dejó la extraña pistola en el suelo delante de él. Vi que el conmutador del lateral estaba en la C, es decir, para disparar ráfagas. Solo una ligera presión en el gatillo y...

—*Venga, ¿dónde está?* —*dijo, y se levantó.*

Y ya que no tenía la boca del arma apuntándome noté cómo me venía. El cabreo. Me había amenazado. Igual que mi padre de acogida. Y si hay una cosa que no aguanto es que me amenacen. Así que en vez de darle la versión agradable de que estaba en un centro de desintoxicación secreto en Dinamarca, aislada, donde no le permitían llamadas de los amigos que pudieran hacerla recaer y bla-bla-bla, metí el dedo en la llaga. Tenía que meter el dedo en la llaga. Corre mala sangre por mis venas, papá, así que cierra la boca. Es decir, lo que queda de sangre, porque ahora casi toda se ha derramado en el suelo de la cocina. Pero le metí el dedo en la llaga, como el idiota que soy.

—*La vendí* —*dije*—. *Por unos gramos de violín.*

—*¿Cómo?*

—*Se la vendí a un alemán en Oslo S. No sé cómo se llama ni dónde vive, a lo mejor en Munich. A lo mejor está sentado en estos momentos en un apartamento de Munich con un colega, y resulta que Irene se la está chupando a los dos con esa boquita suya, pero está tan colocada que no sabe qué polla es de quién porque en lo único en lo que puede pensar es en su verdadero amor. Que se llama...*

Oleg parpadeaba boquiabierto. Igual de imbécil que aquella vez en la tienda de kebabs, cuando me dio las quinientas coronas. Yo abrí las manos como un puto mago de los güevos:

—*¡... violín!*

Oleg seguía parpadeando y estaba tan estupefacto que no reaccionó cuando me tiré hacia adelante a coger la pistola.

O eso creía yo.

Porque se me había olvidado una cosa.

Que aquella vez él me siguió desde la tienda de kebabs, que entendió perfectamente que no iba a probar ni un poco de meta siquiera. Que él sabía cosas. Que él también sabía ver venir a la gente. Por lo menos a uno que era un ladrón.

Debí caer en la cuenta. Debí conformarme con la mitad del chute.

Alcanzó la pistola antes que yo. A lo mejor solo rozó el gatillo. Estaba en la C. Le vi el horror en la cara antes de caer al suelo. Oí que se hacía el silencio. Que Oleg se inclinaba sobre mí. Oí un chillido sordo y ronroneante, como algo en ralentí, como si quisiera llorar pero no pudiera. Se fue andando despacio hasta el fondo de la cocina. Un verdadero adicto hace las cosas según un orden de prioridades. Se chutó allí, a mi lado. Incluso me preguntó si compartíamos. Estupendo, pero yo ya no podía hablar. Solo oír. Y oí sus pasos pesados y lentos en la escalera cuando se fue. Y me quedé solo. Más solo de lo que había estado nunca.

La campana ha dejado de sonar.

Parece ser que me ha dado tiempo a contar la historia.

Ya tampoco duele.

¿Estás ahí, papá?

¿Estás ahí, Rufus? ¿Me has estado esperando?

Por cierto, me acuerdo de una cosa que me dijo el anciano. Que la muerte libera el alma. Que libera la puta alma de los güevos. Yo que coño sé. Ya veremos.

Fuentes, ayuda y agradecimientos

A Audun Beckstrøm y Curt A. Lier, la información sobre el trabajo policial en general; a Torgeir Eira, de EB Marine, la información sobre el buceo; a Are Mykebust y Crimen Organizado (Orgkrim) de Oslo, la información sobre la venta de estupefacientes; a Ole Thomas Bjerknes y Ann Kristin Hoff Johansen, *Métodos de investigación policial (Etterforskningsmetoder)*; a Nicolai Lilin, *Educación siberiana*; a Berit Nøkleby, *Politigeneral og hirdsjef (Comandante en jefe y alto mando del hird paramilitar)*; a Dag Fjeldstad, el ruso; a Eva Stenlund, el sueco; a Lars Petter Sveen, el dialecto de Fræna; a Kjell Erik Strøskag, la información sobre farmacología; a Tor Honningsvåg, la de aviación; a Jørgen Vik, la relativa a las sepulturas; a Morten Gåskjønsli, la de anatomía; a Øystein Eikeland y Thomas Helle-Valle, la de medicina; a Birgitta Blomen, la de psicología; a Odd Cato Kristiaansen, la relativa a la noche de Oslo; a Kristin Clemet, la relacionada con el gobierno municipal; a Kristin Gjerde, la información sobre caballos; a Julie Simonsen, la información sobre la escritura. Gracias a todas las personas de la Editorial Aschehoug y Salomonsson Agency.

El papel utilizado para la impresión de este libro
ha sido fabricado a partir de madera
procedente de bosques y plantaciones
gestionados con los más altos estándares ambientales,
garantizando una explotación de los recursos sostenible
con el medio ambiente
y beneficiosa para las personas.
Por este motivo, Greenpeace acredita que
este libro cumple los requisitos ambientales y sociales
necesarios para ser considerado
un libro «amigo de los bosques».
El proyecto «Libros amigos de los bosques» promueve
la conservación y el uso sostenible de los bosques,
en especial de los Bosques Primarios,
los últimos bosques vírgenes del planeta.

Papel certificado por el Forest Stewardship Council®